Nós, os afogados

Carsten Jensen

Nós, os afogados

Tradução de
Ana Ban

TORDSILHAS

Publicado mediante acordo com Leonhardt & Høier Literary Agency A/S, Copenhague.
Publicado originalmente sob o título dinamarquês *Vi, de druknede*.

O texto deste livro foi fixado conforme o acordo ortográfico
vigente no Brasil desde 1º de janeiro de 2009.

EDIÇÃO UTILIZADA NESTA TRADUÇÃO Carsten Jensen, *We, the Drowned*, Londres, *Vintage* Books, 2011.
PREPARAÇÃO Kátia Rossini
REVISÃO Francisco José M. Couto e Márcia Moura
CAPA Amanda Rodrigues Cestaro
IMAGEM DE CAPA Antar Dayal – Illustration Works / Gettyimages.com

1ª edição, 2015

Dados Internacionais de Catalogação na Publicação (CIP)
(Câmara Brasileira do Livro, SP, Brasil)

Jensen, Carsten
Nós, os afogados / Carsten Jensen; tradução de Ana Ban. -- São Paulo: Tordesilhas, 2015. Título original: Vi, de druknede.

ISBN 978-85-8419-022-5

1. Ficção dinamarquesa I. Título.

15-02254 CDD-839.81

Índice para catálogo sistemático:
1. Ficção : Literatura dinamarquesa 839.81

2015
Tordesilhas é um selo da Alaúde Editorial Ltda.
Rua Hildebrando Thomaz de Carvalho, 60
04012-120 – São Paulo – SP
www.tordesilhaslivros.com.br

Sumário

Para minha mãe e meu pai.

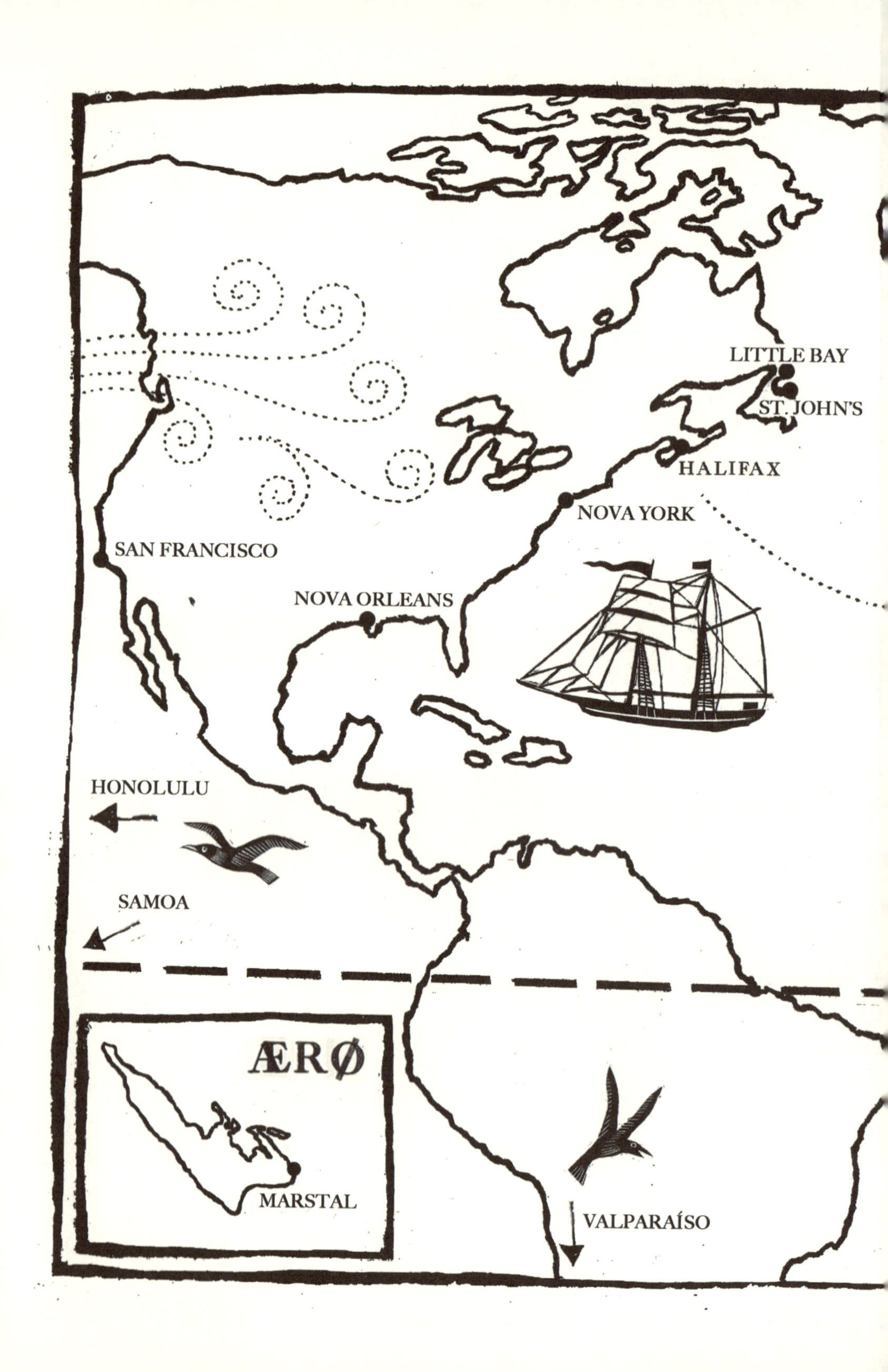
LITTLE BAY
ST. JOHN'S
HALIFAX
NOVA YORK
SAN FRANCISCO
NOVA ORLEANS
HONOLULU
SAMOA
ÆRØ
MARSTAL
VALPARAÍSO

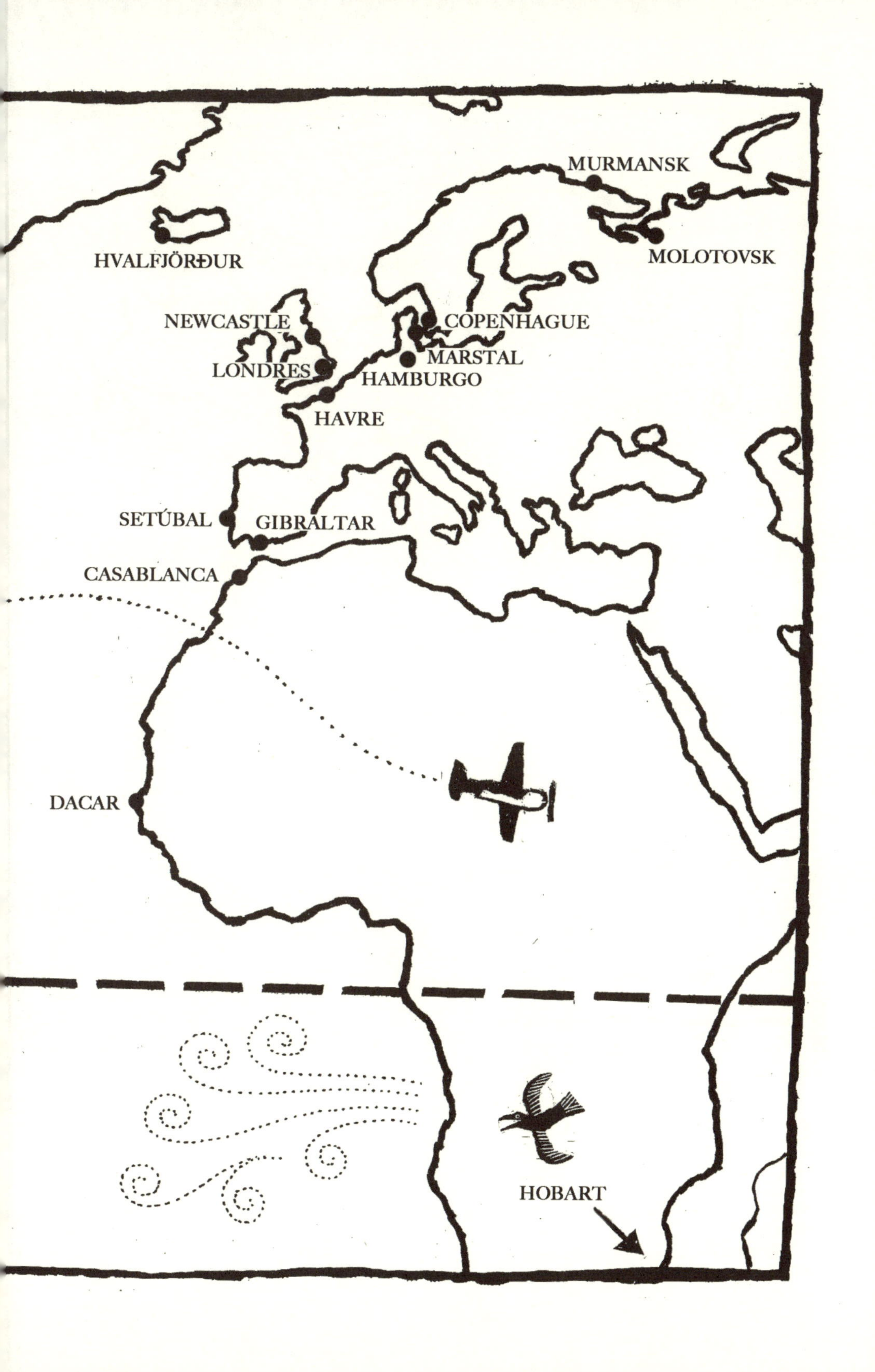
MURMANSK
MOLOTOVSK
HVALFJÖRÐUR
NEWCASTLE
COPENHAGUE
MARSTAL
LONDRES
HAMBURGO
HAVRE
SETÚBAL
GIBRALTAR
CASABLANCA
DACAR
HOBART

I

As botas

Há muitos anos viveu um homem chamado Laurids Madsen, que foi para o céu e voltou a descer, graças às suas botas.

Ele não subiu tão alto quanto a ponta do mastro de um veleiro grande; para falar a verdade, não passou da vela mestra. Quando estava lá no alto, postou-se perante os Portões do Paraíso e viu São Pedro (apesar de o guardião da entrada para o Além só ter lhe mostrado a bunda desnuda).

Laurids Madsen deveria estar morto. Mas a morte não o quis, e ele voltou mudado.

Antes da fama adquirida com a visita celestial, Laurids Madsen era mais conhecido por ter iniciado, sozinho, uma guerra. Seu pai, Rasmus, desapareceu no mar quando Laurids tinha seis anos. Ao completar catorze, ele embarcou no *Anna*, de Marstal, sua cidade natal, na ilha de Ærø, mas o navio se perdeu no Báltico apenas três meses depois. A tripulação foi resgatada por um brigue americano, e a partir de então Laurids Madsen passou a sonhar com a América.

Ele prestou seu exame de navegação em Flensburg quando tinha dezoito anos, e nesse mesmo ano sofreu outro naufrágio, dessa vez nas proximidades do litoral da Noruega, perto de Mandal, onde se postou em uma pedra, na qual as ondas batiam em uma noite fria de outubro, examinando com os olhos o horizonte, em busca de salvação. Nos cinco anos seguintes, navegou pelos sete mares. Foi para o sul, deu a volta no cabo Horn e ouviu pinguins berrarem no meio da noite escura como breu. Viu Valparaíso, a costa oeste da América, e Sydney, onde os cangurus pulam para lá e para cá e, no inverno, as árvores perdem a casca do tronco, não as folhas. Conheceu uma moça com olhos de uva chamada Sally Brown e era capaz de contar histórias da Foretop Street, de La Boca, da Barbary Coast e da Tiger Bay. Gabava-se de sua primeira travessia do equador, quando saudou Netuno e sentiu o solavanco na hora que o navio passou pela linha; seus companheiros marujos marcaram a ocasião obrigando-o a beber água salgada, óleo de peixe e vinagre; batizaram-no com piche, fuligem de lamparina e cola; barbearam-no com uma navalha enferrujada de lâmina dentada; e trataram dos cortes com sal e limão, para arder. Obrigaram-no a beijar a face cor de ocre com marcas de varíola de Anfitrite e forçaram seu nariz para dentro do pote de sais aromáticos dela, que tinham enchido com pedaços de unhas cortadas.

Laurids Madsen tinha visto o mundo.

Assim como muitos outros. Mas ele foi o único a voltar para Marstal com a estranha ideia de que tudo ali era pequeno demais. Para comprovar sua opinião, costumava falar em uma língua estrangeira que chamava de "americano", a qual aprendera durante o ano em que velejara com a fragata *Nuncafunda*.

– *Givin neim belong mi Laurids Madsen* – ele dizia.

Teve três filhos e uma filha com Karoline Grube, da rua Nygade: Rasmus, que ganhou o nome em homenagem ao avô, Esben e Albert. O nome da menina era Else, e ela era a mais velha. Rasmus, Esben e Else tinham puxado à mãe, que era baixinha e taciturna, ao passo que Albert se parecia com o pai: aos quatro anos, já era tão alto quanto Esben, três anos mais velho. Seu passatempo preferido era brincar com uma bala de canhão inglesa de ferro fundido, que era pesada demais para ele erguer – não que isso o impedisse de tentar. Com o rosto cheio de teimosia, dobrava os joelhos e fazia força.

– *Heave away, my jolly boys! Heave away, my bullies!* – Laurids gritava para incentivá-lo, ao observar o filho mais novo lutando com aquilo.

A bala de canhão tinha entrado pelo telhado da casa da Korsgade durante o cerco dos ingleses a Marstal, em 1808, e deixara a mãe de Laurids tão apavorada que ela prontamente o pariu no chão da cozinha. Quando o pequeno Albert não estava ocupado com a bala de canhão, o objeto morava na cozinha, onde era usado por Karoline como pilão para triturar sementes de mostarda.

– Podia ter sido você anunciando sua chegada, meu garoto, a julgar por seu tamanho quando nasceu – o pai de Laurids lhe dissera certa vez. – Se a cegonha o tivesse largado, você teria atravessado o telhado igual a uma bala de canhão inglesa.

– *Finga* – Laurids dizia e erguia o dedo.

Ele queria ensinar às crianças a língua americana.

"Futi" significa "pé". E apontava para a bota. *"Maus"* era boca.

Esfregava a barriga quando se sentavam para comer e mostrava os dentes.

– *Rangri.*

Todos entendiam que ele queria dizer que estava com fome.

Mãe era *"missis"*, pai era *"papa tru"*. Quando Laurids estava fora, eles diziam "mamãe" e "papai", como crianças normais, menos Albert. Ele tinha uma conexão especial com o pai.

As crianças tinham vários nomes: *picaninnies, bullies* e *hearties*.

– *Lein stomak* – Laurids dizia a Karoline, e apertava os lábios como se fosse beijá-la.

Ela corava e dava risada, depois ficava brava.

– Não seja assim tão tolo, Laurids – dizia.

Em 1848, estourou uma guerra entre a coroa dinamarquesa e os alemães rebeldes do outro lado do Báltico, em Schleswig-Holstein, que queriam romper os laços com a Dinamarca. O velho atendente da alfândega, De la Porte, foi o primeiro a saber, já que o governo insurgente provisório em Kiel tinha lhe enviado uma "proclamação" acompanhada de um pedido para que entregasse os cofres.

Marstal inteira ficou em polvorosa, e nós imediatamente formamos uma guarda local liderada por um jovem professor de Rise, que a partir de então ficou conhecido como General. Nos pontos mais altos da ilha, erguemos sinalizadores feitos de barris cheios de alcatrão e corda velha, presos a postes. Se os alemães chegassem por mar, iríamos anunciar a aproximação tocando fogo neles e içando-os bem alto.

Havia sinalizadores em Knasterbjerg e nas colinas próximas a Vejsnæs, e por todo lugar nossos guardas costeiros observavam o horizonte com atenção.

Mas toda esta história de guerra logo passou a ser demais para Laurids, que, para começo de conversa, nunca tivera muito respeito por nada. Certa noite, a caminho de casa, vindo do fiorde de Eckernförde, ele passou por Vejsnæs, costeando o mar, e gritou:

– Os alemães estão chegando!

Alguns minutos depois, o barril no alto da colina foi aceso, depois o de Knasterbjerg, e outros foram se seguindo, até Synneshøj, a quase vinte e cinco quilômetros de distância, até que toda a ilha ficasse tão iluminada quanto na Noite da Fogueira.

Enquanto as chamas se erguiam, Laurids ficou em seu barco, dando risada até não poder mais do caos que tinha provocado. Mas, quando chegou a Marstal, viu luzes acesas por todos os lados e as ruas cheias de gente, apesar de ser tarde da noite. Alguns gritavam ordens incompreensíveis, outros choramingavam e rezavam. Uma multidão beligerante marchava Markgade acima, brandindo foices, tridentes e uma ou outra arma de fogo, e jovens mães apavoradas caminhavam apressadas pelas ruas, agarradas a bebês aos berros, certas de que os alemães iriam espetá-los na ponta das baionetas. Perto do poço, na esquina da Markgade com a Vestergade, a esposa de um capitão de navio discutia com uma jovem criada. A mulher tinha enfiado na cabeça que elas deveriam se esconder no poço, e dava ordens para que a moça fosse primeiro.

– A senhora vai primeiro – a criada insistia.

Nós, os homens, também dávamos ordens uns aos outros, mas há capitães demais na nossa cidade para que alguém obedeça a outra pessoa, de modo que a única coisa com que concordamos foi jurar solenemente que só iríamos abrir mão da própria vida ao preço mais alto possível.

O levante chegou ao presbitério, em Kirkestræde, onde o pastor Zachariassen recebia visitas. Uma senhora desmaiou, mas o filho de doze anos do pastor, Ludvig, agarrou um ferro pontudo e se prontificou a defender seu país contra o inimigo que avançava. Na casa do senhor Isager, o professor da escola, que também fazia as vezes de administrador da paróquia, a família se preparou para o ataque iminente. Seus doze filhos estavam ali para comemorar o aniversário da mãe, a portentosa senhora Isager: ela os equipou com panelas de barro cheias de cinzas e ordenou que jogassem o conteúdo na cara dos alemães, caso eles ousassem irromper dentro da casa.

Nosso bando deslocou-se pela Markgade na direção de Reberbanen, liderado pelo velho Jeppe, que brandia um tridente e berrava, desafiando os alemães a enfrentá-lo, se assim desejassem. Laves Petersen, o carpinteiro baixinho, foi obrigado a voltar para casa. Com bravura, tinha pendurado sua espingarda no ombro e enchido os bolsos com balas até a borda, mas de repente, na metade da rua, lembrou que tinha deixado a pólvora em casa.

No moinho de Marstal, a pesada mulher do moleiro, madame Weber, já armada com um tridente, insistia em se juntar à luta, e como parecia mais intimidadora do que a maior parte de nós, os homens, no mesmo instante a recebemos em nossas fileiras sedentas de sangue.

Laurids, que era um homem emotivo, ficou tão aceso com o espírito de luta do General que também foi correndo para casa, a fim de achar uma arma. Karoline e as quatro crianças estavam escondidas embaixo da mesa de jantar, quando ele irrompeu casa adentro e proclamou, todo alegre:

– Venham, crianças, está na hora de ir à guerra!

Ouviu-se um baque surdo. Era Karoline batendo a cabeça embaixo da mesa. Com esforço, ela se arrastou para fora dali, ficou em pé, bem ereta, e deu uma bronca no marido:

– Você perdeu a cabeça completamente, Madsen? Crianças não vão à guerra!

Rasmus e Esben começaram a pular.

– Queremos ir, queremos ir! – gritaram em uníssono. – Por favor, por favor, deixe a gente ir.

O pequeno Albert já tinha começado a rolar sua bala de canhão pela casa.

– Vocês todos, por acaso, ficaram malucos? – a mãe gritou, dando pés de ouvido em qualquer das crianças que se aproximasse dela. – Voltem para baixo dessa mesa agora mesmo!

Laurids correu para a cozinha em busca de uma arma adequada.

– Onde você guarda a frigideira grande? – ele gritou em direção à sala de visitas.

– Nem chegue perto dela! – Karoline berrou em resposta.

– Bom, então vou levar a vassoura – anunciou. – Os alemães vão se arrepender! Escutaram a porta bater atrás dele.

– Você ouviu isso? – Rasmus, o mais velho, sussurrou para Albert. – Papai nem estava falando americano.

– Este homem é louco – a mãe deles disse, e sacudiu a cabeça na escuridão, ali embaixo da mesa. – Já ouviram falar de alguém que vai à guerra armado com uma vassoura?

A chegada de Laurids à nossa turma militar despertou grande prazer. É verdade que ele tinha a reputação de ser convencido, mas era grande e forte, e era bom tê-lo ao lado.

– Essa é a única arma que você tem?

Tínhamos avistado a vassoura.

– Está bom demais para os alemães – ele respondeu, e a brandiu no ar. – Vamos varrê-los para longe daqui.

Sentindo-nos invencíveis, caímos na gargalhada com sua piada.

– Vamos deixar alguns tridentes por aqui – Lars Bødker disse. – Vamos precisar deles para empilhar os corpos.

A essa altura, tínhamos chegado aos campos abertos. Faltava meia hora de marcha até Vejsnæs, mas nosso ritmo era acelerado e nosso sangue estava quente. Em Drejbakkerne, a visão dos sinalizadores em chamas alimentou nosso espírito de luta. Mas, ao ouvir o som de cascos de cavalo na escuridão, ficamos paralisados. O inimigo estava nos cercando!

Nossa esperança era surpreender os alemães na praia, mas ali na colina o terreno ainda nos favorecia. Laurids assumiu sua posição de batalha com a vassoura, e nós o seguimos.

– Esperem por mim! – Soou uma voz atrás de nós.

Era o carpinteiro baixinho, que tinha voltado para casa para buscar a pólvora.

– Chhh – nós o acautelamos. – Os alemães estão chegando perto.

As batidas dos cascos ficaram mais altas, e tornou-se evidente que só havia um cavalo. Quando o cavaleiro apareceu no meio da escuridão, Laves Petersen ergueu a arma e mirou. Mas Laurids empurrou o cano para baixo.

– É Bülow, o controlador – ele disse.

O cavalo pingava suor, seus flancos negros se expandiam e se encolhiam. Bülow ergueu a mão.

– Podem ir para casa. Não há alemão nenhum em Vejsnæs.

– Mas os sinalizadores foram acesos – Laves gritou.

– Conversei com a guarda costeira – Bülow respondeu. – Foi alarme falso.

– E nós deixamos nossa cama quentinha. Para quê? Para nada!

Madame Weber cruzou os braços por cima do peito e olhou feio para todos nós, como se estivesse procurando um novo inimigo, já que os alemães não tinham aparecido.

– Pelo menos provamos que estamos prontos para eles – o controlador disse, em tom apaziguador. – E é boa notícia o fato de que, no fim das contas, não estão atacando.

Concordamos entre murmúrios. Mas, apesar de percebermos sua lógica, ficamos profundamente decepcionados. Estávamos prontos para encarar os alemães (e a morte também), mas nenhum deles tinha chegado a Ærø.

– Um dia, esses alemães vão se arrepender – disse Lars Bødker.

Como estávamos ficando cansados, resolvemos voltar para casa. Uma chuva fria tinha começado a cair. Em silêncio, alcançamos o moinho, onde madame Weber separou-se de nós. Ela se virou, ficando de frente para o nosso bando desanimado, e, pousando o tridente no chão, como se exibisse um rifle, disse em tom de presságio:

– Fico imaginando quem de vocês fez gente decente sair da cama no meio da noite para ir à guerra.

Nós todos olhamos para Laurids, ali bem ereto, com a vassoura no ombro.

Mas Laurids nem vacilou, nem desviou o olhar. Em vez disso, encarou a todos nós. Então, jogou a cabeça para trás e começou a dar risada no meio da chuva.

A guerra logo irrompeu com toda a força, e fomos convocados pela marinha. O vapor naval *Hekla* ancorou na cidade vizinha de Ærøskøbing para nos pegar. Fizemos fila no cais, e, à medida que o nome de cada um era chamado, pulávamos para o bote que nos levava até a embarcação. Tínhamos nos sentido enganados pela guerra naquela noite de novembro, mas agora a espera havia chegado ao fim e estávamos animados.

– Abram caminho para um dinamarquês que porta a vida, a alma e a bagagem! – berrou Claus Jacob Clausen.

Ele era um homem baixinho e vigoroso que gostava de se gabar de que um tatuador de Copenhague chamado Frederik Espeto dissera-lhe certa vez que ele tinha o braço mais duro em que já enfiara uma agulha. O pai de Clausen, Hans, havia sido piloto, assim como seu avô, e ele queria seguir os mesmos passos; além do mais, na noite anterior ao embarque, Clausen tinha sonhado que sobreviveria à guerra.

Em Copenhague, fomos inspecionados a bordo da fragata *Gefion*. Laurids foi separado do restante de nós, sendo o único a embarcar no *Cristiano VIII*, navio de linha cujo mastro principal era tão alto que, do topo até o deque, tinha mais que o dobro da altura da torre da igreja de Marstal. Precisamos esticar o pescoço para enxergá-lo por inteiro, e a tontura que isso causou nos encheu de orgulho pelos grandes feitos que tínhamos sido conclamados a realizar.

Laurids nos observou ao partirmos. Depois de passar um ano na embarcação de guerra americana *Nuncafunda,* ele gostou do *Cristiano VIII*. Logo ficou à vontade no deque da embarcação (mas deve ter se sentido abandonado de repente, quando nos viu desaparecer pelo passadiço da *Gefion*).

Então, lá fomos nós para a guerra. No domingo de Ramos, navegamos pelo litoral de Ærø, passando as montanhas de Vejsnæs, de onde Laurids tinha virado a ilha de cabeça para baixo com seu grito: “Os alemães estão chegando!” Agora os dinamarqueses estavam chegando, e era a vez de os alemães acenderem seus barris de piche e saírem correndo feito galinhas sem cabeça.

Ancoramos nas proximidades de Als e ficamos esperando. Na quarta-feira, tomamos o rumo do fiorde de Eckernförde e chegamos à sua embocadura no fim daquela mesma tarde. Ali, seguimos a ordem de formar fila no tombadilho superior: vestidos com camisas fiadas em casa e calças azuis, pretas ou brancas, formávamos um bando desconjuntado. Apenas as fitas dos gorros, que exibiam o nome *Gefion*, e um penacho vermelho e branco anunciavam que éramos integrantes da marinha real. O capitão, vestido com seu uniforme mais refinado, completado por ombreiras e espada, fez um discurso em que nos ordenou lutar como rapazes corajosos. Gritou três vivas para o rei e acenou com seu tricórnio, e nós nos juntamos a ele com toda a força. Então, ordenou que os canhões fossem disparados para que nós, os recrutas novatos, soubéssemos como soariam na batalha. Um rugido formidável rolou pelo mar, acompanhado pelo cheiro acre da pólvora. Uma brisa forte soprou e espalhou ao vento a névoa azul da fumaça dos canhões. Passamos vários minutos sem conseguir escutar nada. O barulho dos canhões tinha nos deixado surdos.

Dois vapores chegaram, e nós reconhecemos o *Hekla*, aquele que nos levara de Ærøskøbing. Agora éramos um esquadrão completo. No dia seguinte, nos preparamos para a batalha: ajeitamos os canhões em suas escotilhas, posicionamos as bombas e as mangueiras, de modo que pudessem ser usadas imediatamente se um incêndio irrompesse a bordo, e colocamos balas, buchas e caixas de cartuchos ao lado de cada canhão. Nos últimos dias, tínhamos feito o exercício tantas vezes que conhecíamos a maior parte dos comandos navais de cor. Éramos onze homens para cada canhão, e, desde o momento em que soava o primeiro comando, "Preparem-se!", seguido por "Juntar pólvora e papel!" e "Inserir cartucho!", até o comando "Fogo!", nós nos agitávamos em sincronia, apavorados com a ideia de cometer um erro. Estávamos acostumados a trabalhar em grupos de três ou quatro, em pequenos barcos de até dois mastros, mas agora, de repente, precisávamos ser senhores da vida e da morte.

Com muita frequência, ficávamos lá, estupefatos, enquanto o capitão de armas berrava algo como: "Atentem ao vento!" ou "Examinem a peça!" Que diabos aquilo queria dizer em dinamarquês corrente? Sempre que conseguíamos desempenhar uma manobra complicada sem cometer erros o capitão nos dava parabéns e começávamos a comemorar. Com isso, ele olhava primeiro para nós, depois para o canhão e, finalmente, para o convés, meneando a cabeça.

– Seu bando de fedelhos – ele dizia. – Apenas deem o melhor de si, caramba!

* * *

Não sabíamos muito bem em qual alemão atirar. Certamente não seria no velho Ilse, com seu quadril torto, que nos vendia as adoradas aguardentes quando ancorávamos os barcos no porto de Eckernförde. Nem Eckhart, o cerealista: tínhamos feito vários negócios vantajosos com ele. Depois, havia Hansen, o estalajadeiro de Der Rote Hahn. O que poderia ser mais dinamarquês do que o nome Hansen? E nós nunca o tínhamos visto chegar perto de uma arma. Nenhum deles poderia ser "o alemão"; isso nós compreendíamos. Mas o rei sabia quem eles eram. E o capitão, que comemorava com tanta bravata, também sabia.

Nós nos aproximamos do fiorde. As baterias inimigas na costa começaram a trovejar, mas estávamos fora de seu alcance, e elas logo ficaram quietas. Serviram-nos aguardente, em vez do chá de sempre. Às nove horas veio o toque de recolher; estava na hora de ir para a cama. Sete horas depois, fomos despertados do sono. Era a Quinta-Feira Santa, 5 de abril de 1849. Mais uma vez, recebemos aguardente em vez de chá, e um barril de cerveja estava à nossa espera no convés. Podíamos beber quanto quiséssemos, de modo que o moral estava alto quando içamos âncora e entramos no fiorde. Não tínhamos reclamações a respeito das provisões a bordo dos navios de Sua Majestade. A comida era escassa quando nós mesmos tínhamos que nos prover. Diziam que nunca se vê uma gaivota no rastro de um navio de Marstal, e isso é bem verdade: nós nunca desperdiçávamos nenhuma migalha. Mas, além de chá e cerveja, a marinha nos dava todo o pão que éramos capazes de comer e ainda mais. O almoço incluía quase meio quilo de carne fresca, ou um quarto de quilo de toucinho, ervilhas secas, mingau ou sopa; à noite, jantávamos quatro medidas de manteiga e uma aguardente para acompanhar. Muito antes de sentirmos o primeiro cheiro de pólvora, já adorávamos a guerra.

Agora, estávamos dentro do fiorde de Eckernförde. A costa estava próxima e dava para enxergar bem a posição dos canhões. Kresten Hansen inclinou-se sobre Ejnar Jensen e revelou-lhe, mais uma vez, sua convicção de que não iria sobreviver à batalha.

– Eu sei disso desde o dia em que os alemães pediram o dinheiro da alfândega. Vou morrer hoje.

– Você não sabe nada – Ejnar respondeu. – Não tinha a menor ideia de que a batalha seria na Quinta-Feira Santa.

– Sei disso há muito tempo: a hora é agora!

– Cale a boca – Ejnar resmungou. Ele estava sofrendo com o pessimismo de Kresten desde que tinham preparado a bagagem e amarrado as botas.

Mas Kresten era irrefreável. Com a respiração ofegante, colocou a mão no braço do amigo.

– Prometa que vai levar minha bagagem de volta a Marstal.

– Você vai poder levá-la pessoalmente. Agora pare, senão também vai me deixar apavorado.

Ejnar lançou um olhar ansioso para Kresten. Nunca tínhamos visto nosso amigo naquele estado. Kresten era filho do capitão Jochum Hansen, oficial da administração do porto. Kresten tinha puxado a ele, com as mesmas sardas, o cabelo loiro-avermelhado e o jeito quieto.

– Pronto – Ejnar disse, e lhe entregou um caneco de cerveja. – Mande isto goela abaixo.

Ele levou o recipiente aos lábios de Kresten, mas o líquido entrou pelo lugar errado: ele cuspiu, e seus olhos ficaram arregalados. Ejnar bateu-lhe nas costas e Kresten engoliu em seco e chiou, com a cerveja escorrendo-lhe pelas narinas.

– Seu imbecil – Ejnar deu risada. – Não vá se afogar, se a sua sina é morrer enforcado. Quase se acabou agora mesmo. Assim, vai deixar os alemães sem serviço.

Mas os olhos de Kresten permaneceram distantes.

– A hora é agora – ele repetiu num tom de voz oco.

– Bom, eu, pelo menos, não vou levar tiro nenhum. – O Baixinho Clausen tinha se juntado à conversa. – Eu sei, porque tive um sonho. Estava caminhando por Møllevejen, em direção à cidade. Havia dois soldados, um de cada lado, prontos para atirar. Então, uma voz disse: "Você pode ir embora!" E eu fui. As balas passaram assobiando por minhas orelhas, mas nenhuma me acertou. Então, não vou levar nenhum tiro hoje. Disso eu tenho certeza!

Olhamos para o outro lado do fiorde: os campos ao redor estavam cobertos de um verde primaveril, e uma casa de campo, com telhado de sapê, aninhava-se entre um pequeno pomar de limoeiros carregados de botões; uma estrada flanqueada por muros de pedra levava até ela. Uma vaca, que pastava na beira da estrada, virou-nos o traseiro e agitou o rabo com preguiça, alheia à guerra que se aproximava por água.

As baterias de canhão a estibordo estavam se aproximando; nós vimos a fumaça, depois escutamos o trovão se deslocando pela água, como uma tempestade que se formasse do nada.

Kresten levantou-se de um pulo.

– A hora é agora – ele disse.

Uma língua de fogo reluziu a estibordo da popa do *Cristiano VIII*. Trocamos olhares confusos. Será que a embarcação tinha sido atingida?

Por não conhecermos a situação de guerra, não sabíamos o que um golpe direto poderia acarretar. Não houve reação do navio de linha.

– Por que eles não revidam o tiro? – Ejnar perguntou.

– Porque ainda não estão alinhados com a bateria – Clausen respondeu, como quem sabe do que está falando.

Um momento depois, uma nuvem de fumaça de pólvora a estibordo do *Cristiano VIII* anunciou que eles estavam, sim, revidando. A batalha tinha começado. Fogo e poeira explodiram em terra, e homenzinhos que pareciam desenhados a bico de pena correram de um lado para outro. Um bom vento leste soprava, e logo foi a vez da *Gefion* disparar. O rugido dos enormes canhões de trinta quilos fez o navio inteiro estremecer. Nosso estômago se revirou. Tapamos os ouvidos com as mãos e berramos em uma mistura de medo e altivez, estupefatos com a força do impacto.

Agora os alemães tinham levado um belo golpe!

Depois de alguns minutos, os tiros da bateria naquele ponto cessaram. A essa altura, tínhamos de confiar apenas em nossos olhos, porque não conseguíamos escutar nada. A margem parecia uma paisagem desértica coberta por montes de areia. O cano negro de um canhão de doze quilos ergueu-se no ar, como que virado por um terremoto. Ninguém se movia.

Demos tapas nas costas uns dos outros, em uma vitória muda. Até Kresten parecia ter esquecido sua premonições pessimistas de desgraça e se entregou ao êxtase generalizado: a guerra era emocionante, um arroubo de álcool que incendiava o sangue; só que a alegria era mais ampla e mais pura. A fumaça foi se dispersando e o ar ficou limpo. Nós nunca tínhamos visto o mundo com tanta clareza. Olhávamos fixamente, feito bebês recém-nascidos. O cordame, os mastros e as velas formavam uma cobertura sobre nós como a folhagem de uma floresta de abetos recém-brotados. Tudo exibia um brilho surreal.

– Meu Deus, eu me sinto todo solene – o Baixinho Clausen disse quando retomamos nossas faculdades. – Com os infernos, com os infernos. – Ele não conseguia parar de xingar. – Maldito seja eu se já vi algo assim.

Tínhamos ouvido o trovão do teste de canhões na noite anterior, mas testemunhar de fato seu efeito... isso afetava qualquer homem.

– É... – Ejnar refletiu. – Aqueles canhões fazem o fogo do inferno do pastor Zachariassen parecer brando. Então, o que diz, Kresten?

A expressão de Kresten tinha-se tornado quase piedosa.
– Imaginem só, vivi para ver isto – ele respondeu baixinho.
– Então, parou de pensar que vai morrer?
– Ah, tenho mais certeza disso do que nunca. Mas parei de ter medo.

Não podíamos alegar que esse incidente tinha sido nosso batismo de fogo pessoal, porque os canhões de trinta quilos que manuseávamos estavam instalados no convés superior, a bombordo, e a luta tinha sido a estibordo. Nossa vez logo chegaria, quando velejássemos mais para dentro do fiorde, na direção de Eckernförde, onde outras duas baterias aguardavam em ambas as margens. Mas essa não era nenhuma grande ameaça, pensávamos. Não eram nem oito da manhã e a batalha já estava meio vencida; até começamos a temer que ela fosse terminar antes mesmo de começar. Só tínhamos tido um gostinho dela, e agora parecia que os alemães seriam derrotados antes do almoço.

A fragata *Gefion* prosseguiu na direção da cabeça do fiorde; a bateria do norte estava logo adiante. Encontrávamo-nos a apenas cem braças da bateria sul quando sacudimos as velas superiores para que o vento se espraiasse. Recolhemos a bujarrona e lançamos uma âncora a bombordo, de modo que ficamos de frente para o inimigo com nossa artilharia, e o *Cristiano VIII* fez a mesma coisa. Estava na hora de atirar.

Nosso sangue fervia. Parecíamos crianças esperando para ver fogos de artifício. O medo tinha se esvaído completamente e sobrara apenas ansiedade. Ainda não tínhamos nos recuperado da primeira vitória, e a segunda estava à nossa espera.

Então a *Gefion* começou a se movimentar. A âncora não conseguia segurá-la, e a corrente forte nos arrastava na direção da bateria sul. Olhamos para o *Cristiano VIII*. O enorme navio de linha também estava à deriva e já sob ataque intenso, vindo de terra firme. Os marinheiros lançaram a âncora pesada para impedir o movimento e soltaram uma violenta salva de tiros, que disparou do costado, de popa a proa. Fumaça de canhão saiu das escotilhas, flutuando pelo fiorde até formar uma nuvem que crescia com rapidez. Mas não houvera tempo para ajustar os canhões antes de o navio fazer seu desvio inesperado em direção a terra, e os tiros saíram altos demais, acertando os campos detrás das baterias.

Um pouco mais e seria nossa vez. Agora, estávamos a uma distância suficiente da terra para entrar na linha de tiro das espingardas alemãs. A corrente e o vento continuavam a nos atormentar, e cruzávamos o fiorde com o costado voltado para a água. Apenas quatro canhões de popa tiveram oportunidade de responder ao fogo intenso que vinha da bateria em terra firme.

O primeiro tiro certeiro removeu onze homens do convés da popa. Estávamos chamando as balas de canhão de "ervilhas cinzentas", mas o negócio que chegou voando baixo pelo convés, esmagando a amurada, as escotilhas de canhão e os homens em uma chuva de farpas de madeira não era ervilha coisa nenhuma. Ejnar viu-a aproximar-se e registrou cada metro de sua jornada enquanto ela tomava de assalto o convés, arrancando as pernas de um homem e fazendo com que saíssem voando para um lado, enquanto o resto dele ia para o outro. Cortou um ombro aqui e esmagou um crânio ali. Passou em disparada sobre Ejnar, com farpas de ossos, sangue e pelos colados em sua superfície. Ele se deixou cair para trás e a viu no momento em que passava. Depois, disse que ela levara os cadarços de suas botas; passou assim pertinho dele antes de sair destruindo tudo pelo convés dos oficiais.

Para Ejnar, aquela bala de canhão era um monstro com vontade própria. Mostrou-lhe o que a guerra não era: não era uma bateria que explodia e mandava pelos ares soldados de desenho animado, mas sim um dragão que cuspia fogo em seu coração desnudo.

Não havia tempo para pensar. O convés era um caos; um oficial de olhar enlouquecido gritava para que ele se dirigisse ao mastro com o homem do leme e um soldado. A ordem não fazia o menor sentido, mas ele a cumpriu. O soldado sucumbiu imediatamente, em uma poça de sangue. Parecia que algo dentro dele tinha explodido: um buraco abrira-se em seu peito, e o sangue jorrava. Ejnar viu o olho de um homem explodir em uma mistura avermelhada, e a cabeça de outro ser arrancada. Era uma visão estranha: tecido cerebral cor-de-rosa exposto e espalhado, como se fora mingau em cujo centro alguém enfiara uma colher de pau. Ejnar não sabia que coisas assim podiam acontecer com seres humanos. Então, uma segunda bala de canhão caiu e matou o tenente. Presenciando o Armagedom, Ejnar sentiu calor e frio ao mesmo tempo, e seu nariz começou a sangrar por causa do choque.

Outro oficial com sangue escorrendo pelo rosto ordenou-lhe que operasse o canhão número sete. Originalmente, Ejnar fora designado ao número dez, mas ele tinha sido atingido diretamente e agora estava tombado ao lado da escotilha. Ao seu redor, estirava-se uma massa de corpos imóveis em uma poça de sangue que ia crescendo devagar. Riachos de urina formavam deltas entre as pernas deles. Ejnar não conseguia ver se Kresten ou o Baixinho Clausen estavam entre eles.

Um pé decepado encontrava-se a curta distância. Assim como os mortos, Ejnar tinha soltado a bexiga. O rugido dos canhões tinha causado um terremoto em seus intestinos, e ele também havia borrado as calças. Sabia que as pessoas esvaziavam as entranhas na hora da morte, mas não tinha imaginado que isso também pudesse acontecer aos vivos. A noção de que a guerra transformava a gente em homem esvaiu-se quando ele sentiu a substância melada escorrer pelas coxas. Sentia-se meio cadáver, meio bebê, mas logo descobriu que não era o único. O fedor de baldes de dejetos derramados tomava conta do convés. Não vinha só dos mortos. A maior parte dos que continuavam lutando estava com as calças sujas.

O capitão de tiro do canhão número sete ainda estava vivo, sangrando de um corte em cima da sobrancelha, onde fora atingido por um estilhaço voador. Ele gritou com Ejnar, que não conseguia escutar nada, mas, quando apontou para o canhão, Ejnar compreendeu que era um pedido para que ele carregasse a boca de fogo. Seus braços eram curtos demais para alcançá-la, por isso ele precisou ficar com a metade do corpo para fora da escotilha para enfiar a bala no cano, expondo-se assim à bateria inimiga. Enquanto trabalhava, só um pensamento lhe passava pela cabeça: quando seria a próxima rodada de bebida?

Enquanto isso, a *Gefion* tinha conseguido se posicionar de modo a alinhar o costado com ambas as margens. Mas o vapor *Geiser*, que havia tentado nos acudir com um cabo de reboque, tinha sido atingido no motor e estava sendo tirado da batalha, assim como o *Hekla*, cujo leme estava despedaçado. O vento soprava para o leste, e a perda dos dois vapores, que deveriam nos rebocar se necessário, significava que não seríamos capazes de bater em retirada se as coisas dessem errado.

Mas a nossa sorte estava para mudar. A bateria norte foi atingida diretamente uma vez após a outra, e vimos os soldados, apequenados pela distância, correndo pela praia para se proteger. Os canhões deles não ficaram avariados, e novos soldados correram para operá-los, de modo que mal havia intervalo nos tiros que davam; mesmo assim, já era meio caminho andado para a vitória. O contramestre apareceu com um balde de aguardente, e nós aceitamos a caneca estendida com solenidade, como se contivesse vinho de comunhão. Felizmente, o barril de cerveja tinha sobrevivido intacto, e nós lhe fazíamos visitas frequentes. Sentíamo-nos totalmente perdidos. O bombardeio constante e a maneira aleatória como a morte nos ceifara tinham nos deixado exaustos, apesar de a batalha só ter algumas horas. Escorregávamos nas poças de sangue melado, e não havia como evitar o espetáculo pavoroso de corpos mutilados. Apenas um sentido nos tinha sido poupado: nossa surdez nos impedia de escutar os gritos dos feridos.

Tínhamos medo de olhar ao redor, por pavor de mirar a cara de um amigo e ser encurralado por olhos que poderiam implorar por alívio em um momento e queimar de ódio no instante seguinte, como se aqueles que sucumbiam nos culpassem por nossa sorte e não quisessem nada mais deste mundo além de trocar de destino conosco. Ninguém era capaz de oferecer qualquer palavra de conforto; o gesto passaria despercebido no meio do barulho dos canhões. A mão pousada no ombro teria de ser suficiente. Mas aqueles dentre nós que não estávamos feridos já nos fechávamos e evitávamos os atingidos, apesar de serem eles a precisar de consolo. Os vivos cerravam fileiras contra os marcados para morrer.

Voltamos a carregar os canhões e apontamos, como os capitães ordenavam, mas tínhamos parado de pensar em termos de vitória ou derrota. Nossa batalha era fugir da visão dos feridos, e perguntas tiniam na cabeça, como um eco da destruição ao redor: *Por que eles? Por que não eu?* Mas nós não queríamos dar atenção a elas: queríamos sobreviver. Não existia nada além do que enxergávamos através de um cano de canhão.

O álcool tinha executado sua magia abençoada. Agora bêbados, nos entregamos a um vazio nascido do terror. Velejávamos em um mar negro e só tínhamos um objetivo: não olhar para baixo e não nos afogar nele.

Ejnar entrava e saía da escotilha do canhão. Era um lindo dia de primavera, e toda vez que ele saía para o sol suave esperava que uma bala atingisse seu peito. Balbuciava para si mesmo, como se não tivesse ideia do que estava dizendo. Sua aparência era péssima: estava sujo de fuligem e de sangue, e trazia o nariz sangrando, o qual de vez em quando enxugava com a manga antes de inclinar a cabeça para trás e tentar estancar o sangramento. Havia um gosto acre em sua boca, que apenas goles repetidos de álcool podiam aliviar. No final, sua tensão se transformou em letargia e seus movimentos se tornaram mecânicos. Mas ele não estava em pior estado do que o resto de nós, com a aparência manchada de sangue ou as calças sujas: todos tínhamos deixado de parecer vivos. Nós nos assemelhávamos a fantasmas de uma guerra travada havia muito tempo: cadáveres em um campo de batalha lamacento, onde tínhamos passado semanas, esquecidos sob a chuva torrencial.

* * *

Três vezes vimos os homens da bateria norte serem trocados, e nenhum dos tiros dados pelos soldados de desenho parecia errar o alvo. Era como se as baterias de ambos os lados do fiorde tivessem se concentrado em atirar em nós.

À uma hora, uma bandeira de sinalização foi içada nas amarras combalidas da *Gefion*. Sua mensagem era direcionada à tripulação do *Cristiano VIII*: não podemos fazer mais nada. A maior parte de nossos canhões estava agora abandonada, e os que ainda atiravam não contavam com homens suficientes. Aqueles dentre nós que ainda estávamos em pé trabalhávamos entre pilhas de cadáveres e moribundos, que pediam nossa ajuda em delírio, implorando por companhia em meio a entranhas, sangue e intestinos esvaziados.

O sinal que enviamos era codificado. O inimigo, às margens do fiorde de Eckernförde, não era capaz de compreendê-lo, mas o *Cristiano VIII* sabia exatamente o que significava.

No navio de linha ainda não houvera perdas de vida significativas. Naquela manhã, cedo, um contramestre de Nyborg tinha sido morto e, de lá para cá, dois homens foram feridos, mas o navio tinha sido poupado de maiores golpes. Ao mesmo tempo, o comandante Paludan foi forçado a reconhecer que o bombardeio das baterias às margens sul e norte não tinha causado danos significativos. Agora, já fazia mais de seis horas que a batalha era travada e não havia perspectiva de vitória. Bater em retirada era impossível, qualquer um seria capaz de perceber isso.

Os dois vapores, o *Hekla* e o *Geiser,* estavam fora de combate, e o vento soprava contra nós. Então, quando o comandante Paludan resolveu erguer a bandeira de trégua, não foi rendição, ainda não: apenas uma pausa na batalha.

Um tenente foi levado a terra em um bote a remo, portando uma carta, e retornou em seguida com a mensagem de que a resposta viria em uma hora. As velas de cima e de baixo do *Cristiano VIII* foram recolhidas, e a tripulação recebeu pão e cerveja. Ainda havia ordem no convés e, apesar de todos estarem surdos por causa dos canhões, nenhum clima de resignação. No máximo, a tripulação sentia um vago desconforto pelo curso da batalha. Dava para ver que a *Gefion* estava em mau estado, mas não era possível imaginar o caos sanguinolento do nosso convés.

* * *

Laurids Madsen acomodou-se sozinho, com seu pão, ocupado em satisfazer a fome e ainda alheio a seu destino.

A essa altura, milhares de pessoas tinham saído da cidadezinha de Eckernförde e se aglomeravam em ambas as margens. Observando-as enquanto mastigava o pão, Laurids logo percebeu que não era por curiosidade que tinham saído de casa. Elas acendiam enormes fogueiras nos campos e recolhiam as balas de canhão que se espalhavam pela areia das margens. Depois as jogavam no fogo e as esquentavam até que o ferro brilhasse, vermelho, e então as transportavam até os próprios canhões. Uma artilharia de terra puxada por cavalos apareceu na estrada principal de Kiel e se espalhou atrás dos muros de pedra que ladeavam os campos ao redor.

Laurids lembrou-se da narrativa do pai sobre a guerra contra a Inglaterra, quando Marstal foi atacada. Duas fragatas inglesas tinham ancorado ao sul da cidade; tinham ido até lá para sequestrar seus navios, sendo que havia mais ou menos cinquenta no porto. Os ingleses tinham mandado três barcos abarrotados de soldados armados, mas os moradores de Marstal, juntamente com alguns granadeiros da Jutlândia, conseguiram expulsá-los. Mal puderam acreditar nos próprios olhos quando os ingleses começaram a bater em retirada.

– Bom, eu nunca de fato entendi qual é o objetivo da guerra – seu pai disse depois. – Os ingleses são bons marinheiros, e não tenho nada contra eles. Mas nosso ganha-pão estava em jogo. Se levassem nossos barcos, seria o fim. Foi por isso que vencemos. Não tínhamos escolha.

No convés do *Cristiano VIII*, Laurids estava acomodado embaixo da bandeira de trégua, observando as multidões aglomeradas nas margens. Ele não sabia bem se entendia a guerra melhor do que o pai. Estavam defendendo a bandeira dinamarquesa contra os alemães, e isso lhe bastara até um momento antes. A guerra era como navegar. Dava para aprender a respeito das nuvens, da direção do vento e das correntes, mas o mar permanecia sempre imprevisível. A única coisa possível de se fazer era se adaptar a ele e tentar voltar para casa vivo. Aqui, o inimigo era o bombardeio de canhão de Eckernförde. Quando fosse silenciado, o caminho para casa estaria livre. Isso era a guerra, até onde lhe dizia respeito. Ele não era patriota, nem o oposto disso. Aceitava a vida do jeito que ela vinha. Seu horizonte continha topos de mastros, velas desfraldadas e o torreão alto da igreja: o horizonte de Marstal, visto do mar. Aqui, pessoas comuns iam à guerra; não apenas soldados, mas gente de Eckernförde, um porto onde ele tinha ancorado várias vezes com carregamentos de grãos: o mesmo lugar de onde tinha partido na noite em que virou Ærø de cabeça para baixo. Agora, o povo de Eckernförde postava-se ombro a ombro nas margens, do mesmo jeito que o de Marstal tinha feito no passado. Então, qual seria afinal o objetivo desta guerra?

Um barco foi lançado da margem. Nele, estava o tenente do *Cristiano VIII*, que retornava da terceira rodada de negociações. Em cada ocasião, a batalha tinha sido postergada. O cessar-fogo tinha durado duas horas e meia, e agora eram quatro e meia. Pela maneira furiosa como os marinheiros remavam, estava claro que algo decisivo tinha acontecido. Então, de súbito, os canhões da praia irromperam em um rugido. No mastro, a bandeira de trégua ainda estava desfraldada ao vento, mas a guerra tinha sido retomada.

O *Cristiano VIII* revidou o fogo imediatamente; já a *Gefion*, silenciosa feito um navio fantasma, tentou sair da frente. Tínhamos desistido e usávamos nossas últimas forças para avançar bem devagar com a âncora leve.

Agora, o inimigo havia mudado de tática, apontando ambas as baterias às margens do fiorde para o *Cristiano VIII*, e não para nós, na tentativa de fazê-lo incendiar. Várias das balas de canhão que se abateram sobre ele estavam vermelhas de tão quentes, depois de terem passado metade da tarde nas fogueiras. O povo de Eckernförde tinha aproveitado bem seu tempo.

Em poucos segundos, o convés estava coberto de homens caídos e feridos. O ataque foi repentino. Fogos ardiam em vários locais, e nós imediatamente deslocamos bombas e mangueiras para evitar as mortes no convés, mas chamas crepitantes já tinham se instalado.

O comandante Paludan percebeu então que a batalha estava perdida. O *Cristiano VIII* desviou-se para fugir da linha de fogo, mas o vento ainda estava contra ele, e a única coisa que conseguiu foi atravessar a corrente e, assim, perder a vantagem de ficar com o costado voltado para a margem. Adivinhando qual era o plano do comandante, os alemães imediatamente apontaram para as velas e o cordame. Não iriam permitir que o inimigo escapasse.

Içou-se a âncora pesada, mas as perdas foram enormes. Bombas de fogo caíram na proa; granadas explodiram entre as pernas das pobres almas que cuidavam do cabrestante. Pediram-se reforços, e os recém-chegados chutaram os mortos e os feridos para o lado com as botas. Então, granadas novas explodiram as barras do cabrestante, deixando cotos de madeira, ossos estilhaçados e dedos moídos. Finalmente, a âncora foi erguida, escorrendo lama e algas. Este feito, por si só, custou a felicidade de dez famílias. Aqueles filhos e pais não voltariam para casa.

A bujarrona foi levantada, as velas de mezena foram presas e as outras velas, içadas. De seu posto na gávea, Laurids subiu com os outros e avançou sobre a verga, de onde tinha uma visão excelente da batalha.

O sol estava se pondo no horizonte, lançando sua luz suave pelo fiorde e pela paisagem. Laivos de nuvens espraiavam-se pelo céu avermelhado; a apenas algumas centenas de metros do fiorde, tudo estava em paz, com jeito de primavera. Mas as margens estavam escuras de tanta gente armada, e a artilharia disparava sem cessar, postada atrás do abrigo dos muros de pedra. Da praia, balas de canhão incandescentes voavam em bombardeio contínuo, ao mesmo tempo que civis aos milhares erguiam armas e faziam mira.

Uma vez, Laurids ficou dependurado na ponta da verga durante um período de névoa cerrada, a sul do cabo Horn, com as mãos congeladas. Ele teve que escalar de volta até seu posto agarrando o cordame com os braços e as pernas, mas não sentiu medo. Agora, suas mãos tremiam tanto que não conseguia soltar nem o mais simples dos nós.

Velas, mastros e cordame tinham sido arrancados pelos tiros. Ao redor deles, outros homens que trabalhavam no alto iam caindo, um a um, atingidos por granadas, por bolas de fogo ou pelos estilhaços dos mastros afetados, que faziam as vezes de lanças, desabando entre velas meio içadas, cordas e adriças, mergulhando no convés lá embaixo, ou afundando na água. Então ele desistiu e retornou ao cordame.

No convés, reinava o caos. As velas não podiam ser içadas, porque as adriças e as braçadeiras tinham sido despedaçadas por tiros. Parte da tripulação puxava as amarras da vela principal e quase conseguiu içá-la quando, de repente, caiu sobre eles uma chuva de polias e cordas que quase os matou.

Todas as tentativas de salvar o *Cristiano VIII* tinham falhado. Fazer o navio velejar tornara-se impossível e, de todo modo, o vento soprava na direção da terra. Um forte vendaval estava se formando, e o poderoso navio deslocava-se para a margem sem que ninguém pudesse fazer nada, encalhando a leste, pouco antes da bateria sul, que continuava seu ataque feroz à embarcação agora indefesa. Apenas os canhões da popa poderiam ser usados nessa posição, mas o barco estava tão tombado que nada mais parava no lugar.

Então um grito se elevou:

– Fogo a bordo!

Os primeiros berros foram alarme falso, se comparados com este. Uma bola de fogo tinha perfurado a bateria mais interna e se alojado na parte fechada, a estibordo. As chamas espalhavam-se com rapidez, ameaçando os depósitos de pólvora. Outras áreas também tinham pegado fogo. Os homens usavam as bombas, mas em vão. As chamas dominavam tudo.

Às seis horas, a bandeira foi baixada e o *Cristiano VIII* parou de atirar, mas o bombardeio continuou durante mais quinze minutos antes que a ânsia do inimigo pela vitória (sobre um navio de batalha que apenas horas antes parecia invencível) fosse aplacada.

O comandante Paludan foi levado a terra firme em um bote a remo, como sinal de rendição, e foi então que a coragem da tripulação finalmente afundou. Os homens desistiram de lutar contra o fogo e ficaram arrastando os pés de um lado para outro, imundos e fedidos. Agora, o conhecimento de navegação que tinham não servia de nada. Não possuíam experiência de guerra, nem de derrota: imaginaram que a batalha iria ser uma piada, e agora a alma estava exaurida de energia e a cabeça, vazia de tudo que não fosse o eco dos canhões. Esta última parte vergonhosa da batalha durou uma hora e meia, mas parecia uma vida e meia. Não dava para enxergar nada além disso. Estavam totalmente exauridos.

Alguns se acomodaram no convés, em meio ao mar de chamas, como se os avisos a respeito delas no inferno, pronunciados do púlpito pelo sacerdote, tivessem se tornado realidade, enquanto outros permaneciam imóveis, olhando para o nada, com os mecanismos internos avariados. Os tenentes Ulrik, Stjernholm e Corfitz corriam de um lado para outro, berrando na cara deles: precisavam agir, eram mais necessários do que nunca para que um desastre completo fosse evitado e a honra da Dinamarca salva, depois de uma batalha da qual eles não podiam exatamente se orgulhar. Mas tinham ficado surdos por causa dos canhões, e a única coisa capaz de fazê-los se mover seriam empurrões, encontrões e chutes.

Laurids se deixou levar até o depósito de pólvora mais a bombordo, mas demorou para jogar os barris na água. Eram apenas cinco homens, e, sempre que um novo marinheiro era forçado a entrar na câmara, saía de novo, apressado.

De repente, veio o grito:

– Todos os homens, subam!

Souberam no mesmo instante o que aquilo significava. Trocando olhares de alarme, largaram as bombas e os barris e dispararam escada acima, encontrando lá ovelhas, novilhos, porcos, galinhas e patos, que tinham fugido dos cercados e corriam soltos no convés entre os marinheiros apavorados. Um porco remexia em tudo, enfiando o focinho em montes sanguinolentos de entranhas, lambendo os beiços.

Os homens corriam de um lado para outro, cada um com sua própria missão urgente. Alguns procuravam suas roupas e baús, já outros subiam na amurada como se estivessem cogitando um salto na água gelada. Ninguém dava atenção aos feridos, que ficavam no caminho de todos e eram pisoteados sem a menor cerimônia. Os berros de agonia tornaram-se inaudíveis: a maior parte da tripulação ainda estava surda depois de horas de bombardeio intenso.

Laurids correu para a enfermaria, preocupado com a possibilidade de que os feridos pudessem ser abandonados. Fumaça penetrava entre as tábuas de carvalho pesadas. Cobrindo a boca com a mão, ele entrou no aposento escuro, onde um servente com o rosto enrolado em um pano lhe dirigiu a palavra.

– Alguém está vindo? – o homem perguntou, e Laurids percebeu que sua audição tinha retornado. – Precisamos ajudar os feridos lá em cima. Vamos sufocar aqui!

– Vou chamar ajuda! – Laurids berrou em resposta.

No convés, não havia sinal dos oficiais que tinham chutado a tripulação e batido nos homens com a lateral das lâminas; em vez disso, ele viu uma multidão de homens correndo para uma saída, com uma escadinha de corda, e foi em sua direção. A evacuação já estava com força total. Ele avistou um par de tenentes abrindo caminho pela multidão com as espadas, na tentativa de alcançar a abertura. O segundo em comando do navio, o capitão Krieger, estava postado de lado, observando tudo com um olhar estranho e distante, o binóculo pendurado nas costas, um retrato da mulher com moldura dourada enfiado embaixo de um braço e o outro erguido em um gesto de saudação.

– Vocês demonstraram ser homens corajosos – balbuciava sem cessar, como se estivesse abençoando sua manada em estado lastimável. – Cumpriram sua obrigação. São todos meus irmãos.

Ninguém prestou atenção nele; agora, cada homem concentrava-se no maior obstáculo em seu caminho para a salvação: as costas do marinheiro à sua frente bloqueando o acesso à passagem aberta. Laurids foi até Krieger e berrou-lhe na cara:

– Os feridos, capitão Krieger, os feridos!

O capitão voltou-se para ele, mas seu olhar permaneceu distante. Pousou a mão no ombro de Laurids. Este sentiu que a mão de Krieger tremia, mas sua voz era calma, quase sonolenta.

– Meu irmão, quando chegarmos a terra, vamos nos falar como se fôssemos parentes.

– Os feridos precisam de ajuda! – Laurids berrou mais uma vez. – O navio todo está prestes a explodir.

A mão do capitão permaneceu no ombro de Laurids.

– Sim, os feridos – ele disse no mesmo tom monótono e calmo –, eles também são meus irmãos. Quando chegarmos a terra, vamos nos falar como se fôssemos parentes. – Sua voz desintegrou-se em balbucios, e então ele recomeçou, desfiando as mesmas frases. – Vocês demonstraram ser homens corajosos. Cumpriram sua obrigação. São todos meus irmãos.

Laurids desistiu do capitão e se voltou para os homens que lutavam para chegar à passagem aberta, agarrando cada um deles pelos ombros e gritando-lhes a mensagem relativa a ajudar os feridos. O primeiro homem reagiu com um soco no queixo. O segundo sacudiu a cabeça em um gesto de descrença e se jogou com energia redobrada para o meio da confusão.

A evacuação tinha se acelerado. Barcos de pesca saíam das margens para resgatar a tripulação do navio de guerra que, apenas algumas horas antes, bombardeava-os, enquanto o bote principal do navio ia e vinha sem parar entre a embarcação e a margem. Laurids debruçou-se por cima da amurada e avistou o fogaréu que se erguia das escotilhas de canhão na popa. Era apenas uma questão de tempo.

A fumaça derramava-se para fora de cada abertura, tornando muito difícil respirar, tanto no convés de cima quanto no de baixo. Mais uma vez, ele se apressou até a enfermaria, mas logo foi forçado a abandonar a ideia: a fumaça agora era tão densa e sufocante que parecia impossível alguém ter sobrevivido.

– Há alguém aqui? – chamou, mas ninguém respondeu.

A fumaça chamuscou seus pulmões, e um ataque de tosse fez com que lágrimas lhe escorressem pelo rosto. Retornou com rapidez para o convés, apertando bem os olhos, que ardiam e doíam, temporariamente cego pela fumaça. Derrapou e caiu no convés, escorregadio por causa dos excrementos humanos e dos órgãos espalhados. Sua mão tocou em algo mole e molhado, e ele se levantou de um pulo, esfregando-as nas calças imundas, aterrorizado. Não conseguia suportar a ideia de que tinha tocado no sangue e nas entranhas de outro ser humano. Parecia que sua alma tinha sido escaldada.

Cambaleou até a amurada, onde a fumaça era mais rala, e tentou retomar a visão. Através de uma névoa de lágrimas, distinguiu o bote, que tinha encalhado em um banco de areia, forçando a tripulação a pular na água e caminhar no vau até a margem, onde os soldados inimigos estavam à sua espera. Então o bote se soltou e, imediatamente, retornou ao *Cristiano VIII,* enquanto vários dos barcos de pesca próximos ao navio começaram a retornar a terra. O bote também deu meia-volta. Urros de protesto ergueram-se da passagem aberta.

Laurids deu um passo para longe da amurada e entrou nas nuvens espessas de fumaça.

– Eu vi Laurids – Ejnar sempre diria depois. – Juro que vi.

Ejnar estava em terra quando o *Cristiano VIII* explodiu pelos ares. Tinha sido levado da *Gefion* até a margem sob guarda e agrupado com os outros sobreviventes da fragata, esperando para ser levado embora. Os soldados alemães pareciam quase estupefatos com a própria vitória, e sem a mínima ideia do que fazer conosco. Nossos números não paravam de crescer, com os homens de ambos os navios de guerra derrotados enchendo paulatinamente a margem.

Então o grito de aviso soou pela água.

A maior parte de nós, homens cansados e desanimados, ficou sentada na praia com os olhos fixos na areia enquanto os soldados nos apontavam as baionetas com mãos trêmulas. Mas, então, erguemos os olhos. Na popa do navio de linha, uma pilastra de fogo disparou com um estrondo ensurdecedor. Então, mais: coluna após coluna de chamas irrompia no convés, à medida que os depósitos de pólvora iam entrando em ignição. Em segundos os mastros e as vergas foram reduzidos a carvão, enquanto as velas se desfaziam em enormes flocos de cinzas e o imenso casco de carvalho se transformava em um brinquedo leve como uma pluma nas mãos brutais do incêndio. Mas o pior ainda estava por vir. O calor imenso tinha feito disparar os canhões do navio derrotado, os quais, no momento da rendição, estavam carregados. Agora, simultaneamente, disparavam seu conteúdo mortal na direção da margem.

Berros de pavor ergueram-se da praia apinhada de gente quando as balas de canhão começaram a se abater sobre nós. A morte foi arbitrária. Destroços em chamas choviam do céu, causando destruição onde quer que caíssem, de modo que a hora da vitória foi marcada pelo som de homens berrando. Esta, então, foi a saudação final do navio que morria aos vitoriosos e aos derrotados: um ataque mortal, que abateu da mesma maneira amigos e inimigos. A guerra mostrou sua verdadeira face ali, sob a chuva de fogo no fiorde de Eckernförde.

Por um momento, pareceu que todo mundo na praia tinha sido morto. Corpos se espalhavam por todos os lados, e nem um único homem estava em pé. Muitos estavam estirados, com o rosto virado para o chão e os braços abertos, como se rezassem para as chamas que se erguiam na água. Aqui e ali, um destroço queimava na areia. Lentamente, algumas das silhuetas prostradas se levantaram, olhando ansiosamente para o navio em chamas. Gritos vinham da água. Vários dos barcos que tinham se apressado para salvar a tripulação do navio foram atingidos e incendiados. O tenente Stjernholm e quatro homens estavam se dirigindo para a praia com o cofre do navio, mas a popa do bote deles foi destruída quando o *Cristiano VIII* explodiu. O cofre se perdera, mas o tenente conseguiu se salvar. Apenas um dos homens do bote o acompanhava quando ele chegou cambaleante à praia, completamente encharcado. Os outros tinham se afogado.

A praia estava em silêncio, com exceção dos gemidos fracos dos feridos e o crepitar de destroços ainda em chamas, quando, de repente, um grito ecoou por terra e água.

– Eu vi Laurids! Eu vi Laurids!

Erguemos a cabeça e olhamos ao redor. Reconhecemos a voz de Ejnar, e a maior parte de nós achou que o coitado tinha perdido a cabeça. Então o caos se instalou por toda a praia e todo mundo começou a gritar, como se a única maneira de se sentir vivo fosse fazer o maior alarde possível. Na confusão, poderíamos ter fugido de nossos captores, mas tínhamos perdido a coragem (e, com ela, a capacidade de agir). Precisamos nos contentar em simplesmente ter sobrevivido: não éramos capazes de pensar em mais nada.

Nossos captores não estavam em situação muito melhor. Eles nos levaram para longe da praia; tinham o rosto paralisado, como testemunhas mudas da destruição que eles mesmos evitaram por pouco. Nossa marcha parecia mais uma retirada em massa do teatro da guerra do que o transporte organizado de prisioneiros.

Os alemães tinham-nos feito debandar, mas a expressão de seu rosto não era de triunfo. O pavor das forças impensáveis que a guerra tinha desencadeado unia tanto os vitoriosos quanto os vencidos.

Eles nos levaram para a igreja de Eckernförde. O chão tinha sido coberto de palha para que ali pudéssemos nos jogar e descansar o corpo exausto. Estávamos totalmente encharcados e tremíamos de frio. Quando o sol se pôs, a noite de abril ficou fria. Aqueles dentre nós que conseguiram salvar as bagagens trocaram de roupa e emprestaram aos camaradas menos afortunados aquilo de que precisavam. Logo, rações de alimento chegaram: pão integral, cerveja e toucinho defumado, vindos dos mercados locais. Ninguém em Eckernförde esperava ver a cidade cheia de prisioneiros de guerra. Ao contrário, esperava-se que soldados dinamarqueses estivessem patrulhando as ruas antes de o dia terminar. Agora, em vez de estarem sob vigilância, os cidadãos do lugar faziam o papel de anfitriões.

Velhas apareciam na igreja para vender pão branco e álcool para quem tinha dinheiro. Uma delas era Mutter Ilse, do quadril torto. Acariciou a face de um prisioneiro com o dedo coberto de fuligem e balbuciou:

– Pobre rapaz.

Ela o tinha reconhecido de suas visitas anteriores à cidade. Todos nós já tínhamos comprado álcool dela. O homem agarrou sua mão.

– Não me chame de pobre rapaz. Eu estou vivo.

Era Ejnar.

Na longa pausa que se seguiu ao hasteamento da bandeira sinalizadora, Ejnar tinha circulado pelo convés à procura de Kresten, mas não conseguiu encontrá-lo, nem entre os vivos nem entre os feridos. Muitos dos mortos estavam deitados com o rosto voltado para baixo, e ele precisou virá-los. Outros não tinham mais rosto, arrancado por um tiro. Kresten não estava entre os corpos ao redor do canhão número sete.

Torvald Bønnelykke, que estava em pé ao lado de um dos outros canhões, foi falar com ele.

– Está procurando Kresten? – perguntou.

Ele era de Marstal e tinha concordado com as previsões sombrias de Kresten.

– Ele está estirado ali. – Apontou. – Mas não vai reconhecê-lo. Uma bala de canhão arrancou a cabeça dele. Eu estava bem a seu lado quando aconteceu.

– Então, ele tinha razão – Ejnar falou. – Que maneira mais terrível de morrer.

– Morte é morte – Bønnelykke disse. – Não sei se um jeito é melhor do que outro. O resultado é sempre o mesmo.

– É melhor eu pegar a bagagem dele. Prometi que pegaria. Você viu o Baixinho Clausen?

Bønnelykke meneou a cabeça. Perguntaram ao redor, mas ninguém sabia onde ele estava.

A essa altura, já eram cerca de dez da noite. Exaustos, estávamos nos preparando para dormir quando a porta da igreja se abriu e mais um prisioneiro foi conduzido para dentro, enrolado em um cobertor enorme. Ele espirrava sem parar, e todo o seu corpo tremia.

– Com os diabos, como estou com frio – disse com a voz rouca, então deu mais um espirro explosivo.

– Meu Deus, mas se não é o Baixinho Clausen!

Ejnar levantou-se com dificuldade e se aproximou do amigo.

– Então, ainda está vivo.

– Claro que estou, diabos. Eu disse a você que seria assim. Mas este resfriado canalha é que vai me matar: estou doente feito um cão. – Voltou a espirrar.

Ejnar abraçou-o e o conduziu até a cama de palha que tinha preparado para si. Sentia o Baixinho Clausen tremendo embaixo do cobertor, seu rosto tingido de um vermelho febril.

– Tem alguma roupa seca?

– Não, uma desgraça... não consegui salvar minha bagagem.

– Fique com estas. Espero que não se incomode de usar as coisas de Kresten.

– Então, ele...

– É, aconteceu que ele tinha razão. Mas o que se passou com você? Procuramos por todo lugar. Achei que tinha...

– Por acaso não dizem que você não se afoga se sua sina é ser enforcado? Parece que o Senhor decidiu que eu vou morrer de resfriado, não no combate. Passei a batalha toda suspenso em uma cadeira de comando velha, pendurada pelas amarras no costado do navio. Minha função era fechar os buracos com placas de chumbo. Ficavam atirando em mim, aqueles canalhas. Mas, de qualquer modo, erraram o alvo.

– Não achei que você fosse tão sensível – Ejnar disse. – Como é que um pouco de ar fresco deixou você doente?

– Diabo, o resto da tripulação se esqueceu completamente de mim. Fiquei preso lá o dia todo, com as pernas enfiadas na água, congelando o traseiro. – O Baixinho Clausen espirrou mais uma vez. – Só quando o navio foi evacuado é que consegui chamar a atenção de um bote. A essa altura, já estava todo azul. Não conseguia nem andar quando retornei a terra firme. – Vestiu as roupas secas e estava dando tapas em si mesmo para se aquecer enquanto olhava ao redor, pela igreja. – Quantos morreram?

– Quer dizer, quantos de Marstal?

– Claro, o que mais eu podia querer saber? Não conheço os outros.

– Acho que perdemos sete.

– Laurids estava entre eles?

Ejnar ficou olhando para o chão. Então deu de ombros, como se estivesse acanhado com algo vergonhoso.

– Não posso responder.

– Quer dizer que ele fugiu?

– Não. Não exatamente. Eu o vi disparando pelos ares. Mas daí vi quando voltou a descer.

O Baixinho Clausen ficou olhando fixo para ele, descrente, e então meneou a cabeça.

– Meus olhos dizem que você não se feriu – falou. – Mas meus ouvidos dizem que perdeu a cabeça.

Ele deu outro espirro e se sentou de modo abrupto na cama de palha. Ejnar sentou-se ao lado dele e ficou olhando para o nada, com os olhos perdidos. Talvez realmente tivesse ficado louco. O Baixinho Clausen inclinou-se na direção do amigo e o abraçou.

– Pronto, pronto – ele o reconfortou. – Você vai voltar a ficar são, vai ver só.

Ele caiu em silêncio. Então concluiu, baixinho:

– Mas acho que é melhor contarmos Laurids como baixa.

Ficaram ali sentados mais um pouco, sem dizer nada. Então se deitaram e caíram no sono, completamente exaustos.

Às sete da manhã, fomos acordados e recebemos mais pão, toucinho e cerveja quente; uma hora depois, fizeram uma contagem. Quando um oficial chegou para pegar nosso nome e nossa cidade de origem, para que avisassem a família, partimos para cima dele, berrando os detalhes com tanto clamor que, às dez horas, quando chegou a ordem para nos conduzir até a fortaleza em Rendsburg, ele só tinha anotado a metade dos nomes.

Do lado de fora da igreja, fomos organizados em fileiras. O clima tinha mudado: parecia que Eckernförde estava se voltando contra o inimigo vencido e nossos guardas estavam perdendo a paciência conosco. Muitos ainda nos encontrávamos surdos por causa dos tiros de canhão do dia anterior e não conseguíamos escutar as ordens que eram gritadas bem na nossa cara. Então, começaram a nos empurrar e nos surrar. Os moradores da cidade se agitavam ao redor, comemorando nossa humilhação, ao mesmo tempo que uma multidão de marinheiros com cutelos dependurados no cinto berrava xingamentos grosseiros (que, para nossa grande irritação, tínhamos de aguentar em silêncio).

A rua principal corria ao longo da margem e nos permitiu um vislumbre final da derrota inexplicável: os destroços do *Cristiano VIII* flutuando na água. A embarcação ainda fumegava, com fumaça se erguendo do casco chamuscado, e a praia estava cheia de pedaços de mastros e vergas lançados a terra pela explosão. Igual a formigas mordiscando a carcaça de um leão, os alemães já estavam ocupados em recuperar os pedaços daquilo que pouco antes tinha sido uma das embarcações que mais orgulho inspiravam na marinha dinamarquesa. Passamos pela bateria do sul, que tínhamos bombardeado durante um dia inteiro e, no fim, tinha selado nosso destino. Nem o homem com menos estudo entre nós precisou contar nos dedos para calcular o poder de fogo do inimigo. Quatro canhões! Só isso. Um Davi tinha lutado contra Golias. E Golias fôramos nós.

Vários veículos nos ultrapassaram, carregando oficiais do *Cristiano VIII* e da *Gefion*. Eles também estavam sendo levados para a prisão em Rendsburg. Trocamos saudações, e eles desapareceram em uma nuvem de poeira. Então ouvimos o rangido de mais uma carroça e o som de risadas. Alguns oficiais de Holstein passaram por nós. Entre eles, destacava-se um homem careca.

O Baixinho Clausen e Ejnar se entreolharam.

– Que o diabo me carregue – o Baixinho Clausen disse. – Aquele era Laurids!

– Eu falei para você. Ele disparou pelos ares e voltou a descer.

O rosto do Baixinho Clausen abriu-se em um sorriso.

– Bom, eu nem quero saber como ele fez isso. O mais importante é que está vivo.

A carroça parou um pouco adiante, os oficiais desceram e trocaram apertos de mão com Laurids. Um deles enfiou uma garrafa de bebida no bolso de seu casaco e outro empurrou um maço de notas na mão dele. Então, ergueram os braços para saudá-lo e saíram. Durante um tempo, Laurids ficou lá parado, todo agitado. O Baixinho Clausen gritou seu nome. Ele olhou em nossa direção e ergueu a mão, hesitante. Um soldado pegou seu braço e o enfiou nas fileiras, perto de seus concidadãos de Marstal.

– Laurids! – exclamou o Baixinho Clausen. – Achei que estivesse morto.

– E estava mesmo – Laurids disse. – Eu vi a bunda desnuda de São Pedro.

– A bunda desnuda de São Pedro?

– É, ele ergueu a túnica e mostrou as nádegas para mim.

Laurids tirou a garrafa de bebida do bolso do casaco e tomou um gole do líquido transparente. Entregou a garrafa ao Baixinho Clausen, e este bebeu bastante antes de passar para Ejnar, que continuava sem dizer nada.

– Você não sabia que, quando São Pedro mostra a bunda é porque ainda não chegou sua hora? – Laurids perguntou.

– E, assim, você decidiu voltar para a terra.

A explicação iluminou o rosto de Ejnar, e ele falou com o alívio de alguém que tivesse acabado de ser inocentado de uma acusação criminal.

– Eu vi tudo – ele disse. – Você estava no convés quando o *Cristiano VIII* explodiu. Foi lançado ao ar, dez metros no mínimo, e depois voltou e caiu em pé. O Baixinho Clausen disse que eu devia ter perdido a cabeça. Mas eu vi. Foi isso que aconteceu, não foi?

– Estava quente como o inferno – Laurids disse. – Mas esfriou no alto. Eu vi a bunda de São Pedro e soube que não ia morrer.

– Mas como foi que você voltou para terra firme? – o Baixinho Clausen perguntou.

– Eu caminhei – Laurids respondeu.

– Caminhou? Não está dizendo que andou sobre a água, está?

– Não. Estou dizendo que caminhei no fundo do mar.

Laurids parou e apontou para as botas. Alguém na coluna atrás dele deu um encontrão em suas costas largas, e as fileiras ficaram bagunçadas. Um soldado chegou apressado e empurrou Laurids com o cabo da arma.

Laurids se virou para trás.

– Cuidado, cuidado – disse, com tolerância de bêbado. Fez um gesto apaziguador, então voltou para a fila e retomou o ritmo da marcha.

O soldado foi caminhando ao lado dele.

– Eu não queria machucá-lo – ele disse em dinamarquês. O sotaque era do sul da Jutlândia.

– Não me machucou – Laurids respondeu.

– Ouvi falar de você – o soldado prosseguiu. – É o homem que explodiu junto com o *Cristiano VIII* e caiu de volta em pé, não é?

– Sim, sou eu – Laurids respondeu com dignidade considerável, e se aprumou. – Eu caí em pé, graças a Deus e às minhas botas de navegação.

– Suas botas de navegação?

Agora era a vez de Ejnar ficar estupefato.

– É – Laurids respondeu num tom de voz usado para explicar algo a uma criança. – Foi por causa das minhas botas de navegação que eu caí em pé. Você já experimentou usar as minhas botas de navegação? São uma desgraça de pesadas. Ninguém que as usasse poderia ficar no céu por muito tempo.

– É igual à ressurreição – o soldado disse, boquiaberto.

– Bobagem – Laurids desdenhou, brusco. – Jesus nunca usou botas de navegação.

– E São Pedro também não mostrou a bunda desnuda para ele – o Baixinho Clausen completou.

– Tem toda a razão – Laurids disse, e ofereceu a garrafa a todos.

O soldado também foi convidado a beber. Olhou de soslaio por cima do ombro e tomou um gole grande.

Mas a nossa alegria logo se desfez. Eram trinta quilômetros até Rendsburg, e nós tivemos de caminhar o dia inteiro para chegar lá. Quando os camponeses saíam para nos observar, não retribuíamos o olhar; nossa bravata tinha se desmantelado. Enquanto avançávamos aos tropeções, a maior parte de nós apenas mantinha os olhos na poeira da estrada. Uma exaustão pesada tinha tomado conta de nós, mas não sabíamos dizer se sua origem estava nos pés doloridos ou no humor arrasado. Sem nos incomodarmos nem um pouco, dávamos encontrões uns nos outros, feito bêbados, apesar de o único a estar de fato gozando do privilégio da embriaguez ser Laurids. Ele, por sua vez, não se abalou com o nosso apuro. Seguia marchando, cantarolando para si mesmo; apesar da visita ao Senhor, nenhuma das canções que escolhia era sagrada. Finalmente, até ele caiu em silêncio e seguiu se arrastando, com os olhos voltados para dentro, como se estivesse começando a dormir para fazer a bebedeira passar enquanto ainda estava em pé.

De vez em quando, parávamos em um laguinho para beber água. Os soldados ficavam de olho em nós, com as baionetas em riste, enquanto enchíamos os chapéus de água e a compartilhávamos. Então a marcha era retomada. Na metade do caminho para Rendsburg, os guardas foram trocados por outros, e Ejnar e o Baixinho Clausen despediram-se do soldado simpático. Laurids continuava em um mundo só seu. O soldado deu uma última olhada nele e trocou algumas palavras com o homem que o substituiu, um prussiano. Este olhou para Laurids cheio de dúvidas e meneou a cabeça. Mas, durante todo o resto da marcha, ficou prestando atenção nele.

Chegamos a Rendsburg ao entardecer. Rumores sobre a batalha nos precederam, e a estrada e as muretas estavam cheias de gente que tinha saído para espiar os prisioneiros. Atravessamos o portão da estrada e cruzamos uma ponte antes de entrar pelo portal interno, quando nos vimos nas ruas estreitas do centro da cidade. Aqui, outros milhares de pessoas tinham se reunido para nos observar, e os guardas precisaram mostrar as armas para abrir caminho e manter os curiosos afastados. Havia montes de moças bonitas entre eles, e era irritante saber que os olhos delas pousavam sobre nós com desprezo.

Fomos colocados em uma igreja antiga e espaçosa, cujo piso tinha sido coberto com tanta palha que parecia mais um celeiro do que uma casa de Deus. Nós não tínhamos comido absolutamente nada o dia todo, mas agora distribuíam sacos de biscoitos e cerveja quente. Os biscoitos deviam ter vários anos de idade (transformavam-se em poeira na boca), mas a cerveja foi bem-vinda e logo estávamos todos estirados pelo piso largo da igreja, dormindo pesado.

No dia seguinte, Sábado de Aleluia, ficamos andando de um lado para outro, avaliando as opções de acomodação e de dormir, redescobrindo alguns amigos e reparando na perda de outros. Havia homens tanto da *Gefion* quanto do *Cristiano VIII*. Algumas partes da igreja tinham cadeiras e cortinas nas janelas; estas foram logo ocupadas, e sua posse foi considerada privilégio. Nós, os homens de Marstal, reunimo-nos em uma sala ao lado do coro. Os outros se aproximaram dos que também eram da mesma cidade: homens de Ærøskøbing aqui, homens da Fiônia ali, homens de Lolland, homens de Langeland. Lá na igreja forrada de palha, redesenhamos o mapa.

* * *

A disciplina nos era estranha. Não estávamos na marinha havia tempo suficiente para valorizar qualquer sistema formal de ordem além daquele que tínhamos criado por conta própria. Quando o navio de guerra pegou fogo sob nossos pés, fomos separados dos oficiais, e agora obedecíamos apenas a uma ordem: a do estômago. A abertura da porta da igreja pela manhã para os guardas trazerem pão foi como um estouro de boiada, cada homem pensando apenas na própria fome. No final, os soldados acabaram jogando o pão para cima, e nós lutamos pelos pedaços feito animais selvagens. Alguém arrancou o pão das mãos de Ejnar, e o Baixinho Clausen levou um chute na canela. Foi um episódio vergonhoso, mas qualquer disciplina que a marinha nos tivesse incutido desaparecera. Na nova ordem que fomos forçados a criar, a habilidade de lutar era útil. Só Laurids ficou acima disso tudo, como se não estivesse afetado nem pela fome, nem pela sede.

A refeição seguinte foi distribuída à maneira de um exercício militar, com um major e um sargento berrando ordens em nossa direção. Tinham trazido os contramestres da *Gefion* e do *Cristiano VIII*, que nos dividiram nos mesmos grupos de oito dos navios de guerra, para que nos alimentássemos de modo ordeiro. Cada um recebeu uma colher e uma tigela de metal e fez fila na frente do altar. E foi, à sua própria maneira, uma espécie de comunhão; porque mostrou-se necessário até o último fiapo de imaginação para transubstanciar o que estava dentro das tigelas de metal em algo comestível, e consumimos aquela mistura de mingau com ameixas de aparência deplorável apenas por pura necessidade. Depois, deitamos na palha para dormir. A exaustão que tinha tomado conta de nós no dia após a derrota permanecia forte.

No fim da tarde, a porta da igreja voltou a se abrir e um grupo de oficiais entrou, juntamente com alguns homens bem-vestidos, sem dúvida cidadãos de destaque de Rendsburg, e o soldado prussiano que tinha olhado para o nosso conterrâneo com tanta desconfiança na segunda etapa da marcha. Enquanto os convidados esperavam à porta, o prussiano começou a caminhar pela igreja, como se procurasse alguém. Quando finalmente avistou Laurids, ordenou que ele se levantasse do monte de palha e o conduziu até o grupo de oficiais e cavalheiros. Quando começaram a conversar, ficou óbvio que estavam interrogando Laurids. Daí, depois de um tempo, fizeram a mesma coisa que os oficiais de Holstein tinham feito no caminho a Rendsburg, quando se despediram: entregaram notas de dinheiro a ele antes de se retirarem com educação. Alguns dos sujeitos bem-vestidos até tiraram o chapéu.

Laurids, o viajante celestial, tinha se transformado em celebridade.

A história agora circulava por toda a igreja. Acontece que Ejnar não tinha sido o único a ver Laurids disparar no ar quando o *Cristiano VIII* explodiu e depois reaparecer, por milagre, no convés em chamas quando a coluna de fogo amainou. Todos acreditaram que tinha sido uma espécie de miragem, uma aparição causada pelo nervosismo do perigo de morte durante a batalha, e não tinham comentado com ninguém: mas, agora, estas pessoas se apresentavam para dar ao restante de nós seu testemunho, e logo uma grande multidão reunia-se na frente de Laurids.

Queríamos saber por que as roupas e o cabelo dele não estavam chamuscados.

– Minhas botas estão – ele respondeu, e esticou a perna para inspeção.

– E seus pés? – indagamos.

– Estão fedidos – Laurids respondeu.

Ejnar não conseguia tirar os olhos dele. Olhava-o do jeito que se olha para um desconhecido completo: e era exatamente isso que Laurids tinha passado a ser para ele. Começou a tratá-lo com subserviência tímida e parecia não conseguir se comportar com normalidade perto dele. O Baixinho Clausen, por sua vez, aceitou o que tinha acontecido. Ou, melhor, agora que Laurids estava parado à sua frente, grande como a vida, ele aceitava que outros acreditassem em sua ascensão. Pessoalmente, mostrara-se cético desde o início; então, quando se transformou em crente oficial, foi mais em nome da camaradagem, como dar risada junto com todos de uma piada compartilhada. Aos olhos dele, Laurids era um piadista nato. Primeiro, fez a ilha toda acreditar que os alemães estavam chegando. E agora tinha feito os alemães acreditarem que ele tinha ido ao céu e voltado. O Baixinho Clausen sentia um respeito de cair o queixo por esta conquista. Aquele Laurids era um sujeito e tanto!

Enquanto Laurids discorria a respeito do assunto, a igreja encheu-se de mulheres que tinham recebido permissão para ir lá todos os dias com suas cestas para vender café, bolo, pão azedo, ovos, manteiga, queijo, arenque e papel. Os homens da *Gefion* tinham dinheiro para gastar: antes de jogar o cofre na água para impedir que o inimigo se apoderasse dele, os oficiais o abriram e deram a cada integrante da tripulação algumas moedas, e a maior parte de nós tinha conseguido salvar a bagagem.

Nós, de Marstal, achávamos que éramos privilegiados: todos, menos Laurids, estávamos a bordo da *Gefion*. Laurids não tinha recuperado nada do *Cristiano VIII*, com exceção das roupas do corpo e, é claro, sua reputação de viajante astral. No entanto, esta última foi suficiente para lhe garantir renda considerável. Os bolsos dele estavam cheios de moedas de cinco marcos que alemães curiosos tinham lhe dado. Depois de providenciar que tivéssemos tudo de que precisávamos, Laurids comprou provisões extras e distribuiu-as entre a tripulação do *Cristiano VIII*, que, como ele, tinha sido obrigada a abandonar o navio sem as posses. Ela recebeu os presentes com gratidão, e isso acentuou ainda mais a reputação dele.

Quando acordamos, era Domingo de Páscoa, e nós iríamos passá-lo presos em uma igreja, sem nenhum sacerdote à vista. Deitamos de barriga para cima na palha, olhando para os arcos altos e abobadados acima de nós. À nossa volta havia pinturas escuras com pesadas molduras douradas e estátuas de madeira entalhada; do teto, tão alto quanto um mastro, lustres pendiam: tudo muitíssimo diferente da igreja de Marstal, com seus bancos pintados de azul e paredes simples caiadas de branco. Mas nós não estávamos em clima de louvor, ali, deitados na palha. Palha era para animais de criação, e nós nos sentíamos feito porcos em um chiqueiro: os arcos grandiosos da igreja, em vez de despertar um sentimento de contemplação religiosa, causavam uma sensação de humilhação e zombaria. Afinal, éramos homens combalidos, roubados não apenas de nossa liberdade, mas também (muito pior) do nosso orgulho. Não tínhamos lutado com honra. Era provável que, depois, fossem nos dizer algo diferente, e talvez um dia alguns de nós acabássemos acreditando nisso. Mas, neste momento, os acontecimentos do fiorde de Eckernförde estavam frescos em nossa mente e contavam a história de maneira muito clara. Tínhamos ficado confusos e em pânico (e, sim, bêbados também), e aqueles dentre nós que eram marinheiros experientes não tinham recebido treinamento de soldados, e os que possuíam experiência militar não sabiam nada sobre navegação.

O capitão Krieger tinha explodido junto com o retrato da mulher (e que o Senhor tenha misericórdia de sua alma, pobre louco arrasado); já o comandante Paludan fora o primeiro a embarcar no bote salva-vidas e tinha sido levado a terra firme, em segurança. Será que esta conduta era digna de um comandante? Um ato que um marinheiro honesto poderia respeitar?

Acomodados ali na palha, como as criaturas patéticas que éramos, fitávamos o alto dos arcos. E, lá de cima, eles retribuíam o olhar.

Baldes de bebida estavam à disposição em vários cantos da igreja, e nos ofereceram tudo que pudéssemos beber, de graça. As vendedoras não ofereciam bebida forte, mas desde o primeiro dia de cativeiro o médico alemão tinha decretado que álcool era bom para a saúde, e nós nos dirigíamos para o balde feito porcos indo para a gamela. Sim, éramos de fato iguais a porcos, dormindo e rolando na palha: porcos que tinham escapado do facão do açougueiro por um tempo. Podíamos estar vivos, mas já não éramos mais humanos.

E fedíamos também. Tínhamos sujado as roupas durante a batalha, e o cheiro era de medo e de intestino descontrolado. Afinal, não é um segredo conhecido de todos os homens que, quando se vai para a guerra, enchem-se as calças feito uma criança amedrontada? Como marinheiros, todos temíamos nos afogar, mas nenhum de nós jamais tinha cagado nas calças quando uma vela se rasgava do mastro e das amarras, nem quando uma onda estraçalhava a amurada e se abatia sobre o convés.

Esta era a diferença: o mar respeitava nossa masculinidade. Os canhões, não.

– Ei, viajante celestial – chamamos Laurids, apontando para o púlpito. – É Domingo de Páscoa. Faça um sermão para nós! Fale sobre São Pedro e a bunda desnuda dele!

Tropeçando um pouco, Laurids subiu a escada até o púlpito. A elação dele tinha arrefecido, e o homem estava bêbado de novo, assim como o resto de nós. O púlpito não era nenhum topo de mastro, mas, uma vez lá em cima, ele ficou tonto do mesmo jeito. Era a bebida. Ele tinha sofrido dois naufrágios na vida. No segundo, passou a noite toda em cima de uma pedra no meio do mar, perto de Mandal, onde seu navio afundara. Ali, sentiu tanto pesar quanto pavor, e ficou a um palmo da morte. A água bateu em seus pés até o amanhecer, quando um barco-piloto chegou e lhe lançou uma corda. Ele não ficou com vergonha na ocasião, porque não era vergonha ser derrotado pelo mar. Não era um mau marinheiro. Sabia disso. A corrente, o vento e a escuridão simplesmente tinham se aproveitado dele. Mas, na batalha do fiorde, quando suas habilidades de marinheiro não tinham feito a menor diferença, um inimigo menor o tinha derrotado, e esta derrota, acrescida da conduta indigna de seu comandante, deixara-o desonrado.

Quando se postou no púlpito, descobriu que não tinha nada a dizer. Sua garganta ardeu. Então, inclinou-se para a frente e vomitou.

Nós o ovacionamos com vivas e aplausos.

Eis um sermão que éramos capazes de apreciar.

Laurids permaneceu em silêncio durante o resto do dia. Mais uma vez, oficiais e figurões locais chegaram para visitá-lo e ouvir a história de sua ascensão, mas ele lhes deu as costas, na palha, feito um urso em hibernação. Ofereceram-lhe dinheiro, mas nada era capaz de tentá-lo o suficiente para que saísse de seu retiro, e, no fim, não tiveram escolha senão ir embora. Sua fama foi diminuindo nos dias que se seguiram. Teria sido lucrativo postar-se em exibição, apertar algumas mãos e expor suas visões sobre o Além. Mas ele tinha sido acometido por um tremendo mau humor.

Ficava deitado na palha, ou andava de um lado para outro com os braços cruzados por cima do peito, com a cara amarrada.

– Ele está pensando – Ejnar disse, cheio de admiração.

Ejnar era o único discípulo de Laurids que tinha sobrado. Mas este poderia ter conquistado um séquito completo, se quisesse.

Já para o resto de nós, o humor tinha melhorado; nós nos reuníamos em pequenos grupos e, logo, música e cantoria ecoavam de vários cantos da igreja. No começo, nos congregávamos de acordo com os distritos de moradia, ilhas ou cidades, e olhávamos para os que vinham de outros lugares quase como se fossem inimigos. Mas a música nos uniu. Aqui estava um homem das ilhas ao lado de outro da Jutlândia, ali um de Lolland ao lado de um da Zelândia. Desde que nossas vozes estivessem em harmonia, não importava que os sotaques guerreassem. Dito isso, as melodias saíam por cortesia do balde de álcool.

Alguns dias depois, o Baixinho Clausen recebeu uma carta de casa. Era da mãe dele, que lhe passava a versão dela da Quinta-Feira Santa em que a batalha se dera. Ejnar e Laurids acomodaram-se ao lado dele na palha, e Torvald Bønnelykke se juntou a eles. Estávamos todos ansiosos para ouvir as notícias vindas de casa. O Baixinho Clausen leu em voz alta, arrastada, com longas pausas.

Sua mãe escrevera que tinham escutado tiros de canhão em Marstal desde a manhã bem cedo, e eram ruidosos o suficiente para se pensar que a batalha estava sendo travada no fim do quebra-mar, e não do outro lado do Báltico. O trovejar tinha sido especialmente forte na igreja, durante o sermão do pastor Zachariassen; o chão tinha, literalmente, tremido sob seus pés, e o vigário chegara às lágrimas.

Por volta do meio-dia, tudo ficou em silêncio, mas ninguém conseguiu relaxar. Em vez de irem para casa almoçar, os moradores de Marstal ficaram vagando pelas ruas, conversando sobre o rumo da batalha. Alguns homens com experiência de combate, como o carpinteiro Petersen e o velho Jeppe, e até mesmo madame Weber (todos veteranos da grande mobilização, na noite em que achamos que os alemães estavam chegando), tinham afirmado que não havia como os dinamarqueses perderem. Um navio de linha jamais poderia ser derrotado por uma bateria costeira. Os alemães deviam ter levado um belo golpe: aquilo que tinham passado o dia todo escutando era, sem dúvida, a doce melodia da vitória.

Perto do anoitecer, ouviram um estrondo tão gigantesco que os penhascos de Voderup desabaram. Ninguém em Marstal pregou os olhos a noite toda, todos atormentados por um incômodo assombroso em relação ao desfecho da batalha. Finalmente, receberam notícias com a tarde já avançada, na Sexta-Feira Santa, um dia tão difícil para eles quanto foi para o Nosso Salvador. Por enquanto, seus maiores medos tinham sido confirmados.

> "Fiquei completamente fora de mim de tanto desespero, apesar de saber que deveria ter depositado minha confiança no Senhor. Rezei para Ele a noite toda para que o mantivesse em segurança, e Ele ouviu as minhas orações, apesar de haver outras que Ele não escutou. A mãe de Kresten anda por aí com o rosto coberto de lágrimas e se culpa por não o ter forçado a ficar para trás. Digo a ela que Kresten previu a própria morte e que ninguém engana o destino, mas ela diz que Kresten tinha perdido a cabeça, e é a obrigação de uma mãe proteger o filho de sua própria falta de juízo, e então ela começa a chorar mais uma vez."

O Baixinho Clausen leu tudo isso sem entonação. O esforço de decifrar as letras exigiu tudo de sua concentração; não sobrou nada para entender as palavras que pronunciava.

– O que diz a carta? – perguntou, de repente.

Olhamos para ele sem entender nada.

– É você que está lendo – Ejnar respondeu.

O Baixinho Clausen olhou-os, impotente, incapaz de explicar seu apuro.

– Bom, diz que nós perdemos – Laurids explodiu. – Mas não precisamos dela para nos dizer isso. E, depois, diz que a mãe de Kresten perdeu a cabeça de tanto pesar. E que a sua mãe tem rezado por você.

– A minha mãe tem rezado por mim?

O Baixinho Clausen olhou para a carta e, com alguma dificuldade, encontrou a linha em que sua mãe tinha descrito a noite sem sono. Então leu tudo de novo, mexendo os lábios em silêncio ao fazê-lo.

– Continue lendo – Ejnar implorou. – O que mais ela diz?

Em um decreto real, Marstal tinha recebido ordens de mandar todos os navios grandes para a marinha imediatamente, para transportar tropas pelo Grande Cinturão. Mas, apesar de todos os marinheiros da cidade terem se reunido na escola para escutar a ordem, nenhum deles se ofereceu para cumpri-la. Então dezoito navios foram aprontados, mas, quando o dia da partida chegou, as embarcações tinham desaparecido. Do púlpito, o pastor Zachariassen deu uma bronca no povo de Marstal por sua falta de espírito de sacrifício, e, depois disso, começou-se a aventar a possibilidade de ele ser substituído. Tudo estava na maior confusão. Havia uma guerra em andamento e o momento era difícil, mas se pelo menos Deus protegesse o Baixinho Clausen e o restante de Marstal, toda essa tristeza com certeza teria de terminar algum dia, e as coisas poderiam voltar ao normal. A mãe do Baixinho Clausen terminou a carta dirigindo suas orações e seus pensamentos carinhosos mais ardentes para os cativos e assim por diante, e expressando a esperança de que ele tivesse o bastante para comer e que mantivesse suas roupas asseadas e limpas.

– "Falta de espírito de sacrifício"! – Laurids fumegou quando o Baixinho Clausen concluiu a leitura. – Aquele pastor tem mesmo coragem! Sete homens estão mortos e o resto de nós é prisioneiro. Estamos prontos para abrir mão da vida. Mas isso basta para ele, o demônio? Não: ele quer nossos navios também. Mas não vai confiscá-los. Nunca!

Os outros assentiram em concordância.

As manhãs começavam com cerveja quente, mingau insosso e ameixas em um dia, ervilhas e carne no outro. Nosso estômago logo se acostumou ao padrão; não havia escolha, e, além do mais, tínhamos sofrido mais no mar trabalhando para contramestres azedos; assim, só reclamávamos por reclamar. Tinham confiscado nossas facas, por isso éramos obrigados a dividir o pão com as mãos, ou mordê-lo feito cavalos. Por uma hora, de manhã e à tarde, era permitido que caminhássemos pelo pátio da igreja e fumássemos, enquanto os guardas nos observavam com revólveres prontos para atirar. Ali, deixávamos os olhos passearem de uma lápide para uma baioneta e vice-versa e, se estivéssemos dispostos, filosofávamos sobre o sentido da vida. Esse era o máximo de variedade que o cativeiro permitia.

Duas semanas depois, fomos acordados às cinco da manhã e recebemos ordens de sair para o pátio, onde nos organizaram em fileiras. No total, éramos seiscentos homens, e a nós se juntaram os oficiais juniores, que tinham sido mantidos em uma escola de montaria. Os guardas acharam que estávamos precisando de disciplina, e quem melhor para enfiar isso em nossa cabeça que nossos próprios cadetes?

Marchamos para fora de Rendsburg com a bagagem dependurada no ombro e a tigela de comida enfiada embaixo do braço. Nossa chegada à cidadezinha de Glückstadt foi recebida por milhares de observadores. Já não mais cobertos por resíduo de pólvora e finalmente com roupas limpas, quase nos assemelhávamos a seres humanos, de modo que não foi a aparência, mas sim a quantidade, que causou impacto sobre o pessoal da cidadezinha.

Marchamos até o porto, onde seríamos alojados em um armazém de grãos. Lá dentro, havia um piso inferior e um superior, com um aposento separado em cada um deles, onde os cadetes tinham sido acomodados. Os homens dormiam no chão nesses amplos espaços, cento e cinquenta por fila; parecia que uma parede iria servir como cabeceira e que algumas tábuas pregadas seriam o pé da cama. O colchão, mais uma vez, era palha. Mas também havia mesas, bancos e um pátio à nossa disposição; no geral, foi uma mudança para melhor.

Um laguinho separava nossa casa da seguinte; isso fazia com que o pátio cercado parecesse uma paisagem completa em si. O olho pousa com mais facilidade em uma cerca do que em uma baioneta, e o laguinho fazia a imaginação disparar muito mais do que as lápides em Rendsburg. Assim, encontramos algo novo para aproveitar do lado de fora também: construímos miniaturas de navios, prendendo retalhos de tecido aos mastros feitos de gravetos, encenando batalhas navais na superfície lisa do laguinho. Metade dos navios exibia a bandeira dinamarquesa, e a outra metade (que parecia não ter país) representava os rebeldes alemães, que não fomos capazes de homenagear nem com as próprias cores. Durante nossas batalhas, bombardeávamos a frota alemã sem bandeira com pedrinhas, e nós, os dinamarqueses, vencíamos todas as vezes, sofrendo perdas apenas quando uma de nossas embarcações era atingida por uma pedra perdida.

Aglomerávamo-nos em centenas ao redor do laguinho, comemorando cada vez que uma pedrinha acertava o alvo e um navio de brinquedo virava. Essa era nossa hora da vingança.

Mas Laurids deu-nos as costas, fumegando de desprezo.

– É, é só para isso que nós servimos. Ah, se pelo menos pudéssemos vencer quando realmente importa...

Laurids passava a maior parte do tempo sobre a palha, olhando através de uma janela que dava para o rio Elba, observando os navios irem e virem de Hamburgo. Os olhos dele os seguiam até onde era possível, e seu coração ia ainda mais longe. Ele tinha saudades do mar.

Depois de sua viagem ao céu, tornara-se outro homem.

Durante o dia, relaxávamos ao sol. Bancos tinham sido colocados no pátio, e alguns de nós jogávamos baralho. Ditávamos cartas para casa a um marinheiro letrado de Ærøskøbing, Hans Christian Svinding. Ele nunca ficava sem um caderno nas mãos, e seus olhos estavam sempre alertas; anotava tudo. Mas a maior parte dos homens só ficava olhando para o nada, a meio caminho de um estupor induzido pelo álcool. À noite, havia música e dança, e as tábuas pesadas do assoalho rangiam sob nosso peso. Os cadetes eram os que faziam mais barulho. Não se misturavam à tripulação, mas permaneciam, atrás de portas fechadas, em seus quartos, abafando até nossas músicas com seus gritos embriagados. Eram meros garotos que não sabiam beber. Nenhum deles tinha mais de dezesseis anos, a maior parte tinha treze ou catorze. O mais novo tinha doze. Vários de nós tínhamos filhos dessa idade, ou mais velhos; no entanto, como oficiais juniores, os cadetes eram nossos superiores, apesar de não saberem nada e serem capazes de fazer menos ainda. Nós tínhamos que bater continência para um bando de ajudantes de cabine.

Especulações a respeito da deserção do comandante Paludan no momento de maior perigo continuavam frequentes. Por que nosso comandante embarcara no bote antes de todos os outros? Um soldado de Schleswig deu início ao boato de que Paludan tinha alegado que um oficial alemão subira a bordo do *Cristiano VIII* e ordenara que ele abandonasse o navio antes que os feridos pudessem ser levados para terra firme. Paludan protestou com bravura, mas foi informado de que, se desobedecesse, o bombardeio seria retomado. Mas ninguém a bordo do *Cristiano VIII* ouvira falar deste oficial, cujo nome supostamente seria Preuszer, e o exército rebelde alemão também negou qualquer conhecimento sobre ele. O soldado de Schleswig disse que achava que o comandante Paludan inventara esse nome para encobrir a própria covardia.

Quando o Baixinho Clausen escutou a história, abriu a boca para defender o comandante: sua própria honra, enquanto dinamarquês, estava em jogo. Mas ele não foi capaz de pensar em nenhum argumento para apresentar. Aliás, a história parecia implausível demais. Tínhamos sido liderados por um homem sem honra. Ejnar também permaneceu em silêncio, mas seus olhos encheram-se de lágrimas de vergonha. Laurids xingou.

A traição do comandante Paludan não acendeu o fogo da rebelião em nós; em vez disso, fez com que visitássemos o balde de bebida com mais frequência. À medida que nosso desgosto com o cativeiro crescia, nossos modos ficavam mais grosseiros.

Os cadetes se transformaram no alvo de nossa raiva. Já tínhamos feito montes de piadas sobre eles serem imberbes, mas somente pelas costas. Agora, xingávamos os homenzinhos na cara: "Abaixem as calças para vermos se também não têm pelo lá".

O líder dos cadetes era um garoto de catorze anos, de sobrenome Wedel. Ele tinha sido o primeiro cadete do *Cristiano VIII* a embarcar em um bote salva-vidas, e reparamos na sua expressão de triunfo quando se acomodou ao lado de Paludan (amigo próximo de seu pai) na plataforma de lançamento. Ele liderava as sessões de bebedeira que os cadetes organizavam atrás de portas fechadas. Mas, agora, transformara-se no alvo mais frequente de nossas grosserias, cada vez mais agressivas.

Em reação a uma referência especialmente cruel relativa ao tamanho de sua masculinidade, Wedel deu um tapa com força na cara de um marinheiro hábil, Jørgen Mærke, de Nyborg. O fato de que precisou ficar na ponta dos pés colocou lenha na nossa fogueira, mas o tapa foi bem dado. O marinheiro ficou tonto do choque antes de, hesitante, levar os dedos à face que latejava, como se não tivesse certeza de que tinha sido acertado.

– Bata continência, seu desgraçado! – o pequeno Wedel vociferou.

Com isso, o mesmo marinheiro agarrou Wedel pelos ombros, jogou-o no chão e enfiou a pesada bota de navegação no peito do garoto. Uma multidão logo se formou ao redor deles – não porque alguém quisesse salvar o menino, mas porque ali estava, finalmente, uma oportunidade de colocar para fora aquela raiva cheia de frustração. Wedel só foi salvo por seus berros. Dois soldados de Schleswig-Holstein subiram a escada correndo, brandindo as baionetas, mas antes de alcançarem o garoto Laurids já tinha dispersado a multidão combativa e puxado o menino pelo colarinho, para que ficasse em pé, ao mesmo tempo que afastava os observadores com a mão livre.

Wedel balançava, mole feito uma boneca de pano, com o medo fraquejando--lhe as pernas.

– Agora, comporte-se – Laurids disse em tom calmo.

Tinha reencontrado a autoridade que perdera no convés do navio. A multidão ameaçadora dissolveu-se, e os soldados levaram o cadete embora.

Ouvimos Wedel soluçando até chegar ao alto da escada.

Mais tarde, naquela mesma noite, o cadete recobrou a coragem. Outra sessão de bebedeira ruidosa ocorreu no quarto fechado, e, de um canto do galpão, alguém começou a maldizer o barulho. Ainda não era hora de dormir, mas tudo que os cadetes faziam começava a nos irritar.

Batemos com força na porta deles para exigir silêncio. Imediatamente, uma voz de garoto descarada e aguda mandou-nos calar a boca:

– Ou então vamos cortar seu pau fora, seu camponês retardado!

– O que você disse? – o marinheiro vociferou em resposta.

Os homens embriagados estavam sentados, comprimidos em bancos ao redor da maciça mesa central, e se levantaram aos tropeções, em massa. Ergueram um banco e o balançaram de um lado para outro, como se estivessem calculando seu peso, e então o usaram para atacar a porta dos cadetes como se fosse um aríete. Do outro lado, tudo ficou em silêncio.

– Certo – um dos homens gritou. – Aposto que agora não está se sentindo tão altivo assim, não é mesmo?

Afastaram-se para mais uma investida e voltaram a bater contra a porta. Desta vez, ela cedeu, e eles entraram com tudo na sala, derrubando uma mesa e fazendo com que uma garrafa se estilhaçasse no chão. Alguém berrou, e a multidão reunida do lado de fora começou a dar vivas aos brigões. Ejnar e o Baixinho Clausen colocaram-se na ponta dos pés ao fundo, para dar uma olhada na briga, mas não conseguiram enxergar nada pela porta estreita.

Então os soldados alemães chegaram, alertados pela confusão. Foram abrindo caminho por entre nós golpeando com o cabo das armas e separaram a briga.

Os envolvidos nela foram saindo, um por um. A julgar pelas cabeças baixas, ficou óbvio que os cadetes tinham levado a culpa. O nariz de Wedel sangrava. Outro garoto estava com o olho tão inchado que já começava a se fechar. Um terceiro cuspiu um dente ao sair pela porta, deixando o sangue escorrer pelo queixo.

Um grito se ergueu da multidão:

– Alguém perdeu um dente de leite!

O comandante Fleischer chegou pouco depois. Era um homem corpulento, com testa alta e pelos encaracolados e macios na nuca. Tinha as faces vermelhas e os lábios úmidos; um canto da boca estava sujo de molho, como se tivesse acabado de sair de um jantar e se esquecido de limpar a boca.

Ele ocupava o posto de major, mas imediatamente decepcionou a todos com seu tom de voz jovial.

– Ouçam, rapazes, isto não vai ser aceito. Vocês precisam demonstrar um pouco de respeito por seus oficiais. Se não, vou ter que ser muito severo, e realmente não quero fazer isso. Então, vamos todos tentar nos dar bem. Vocês logo serão permutados, e realmente não há motivo para nos desentendermos enquanto esperamos.

Trocamos olhares, de queixo caído. Esse era para ser o inimigo? O porta-voz dos alemães, que tinham feito o convés explodir sob nossos pés e agora nos mantinham prisioneiros?

Os dias subsequentes foram calmos. Os baldes de álcool estavam sempre cheios e nós continuávamos a beber. Jørgen Mærke nunca perdia uma oportunidade de cutucar os guardas. “Bunda de macaco”, era como os chamava. Cocô de cachorro. Traidores. Pigmeus sem pau. Ele os insultava com impunidade, protegido por sua *entourage*, que, quando um guarda se aproximava, no mesmo momento formava um escudo a seu redor.

Um dia, os soldados finalmente decidiram que não aguentavam mais. Estavam de olho em Mærke, e dois deles entraram no galpão para arrancá-lo da mesa onde estava sentado com sua turma. Disseram que iriam prendê-lo por embriaguez.

Os homens de Jørgen Mærke riram ruidosamente da acusação e ofereceram os pulsos.

– Então é melhor prender todos os seiscentos.

Um guarda agarrou Mærke pelos ombros. Este se agarrou à ponta da mesa, berrando os insultos de sempre e adicionando alguns novos, só para garantir. Seus homens levantaram-se de um pulo e deram encontrões nos soldados, fazendo com que suas armas fossem inúteis, e então começaram a empurrá-los na direção da escada. Amedrontados, os soldados demonstraram pouca resistência. Um deles tropeçou e caiu de costas pela escada; já o outro levou um empurrão que o fez sair voando. Perdeu a arma ao cair. Ela foi parar alguns degraus abaixo.

Os rebeldes entreolharam-se; então olharam para a arma, depois voltaram a se entreolhar.

Ninguém se mexeu. Tudo tinha ficado muito silencioso.

O soldado no patamar levantou-se, meio desajeitado. Estava tonto demais por causa da queda para perceber que tinha perdido a arma. Quando ergueu os olhos, sua expressão não era de ameaça, mas de confusão.

Jørgen Mærke deu um passo adiante.

– Bu! – gritou, puxando a barba de homem das cavernas.

O guarda sobressaltou-se, deu meia-volta e desceu a escada correndo. Seu companheiro levantou-se e o seguiu. Os homens deram risada e bateram nas coxas. Depois, pousaram os olhos na arma e voltaram ao silêncio. Estava ali tão perto deles! Só precisavam descer alguns degraus e pegá-la.

Fiquem comigo, parecia pedir. *Atirem, matem, voltem a ser homens!*

Eles ficaram lá, como que enfeitiçados, mudos, como que escutando os sussurros da arma.

Então um deles rompeu o silêncio.

– Nós poderíamos... – principiou a dizer, e deu um passo na direção dela.

Olhou para Jørgen Mærke. Estava esperando um aceno, uma aprovação, uma ordem: *Sim, pegue logo!*

Mas os olhos de Mærke estavam vazios, e a boca sob a barba de homem das cavernas permaneceu fechada.

O homem que tinha falado começou a vacilar. Os outros deram um passo atrás, como se ele já não fosse mais um deles. Então, o homem abaixou-se e pegou a arma. Não olhou para ninguém ao descer a escada com ela nas mãos estendidas, com o maior cuidado, como se fosse um sacrifício. Quando chegou ao patamar mais baixo, apoiou a arma na parede caiada. Em seguida, deu meia-volta e tornou a subir a escada.

Bebemos muito naquela noite, e berramos "Viva!" vezes sem conta. Os cadetes saíram de sua sala e se juntaram a nós. Naquele momento, éramos todos irmãos.

No dia seguinte, fizemos mais navios em miniatura, enfeitados com bandeirinhas de papel nas cores dinamarquesas, e os lançamos. Balançando ali, orgulhosos, na espuma do laguinho, fizeram com que nos lembrássemos da força de nossa nação.

Começamos a fazer exercícios no pátio, marchando em fileiras apertadas, como se estivéssemos nos preparando para uma batalha importante. Com três dedos estendidos, juramos que nunca iríamos bater em retirada nem desertar, e sim conservar e defender; eram frases que nos confundiam e que mal entendíamos. De toda maneira, soavam impressionantes, e nós as proclamávamos em alto e bom som, ali no meio do pátio. Rostos ansiosos apareciam por cima da cerca de madeira de vez em quando. Pertenciam aos moradores de Glückstadt, que nos espiavam. Era em homenagem a eles que encenávamos esses pequenos dramas.

E, claro, logo começou a se espalhar por Glückstadt o boato de que os prisioneiros dinamarqueses estavam se preparando para conquistar a cidade, e o comandante nos informou que, a partir de então, estávamos proibidos de equipar nossos navios em miniatura com as cores da Dinamarca. O povo de Glückstadt estava incomodado, parecia-nos, com a visão da bandeira do inimigo.

Consideramos isso uma vitória.

Agora os alemães tinham aprendido a nos temer!

Houve muitas vitórias desse tipo nas semanas seguintes, e comemorávamos cada uma delas com grande quantidade de bebida.

Já fazia mais de quatro meses que estávamos presos quando, no fim de agosto, foi decidido que seríamos trocados por prisioneiros de guerra alemães. Demorou dez dias até chegarmos a Dybbøl, onde a troca aconteceria. Sofremos muitos atrasos e humilhações no caminho, mas levamos tudo na esportiva, porque tínhamos retomado a honra ao deixar o povo de Glückstadt alarmado. E, quando vimos os navios dinamarqueses ancorados no porto de Sønderborg, soubemos que éramos homens livres. A bordo do *Schleswig*, um vapor a caminho de Copenhague, recebemos pão branco e manteiga, álcool e quanta cerveja fôssemos capazes de beber.

Passamos a noite no convés desnudo, enquanto o navio deslizava com suavidade e o assobio do motor fazia vibrar as tábuas sobre as quais dormíamos. Era uma noite sem nuvens, e o céu estrelado estendia-se acima de nós. Vinte e um de agosto de 1849 foi uma boa noite para estrelas cadentes, e a cauda iluminada dos cometas formava uma canhonada bem diferente daquela que tinha causado nossa prisão. Laurids suspirou profundamente. A prisão o tinha isolado das estrelas.

Quando não dá para avistar terra, e quando o vento, a corrente e as nuvens não lhe dizem nada, quando o seu sextante caiu no mar e a bússola não funciona, você navega com base nas constelações.

Agora, ele estava em casa.

"Viva!" foi a palavra que mais se ouviu nos dias que se seguiram. No mar Báltico, passamos por um vapor cheio de soldados suecos e, do convés do *Schleswig*, demos três vivas para aqueles soldados corajosos. Na sede da Alfândega, em Copenhague, a tripulação da fragata *Bellona* nos recebeu com comemoração tripla, à qual prontamente respondemos; logo, todo o porto tinha sido tomado por vivas em resposta. Então foi a vez dos oficiais. Eles também foram recebidos com aplausos. O comandante Paludan assumiu a liderança quando eles desembarcaram em terra firme, da mesma maneira que tinha feito ao abandonar os feridos a bordo do *Cristiano VIII*. Por sua incompetência, foi responsável pela perda de dois navios, pela morte de cento e trinta e cinco homens e pela prisão de mil. Mas agora era recebido com algum respeito, porque era herói. Éramos todos heróis. Parecia que o aplauso nunca iria terminar.

Com a bagagem nas mãos, nos separamos para procurar alojamento, a fim de pernoitar. Logo estávamos acomodados nos bares da cidade, bebendo e comemorando. Sentíamos falta dos baldes de bebida; como agora precisávamos pagar a conta pessoalmente, nossa bebedeira não alcançou os extremos máximos possíveis.

Na manhã seguinte, tínhamos de nos reunir em Holmen. O ministro da Marinha tinha anunciado que quatro meses de cativeiro mereciam duas semanas de soldo. Depois faríamos um sorteio para decidir quem iria retornar aos navios da Marinha e quem seria mandado para casa. Laurids, o Baixinho Clausen e Ejnar voltaram para Marstal dois dias depois. Aqui, um arco de comemoração com galhos verdejantes foi montado em Kirkestræde, onde os homens que voltavam foram aplaudidos e os mortos, homenageados.

Uma criatura horrivelmente deformada estava postada no meio da multidão que nos recebia. Faltava-lhe um olho, e os ossos da face direita e o maxilar inferior projetavam-se da pele, que supurava o tempo todo. Até tinham dentre nós que tínhamos testemunhado tanta coisa naquele dia terrível, no fiorde de Eckernförde, precisaram desviar os olhos.

Não sabíamos quem era até ele nos cumprimentar.

Era Kresten.

Acontece que a cabeça dele não fora totalmente arrancada, como Torvald Bønnelykke tinha nos dito: só a metade dela. Ele tinha ficado internado em um hospital alemão até recentemente, e fora mandado de volta para casa alguns dias antes do restante de nós. O cirurgião do exército tentara remendá-lo, mas o maxilar avariado se recusou a sarar. Então, ele voltara para casa e para a mãe (que ainda não tinha recuperado a sanidade e continuava perguntando sobre o filho desaparecido). Quando o pobre Kresten garantiu-lhe que estava parado bem à sua frente, ela enfiou o dedo nos buracos das feridas em sua face, da mesma maneira que São Tomé tinha feito com o Salvador. Mas, diferentemente de São Tomé, ela não se converteu em crente. O Kresten dela não tinha aquela aparência. Foi algo cruel para ele ouvir: estava esperando conforto e alegria no reencontro maternal, apesar do rosto avariado. Lágrimas escorreram-lhe do olho que sobrara. Disse que teria sido melhor se realmente tivesse morrido, como tinha previsto.

Laurids retomou temporariamente sua fama como viajante estelar, porque Ejnar tinha descrito o acontecimento fantástico em uma carta, e agora todos queríamos escutar as palavras da boca do próprio (com exceção de Karoline, que tinha certeza de que aquilo não passava de mais uma das histórias de pescador do marido).

Seus filhos formaram uma roda em torno dele, gritando:

– *Papa tru*, conte a história para a gente, conte a história para a gente!

Albert, o mais novo, berrava mais alto que os outros e encarava o pai com os olhos brilhando. Os dois eram farinha do mesmo saco.

Mas Laurids apenas lançou-lhes um olhar, com aquela expressão nova e estranha que tinha adquirido no cativeiro, como se as crianças nem fossem filhas dele e a ideia de um dia as ter produzido fosse impensável.

Então, em vez disso, Ejnar teve de lhes contar a história, e o fez tão bem que todo mundo achou que tivesse treinado durante um tempão. A casa encheu-se de gente que tinha ido até lá para ver Laurids. Karoline ficou na cozinha, fervendo água para fazer café, com as costas largas voltadas para nós, batendo as xícaras, como era seu hábito fazer sempre que se irritava com o marido. Mas, finalmente, cedeu e se juntou a nós na sala de visitas, a fim de escutar Ejnar.

– Nunca vamos nos esquecer de como lutamos pela glória da Dinamarca – ele disse.

Todo mundo assentiu, de repente tomado por um patriotismo ardente.

Mas aquilo que Ejnar falou a seguir nos sobressaltou.

– Nós lutamos pela glória da Dinamarca – repetiu. – Mas só encontramos desgraça. De bom grado, arriscamos a vida ou parte do corpo, e demonstramos coragem inabalável para salvar a honra de nosso país. Mas, graças a um péssimo líder, perdemos tudo. Nunca vou me esquecer da maneira como aquelas balas de canhão se abateram sobre nós na Quinta-Feira Santa. Como lutamos e sucumbimos e morremos no meio da fumaça e das chamas, e como naquela noite fomos transportados para Eckernförde como escravos e trancados na casa de Deus. Como ficamos lá deitados na palha, exaustos e tontos. Não vou me esquecer de como o *Cristiano VIII* explodiu, nem de como tantas pobres almas morreram; de como, na Sexta-Feira Santa, fomos obrigados a marchar até Rendsburg, para outra igreja, e de como mais uma vez tivemos que dormir na palha e comer pão dormido no almoço de Páscoa. De como a casa de Deus se transformou em uma jaula de escravos, cheia de degradação e blasfêmia, e de como nosso cativeiro foi uma extensão de dias escuros e miseráveis. Nunca vou me esquecer de nada disso enquanto viver.

Ejnar prosseguiu:

– Eu vi Laurids, e isso passou a ser a minha única esperança e conforto no cativeiro. Vi Laurids voar em direção ao céu, do convés do navio em chamas, tão altas quanto o mastro principal, e vi quando desceu mais uma vez e caiu em pé. E foi assim que eu soube que voltaríamos a ver as pessoas que nos são queridas.

– Eu já disse antes, Ejnar, e vou dizer novamente: foram as botas.

Laurids esticou os pés para todo mundo ver suas botas de navegação, de couro, resistentes.

– As botas me salvaram. Foi só isso.

– Você não viu a bunda desnuda de São Pedro? – perguntou Laves Petersen, o carpinteiro baixinho, porque o boato já estava se espalhando feito incêndio florestal. O Baixinho Clausen não tinha conseguido ficar de boca fechada.

– Sim, vi a bunda de São Pedro – Laurids disse.

Mas sua voz parecia cansada e distante, como se já tivesse se esquecido do episódio. Percebemos no mesmo instante que não iríamos arrancar mais nada dele. A maior parte de nós acreditava que, da mesma maneira como cada homem tem um inferno particular, ele também tinha seu próprio céu. E era seu direito guardá-lo para si.

Aqueles dentre nós que tinham ficado para trás em Marstal não puderam deixar de notar que Laurids era um homem mudado. Compreendemos que a guerra fora um período difícil para ele, que tinha presenciado coisas que não fazem bem a ninguém. Mas ele já tinha sofrido dois naufrágios sem ficar nem um pouco afetado. O Baixinho Clausen disse que a luta tinha sido como um navio afundando, só que pior. Mas Ejnar retrucou que o Baixinho Clausen passara a maior parte da batalha com os pés na água e tinha escapado apenas com uma gripe, enquanto a cabeça de outros fora pelos ares.

Como ninguém entre o restante de nós tinha experimentado a batalha, não sabíamos o que dizer da atitude de Laurids; por isso, nós o deixamos em paz.

Karoline achava que o marido deveria arrumar um trabalho em terra, para que ela e as crianças pudessem passar mais tempo com ele. Estava preocupada com a mudança que o acometera e preferia que ele ficasse por perto.

O Baixinho Clausen e Ejnar foram convocados várias vezes durante a guerra, mas sempre voltavam inteiros para casa, e logo nos cansamos de montar arcos de comemoração e aplaudir seu retorno, e começamos a tratá-los como a qualquer marinheiro que retorna.

Laurids também voltou a ser convocado, mas àquela altura já tinha saído de Marstal. Não arrumou emprego como Karoline queria; em vez disso, viajou até Hamburgo ao longo do Elba, o mesmo rio para o qual tinha olhado todos os dias durante o aprisionamento em Glückstadt. Em Hamburgo, foi contratado como terceiro imediato em um navio holandês que levava imigrantes para a Austrália. O resto da tripulação consistia em três holandeses e vinte e quatro javaneses. Havia cento e sessenta passageiros a bordo, e a tarefa de Laurids era entregar provisões e fazer a contabilidade. Depois de uma viagem de seis meses, o navio chegou a Hobart, na Terra de Van Diemen, onde Laurids se demitiu. E essa foi a última vez que ouvimos falar dele.

Karoline não viu motivo para se preocupar nos primeiros dois anos de ausência de Laurids. Ele já tinha passado dois ou três anos seguidos fora de casa, e cartas enviadas do outro lado do mundo nem sempre chegam ao destino. Nossas mulheres, que não têm escolha além de ficar para trás em Marstal, vivem em estado de incerteza permanente. Uma carta não serve para ter certeza de que o remetente está vivo, já que pode demorar meses para chegar, e o mar leva os homens embora sem avisar. Estamos todos tão acostumados a aguentar períodos de espera ansiosa que nunca compartilhamos nosso desconforto com os outros. E é por isso que não houve mudança visível em Karoline nos três primeiros anos. Então, um dia sua vizinha na Korsgade, Dorothea Hermansen, perguntou:

– Já não está na hora de Laurids voltar para casa?

– Está – Karoline respondeu. E não disse mais nada. Ela sabia que Dorothea estava se preparando para fazer aquela pergunta havia muito tempo e que não a teria feito sem consultar as outras mulheres da Korsgade primeiro. Na verdade, era uma afirmação, não uma pergunta: Laurids não iria voltar.

Naquela noite, depois de colocar as crianças na cama, Karoline chorou. Já tinha chorado antes, mas sempre tentara reprimir as lágrimas. Agora, deixava que elas corressem livremente.

Na manhã seguinte, as mulheres locais se reuniram em sua sala de estar para perguntar se ela precisava de ajuda.

A morte de Laurids não era oficial.

Sentaram-se ao redor da mesa de jantar de sua casa, cada uma com uma xícara de café. No começo, o tom de voz delas foi pragmático e trivial, ao avaliarem as circunstâncias de Karoline: ela não tinha muitos familiares a que recorrer, depois de ter perdido cinco irmãos no mar, e o pai de Laurids também já tinha morrido. Então, as mulheres ficaram com a voz mais suave e começaram a elogiar as qualidades de Laurids como marido e provedor.

Karoline tornou a chorar. Ele ganhava vida para ela nestes momentos, ressuscitado por meio das palavras das outras.

A mulher mais velha, Hansigne Ahrentzen, deu-lhe um abraço e deixou que molhasse seu vestido cinza com lágrimas. As mulheres ficaram lá até que Karoline tivesse chorado tudo que tinha para chorar.

Assim acabou o primeiro encontro, que apresentou Karoline à sua nova situação de viúva.

Uma mensagem foi enviada à empresa de carga holandesa, mas não havia notícia de nenhum navio perdido; e o nome Laurids não aparecia em nenhuma lista de tripulação.

O conforto misericordioso de ter um túmulo aonde levar os filhos e falar sobre o pai na frente da lápide com o nome dele; a possibilidade de se distrair limpando as ervas daninhas, ou talvez desvanecendo no meio de uma conversa sussurrada com o homem que está enterrado lá embaixo: a uma viúva de marinheiro, tudo isso é negado. Em vez disso, ela recebe um documento oficial declarando que o navio em que seu marido trabalhara, ou que talvez capitaneasse e possuísse, perdeu-se "com toda a tripulação", afundou nesta ou naquela data, neste ou naquele lugar, geralmente a uma profundidade na qual o resgate era impossível, tendo peixes como únicas testemunhas. E ela pode guardar esse pedaço de papel em uma gaveta na escrivaninha. Esses são os rituais fúnebres dedicados aos afogados.

Ela pode fazer um funeral na frente da escrivaninha, o único túmulo que lhe é dado visitar. Mas pelo menos tem o documento e, com ele, a certeza: uma conclusão, mas também um começo. A vida não é igual a um livro. A última página nunca existe.

Mas não foi assim para Karoline. Nenhuma mensagem oficial chegou até ela. Laurids tinha desaparecido, mas como ou onde tinha desaparecido ninguém sabia lhe dizer. A esperança pode ser igual a uma planta que brota, cresce e mantém as pessoas vivas. Mas também pode ser uma ferida que se recusa a sarar.

Dizem que, se os mortos não forem enterrados em solo sagrado, vão nos assombrar, e Laurids logo começou a assombrar Karoline. Ele se transformou em fantasma no coração dela, e nunca a deixava em paz, porque não sabia a diferença entre dia e noite, e no fim ela também não sabia mais. Havia o anseio durante o dia, quando deveria ficar ocupada com os afazeres domésticos. Havia as preocupações práticas à noite, quando deveria estar dormindo, ou chorando, até se esvaziar de tanta perda. Sem descanso nem alívio, ela foi tornando-se lúgubre e cinzenta, como se fosse feita da mesma substância que o fantasma em seu coração.

Apenas suas mãos nunca perderam a força. Ela tirava água do poço, acendia o fogo na cozinha todas as manhãs, lavava e remendava as roupas, tecia, assava pão, educava quatro crianças e dava-lhes pés de ouvido com força suficiente para lembrá-las da ausência de Laurids.

A corda de bater

O verão acabara de terminar, mas o calor do sol ainda estava em nosso sangue, e ansiávamos pela água. Depois da escola, corríamos até o porto e pulávamos na água, de cabeça, ou caminhávamos até a longa tira de praia conhecida como "Cauda". Depois de nadarmos, deitávamos na areia quente para secar e falar sobre o senhor Isager, nosso professor. Os alunos novos não o achavam assim tão ruim. Levar puxões de orelha ou um tapa do lado da cabeça não era nada demais, nada diferente do que acontecia em casa.

Mas alguns dos mais velhos avisavam:

– Esperem só para ver. Ele está de bom humor agora.

– Ele falou uma coisa simpática sobre o meu *papa tru* – disse Albert Madsen.

– Mas o que seu *papa tru* falou a respeito dele? – Niels Peter perguntou.

– Ele disse que Isager era um demônio com a corda de bater.

A mãe dele, naquela ocasião, tinha declarado que não era para chamar o professor de demônio, e seu pai retrucara:

– Bom, é fácil para você falar. Vocês, meninas, nunca tiveram aula com Isager.

Lembrar o pai trouxe lágrimas aos olhos de Albert. Ele piscou e baixou o olhar. O nariz entupiu-se, e ele o enxugou com um movimento irritado do pulso. Nós vimos as lágrimas, mas ninguém caçoou dele. Vários de nós, os garotos de Marstal, tínhamos perdido o pai no mar. Nossos pais sempre estavam viajando. Mas então, às vezes, do nada, eles nunca mais voltavam. "Sempre longe" e "Nunca mais voltar": as duas frases marcavam a diferença entre um pai vivo e um morto. Não era uma grande diferença, mas era o suficiente para nos fazer chorar quando ninguém estivesse olhando.

Um de nós deu um tapa no ombro de Albert e se levantou de um salto.

– Vamos apostar corrida!

Saímos em disparada pela areia e nos jogamos na água.

Todo verão íamos à praia, com sua beirada de algas secas que se partiam e espetavam a sola de nossos pés, seu carpete de conchas de marisco trituradas, seu fundo do mar verde-luminoso e suas florestas ondulantes de algas de vários tipos.

Quando completávamos treze anos, saíamos para o mar. Alguns de nós nunca voltavam. Mas, a cada verão, havia garotos novos na Cauda.

* * *

Certo dia de agosto, estávamos deitados de barriga para baixo na areia quente, lambendo a pele salgada, ainda bronzeados do verão, e conversávamos sobre Jens Holgersen Ulfstand, que, durante o reinado do rei João, tinha derrotado os soldados de Lübeck em uma batalha naval; sobre Søren Norby, Peder Skram e Herluf Trolle, que tinham lutado no mar do qual acabávamos de sair; sobre Peder Jensen Bredal, que foi morto em Als por uma bala de mosquete no peito; sobre o rei Cristiano IV, que embarcou em seu próprio navio, o *Spes*, e expulsou os hamburgueses de Glückstadt, uma cidade que tinha sido construída sob suas ordens. Também era o lugar onde nossos pais tinham sido mantidos em cativeiro em certa ocasião, mas nunca falávamos sobre isso.

Nosso herói naval preferido era Tordenskjold, que passou uma noite inteira nas proximidades do litoral de Ærø e de Als, perseguindo a *Águia Branca*, uma fragata sueca equipada com trinta canhões, apesar de sua própria fragata, a *Løvendals Galej*, só ter vinte. Nós sabíamos tudo sobre seus triunfos nas batalhas de Dynekilen, Marstrand, Gotemburgo e Strömstad, onde tantos homens corajosos pereceram, enquanto ele sobreviveu, são e salvo, embora sempre se dedicasse ao máximo.

– Não desta vez! – nós berramos, lembrando o dia em que Tordenskjold se viu sozinho na praia de Torekov, na Escânia, rodeado por três dragões suecos: ele usou a espada para abrir caminho em meio deles e nadou através das ondas com a lâmina afiada presa entre os dentes.

Depois, havia a história de que, após ter lutado contra um capitão inglês durante quase vinte e quatro horas, com apenas uma pausa curta entre a meia-noite e o amanhecer, Tordenskjold anunciou a seu inimigo ferido que tinha ficado sem munição e, com frieza, pediu um pouco desta emprestada, para que a batalha pudesse prosseguir. Com isso, o capitão inglês aparecera no convés, encontrara uma taça de vinho e a erguera, em saudação ao oponente dinamarquês, com vários vivas. Então, Tordenskjold também encontrou uma taça de vinho, e eles brindaram.

Outra história de que gostávamos era sobre a vez em que ele tinha perdido no mar o mastro principal da *Løvendals Galej*, em uma tempestade uivante, mas conseguiu instaurar uma coragem renovada em seus homens ao gritar, no meio do vendaval:

– Estamos vencendo, rapazes!

* * *

Voltamos para casa caminhando pelo promontório; do outro lado ficava o estreito que chamávamos de "Mar Pequeno". À distância, dava para ver os navios amarrados aos postes de atracação cobertos de piche negro no porto: alguns pequenos veleiros velhos, dois guarda-costas, um brigue e a escuna *Johanne Karoline*, afetuosamente conhecida como *Incomparável*. Distinguir um tipo de navio do outro com a habilidade de um marinheiro experiente era algo que tínhamos aprendido muito antes de Isager começar a martelar o alfabeto em nossa cabeça. Costumávamos nadar no porto, desafiando um ao outro a mergulhar cada vez mais fundo, até o fim do casco incrustado de conchas da quilha dos navios. Então, subíamos à superfície com as mãos cheias de mexilhões.

Atrás do cais do porto erguia-se a cidade, onde a agulha da igreja se projetava, subindo na direção do céu feito o mastro nu de um navio. Foi bem aí que os sinos da igreja começaram a soar uma longa despedida arrastada; um féretro descia pela Kirkestræde, encabeçado por meninas que espalhavam folhagem pelo calçamento. Estavam enterrando a velha Ermine Karlsen, da rua Snaregade. Ela viveu mais que o marido e os dois filhos. A morte era certeza para todos, mas não havia como saber se os sinos de Marstal algum dia iriam dobrar por nós. Se nos afogássemos no mar, só haveria silêncio.

Na primeira semana do novo ano escolar, Isager nos deu pouca atenção. Seus movimentos e seu discurso conferiam-lhe o ar automático e atordoado de um homem que se levantou antes de ter acordado de fato e flutua em um sonho agradável. Vestido de camisolão e chinelos, ele arrastava os pés de sua casa até a escola, com a corda de bater enrolada no bolso, feito uma cobra sonolenta devido ao calor. Fazia trinta anos que Isager dava aulas na escola; então, a maior parte dos pais tinha sentido a chicotada da cobra, e muitos ainda carregavam cicatrizes como marcas da iniciação na vida adulta.

O tempo bom começou bem no mês de setembro, e o mesmo aconteceu com o bom humor de Isager. Ele não nos incomodou com questões de revisão e, nas raras ocasiões em que nos batia, nunca era com força suficiente para arrancar lágrimas ou sangue, e a corda abominável permanecia em seu bolso. Ele lia o *Livro didático de Balle* em voz alta, sem prestar atenção ao fato de que alguns de nós tínhamos acabado de começar a escola, ao passo que outros já estavam lá fazia cinco anos. Concentrava-se nos três primeiros capítulos: "Os poderes de Deus", "As obras de Deus" e "A corrupção da humanidade por meio do pecado", mas parava no quarto capítulo, "A redenção da humanidade por meio de Jesus Cristo". Não havia necessidade de tudo isso, ele dizia. Era bobagem, assim como tudo que vinha depois. Em seguida, passava para o Velho Testamento. Sua história preferida era a de Jacó e seus doze filhos, que sempre lhe trazia aos olhos uma expressão bondosa.

– Eu também tenho doze filhos, igual a Jacó – ele murmurava.

Nós sabíamos tudo sobre Jacó: tínhamos prestado atenção. Sabíamos que ele era um impostor que roubava do próprio irmão, Esaú, um homem de braços peludos, mentia para o pai, o cego Isaac, e tivera filhos com quatro mulheres diferentes, Raquel, Lia, Bala e Zelfa, e que, quando uma se mostrava infértil, ele simplesmente passava para a próxima, e que tinha brigado com um anjo que o deixara manco, mas que, depois, fora abençoado por Deus. Era uma história fora do comum, mas nenhum de nós tinha coragem de apontar sua estranheza a Isager.

Dois dos filhos de Isager ainda estavam na escola: Johan e Josef (o último era o único a quem ele tinha, de fato, dado o nome de um dos filhos de Jacó).

Quando dissemos aos irmãos Isager que o herói da Bíblia do pai deles era mentiroso, ladrão e fornicador, Johan caiu em lágrimas (mas ele chorava muito de todo modo, porque Josef batia nele todos os dias), e lágrimas tão gordurosas quanto cera de vela escorriam de seus olhos estranhamente enormes enquanto Josef batia na cabeça do irmão com o punho fechado e apenas retrucava que o pai não era fornicador coisa nenhuma: era só um bêbado e um tolo.

Nunca falávamos de nossos pais assim. Mas, a partir de então, deixamos os meninos Isager em paz.

Nós percebemos que o clima gostoso tinha chegado ao fim em um dia no meio de setembro, quando um vento do leste trouxe nuvens que se avultaram e cobriram a ilha toda com uma tampa cinzenta, cor de ardósia. No mesmo dia, reparamos que os óculos de aço de Isager estavam acomodados mais alto do que o normal em cima do seu nariz e bem pressionados contra a pele. Alguns de nós tínhamos a teoria de que as variações de humor de Isager estavam relacionadas ao clima, de modo que adquirimos o hábito de olhar para o céu a caminho da escola, em busca de indícios nas formações de nuvens. Mas aquela não era uma ciência exata, e até seus proponentes mais passionais tinham de admitir que Isager e as nuvens nem sempre estavam de acordo.

Porém, naquele dia de meados de setembro, estavam. Abandonando o camisolão, Isager apareceu com uma casaca preta, comumente conhecida como "o uniforme de combate"; e, na mão direita, brandia a corda de bater. Suas botas estalaram contra os paralelepípedos quando ele atravessou o pátio que separava sua casa da escola. Então, posicionado ao lado da porta da escola, foi batendo na nuca de cada um de nós à medida que entrávamos, fazendo com que nos catapultássemos batente adentro.

Éramos setenta na classe dele e precisamos passar um por um pela entrada, com a cabeça tensa à espera do golpe, conforme avançávamos. Os meninos mais velhos estavam acostumados à violência e aguentavam uma surra, mas ninguém era capaz de aplacar o medo no coração enquanto esperava. A dor que se antecipa é sempre pior do que aquela que chega sem avisar. Antes de se aproximarem de Isager, os lábios dos garotos mais novos começavam a tremer. Um golpe na nuca era seu batismo escolar.

Mas coisa pior nos esperava na aula.

* * *

Sempre começávamos cantando "A noite escura, escura se foi"; Isager puxava o coro, com uma voz que mais parecia um zurro. Ele cumpria a função dupla de escriturário da paróquia, mas tinha de pagar o professor-assistente, o senhor Nothkier, para puxar os hinos na igreja aos domingos, porque metade da Congregação tinha afirmado que, se Isager puxasse, iriam se retirar assim que ele abrisse a boca, o que era demais para sua vaidade. Mas nós, os alunos da escola, não tínhamos essa opção e, de fato, aprendemos a apreciar a voz dele e desejar que o hino extenso e túrgido se estendesse para sempre, porque, enquanto cantava, não podia descer o cacete em nós.

Ele caminhava inquieto de um lado para outro quando entrava no clima; apesar de saber a letra de cor, segurava o livreto de hinos aberto bem embaixo do nariz, enquanto examinava a sala por sobre ele, com seus olhos de predador. Quando chegava aos últimos versos, "Que Deus nos dê felicidade e orientação, que nos mande a luz de Sua graça", geralmente se ouvia alguém chorando. O hino sempre servia para abafar nossos soluços... mas só até terminar. Era o golpe na nuca que causava as lágrimas. E era o medo que as mantinha empoçadas.

Albert Madsen apertou os lábios com força e fixou os olhos nos óculos de Isager, lutando contra o pavor por meio da concentração.

O rosto do professor assumiu uma expressão vigilante quando ele voltou a examinar a sala, desta vez de maneira exagerada, como se estivesse encenando uma peça. Foi até Albert e olhou bem no seu rosto. Albert era um dos mais novos, e estes eram sempre os primeiros a ceder. Mas Albert só continuou olhando fixo adiante, e Isager desistiu dele e seguiu em frente.

Nós éramos muitos. Ele nunca nos chamava pelo nome. Só gritava "Você aí!", ou batia na gente. Sua corda nos conhecia melhor do que ele.

A classe ficou em silêncio. Os que ainda choravam cobriram a boca, aterrorizados com a possibilidade de causar uma catástrofe com o mais baixo dos pios. Então, de algum lugar do nosso grupo, um soluço ruidoso emergiu (tapar a boca com a mão nem sempre funcionava) e Isager sobressaltou-se, com os olhos apertados atrás dos óculos enquanto olhava ao redor, e vociferou:

– Cale a boca!

– Senhor Isager – Albert arriscou. – Foi errado da sua parte bater em nós. A gente não tinha feito nada.

O professor ficou pálido. Até seu nariz vermelho perdeu a cor. Então ele desabotoou a casaca. Esse era o sinal que nós temíamos. Durante todo o hino ele tinha segurado a corda: o livro em uma mão, a ferramenta da punição na outra. Apenas um momento antes, estava cantando sobre alegria e coisas boas e a luz da graça; agora, desenrolava a corda com a mão cheia de prática. Se fosse um chicote, ele o teria estalado.

– Você vai receber sua punição agora... – Neste ponto, ele ficou meio sem fôlego – juro pela minha honra mais sagrada! – E, com um movimento único, puxou Albert pelo pulôver, ergueu-o da mesa e o jogou no chão. Depois de prendê-lo entre as pernas, agarrou o forro de suas calças. Tinha economizado forças para isto: durante um longo verão de descanso, só teve Josef e Johan para bater. Seu momento chegara. Com o uso de habilidades que tinha aprimorado ao longo de três décadas de prática, Isager preparou-se para desferir o golpe com a corda, com toda a força.

Albert gritou de pavor. Nunca tinha recebido chibatadas antes. Laurids só tinha batido nele raras vezes, e a mãe quase só lhe dava tapões nos ouvidos. Estava acostumado com isso. Mas, agora, via-se obrigado a se ajoelhar. Contorceu-se, a fim de escapar das garras de Isager.

– Então, quer ser desobediente, é? – o professor sibilou e o puxou pelos cabelos, para fazê-lo ficar em pé mais uma vez. Olhou bem no rosto de Albert.

– Desobediente – balbuciou novamente, e bateu na face do aluno com a corda.

Então passou para a próxima vítima.

A essa altura, alguns garotos tinham subido no peitoril da janela no fundo da sala e lutavam contra as trancas. Quando Isager se deu conta disso, a janela já estava se abrindo e os meninos tinham pulado para o parquinho e fugido pelo portão. Isager estava com a corda de bater posicionada para a próxima chibatada, mas o menino entre suas pernas se desvencilhou e saiu em disparada pela sala de aula, em pânico cego. Com isso, o professor saiu correndo pela sala, enlouquecido, desferindo golpes com a corda à esquerda, à direita e no centro.

– Andem logo, andem logo! Ele está chegando! – gritávamos.

Outro menino esgueirou-se janela afora bem antes de Isager alcançá-la, acertando os que tinham sobrado para logo depois tirá-los do peitoril. A corda nos atingiu nas pernas, nas costas, nos braços e no rosto nu. Um menino enrolou-se como uma bolinha no chão, protegendo a cabeça com as mãos, enquanto Isager chicoteava as costas dele e lhe dava chutes com a bota nas costelas.

Hans Jørgen segurou o braço de Isager. Era um sujeito grande e forte que seria crismado na primavera seguinte.

– Como ousa encostar a mão no seu professor, seu arruaceiro! – Isager berrou, enquanto lutava para se desvencilhar.

Apesar de termos número suficiente para dominar Isager (e, se todos os setenta de nós o atacássemos, só nosso peso iria sufocá-lo), simplesmente não tínhamos coragem de ajudar Hans Jørgen. De fato, isso nunca nos passou pela mente. Afinal de contas, Isager era nosso professor. A maior parte permaneceu sentada, apavorada demais para se mexer, apesar de sabermos que nossa vez estava chegando. Mas Albert aproximou-se da dupla, que continuava se debatendo, e olhou o professor de cima a baixo. Isager, ocupado em se libertar de Hans Jørgen, não reparou nele. Albert observou os dois com a mesma atenção que tinha dedicado aos óculos de Isager antes. A face dele estava vermelha e inchada no lugar em que a corda tinha acertado. De repente, ele chutou para longe o tamanco de madeira e acertou a canela de Isager. O professor urrou de dor, e Hans Jørgen aproveitou a oportunidade para torcer o braço dele. Gemendo, Isager caiu de joelhos.

Aquele fora o momento em que todos nós deveríamos ter entrado na briga. Mas isso estava fora de cogitação. Isager era um monstro que jamais seria possível vencer, mesmo agora, quando estava de joelhos, urrando feito um animal ferido. Todos sabíamos, devido a nossos próprios embates, que a batalha agora terminara. Quando alguém estava ajoelhado, com o braço torcido nas costas, você ordenava que ele implorasse pela vida, ou pedisse desculpa, ou se humilhasse de algum jeito. E como você nunca quebrava o braço de ninguém de maneira deliberada, a regra tácita era que a luta deveria terminar ali. Mas, com Isager, a coisa era mais turva. Não havia nada que se desejasse mais do que quebrar o braço detestável que ele tinha usado para bater em você, mas não era possível fazer isso. Se um adulto no nosso grupo nos tivesse ordenado acabar com ele, iríamos obedecer. Mas Isager era o único adulto presente. E por isso nós o soltamos, sem nem mesmo forçá-lo a implorar por misericórdia, nem de modo breve.

Hans Jørgen deu um passo para trás; Isager não ousava tocar nele agora. Sem olhar para ele, bateu a poeira das calças e então partiu para cima do garoto mais próximo. Era Albert, que, pela segunda vez naquele dia, acabou preso entre as pernas do professor.

Isager iria passar por mais alguns embates, porque nem todo mundo suportava sua brutalidade. Mas a maior parte de nós terminava, como Albert, no horror de suas pernas, com os dentes cerrados e levando chibatadas.

Isager voltou para sua mesa, arfando e sem fôlego; já não era mais rapaz, e dar chibatas em setenta meninos dava muito trabalho. Mas ele conseguira. Apoiou a mão esquerda na mesa para se escorar. A outra continuava agarrada à corda.

– Seus arruaceiros endiabrados, acabaram de garantir mais chibatadas para si mesmos – desdenhou.

Mas estava exausto demais para cumprir a palavra.

Seus óculos continuavam no lugar. Nem uma vez durante seus embates com os meninos maiores eles abandonaram sua posição, sobre o nariz dele.

Foi Albert quem decifrou o código dos óculos. Se eles se empoleirassem na direção da ponta do nariz de Isager, ele anunciou, o dia seria calmo, apenas com pequenos ferimentos em rostos e mãos, que saravam logo. Se estivessem posicionados no meio, não dava para saber o que iria acontecer. Mas, se estivessem bem pressionados junto ao rosto, a educação daquele dia seria fornecida pela senhora Corda de Bater, concentrando-se nas partes mais sensíveis de nosso corpo, que também eram aquelas menos propensas a aprender alguma coisa.

A descoberta, percebida como vantagem tática na nossa guerra contínua contra Isager, valeu a Albert certa fama.

Aquela era uma guerra que nos imprimiu sua marca. Nosso couro cabeludo tinha cicatrizes da beirada da régua de Isager, e os dedos, que eram golpeados se a caligrafia o ofendesse, geralmente ficavam tão inchados que nós mal conseguíamos segurar a caneta. Ele chamava essa prática de "distribuição de ducados", e era uma moeda que ele dispensava com generosidade, mesmo nos dias em que seus óculos estavam na ponta do nariz. Mancando e sangrando, com a pele preta e azul de hematomas novos, estávamos sempre doloridos em algum lugar exposto. Mas isso não era a pior coisa que Isager fazia conosco.

Ele deixou sua marca de outro jeito, bem mais assustador.

Nós ficamos iguais a ele.

Cometíamos atos aterradores e só percebíamos o horror do que tínhamos feito quando nos víamos reunidos em torno da evidência de nossa atrocidade. A violência assemelhava-se a uma droga que não conseguíamos largar.

Ele plantou a sede de sangue em nós. E era uma sede que jamais poderia ser saciada.

Em um dia de outono, quando o vento arrancou as últimas folhas das árvores, nós estávamos em Kirkestræde, doloridos das chibatadas, em busca de algo para nos distrair, quando de repente ele passou por nós: o cachorro de Isager, uma criatura inchada de pernas curtas e raça indeterminada. O pelo curto era branco e cinza, a barriga era rosada como a de um porco. Nós já tínhamos visto Karo antes, seguro nos braços da senhora Isager. Ela era tão disforme quanto o cachorro e tinha os olhos iguais aos de um chinês, fendas comprimidas pela pressão das faces gordas.

Não sabíamos muita coisa a respeito dela, apesar de desconfiarmos que fosse ela a raiz das nossas provações. Diziam que ela socava Isager com regularidade, com seus punhos semelhantes a presuntos, e que era essa humilhação que fazia os óculos subirem bem alto no nariz.

Agora, ali estava o cachorro trotando pela rua, com o ar fácil de uma criatura que está em casa, na própria sala de estar, e talvez ele achasse que lá estava, já que nenhum de nós jamais o tinha visto sozinho pela cidade.

– Karo – Hans Jørgen o chamou, estalando os dedos.

O cachorro parou. Estava com a boca aberta e a língua caída por entre os dentes. Dava para sentir a raiva crescendo dentro de nós; de repente, odiávamos o cachorro. O Gordo Lorentz deu um chute nele, mas Hans Jørgen estendeu a mão e começou a entoar a antiga estrofe que cantávamos quando éramos pequenos e queríamos que uma lesma mostrasse as antenas. De mãos dadas, em roda, dançamos em volta de Karo.

Lesminha, lesminha, mostre a antena,
Viemos aqui comprar sua maisena.
Você é homem ou rato?
Venha aqui para fora ou então não vai ter trato!

Karo pulava de um lado para outro, dando latidinhos.

– Venha cá, garoto, venha cá – Hans Jørgen o atiçou e saiu correndo.

O obeso animal foi se arrastando atrás de Hans Jørgen, feliz e ansioso. Nós o rodeamos e começamos a correr pela Markgade. Qualquer pessoa que passasse por nós não veria nada além de uma turma de meninos se deslocando. Passamos pela Vestergade. À nossa frente estava Reberbanen. Mais adiante, começava o campo, e era para lá que íamos quando a cidade ficava pequena demais para nós e precisávamos nos descomprimir um pouco. A estrada era ladeada por choupos podados, abertos pela idade avançada. Tínhamos marcado nossa posse sobre eles com tábuas de madeira e pregos, transformando-os em casas de árvore com degraus, aposentos e sótãos. Desses castelos adiante, nós reinávamos sobre os campos. Mas precisávamos recapturá-los constantemente, porque os filhos dos camponeses também os reclamavam. Eles eram crianças da terra, robustas e cabisbaixas, e sentiam que os amplos campos abertos eram seus por direito de nascença. Mas nós os superávamos em número. Só aparecíamos ali em turma, prontos para uma batalha, e sempre deixávamos os campos vitoriosos. Os meninos camponeses eram os nativos e defendiam seu solo com a paixão de selvagens. Mas nós éramos mais fortes e não demonstrávamos misericórdia.

– Ele vai conseguir correr assim tão longe? – Niels Peter perguntou.

Fios de saliva caíam dos lábios negros de Karo à medida que ele avançava com passos pesados, esforçando-se para manter nosso ritmo. Isso era melhor do que uma vida de cachorrinho de colo com a mulher gorda do professor.

– Se Lorentz consegue, Karo também é capaz – Josef disse, e deu um tapa no ombro gorducho de Lorentz. Ele já estava roxo do esforço da corrida: seus ombros e peito subiam e desciam, e sua respiração era chiada, como se algo dentro dele tivesse furado. Seu rosto era grosso de gordura e, quando se dava um tapa na face dele com força, tremia todo de um jeito hilário: até seus lábios tremiam, só o nariz batatudo permanecia imóvel. Os olhos dele sempre assumiam expressão de súplica, como que a pedir desculpas pelo tamanho vergonhoso.

– Olhem só para ele, é nojento – o Pequeno Anders disse, apontando para Karo. – Ele está babando... Eca!

– E as patas dele parecem os pés de uma estante. Que tipo de cachorro ele pensa que é?

Karo respondeu com latidos alegres. Tinha companhia, e não fazia ideia do que estava à sua espera. E por que deveria fazer, já que era uma criatura sem culpa? Mas, a nossos olhos, Karo não era nenhum inocente. Ele era o cachorro de Isager e não poderia escapar do ódio que sentíamos por aquele que nos atormentava. Enquanto corríamos ao lado de Karo, apontávamos as várias semelhanças entre a cara amassada e feia do animal e a de nosso professor.

– Só estão faltando os óculos – Albert disse, e todos demos risada.

Estávamos nos dirigindo para os altos penhascos de argila adiante de Drejet, mas Karo, que só estava acostumado com o curto trajeto entre sua cesta e a tigela de comida, logo se deu por vencido: as patinhas atarracadas cederam e ele desabou de barriga, babando de exaustão.

Mas teria de aguentar. O que nós tínhamos em mente não era algo para o campo aberto.

Hans Jørgen pegou-o no colo e aninhou-o nos braços; Karo lambeu o rosto dele, todo alegre, e Hans Jørgen fez uma careta.

– Eeeca! – nós guinchamos em uníssono, e continuamos correndo, cada vez mais animados. Descemos correndo a primeira ladeira e subimos a seguinte, então percorremos a borda do campo e escalamos a colina. A beira do penhasco, com sua queda vertiginosa até a praia lá embaixo e o mar se estendendo em todas as direções, sempre nos tinha maravilhado. Parados ali, olhando para a água, parecia que um grande mistério estendia-se à frente: o mistério de nossa própria vida, espraiado diante dos olhos. Por mais que fôssemos até ali, era sempre uma vista que nos deixava sem palavras.

A queda não era grande em todos os lugares. O penhasco era íngreme, mas havia patamares em que orquídeas do pântano ocidental, milefólios e pingos de ouro cresciam no solo rico de argila. Dava para se jogar da beirada para o vazio e pousar apenas alguns metros abaixo. Não era possível descer o penhasco caminhando, mas sim conquistá-lo patamar a patamar, se você descesse com cuidado. Nem sempre sem ferimentos: mas, bom, o objetivo da escalada de penhascos era apenas colocar a gente em perigo mortal.

Chegamos à beirada e examinamos o Báltico. Hans Jørgen ainda carregava Karo, que voltou a latir. Devia estar achando que nós queríamos mostrar o mundo todo para ele. Não tínhamos feito nenhum plano. Não havia necessidade disso. Todos sabíamos o que iria acontecer.

Hans Jørgen agarrou as patas da frente de Karo e começou a balançá-lo para a frente e para trás. Karo, sentindo dor, tentou mordê-lo, mas seu pescoço grosso era curto demais. Mostrou os dentes e abocanhou o ar, meio ganindo, meio rosnando, com as patas agitadas, como se procurasse um lugar para se apoiar.

– Lesminha, lesminha, mostre a antena! – Hans Jørgen gritou, e nós nos juntamos a ele. – Viemos aqui comprar sua maisena!

Então ele o soltou. Karo saiu voando, na direção do encoberto céu de outono, traçando um amplo arco, e mergulhando em direção às pedras na praia lá embaixo, com o torso gordo se torcendo e virando em pleno ar. Como foi engraçado! Nós nos aglomeramos bem na beirada, para vê-lo estatelar-se na praia. No começo, ficou lá apenas, imóvel e em silêncio, de lado, mas então uma espécie de choramingo começou: o gemido de alguém perdendo a força. Ele se contorceu com muito esforço até ficar deitado de barriga. Então tentou se levantar, mas não conseguiu. A parte traseira de seu corpo não se mexia, apesar de as patas da frente continuarem se movimentando. Tentou vez após outra, e ficamos a escutá-lo durante todo esse tempo. Seus gritos se pareciam mais com os de uma criança do que com os de um animal, um som melancólico, frágil e, no entanto, penetrante.

Nosso triunfo esmoreceu imediatamente dentro de nós.

Não nos entreolhamos ao descer a encosta da colina, separados. De repente, já não éramos mais um grupo. A maior parte dentre nós queria dar meia-volta, correr para casa e esquecer Karo. Mas Hans Jørgen foi na frente e nós o seguimos, aos tropeções. O Pequeno Anders perdeu o equilíbrio e rolou vários metros abaixo antes de bater em uma pedra; então se levantou, desajeitado, chorando. Estávamos combalidos e machucados quando nos reunimos ao redor de Karo, que ainda gania daquele jeito assustador que não conseguíamos suportar.

Ele ergueu os olhos para nós e lambeu o focinho com a pequenina língua cor-de-rosa. Naquele momento, quase pareceu feliz, como se não tivesse consciência de que fôssemos a causa de sua provação e estivesse simplesmente esperando que fizéssemos com que tudo voltasse a ficar bem. O rabo dele não abanava, mas isso era só porque estava com a coluna quebrada.

Nós nos reunimos em volta dele em um círculo. Agora, ninguém tinha vontade de chutá-lo. Ele parecia tão inocente... Não tinha feito nada de errado e, no entanto, estava ali estirado, ganindo, com a espinha dilacerada.

Albert agachou-se ao lado dele e começou a acariciar sua cabeça.

– Pronto, pronto. – Ele reconfortou o cachorro, e de repente todos nós queríamos acariciar Karo.

Se ele pelo menos tivesse começado a abanar o rabo cortado naquele momento... Mas não abanou, e nunca mais abanaria. Nós sabíamos disso.

Com agilidade, Hans Jørgen colocou-se na frente de Albert.

– Pare com isso – ele disse, e pegou o braço de Albert para puxá-lo para longe.

Albert levantou-se e o encarou. Hans Jørgen continuava segurando-lhe o braço. Ele era o maior dentre nós e aquele que tinha a mente mais lúcida. Tinha sido ele a se levantar com coragem contra Isager quando ele andava de um lado para outro na sala de aula com a corda de bater. Sempre defendia as crianças mais novas. Agora, estava ali parado, com os ombros caídos, tão perdido quanto o restante.

– Não podemos deixar Karo aqui – Albert disse.

– Bom, fazer carinho nele também não vai ajudar nada – Hans Jørgen explodiu.

– Não podemos levar de volta para Isager?

– Para Isager? Está louco? Ele iria nos matar!

– Então, o que vamos fazer?

Hans Jørgen soltou Albert e deu de ombros. Então começou a caminhar de um lado para outro pela praia.

– Ajudem-me a achar uma pedra grande – ele disse.

Nenhum de nós nos mexemos. Anders ainda estava chorando. Karo tinha ficado muito quieto, como se as palavras de Hans Jørgen o tivessem deixado pensativo.

– Escutem – Albert disse. – Ele parou de choramingar. Talvez esteja se sentindo melhor.

– Karo não vai melhorar – Hans Jørgen disse, sombrio. Foi aí que nós entendemos que não havia outro jeito.

– Podem ir embora se quiserem – ele disse.

Ele achou uma pedra. Agarrava o objeto com força, com ambas as mãos.

Nós queríamos ir embora, mas não conseguíamos. Não podíamos abandonar Hans Jørgen. Se o abandonássemos, seria a mesma coisa que deixá-lo sozinho com Isager.

Hans Jørgen ajoelhou-se na frente de Karo. O cachorro ergueu os olhos para ele, cheio de expectativa, como se achasse que Hans Jørgen quisesse brincar.

– Virem o cachorro de lado – Hans Jørgen disse.

Niels Peter colocou a mão embaixo da barriga cor-de-rosa e sem pelos do cachorro e o virou. Foi aí que Karo berrou. Ele não ganiu. Ele não gemeu. Ele berrou. Nós todos ficamos tão apavorados que começamos a berrar com ele, porque era tudo muito triste: triste por ele ser tão burro, e triste por ele ser incapaz de compreender qualquer coisa a respeito deste mundo.

Depois, quando voltamos a subir a encosta da colina, cada um de nós carregava uma pedra na mão. Não sabíamos dizer por quê. Todos caminhamos para casa sem falar, agarrados às nossas pedras.

Lorentz veio a nosso encontro, chiando. Ele tinha desistido na primeira encosta.

– O que aconteceu? – perguntou de seu jeito bajulador de sempre. Então viu nossa expressão.

– Onde está Karo?

– Cale a boca, seu porco gordo.

Niels Peter caminhou diretamente até ele e lhe deu um soco no estômago, e Lorentz sentou-se no meio da estrada, com aquela expressão de súplica que todos nós desprezávamos. Por mais que se fizessem coisas terríveis com Lorentz, ele sempre suportava tudo.

Mais tarde, encontramos dois meninos de um dos sítios de Midtmarken. Eles fediam a esterco de vaca, então nós corremos atrás deles e jogamos nossas pedras. Eles urravam enquanto se apressavam na direção de casa, para seu monte de esterco. Não nos importamos com o que disseram a seus pais. Nosso humor não tinha melhorado. Ficamos com a sensação de que, mais uma vez, Isager tinha vencido.

No dia seguinte, estávamos certos de que Isager estaria pensando em vingança. Claro, seus óculos estavam acomodados bem alto no nariz, e ele andava de um lado para outro na sala da escola, com os passos saltitantes e elásticos que tínhamos aprendido a temer. A corda de bater também parecia ter adquirido vida própria. Nós a sentíamos se torcendo e revirando na mão dele, pronta para desferir seu golpe na primeira vítima. Já estávamos nos encolhendo.

Pronto.

A incapacidade de Karo de voltar para casa deveria ter causado problemas na casa do professor da escola, e, independentemente de Isager achar que nós estivéssemos envolvidos, sabíamos que ele nos faria pagar o preço, da mesma maneira que nos fizera pagar por todas as outras decepções de sua vida.

Isager marchava para cima e para baixo, balbuciando "Meninos maus, meninos maus", como sempre. Mas ninguém recebeu a ordem de se ajoelhar no chão. Quando ele atacou, foi sem aviso. Começou por Lorentz, que estava sentado ao lado da mesa dele, ocupando dois espaços. Atacou-o por trás, acertando o golpe em suas costas largas. Então, rápido como um raio, correu até a frente da mesa e bateu no peito e depois no rosto dele. Lorentz gritou com uma mistura de dor e medo e cobriu a cabeça com seus braços enormes. Isager puxou-os, para garantir livre acesso para a corda, mas Lorentz não permitiu, por isso Isager puxou-o para o chão (ele caiu com um baque ruidoso) e começou a chutá-lo. Todos nós tínhamos tentado bater em Lorentz, até o menor dentre nós. Sua obesidade carregava algo de fascinante e irritante, uma suavidade feminina que nos atraía e provocava ao mesmo tempo. Diziam que ele não possuía nenhum colhão e que sua minhoca minúscula e branca dependurava-se entre a massa gordurosa das coxas, com o escroto vazio balançando atrás. Essa característica fazia dele um palhaço nato a nossos olhos. Acreditávamos que sua gordura o protegia, e, mesmo quando ele gemia por causa de nossos golpes, achávamos que estava gemendo por ser maricas e não porque doesse de verdade. Então, batíamos com mais força para fazer com que parasse de choramingar.

Lorentz nunca revidava. Ele aguentava qualquer coisa para não ficar de fora. E nós o arrastávamos conosco, porque precisávamos de alguém de quem abusar sem o risco de sermos castigados. Talvez ele achasse que nós o tolerávamos. Mas não era verdade; para nós, ele não passava da coisa de que o chamávamos quando queríamos que fizesse algo: um porco gordo.

Ficar juntos era a única coisa que Isager tinha nos ensinado. Ele nunca, nunca conseguiu nos transformar em dedos-duros. Cada um de nós preferia assumir a culpa a trair um camarada, e Isager sabia disso. É por isso que nos considerava, a todos, igualmente culpados, e nos batia com a mesma força.

Lorentz ficou estirado no chão, indefeso, enquanto Isager o chutava. Entre todos nós, Lorentz era o menos culpado; no entanto, ninguém ergueu a voz para reclamar a inocência do menino.

Será que também era a solidariedade que nos deixava em silêncio agora?

Então ouvimos o chiado conhecido que costumava acompanhar nossas excursões quando corríamos cada vez mais rápido e o gordo Lorentz começava a ficar para trás, com dificuldade de respirar. Esforçando-se para sentar, ele se esqueceu de se proteger; e Isager, que até então tinha se fiado em suas botas, agora erguia a corda de bater, pronto para descê-la sobre o rosto desprotegido e o peito de menina gorda de sua vítima. Mas algo o deteve. Os braços de Lorentz se agitavam, como se ele estivesse perante um novo inimigo, agora invisível. Seu rosto estava ficando azul e os olhos saltavam nas órbitas. Ele gorgolejava e arfava. Parecia estar sufocando.

Isager, sem saber o que fazer, recuou um passo e voltou a enfiar a corda no bolso de trás, como se nada tivesse acontecido, dirigindo-se para sua mesa.

A essa altura, Lorentz, com os ombros ainda subindo e descendo em uma luta agonizante para respirar, conseguiu se sentar. Isager não fez nada, só ficou observando de soslaio. Dava para ver que ele estava com medo. Lorentz continuou no chão durante o resto da aula, em um mundo só seu, com os olhos sem enxergar nada. Então, bem devagar, seu corpo enorme começou a relaxar, e o chiado foi se esvaindo. Quando recuperou a respiração totalmente, olhou ao redor, com olhos que pareciam implorar, dizendo que, enfim, ele talvez fosse um de nós.

Desviamos o olhar. Ninguém queria responder.

Fazia trinta anos que Isager era professor de escola. Seu predecessor, Andrésen, tinha ensinado durante cinquenta e um anos, mas só os velhos se lembravam dele. Isager tinha conhecido dois reis. O primeiro fora o príncipe da Coroa Cristiano Frederico, que depois se tornou o rei Cristiano VIII. Escoltado pela escuna *Golfinho*, seu navio tinha baixado âncora em uma ponte de pedra no porto (que a partir de então começou a ser chamado de Prinsebroen). A caminho da Kirkestræde, ele deu um passeio até Markgade (que prontamente foi rebatizada de Prinsegade). Todas as ruas em que o príncipe da Coroa colocava os pés ganhavam um nome novo. As meninas chegaram usando vestidos brancos, e o pastor fez um discurso, mas Isager era a atração estelar da visita, porque o príncipe da Coroa tinha vindo para inspecionar os pupilos dele.

Doze semanas depois, outra visita real ocorreu, desta vez do futuro rei Frederico VII, que chegou do norte de balsa, no meio de uma ventania. Nós estávamos esperando no cais, debatendo qual passageiro poderia ser o príncipe, quando um homem com luvas de tricô e chapéu com protetores de orelha saltou para terra e prendeu as amarras, dizendo:

– Está frio hoje, não é mesmo, pessoal? – Esse era o príncipe da Coroa Frederico.

Na escola, nós cantamos: "Queremos ser marinheiros, enquanto vivermos!" (as palavras foram fornecidas por Isager), e depois fomos submetidos ao interrogatório do professor. Com isso, o príncipe voltou-se para seu auxiliar e perguntou a ele se era capaz de fazer somas tão difíceis quanto aquelas enfrentadas pelas crianças de Marstal. O auxiliar respondeu que não, e o homem que um dia iria suceder o trono como Frederico VII anunciou:

– Eu também não.

O cálculo que tinha rendido tanta admiração do príncipe da Coroa veio da página quarenta e sete da *Aritmética de Cramer* e era o seguinte: "A Terra percorre seu curso anual de 129.626.823 milhas geográficas em 365 e 109/450 dias. Levando em conta que a Terra se move constantemente na mesma velocidade, que distância percorre em um segundo?"

Esta questão era suficiente para deixar qualquer um tonto, principalmente porque Isager não tinha nos dito que a Terra dava a volta em torno do Sol. No entanto, ele fez com que decorássemos a resposta. Estava no fim do livro: quatro milhas geográficas... mais uma fração que ninguém saberia como pronunciar se não tivesse sido pela corda de bater. Um menino chamado Svend deu a resposta nessa ocasião. A partir daquele dia, ele ficou conhecido como Svend Um Segundo, e depois disso levou a famosa fração consigo para o túmulo de água, com a idade de dezesseis anos.

Isager fez uma mesura profunda ao elogio do príncipe da Coroa, e Frederico deu tapinhas em seu ombro. Svend Um Segundo tinha recebido a ordem de ficar com as mãos nas costas para que Frederico não avistasse seus dedos prejudicados.

Essa foi toda a sabedoria que Isager incutiu em nós: que a corda de bater e a régua eram capazes de conseguir aquilo que a habilidade de um professor não era. O conhecimento de Isager não era extenso, nem com a *Aritmética de Cramer* na mão. Mas a corda fazia seu trabalho. Se aprendemos a contar, foi só para acompanhar o número de golpes que recebíamos.

A Escola de Marstal, posteriormente, foi rebatizada de Escola Frederico, em homenagem à ocasião.

Mas podia muito bem ter sido batizada de Escola Isager. O tapinha nas costas dado pelo príncipe da Coroa Frederico transformara o estabelecimento (e os nossos corpos cheios de hematomas) em propriedade pessoal de Isager. Ele tinha feito mesura a dois futuros reis, e dois futuros reis tinham lhe dado tapinhas nas costas: isso o colocava além da crítica.

Um comitê de educação, que consistia em um quitandeiro atacadista e dois contramestres, tinha sido montado, e nossos pais podiam reclamar para eles se chegássemos em casa com aparência pior do que o normal depois de um encontro com a corda de Isager. Mas os integrantes do comitê eram pessoas simples, que burramente se curvavam perante o estudado professor. Afinal de contas, ele tinha sido elogiado não por um, mas por dois reis. Por isso, nenhuma reclamação jamais foi levada adiante.

Além do mais, todo mundo se lembrava de como tinham sido as coisas na época do velho Andrésen. Naquele tempo, havia trezentos e cinquenta pupilos na escola, mas apenas duas classes, com cento e setenta e cinco alunos cada uma. Não era possível Andrésen conseguir lembrar tantos nomes assim; por isso, atribuíra números aos meninos e os orientava com a ajuda de um apito. Os alunos sentavam-se em qualquer lugar onde pudessem encontrar espaço, inclusive nos peitoris da janela, na cozinha e até no pátio. Isso significava que as janelas tinham que ficar abertas até o clima se tornar rigoroso demais. Mas, muito tempo antes de isso acontecer, todos os pupilos pegavam resfriado e bronquite por causa da friagem. Então, quando as janelas eram fechadas para o inverno, a atmosfera ficava sufocante, e as crianças desmaiavam todos os dias. E não havia lousas, nem implementos de escrita: os pupilos ficavam na frente de uma bandeja de areia e rabiscavam nela com um graveto. Uma única rajada de vento era capaz de soprar para longe o conhecimento combinado de todos eles.

Com lembranças assim, os três integrantes do comitê consideravam a escola nova, com seus tinteiros, suas lousas e seu diretor, que tinha sido elogiado por dois futuros reis, um progresso. Só havia um remédio para a relutância das crianças em aprender: mais chibatadas.

Mas, bem... nós raramente reclamávamos, porque outro aspecto da solidariedade que Isager nos ensinara era que não podíamos dedurar nem aquele que nos atormentava. Voltávamos para casa com pedaços pelados no couro cabeludo, onde Isager, em sua fúria, tinha arrancado tufos de cabelo; com olhos roxos; com dedos incapazes de segurar faca ou garfo. E dizíamos que tínhamos participado de uma briga, mas, quando perguntavam com quem, respondíamos: "Ninguém".

Juramos que, quando crescêssemos, daríamos a Isager aquilo que ele estava pedindo. Não conseguíamos engolir o consentimento tácito de nossos pais aos maus-tratos: eles sabiam exatamente quem era Ninguém, porque eles também tinham sido vítimas da corda. Mas fingiam que não viam nosso sofrimento.

Nossas mães desconfiavam de que houvesse algo de errado, mas nunca sabiam o que fazer em relação ao trato com autoridades. Não era força que lhes faltava: elas tinham reservas consideráveis disso, com tantos filhos e os maridos longe, no mar. Mas, quando se viam diante do vigário ou do professor, começavam a duvidar do próprio juízo.

– Tem certeza de que não foi o senhor Isager? – elas perguntavam.

E nós meneávamos a cabeça. Não sabíamos dizer por que exatamente, mas nunca apontávamos o dedo para ele como a causa dos ferimentos diários. Em vez disso, culpávamos a nós mesmos.

– Bom, talvez isso ensine você a não se meter em confusão.

E levávamos um puxão de orelha ardido.

– Olhe só para sua irmã: ela volta para casa limpa e arrumada todos os dias.

Era verdade. Mas, bom, nossas irmãs tinham aula com Nothkier, o professor-assistente, e ele nunca batia nelas.

Esse era outro efeito maligno de Isager. Ele nos seguia, invisível, até em casa, e semeava a discórdia.

O inverno chegou e, com ele, a geada. Os barcos foram alinhados no porto, o porto congelou e uma camada de gelo formou-se na praia. A ilha e o mar se tornaram uma coisa só; passamos a habitar um continente branco cuja infinitude nos atraía e aterrorizava ao mesmo tempo. Se quiséssemos, éramos capazes de caminhar até Ristinge Klint, na ilha de Langeland, marchando por navios congelados, por canais entre bancos de areia, que se distribuíam como colinas brancas, coletando rajadas de neve ladeadas por camadas de gelo. Tudo parecia tão selvagem, varrido pelo vento e deserto...

Essa nova paisagem forçou seu caminho até as ruas, onde uma nevasca de flocos grandes rodopiava e dançava nas correntes fortes, depois saltava de volta ao ar para apagar o mundo mais uma vez. Ficávamos desesperados para sair e nos juntar à dança; para levar os patins ao porto, ou fazer trilha pelos campos até as colinas em Drejet; para lutar contra os filhos dos camponeses com bolas de neve e disparar encosta abaixo com nossos trenós.

Isager era um obstáculo a isso, mas o inverno estava do nosso lado: sem um fogão aceso na sala de aula não dava para aguentar o frio, mas era fácil obstruir a chaminé, e, quando a sala se enchia de fumaça, ele tinha de nos mandar para casa. Nessas ocasiões, postava-se à porta e nos dava um pé de ouvido a título de despedida quando passávamos.

– Seu malandro – balbuciava para cada um de nós. A essa altura, ele mal conseguia respirar, e seus olhos ficavam vermelhos atrás dos óculos. Mas, assim como o capitão de um navio naufragado, era sempre o último a sair da sala: se ainda conseguisse enxergar o suficiente para nos acertar, apesar de estar arfando e tossindo, ficava lá para desempenhar a tarefa. Ele nos detestava tanto que preferia sufocar a deixar passar um único golpe.

Então, era só aos domingos que podíamos nos dedicar à neve sem ter de pagar por isso com uma dor no pescoço.

Um dia, Niels Peter desmontou a chaminé com muita habilidade e enfiou o suéter inteiro lá dento, e isso fez com que a lareira começasse a soltar fumaça, como planejado, mas o suéter também pegou fogo. Isager abafou as chamas imediatamente. Mas o fogo que saiu rapidamente pela chaminé não seria esquecido com rapidez: até Isager foi silenciado pelo episódio.

Se éramos capazes de defumá-lo, o que mais poderíamos fazer?

Nas noites frias de inverno, Isager fazia visitas. Ele costumava ir à casa de Christoffer Mathiesen, o quitandeiro, seu apoiador mais passional no comitê de educação. Alguns outros locais se reuniam com ele ao redor da mesa de mogno do quitandeiro, mas não o pastor Zachariassen. Isager não se dava bem com ele, que abominava seu péssimo método de ensino. O senhor Mathiesen, por outro lado, sentia-se honrado em receber o cavalheiro que tinha ganhado tapinhas da realeza nas costas.

"E como o rei me disse..." era a observação mais frequente de Isager quando estava em companhia dessas pessoas. Ele se acomodava lá, com sua casaca e dois dedos de uísque quente. A descrição de seus encontros com a realeza servia como pagamento pela bebida fumegante, que nunca levava até os lábios sem se referir a ela como "o melhor remédio contra o frio que o bom Senhor criou".

À medida que o remédio ia fazendo efeito, seu lábio inferior começava a descair e os óculos escorregavam para a posição que Albert descrevia como "tempo bom", revelando uma expressão que nós nunca víamos na escola: não exatamente simpática, mas relaxada.

Certa noite, quando Isager saiu da casa de Mathiesen, na Møllergade, não estava firme sobre os pés. Tinha nevado a noite toda, e agora havia flocos cobrindo os degraus gelados e na rua. Não havia iluminação nas ruas de Marstal, por isso a cidade ficava escura sob o redemoinho de neve. O vento vinha do leste, soprando do porto diretamente para a Møllergade.

Vimos o rosto dele à luz da janela de Mathiesen. Por um curto momento, sua expressão frouxa deu lugar à mesma cara de raiva que assumia em uma rodada de punições, e ficamos esperando que ele gritasse "Malandra!" para a tempestade de neve. Em vez disso, seu lábio inferior descaiu e seus olhos retomaram a expressão vazia.

Agora, do lado de fora, ele não passava de uma sombra contra as rajadas de neve.

Nós o seguimos durante um tempo, para ter certeza de que estava indo para casa por Kirkestræde. Seu avanço era dificultoso; ele se prendia em montes de neve e se soltava em gestos frenéticos. Isso talvez o ajudasse a se aquecer, mas não acelerava o ritmo do trajeto.

Nós poderíamos ter dado um jeito nele ali mesmo.

Apenas os mais velhos dentre nós tinham saído naquela noite. Niels Peter esgueirara-se escada abaixo de seu quarto no sótão e saíra pela porta dos fundos. Hans Jørgen tinha mentido e dito que ia visitar um amigo. O pai dele estava fora naquele inverno, em uma longa viagem, e sua mãe tinha começado a tratá-lo como adulto. Josef e Johan Isager não estavam conosco, obviamente.

Todos sabíamos que o plano significaria confusão, de um jeito ou de outro, no dia seguinte. Mas uma surra a mais não fazia diferença para nós.

Lorentz implorou para participar.

– Por favor, por favor, me deixem ir – pediu.

– Ahhhh – respondemos, imitando o chiado dele quando estava sem fôlego. – Vamos ter que correr rápido. Você não serve para isso.

Na verdade, se nós realmente o detestássemos, teríamos permitido que se juntasse a nós. Ele não fazia ideia do que estava sendo salvo naquela noite.

Esperamos Isager chegar à esquina da Kirkestræde com a Korsgade; os cristais da neve que caíam refletiam a luz das estrelas acima de nós. Então nós o avistamos, uma silhueta envolta em sombras crescendo lentamente entre os flocos reluzentes. A escuridão nos protegia, e tínhamos enrolado o cachecol no rosto de modo que apenas os olhos eram visíveis. Nossa respiração estava quente por trás da lã. Nós mesmos éramos sombras, uma matilha de lobos na noite nevada.

Começamos a bombardeá-lo com bolas de neve. Chegamos perto, acertando-o com força e precisão. Era só brincadeira e diversão. Até aquele momento, pelo menos. Apenas um bando de meninos jogando bolas de neve.

Uma derrubou seu chapéu. Ele cambaleou para a frente, a fim de recolhê-lo. Então outra, de gelo bem duro depois de ter sido moldada com amor por mãos quentes e vingativas, bateu bem na orelha dele, que já devia estar queimando naquele frio rigoroso. Era a mesma coisa que uma pedra. Ele levou a mão à cabeça.

– Malandros! – berrou. – Sei quem vocês são!

Deu um passo em nossa direção, e uma bola de neve o atingiu bem no rosto, deixando-o cego. Então foi atingido diretamente no pescoço. Vociferou de dor.

– Malandros! – gritou mais uma vez.

Mas a força tinha se esvaído de sua voz. Agora, ele estava gemendo... e assustado.

Era isso que nós queríamos. Tínhamos ultrapassado o limite da diversão e da brincadeira. Agora, ele tinha nos visto pelo que realmente éramos. A cada passo atrás que dava, nosso medo encolhia; tínhamos experimentado nossa força, e isso nos dera água na boca. Fora da sala de aula, ele não passava de um bêbado velho, sozinho no meio de uma tempestade de inverno. Mas nós não o víamos assim. Estávamos com Satanás em pessoa nas mãos. E, por ter capturado o causador de todo o mal, nós não demonstraríamos nenhuma misericórdia, porque, se demonstrássemos, continuaríamos com medo por toda a vida. Hans Jørgen, uma vez, tinha feito Isager ajoelhar-se e torcido o braço dele nas costas, mas, ainda assim, ele mantivera seu poder sobre nós, e Hans Jørgen o soltara.

Mas, desta vez, não haveria escapatória.

Nós recuamos por um instante, e ele limpou a neve dos olhos. Continuou sem nos enxergar. Parecia pensar que estava a salvo, mas esse era o plano. Ele desistiu de procurar o chapéu e foi tropeçando pela neve, balbuciando consigo mesmo. Nós sabíamos que estava nos xingando. Então, atacamos de novo. Com bolas de neve mais duras dessa vez. Pedaços de gelo puro. E não havia como errar o alvo assim tão de perto. Era como bater na cara dele, primeiro em uma face, depois na outra, forçando a cabeça virar de um lado para o outro. Essa era a nossa corda de bater. Ficamos em silêncio enquanto ele gemia e resmungava. Adoraríamos ter quebrado todos os ossos daquele rosto detestado, mas nos seguramos, porque não queríamos que ele desabasse ali na Kirkestræde, onde poderia ser encontrado antes que a geada terminasse o trabalho para nós.

Deixamos que chegasse à esquina da sua Nygade antes de rodeá-lo mais uma vez, forçando-o a sair correndo. Queríamos conduzi-lo até a área deserta perto do porto, aonde ninguém ia à noite. Quase conseguimos fazer com que chegasse à Buegade: a essa altura, ele cambaleava e tropeçava. De vez em quando, caía em um monte de neve, de cabeça. Então esperávamos até que tornasse a se levantar e começasse a caminhar mais uma vez.

Ele estava chorando.

Era uma coisa horrível de se ouvir, mas não nos despertava a menor pena. A tempestade de neve abafava todos os outros barulhos, de modo que o único som era o pranto de nosso atormentador. As lágrimas rolavam pela face dele, onde congelavam e se transformavam em gelo. Havia neve em suas suíças, fazendo com que parecessem mais longas e mal aparadas. Soluços, balbucios: ele ainda nos xingava, ou será que implorava pela própria vida? Não tínhamos certeza, mas também não nos importávamos. Finalmente, estávamos com Satanás na palma da mão.

Isager buscou abrigo perto da parede das casas parcialmente feitas de madeira, no fim da Nygade. Tropeçou na soleira e caiu em alguns degraus meio cobertos pela neve. Quando se ergueu, com a ajuda das mãos, Hans Jørgen acertou-o no nariz com uma bola dura como pedra. A noite estava escura, mas a neve acendia tudo, e vimos o sangue pingar nela; primeiro uma mancha pequena, depois outra, maior. Isager voltou a cabeça em nossa direção e urrou de medo, com sangue dependurado no nariz por um fio catarrento.

Hans Jørgen lançou mais uma bola, mas errou o alvo e, em vez disso, ela espatifou-se na porta.

Uma lamparina se acendeu lá dentro e uma luz bruxuleou atrás das flores congeladas na janela cheia de gelo.

– Quem está aí?

Ouvimos o ruído de pés se arrastando no corredor.

Então saímos correndo. Na Buegade, Kresten Hansen vinha se aproximando, balançando sua lamparina em meio à nevasca. O pavio brilhante lançava uma luz bruxuleante sobre seu rosto mutilado. Ele agora era vigia noturno. Dormia durante o dia e trabalhava à noite, para poupar a cidade da visão de seu rosto. Sua aparência era pavorosa, mas foi quem abriu caminho para nós, e, quando passamos por ele em disparada, largou a lamparina em um monte de neve, e a escuridão se instalou.

No dia seguinte, Isager não estava presente para nos receber à porta da escola. Em silêncio, entramos na classe vazia e gelada. Mas não sentíamos alívio. Era tão estranho... Não éramos capazes de imaginar um mundo sem Isager. Será que ele estava morto?

Nothkier, o professor-assistente, chegou e nos disse que Isager estava doente. "Devem ir todos para casa e voltar amanhã." No dia seguinte, a classe estava vazia mais uma vez, mas a lareira tinha sido acesa. Nothkier chegou para nos informar que "a doença do senhor Isager será longa" e que, enquanto isso, ele iria cuidar da nossa educação, mas as horas de instrução seriam reduzidas, porque ele também tinha de dar aula às meninas.

Nothkier não era melhor para ensinar do que Isager: ele também se atinha ao *Livro didático de Balle*, que fazia muito pouco sentido para nós, e à *Aritmética de Cramer*, que não fazia sentido a ninguém, nem a ele. Mas nunca nos batia. Às vezes, perguntava-nos se tínhamos entendido o que ele acabara de explicar, e, aliviados, respondíamos que não. Ele não ficava bravo, nem nos chamava de burros, nem nos dava surras: só começava de novo, desde o início.

Continuava nevando, mas nós não tapamos a lareira, nem despejamos areia nos tinteiros. Um número menor de nós fazia travessuras. Era como se quiséssemos recompensá-lo.

Isager estava com pneumonia, diziam, e, em casa, nossos pais comentavam como ele se perdera na tempestade.

– Devia estar bêbado até não poder mais – os homens diziam. As mulheres diziam-lhes que ficassem quietos.

Todas as crianças sabiam o que tinha acontecido, inclusive aquelas que não tinham estado presentes. Mas nós nunca dizíamos nada, nem mesmo uns aos outros. Enquanto Isager não aparecesse na escola, estávamos felizes. Nosso fracasso em matá-lo da maneira como tínhamos planejado mal cruzava nossa mente. Se alguém nos perguntasse se realmente queríamos vê-lo morto, provavelmente teríamos respondido que não nos importávamos, desde que nos livrássemos dele.

Chegou o Natal e, com ele, as férias. Isager continuava acamado, e nesse ano o poupamos dos tormentos a que costumávamos submetê-lo na véspera de Ano-Novo para agradecer pelo ano anterior. Não estragamos a cerca do jardim dele, nem despedaçamos as quarenta janelas da escola, nem oferecemos nosso cumprimento tradicional de Ano-Novo em forma de vasos de barro cheios de cinzas e lixo fedido, despejados através das janelas de sua casa.

Depois do Ano-Novo, Isager retornou, e tudo voltou ao normal.

Sua pele estava tão branca quanto a neve lá fora; até o nariz tinha perdido a cor. Mas ele vestia casaca, os óculos estavam altos no nariz, e a corda de bater balançava na mão direita como uma víbora despertada de sua hibernação de inverno, pronta para atacar. Olhávamos fixamente para ele, como se ele tivesse se erguido dos mortos; isso sem mencionar o fato de que já o tínhamos imaginado em sua cova.

Cantamos "A noite escura chegou ao fim" como sempre, mas as palavras que nos saíam dos lábios eram opostas ao sentimento em nosso coração. A noite escura tinha recomeçado, e um fantasma caminhava entre nós.

Depois do hino, Isager foi até o Pequeno Anders e o puxou pela orelha. Bastou só isso para que Anders se posicionasse, obediente, de joelhos, entre as pernas do professor. Isager ergueu a corda de bater, pronto para desferir o golpe.

– Pecar é uma doença da alma. É isso que faz a alma experimentar desassossego. – A calma em sua voz nos assombrou. Normalmente, mesmo nesse estágio inicial de uma punição, ele já estaria tomado por uma raiva louca. – Este desassossego, nós o chamamos de consciência. – Ele ergueu os olhos. – Compreendem?

A sala de aula ficou em silêncio. O único som era o estalar das chamas na lareira. Assentimos. Quando Isager terminou com Anders, passou para o menino seguinte. Albert também se ajoelhou, obediente, e Isager o agarrou pelo forro das calças.

– A razão de ser da consciência é julgar e punir. – O golpe de Isager fez Albert saltar: a chicotada foi dolorida de um jeito inesperado, nas costas, que tinham se endurecido durante o outono, mas retomado a sensibilidade durante o longo intervalo. – Fique quieto – Isager ordenou com a mesma voz calma de antes, reforçando o aperto no forro das calças de Albert. – Mas como é que a consciência executa sua punição? Por meio da inquietação que vocês sentem quando fazem algo errado. A sua consciência os incomoda? Estão sentindo a punição?

Ele largou Albert e olhou ao redor da sala de aula. Mais uma vez, assentimos.

– Estão mentindo – ele disse, sem erguer a voz, então passou para a próxima vítima, Hans Jørgen. Ficamos achando que um de seus confrontos de sempre poderia ocorrer, mas Hans Jørgen também se ajoelhou para esperar sua punição. Alheio a esse triunfo inesperado, Isager prosseguiu com seu discurso enquanto fazia chover mais golpes. – Vocês não sabem nada sobre remorso. E sabem por quê? Porque não têm razão de ser. Sabem o que é razão de ser? Provavelmente, não. Razão de ser é o plano de Deus para nós. Mas Deus não tem plano para vocês. Vocês não têm razão de ser e não têm consciência. Não conhecem a diferença entre certo e errado.

Ele se aprumou e começou a andar de um lado para outro na sala de aula. Fez de Niels Peter sua próxima escolha, mas, em vez de acertá-lo imediatamente, parou ao lado das costas encurvadas do garoto e exibiu a corda.

– Deem uma boa olhada nisto – disse, antes de golpeá-lo. – Esta é sua consciência, e é a única que terão. Apenas a corda é capaz de ensinar-lhes o que é certo e o que é errado.

Quando a aula terminou, caminhamos até os campos cobertos de neve além da cidade. Nenhum de nós disse nada. Estávamos em busca de alguns meninos dos sítios para puxar briga. De vez em quando, dávamos uma olhada em Hans Jørgen. Será que ele tinha nos decepcionado? Todos nós tínhamos oferecido as costas para Isager. Mas não esperávamos que ele fizesse a mesma coisa.

Nesse dia, a neve não tinha nada das superfícies reluzentes e das sombras azuladas que ganhava quando o sol brilhava. O tempo feio deixava tudo de um tom cinza uniforme, e só os choupos nus forneciam alguma perspectiva. Não havia viv'alma à vista.

– Não tem ninguém aqui – Niels Peter resmungou.

Demos mais uma olhada em Hans Jørgen. Ele estava caminhando um pouco à nossa frente, mas de repente parou e se virou de frente para nós.

– Não quero que vocês pensem que eu tenho medo de Isager – disse. – Porque não tenho.

Ele parecia irritado. Não dissemos nada, olhando para a neve. Um floco caiu do céu encoberto, depois outro. Ficamos esperando que ele fizesse alguma coisa, mas não fez.

– Por que você deixou que ele batesse em você?

Niels Peter fez a pergunta sem erguer os olhos, quase como se estivesse falando sozinho. Hans Jørgen hesitou. Então deu de ombros, como que derrotado por antecedência.

– Agora não importa – respondeu.

Albert ergueu os olhos e os apertou em direção à neve que caía.

– Não entendo.

Hans Jørgen fez uma pausa.

– Bom, a gente não deu um jeito nele, e agora ele voltou e está pior do que nunca. Não há a menor... – agitou os braços – esperança.

– Mas ele estava sangrando – Albert retrucou. Não vira, mas tinha ouvido descrições detalhadas, quase um retrato, do sangue de Isager que pingava.

– É – Niels Peter disse. – Ele sangrou mesmo.

– E daí?

Hans Jørgen deu meia-volta e começou a voltar para a cidade. Os flocos de neve caíam mais grossos agora. Fomos atrás dele. Pela primeira vez, discordamos de Hans Jørgen. Ele sempre tinha sido nosso líder. Mas agora tínhamos de responder por nós mesmos.

Tínhamos matado o cachorro, mas fracassamos em matar o dono. Ele tinha batido em nossos pais e continuava a bater em nós. Fizemos as contas nos dedos.

Passávamos seis anos na escola. Ainda faltavam cinco e meio para Albert. Hans Jørgen ainda tinha seis meses; o resto de nós, algo entre o tempo de ambos. Se Isager roubava seis anos de nossa vida, quantos mais iríamos levar para esquecer o que ele fazia? Parecia um problema para a *Aritmética de Cramer*, mas nenhum de nós sabia dizer se a solução viria por meio de adição, subtração ou multiplicação.

Tínhamos visto Isager sangrar uma noite de inverno, e a visão do sangue dele na neve nos enchera de esperança. Tínhamos visto o fogo lamber o suéter de Niels Peter na lareira da sala de aula, e ainda não acabáramos de contemplar o significado daquelas chamas.

Então, começamos a enxergar o potencial do fogo.

Hans Jørgen foi crismado pelo pastor Zachariassen e partiu para o mar. Oito meses depois, voltou junto com o gelo do inverno, após ter economizado o salário e comprado uma cartola igual à que os marinheiros mais velhos usavam.

Agora era o momento de desferir sua vingança sobre Isager, nós lhe dissemos, porque era adulto, e ninguém poderia prejudicá-lo. Mas Hans Jørgen disse que a gente apanhava da mesma maneira a bordo de um navio, por isso nada tinha mudado, e agora que Isager não era mais seu professor, tinha perdido o ímpeto de despedaçá-lo. Aliás, cruzara com ele na rua, e Isager lhe perguntara sobre a vida no mar e eles conversaram como se Hans Jørgen jamais o tivesse forçado a ficar de joelhos ou torcido seu braço, nem deitado no chão para levar chibatadas: de um adulto para outro.

– Faça isso por nós, então – Albert implorou. – Você é grande e forte. Está mais forte do que no ano passado. É capaz de enfrentá-lo.

– Já me esqueci dele – Hans Jørgen disse. – Ele não me interessa.

– Você está todo convencido porque acabou de receber o pagamento.

– Vocês não estão escutando.

Hans Jørgen agachou-se, e seu rosto ficou na mesma altura que o de Albert.

– Você também apanha no navio. Nunca termina. Continua para sempre. É melhor se acostumar agora.

– Não é justo! – Niels Peter fumegou.

– Não. – Os outros se juntaram a ele. – Não é justo!

– De que adianta nos ensinar a fazer soma, a ler e a escrever – perguntou Hans Jørgen –, se tudo que precisamos saber é como levar uma surra para poder seguir em frente? E, nessa questão, não há professor melhor do que Isager.

Olhamos para ele, cheios de incerteza. Será que estava caçoando de nós?

– Por acaso o grande Tordenskjold reclamou quando uma onda arrancou o mastro principal? Não. O que ele disse a seus homens?

– "Nós estamos vencendo, rapazes" – Niels Peter balbuciou e olhou para os pés.

– É isso aí. Nós estamos vencendo, garotos! Apenas se lembrem disso e parem de choramingar.

– Ele ficou estranho de verdade – Albert disse depois.

Concordamos. Sentíamo-nos mais solitários do que nunca. Hans Jørgen já não era mais um de nós. Tinha se tornado adulto e sabia mais sobre o mundo. Mas não gostamos do que nos disse. Resolvemos não acreditar nele.

No entanto, a partir daquele dia, parecíamos mais dispostos a aguentar as coisas. Quando Isager dava início à sua rodada de golpes, havia menos rebelião na sala de aula, e um número menor de nós pulava pela janela para fugir.

O Natal e o Ano-Novo chegaram mais uma vez. Isager tinha escapado de nossos tormentos no ano anterior, porque ficara acamado, entre a vida e a morte; mas ele tinha vencido, e agora era chegada a hora de mais diversão nas festas de fim de ano. Desconfiávamos que jamais iríamos nos livrar de Isager, mas não esquecíamos aquele fogo na sala de aula, no dia em que Niels Peter usara o casaco para obstruir a chaminé da lareira e a roupa se incendiara. Depois de ver as chamas subindo, aprendemos o suficiente para saber que, uma vez que o fogo pegava, nada podia detê-lo.

Isto também foi ideia de Niels Peter. Como começara o grande incêndio de 1815? Será que homens com tochas tinham colocado fogo nos telhados de sapê, à noite? Não: tinham derrubado uma vela em uma casa da Prinsegade. Só era preciso isso! E as labaredas saltaram de casa em casa, até que um terço da cidade se reduziu a cinzas. O brilho podia ser avistado até de Odense.

A avó de Albert, Kirstine, ainda falava do incêndio com terror na voz.

– Vovó, fale sobre o Grande Incêndio – Albert a incomodava quando ela fazia uma visita.

Então, sentada à beira do fogão, vovó contava mais uma vez a história de Barbara Pedersdatter, a empregada que estava preparando linho na área de debulha de Karlsen, na Prinsegade, com uma vela de gordura acesa, e então teve a ideia, que moça boba, de ler uma carta do namorado, porque ele tinha lhe causado problemas e ela estava ansiosa para saber o que o namorado faria, tendo em vista que a culpa era toda dele. Mas, no processo de abrir a carta, a desastrada moça derrubou a vela e a estopa pegou fogo, e logo já não era apenas Barbara Pedersdatter que tinha problemas, mas sim a cidade toda.

– Meu Deus – a vovó dizia, e agitava as mãos no ar para indicar como as chamas famintas tinham disparado para o telhado de sapê. Ela viu aquele incêndio e nunca mais o esqueceu. – Reze a Deus para nunca ter de passar pelo que passamos – dizia, concluindo a história.

Mas Albert rezava a Deus para que o fogo se desencadeasse mais uma vez.

* * *

Era véspera de Ano-Novo e fizemos o que sempre fazíamos: jantamos a tradicional refeição de bacalhau com molho de mostarda e, depois, saímos correndo pela escura noite de inverno, batendo nas portas e causando a maior confusão. Destruímos cercas e quebramos potes de lixo. Pegamos um cachorro, o amarramos com um pedaço de corda velha e o penduramos de cabeça para baixo em uma árvore, até que seus uivos atraíram a atenção do dono, que então bombardeamos com mais potes de lixo.

E agora, depois de encher de palha nossos suéteres, estávamos esperando até que ficasse escuro o suficiente para rodear a casa de Isager. Ainda saía luz lá de dentro, por isso jogamos alguns potes de lixo pelas janelas, para dentro da sala de estar. Ouvimos sua gorda mulher gritar e, pouco depois, mais barulhos vieram do vestíbulo.

Então Isager apareceu à porta com um pau na mão.

– Arruaceiros – berrou.

– Pode gritar quanto quiser – foi nossa resposta, e apontamos mais alguns potes de lixo na direção dele. Um bateu em seu ombro e o conteúdo podre e fedido escorreu pela casaca preta. Seu grito terminou em uma tosse estrangulada, como se estivesse prestes a vomitar. Outro pote passou voando por ele e caiu no vestíbulo. Josef e Johan ficaram lá, olhando pela janela, dando risada do pai. Eles nunca tinham permissão para sair fazendo travessuras na véspera de Ano-Novo, então essa era sua vingança. Mas não faziam ideia do que estava para acontecer, porque não tínhamos lhes contado.

Corremos pela Skolegade, e Isager corria atrás de nós munido do pau, pronto para nos atacar. O som de vidro quebrado, então, veio do outro lado da casa: Niels Peter e Albert Madsen tinham quebrado uma janela do quarto de dormir e jogado palha em chamas lá dentro. O incêndio começara.

– Saia agora, ou vamos queimar sua casa.

Viramos na Tværgade e disparamos pela Prinsegade. Ainda escutávamos os gritos de Isager. A essa altura, já tínhamos retornado à escola; nós o enganamos correndo em círculo. Sentimos o vento ficar mais forte. No dia anterior, começara a esquentar um pouco, e a maior parte da neve nas ruas estava derretendo, aquecida pelo suave vento oeste que sempre levava o inverno para longe. Dava para ouvir seus uivos por toda a cidade.

Tínhamos quebrado as janelas de ambos os lados da casa, e Isager deixara a porta aberta atrás de si quando saiu atrás de nós, por isso o vento agora atravessava a construção, soprando a palha em chamas no quarto. O fogo começou a lamber as paredes. Nunca tínhamos visto um incêndio assim antes, e a imagem fez calafrios percorrerem nossa espinha: então um fogo faminto era assim! Mais selvagem e mais feroz do que já havíamos imaginado, disparou diretamente pelo telhado e acendeu a casa, semelhante a mil velas de gordura. Então explodiu para fora, por todas as aberturas.

Isager berrou, e vimos sua mulher tropeçar porta afora. Ela escorregou na escada e caiu com tudo em cima da bunda gorda. Ficou lá, soluçando alto e em tom de reclamação, feito uma criança.

Isager correu até ela e a cutucou com o pau, como se a calamidade que tinha se abatido sobre eles fosse culpa dela. Nesse ínterim, Josef e Johan assistiam à cena como se aquilo não tivesse nada a ver com eles. Jørgen Albertsen saiu correndo da casa do outro lado da rua.

Nosso grupo, que continuava a crescer, ficou do outro lado da Kirkestræde. Queríamos comemorar bem alto, mas sabíamos que esse, com certeza, não seria um ato sábio, por isso só sussurramos a rima da lesminha, enquanto nos entreolhávamos de maneira furtiva e dávamos risada.

Nosso atormentador tinha recebido seu troco.

Os adultos correram com baldes cheios de água, mas isso não fez a menor diferença, porque o vento agora soprava com toda a força. E não era apenas através da casa de Isager que ele se abatia feito o diabo, incendiando cortinas, papéis de parede, móveis e o sótão; não, ele foi seguindo em frente. As chamas montaram no lombo do vento e pegaram uma carona da casa de Isager para a do senhor Dreymann, e da casa do senhor Dreymann para a do senhor Kroman.

O Pequeno Anders já não cantava mais a rima da lesminha: ele berrava. Era sua casa que tinha pegado fogo. Observou a mãe sair correndo com a sopeira inglesa esmaltada, que era a coisa mais fina que eles possuíam. Logo, um lado inteiro da Skolegade estava em chamas. A neve começou a cair mais uma vez, mas, agora, isso devia ser obra de Satanás, porque caiu preta em vez de branca.

O fogo só parou ao chegar à esquina da Tværgade. Ali, as ruas ficavam mais largas, e as casas do outro lado eram cobertas por telhas. Mas, do outro lado, brasas brilhantes choveram no calçamento de pedras, e qualquer pessoa que se aventurasse por ali saía com buracos de queimado nas roupas. Enquanto isso, por toda a Skolegade, fumaça e chamas subiam ao céu, como o rabo agitado de um dragão de fogo.

Finalmente, o carro de bombeiros chegou. Os cavalos relinchavam de medo; eles também nunca tinham visto um incêndio de verdade. O calor os impediu de entrar na Skolegade, por isso a brigada de incêndio deixou o carro na esquina da Tværgade e tentou deter as chamas que atacavam a cidade. Enquanto isso, as iniciativas de apagar o fogo na Skolegade tinham cessado, apesar de Levin Kroman ter gritado para que nos juntássemos a ele, e nós nos juntamos. Mas o calor era intenso demais. Não conseguíamos chegar perto da casa de Isager, e só podíamos nos comprimir junto às casas do outro lado da rua, agarrados a nossos baldes, enquanto assistíamos com os olhos ardendo ao poderoso mar de chamas.

Nunca passou por nossa mente que éramos a causa dessa coisa inimaginável. Não: o fogo em si era a causa. Ele tinha uma força, uma motivação voraz, só dele. Aquilo não tinha nada a ver conosco.

Nossa hora finalmente tinha chegado. Todo o amargor, medo e ódio (paixões enormes demais para permanecerem contidas no peito estreito de crianças) tinham alimentado este incêndio, cujas chamas possuíam a capacidade fantástica de nos purgar de tudo o que fosse odioso ou desnecessário. Casas inteiras foram transformadas em carcaças de fuligem por aquelas chamas, e no dia seguinte essa seria uma cena terrível e triste de se ver. Mas, naquela noite, era um espetáculo estupendo. Era isso que sentíamos: nada mais.

Mas um vento do oeste sempre traz chuva. Muito acima das chamas, as nuvens de tempestade irromperam, e uma torrente de chuva desabou e afogou tanto o dragão de fogo quanto nosso alegre entusiasmo.

Na manhã seguinte, demos uma circulada e inspecionamos os destroços das casas incendiadas. A Skolegade era uma enorme cena de devastação. As paredes ainda estavam em pé, as janelas vazias pareciam boquiabertas e sombrias, e o pessoal da cidade retribuía o gesto. O dia 1º de janeiro era feriado. Homens usavam cartolas e examinavam os danos com conhecimento e expressões de avaliação, como se fossem inspetores acostumados a grandes incêndios, apesar de quase quarenta anos terem se passado desde o último. As mulheres, inclusive aquelas que não tinham perdido nada, usavam xales pretos por cima da cabeça e choravam bem alto. Parecia que o medo assoberbara as mulheres de Marstal da mesma maneira que o fogo fizera com as casas na noite anterior. Tratava-se do mesmo pavor que o mar inspirava nelas, o medo de perder tudo: irmãos, pais e filhos. Mas o fogo tinha demonstrado mais misericórdia do que o mar. Não levara nenhuma única vida.

No meio de tudo isso, ouvimos a senhora Isager chamando Karo. Ela parecia ter esquecido que o cachorro já não estava mais lá fazia muito tempo. As outras senhoras se dirigiram à mulher, mas ela meneou a cabeça e continuou chamando.

Apesar de a vida de cachorros e seres humanos ter sido poupada, muitas famílias tinham perdido as coisas que nos ajudam na vida, como móveis e roupas e lembranças e utensílios de cozinha. A família Albertsen encontrou uma panela de ferro fundido que ainda podia ser usada, e a dos Svane desenterrou uma frigideira. O cabo tinha queimado, mas Laves Petersen, o carpinteiro, disse que poderia fazer outro.

O fogo tinha começado enquanto estávamos bombardeando a casa de Isager com potes de barro. Nós fazíamos isso todos os anos e éramos castigados anualmente pela travessura (e isso valia também para aqueles que nem participavam). Como nunca dedurávamos um o outro, éramos todos considerados igualmente culpados. Mas nesse ano não houve castigo, porque, comparado com a escala do inferno, nossos lançamentos de potes de lixo pareciam bobagem. Eles foram esquecidos, e nós também. Isager estava na rua quando o incêndio começou e simplesmente não nos conectou ao que acontecera. Por não ser capaz de conceber que podíamos ser os responsáveis por tal desastre, ele nos subestimou. Não tinha consciência da maldade que semeara em nós, e sua estupidez era nossa proteção.

Nos dias que se seguiram, ficamos sabendo que a mulher dele tinha perdido a cabeça. Ficava vagando pelas ruas, chamando Karo. Achou que as chamas o tinham espantado e colocava sua tigela fora de casa todos os dias, para fazer com que ele saísse de seu esconderijo.

– Ela melhorou – Josef disse. – Vive se esquecendo de bater em nós.

As chamas não tinham tocado a escola, e a casa do professor foi reconstruída. Em pouco tempo, casas novas apareceram na Skolegade. Mas, na escola, nada mudou. Isager tinha ficado acamado e lutara contra a morte. A casa dele tinha se incendiado. E nós, seus pupilos, estávamos por trás de tudo. Mas ele sempre voltava. Tínhamos perdido. Não havia a menor esperança.

Mais uma vez, contamos nos dedos os anos que faltavam. Cedo ou tarde, teríamos idade suficiente para sair da escola. Essa era a única esperança que nós tínhamos.

Lorentz foi crismado e se tornou aprendiz de padeiro na Tværgade. Apropriado, pensamos, levando em conta seu corpo obeso. À medida que fomos ficando mais velhos, ele foi se tornando cada vez mais feminino: desenvolveu peitos também, e os meninos Isager uma vez o levaram até a Cauda e fizeram com que tirasse a roupa para verem como era uma mulher. Então Josef segurou Lorentz, agarrando-o com toda a força, enquanto torcia sua carne gorda e tremelicante, e Johan, que era sensível e chorava lágrimas grossas e gordurosas por qualquer coisa, tinha feito coisas com Lorentz que depois levaram os dois a nos lançarem olhares cheios de cumplicidade, como se estivessem de posse de um segredo que poderíamos compartilhar se implorássemos bastante. Mas não queríamos saber o que era. Não queríamos mesmo.

Lorentz trabalhava para o padeiro na Tværgade à noite, sovando massa. Mas ficou ali somente por alguns meses. As nuvens de farinha ao lado do forno quente entravam em seus pulmões, como disse, e ele não conseguia respirar direito. Porém, isso era bobagem. Ele sempre tinha tido dificuldade para respirar porque era gordo, e a culpa disso era dele e da mãe. Ele era filho único e ela era viúva, e dava comida para Lorentz da manhã à noite, como se para um ganso que estivesse engordando para o Natal. Não: o padeiro não queria saber de Lorentz, porque ele era inútil; só sabia recurvar os ombros e chiar. Por isso, Lorentz foi para o mar e voltou com o olho roxo. Hans Jørgen estava certo, ele disse. A gente também apanha a bordo de um navio. E, mais uma vez, lançou-nos aquele olhar de súplica: posso ser um de vocês agora?

Mas desviamos o olhar, como sempre fazíamos. Depois, pensamos que ele jamais teria uma chance se olhasse assim para a tripulação do *Anne Marie Elisabeth*.

Ninguém respeita um fracote rastejante.

Hans Jørgen não estava presente para dizer "Eu avisei!" quando Lorentz relatou que as pessoas também levavam surras a bordo de um navio. Ele tinha embarcado com o *Johanne Karoline*, afetuosamente chamado de *Incomparável*, que sumiu sem deixar vestígios em um outono, no golfo de Bótnia.

O futuro que se estendia à nossa frente consistia em mais surras e mortes por afogamento, e, no entanto, ansiávamos pelo mar. O que a infância significava para nós? Estar amarrados à vida em terra firme e viver sob a sombra da corda de Isager. E a vida no mar? Ainda tínhamos de aprender o significado dela. Mas a crença de que nada jamais iria mudar enquanto permanecêssemos em terra enraizava-se em nós. Isager continuava sendo Isager. Os filhos dele o detestavam e o temiam, e nós também. Ninguém sabia se a mulher dele também o odiava e temia, mas ela tinha parado de bater nele. Agora, vivia em um mundo só seu. Nós tínhamos roubado dele seu cachorro, sua casa e a sanidade de sua mulher, mas ele permanecia inabalável. Batia-nos como sempre tinha batido, e não nos ensinava nada. Não mais o perseguimos quando voltava para casa em noites de inverno, depois de seus dois dedos de uísque quente com o senhor Mathiesen, o quitandeiro; nem jogamos mais lixo fedido na sala de estar da casa dele, na véspera de Ano-Novo. Mas continuamos enchendo os tinteiros com areia, bloqueamos o lareira, pulamos pela janela, cabulamos aula e roubamos seus livros. Logo seria Niels Peter a se digladiar com ele no chão e um dia, Albert.

Isager era imortal.

Justiça

Nós conhecíamos a corda de bater. Mas agora era a hora de sermos apresentados ao mar.

Será que era verdade, como Hans Jørgen tinha dito, que as surras nunca iriam parar?

Laurids Madsen certa vez contara a Albert sobre o castigo a bordo da *Nuncafunda*, a fragata naval onde qualquer transgressor inútil era amarrado ao mastro e chicoteado até sangrar. "Bateram tanto que fizeram sete tipos de merda saírem dele", Laurids dissera. Não era uma expressão com a qual estivéssemos familiarizados, mas Laurids nos disse que era americana. "Sete tipos de merda": não dava para não imaginar que o mundo além de nossa ilha fosse assim. Que a grande América fosse assim. Eles tinham mais de tudo, inclusive merda. Nunca tínhamos reparado em muita variedade quando se tratava de nossa própria merda. A cor podia mudar, e a textura podia ser mole ou embolotada, mas merda era merda, não era? Nós comíamos tudo (bacalhau, cavalinha, arenque, mingau doce, linguiça de porco e sopa de legumes, repolho) e só conhecíamos um tipo básico de merda. Então, era isso que o mundo lá fora faria por nós. Iria mudar nossa dieta, de modo que passaríamos a comer monstros do fundo do mar, que nossos pescadores locais nunca pegavam: lula, tubarão, golfinhos, peixes de coral coloridos, frutas desconhecidas de nossos agricultores, como bananas, laranjas, pêssegos, mangas e papaias, *curry* da Índia, macarrão da China, peixe-voador com leite de coco, carne de cobra e cérebro de macaco. E, quando batessem em nós, também iríamos cagar sete tipos de merda.

Mas, naquele tempo, o que mais fazíamos era transportar cereais para portos alemães e russos pelo mar Báltico, com passagens pela Noruega e pela Suécia para pegar madeira. Não havia especiarias estrangeiras, peixes esquisitos, nem frutas novas para nós: ervilhas, mingau, bacalhau salgado e sopa doce de sagu com bolinhos de cevada e ameixas constituíam a cesta básica. Todos os nossos molhos e sopas continham xarope e também vinagre, o doce e o acre, mas nos esforçávamos para encontrar o lado doce da vida no mar. E, quando apanhávamos, o mesmo tipo de merda continuava saindo de nós.

* * *

Despedimo-nos de nossas mães. Elas tinham estado presentes por toda a nossa vida, mas nunca as enxergáramos de maneira adequada. Estavam sempre debruçadas sobre tinas de lavar roupa ou panelas, com o rosto avermelhado e inchado pelo calor e pelo vapor – segurando todas as pontas enquanto nossos pais estavam longe, no mar –, e caindo no sono todas as noites, na cadeira da cozinha, com uma agulha de cerzir na mão. Era sua resistência e sua exaustão que conhecíamos, não a elas. E nunca lhes pedíamos nada, porque não queríamos incomodá-las.

Era assim que demonstrávamos nosso amor: com silêncio.

Seus olhos estavam sempre vermelhos. De manhã, quando nos acordavam, era da fumaça do fogão. E à noite, quando nos desejavam bons sonhos, ainda vestidas, era de exaustão. E, às vezes, de chorar por alguém que jamais voltaria para casa outra vez. Se nos perguntassem sobre a cor dos olhos de nossa mãe, responderíamos: "Não são castanhos. Não são verdes. Não são azuis nem cinzentos. São vermelhos". Era isso que iríamos dizer.

E agora elas tinham vindo até o cais para se despedir. Mas, entre nós, há silêncio. Os olhos delas nos perfuram.

Voltem, seu olhar implora. *Não nos abandonem.*

Mas não iremos voltar. Queremos fugir. Queremos ir para longe. Nossas mães enfiam uma faca em nosso coração quando nos despedimos no cais. E nós enfiamos uma faca no delas quando partimos. E é assim que nos conectamos: por meio da dor que causamos um ao outro.

Já tínhamos aprendido em casa alguns elementos da nova vida. Sabíamos emendar cordas e dar nós. Éramos capazes de subir no cordame, e a altura do mastro não nos assustava. Sabíamos circular por um barco. Mas só tínhamos nos postado no convés no porto, no inverno. Ainda tínhamos de aprender quão grande é o mar e como um navio pode parecer minúsculo.

Começávamos como cozinheiros.

– Tome – o comandante disse, e empurrou uma panela de cobre encardida para cima de nós.

Essa panela era todo o equipamento da cozinha e, naquele tempo, a cozinha não passava de um forno de barro no castelo de proa, com exaustor feito de quatro tábuas pregadas juntas, saindo por um buraco no convés. Quando chovia, a água entrava, e, em clima de tempestade, se as ondas lavavam o convés, a água do mar caía em cascata e apagava o fogo; às vezes, ficávamos até os joelhos dentro d'água. O menor vento fazia o navio tombar, e então precisávamos segurar a panela no lugar para que não deslizasse até o chão. Puxávamos os punhos das mangas para proteger os dedos dos cabos quentes e cuidávamos da sopa de sagu com olhos ardendo de fumaça. Nada que fizéssemos era bom o bastante. Alguém tinha de ser o saco de pancadas do navio, e, se não havia um cachorro, tínhamos de ser nós.

Éramos acordados às quatro da manhã e tínhamos de estar prontos, com café, a qualquer hora do dia. Só havia tempo para um cochilo rápido entre duas xícaras quaisquer, e então nos acordavam a chutes:

– Com o diabo, está dormindo de novo, moleque?

Nunca tínhamos uma única hora em terra firme para visitar as cidades onde carregávamos e descarregávamos. Depois de um ano no mar, tínhamos passado por Trondheim, Stavanger, Kalmar, Varberg, Königsberg, Wismar e Lübeck, Antuérpia, Grimsby e Hull. Vimos litorais rochosos, campos e bosques, torres e espirais de igreja, mas não chegamos mais perto disso tudo do que de nossos castelos no ar. A única terra que sentimos sob os pés era a do cais, e as únicas construções em que entrávamos eram armazéns. O amplo mundo que conhecemos consistia no convés do navio, na cabine enfumaçada e nos catres sempre úmidos.

Todas as noites em que estávamos em um porto, tínhamos de esperar pelo comandante até depois da meia-noite, só para guardar suas botas.

– Está aí, moleque? – ele dizia com a voz grossa ao se sentar no catre, inchado e arfando, com as pernas estendidas.

Apenas então podíamos ir para a cama... para logo sermos acordados, algumas horas mais tarde.

Tornávamos a nos encontrar todos os invernos, quando os navios voltavam para casa para esperar a primavera e as águas livres de gelo.

– Você se lembra do que Hans Jørgen disse? – Niels Peter perguntou. – Que a coisa mais importante que Isager nos ensinou era como apanhar?

– Ele devia ter nos ensinado como ficar acordados – Josef respondeu.

Ele era filho de Isager, mas tinha ido para o mar de todo modo, enquanto Johan ficara em casa para cuidar da mãe, que, desde o incêndio, adquirira o hábito de vagar pelos campos vestida em trapos, chamando por Karo. Ele queria se tornar professor como o pai.

Esboçamos um gesto afirmativo. Essa era mais ou menos a soma das nossas experiências durante o primeiro ano no mar: surras e vigílias noturnas intermináveis.

– O café acabou – Albert disse. Ele tinha navegado no pequeno *Catrine* durante um ano. – Recebi pouco mais de cem gramas. Era para durar sete dias para três homens, e o comandante disse que tinha de ser forte, e sempre gritavam comigo porque estava fraco demais. Mas, no fim, me safei.

– O que você fez? – Niels Peter perguntou. Ele tinha navegado um ano a mais do que Albert e ainda se debatia com o problema do café.

– Temos muita ervilha seca, então torrei um pouco e misturei ao pó, e o comandante disse: "Esta é uma bela xícara de café forte; isto vai fazer com que um homem fique em pé". Mas depois ele e o contramestre ficaram com dor de barriga, e foi assim que descobriram. Usei quatro medidas de ervilha para uma de café, mas nunca disse isso a eles. Bom, eu precisava inventar alguma outra coisa, então torrei um pote de centeio. E agora estou recebendo elogios pelo café forte.

– Nós sempre levamos a culpa – Josef disse. – Quando o mingau queima ou as ervilhas não amolecem ou o pão de centeio mofa.

– Meu comandante acha que devo comer a comida que estraga. "Coma este pão mofado", ele me disse um dia. "Engula estas ervilhas cruas." E eu disse a ele: "Não, eu não sou um porco para o qual você pode jogar os restos".

Albert aprumou as costas. Dava para ver que tinha orgulho de sua resposta, mas sabíamos que devia ter lhe custado caro.

– Então, o que aconteceu?

– Fiquei sem café da manhã e jantar durante dois dias.

Lorentz chegou. Johan deu um passo para trás e ficou olhando para o calçamento, mas Josef lançou-lhe um olhar desafiador ao qual Lorentz retribuiu: seus dias de puxar nosso saco tinham acabado. Ele continuava enorme, mas uma nova força infundira-se a seu corpanzil. Nunca tínhamos fantasiado sobre o corpo branco e gordo dele da maneira como fantasiávamos sobre mulheres, mas um formigamento quente tomava conta de nós quando batíamos em sua carne mole. Se fôssemos bater nele agora, machucaríamos os nós dos dedos.

Ele não disse nada.

Recuamos um passo. Será que as bolas dele finalmente tinham descido para o saco, depois de embarcar no *Anne Marie Elisabeth*?

* * *

Albert navegou mais dois anos no *Catrine*. Aportou em Flekkefjord, Tonsberg, Frederikstad, Gotemburgo, Riga, Stralsund, Hamburgo, Roterdã, Hartlepool e Kirkcaldy, e não viu nada. Então, desistiu. Ele queria ficar longe da panela de cobre e da guerra do café. O mar mudava sempre e, no entanto, deixou nele uma impressão de mesmice. No outono, o viu congelar sob as camadas baixas de nuvens de cúmulo-estrato. A água movia-se devagar, feito mercúrio líquido. A temperatura caiu e, quando o inverno se anunciou, ele viu a própria vida refletida na superfície da água que congelava devagar.

As nuvens acima do mar congelado mudavam, mas ele já as conhecia todas. Havia muito com que os olhos se refestelassem, mas nada para a alma. Albert tinha fome de algo que o céu não era capaz de satisfazer. Em algum lugar no planeta, precisava existir um tipo diferente de luz. Um mar que espelhasse novas constelações. Uma lua maior. Um sol mais quente.

O comandante ofereceu-se para contratá-lo como marinheiro comum.

– Você é marinheiro agora – ele disse certa noite, em Stubbekøbing, quando Albert o ajudava a tirar as botas. – Consegue consertar uma bujarrona solta e uma vela no alto do mastro. Conhece a bússola e é capaz de navegar com o vento e correr na frente dele.

Mas, em vez disso, Albert fez como seu pai tinha feito antes dele: foi a Hamburgo para encontrar um navio que o levasse mais longe no mundo.

Antes de partir, subiu ao sótão de casa. Ali, entre sacas de batatas e cereais, estavam as botas de navegação que seu pai, Laurids, tinha abandonado quando saiu de casa pela última vez. Aquilo fora um presságio, perceberam mais tarde. No clima tempestuoso, quando o telhado sacudia e a empena guinchava, a mãe de Albert achava que escutava as botas vazias andando pesadamente de um lado para outro, sozinhas. Mas ninguém jamais teve coragem de subir lá para olhar.

Rasmus e Esben nunca tinham tocado nas botas. Por medo, talvez, ou simplesmente porque nunca chegaram à altura considerável do pai e seus pés não eram grandes o bastante. Só Albert tinha puxado a Laurids.

Ele desceu a escada com as botas na mão; as solas de madeira ainda estavam chamuscadas da famosa viagem de Laurids ao céu.

– O que está fazendo com isso? – a mãe perguntou. Os olhos dela estavam ansiosos, como se, ao mesmo tempo, esperasse e temesse que ele as fosse jogar fora.

– Quero usá-las – Albert respondeu.

– Não pode!

A mão dela disparou até a boca. Será que temia que a má sorte fosse segui-lo se as calçasse? Seria aquilo superstição ou premonição? Era difícil dizer. Havia a preocupação de mãe, certamente. Talvez pressentisse que dessa vez ele iria longe e não retornaria por muitos anos. E isso, para ela, era a mesma coisa que a morte.

– Vou usá-las – foi a única coisa que ele disse.

Agora, precisava se abaixar para passar pela porta, e seus ombros a preenchiam.

– Você prometeu a meu pai que as deixaria como novas mais uma vez – ele disse quando chegou à oficina do senhor Jakobsen, o sapateiro, na Kongegade.

– Isso foi há doze anos. Você tem boa memória – Jakobsen disse. – Mas promessa é promessa. Pode pegá-las no sábado.

Albert trabalhou sete meses como marinheiro comum a bordo de um brigue de Hamburgo que navegou para as Antilhas. Viu praias com palmeiras e peixes-voadores. Gente que tinha a pele negra e parda. Viu a expressão assustada nos olhos dessas pessoas e suas costas arqueadas, e não precisou de ninguém para lhe dizer que elas conheciam a corda de bater. Homens como Isager não eram professores aqui. Eram os governantes dessas ilhas ensolaradas, até mesmo daquelas onde se falava dinamarquês, e todos governavam com a corda.

Ele bebeu leite de coco e comeu carne de jacaré, que tinha gosto de frango. Cagou sete tipos de merda, mas nada disso o derrubou.

Tinha escapado.

"Nunca para", era o que Hans Jørgen dissera. Mas para. Quando você se torna um marinheiro hábil, quando tem dezessete anos e é grande e forte o suficiente para se defender, então para. Albert observava os homens negros e pardos que carregavam e descarregavam o brigue. Eles não eram donos de si mesmos e estavam para sempre à mercê da corda. Ele ficou imaginando o que aconteceria se tivesse nascido como um deles, para ser chicoteado até o túmulo. Será que teria cedido no final? Ou teria procurado alguém a quem transmitir sua humilhação, só para poder se sentir vagamente humano? Será que teria encontrado um cachorro para matar, uma casa para incendiar, uma mulher para enlouquecer?

Quando, a cada inverno, nos encontrávamos em Marstal, nos medíamos uns aos outros. Estávamos nos tornando homens. Os olhos pareciam mais fundos no rosto, as maçãs do rosto saltavam: era como se as surras que tínhamos levado com o passar do tempo tivessem provocado algo permanente. Nossas mãos tinham ficado grandes, as palmas eram ásperas, os bíceps saltavam e tendões e veias brigavam por espaço nos antebraços, sob as teias de aranha azuis de tatuagens. Tínhamos ficado maiores e mais fortes, para desafiar a corda.

Albert não voltou para casa. Ele retornou a Hamburgo e partiu mais uma vez, agora para a América do Sul. Quando voltou, pediu demissão em Antuérpia e se juntou a uma embarcação de Liverpool que ia a Cardiff carregar carvão. Queria aprender inglês.

Quando o oficial das amarras berrava "*All hands up anchor*" e "*Heave, my hearties, heave hard!*", ele ouvia a voz do pai, e sentia seu *papa tru* perto de si mais uma vez. Lembrava-se das palavras americanas que tanto irritavam a mãe quanto lhe deliciavam, e aos irmãos.

– *Hângri* – ele dizia no refeitório.

Os homens meneavam a cabeça e davam risada dele.

– *Mânki* – respondiam.

Demorou um tempo até ele perceber que seu *papa tru* não falava americano, mas sim *pidgin*, a versão chinesa e polinésia do inglês. Era isso que *papa tru* lhe tinha ensinado. Inglês *pidgin*: a língua dos canibais.

Albert cruzou o equador e foi batizado, como tinha acontecido com seu *papa tru* antes dele. Forçaram-no a beijar a *Anfitrite* de cor ocre, de cujas faces marcadas pregos pontudos se projetavam. Cobriram-no de sebo e de fuligem de lamparina, e sereias e garotos negros o seguraram embaixo d'água até seus pulmões ficarem prestes a explodir. Barbearam-no com uma navalha enferrujada e lhe deixaram com uma cicatriz que passou a esconder sob a barba a partir de então.

Albert aprendeu uma música que cantou para nós durante muitos anos. Disse que era a canção mais verdadeira já escrita sobre o mar:

Barbeiem e humilhem este homem,
Mergulhem e molhem este homem,
Torturem e surrem este homem
E não deixem que se vá!

Ele velejou para o sul, deu a volta no cabo Horn, onde ouviu pinguins emitirem seu chamado na noite escura como breu, e, finalmente, tornou-se um marinheiro hábil. Parou em Callao e em Lobos, a ilha do guano, logo ao sul do equador. Navegou de volta à Europa e foi contratado por um navio completo de três mastros da Nova Escócia, que partia para Nova York. Lá, desembarcou e saiu à procura de trabalho em uma embarcação americana, em que o pagamento seria maior. Talvez os sonhos de seu *papa tru* com a América o assombrassem.

Mas não foi o *papa tru* que ele encontrou a bordo do *Emma C. Leithfield*. Foi outra coisa: Isager e sua corda, mais uma vez. E agora a batalha teria de ser decidida.

Mais tarde, ele nos disse que jamais iria se esquecer do momento em que colocou os pés no convés pela primeira vez.

Mas, perguntamos a ele, será que não tinha mesmo ouvido falar sobre as condições a bordo dos navios americanos? Por acaso ele não sabia que as tripulações com frequência faziam motim, e que os contramestres não eram escolhidos por suas habilidades no mar, mas sim pela força física e a capacidade de brigar? E que o punho ou o revólver dava ordens com mais frequência do que o capitão? Será que ele não sabia disso?

Albert desviou o olhar e deu uma risadinha, como se no fundo soubesse, mas não fosse capaz de reconhecer.

Fitou-nos nos olhos.

– Não – respondeu. – Eu não sabia que poderia ser tão ruim assim. Foram dez meses no inferno. Eu já tinha estado lá. Mas encontrar a saída foi algo que aquele desgraçado do Isager nunca nos ensinou.

Havia dezessete homens na frente do mastro do *Emma C. Leithfield,* dentre os quais seis eram escandinavos (e, na opinião de Albert, os únicos marinheiros decentes a bordo). Não parecia estranho para nós o fato de se sentir assim, porque sempre preferimos os nossos. Mas ele baseou sua opinião em uma única observação: foram os únicos a não perder o equilíbrio ao embarcar.

Quando o lançamento trouxe os marinheiros, recém-forçados, para embarcar no *Emma*, um bando de franceses ébrios teve de subir à força no convés, operação desempenhada por dois brutamontes (tubarões de terra firme em conluio com uma pensão onde os franceses já tinham sido "aliviados" de seu dinheiro). Um grupo de italianos e gregos completamente bêbados seguiu-se, ao passo que um terceiro barco trouxe ingleses e galeses embriagados. Cada marinheiro carregava debaixo do braço um pequeno pacote de roupas. Isso era tudo que possuíam. Seu cabelo estava desgrenhado, o rosto era coberto de cicatrizes, e garrafas de uísque meio vazias se projetavam para fora dos bolsos. Podiam xingar e gritar em um caos de línguas, mas todos vinham do mesmo lugar. Eles eram a borra de todos os portos da terra de Deus.

Estavam incapazes de trabalhar naquele dia. Ficavam olhando para as correntes da âncora, mas obviamente não faziam a menor ideia de onde elas iam dar e, depois de olhar para as amarras e dar sorrisos tortos, simplesmente iam cambaleando para o alojamento. Ao desaparecerem pela escada do castelo de proa, se jogavam nos catres ou no piso nu, onde caíam no sono, roncando.

O capitão Eagleton era um jovem com suíças vastas e olhos inquietos. Assim que ordenou a Albert que descesse aos dormitórios para pegar as garrafas de uísque semivazias e jogá-las no mar, o marinheiro percebeu que jamais conquistaria o respeito da tripulação. Eagleton deveria ter jogado o uísque fora por conta própria e na frente da tripulação toda, em vez de fazer isso pelas costas dos homens, enquanto dormiam para curar a bebedeira: era óbvio. Albert ficou olhando para as garrafas enquanto balançavam de um lado para outro nas ondas. Já tinha reparado na poltrona grande e sólida presa ao convés, como se fosse o trono de um rei ausente. Ele sabia o suficiente sobre os homens do mar para reconhecer Eagleton como o tipo que ficava longe do convés, isolado da tripulação; por isso, era provável que não fosse dele. Talvez pertença ao contramestre, especulou, mas por enquanto não havia como saber, já que o homem ainda não tinha dado as caras.

Nesse ínterim, uma confusão terrível tinha se iniciado no castelo de proa, e o capitão ordenou a Albert que investigasse. Da escuridão, vinham gritos irritados.

– Você afanou meu uísque, seu cachorro desgraçado – berrava uma voz inglesa.

Uma resposta veio em italiano, seguida por outra em uma língua que talvez fosse grego. No meio havia frases que continham algumas palavras que Albert reconhecia, mas não conseguia descobrir seu significado. Esses homens tinham vivido em tripulações internacionais por tanto tempo que todos falavam uma língua saída diretamente de Babel.

Uma coisa estava clara: a discussão era a respeito de garrafas de uísque sumidas. Albert tinha ouvido o som de um golpe e, depois, de um corpo se espatifando contra o anteparo. Olhou pela escotilha e viu uma faca brilhando na mão de alguém; isso foi seguido por um gemido e pelo tipo de respiração difícil que se escuta quando os homens estão erguendo a âncora. Mas era outra coisa que eles estavam fazendo. Uma coisa obscura e apavorante, que vinha de profundezas interiores.

Apesar de Albert ainda estar em segurança no convés, deu alguns passos para trás. Não havia nada que ele pudesse fazer naquele buraco escuro, e a confusão no fim iria se exaurir. Já tinha visto brigas assim antes, e raramente terminavam em morte. Os homens sairiam do castelo de proa no dia seguinte, cobertos de hematomas e com uma ressaca e tanto, e começariam a trabalhar, mudos e relutantes, com os olhos vermelhos. Nesse dia, eram animais. Mas no seguinte voltariam a ser marinheiros.

Não era a selvageria no castelo de proa que o preocupava. Era a falta de autoridade do capitão.

– Saia da frente!

Alguém agarrou o ombro de Albert e o empurrou com violência para o lado: ele se virou e viu um homem monstruoso avultando-se sobre si. Seu rosto era dominado por um nariz vermelho batatudo e desfigurado por cicatrizes cruzadas; a cabeça parecia uma abóbora que alguém tinha cortado. Meio mergulhados nessa massa de carne danificada encontravam-se seus olhos: as pupilas pareciam pedras negras nas profundezas de um lago. Por baixo da camisa imunda e rasgada, o corpo musculoso também tinha sido dilacerado, como se alguém tivesse tentado arrancar o coração do gigante com uma faca, mas desistira. Seria o mesmo que tentar apunhalar um trem a vapor.

Albert instantaneamente compreendeu quem estava à sua frente. Era o homem a quem o trono pertencia, aquele que mandava de verdade no barco.

O contramestre tinha feito sua entrada.

O gigante não usou a escada, mas pulou diretamente para o castelo de proa; seu corpo enorme desabou bem no meio dos homens que brigavam. Ouviu-se outro estrondo e alguns urros vindos lá de baixo, e o tumulto se intensificou, com urros e gritos de dor entremeados, o baque de socos e um choramingo estranho que não parecia relacionado à briga. Continuou durante um tempo, antes de começar a ceder, até que uma voz (a do contramestre) se fez ouvir.

– Já chega para vocês? Já chega para vocês agora?

Mais daquele som de choramingo. Então o baque de outros golpes, ou será que eram chutes? E silêncio.

O contramestre surgiu do castelo de proa, arfando. Tinha adquirido machucados prontos para novas cicatrizes, lá embaixo na escuridão.

Trazia um corte profundo na testa, e lhe escorria sangue do pescoço, mas ele limpou o rosto sem prestar atenção, como se o sangue que se juntava na sobrancelha densa não fosse mais inconveniente para ele do que o suor.

Albert não tinha se mexido do lugar em que o gigante o jogara no começo, mas agora fora jogado de lado mais uma vez, quando o contramestre que sangrava o empurrou para o lado, a fim de passar e avaliar o restante da tripulação, como se estivesse contemplando a continuação da punição iniciada nos conveses inferiores.

– O nome é O'Connor.

Com isso, os homens no convés assentiram, como se respondessem a uma ordem.

O'Connor foi até o trono, sentou-se pesadamente e arrotou. O sangue que ele tinha esfregado na testa fazia com que parecesse um ídolo pagão que não exige nada além de sacrifícios humanos. Albert ficou imaginando se O'Connor iria pedir sabão e água para limpar os ferimentos, mas ele apenas ficou lá, sentado, enquanto o sangue coagulava, como se as cicatrizes fossem tatuagens e ele tivesse acabado de adicionar detalhes à pavorosa obra de arte que o rosto e o corpo formavam.

Então soltou um assobio repentino, e um enorme cachorro de pelo comprido, que ninguém tinha visto antes, apareceu trotando com os passos sorrateiros de um lobo e se encolheu a seus pés. O'Connor tirou um revólver de calibre grosso do bolso das calças de brim e começou a rodar o tambor de balas, pensativo.

* * *

Naquela noite, Albert se aventurou castelo de proa abaixo, mas logo voltou para cima. À luz de sua vela, ele tinha visto homens deitados no chão em posições estranhamente contorcidas, enquanto alguns estavam sentados em bancos, com a cabeça aninhada nas mãos. Não saberia dizer se estavam dormindo ou não. Mas havia sangue no anteparo, e vômito cobria o chão. Ele preferiu dormir no convés.

Os homens surgiram na manhã seguinte, exibindo os vestígios da briga do dia anterior. Alguns mancavam, já outros se locomoviam devagar e com dificuldade, como se o corpo doesse por baixo das roupas.

O rosto deles estava inchado, com partes lívidas em volta dos olhos. Um homem tinha o nariz quebrado (apesar de o formato dele sugerir que não era a primeira vez). Esses eram homens duros, acostumados a surras e aos efeitos posteriores à bebedeira prolongada: homens capazes de aguentar praticamente qualquer tratamento sem reclamar. Mas tinham uma expressão que raramente se vê em um marinheiro. Pareciam acuados. Não se entreolhavam e nunca erguiam os olhos para O'Connor quando este vociferava ordens. Em vez disso, ficavam olhando para as mãos ou deixavam os olhos se deslocarem para as amarras.

Havia um cozinheiro de fato a bordo do *Emma C. Leithfield*, e compreendemos Albert muito bem quando ele apontou a diferença entre um cozinheiro adequado e o tipo que nós tínhamos sido nos barcos de Marstal, quando todos começamos como garotos de refeitório, sem nenhuma habilidade culinária além de firmar a panela de água em uma tempestade para garantir o fornecimento de café quente e satisfazer os apetites de homens mais interessados em encher a barriga do que nos prazeres do paladar.

Mas Albert disse que Giovanni não era nem um pouco assim. Italiano, assegurava-se de que todos os dias, tanto de manhã quando à noite, houvesse pão assado na hora, almoço e jantar quentes e montes de tortas e bolos. Comia-se melhor do que na melhor das pensões: nem mesmo Frau Palle, da Kastanienallee, em Hamburgo, era capaz de competir com Giovanni.

No geral, o *Emma C. Leithfield* era um navio estranho. Apesar das diferenças linguísticas dos homens, eles se entendiam bem o suficiente para concordar que, de todas as embarcações da marinha mercante americana, o *Emma* tinha o pior contramestre e o melhor cozinheiro. O refeitório era o céu e o convés, o inferno.

* * *

Giovanni foi o último homem a embarcar, mas não chegou sozinho: com ele, vieram dois leitões, dez galinhas e um bezerro pequeno, para o qual construiu um cercado na coberta de proa. O cachorro de O'Connor ficou inquieto e deixou seu lugar aos pés do dono para circular, com o enorme maxilar aberto e expressão faminta nos olhos. Ao avistá-lo, Giovanni foi direto para cima do animal, que mostrou os dentes e rosnou, ameaçador: parecia achar que o navio todo era seu território. Giovanni olhou bem em seus olhos e ergueu as mãos devagar, não para bater nele, mas como que para explicar. Hipnotizado, o cachorro deitou de barriga no chão e ganiu de dar dó, antes de começar a arrastar as patas para trás. A visão do monstro feroz de barriga no chão recuando ante o homem pequeno e ágil era tão engraçada que os marinheiros que observavam o incidente começaram a rir.

O'Connor também viu. Mas não riu.

O'Connor nunca comia com os outros oficiais. Em vez disso, ficava sentado em seu trono no convés e fazia com que levassem a comida até lá. O clima nunca o incomodava; seu corpo parecia imune a tudo. Nunca trocava de roupa, usando sempre a mesma camisa esfarrapada, mal coberta por um colete sem botões e de casas rasgadas. Durante o dia, apenas uma nevasca ou chuva de granizo era capaz de fazer com que saísse da poltrona; já à noite, diziam que ele dormia em outra, presa ao piso de uma cabine que fedia feito a toca de um animal selvagem. Estava sempre de prontidão. Diziam que mantinha os músculos tensos até quando dormia.

Quando Giovanni lhe trouxe comida no dia seguinte, em vez de colocar o prato no colo, O'Connor o depositou no convés e fez um sinal para o cachorro, que imediatamente se aproximou e engoliu toda a refeição de bela apresentação. Durante todo esse tempo, O'Connor ficou com os olhos fixos em Giovanni, e este o encarou. Não tinha mais medo de O'Connor do que tinha do cachorro. Era capaz de controlar o animal com um gesto simples. Mas O'Connor estava além de seu controle, e ele tinha conquistado um inimigo mortal.

No dia seguinte, Giovanni levou a comida de O'Connor em uma tigela de cachorro e a colocou no convés, aos pés do contramestre.

– Aproveite sua comida – ele disse, e se virou para se retirar.

– Onde está meu jantar?

A voz de O'Connor era grave e ameaçadora.

– Ali. – Giovanni apontou para a tigela. – Se eu fosse você, me apressaria antes de o cachorro pegar.

Naquele momento, ele selou seu destino.

* * *

Giovanni era muito mais do que um mero cozinheiro. Quando um navio está ancorado em Nova York, não são apenas alfaiates, sapateiros, açougueiros, vendedores de velas e de frutas, todos os homens práticos sem os quais um navio não pode ficar antes de zarpar, que sobem a bordo. Não, junto com eles vem uma trupe maluca de vendedores de mercadoria roubada, oferecendo anéis de ouro falso e relógios de bolso que param de funcionar ao menor tranco; tatuadores com agulhas imundas, cujas tatuagens se transformam em infecções de chorar; mendigos e mágicos; malabaristas, faquires e videntes; alcoviteiros, cafetões e ladrões. Giovanni, parado ali no convés com uma bandana vermelha amarrada no cabelo pretíssimo, jogando quatro ovos no ar ao mesmo tempo sem derrubar nenhum, parecia mais à vontade com esse pessoal do que com a tripulação do *Emma C. Leithfield*. E foi assim que ele veio parar entre nós.

Ninguém tinha a menor ideia de como tinha ido parar no mar, mas começara como artista de circo. Era lançador de facas além de malabarista, e, às vezes, quando estávamos de folga, nos demorávamos à porta e observávamos enquanto treinava. Ele era capaz de jogar ao ar três ou quatro facas afiadas até elas girarem e se fincarem em uma roda. Nunca derrubava nenhuma, nunca errava o alvo e nunca se cortava.

– Giovanni está arrumando a mesa – alguém gritava do convés, e a tripulação se apressava para conseguir um lugar na primeira fila, a fim de vê-lo ajeitar os lugares sem se mexer nem um centímetro do lugar em que estava. Facas, garfos e pratos de latão voavam pelo ar e caíam exatamente no lugar certo, um ao lado do outro. Aquilo deixava a plateia tonta de animação. Ele nunca quebrava nada, mas ninguém entendia como.

– Como você faz isso, Giovanni?

Ele sorria e meneava a cabeça. Não havia segredo.

– Tudo depende disto aqui – dizia, e flexionava os pulsos.

Os homens trocavam piscadelas. Tinham orgulho de seu cozinheiro. Com o uísque jogado no mar e o barco na água, era Giovanni quem fazia com que aprumassem as costas e desempenhassem suas funções como tripulação.

Fazia duas semanas que tinham saído de Nova York. O *Emma C. Leithfield* tinha acabado de cruzar o equador, a caminho de Buenos Aires, e os homens estavam admirando Giovanni, como sempre, quando O'Connor apareceu de repente. O cozinheiro estava ocupado pondo a mesa, e os pratos voavam com precisão pelo ar a caminho de seu destino, quando O'Connor estendeu o punho gigante e interceptou um deles, fazendo com que caísse no chão. Pratos de latão não se quebram, mas o efeito da sabotagem de O'Connor foi mais profundo do que se aquele tivesse se estilhaçado em mil pedaços.

A reação de Giovanni foi instantânea. Quando ele fazia sua apresentação, assumia um ar concentrado e sonhador ao mesmo tempo. Mas, agora, viram sua expressão contorcida em algo novo: cautela. Quando o punho de O'Connor foi para cima dele, o cozinheiro desviou-se com a mesma agilidade veloz que viam quando ele jogava talheres e pratos, e o punho de O'Connor, que teria transformado o rosto fino e de traços delicados de Giovanni em uma massa sangrenta, foi de encontro ao anteparo com um barulho feio. Quando ele recuperou o equilíbrio, os nós dos seus dedos sangravam.

Giovanni não arredou pé. Seu rosto não mostrava hostilidade, medo, raiva nem pânico, mas a concentração de um acrobata no alto da tenda do circo, preparando-se para um salto traiçoeiro sem rede de segurança. E, quando O'Connor investiu mais uma vez, ele se desviou com a mesma precisão de antes.

O'Connor cambaleou para a frente, como se tivesse perdido o equilíbrio. Mas quem estava prestando atenção sentiu que algo estava acontecendo. Seus olhos, apertados em fendas no rosto inchado e cheio de cicatrizes, tinha uma frieza calma, indício de que o desequilíbrio fora premeditado.

Giovanni saltou para o lado e saiu do caminho do gigante desequilibrado. Mas, em vez de estender as mãos para a frente a fim de amparar a queda, O'Connor abriu o braço e agarrou o pequeno italiano, puxando-o para o convés. Achando que o contramestre iria montar em Giovanni e surrá-lo, a tripulação começou a se juntar para tirá-lo dali. Mas os dois homens caídos ficaram lá por um momento, um ao lado do outro, sem se mexer, até Giovanni soltar um grito de dor repentino e segurar o pulso. Sua mão dependurava-se de um jeito estranho. Estava toda mole. O'Connor tinha quebrado o pulso dele com uma única torção da mão forte.

Com muita calma, o contramestre se levantou. Em pé ao lado de sua vítima, ele fitou firmemente os olhos do homem. Então, sem nem olhar para baixo, ergueu o pé e pisou com a bota na mão machucada de Giovanni. Ouviu-se o som dos dedos quebrando.

Quando O'Connor se afastou da confusão, os homens abriram caminho para ele. Mas, se tivessem uma das facas de cozinha afiadas de Giovanni, teriam-na enfiado em suas costas, com profundidade suficiente para furar o coração podre e apagar o fogo do inferno que queimava lá dentro.

Juntaram-se ao redor de Giovanni e o ajudaram a se levantar. Ele ainda segurava com força a mão avariada, e as lágrimas rolavam-lhe pelas faces. Não era a dor que o fazia chorar, mas a perda de sua habilidade. Olharam para os dedos quebrados dele, que despontavam em ângulos nada naturais. Já tinham visto acidentes suficientes a bordo para saber que ele jamais voltaria a usar aquela mão. Minutos antes, fora um artista. Agora, mal era um homem.

Levaram-no ao capitão Eagleton, que mandou fazer um curativo na mão. Não iria servir de nada. Nem um médico poderia ter salvado aquela mão. E, quando reclamaram sobre o que acontecera com Giovanni, o capitão Eagleton olhou para o outro lado, como se aquilo não tivesse nada a ver com ele.

– O'Connor teve seus motivos – ele disse.

E essa foi a única coisa que falou sobre o assunto.

Giovanni tinha transformado os homens em uma tripulação unida. Mas O'Connor desejava o oposto da solidariedade: queria que cada um deles o encarasse sozinho. Não por falta de força para espancar mais de um de cada vez, mas porque sabia que o temiam mais quando não tinham ninguém com quem compartilhar o medo.

O capitão mentira quando disse que O'Connor tivera seus motivos. E essa mentira era enorme. Nada que O'Connor fazia tinha motivo. Ele batia, socava e quebrava os ossos dos homens por prazer, não como castigo por algo que eles tivessem feito. Brincava com eles como um deus brinca com seus adoradores, deixando-os a refletir sobre os motivos do próprio sofrimento. Era esse aspecto de não saber com antecedência o que iria acontecer que fazia de O'Connor um monstro tão terrível. Seja lá qual fosse sua motivação obscura, expressa por meio do ódio a tudo que se mexia a bordo, ela estava nas profundezas de seu ser. Os homens se desviavam, ou tentavam parecer pequenos e invisíveis, para fugir de sua maldade sem motivo; no entanto, isso às vezes não bastava. Os olhos dele funcionavam como os de um falcão em busca de ratos no meio do trigo.

Eles não tinham onde se esconder. Por acaso existe algum lugar seguro para aqueles que vivem na palma da mão de um governante todo-poderoso? Que escolha tinham senão fazer tudo corretamente e antecipar o menor de seus caprichos?

– O que Giovanni tinha feito de errado além de ser o melhor cozinheiro que já navegou, o melhor malabarista que já desperdiçou seu talento com uma tripulação bêbada e cabeça-dura? Além de fazer com que cada um de nós fosse um homem melhor do que o Senhor jamais tivesse planejado? O que ele fez para merecer a mão quebrada? Por que ofensa ele estava sendo castigado? – Albert perguntou.

Um sujeito chamado Isaiah precisou ficar responsável pelo refeitório. Ele era da América, tinha catorze anos e a pele negra tão brilhante e lisa que sempre parecia molhada. Quando acendia o fogo pela manhã, as brasas reluzentes refletiam-se em suas faces escuras. Ele fez o melhor que pôde. Mas não havia mais pão assado todo dia, nem tortas ou bolos.

Giovanni tinha passado alguns dias no castelo de proa sem fazer nada, olhando para o curativo à meia-luz. Apesar de tudo o que tinha acontecido, ele não se deixara desanimar. Logo reapareceu no convés, entrou no refeitório e começou a dar ordens a Isaiah. Então sua mão esquerda acordou. Afinal de contas, era a mão de um artista, e tão habilidosa quanto a direita. Ele podia ser só meio homem, mas ainda era mais capaz do que a maior parte dos inteiros. Logo os pratos voavam pela mesa mais uma vez. Mas havia agora um ar de desafio. Sabia que estava participando de um jogo perigoso. Seus olhos brilhavam. A tripulação o vigiava, pronta para defendê-lo, apesar de os homens estarem mais apavorados do que ele.

Mas o falcão sempre aproveita sua chance.

Foi quando Giovanni ficou sozinho por um instante com Isaiah que O'Connor o atacou pela segunda vez. Os homens chegaram correndo com o som dos gritos, mas já era tarde demais. O'Connor tinha pegado a mão esquerda. Giovanni agarrou uma faca com a direita, mas o monte ridículo de dedos quebrados tinha perdido toda a força e a precisão, e ele mal conseguiu levantar a lâmina. Sabia que estava lutando pela vida, e a única coisa que conseguiu fazer foi arranhar o peito de O'Connor.

Como Giovanni deveria estar desesperado para usar a faca daquela maneira... Quando os homens no castelo de proa o tinham incentivado a se vingar e prometeram lhe dar cobertura (e, sim, até assumir a culpa pessoalmente), ele respondera:

– Sou lançador de facas, não assassino.

Os pratos voando pela mesa mais uma vez, o redespertar das nossas papilas gustativas: esta tinha sido a vingança de Giovanni. Só agora ele tinha recorrido à faca. Isaiah, mais tarde, disse que tinha visto lágrimas nos olhos do artista enquanto ele segurava a arma com a mão danificada, como se, naquele momento, forçado a compartilhar a tática rude de seu inimigo, tivesse perdido a honra.

O'Connor deu risada e ofereceu o peito.

– Ataque – rosnou.

Mas Giovanni pousou a faca na mesa.

Quando chegaram, era tarde demais. O golpe mortal já tinha sido desferido.

Enrolado em lona de vela, o corpo de Giovanni foi engolido pelo mar no mesmo dia. O capitão Eagleton não compareceu ao funeral. O'Connor representou-o. A tripulação desconfiava de que ele tinha participado da cerimônia apenas para se refestelar em seu triunfo sem sentido.

Isaiah chegou com uma pá cheia de cinzas da cozinha.

– Das cinzas às cinzas, do pó ao pó – o ajudante do cozinheiro disse, e espalhou as cinzas sobre o corpo de Giovanni, estendido no convés com sua mortalha de marinheiro.

Naquele exato momento, uma rajada de vento chegou como uma mão vingativa e jogou as cinzas bem no rosto dilacerado de O'Connor, onde se acomodaram em cada ruga e em cada abertura, até mesmo nas fendas dos olhos. Queimaram e arderam. Ele urrou e se debateu, como se um inimigo verdadeiro o tivesse atacado, e os homens se dispersaram: ninguém queria ser atingido pelos golpes aleatórios de seu punho. À distância, viram quando cometeu um ato final de sacrilégio contra o morto: xingando e berrando, ergueu do convés o cadáver frágil de Giovanni e jogou-o por cima da amurada feito um monte de lixo.

Estavam assistindo ao funeral de um incentivador de motins. Esta, pelo menos, era a mensagem que o capitão Eagleton lhes transmitiu.

Mas, nos deques inferiores, eles tramavam a morte de O'Connor.

Todos se apresentaram para o serviço. Ninguém tinha nenhum escrúpulo no que dizia respeito a matar O'Connor. Se ainda não haviam se tornado calejados quando entraram para a tripulação do *Emma C. Leithfield*, agora eram. Tinham sofrido violência diária, e não havia nenhum entre eles que não exibisse a marca do punho do contramestre. Ele batia até em seus colegas oficiais. O segundo contramestre, um sueco chamado Gustafsson, tinha ficado com um olho fechado, olho que talvez jamais recobraria a visão.

Como não havia lei a bordo do *Emma C. Leithfield*, precisaram criar uma por conta própria. Não era motim: era justiça.

A única preocupação era técnica. Como fazer?

O'Connor era mais forte do que qualquer um deles: isso tinham aprendido. Nunca iriam derrotá-lo em briga aberta. Mas pensar em sua própria fraqueza só alimentava a raiva.

– Quando ele estiver dormindo – disse um grego chamado Dimitros.

Será que essa era a resposta? Trocaram olhares. Havia dois problemas. O primeiro era o revólver carregado que O'Connor sempre carregava consigo, e o segundo era o cachorro. Quando o contramestre cochilava em sua poltrona no convés, o cachorro sempre ficava deitado a seus pés e, no minuto em que alguém se aproximava, erguia a cabeça enorme e rosnava, ameaçador. Ninguém conseguia descobrir como se aproximar de O'Connor sem acordar o cachorro. Nesse ponto, a rebelião deles começou a se despedaçar. Debateram muito sobre o cachorro, mas, na verdade, não era dele que tinham medo. Será que era do revólver, então?

Não. Era simplesmente de O'Connor.

Mesmo sem cachorro nem arma, ele parecia invencível. O que mais os apavorava era o que se passava dentro daquela sua cabeça de abóbora desfigurada. Mas jamais poderiam fazer essa confissão abertamente. Afinal de contas, eram dezessete contra um. Ficaram em silêncio, alguns olhando fixamente para a mesa, outros para o anteparo.

Foi Albert quem rompeu o silêncio.

– Mas, bom, não é errado matar outro ser humano?

Ficaram olhando para ele como se a ideia jamais lhes tivesse passado pela mente. E talvez, em alguns casos, não tivesse mesmo. Eles sabiam muito pouco sobre o passado uns dos outros, mas também sabiam que qualquer coisa poderia acontecer no porto ou no mar. O afogamento de um homem nem sempre era acidente, e talvez O'Connor não fosse o único assassino impune a bordo do *Emma C. Leithfield.*

– Será que Giovanni ia querer ser vingado dessa maneira? – Albert prosseguiu.

– Não me importo com o que Giovanni iria querer – disse o marinheiro galês Rhys Llewellyn enquanto examinava as mãos peludas pousadas no colo. O contramestre tinha deixado sua face roxa, e esse cumprimento ele sonhava em retribuir. – Estou falando por mim – completou, e olhou para o grupo. – Mas estou pensando em nós também. É ele ou nós. Não é vingança. É sobrevivência.

Os outros balbuciaram em aprovação.

– Giovanni não queria sacar a faca – Isaiah disse. – Eu vi quando a largou.

A voz dele era hesitante, e dava para escutar sua respiração entre as palavras. Tinha apenas catorze anos, e era preciso coragem para erguer a voz perante homens que eram superiores a ele em posição e em idade. – Lembram que ele disse que era um lançador de facas, e não assassino? Será que somos assassinos?

– Cale a boca, seu cachorro preto! – o galês retrucou.

– Não, não vou calar! – As palavras saíram de modo inesperado. Isaiah agora tinha encontrado sua coragem. Erguera a voz, e o dano estava feito. – Eu apanho dele igualzinho a vocês. Por isso, tenho direito de falar. E não acho que devemos matá-lo.

– O menino tem razão – Albert disse. – Não queremos nos tornar iguais a ele. O'Connor só está esperando que um de nós fique tão desesperado quanto Giovanni e saque uma faca, porque esse é o jogo dele. É isso que ele quer. Vocês acham que o sujeito é estúpido? Neste exato momento, deve estar torcendo para que estejamos tramando para matá-lo, porque assim nos tem na mão. Será que de fato queremos ser como ele?

Os homens balbuciaram e voltaram a baixar os olhos. Sem dúvida, alguns queriam ser iguais a O'Connor. Mas nunca poderiam ser. Teriam de encontrar outras maneiras de se equiparar a seu poder.

– Acho que sei como podemos vencer, mas vai ser preciso ter paciência – Albert disse. E apresentou seu plano.

No começo, não entenderam o que ele queria dizer.

– Não dá para fazer isso – foi a reação unânime, proferida quase no mesmo número de línguas que de homens. Não importa de onde tivessem vindo, nenhum dos marinheiros jamais havia visto a justiça ser tratada da maneira como Albert propunha. A ideia não era apenas desconhecida; ia contra toda a experiência deles.

– Mas aqui é a América – Albert ficava repetindo.

– Não é a América, é um navio – eles disseram. – E um navio tem suas próprias regras.

Mas Albert não arredou pé e se recusou a recuar. Cada vez que refutava alguma das objeções deles, viam que ele ficava mais cheio de certeza. E cada vez que falava, terminava com a mesma pergunta:

– Alguém tem uma ideia melhor?

Ninguém tinha nenhuma, fora matar O'Connor; e, no fundo do coração, sabiam que não eram capazes de fazer isso. Não tinham coragem para tanto, nem individualmente, nem juntos.

Então, qual foi o imperativo estranho e indefinível que finalmente fez com que mudassem de ideia e concordassem com a proposta de Albert? Será que era a consciência? Era. Mas estava tão misturada a outras coisas, como medo, maldade, precaução e a união dos homens em bando, que, enfim, nenhum ímpeto isolado pôde ser definido.

– Então, em nome da simplicidade, vou chamar apenas de consciência. – Albert repetiria sempre esta frase ao contar a história, mais tarde.

Tinham velejado com O'Connor por oito meses quando aportaram em Santiago, nas Antilhas, para carregar açúcar para Nova York. Não tinham faltado oportunidades para fugir do navio, mas a tripulação resistira; se desertassem, seu plano nunca renderia frutos e o sofrimento teria sido em vão. O verdadeiro teste de sua força aconteceria ali, em Santiago. Não teria nada a ver com força física (um recurso que tinha sido tentado e testado durante muito tempo, e suas desvantagens se confirmavam todos os dias, quando eles enfrentavam a violência de O'Connor). Mas não desistiram e começaram a olhar para ele com ousadia cada vez maior. Porque tinham descoberto uma força que o contramestre brutal não conhecia em absoluto. Seu nome era força moral.

Os mais experientes dentre eles já tinham entendido que esse era o lugar em que o capitão Eagleton tentaria fazer com que abandonassem o barco. Já tinham passado por isso em outras embarcações. Quando uma viagem chega perto de seu fim, um mau capitão trata a tripulação de maneira tão atroz que todos jogam a toalha. E, invariavelmente, depois de serem rotulados de desertores, abrem mão dos salários não pagos, aumentando dessa forma o lucro da viagem. E assim se passou no *Emma C. Leithfield*. Em primeiro lugar, O'Connor reduziu a cota de água enquanto eles suavam no calor tropical. Depois, as provisões também se tornaram escassas. Isaiah aprendera algumas habilidades culinárias desde que Giovanni tinha sido assassinado em sua própria cozinha, mas agora seus conhecimentos limitados eram inteiramente supérfluos: as rações diárias da tripulação definharam para três biscoitinhos por homem, enquanto, aos sábados, recebiam arroz e um único pedaço de carne salgada. Os estômagos clamavam por comida. O cachorro de O'Connor comia melhor do que eles. A estratégia toda era inteligente demais. Demasiado diabólica, demoníaca, traiçoeira... Você passa oito meses com um carcereiro brutal e malicioso, e então ele abre a porta da cela.

No entanto, eles se recusavam a sair. Ainda tinham contas a acertar com O'Connor. Mas, ah, como ansiavam para escapar de sua presença terrível e do próprio pavor.

Ficaram, porque tinham um plano. Ficaram.

Fracos de fome e de sede, eles esfregavam o convés e seu compartimento com areia e pedras sob o sol tropical. Eram forçados a sair da cama uma hora cravada antes que qualquer uma das tripulações dos outros navios ancorassem em Santiago, e só podiam ir se deitar muito depois de o resto do porto já estar dormindo. Sob a sombra de uma vela estendida, O'Connor ficava sentado em sua poltrona com um revólver carregado na mão e o enorme cão aos pés. Mas não estava ali para garantir que eles trabalhassem com afinco. De fato, se um dos homens tivesse abandonado o convés quente de matar, disparado para a prancha e usado um bote a remo para chegar a terra firme, o contramestre não teria erguido nem um dedo para detê-lo. Em vez disso, teria dado um sorriso de triunfo puro e lhe desejado bons ventos.

Quando as moças oferecidas passavam nas canoas com o cabelo preso para cima, os ombros nus e os vestidos rodados, dizendo, coquetes, "Vamos subir a bordo!", O'Connor se erguia e as ameaçava com o revólver.

A batalha da força de vontade pesava sobre os homens, e eles ficavam mais exaustos, silenciosos e magros a cada dia que passava. Mas, àquela altura, a soma total de seus ferimentos constituía uma vitória. Eles viram o olhar de O'Connor se tornar evasivo, e uma expressão confusa começou a perturbar a calma tranquila de seu rosto desfigurado.

Ao chegar a Nova York, fizeram duas coisas. Primeiro, demitiram-se do navio no qual o único consolo perante violência e humilhação diárias tinha sido o triunfo limitado da resistência passiva. Então, todos juntos, eles marcharam até a delegacia de polícia mais próxima e delataram o contramestre do *Emma C. Leithfield.*

Este tinha sido o plano deles. Fora ideia de Albert e ajudara a fazer com que seguissem em frente. Eles tinham conversado sobre matar O'Connor, mas alguma coisa (talvez o próprio pavor, mais do que qualquer outra) os segurara. Albert percebera que, se o capitão não é capaz de intervir em relação a alguém tão fora da linha quanto O'Connor, então seu navio não tem lei. A tripulação não pode fazer as regras de um navio só porque o capitão deixa de fazê-las, a menos que seja por meio de motim, que não passa de um grito por ajuda e não resulta em nada além de se somar à ausência generalizada de leis. Então, se a justiça não pode ser encontrada a bordo, deve ser encontrada em terra firme.

E foi por isso que eles marcharam juntos até a Delegacia de Polícia: não para se vingar de O'Connor, mas para buscar justiça.

Chegaram para indagar se era possível conseguir alguma.

E receberam sua resposta.

Caminharam pelo Lower East Side até chegarem à Delegacia de Polícia, na 12th Street. Agrupados bem juntos, eles tomavam toda a largura da calçada, e os passantes tinham que sair de lado para lhes abrir caminho. No fundo, ainda sentiam vergonha por não terem sido capazes de dar um jeito em O'Connor por conta própria. Eram dezessete homens altos e de ombros largos, acostumados ao trabalho árduo, que chegavam ali para implorar a outros por justiça... relativa a um único homem.

Será que a lei era algo a que apenas os fracos recorriam?

Chegaram a uma construção amarelo-escura cuja placa proclamava ser aquela a Casa da Lei. Quando entraram e viram homens bem parecidos com eles mesmos sendo arrastados para dentro por policiais, por um momento não souberam muito bem a que lado da lei pertenciam. Mas se aproximaram de um balcão e ficaram lá, parados e hesitantes, cutucando um ao outro. Albert acabou falando tudo. Contou ao oficial de polícia sobre o assassinato de Giovanni, e o segundo contramestre sueco lhe mostrou seu olho cego.

O oficial escreveu um boletim de ocorrência. No momento em que viram suas palavras serem registradas em papel, algo mudou. Mais uma vez, foram capazes de se olharem nos olhos e de se postarem com o corpo ereto. Já não eram mais um grupo de homens frustrados, cujas reclamações não mereciam mais do que um dar de ombros desdenhoso.

Dois oficiais de polícia os acompanharam de volta ao navio. O'Connor estava sentado em sua poltrona no convés, com o cachorro deitado ao seus pés. Eles sabiam que o contramestre trazia um revólver carregado no bolso, mas não se atira na Lei. Se você atirar em um oficial de polícia, dez outros ocuparão o lugar dele.

Viram a surpresa de O'Connor. Ele olhou feio para cada um dos membros da tripulação do *Emma C. Leithfield*. E, como nenhum homem desviou o olhar, compreendeu. Tinham feito o impensável. Não o espancaram, nem providenciaram um contra-ataque, nem tentaram assassiná-lo (todas essas coisas teriam contado com sua aprovação). De fato, ele até queria isso, porque era a linguagem que falava e entendia. Mas, agora, tinham agido de um jeito que era incompreensível para ele, em que *força* e *correção* não significavam a mesma coisa.

Por um momento hesitou, ao medir os homens dos pés à cabeça e depois fazer o mesmo com os policiais. A feição dos oficiais não revelou reação ao ver o gigante com o grotesco rosto desfigurado, as roupas esfarrapadas e o volume óbvio na calça, que revelava a presença de um revólver. Mas a tripulação viu quando se retesaram ao levarem a mão ao traseiro em busca das próprias armas.

O'Connor também reparou nisso e, com uma astúcia que não teriam atribuído a ele, perguntou aos oficiais de polícia qual era o problema. Responderam que ele tinha sido acusado de assassinato e espancamento e que as testemunhas eram os homens ali ao lado deles. Informaram-no que seria preso.

O'Connor entregou seu revólver de bom grado. Os homens perceberam que ele estava se esforçando muito para parecer menor quando foi conduzido entre dois policiais. O'Connor!

Eles se entreolharam.

A lei era tão forte que um mero estalar de dedos era capaz de reduzir até o monstro mais sedento de sangue a um carneirinho.

Nunca acreditaram que O'Connor tivesse o dom da conversa. Ele, com certeza, nunca lhes dera nenhuma evidência de vocabulário extenso. Gemer e vociferar tinham sido suas formas preferidas de expressão. Mas, agora, revelava um lado totalmente novo de si mesmo. Repararam em um vislumbre de malícia em seus olhos, quando concordou em acompanhar os policiais de bom grado. Agora, no tribunal, tinham começado a realmente entender que tipo de inimigo calculista estava à espreita dentro daquela massa humana.

Quando a acusação contra ele foi lida no tribunal, O'Connor agarrou a Bíblia e a beijou com uma paixão que até então só tinha reservado para explosões de raiva. Ergueu a mão e jurou que nunca, em toda a vida, encostara a mão em homem nenhum. Então pegou a cabeça desfigurada e virou de um lado para o outro, como se estivesse tentando desatarraxá-la.

– Olhem para este rosto – exclamou. – Este é o rosto de um assassino?

Olhou diretamente para o juiz e, depois, para a galeria reservada ao público.

Se sua violência não estivesse latente em cada sinal em relevo, alguns integrantes da plateia poderiam ter caído na risada, de tão grotesca que era sua alegação de inocência. Era difícil imaginar um rosto mais adequado a um assassino implacável.

No entanto, até o juiz baixou os olhos quando O'Connor olhou fixo para ele, e os homens começaram a se perguntar quem era mais forte: a lei ou O'Connor.

Mais uma vez, o contramestre virou a cabeça.

– Olhem – ele disse. – Olhem para o meu rosto desfigurado. Este não é o rosto de um homem que revida. É o rosto de um homem que oferece a outra face quando é atacado injustamente.

Olhou diretamente para o banco das testemunhas, e nenhum marinheiro o fitou nos olhos. Mostrou para o tribunal primeiro uma face com uma cicatriz, depois a outra.

– Acham mesmo que eu permitiria que alguém chegasse perto de mim se meu sangue fosse tão ruim quanto dizem? – Arrancou a camisa em frangalhos que estava usando até aquele momento, com um movimento teatral, exibindo o peito marcado. – Este é o corpo de um mártir – ele disse, com a voz embargada de emoção. – Este é o corpo de um cordeiro.

– Ele vai vencer – Gustafsson disse, e passou o dedo pelo olho avariado, quando se acomodaram na taberna mais próxima depois da sessão. – Viram como o juiz ficou com medo dele?

– Mas a lei não tem medo dele – Albert retrucou.

– De que adianta a lei se o juiz é pequeno e fraco e o criminoso é grande e forte? – Rhys Llewellyn perguntou.

Albert era o único que ainda acreditava na lei. Todos os dias eles iam ao tribunal, para serem convocados como testemunhas, um por um. O'Connor os contradizia com ardor toda vez, olhando para o juiz, que desviava o olhar. Os cortes deles começavam a sarar, e os hematomas roxos e amarelos estavam desaparecendo: só o olho de Gustafsson permaneceu avariado, mas ele não tinha coragem de encarar O'Connor nem com o lado cego.

Tiveram de adiar a busca por um novo trabalho até o fim do julgamento. Ficaram irrequietos e perderam a fé. Vagavam de taberna em taberna e gastaram todas as suas economias em bebida.

– Nunca deveríamos tê-lo delatado – disseram a Albert.

– A lei é mais forte do que O'Connor – ele respondeu.

– Olhe só para o juiz – retrucaram.

Não acreditavam na justiça de terra firme. Albert os tinha convencido a fazer isso. Logo O'Connor seria solto e iria se vingar. Deveriam ter engolido sua derrota e nunca procurado a ajuda da lei. Ela ficava sempre ao lado dos mais fortes, de todo modo.

– Olhe só para o juiz – repetiram. – Ele é baixinho e gagueja. É careca. Mal chega a ser maior do que uma criança.

– Então, não olhem para ele – Albert falou. – Em vez disso, escutem.

– Então, o que escutaram? – Albert perguntou-lhes depois da sessão seguinte.

Eles balbuciaram alguma coisa e, então, desviaram o olhar. Bom, ele tinha razão. Quando se escutava o que, de fato, o homem dizia, a impressão era diferente. Ele fincava os dentes feito um *bull terrier*. Era impossível se livrar dele: ficou fazendo perguntas até chegar ao X da questão, até o gigante perder as estribeiras e bater com força no balcão à sua frente com os punhos fechados, enquanto vociferava na sala do tribunal:

– Sou um homem de paz, todo mundo vai testemunhar que sou!

– Todo mundo, menos a tripulação do *Emma C. Leithfield* – o juiz comentou. Desviou o olhar mais uma vez, mas sua voz permaneceu calma.

– É a lei que sai da boca dele – Albert disse.

– Não, ele fala por conta própria – Rhys Llewellyn disse. – Mas faz isso muito bem.

Depois de dezesseis dias de interrogatório, o juiz considerou O'Connor culpado e o sentenciou a cinco anos na cadeia por espancamento e assassinato culposo. Como não havia provas de que ele tivesse intenção de matar Giovanni, apesar de ninguém duvidar disso, ele não seria classificado como assassino e pendurado pelo pescoço até morrer. Mas isso eles não esperavam. Achavam que iria sair livre.

O'Connor vociferou feito um animal selvagem quando a sentença foi pronunciada.

– Bem feito, seu bruto! – Gustafsson gritou.

O juiz se virou e olhou-o com irritação; era a primeira vez que o viam fazer isso desde o início do julgamento.

Deram parabéns uns aos outros ao sair da sala do tribunal, mas, em vez de triunfo pela derrota de seu inimigo, estavam tomados por simples alívio. Era como se eles próprios tivessem sido julgados. E agora tinham sido libertados.

– Eu finalmente me livrei de Isager – Albert diria, muitos anos depois.

– Mas nós não queremos saber dele – dizíamos. – Queremos que fale sobre as botas.

Jornada

Eu me apresentei para ir a Cingapura, e de lá para a Terra de Van Diemen e para a cidade de Hobart, o último porto onde meu pai fora visto. Mas não se tratava apenas do porto final dele: era o beco sem saída de todo o mundo e, se não tivesse sido o seu, logo seria, se não caísse fora dali a tempo. Imagine a casa de correção de Marstal: Hobart era assim.

O ano era 1862. Conheci um homem de um olho só que estava lá desde 1822 e nunca tivera nem um dia de liberdade durante a maior parte desses quarenta anos. Ele documentara cada chicotada que tinham lhe dado durante seu período de aprisionamento: três mil no total, afirmou. Agora era livre, mas sua vontade estava tão avariada quanto a pele das costas, que tinha mais ondulações do que uma tábua de lavar. E não era o único. Contava sua história em troca de um copo de gim e, com quarenta anos de sobriedade para compensar, ficava feliz em contá-la dez vezes por dia. Mas, na cidade de Hobart, não havia muita gente para escutar. O lugar era cheio de párias e ex-condenados como ele, que cometeriam assassinato pelo preço de uma bebida.

Hobart tinha sido colônia penal desde que a primeira casa fora construída ali, em 1803. Agora, diziam que era uma cidade de homens livres, mas como todo mundo ou era ex-condenado ou guarda, a distinção não tinha muito significado. Eram todos homens acostumados ou a dar surras ou a recebê-las. Aparentemente, a opção de viver juntos como homens, de cabeça erguida, não tinha ocorrido a nenhum deles. Ninguém por lá jamais me olhou bem nos olhos. Mantinham o olhar no chão, e, se o erguiam, era para avaliar a profundidade do seu bolso e se valia a pena matar para obter o que você tinha dentro dele. Diziam que eles roubariam o filhote da bolsa de um canguru. Os cangurus carregam as crias em uma bolsa, sabia?

Havia montes de velhos na cidade de Hobart, mas poucos jovens. Qualquer um que tivesse força, ou o menor resíduo de esperança, fugia para pastos mais verdejantes. Enxames inteiros de crianças imundas corriam enlouquecidas, sem sinal algum de pai. Mas as mães ficavam em paz, porque dizem que os condenados perdem o apetite por mulheres quando passam muito tempo na prisão e, em vez disso, vão atrás de outros homens. Se isso é verdade ou não, eu não sei e não quero saber. Mas uma coisa é certeza: desperdicei meu salário com aqueles canalhas.

Comecei minha busca pela Delegacia de Polícia, mas disseram apenas o mesmo que as outras autoridades com quem eu falara:

– Se um homem que ser discreto e sumir da superfície da terra sem deixar vestígios, vai escolher a cidade de Hobart.

Mas *papa tru* não tinha nenhum motivo para desaparecer, disso eu sabia. Os oficiais apenas menearam a cabeça e disseram que não podiam me ajudar.

Então, caminhei para cima e para baixo na Liverpool Street. Metade dos bares ali era chamada Passarinho na Mão. Isso fazia sentido, a meu ver. Na cidade de Hobart, o álcool cantava com mais doçura do que qualquer outro passarinho, e, se você não tem nada em que acreditar, irá crer em qualquer coisa na qual conseguir colocar as mãos.

Eu pagava um gim para qualquer pessoa que parecesse ter uma história para contar. E todos tinham. Começavam fazendo perguntas a respeito de *papa tru:* altura, nacionalidade, que aparência tinha. Então, ah sim, eles se lembravam bem dele, diziam, e coçavam o cabelo imundo até os piolhos mortos caírem e olhavam com pesar para o copo vazio e diziam com tom de voz humilde que mais um gim poderia ajudar a memória. E, é claro, agora se lembravam dele: o dinamarquês alto com barba comprida e olhos distantes! Ele tinha se hospedado no Esperança e Âncora, na Macquerie Street. Depois, tinha embarcado como marinheiro no...

Ah, mas o nome do navio lhes escapava. Olhavam mais uma vez, cheios de desejo, para o copo e, assim que voltava a ser enchido, o nome do navio lhes vinha.

Em poucas semanas, ficou claro que existiram mil Laurids Madsens na cidade de Hobart, e que o meu *papa tru* tinha embarcado em mil navios que partiram para mil destinos. Eu não segurava nem um único passarinho na mão, mas tinha mil voando. Laurids Madsen não era um homem. Era uma raça toda.

Ainda assim, fui ao Esperança e Âncora e perguntei sobre o homem desaparecido. Tinha chegado muito longe e não estava pronto para desistir. O homem atrás do balcão se chamava Anthony Fox. Era um ex-condenado como o restante, mas, diferentemente dos outros, tinha se se tornado próspero ao lucrar com a miséria deles. Postava-se atrás de seu balcão de latão, esfregando-o com um pano até brilhar. Quando me inclinei mais para perto a fim de interrogá-lo, vi meu rosto nele e fiquei imaginando se a barba do meu pai já tinha se refletido ali.

Pedi um gim, para mim mesmo desta vez, e mencionei o nome de meu pai. Foi tudo que eu disse, porque agora tinha aprendido a lição. Poderia ter descrito Laurids como um hotentote de cabelo lanoso ruivo, que se espetava para todos os lados, e com três pernas em vez das duas habituais, e teriam dito que sim, lembramos bem desse dinamarquês. Então, só mencionei o nome.

Ele ficou parado durante um tempo.

– Qual era mesmo o nome? –perguntou. – E o ano?

– Cinquenta ou cinquenta e um – respondi.

– Espere um minuto.

Ele ordenou a um garçom que assumisse o posto atrás do balcão e desapareceu em uma sala dos fundos; logo, voltou com um livro-caixa grande enfiado debaixo do braço.

– Nunca me lembro de um rosto – ele disse. – Mas de uma dívida, sim.

Colocou o livro-caixa no balcão e começou a folheá-lo.

– Pronto! – exclamou, triunfante, e empurrou o livro em minha direção. – Eu sabia.

Apontou para um nome. Laurids Madsen, dizia.

Não posso afirmar que reconheci a assinatura de meu pai. Ainda não tinha aprendido a ler quando ele desapareceu, e ele não era homem de escrever o próprio nome com muita frequência.

– O que ele deve a você? – perguntei.

– Ele me deve duas cervejas – Anthony Fox respondeu.

Achei o dinheiro e o paguei.

– Agora estamos quites.

– Não me diga que você viajou meio mundo para pagar a dívida de Madsen...

Meneei a cabeça.

– Ele desapareceu. Estou à sua procura.

– Marinheiro ou condenado?

Examinou-me de cima a baixo.

– Marinheiro.

– Então suponho que ele deve ter se afogado, como acontece com os marinheiros. Ou abandonado o navio.

Abriu os braços em um gesto amplo que poderia abranger o oceano Pacífico, com suas dezenas de milhares de ilhas, além do polo sul coberto de gelo, onde ninguém jamais tinha colocado os pés.

– O mundo é grande. Você nunca vai encontrá-lo.

– Eu encontrei esta dívida – falei.

– As pessoas que desaparecem nem sempre querem ser encontradas. Qual é o lugar de um marinheiro? No convés, ou com a patroa e os filhos? Às vezes ele se confunde. Então começa a viver como se sua vida fosse um pião que pode fazer girar vez após outra. Ele se afoga dez vezes, e volta dez vezes... E, a cada vez, tem uma mulher nova nos braços. Em casa, sua família está de luto por ele, enquanto se encontra sentado ao lado de um berço em outro continente, dando risada. Até se fartar dessa família também. Pode acreditar. Já vi isso acontecer.

– Eu não sabia que sábios eram atendentes aqui na cidade de Hobart.

Ele sorriu para mim.

– Você é filho dele. Estou certo?

– Achei que tinha dito que nunca se lembra de um rosto. Sou parecido com Laurids Madsen?

– Não faço ideia. Não me lembro dele. Mas reconheço um homem ofendido quando vejo um. Só um filho ficaria com uma expressão dessas quando o pai é acusado de traição.

Voltei-me para sair.

– Espere – Anthony Fox disse. – Vou lhe dar um nome.

– Um nome?

Parei à porta do Esperança e Âncora.

– Sim, um nome. Jack Lewis. Lembre-se dele.

– E quem é Jack Lewis?

– O homem com quem seu pai bebeu uma cerveja.

– E você se lembra daquele homem dez anos depois? Suponho que ele também lhe deva uma cerveja, não?

– Ele me deve muito mais do que uma cerveja. Encontre-o para mim e avive sua memória em relação àquela dívida.

Eu me virei para a taberna mais uma vez, onde o copo de gim semivazio ainda me esperava. Fox não o tinha retirado. Ele sabia que era capaz de me atrair de volta.

Ainda era cedo, e eu era o único cliente no Esperança e Âncora.

– Quer comer alguma coisa? – perguntou.

– Não se for cordeiro. – Eu estava enjoado de cordeiro. Era a única carne que se comia na cidade de Hobart.

– Tenho robalo. – Sentamo-nos a uma mesa. – Tem lugar de sobra aqui – ele disse. – A Austrália é maior do que a Europa e ainda precisa de mais cidadãos. O oceano Pacífico ocupa metade do globo. Eu o chamo de a pátria dos sem-teto.

– Você já navegou?

– Já fiz de tudo. Agricultura, carpintaria, navegação, golpes. Porque isso também é um ofício. Dois tipos de homem vêm ao Pacífico. Aqueles que desejam apenas se deitar embaixo de uma palmeira e nunca trabalhar um único dia, e aqueles que estão atrás do dinheiro.

– Dinheiro?

– Jack Lewis é um deles. Ópio da China, armas, tráfico humano; pode citar qualquer vício em que for capaz de pensar, e não estou falando apenas de carga que possa ser pesada e medida, e Jack Lewis vai se apresentar como seu humilde fornecedor. Se você seguir o dinheiro, precisa se ater a certas rotas. Em uma delas, vai encontrar Jack Lewis.

– Dê-me o nome do navio dele.

– *Míssil Voador*. Mas você precisa tomar uma decisão antes de começar. Precisa decidir que tipo de homem seu pai era. Será que ele era do primeiro tipo, que queria passar a vida deitado à sombra de um coqueiro, ou estava atrás do dinheiro? Se fosse um homem de coqueiro, você nunca vai encontrá-lo. Melanésia, ilhas Gilbert, ilhas da Sociedade, ilhas Sandwich: dez vidas não bastam para visitá-las todas. Mas, se ele for do outro tipo, você tem chance. Jack Lewis não vem mais aqui. Porém está por aí, em algum lugar.

– E como eu o encontro?

– Não vai ser em nenhum registro. Jack Lewis é o tipo de homem sobre quem as autoridades não sabem nada. Mas ele está alojado na memória de muitos homens. Inclusive na minha.

– Fale sobre a dívida dele.

– Apenas mencione meu nome. Anthony Fox. E a soma de mil libras.

– Mil libras! – exclamei. – Mas por que deu mil libras para um golpista notório?

– Cobiça é o termo correto, acredito – Anthony Fox respondeu, sem titubear. – Além do mais, eu próprio não tinha adquirido o dinheiro de maneira legal. Chame de empréstimo entre golpistas. Hoje, caminho pela trilha estreita da virtude. Mas apenas por falta de meios.

– Este mundo está virado de cabeça para baixo – eu disse. – A maior parte dos homens se torna ladra por necessidade.

– Como aconteceu comigo no passado. Bom, eu era mais do que ladrão. Vou deixar que adivinhe o que era. Hoje, tenho uma vida honesta. As pessoas prestam atenção em um ex-condenado... *Míssil Voador*. Agora você tem o nome do homem e o do navio também.

– E se eu achar o navio?

– Não posso prometer que vá encontrar seu pai. Mas vai encontrar Jack Lewis. Não tenho esperança de voltar a ver meu dinheiro. Mas agora você sabe que Jack Lewis é um canalha. Faça o que quiser com ele, e terá a minha bênção.

Era assim que os homens da cidade de Hobart falavam entre si: de um golpista para outro. Pensei na vasta superfície do oceano Pacífico, que eu já tinha atravessado uma vez. Quem seria capaz de ficar de olho no que acontecia em um convés a milhares de quilômetros do litoral, ou em uma ilha que não era maior do que um navio?

A palavra liberdade era algo que o mundo tinha me ensinado recentemente, e eu tive de navegar para apreender seu significado. Na cidade de Hobart, ouvi essa palavra de homens que se acorrentavam à própria cobiça. A liberdade tinha mil faces. Mas o mesmo valia para o crime. Pensar no que um homem era capaz de fazer me deixava tonto.

– Honolulu – Anthony Fox disse. – Sugiro que você comece a sua busca por Honolulu.

– Se sabe onde posso encontrá-lo, por que não vai lá pessoalmente pegar seu dinheiro?

– Eu me tornei um homem honesto. Só os idiotas roubam dos ricos. Os espertos roubam dos pobres. A lei, geralmente, protege os ricos.

– Então, você não rouba dos pobres?

– Não, eu só exploro suas fraquezas. – Ele apontou para a taberna e para sua bateria de garrafas. – É mais lucrativo e menos arriscado. Uma garrafa na mão é melhor do que dinheiro no banco. É assim que os pobres pensam.

– Ah! Então você é dono de todos aqueles bares Passarinho na Mão?

– De fato, sou. – Levantei-me para ir embora. – Um momento. – Era um truque dele. Segurar informação até o fim. – Eu me lembro, sim, de uma coisa sobre o seu pai. – Fitei-o. Meu coração batia forte no peito. – Ele parecia um homem que tinha perdido algo. Você faz alguma ideia do que pode ser?

– Não – respondi, com o coração ainda acelerado. – Eu era muito pequeno quando ele desapareceu.

Saí pela porta e ouvi a voz de Anthony Fox pela última vez.

– Você se esqueceu de pagar! – gritou. – Vai entrar no meu livro.

Eu fiquei bem feliz de deixar a cidade de Hobart. Tinha dormido com a cabeça em cima do baú de viagem, com a porta trancada, mas, ainda assim, em mais de uma ocasião, recebi visitantes inesperados e precisei brigar com alguém no escuro.

Agora, estava a caminho de Honolulu. Demorei um ano para chegar lá. Tive de embarcar e desembarcar em navios diferentes várias vezes: nenhuma rota ligava diretamente a cidade de Hobart ao Havaí. Vi muita coisa naquela viagem, e senti a tentação de permanecer em mais de um litoral. Se Anthony Fox estava certo a respeito da existência de dois tipos de homens que iam ao oceano Pacífico, eu sabia de que tipo eu era: daquele que procurava uma sombra de coqueiro e a vista de uma enseada azul.

No entanto, sempre seguia em frente. Não tinha nada na mente além do nome Jack Lewis.

Tive de esperar catorze dias em Honolulu, e, se não estivesse à procura de Jack Lewis, teria ficado lá pelo resto da vida.

As mulheres usavam vestidos vermelhos até as canelas, os quais deixavam à mostra os ombros, e mexiam o quadril de um jeito que o povo de Marstal teria classificado como indecente. Mas a vida da população ali era governada por um tipo de natureza mais fértil do que no meu país. O ar era espesso de perfumes. No começo, achei que eram as mulheres, oferecendo tentações a meu nariz do mesmo jeito que tentavam o resto de mim. Mas o cheiro vinha das flores. Jasmim e espirradeira eram as duas únicas cujo nome eu conhecia, mas brotavam em todo lugar: na frente das casas, à sombra das árvores e ao lado das ruas. Em vez de gim, a bebida preferida lá era *bourbon*, e eu virava o líquido em um terraço sombreado enquanto assistia à vida passar no calçadão à minha frente, escutando o barulho das ondas.

As casas da cidade eram brancas com persianas verdes, e as ruas eram retas e largas. Em vez de calçamento de pedra, eu caminhava sobre um carpete de coral esmagado, sombreado por árvores altas com folhas tão espessas que nenhum sol as atravessava. Os homens vestiam as cores da cidade: jaqueta branca, colete branco, calças brancas. Até sapatos brancos. Eles branqueavam a tela toda manhã. E as mulheres usavam chapéu de cigana enfeitado com flores.

O povo da Micronésia tem pele clara e gosta de fazer tatuagens no rosto. Eram os homens que mais surpreendiam. Eles raspam a cabeça e se tatuam do pescoço para cima, de modo que o rosto não passa de sombras azuis pontuadas por jatos de luz brancos provenientes dos olhos.

Hobart e Honolulu localizam-se em lados opostos do oceano Pacífico, e eu nunca visitei dois lugares mais diferentes. A primeira vez que ouvi o nome de Jack Lewis foi em Hobart, mas cada vez que eu o mencionava aqui era como se estivesse carregando um pouco de sua imundície comigo. As pessoas me olhavam com desconfiança e faziam com que me sentisse uma companhia desagradável. Um homem até cuspiu no chão e me voltou as costas, literalmente. Parecia que toda a Honolulu me evitava.

Um missionário americano lançou-me um olhar de pena sob o chapéu de palha de aba larga e falou comigo em tom paternal.

– Fora isso, você parece ser um rapaz decente. Por que deseja falar com essa pessoa terrível?

Eu não podia explicar o motivo, por isso só permaneci ali parado, mudo. Ele compreendeu mal meu silêncio, achou que eu tivesse algo a esconder e se afastou, meneando a cabeça.

Eu me sentia sujo.

Afinal, consegui a informação que procurava. Fiquei sabendo que Jack Lewis deveria chegar nas semanas seguintes. Mas paguei um preço por meu interesse no *Míssil Voador*. Bebia sempre meu *bourbon* sozinho.

O *Míssil Voador* lançou âncoras nas proximidades de Honolulu, e eu estava esperando na praia quando Jack Lewis foi conduzido até o litoral em um barco a remo por sua tripulação, que consistia em quatro polinésios. O rosto deles era coberto de tatuagens azuis, e reparei que a um deles faltava uma orelha. Observei o fato de que Jack Lewis escolhera se rodear apenas de nativos, como sinal de que não confiava em ninguém. Achei que esse fosse o tipo de companhia preferida por um homem que tivesse um segredo a guardar. Sobre o que ele conversava com esses homens de rosto azul? Sobre nada, imaginei. Eles tinham seus objetivos na vida, e ele tinha os dele; e os caminhos de todos, na verdade, nunca se cruzavam.

Jack Lewis era um homem pequeno e murcho, de pele cor de mogno, queimada pelos ventos do ofício e o sol do meio-dia do equador. Seu rosto era enrugado e os olhos se afundavam no rosto, como os de um macaco velho. Usava um terno de algodão desbotado, com listras que quase tinham desaparecido. Um chapéu de palha mantinha seu rosto em sombras, com exceção de quando inclinava a cabeça para trás, a fim de olhar para a pessoa com quem estivesse falando, coisa que fazia com ar de um nababo a cortejar.

À primeira vista, parecia não ter nada de notável. Não tinha jeito de capitão: longe disso. Um mercador modesto, talvez. E, no entanto, todo tipo de boato era atribuído a ele. Eu já tinha aprendido que apenas a menção de seu nome fazia de você um intocável.

A tripulação puxou o bote até a praia, e ele se postou a seu lado, examinando a areia, aparentemente perdido em pensamentos. Fui até ele e lhe disse meu nome. Jack Lewis ergueu os olhos para mim. Observei seu rosto, mas parecia que meu nome não evocou nada nele, ou, se evocou, o homem não deixou transparecer.

Então mencionei Anthony Fox, e ele voltou as costas para mim. Sua tripulação parecia não nos escutar, mas, obviamente, esperava ordens.

– Não estou aqui pelo dinheiro – eu disse. – Estou aqui por outro motivo.

Ele deu meia-volta para me fitar.

– Todo mundo vem aqui por causa de dinheiro. Que outra razão existe?

– Estou à procura de alguém.

Ele me mediu de cima a baixo com os olhos afundados de macaco.

– Madsen – ele disse. – Você é filho de Laurids Madsen.

– É tão óbvio assim?

– É fácil deduzir. Apenas um filho procuraria um homem como Madsen.

– O que quer dizer com isso?

Eu me aproximei dele. Senti a raiva tomando conta de mim. Mas estava misturada ao medo do que poderia descobrir. E, quando raiva e medo se misturam, qualquer coisa pode acontecer.

Jack Lewis não se moveu. Continuou me encarando. Os olhos dele eram inescrutáveis. Dava para ver que ele era um homem habituado a controlar os outros apenas com um olhar.

– Escute o que tenho a dizer – falou. – Você é jovem. Está procurando seu pai. Não faço a menor ideia do porquê, e isso não é da minha conta. Assim como a moralidade também não é. Não me interesso pelo bem, ou pelo mal, e não julgo ninguém. Só me interesso se um homem é ou não adequado para trabalhar a bordo.

– E o meu pai não era?

Ainda havia raiva em minha voz: uma sensação ridícula de orgulho ferido, em nome de meu pai, tinha tomado conta de mim. Afinal de contas, o homem que dava sua opinião sobre ele não passava de um criminoso.

– Quando conheci seu pai, ele parecia ser um homem que perdera tudo. Como regra, homens assim são úteis no meu ramo. Eles não têm ilusões. São sobreviventes, e a vida lhes ensinou o que realmente importa: dinheiro. Pergunto isto por curiosidade, e você não precisa responder. O que ele perdeu?

Meneei a cabeça.

– Não sei.

– A família? A fortuna? Ou alguma noção antiquada de honra?

– Ele tinha minha mãe. Tinha três filhos e uma filha. Podia conseguir qualquer trabalho que quisesse. Era um marinheiro de respeito.

Jack Lewis fez um gesto convidativo.

– Estamos parados em uma praia. Vamos à cidade tomar um trago.

Quando nos separamos, algumas horas depois, descobri, para minha surpresa, que tinha passado a gostar de Jack Lewis. Ele me lembrava Anthony Fox. Provavelmente, em Marstal, eu teria fugido dele mais do que da peste, mas, quando se está longe de casa, você aprende a apreciar as pessoas mais estranhas. Ele era um homem que refletia sobre as coisas. Era direto e nunca fingia ser nada que não fosse. Convidou-me a visitar o *Míssil Voador* no dia seguinte, e eu aceitei o convite.

Nenhum de nós mencionou meu pai.

O sol entrava por uma claraboia e iluminava a mesa na cabine de pé-direito baixo de Jack Lewis. No meio dela, havia o casco vazio de uma tartaruga marinha, cheio de uma fruta estranha (os polinésios a chamavam de abacaxi), que eu nunca tinha visto antes de visitar o Havaí. Uma lamparina de óleo de baleia queimava, mas parecia que a verdadeira luz vinha das frutas. Eram douradas e brilhavam como fatias de sol.

No anteparo, uma lança e um escudo dividiam o espaço com dois retratos em miniatura, que examinei com atenção. Um era de um cavalheiro portentoso, com suíças e sobrancelhas bastas; o outro mostrava uma mulher pálida, de aparência débil e nariz pontudo, que imaginei ser sua esposa.

– Está perdendo seu tempo – Jack Lewis disse. – Não faço ideia de quem sejam. Encontrei os dois em um navio naufragado. Achei que a minha cabine poderia se beneficiar de alguns enfeites. Um par de retratos assim confere a um homem alguma respeitabilidade. Faz parecer que ele tem ancestrais e história de família. Mas eu não tenho e também não quero ter. Isso seria burrice para um homem na minha posição. Dê uma olhada nele – prosseguiu. – Um homem grande com grande apetite pela vida. E então dê uma boa olhada nela: uma tristeza que não acaba mais. Aposto que aquele nariz estava sempre vermelho de chorar e reclamar. Ele não devia arrancar muita diversão dela. Olho para eles de vez em quando, para lembrar por que estou aqui. Tome o Pacífico como sua noiva, e ele vai lhe trazer dinheiro e toda a diversão que puder desejar.

Apontei para as armas.

– E essas?

– Um presente do Pacífico. Um embate saudável com os canibais em uma ilha remota, que ninguém nunca visita. Uma briga como aquela faz a gente se sentir vivo. Principalmente depois, quando você está caminhando pela praia, olhando para os inimigos que matou. Essas armas são troféus. Elas me lembram por que estou aqui.

Ele abriu um armarinho na parede e pegou uma garrafa. Tinha um formato fora do comum e continha um líquido branco que parecia rodopiar feito neblina, ou leite fervendo. Achei que vi alguma coisa escura se agitar ali dentro. Jack Lewis meneou a cabeça e voltou a guardar a garrafa; então selecionou outra.

– *Scotch*?

Assenti. Nós nos sentamos de frente um para o outro.

– E meu pai?

– Ele olhava para as coisas de um jeito diferente. Não compartilhava da minha visão de diversão. Não queria as mesmas coisas que eu. Mas eu não sabia o que ele estava procurando, por isso, nós nos separamos. – Ergueu o copo para mim, e nós bebemos. – Uma pena – Jack Lewis disse. – Ele tinha uma coisa especial. Nós poderíamos ter nos dado bem por aí. Eu gostava dele.

Levantou-se e puxou para o lado a cortina do catre de baixo. Estava procurando alguma coisa e, no momento seguinte, aprumou o corpo. Na mão, segurava um pacote pequeno enrolado em um pano que já tinha sido branco, mas amarelara com o tempo. Sorriu para mim.

– Agora que nos conhecemos, há algo que quero lhe mostrar. Iniciá-lo no santuário interno, por assim dizer.

Colocou o pacote na mesa e, em movimentos lentos e cuidadosos, começou a soltar o barbante em volta do pano amarelado, quase como se estivesse me convidando a presenciar uma cerimônia. Então removeu o pano com um puxão rápido.

Na minha frente, estava a coisa mais nojenta que eu já vi.

No começo, nem consegui encontrar um nome para aquilo, mas os olhos foram mais rápidos do que o cérebro. Mesmo antes de eu entender o que estava na mesa à minha frente, meu estômago começou a ter espasmos e meu coração parecia ter parado. A coisa não era muito maior do que um punho fechado. O cabelo imundo e fumacento, que já deveria ter sido branco, estava preso atrás, em um rabinho.

Tapei a boca com a mão e levantei-me, cambaleante. Jack Lewis me lançou um olhar de aprovação, como se a minha reação tivesse atendido as suas expectativas.

– Você ficou pálido – ele disse.

Agarrei-me à mesa para me equilibrar, então recolhi a mão, como se um escorpião tivesse me picado: aquela coisa repugnante ainda estava ali. Uma ideia terrível me ocorreu. Eu só tinha lembranças vagas do rosto do meu pai. Não tínhamos fotografias dele em casa, e, sempre que eu tentava me lembrar de seus traços, minha imaginação parecia formar algo tão mutável e fugaz quanto uma nuvem no céu.

– Meu pai? – sussurrei.

Nunca esperava ver Jack Lewis cair na gargalhada. Mas, com isto, sua máscara de rigidez se rachou e ele riu com gosto; não era um som caloroso, nem cordial, mas tão seco e severo quanto sua aparência. Ainda assim, estava dando risada.

– Pelo amor de Deus – soluçou, entre ataques. – Claro que não é seu pai. Que tipo de homem julga que eu sou? – Então caiu na gargalhada mais uma vez. Foi só quando ele finalmente parou que se deu conta de que eu estava em pé, com os punhos fechados. Meu medo tinha se transformado em raiva. – Não fique bravo – ele disse, e ergueu as palmas das mãos para me acalmar. – Só estou tentando contribuir para sua formação.

Retirou a cabeça da mesa.

– Você sabe como fazer uma cabeça ficar encolhida assim? Claramente, é necessário começar escalpelando-a. Já os peles-vermelhas da América tomam apenas o escalpo e o cabelo. Para isso, é necessário fatiar o rosto todo, porque não dá para encolher o crânio. Daí, você seca no fogo. Não sobra muito em termos de semelhança. Uma cabeça encolhida dificilmente é um bom exemplo de retrato. – Ele ergueu a cabeça diante do meu rosto e a examinou, virando-a de um lado para o outro, de modo que eu também pudesse apreciar a visão. – Mas, ainda assim, algo permanece. O pai dele iria reconhecê-lo, você não acha?

– É um homem branco – eu disse.

– Sim, claro que é um homem branco. Você acha que eu iria guardar a cabeça de um canibal? Não, a cabeça de um branco é uma grande raridade. Tive de pagar cinco rifles por ela, em Malaita. Há verdadeiros caçadores de cabeças por lá. Foi uma pechincha. Entreguei as armas e ensinei os canibais a atirar. Então, eles apontaram para mim, de modo que matei todos os cinco antes que tivessem tempo de contar até três. Coisa que, aliás, eles não seriam capazes de fazer. Eu era um atirador mais experiente, claro. E deixei de mencionar que precisavam soltar a trava de segurança antes de puxar o gatilho. Infelizmente, não posso colocar a cabeça encolhida de um branco em exibição pública. Mas, quando estou sozinho ou em companhia de alguém em quem confio, eu a pego e a contemplo. – Voltou a colocar a coisa sobre a mesa. Fiquei olhando para seus traços horrivelmente distorcidos. Ainda era possível reconhecer que eram humanos, e isso era a pior parte. – Se eu tenho religião, é ele. Não é capaz de dizer nenhuma palavra, mas me diz tudo o que eu preciso saber sobre a vida. Olhe! Que somos nós? Um troféu para os outros? Um inimigo? Sim, isso também; mas, acima de tudo, um bem. Não há nada que não possa ser comprado ou vendido. Eu paguei com rifles. Se aqueles canibais miseráveis conhecessem o dinheiro, teria pagado o preço certo, e nós poderíamos ter evitado todos aqueles tiros infelizes. Coisa de que, aliás, não me arrependo. Isso também foi um negócio. A meu favor. Mais um trago?

Eu queria recusar, mas precisava de mais um. Então, ficamos ali sentados, bebendo na cabine do capitão Jack Lewis, com uma cabeça encolhida sobre a mesa entre nós. Fiquei olhando para ela de soslaio até que, pouco a pouco, fui me acostumando à sua presença.

– Quem foi ele? – perguntei.

– Mesmo que eu soubesse, não diria a você. Vamos simplesmente dizer que eu o chamo de Jim e deixar assim. Você às vezes se olha no espelho? – Jack Lewis fixou o olho em mim.

Tínhamos um espelho pequeno em casa, mas ficava escondido em uma das gavetas da minha mãe e raramente saía de lá. Eu tinha visto meu reflexo em uma janela com mais frequência do que me colocara diante de um espelho; nenhum dos navios em que eu tinha viajado possuía um no castelo de proa.

– Não com frequência – respondi.

A pergunta não me interessava, e eu também não conseguia entender aonde Jack Lewis queria chegar com ela.

– Uma decisão sábia. Você nunca deve se examinar em um espelho. Ele não lhe diz nada além de mentiras. Quando um homem olha para seu reflexo, começa a ter todo o tipo de noções erradas a respeito de si mesmo. Não estou falando do que um espelho faz com uma mulher. Um homem não se olha para ver se está bonito. A vaidade do homem não está em seu rosto; ela se encontra em outro lugar. Ainda assim, o espelho lhe dá a ideia de que é único, totalmente diferente de qualquer outra pessoa. Mas só parece ser assim. Você sabe como parecemos aos outros, neste espelho aqui?

Apontou para os próprios olhos.

– Deixe-me mostrar.

Pegou o rabinho de Jim com a mão que mais parecia uma garra e o fez balançar na frente do meu rosto. Assustado, me sobressaltei.

Jack Lewis deu uma risada de triunfo.

– Isso é você – ele disse. – É assim que você me parece. E sou eu. É assim que eu pareço a você. É assim que parecemos um ao outro. A primeira pergunta que nos fazemos quando conhecemos alguém é a seguinte: De que ele me serve? Somos todos cabeças encolhidas uns para os outros. – Voltou a sentar-se e se serviu de mais um trago. Lançou um olhar de incentivo para mim.

– Mais um?

Meneei a cabeça. Queria apenas fugir daquele homem o mais rápido possível. Mas essa não era uma opção. Tinha viajado longe demais para conhecê-lo, e, sem ele, jamais iria encontrar *papa tru*. Ainda precisava perguntar a ele onde meu pai estava, mas Jack Lewis foi mais rápido do que eu.

– Eu sei onde seu pai está – disse. – E vou lhe oferecer um acordo. Eu levo você até ele. Mas há um preço a pagar, é claro. – Olhou para Jim e riu mais uma vez. – Este é o acordo. Você não consegue algo de graça. Estou cansado de ter apenas polinésios como companhia, mas, para mim, é difícil contratar homens de tripulação de minha própria raça. Você vai ser meu contramestre... e isso é uma promoção, imagino, para um homem tão jovem quanto você. Não vai receber pagamento, mas ganha a passagem. Agora, vem a parte mais importante. – Ergueu o indicador e me olhou fixamente, com uma gravidade que parecia artificial, apesar de eu não o conhecer bem o suficiente para interpretar sua expressão. – Eu sou seu capitão, e você vai obedecer às minhas ordens.

– Eu obedeço à minha própria consciência.

– E o que sua consciência lhe diz para fazer? – perguntou, caçoando.

– Minha consciência não se importa com a rota que tomarmos, nem com salário, nem com tempo livre. Não tenho medo de trabalho pesado. Mas há algumas coisas que ela me proíbe de fazer.

– Vamos ver – Jack Lewis disse. – A escolha é sua. Seu pai ou sua consciência.

– Onde ele está?

– Não vou lhe dizer. O Pacífico é um lugar grande, e ele está longe. Os ventos do comércio sopram como bem entendem, mas prometo não levá-lo até lá pelo caminho mais longo. Então, o que vai ser? Sim ou não?

E eu respondi:

– Sim.

Zarpamos após uma quinzena. O compartimento de carga estava cheio, mas de quê, eu não sabia. O capitão Jack Lewis tinha feito questão de me manter afastado do carregamento.

– O de sempre – ele disse, em resposta à minha pergunta.

Eu sabia que não adiantava de nada perguntar de novo: dava para ver que seu anseio de caçoar de mim estava voltando à tona.

– Lembre-se de sua consciência. Aquilo que você não sabe não pode magoá-lo.

Nossa rota era em direção ao sudoeste, mas ele não tinha me dito nada. O Havaí ficava no Pacífico leste, e o trajeto simplesmente confirmou aquilo de que eu já desconfiava: que meu *papa tru* estava em algum lugar do outro lado daquela vasta extensão de água, em um de seus milhares de ilhas.

Eu estava no timão, e nós éramos carregados por uma brisa leve. Jack estava em pé a meu lado. Ele era um homem de palavra e devia ter falado sério quando disse que se sentia muito solitário tendo apenas polinésios como companhia, porque agora raramente saía do meu lado.

– Talvez não esteja ciente disto – falou –, mas está atravessando o Pacífico pelo motivo errado.

– Como assim?

Ele nunca deixava de despertar minha curiosidade, apesar de eu raramente apreciar sua filosofia.

– Se eu pergunto a alguém como você para onde está indo, sabe o que deve responder, se for um rapaz cheio de gosto pela vida? Estou indo para o mundo todo, é o que deveria dizer. Para os mares e todas as suas ilhas. Um rapaz vai para o mar para fugir do pai. Mas você está à procura dele. Isso está errado. É por causa da sua mãe?

– Seria melhor para ela se ele estivesse morto e ela tivesse um túmulo para visitar. Não iria adiantar de nada para ela saber que ainda está vivo.

– Então, não está fazendo um favor a ela. Tem certeza de que está fazendo um favor a si mesmo?

– Eu preciso saber a verdade.

– O que você quer do seu pai?

– Todo homem precisa de um modelo de conduta.

– Um modelo de conduta? Encontre outro. Um navio, suas próprias ações. Deixe que o Pacífico seja seu modelo de conduta. Olhe para as ondas. Não vai encontrar ondas maiores em lugar nenhum. Elas têm metade do mundo para percorrer. Você é jovem. Tem o mundo inteiro. Não se incomode com o passado.

Não respondi. O que eu queria com meu pai não era da conta de Jack Lewis; então, por que ele estava interferindo? Além do mais, nós tínhamos feito um acordo, e eu não o questionava a respeito do trajeto.

Eu pensava a respeito de *papa tru*. Já houvera uma época em que eu sentia tanta saudade dele que meu coração doía todos os dias. Então cresci, e uma sensação de amargor penetrou em mim. Nunca duvidei de que ele estivesse vivo, e parti do princípio de que, se ele sumira, foi porque quis. Eu precisava saber por quê. Só isso. Que tipo de vida ele levava? O que eu diria quando o visse? Eu não sabia. Não tinha preparado nenhum discurso. Só precisava vê-lo. E daí, o que aconteceria?

Eu também não sabia dar essa resposta. Só sabia que, enquanto o procurava, ele se transformara em um homem diferente. E essa era a verdade a respeito dele. Tinha se tornado um desconhecido. Talvez fosse isso que eu quisesse confirmar. Precisava encontrá-lo para poder me despedir.

Fazia um ano que eu deixara a cidade de Hobart. Tinha ido e vindo pelo Pacífico, mas não vira nada, porque Jack Lewis tinha razão: eu estava viajando de costas para ele. Mas, agora, enxergava-o pela primeira vez. Vi suas longas ondas, sobras de tempestades passadas; vi os golfinhos saltarem e as barbatanas dos tubarões cortarem a água; vi enormes cardumes de atuns agitarem a água até fazer espuma. Só avistava uma gaivota raramente; a terra estava muito, muito longe (apesar de eu ver albatrozes passando, com suas asas enormes). Não era necessário estar perto de terra firme.

Diziam que o Pacífico era igual a qualquer outro oceano, só que maior. Mas aprendi que isso era bobagem. Ele podia ser cinzento e bravo como o mar do Norte, ou calmo como o arquipélago ao sul da Fiônia, mas nunca vi o céu tão azul, nem tão vasto, maior do que qualquer outro mar, e, apesar de a terra não ser plana e de não se enxergar a orla, descobri que o Pacífico era seu centro.

Em noites claras, quando ficava sozinho no timão e até Jack Lewis, que nunca parava de filosofar, rendia-se às demandas do sono, as estrelas eram a única geografia. Eu me sentia como uma delas, à deriva no centro do universo.

Os polinésios ficavam sentados no convés, observando as constelações em silêncio, e eu sabia que, como tribo navegadora que já se guiou pelos sóis mais remotos do universo, eles também se sentiam em casa ali. De repente, entendi meu *papa tru*. Chega um momento na vida de um marinheiro em que ele deixa de pertencer a terra firme. É aí que se entrega ao Pacífico, onde não há terra para bloquear o olho, onde o céu e o mar se espelham até que o lado de cima e o de baixo perdem seu significado e a Via Láctea se parece com a espuma de uma onda que se quebra, e o próprio globo rola como um barco no meio das ondas que afundam e se abatem naquele céu estrelado; até o sol não passa de um ponto brilhante minúsculo de fosforescência no mar da noite.

Eu me enchi de um anseio impaciente pelo desconhecido, e havia algo de impiedoso nele; talvez fosse isso que Jack Lewis quis dizer quando falou sobre a necessidade de aventura que faz os jovens ansiarem por ver o mundo todo, os mares e todas as suas ilhas. Emanava mistério da vasta superfície do Pacífico. *Papa tru* deve ter sentido isso alguma vez. E, depois que um homem sente isso, não volta mais.

Lembrei-me de uma noite de verão, na praia da minha cidade. O vento tinha esmorecido e a água estava completamente calma. À luz do crepúsculo, mar e céu tinham assumido um tom de violeta, e o horizonte se derretera, deixando a praia como único ponto fixo; a areia branca sinalizava a orla mais distante do mundo, além da qual o infinito espaço violeta se estendia. Quando dei minha primeira braçada, senti como se estivesse nadando diretamente para dentro da imensidão do universo acima de mim.

Naquela noite no Pacífico, tive a mesma sensação.

O *Míssil Voador* tinha cheiro de copra, da proa à popa. Não havia nada de estranho nisso em si. Coco seco era o bem mais importante naquelas redondezas. Mas, tendo em vista a reputação de Jack Lewis, ocorreu-me que o cheiro de copra poderia estar mascarando alguma outra coisa. Não era por meio do comércio de copra que Jack Lewis tinha feito sua má fama (mas eu não conseguia descobrir que outro produto ele poderia negociar).

Anthony Fox tinha usado a palavra "escravidão", e quando eu a repeti a Jack Lewis, ele deixou de responder da maneira direta de sempre.

– Faço o que todos os marinheiros fazem – disse. – Levo coisas para os lugares onde são necessárias. É assim que o mundo funciona. Eu não faço com que o mundo seja melhor, nem pior.

– Comércio de escravos? – perguntei.

– Caso não saiba ainda, posso informá-lo de que o comércio de escravos é ilegal nesta parte do mundo. Eu sou um homem que respeita a lei.

Lançou-me um sorriso seco.

– Trabalhadores de latifúndios? – perguntei.

Era um fato bem conhecido o de que havia amplo tráfico de trabalhadores polinésios, que eram enganados e levados a trabalhar nos grandes latifúndios, onde, em vez de ganhar dinheiro, acabavam mergulhados em dívidas sem fim. Os empregadores eram donos de tudo, inclusive das casas que os trabalhadores alugavam e dos mercados onde compravam sua comida. O contrato de um trabalhador de latifúndio poderia ser de dois anos, mas ele acabava trabalhando dez, antes de retornar à sua ilha nativa, sem um tostão e avariado. Isso se conseguisse encontrar seu caminho mar afora.

Jack Lewis meneou a cabeça.

– Este jogo que iniciamos é divertido. Mas não ache que vou lhe fornecer a resposta. Você não é um homem prático. E, depois, ainda tem essa sua consciência sensível. Quando se é assim, é melhor fingir que não vê.

Jack Lewis sempre tomava meu lugar à meia-noite, precisamente quando a vigília intermediária começava. No início fiquei me perguntando o motivo, mas depois cheguei à conclusão de que deveria haver um lado secreto dele que o forçava a ficar sozinho com as estrelas. Em uma noite quente, quando as velas estavam murchas e a superfície calma do mar espelhava a Via Láctea, fazendo com que as estrelas brancas parecessem ondas se quebrando em um recife submerso, peguei minha roupa de cama e fui dormir no convés.

Jack Lewis imediatamente ordenou que eu descesse, com a voz ríspida.

– Polinésios dormem no convés. Isso não é apropriado para um branco. – Vacilei. Não sentia necessidade de voltar para a cabine úmida lá embaixo. – Tudo bem, fique aqui e tome um pouco de ar fresco. – A voz dele agora soava conciliatória, e dava para ver que queria conversar. Sentei-me na amurada. Estava tudo muito tranquilo, a não ser pelos rangidos do cordame. – Menti para você – Jack

Lewis disse. Dava para ouvi-lo rindo na escuridão. – Sei muito bem quem Jim é. Mas você não vai acreditar em mim.

– Fale logo. Vou acreditar em você. Mas, diga, por que quer me contar a verdade agora?

– Ah, então tenho sua bênção, é isso? Que sorte a minha. Por que eu, de repente, sinto o ímpeto de lhe contar a verdade a respeito de Jim? Porque a história é boa demais para guardar só para mim. Isso é o mais estranho a respeito de uma boa história. Não há prazer quando não se pode compartilhar. Então, escute só isto: o verdadeiro nome de Jim é... – Aqui ele fez uma pausa para adicionar efeito dramático. – ... James.

Fitei-o, cheio de decepção.

– E daí?

Jack Lewis deu risada.

– Acho que o sobrenome dele vai ter mais significado para você do que o primeiro nome. Cook. James Cook.

Engoli em seco.

– *O* James Cook?

– Sim, *o* James Cook. O capitão do *Resolução* e do *Descoberta*. O homem que descobriu as ilhas da Amizade, Sandwich e da Sociedade. Esse James Cook.

– Mas isso é impossível!

– Mostre-me o túmulo dele, então. Vamos lá, diga onde ele está enterrado. – Meneei a cabeça. Eu não sabia. – James Cook foi morto no Havaí. Na baía de Kealakekua. Ele era rígido, mas justo. É preciso ser assim quando se lida com polinésios. Quando um deles roubou um sextante, James Cook cortou fora sua orelha. – Ele olhou bem fixo para mim, para ter certeza de que eu tinha entendido o que acabava de me dizer. Eu tinha entendido. A um dos polinésios de Jack Lewis faltava uma orelha, sem dúvida devido a essa história inspiradora. – James Cook matou a tiros um chefe no Havaí que tentou roubar um barco dele. Milhares de nativos o rodearam, e a seus homens, mas ele poderia ter se saído bem. Os nativos achavam que ele era o deus Lono, que tinha desaparecido e agora retornava.

– Ele não devia ter atirado no chefe deles.

– Achei que talvez fosse dizer isso. Mas o caso é o oposto. Matar o chefe era fundamental. Ao transformá-lo em exemplo, Cook mostrou sua força. Seu erro foi ter revelado sua fraqueza. Os nativos tinham medo de atacar... apesar de serem em número bem maior do que Cook e seus homens. Mas, então, um deles disparou uma flecha. Talvez tenha sido acidente. Ninguém sabe. Mas a flecha atingiu James Cook. Não causou nenhum ferimento sério. Não foi isso que o matou. Ele morreu porque deu um passo em falso. – Jack Lewis lançou-me o olhar que sempre usava quando queria me ensinar algo. Apesar de eu não conseguir perceber qual era o passo em falso que James Cook tinha dado, fiquei imaginando que logo viria alguma observação cheia de ceticismo a respeito da maldade da humanidade, e não me enganei. – Aos olhos dos polinésios, ele era um deus, e deuses não se abatem. Mas Cook gritou quando a flecha o acertou. Esse foi o sinal para que eles atacassem. Quinze mil homens foram para cima dele e o despedaçaram. Literalmente. Assaram sua carne sobre uma fogueira ao ar livre... menos os quatro quilos que mandaram de volta para o *Resolução*. Penduraram seu coração dentro de uma cabana, onde três crianças o encontraram. Elas o comeram, achando que era de um cachorro. Alguns dos ossos foram descobertos mais tarde por seus oficiais, e ele foi enterrado no mar. Mas sua cabeça se perdeu.

– Então, como foi que você a encontrou?

– Não foi fácil. Os polinésios a guardavam em segredo, veja bem. Ela se transformara em troféu nas guerras internas deles. Finalmente, a cabeça deixou o Havaí e começou a viajar pelo Pacífico... quase como se estivesse copiando a viagem de seu dono, tantos anos antes. Houve um tempo em que havia boatos sobre a existência de cinco cabeças na região do Pacífico, todas atribuídas a James Cook. Mas eu encontrei a verdadeira. Tenho fontes. Finalmente a encontrei, em Malaita. O chefe que a vendeu para mim era um homem com estudo. Ele falava e lia inglês. Tinha sido ensinado por um missionário. Que depois comeu, com muito prazer, ou pelo menos era o que dizia. Sabia exatamente quem era Cook e quanto sua cabeça valia. Além do mais, não via nada de bárbaro na caça de cabeças. "Eu li na sua Bíblia", ele disse, "sobre Davi, o grande guerreiro. Depois que ele derrotou Golias, por acaso não lhe cortou a cabeça para mostrar ao rei Saul?"

Pouco depois dessa conversa, voltei para o convés inferior e logo caí em um sono agitado no catre estreito, inalando o ar abafado e sonhando com a casa de Isager em chamas, naquela véspera de Ano-Novo, tantos anos antes. Eu estava na rua, olhando pela janela, e vi a cabeça cortada do professor da escola em cima da mesa de jantar, olhando fixamente para mim.

Então, ouvi o murmúrio de vozes e o som de pés descalços no convés. Confuso, sem saber se era ou não apenas um novo sonho tomando o lugar do anterior, acordei com uma sensação de aperto no peito. Coloquei as pernas para fora do catre. O navio gemia, e as ondas se abatiam: o vento já não estava mais calmo, e resolvi voltar para o convés para sentir a brisa fresca no rosto.

Descobri que a porta da minha cabine estava fechada, apesar de ser capaz de jurar que a tinha deixado aberta quando fui para a cama. Virei a maçaneta, mas a porta estava trancada por fora.

Estava acontecendo algo que eu não tinha permissão para ver. E agora eu tinha uma boa ideia do que poderia ser.

Bati com força na porta e chamei Jack Lewis pelo nome, mas ninguém apareceu. Eu não era capaz de derrubá-la; por isso, acabei desistindo e retornei ao catre, onde, para minha surpresa, voltei a cair no sono.

Quando acordei, entrava luz pela porta aberta. Encontrei Jack Lewis na cabine dele, com uma xícara de café. Parecia estar à minha espera e abriu um amplo sorriso quando entrei.

– Café? – ofereceu, e indicou a cadeira à sua frente. Não respondi. – Vamos começar outra rodada? Que tal um de nossos diálogos socráticos a respeito da ética? Confie em mim. Tudo o que faço é apenas para proteger sua consciência delicada.

– Uma consciência que não se usa não é em absoluto uma consciência.

– Mas como estamos filosóficos nesta manhã... Nada faz um homem refletir mais do que uma porta trancada. Se não fosse por essa sua consciência delicada, sua porta não estaria trancada. Mas você sempre é bem-vindo para subir ao convés para desfrutar da noite. Desde que se lembre de que eu sou seu capitão e de que minha palavra é a lei a bordo.

– Então são escravos? O *Míssil Voador* é um navio negreiro?

– Certamente que não. Há apenas homens livres a bordo do *Míssil Voador*.

– Quem são os homens que ficam presos no porão durante o dia?

– Eles podem ir embora quando bem entenderem. Só não quero que fiquem pulando por cima da amurada no meio do mar. Vão se afogar. Nem o nadador mais forte seria capaz de alcançar qualquer pedaço de terra. Mas os polinésios são supersticiosos e têm medo de nadar no escuro. Então, à noite, ficam em segurança no convés.

Não entendi nada.

– Podem sair do navio quando bem entenderem?

Minha voz saiu grossa de raiva e descrença. Jack Lewis estava me fazendo de bobo.

– Sim. Quando chegarmos a terra, estão livres para abandonar o barco. – Levantou-se e ergueu a mão. – O capitão do *Míssil Voador* lhe dá sua palavra.

Permaneci em pé, com os braços frouxos.

– Se são homens livres, por que tê-los a bordo? Imagino que haja um motivo?

– Tudo tem um motivo.

– Seu ou deles?

Deu uma olhada para o armário atrás dele, que continha os rifles Winchester. Eu sabia que ele não precisava me dar uma resposta.

Naquela mesma noite, estava eu ao timão quando ele apareceu no convés para me substituir.

– Posso ficar mais umas duas horas da próxima vigília – eu disse.

– Como quiser.

Ao luar, seu rosto parecia uma máscara de madeira entalhada.

Não aconteceu nada durante a primeira hora. A tripulação de polinésios estava dormindo pelo convés, porque as noites ainda eram quentes. Então Jack Lewis acordou-os. Eles se levantaram sem reclamar, apesar de se estar no meio da noite e de a lua ser a única fonte de luz. Dava para ver que essa era a rotina deles. Desapareceram no refeitório e voltaram com jarros de água e tigelas de arroz cozido, que colocaram no convés, na frente do alçapão. Um buraco negro apareceu no meio do convés, e fiquei imaginando se todas as minhas perguntas finalmente seriam respondidas. Finalmente, iria colocar os olhos nos "homens livres" que passavam os dias trancados no porão.

Um dos polinésios berrou pelo buraco, e um coro de vozes respondeu. Então, um por um, eles apareceram. Tentei contá-los, mas era difícil no escuro. Não sei quantos havia, mas acho que eram todos homens. Sua pele era tão escura quanto uma noite sem lua, e os rostos se escondiam atrás de enormes nuvens de cabelo lanoso. Ao luar, pareciam negros da África, mas eu sabia que tinham de ser melanésios do leste do Pacífico: a raça mais escura entre todas as espalhadas pelo vasto mar, conhecida entre os brancos por ser não apenas dos guerreiros mais sedentos de sangue, mas também dos mais sagazes entre todos os caçadores de cabeças.

Agora circulavam em paz pelo convés, onde logo iriam se desdobrar cenas que, imagino, fossem vividas em seus vilarejos. Alguns se acomodaram ao redor das tigelas de arroz. Outros beberam dos jarros de água, ou despejaram o líquido nas palmas das mãos para lavar o rosto. Outros foram até a amurada para esvaziar a bexiga. Logo, estavam todos sentados no convés em grupos menores, e um murmúrio monótono se espalhou entre eles.

Um começou a cantar e outros foram se juntando a ele até que logo estavam todos cantando uma música que parecia usar o Pacífico como metrônomo, subindo e descendo com uma dignidade lenta que acompanhava o ritmo do balanço das ondas. Então, da mesma maneira abrupta como tinha começado, por nenhum motivo aparente, a canção cessou e o silêncio baixou no convés mais uma vez, enquanto o *Míssil Voador* navegava pelo mar em direção a um destino que apenas Jack Lewis conhecia.

Olhei em volta, em busca dele. Estava apoiado na cabine com um rifle Winchester.

A mesma cena se repetia todas as noites. O alçapão se abria, e as sombras negras, também conhecidas como homens livres, circulavam pelo convés cuidando da vida. Então desapareciam. Eu não fazia ideia do que o destino tinha reservado para nossos homens livres. Mas Jack Lewis me falara demais de sua filosofia para que eu acreditasse que fosse algo bom.

Por que ele refutava com tanta veemência a sugestão de que seriam vendidos como escravos? Afinal de contas, não era hipócrita: isso eu precisava admitir. Então, o que estavam eles fazendo ali?

– Eu já disse antes, Madsen, e vou dizer de novo: eles não são escravos e não são trabalhadores de latifúndio. São homens livres, como você e eu.

Esta foi a resposta dele na vez seguinte em que o pressionei. Depois disso, desisti de perguntar.

Alguns dias depois, ele veio me procurar. A expressão em seu rosto dizia que eu teria uma surpresa.

– Não vai fazer mal revelar isso agora, Madsen – ele disse. – Estamos indo para Samoa. É lá que seu pai está.

– Então, agora eu sei – respondi, apesar de, reconheço, não ter tido nenhuma vontade de agradecer-lhe. Em vez disso, falei: – E o que nos impede de nos separar? Não há nada para nos manter juntos agora.

Ele deu risada e abriu os braços, como se fosse me abraçar.

– Claro que há, meu caro garoto. Olhe a seu redor. O mar! É isso que nos une. Como é que você vai chegar a Samoa sozinho? Nadando? Vai desembarcar em uma das ilhas desertas que não aparecem em nenhuma carta marítima e torcer para que um barco passe por lá? Não, você está preso a este navio. Exatamente como os homens livres no porão.

Jack Lewis estava certo. Saber onde meu pai estava não mudava nada – apesar de essa informação me beneficiar, acredito que eu já tivesse pagado regiamente por ela.

– Só vamos fazer uma parada no caminho – Jack Lewis prosseguiu, com o mesmo tom de triunfo. – Mas acredito que você não vá sentir necessidade de me abandonar.

– E por que não? – retruquei.

– Não seja insubordinado, meu garoto. Porque você é inteligente demais para passar o resto dos seus dias em uma ilha deserta.

– Se a ilha é deserta, o que vamos fazer lá?

– A mesma coisa que sempre faço em todos os lugares a que vou: negócios.

– Com quem, se lá não há ninguém?

– Boa pergunta, meu garoto, mais profunda do que possa imaginar. Sim, com quem? Essa pergunta só pode ser respondida com outra. O que é um ser humano? Sim, o quê? – Ele olhou diretamente para mim. – Pode me dizer?

Jack Lewis riu de modo a assinalar que não tinha o menor interesse na minha resposta e que a conversa tinha chegado ao fim.

Dois dias depois, avistamos uma gaivota: a primeira em três semanas. Mas não havia terra à vista. Peguei minha carta e não encontrei nenhuma ilha mapeada nos arredores.

Jack Lewis mandou um homem subir ao alto do mastro. Pouco depois, veio um grito de afirmação, e, algumas horas após isso, um litoral pontilhado de coqueiros apareceu no horizonte.

– Sua ilha deserta? – perguntei a Jack Lewis, que estava em pé a meu lado, na amurada.

Ele assentiu, mas não disse nada.

Quando chegamos mais perto, vi que havia outro navio próximo ao litoral. Apontei para a ilha.

– Parece que alguém chegou antes de nós.

– Aquilo é um naufrágio – Lewis disse. – Está encalhado no recife. Faz anos que está aí. Chama-se *Estrela da Manhã.* Foi ali que eu arrumei os retratos da senhora de nariz vermelho e do marido dela.

– E a tripulação? – perguntei.

– A tripulação já tinha morrido fazia muito tempo quando encontrei o navio.

– O que aconteceu?

Jack Lewis deu de ombros.

– Só eles sabem. Como dizem, os mortos não contam histórias.

– Motim?

Ele se virou para dar uma ordem aos polinésios. Percebi que não iria descobrir mais nada, mas não dava para saber, só de olhar para ele, se estava retendo alguma informação.

Atravessamos pela frente do recife, à procura de um trajeto de entrada. Jack Lewis esterçou na direção do barco naufragado. Pouco antes de chegarmos até ele, vimos uma abertura nas ondas, que batiam com força – era, obviamente, por onde a tripulação do *Estrela da Manhã* pretendera passar. Tinham pagado caro por sua falta de precisão. O navio se acomodara acima do recife, como se tivesse sido jogado lá com muita força. E sua posição explicava por que ainda parecia ileso, de modo que, no início, achei que estivesse ancorado na enseada. Mal se equilibrava, e todos os três mastros estavam intactos. Seu nome ainda era legível na popa. Uma figura de proa castigada pelo tempo, com vestes brancas esvoaçantes, estendia as mãos suplicantes na direção do litoral, como se fosse a única sobrevivente rígida daquele naufrágio.

No minuto seguinte, traçamos nosso caminho em segurança para a água translúcida da enseada, onde dava para ver cada peixe que disparava pelo fundo do mar. Além das ondas brancas do recife, a água era de um azul profundo, como que sombrio, mas ali adquiria um tom de esmeralda tão reluzente que seria de pensar que a areia lá embaixo continha uma fonte de energia tão forte quanto a do sol. A praia era branca e rodeada por mato verdejante, que se incorporava à selva. Eu sentia que essa vegetação densa era o muro atrás do qual Jack Lewis guardava seu segredo.

Talvez eu devaneasse, porque não reparei que tínhamos baixado âncora até que Jack Lewis, de repente, reapareceu a meu lado, segurando um binóculo. Estava procurando algo na praia. Eu não vi nada... mas ele soltou um resmungo de contentamento.

– Agora é a hora.

– Que hora?

– A hora de eu provar para você que sou um homem de palavra. Você não acreditou quando eu disse que os homens no porão eram livres, não escravos. Agora, pode julgar por si só.

– Você está com uma arma na mão.

– Um homem precisa tomar suas precauções. Mas não tenho planos de usá-la.

Ele ordenou aos polinésios que removessem a porta do alçapão do porão e se fizessem invisíveis no castelo de proa, na frente do mastro. Foi uma ordem estranha, mas eles não pareciam prontos a questioná-la, de modo que achei que aquela não era a primeira vez que participavam do ritual, ou seja lá o que fosse que eu iria presenciar.

Jack Lewis fez um sinal para que nos escondêssemos atrás da cabine e apertou o indicador contra os lábios. Parecia tenso, e reparei que o outro indicador estava apoiado no gatilho do rifle. Logo ouvimos vozes e passos no convés: os "homens livres" estavam saindo do porão. Lewis fez um gesto para que eu não me mexesse e, durante um tempo, só ficamos lá escutando.

Então, ouvi barulho de água se espalhando e o rosto dele se acendeu em um sorriso, como se tudo estivesse correndo de acordo com o plano. Ele assentiu e lançou um sorriso silencioso em minha direção. Um segundo barulho de água se seguiu, depois um terceiro.

Dava para ver, pelo jeito como movia os lábios e os dedos, que Lewis estava fazendo algum tipo de contagem. Quando passou todos os dedos de uma mão quatro vezes e chegou a vinte, ele me deu um tapa no ombro, todo animado.

– Então, meu garoto – ele disse. – Alguma pergunta?

Dei uma olhada para o outro lado da enseada, onde os homens, que até alguns minutos antes tinham estado presos no porão, agora se dirigiam à praia. Todos chegaram lá quase ao mesmo tempo, e então desapareceram na selva. Nenhum deles olhou para trás.

Eu não sabia o que dizer. Sentia-me mais estupefato do que nunca. Jack Lewis deixou a cabeça pender para o lado e me examinou.

– Olhe – ele disse. – Homens livres. Viu alguém tentar impedir que saíssem correndo?

– Você é um homem prático, senhor Lewis – eu disse. – E não entendo por que alimentou estes homens durante tantas semanas apenas para vê-los desaparecer. Que vantagem vai tirar disso? E o que esses homens estão fazendo em uma ilha deserta?

– Isso, certamente, é problema deles. Não sei o que vão fazer e não é da minha conta. Só sei que eles tiveram escolha. Você viu com os próprios olhos que mandei abrir o alçapão.

– Quem não teria fugido, se a alternativa era permanecer em um buraco escuro? Isso é de fato uma escolha?

– É uma escolha – Jack Lewis respondeu. – E eu a ofereci a eles. Mas chega de conversa. Vamos tratar da verdadeira razão por que estamos aqui.

Ele foi até o castelo de proa e gritou uma ordem para os polinésios, que imediatamente apareceram no convés e começaram a preparar um bote.

– Acho que você deve vir a terra conosco. Vai ver, é uma experiência que vale a pena.

Ele pendurou no ombro um mosquete antiquado, com um chifre de pólvora e uma vareta de espingarda, e eu olhei para ele sem entender nada. Na mão, segurava um rifle Winchester.

– Não pergunte – sorriu. – Sou um homem supersticioso. Esta arma velha é meu talismã.

Entrei no bote junto com dois polinésios, que manejaram os remos. A praia estava deserta. Em uma ilha deserta, de que outro jeito poderia ser?

Arrastamos o bote para a praia, e Jack Lewis a percorreu de cima a baixo enquanto examinava o mato, como se estivesse procurando algo. Então acenou para mim. Atrás de um hibisco florido, avistei uma fileira de cabaças. Na areia ao lado delas, havia um pedaço de couro cheio com algo que parecia ser um monte de pedrinhas, mas eu estava longe demais para ver direito.

Jack Lewis foi até o pedaço de couro e o atou, formando um saquinho, que amarrou com uma cordinha de couro, enquanto os polinésios começaram a carregar as cabaças para o bote. Elas faziam um barulho de líquido, e percebi que se tratava de suprimentos de água doce. Jack Lewis sopesou o pacote na mão. Ouvi um som áspero, e, se seu rosto de máscara em algum momento fosse capaz de expressar uma emoção como alegria, então era o que estava fazendo agora.

Foi bem aí que um tiro soou pela ilha.

Lewis ficou paralisado.

– Com o diabo! – exclamou. – Com o diabo, esse canalha!

Apertou o saquinho de couro na mão e se virou para mim.

– Rápido! – disse. – Pegue quantas cabaças puder carregar!

Berrou uma ordem para os polinésios, que imediatamente começaram a empurrar o barco de volta à água. Ele apertava o saquinho com força enquanto corria. Dava para ver, pelo seu rosto, que nossa fuga frenética era para salvar aquilo, não nossa vida. Seja lá o que ele tivesse na mão, era claramente seu tesouro de pirata.

A essa altura, o bote estava no mar, e eu tive de caminhar com a água pelas coxas antes de poder embarcar. Os polinésios começaram a remar imediatamente, e Jack Lewis postou-se no meio do bote, com o rifle em punho. Mirava em direção à praia, e ouvi um estrondo. Voltei-me para ela e vi que estava coalhada de nativos. Vários deles tinham armas e atiravam de volta, toda uma salva de tiros que acertavam a água ao nosso redor. Jack Lewis retribuía os tiros, e dava para ver que tinha boa pontaria. Um dos nativos já estava estirado na areia. Logo, outro caiu.

– Rá! – desdenhou. – Felizmente para nós, esses demônios não têm pontaria.

– Achei que você tivesse dito que a ilha era inabitada.

– Eu nunca disse que a ilha era inabitada. Falei que nenhum ser humano vivia aqui. Se você chamar esses demônios de seres humanos mais uma vez, vou ordenar que saia do barco. Daí você pode se juntar à sua própria espécie, se é isso que deseja.

Lançou-me um sorriso cruel e continuou atirando. Mais um nativo desabou, mas o restante continuou atirando.

– Então, qual é sua decisão?

Meneei a cabeça.

– Acho que vou ficar aqui.

Eu não entendia nada daquilo. Quem eram aqueles nativos e por que estavam atirando em nós? Impossível que fossem os homens livres do porão. Onde teriam arrumado as armas? E as cabaças de água e as pedrinhas misteriosas que tinham feito o rosto rígido de Jack Lewis enrugar-se de felicidade? Qual era sua importância? Ele tinha chamado aquilo de comércio... Mas o acordo parecia ter ido muito mal.

Não, eu não estava entendendo nada. Sabia apenas que meu coração batia como nunca e que os minutos que passei sob a chuva de balas, sem nenhuma tarefa para me distrair – porque os únicos remos do bote estavam nas mãos da tripulação polinésia –, pareceram horas e dias. O *Míssil Voador*, que provavelmente estava a umas duzentas braças da praia, parecia distante. Felizmente, os dois polinésios que permaneceram a bordo tinham avistado nosso apuro e começaram a erguer a âncora, mas isso não diminuía o perigo em que nos encontrávamos: um segundo grupo de nativos tinha trazido uma canoa longa para a praia e a lançara ao mar, perto do lugar onde o primeiro grupo estava posicionado. Ainda mantinham um ataque pesado de tiros, apesar de a mira de Jack Lewis agora os ter reduzido à metade do número original e de a praia estar coberta de cadáveres.

A canoa ia se aproximando de nós com rapidez. Metade dos homens remava e o restante estava em pé, atirando em nós, de modo que Lewis foi forçado a mirar em dois alvos ao mesmo tempo. Atirou na direção da praia, como despedida, e mais um nativo caiu. Então, concentrou a atenção na canoa, e vi o integrante da tripulação que permanecia mais à frente jogar-se de lado na água, bem quando nosso barco diminuiu a velocidade.

Até agora eu tinha observado, emudecido pelo medo, a cena pavorosa se desenrolar perante meus olhos; meu papel estava reduzido ao do espectador de um drama cujo desfecho ainda não fora escrito. E, se o destino fosse bem cruel, o espetáculo me custaria a vida. Foi então que um dos polinésios desabou por cima dos remos, com um uivo de dor. Eu o empurrei do banco para o fundo do bote, onde ele ficou, segurando o ombro machucado. O sangue saía borbulhando da ferida, em um jorro brilhante que mal dava para ver contra a pele escura. Tendo finalmente um papel a desempenhar, remei como nunca. Assim que minhas mãos encontraram algo para fazer, senti que tinha tomado as rédeas do meu próprio destino: os pensamentos obscuros sumiram e o tempo (que um momento antes parecia estar paralisado) voltou a correr. O *Míssil Voador* foi, rapidamente, ficando mais próximo. A vela principal e a da frente já estavam içadas, graças aos dedos ágeis dos polinésios a bordo. Achei que estávamos a salvo. Mas então Lewis expeliu várias obscenidades.

–Ah, com o diabo!

Achei que, só dessa vez, ele tivesse errado o alvo. Então percebi que tinha parado de atirar. Ficara sem munição.

Ergui os olhos. Ele escancarou o saquinho de couro e começou a remexer dentro dele. Então tirou de lá um objeto pequeno e o segurou contra a luz. Quando o rolou entre os dedos, o sol bateu nele e fez sua cor mudar do branco ao rosa, ao roxo e ao azul, e de volta ao branco mais uma vez.

Era uma pérola!

Não posso dizer que fosse a pérola mais linda que já vira, porque não tinha visto muitas, muito menos segurado uma entre as mãos. Mas era tão linda que me deixou maravilhado, e, por um momento, fiquei completamente aterrado diante da visão. De algum modo, era o convite a um sonho. E, apesar da situação difícil em que nos encontrávamos, eu me deixei levar para algum lugar inteiramente diferente de um barco com poucos homens perseguido por uma canoa de nativos sedentos de sangue que se aproximavam de nós em remadas vigorosas.

Jack Lewis arrancou-me dos devaneios com brutalidade.

– Reme, seu desgraçado, reme!

Eu me quedara ali, sentado, imóvel, com os remos nas mãos, olhando fixamente para a pérola. Agora observava enquanto Lewis tirava o velho mosquete do ombro, despejava pólvora no cano, empurrava a pérola para dentro e socava tudo com a vareta. Então, ergueu a arma que chamava de talismã e fez pontaria com cuidado. Antes que o barulho da explosão parasse de soar, um dos nativos voou para trás, como se tivesse sido puxado por uma mão gigante, e desapareceu na água.

– Vou lhe mandar a conta, seu demônio! – Jack Lewis berrou, com o rosto distorcido de fúria.

Voltou a carregar a arma. Seus dedos tremiam enquanto ajeitava mais uma pérola preciosa no lugar. Eu mal acreditava nos meus próprios ouvidos quando distingui o som estranho que escapou de seus lábios comprimidos: poderia jurar que tinha sido um soluço. A arma disparou com um estrondo.

O polinésio atrás de mim deu um salto. Achei que ele fora acertado, mas acontece que seu remo levara um tiro direto perto do suporte e quebrou ao meio. Agora, eu era o único remador.

Nossa vida dependia das pérolas, da mira de Jack Lewis e da força de meus braços, e remei até parecer que eles fossem cair. O desespero fornecia uma força que eu não conhecia, e a distância de nossos perseguidores começou a aumentar. Agora, eles eram em menor número. A precisão de Lewis tanto com balas quanto com pérolas tinha derrubado metade dos homens. A canção de vitória do inimigo reboava na cabeça no mesmo tom ameaçador de antes... Mas o refrão tinha ficado mais fraco. Finalmente, alcançamos o *Míssil Voador*, onde uma escada de corda estava à nossa espera. Coloquei o polinésio ferido em cima do ombro sem sentir seu peso, subi pelo costado do navio e passamos ambos por sobre a amurada, sem me dar conta do tipo de alvo que podíamos representar enquanto eu fazia isso. Vários tiros soaram atrás de nós, mas ninguém foi atingido.

Os polinésios a bordo tinham preparado tudo para a partida: a âncora estava dependurada na proa, as velas estavam içadas, e, se tivessem acesso à cabine do capitão e seu estoque de armas, sem dúvida estariam entregando a ele rifles carregados para que pudesse continuar atirando nos perseguidores sem interrupção. Mas o acesso a essas armas era um tabu que eles não ousavam romper.

Mal tínhamos retornado ao convés quando Jack Lewis disparou para sua cabine e retornou com uma caixa de cartuchos e um rifle novo. Em seguida, se ajoelhou atrás da amurada e retomou os tiros. A expressão em seu rosto era a de um homem que está acertando uma questão pessoal, não colocando um inimigo perigoso fora de ação. Para cada pérola preciosa que perdera, estava fazendo os nativos pagarem, não apenas com a vida à qual cada uma delas pusera fim, mas com juros. Recebia cada morte direta com um grito de triunfo.

– Tome isto, seu demônio!

Cuspiu com desprezo pela amurada.

Eu tive de assumir o timão: o capitão estava preocupado demais com sua sede de sangue. Dependia de mim fazer com que atravessássemos a enseada e saíssemos pela abertura no recife. Meu êxito não tinha nada a ver com habilidade em navegação, mas sim com as fortunas do vento e da maré, sendo que ambos estavam do nosso lado. O vento ganhara forças, e encheu nossas velas antes mesmo de deixarmos a enseada. A maré estava baixa e a corrente descia pela abertura do recife. Um crente teria dito que Nosso Senhor estava nos ajudando. Mas, como não acredito que o Senhor, se é que existe, ficaria do lado de Jack Lewis, só posso dizer que, durante uma hora de sorte, a Natureza ordenou ao mar e ao vento que o apoiassem.

A sensação de ter sido salvo por um milagre no último momento nunca me abandonou, apesar de eu não poder especular a respeito de quem estaria em pior situação se a natureza tivesse resolvido prender o *Míssil Voador* na enseada: nós ou os nativos. Eles eram muitos, mas a mira de Jack Lewis era "diabólica" – para usar uma palavra que sem dúvida iria deixá-lo lisonjeado.

Passamos pelos destroços do *Estrela da Manhã* em boa velocidade, e nesse ponto Jack Lewis deu um tempo nos tiros aos nativos e, em vez disso, voltou o rifle para o navio. Ouvi um estrondo, e vi o rosto da figura de proa desaparecer em uma nuvem de farpas. Parecia que a fúria de Lewis já não poderia mais ser aplacada pelo sangue dos inimigos, e, naquele momento, senti que não tínhamos escapado do perigo. Ele só tinha mudado de forma. E agora estava conosco, a bordo.

Quando atingimos mar aberto, eu poderia ter sentido que seria certo soltar um suspiro de alívio... se não tivesse visto a selvageria no rosto de Jack Lewis. Ele finalmente tinha pousado a arma e abandonado sua posição na amurada, e agora andava de um lado para outro, resmungando para si mesmo.

– Está tudo destruído... Quem é o canalha? ... Ah, se eu pudesse encontrar esse canalha desgraçado...

Olhou feio para mim, como se eu também fosse suspeito de um crime, cuja natureza não era capaz de imaginar. Os planos dele, seja lá quais fossem, tinham sido frustrados. Ele me devia uma explicação a respeito do pesadelo pelo qual tínhamos acabado de passar. Mas percebi que esse não era o momento propício para perguntar. Se eu dava valor à vida, talvez nunca houvesse um momento certo.

Dei uma olhada ansiosa para ele, tentando avaliar o humor que acompanhava o jorro de palavrões murmurados. Então, quando seu rosto se acendeu em um sorriso repentino, pegou-me de surpresa.

– Bem, eu... nossa! – exclamou, como se tivesse acabado de avistar um amigo muito saudoso que logo receberia de braços abertos.

Virei-me para ver o que tinha chamado sua atenção, e ali, a cinquenta braças da popa, a canoa dos nativos balançava para cima e para baixo, no nosso rastro brilhante. Eu mal acreditava em meus próprios olhos. Como era possível eles acharem que tinham alguma chance de nos derrotar agora?

Remavam com fervor. Estavam todos sentados, nenhum se levantou para fazer mira com uma arma. Tinham sobrado cerca de sete ou oito deles: talvez quisessem ter certeza de que estavam adiantados o suficiente para acertar o alvo dessa vez. Poderiam até ter planos de subir em nossa embarcação. Será que não tinham aprendido nada?

Não me preocupei, nem por um momento, de que poderiam nos atacar. Simplesmente fiquei com pena deles e de sua loucura ingênua, porque parecia que não estavam apenas brincando com a morte, mas lhe fazendo um convite certeiro. Sua ousadia me encheu de profunda tristeza por eles.

Não, não fiquei com medo dos nativos e de seu ataque suicida. Fiquei com medo da sede de sangue de Jack Lewis, que tinha voltado a despertar.

– Mas que surpresa deliciosa – ele declarou. – E eu, que estava achando que a diversão tinha chegado ao fim...

Jack Lewis agarrou o rifle e colocou-o em cima do ombro. Então o baixou.

– Estão longe demais – disse, parecendo decepcionado. – Vamos deixar que cheguem um pouco mais perto. Que fiquem mais na direção do vento.

– Mas, capitão – objetei. – Eles não têm chance de nos alcançar. Será que já não foi derramado sangue suficiente a essa altura?

Ele olhou para mim sem emoção nenhuma.

– Nós fomos atacados e nos defendemos. Só isso.

– Mas não estamos sendo atacados agora. Desde que mantivermos nossa rota, não seremos mais.

– Navegue para mais perto!

Minhas mãos continuaram hesitando no timão. Ele deu um passo mais para perto de mim, e seus olhos pequenos se arregalaram de raiva.

– Senhor Madsen, eu sou o capitão do *Míssil Voador* e acabo de lhe dar uma ordem. Se ao jovem cavalheiro não agrada obedecer, será considerado amotinado, e amotinados nunca são absolvidos por mim.

Cutucou meu rosto com o cano da arma e, por um momento, nós nos encaramos.

Não foi o olhar fixo dele nem a proximidade ameaçadora do cano do rifle que me fizeram obedecer à ordem. A arma tremia em suas mãos, e senti que, apesar de sua voz estar calma, ele sentia uma fúria incontrolável, que não era dirigida a mim, nem aos nativos que tinham estragado seus planos, mas ao mundo todo. E não se importava com quem fosse pagar o preço: os nativos ou seu contramestre. Para ele, era tudo a mesma coisa.

– Pois não, capitão – eu disse, e virei o timão.

Ele baixou o rifle e retornou à popa. O navio foi diminuindo de velocidade até nos vermos parados, com as velas batendo ao vento. A canoa dos nativos chegou mais perto. Jack Lewis ergueu o rifle e começou a acertar um por um. A cada tiro, soltava um resmungo curto de contentamento.

A canoa continuava avançando. Um após o outro, os nativos se levantaram portando as armas, fizeram pontaria, atiraram e caíram mortos.

Finalmente, só tinha sobrado um, mas ele continuava remando em nossa direção. Jack Lewis deu uma pausa nos tiros, e sua atenção pareceu falhar por um momento. Estava claro que sua fúria se aplacara.

– Deixe-o em paz – eu disse. – Já basta.

Ele ergueu os olhos e lançou um sorrisinho sonolento para mim, e, naquele momento, seu rosto assumiu a delicadeza estranha de uma criança que acabava de acordar.

– Tem razão – disse. – Já basta. – Juntou-se a mim.

– Pois não, capitão, seguimos em frente.

Mais uma vez, o vento encheu as velas e passamos a avançar rápido, com a mesma velocidade de antes. Nenhum de nós falou durante um tempo. Eu tinha fugido da morte e acabei tendo minha vida ameaçada exatamente pelo homem que havia me salvado... e agora ele estava parado a meu lado, fingindo que nada tinha acontecido.

– Belo tempo – ele disse de repente, e respirou fundo. – O ar marinho! Não há nada como isto. Faz a vida de um marinheiro valer a pena.

De todas as coisas que eu tinha ouvido Jack Lewis dizer nos meses que passei com ele, esse comentário nada digno de nota parecia ser o mais estranho. Não acreditei nem por um momento que ele dissera aquilo com sinceridade e, ainda assim, as palavras me foram bem-vindas. O pavor que eu sentira nas últimas horas tinha me abandonado, e, mais uma vez, éramos o capitão e seu contramestre seguindo sua rota pelo oceano.

– É, sim – respondi, e respirei fundo, imitando Jack Lewis. – O ar marinho faz um bem danado.

Nosso idílio foi interrompido por um polinésio agitado que chegou correndo, apontando para trás. Ambos nos voltamos. E lá se encontrava o nativo solitário em sua canoa, uma silhueta negra contra nosso rastro brilhante. Ele não estava muito atrás. Como tinha conseguido ganhar distância, sozinho, em uma canoa construída para vários remadores, era incompreensível.

Ficamos observando-o durante muito tempo. A distância entre nossas embarcações desiguais permanecia constante. Dei uma olhadela de soslaio para Jack Lewis, mas não disse nada. Achei que ele fosse pegar o rifle mais uma vez e acabar com a vida que tinha poupado em um momento de bondade. Mas não o fez.

Acabou voltando-se para o timão e me ordenou que ajustasse nossa rota. De vez em quando, eu olhava para trás, para a água. O nativo continuava lá. A distância permanecia a mesma. Ele não chegava mais perto, nem se afastava.

Umas duas horas se passaram assim, e enquanto eu observava nosso perseguidor, minha percepção dele mudou. Agora, o que eu via era um homem completamente sozinho no mar, em uma canoa. Já não era mais um nativo, parte do grupo selvagem que tinha nos atacado havia tão pouco tempo. Eu já não sabia mais quem ele era, nem o que queria de nós, se era um perseguidor ou um necessitado. Tudo que eu enxergava era o vasto oceano e sua silhueta perdida no centro dele. Senti que talvez fosse algum tipo de mensageiro, mas não fazia ideia do que estava tentando nos dizer.

– Isso precisa acabar – Jack Lewis finalmente disse.

Eu sabia que não podia fazer nada.

Ele retornou a seu rifle e o pegou. Eu não o olhei, mas fiquei com os olhos fixos no remador solitário no meio do mar. De algum modo, eu queria me despedir dele nos minutos que lhe restavam e me assegurar de que não iria esquecê-lo. Minha memória seria seu único túmulo.

Ele deve ter visto Jack Lewis fazer pontaria com seu Winchester, porque de repente se levantou e colocou o próprio rifle em cima do ombro. Um estrondo soou do rifle de Lewis, e, simultaneamente, um clarão vermelho disparou do cano da arma do nativo. Eles atiraram ao mesmo tempo. Nosso perseguidor desabou para trás na canoa, e ela virou na sequência; depois ficou balançando para cima e para baixo. Com rapidez, o espaço entre nós aumentou. Logo, a canoa e o morto desapareceriam de vista.

Eu estava tão preocupado com a sina do nativo que não prestei nenhuma atenção ao que estava acontecendo a bordo do *Míssil Voador*. Mas, agora, escutava um grunhido alto. Partia de Jack Lewis. Quando me voltei, ele estava estatelado no convés e uma mancha vermelha se espalhava pela parte da frente de sua camisa. A bala do nativo também tinha encontrado seu alvo.

Estupefatos, os polinésios se ajoelharam em volta de seu capitão, como se estivessem esperando suas ordens. Será que não percebiam que Jack Lewis estava para morrer, bem ali na frente deles?

Por um momento, fiquei imaginando se eles o consideravam imortal por ser guiado pela mesma crueldade imprevisível demonstrada por seus próprios deuses. Ele cortara fora a orelha de um deles, e eu nunca o tinha visto dirigir-se aos polinésios em um tom que não fosse de comando. Ele os usara como peões em um jogo que não lhes trazia lucro e que, no entanto, poderia ter lhes custado a vida, e os tinha sacrificado sem explicação. Então, por que não o considerar deus? Afinal de contas, era assim que os deuses se comportavam, não era? Com um caráter inescrutável que não se distinguia do arbitrário? Os crentes podem oferecer orações e até sacrifícios, mas ninguém jamais encontrou um método de louvor que garanta que suas orações sejam atendidas.

Quando vi Jack Lewis estirado no convés, com a mancha de sangue brotando na frente da camisa, percebi que ele também tinha se transformado no meu deus. Prometera entregar-me a meu *papa tru*. Em vez disso, tinha me levado para uma ilha fora do mapa onde eu presenciei transações misteriosas e um massacre terrível, em um barco com uma carga de seres humanos que ele afirmava serem homens livres.

Navegara com ele para solucionar um enigma, mas apenas acabei descobrindo outro.

Eu era igualzinho a cada um de seus polinésios. Mas também era branco, e sentia que ele me devia uma resposta à charada. Ele estava prestes a morrer, e eu queria essa explicação antes que fosse tarde demais.

Ordenei a um dos polinésios que assumisse o timão e fui até Jack Lewis. Diferentemente do *papa tru*, que tinha ido à guerra e visto homens despedaçados por todo o seu redor quando o *Cristiano VIII* rumava para o desastre, eu nunca tinha visto um ser humano morrer. Presenciara homens caírem do barco e desaparecerem no mar, mas isso era diferente. Engolidos pelas ondas, já estavam fora de vista quando começavam a jornada solitária às profundezas. Não morriam diante dos olhos. Apenas abandonavam seu campo de visão.

Jack Lewis estava prestes a morrer, disso eu tinha certeza. Da mesma maneira que estava certo de que, agora, ali estirado no convés feito a estátua de uma deidade derrubada de seu pedestal, sua fachada de pedra iria rachar e revelar o ser humano nu que havia lá dentro. Sangrando da ferida, ele logo ficaria exposto como nada além de um homem, como acontecera com James Cook na baía de Kealakekua.

Porém, enquanto ele olhava fixamente para mim, percebi que me enganara ao pensar assim. Jack Lewis podia ser um deus caído, mas continuava sendo um deus. Não havia medo em seus olhos, e não sei por que eu pensara que veria isso. Era o pesar, então, tudo que ele teria a oferecer em sua despedida? Ou arrependimento por tudo que não iria realizar? Ou será que havia somente raiva pura?

Eu o tinha visto perder o autocontrole quando fora forçado a usar suas pérolas preciosas como balas. Será que era assim que ele via a própria morte? Como o desperdício de uma pérola?

Eu era jovem e nunca tinha pensado duas vezes sobre minha própria morte. Será que os sentimentos causados pela morte de outrem são capazes de fornecer uma prévia daquilo que você irá experimentar quando der o último suspiro? Eu estava prestes a descobrir.

– Vá buscar um uísque para mim. – Jack Lewis precisou engolir em seco entre cada palavra, mas sua voz ainda retinha a antiga autoridade. Deu tapinhas no convés com um pulso fraco, como se me convidasse para um trago final em sua cabine. – E Jim. – Fiquei olhando-o fixamente. – Está surdo?

Perplexo, meneei a cabeça e fui até a cabine dele para cumprir sua ordem. Desembalei a cabeça aterradora do invólucro, coloquei-a ao lado de Lewis. Então abri o uísque e despejei um pouco na palma da mão. Eu nunca tinha tratado de uma ferida de arma de fogo antes, mas me lembrava vagamente de que deveria ser limpa com álcool.

– O que acha que está fazendo? – Jack Lewis rosnou.

– Vou limpar seu ferimento.

– Meu ferimento! – exclamou. – Meu ferimento não está com sede. Eu estou. Vá pegar dois copos.

Quando voltei com os copos, Jack Lewis estava examinando Jim com atenção, como se tivesse acabado de lhe fazer uma pergunta e agora esperasse a resposta.

Os polinésios pareciam estar com os pés presos no meio do convés. O timoneiro também tinha soltado a roda do leme: eu dei um grito, e ele retomou seu posto. Mas ficava se virando. Não era para o capitão moribundo que seus olhos se voltavam, mas sim para a cabeça encolhida em suas mãos.

– Isso é prudente? – perguntei a Jack Lewis.

– Isso não é da sua conta. – A voz dele estava grossa de desprezo. – Claro, é a maior estupidez mostrar uma cabeça encolhida para um bando de canibais cujo sangue acaba de esquentar. Mas, daqui a pouco, não vou mais estar aqui. E daí o problema é seu, não meu.

Um som gorgolejante saiu-lhe do peito, e ele mostrou os dentes em uma expressão torta que poderia ser um sorriso.

– Encha os copos. Vamos brindar à nossa jornada adiante. A minha é para o desconhecido. E a sua será como o recém-ordenado capitão de um navio de canibais.

Servi e entreguei-lhe o copo, mas ele não tinha forças para segurá-lo: precisei erguer sua cabeça e levar o copo até seus lábios.

Ele secou o conteúdo com um gemido, mas era impossível dizer se era de prazer ou de dor.

– Os homens livres – eu disse. – Quero que me fale sobre os homens livres.

– Os homenzinhos eram iguaizinhos a este Jim.

– Então, eram um bem?

– Eram – Jack Lewis respondeu, e seus olhos assumiram uma expressão remota, como se a conversa não o interessasse e sua jornada para o desconhecido já tivesse começado. Eu teria de me apressar.

– Mas qual era o trato?

– Grãos de areia – ele sussurrou. – Pedrinhas. Brinquedos para criança.

A cabeça dele caiu para o lado e seus olhos se fecharam, como se estivesse caindo no sono. Por um momento, temi que tivesse morrido. Então abriu os olhos e me fitou.

– Nós desprezamos os nativos porque eles se permitem ficar encantados por bugigangas de vidro. Não sei o que devem pensar de nós. Nós matamos por um grão de areia coberto com dejeto de ostra.

– O que você deu a eles em troca das pérolas?

– Paguei com os homens livres.

– Então, eles não eram livres. Eram seus prisioneiros.

– Não – Jack Lewis disse, e meneou a cabeça; mais uma vez, seu peito despedaçado gorgolejou. – Você ainda não entendeu. Eles não eram meus prisioneiros. Eram meus alunos.

– Você está certo. Ainda não entendi. Acho que você andou me contando um monte de mentiras.

– Escute. – Jack Lewis ainda estava deitado, com uma face comprimida contra o convés. Quando ergueu os olhos para mim outra vez, foi com uma expressão de caçoada que era difícil associar a um moribundo. – Os selvagens não têm conceito de liberdade. Eles são livres, mas não sabem. Então, antes que possam aprender a valorizar sua liberdade, primeiro precisam perdê-la.

– E por isso você os prendeu no porão?

Jack Lewis entortou a expressão do rosto, mas se era em resposta a meu raciocínio lento, ou se tentava sorrir mais uma vez, eu não saberia definir.

– Não, eu não os prendi no porão. Simplesmente os abandonei ao próprio medo. Garanti que jamais vissem a luz do dia, e no escuro fizeram todo tipo de ideia a respeito do destino terrível que estava à sua espera. Quando abri o alçapão e permiti que a luz do sol entrasse, a educação deles se completou. Compreenderam no mesmo instante o que era a liberdade, e a agarraram.

– O que isso tem a ver com as pérolas?

– A resposta está no *Estrela da Manhã* – Jack Lewis disse. – Ele era um navio negreiro, que transportava escravos. Encalhou, e todos os escravos no porão se rebelaram, mataram a tripulação e tomaram conta da ilha, que era desabitada. Havia mulheres e crianças entre eles; então, até onde lhes dizia respeito, não estavam presos em uma ilha deserta. Tinham recebido um mundo todo novo, onde podiam recomeçar. Só faltava uma coisa ao paraíso, e foi aí que eu entrei em cena.

Seu rosto se iluminou de triunfo, e de repente me dei conta do motivo por que ele estava me fazendo esta confidência. Tinha tanto orgulho de sua crueldade que não conseguia suportar a ideia de morrer sem que ela tivesse uma testemunha. Transformara toda a vida em um mistério, mas agora precisava de alguém para conhecer a extensão de um crime que ele, pessoalmente, considerava a prova final não de sua astúcia, mas da própria percepção única relativa à mente humana.

Tornou-se feio em seu triunfo, e permiti que meus olhos deslizassem na direção de James Cook, com suas narinas abertas e as pálpebras costuradas. Naquele momento, preferi seu rosto horrivelmente distorcido ao de Jack Lewis. No entanto, precisava prosseguir com meu interrogatório. Mesmo temendo que, ao escutar aquilo, eu pudesse me tornar cúmplice de seus crimes, não consegui me segurar. Tinha de saber o segredo dos homens livres.

– Então, o que estava faltando aos selvagens em seu paraíso? – perguntei.

– Uma mudança de dieta – Jack Lewis respondeu, e seu rosto se contorceu em uma careta terrível, que considerei como a tentativa de um moribundo de dar risada. O som rapidamente se enrolou em uma tosse oca e gorgolejante. Parecia estar sufocando, e o sangue se esvaía de seus lábios rachados e finos. Lentamente, fui me dando conta do que ele tinha dito. Meu nojo deve ter ficado óbvio.

– Eles são canibais, veja bem – explicou, como se estivesse falando com uma criança.

– Então, você vende carne humana – eu disse. Mais uma vez, eu olhava para Jim.

– O mundo não é um lugar onde tudo é preto no branco – Jack Lewis disse. – Eu não vendo carne humana. Vendo a oportunidade da vitória. É isso que falta no paraíso, entende? Em todo paraíso. Essa é a falha em sua construção. A serpente não é o inimigo; ela apenas apresenta a tentação. Estou pensando em um inimigo real, que você pode vencer ou por quem pode ser derrotado. Estou pensando na chance de se testar na batalha, de vencer ou morrer. Foi esta oportunidade que eu dei àqueles canibais desgraçados: não um navio cheio de carne humana, mas uma chance de provar seu valor. Pelo amor de Deus, eles são selvagens. E são homens. Não podem viver, a não ser que lutem. Eu os visitava uma vez por ano. Oferecia a homens livres a oportunidade de escapar. E quem vencia a batalha depois que eles chegavam à praia não era da minha conta. – Ficou em silêncio, e, mais uma vez, por um instante, achei que tinha morrido. Seus olhos estavam fechados.

– E então descobriram um novo inimigo, que era ainda melhor – eu disse em voz alta, mas estava falando tanto com ele quanto comigo mesmo.

Jack Lewis abriu os olhos e me lançou um olhar de reprovação, como se eu acabasse de tê-lo lembrado de algo desagradável.

– Algum idiota lhes vendeu armas e acabou com meu negócio. – Rosnou e tentou cuspir no convés, mas o que saiu foi sangue. – Eu gerenciava uma boa operação ali. Poderia ter continuado por anos. Eles tinham alguém a quem combater, matar e comer. E eu ficava com as pérolas. Mas daí aquele canalha apareceu.

– Quem? – perguntei.

– Não é da sua conta. – Cuspiu mais sangue. – Dê aqui outro copo.

Servi outro uísque para ele e levei o copo a seus lábios. O capitão tossiu, e o líquido escorreu por seu lábio inferior e se misturou ao sangue, que agora escorria em fluxo constante. Suspirou.

– Você vai herdar tudo isso. Um saquinho de pérolas e um navio. Um bom começo para um jovem marinheiro. Mais do que você merece.

Eu não sabia o que dizer. Não queria ficar encarregado do barco dele, que, independentemente do que seu proprietário dizia, não passava de um navio negreiro. Também não tocaria nas pérolas. Seu brilho rosado não me lembrava grãos de areia, mas sangue seco.

Eu não disse nada. Apesar de não ter respeito por Jack Lewis, respeitava o buraco em seu peito. Ele estava morrendo, e aos moribundos deve-se atenção.

– Paraíso – balbuciou. – Um paraíso completo com tudo, até mesmo com inimigos, prontos para matá-lo. – Deu uma olhada nos polinésios e mostrou os dentes amarelos. O sangue se infiltrava entre eles.

– No momento em que você vira as costas, eles lhe enfiam uma faca. Estão me vendo aqui estirado. E conheceram Jim. Se não sabiam antes, agora sabem: homens brancos também podem morrer.

Jack Lewis fechou os olhos ainda uma vez e suspirou. Não se mexeu mais, e, depois de um tempo, percebi que nunca mais voltaria a abri-los. Apesar dessas últimas palavras de alerta, que ecoavam em meus ouvidos, não havia como eu manter oculta dos polinésios a morte dele.

Não podia mantê-lo a bordo; por isso, fui até sua cabine a fim de procurar algo para enrolar seu corpo antes de lançá-lo ao mar. Uma bandeira era o que eu tinha em mente, mas não consegui encontrar nenhuma, por isso peguei um pedaço de lona nova. A parte da frente da camisa dele estava empapada de sangue, mas não havia como lançá-lo ao mar com roupas limpas, e eu não tinha nenhuma vontade de tocar em seu corpo melado de sangue. Então ele ficou ali, enrolado em uma lona amarrada com um pedaço de corda. Uma vida tinha terminado;

mas não fora uma vida nada bonita, em minha opinião. Eu não sabia muito sobre Jack Lewis, mas sabia o suficiente para não me enlutar por seu falecimento.

Chamei os polinésios e, juntos, erguemos Jack Lewis por sobre a amurada. Ele oscilou para cima e para baixo no rastro do navio, durante um tempo. E então afundou. Nenhum tubarão rodeou seu corpo antes de ele ir para o fundo. O capitão considerava os outros seres humanos simplesmente carne na mesa do açougueiro, e eu não fazia ideia se fora cristão, mas homenageei-o unindo as mãos e recitando o pai-nosso.

Disse as palavras em dinamarquês. Os polinésios observaram em silêncio. Quando me viram com as mãos juntas, uniram as suas também. Interpretei isto como um gesto de respeito, tanto em relação a mim quanto ao falecido. Agora, eu era o capitão deles. O que pensavam além disso, eu não fazia ideia. Os rostos escuros e tatuados não revelavam nada. Será que esse era o início de outra baía de Kealakekua? Será que o destino do qual Jack Lewis escapara iria se abater sobre mim? Será que iriam me despedaçar, comer meu coração e defumar minha cabeça em uma fogueira? Eu queria me esconder na cabine para examinar minhas opções, mas achava que, se penetrasse em sua escuridão protetora, nunca mais sairia de lá por medo de que estivessem à minha espera do outro lado da porta, com suas facas.

Então, em vez disso, assumi o leme.

Percebi que a primeira coisa que precisava fazer era superar o medo que sentia dos polinésios, implantado por Jack Lewis com tanta esperteza. Desde que eu me sentisse assim, as coisas estariam como Lewis queria e ele controlaria tudo. Tive de dar as minhas próprias ordens e partir do princípio de que seriam executadas. Precisava entrar na minha cabine sem temer uma emboscada e ir dormir em segurança, sabendo que voltaria a acordar. Em resumo, tinha de fazer aquilo que os homens faziam nos navios havia milhares de anos: ser o capitão.

Mas eu era jovem e nunca comandara um navio antes. Estava sozinho com quatro polinésios, um deles fora de ação, e nos encontrávamos no meio do oceano Pacífico. Eu sabia muito pouco a respeito do destino para o qual nos dirigíamos, e percebia que, mesmo que comandasse o *Míssil Voador* até um porto seguro, isso não iria resolver meus problemas. Quem iria acreditar na minha história?

Ainda estava pesando minhas perspectivas quando, por acaso, olhei para o convés. Ali estava a cabeça encolhida de James Cook, bem onde tinha ficado quando Jack Lewis se despediu dela. Firmei a voz e ordenei a um dos polinésios que assumisse o timão. Então, peguei a cabeça encolhida, levei até a cabine e ajeitei no catre de Jack Lewis.

Não sei explicar por que não joguei aquilo ao mar imediatamente, pois não queria ficar com a cabeça, nem voltar a colocar os olhos nela. Mas, quando a aninhei nas mãos e olhei para o mar reluzente, algo me deteve. Eu tinha desembalado a cabeça para Jack Lewis quando ele pediu para vê-la pela última vez, mas ficara tão entretido com sua morte iminente que me esquecera de que trazia nas mãos os restos pavorosos de um ser humano.

Agora, tomava mais consciência da sensação de couro da pele de James Cook e do cabelo seco como palha, e o contato físico pareceu unir-me ao homem que ele tinha sido antes de ser encolhido em um símbolo de barbárie. Eu tinha conseguido jogar o corpo de meu capitão por cima da amurada. Mas não consegui fazer o mesmo com James Cook.

Não só porque Jack Lewis tinha revelado a verdadeira identidade de Jim. Será que eu acreditara nele? Sim e não. Mas, em última instância, não fazia diferença: a coisa toda parecia totalmente surreal, de todo modo. Se essa fosse de fato a cabeça de James Cook, provavelmente deveria ser devolvida para a Inglaterra, apesar de eu não fazer ideia do que o povo inglês faria com ela. Será que sua existência seria mantida em segredo porque a coisa toda era, de algum modo, vergonhosa? Será que fariam uma cerimônia para enterrá-la? Quem sabe até lhe dessem um caixão? Mas quantas vezes é possível enterrar um homem? E se um pé aparecesse, algum dia? Será que o enterro teria de ser encenado pela segunda vez?

Dar o nome de Jim a essa cabeça encolhida, em primeiro lugar, tinha parecido uma piada maliciosa. Mas agora a piada também envolvia James Cook. Achei melhor deixar que descansasse em paz, porém, a cabeça continuava ali, o último vestígio de um homem que sofrera uma morte horrenda. Não podia simplesmente jogá-la ao mar como se fosse um objeto quebrado, ou um pedaço de carne que começava a feder.

Foi neste ponto que entendi a diferença entre mim e Jack Lewis. Para o capitão, Jim era uma cabeça encolhida. Para mim, era um ser humano.

Com frequência perguntei-me se Jim parecia mais humano para mim do que os polinésios, cujos traços individuais escondiam-se sob a escuridão insondável das tatuagens azuis entalhadas no rosto. Eu procurava algo de humano no olhar deles, mas não encontrava nada além de estranheza, como se os olhos também fossem tatuados. Nunca ouvira Jack Lewis falar com eles, e também nunca faria isso eu mesmo. Dava minhas ordens, e eles as executavam. Quando fiz o curativo no polinésio ferido, percebi que era aquele a quem faltava uma orelha. Ele desviou o olhar quando tentei limpar a ferida e continuou olhando para o outro lado enquanto eu fazia o curativo. Havia uma linha entre nós que jamais seria atravessada. Mas, à medida que os dias foram passando, meu medo deles diminuiu. O navio nos dizia quem éramos: eu era o capitão, eles eram a tripulação, e o vento que sempre vinha da mesma direção e soprava com a mesma força nos assegurava, todos os dias, que devia ser assim.

Foi sob estas circunstâncias que comecei a agir de um jeito que, dei-me conta, era estranho. Comecei a conversar com Jim. Eu ia até a cabine, acendia a lamparina de óleo de baleia e o desembalava do pano. Então, colocava-o na mesa à minha frente, onde a luz bruxuleante da lamparina emprestava a seu rosto uma expressão atenta. Era possível sentir a concentração dele atrás das pálpebras costuradas. Mas nunca, nem uma vez, ele respondeu. E fiquei contente com isso. Teria sido a prova final de que eu tinha perdido a cabeça.

Eu colocava o saco de pérolas diante dele e ia tirando uma por uma para lhe mostrar. Então perguntava se ele achava que eu deveria ficar com elas.

Meu primeiro impulso fora jogá-las ao mar com o corpo de Jack Lewis. De fato, às vezes eu me arrependia de não ter feito isso bem na sua frente, enquanto ele ainda respirava. Esse momento perdido poderia ter representado algum tipo de vitória sobre ele e sobre a amoralidade em que ele obviamente acreditava e com a qual me contagiara. Mas eu tinha hesitado demais. Um momento se transformara em vários, e agora eu guardava as pérolas escondidas ao lado de Jim. Em pouco tempo, era provável que acabasse por enfiar o saquinho debaixo da camisa e defendê-lo com a própria vida, dando aos polinésios um bom motivo para tirá-lo de mim. Será que eles não sabiam o valor das pérolas e queriam algo que o dinheiro podia comprar... liberdade, principalmente?

Era como se eu estivesse segurando todo o meu futuro nas mãos quando sentia o peso do volumoso saquinho. Nem precisava do *Míssil Voador*. Poderia comprar meu próprio navio. Poderia comprar três navios, tornar-me um proprietário naval, e ter minha própria casa. Talvez até a casa grande e bonita, construída depois do incêndio em Øvre Strandstræde, na frente do vicariato. Na minha imaginação, comecei a povoar a casa com uma esposa e filhos: sim, até criados. Vi minha futura esposa em um vestido cor de violeta, colhendo rosas no jardim.

Nunca descrevi essas fantasias para Jim. Em vez disso, pedi-lhe que fosse meu juiz. Ele teria de tomar a decisão por mim. Não era o sofrimento pelo qual ele tinha passado antes de se tornar uma cabeça encolhida que o qualificava. Em vez disso, era seu silêncio. Eu poderia colocar qualquer resposta que desejasse na boca dele.

– Então, Jim – dizia eu, no crepúsculo da cabine. – Será que devo ficar com as pérolas? O que você acha?

Jim nunca dizia nem sim nem não. Só olhava para mim através das pálpebras costuradas, e eu sentia que todas as respostas para minhas perguntas estavam escondidas atrás delas.

Comecei a pensar no *papa tru*. Nunca lhe pedira conselhos, e ele nunca tinha me dado nenhum. Nós tínhamos nos separado cedo demais para isso. Mas, agora, eu o procurava. Esta era minha missão no Pacífico: encontrar meu *papa tru* desaparecido. Mas o que eu queria dele, e o que faria quando o encontrasse? Pediria algum bom conselho? Reconstruiria nosso relacionamento perdido? Da última vez que o vi, eu era criança. Agora, adulto, não poderia fazer o relógio andar para trás. Então, o que eu queria fazer? Mostrar-lhe que era capaz de me firmar sobre as próprias pernas? Será que o tinha procurado por meio mundo apenas para provar-lhe como era fácil me virar sem ele?

Percebi que nunca tinha pensado além do momento em que, mais uma vez, estivesse cara a cara com ele. Eu era um marinheiro habilidoso. Tinha atravessado os grandes oceanos, mas, quando a questão era essa, sentia-me como um novato no mundo: não por desconhecer seus portos movimentados e lotados, seus litorais com palmeiras enfileiradas e pedras castigadas pelo vento, mas porque eu entendia muito pouco sobre minha própria alma. Era capaz de navegar com base em uma carta náutica; capaz de determinar minha posição usando um sextante. Estava em um lugar desconhecido no Pacífico, em um navio sem capitão, e, ainda assim, era capaz de encontrar meu caminho. Mas não tinha como mapear minha própria mente, nem o curso de minha vida.

Esvaziei o armário de garrafas de Jack Lewis e fui ao convés para jogá-las no mar. Não abri nenhuma – nem mesmo a misteriosa com o fluido branco no qual o contorno de uma forma negra podia às vezes ser vislumbrado – antes de jogar tudo na água. As portas que Jack Lewis abrira para mim só tinham levado a salas cheias de horrores. Observei as garrafas caírem pela popa e desaparecerem sob as ondas.

Eu sabia que deveria ter me livrado de Jim. Mas ele continuou me fazendo companhia. E as pérolas também.

Os dias se passaram. Eu fantasiava sobre o futuro. Em um momento, considerava as pérolas um golpe inesperado de boa sorte; no seguinte, uma maldição que iria me transformar em cúmplice dos crimes de Jack Lewis, se algum dia as vendesse.

Durante todo este tempo, mantivemos nosso curso em direção a Samoa.

Enquanto Jim continuava sem me responder, eu me sentia, todavia, livre. Nada tinha sido decidido por enquanto. Eu detivera o tempo, e me peguei desejando que pudesse permanecer para sempre nesse confortável mundo interior que criara com Jim na cabine mal iluminada, um mundo em que sonhos podiam se tornar realidade e não havia preço a pagar por eles. Esqueci-me de onde estava na realidade.

Eu passava a maior parte das horas do dia sozinho, mas a solidão não era um fardo. Fazia minhas refeições na cabine, enquanto os polinésios comiam no convés. Eles preparavam a comida: arroz e inhame cozido no vapor. De vez em quando, jogavam uma linha de pesca por cima da amurada e pegavam um atum-de-galha.

Eu aparecia no convés apenas para corrigir o curso e ajustar a abertura da lona.

Depois de uma semana, o vento que soprava na direção do equador arrefeceu. Desapareceu certa noite, com o sol, que se afundou no horizonte como uma bola vermelha enquanto as nuvens se abriam em leque por todos os lados.

Tomei isso como mau agouro e me preparei para um furacão, mas, quando o dia seguinte amanheceu, o oposto nos confrontou. O mar estava calmo até não poder mais, como se lhe tivessem colocado uma tampa pesada. O calor insuportável sugeria que uma tempestade de trovões se aproximava, mas o céu estava tão azul quanto um fogo feito a gás, e não havia nenhuma nuvem ameaçadora no horizonte.

Ainda tinha certeza de que algo estava para acontecer, mas minha imaginação não ia além do medo de um furacão iminente.

Os dias passavam, e nós permanecíamos no mesmo lugar. As velas pendiam, frouxas, e penduramos um toldo no meio do cordame para fornecer sombra. Durante um tempo, tive de me separar de Jim, porque estava quente demais para dormir no ar estagnado da cabine e eu não queria levá-lo para o convés comigo. Será que deveria deixar as pérolas lá embaixo também?

Os pensamentos obscuros que eu alimentava na cabine não me abandonaram. Comecei a carregar o saquinho de couro – que continha todo o meu futuro – sob a camisa, encostado no peito nu. Mas ele colava no corpo com o calor, que se tornara tão opressivo que eu tinha dificuldade para respirar; sentia como se uma bandagem de gaze me envolvesse a boca. Então, tranquei as pérolas na cabine com Jim, e passei a andar de peito nu. De vez em quando, baixava um balde no mar e despejava água salgada morna sobre o corpo, mas nem isso nem a chegada da noite aliviavam do calor.

Certa noite, sem conseguir dormir, fui para o convés. Os polinésios tinham prendido redes ao cordame e murmuravam baixinho. Pela primeira vez, minha solidão parecia um fardo, mas eu sabia que seria sinal de fraqueza aproximar-me deles, ou até dar início a uma conversa.

Nós tínhamos fixado o timão. Não havia rota em que nos manter. Sem corrente para nos dar carona, não iríamos a lugar nenhum. Olhei para o céu. Ainda não havia nuvens, e o brilho das estrelas havia enfraquecido, como se tivessem desistido de nos servir de sinalização. Agora eu compreendia quanto estávamos completamente isolados do resto do mundo. O *Míssil Voador* assemelhava-se a um planeta arrancado de sua órbita e prestes a desaparecer no canto mais profundo e mais escuro do universo.

Um gemido veio de uma das redes. Dei um passo mais para perto. Era o polinésio com o ombro enfaixado. O ferimento dele estava sarando nos últimos dias. Será que seus gemidos significavam que a febre tinha voltado e a lesão se infectara? Eu sabia qual era a aparência de uma infecção, mas não fazia ideia de como tratá-la além do método primitivo de derramar uísque com regularidade sobre ela. Estava escuro demais para fazer qualquer coisa, por isso, decidi esperar até o amanhecer.

Não dormi naquela noite; estava quente demais, e eu me sentia inquieto e irritado.

Não por causa da completa calmaria que tinha detido nossa viagem de modo inesperado e nos isolado do mundo, mas porque tinha me separado de algo muito mais importante: o mundo interior da cabine, onde eu passava as pérolas entre os dedos e batia papo com Jim, postado na mesa, diante de mim. Era lá que minha vida se desdobrava, e isso agora me era vedado.

Examinei o ombro do polinésio no dia seguinte. Havia manchas amarelas na atadura branca, e escorria pus do talho. O ferimento estava quase fechado, mas as beiradas se encontravam vermelhas e inchadas. Limpei o melhor que pude. O rosto azul do polinésio permaneceu passivo, mas seu ombro tremia cada vez que eu tocava na ferida inchada. Então, derramei-lhe uísque e deixei para seus colegas polinésios trocarem o curativo. Eu sabia que eles também cuidavam de seu ferimento. Tinham seus próprios medicamentos, e eu não iria interferir nisso: já duvidava do valor de meus próprios métodos.

A infecção do polinésio passou-me a impressão assustadora de que o ar estagnado ao redor era, de algum modo, envenenado. Estávamos no meio do mar; no entanto, parecia que uma selva densa e a respiração tóxica de plantas em decomposição nos rodeava. Será que eu era o único homem ali a sentir que um gigante lhe esmagava o peito?

Observei os polinésios. Seus movimentos também pareciam ter se tornado mais arrastados. Será que estavam sufocando como eu? Será que essa calmaria, que nos prendia à vasta superfície do oceano, também se instalara sobre eles como um peso morto? Será que perguntas ansiosas começavam a surgir nos olhos escuros atrás das máscaras azuis? Será que terrores supersticiosos se erguiam sobre eles como bolhas do fundo de um pântano estagnado, exigindo alguma explicação por nossa imobilidade amaldiçoada? E será que a resposta poderia ser eu, o desconhecido, que não fazia parte do grupo deles e, portanto, poderia ser usado como resgate perante o inexplicável?

Lançamos linhas de pesca, mas nenhum peixe mordeu. Mais uma vez, fiquei com a sensação de que toda a vida ao redor desaparecera. As profundezas do mar tinham se tornado tão imóveis quanto sua superfície. Não era o medo de tubarões que me impedia de procurar me refrescar com uma nadada. Era a ideia de que o mar iria me sugar para baixo assim que eu entrasse em contato com ele, e que eu iria desaparecer em sua escuridão para sempre.

No quarto dia, conferi nossas provisões. Ainda contávamos com meia saca de raízes de inhame e alguns quilos de arroz. Eu não temia que fôssemos morrer de fome, porque me sobrava bom senso suficiente para achar que, em algum ponto, o mar iria abrir mão de algumas de suas riquezas e nós conseguiríamos um atum. Nosso grande problema era água doce. Não tínhamos pegado provisões suficientes na ilha, e estávamos prestes a ficar sem ela. Uma boa chuva teria satisfeito nossas necessidades, mas o céu permanecia implacavelmente azul. Eu precisava racionar a água, mas temia que esse ato, por si só, desengatilhasse um motim. Então, decidi que, a partir de então, faríamos nossas refeições juntos, no convés: assim, os polinésios poderiam ver que todos recebiam a mesma quantidade de água.

Nós não éramos iguais, nem deveríamos ser. As leis escritas e tácitas em um navio devem ser obedecidas. Mas precisávamos ser iguais em nossos sofrimentos; senão, jamais iríamos superá-los juntos. Lentamente, comecei e perceber que uma calmaria assim poderia ser um desafio maior do que qualquer tempestade.

Continuávamos lançando, todo dia, nossas linhas de pesca, mas não pegávamos nada. Os peixes evitavam o navio, e eu via uma expressão perplexa no rosto dos experientes polinésios, que tinham passado a vida toda nessas águas. Estávamos em meio ao mar e não havia um único peixe! Será que tínhamos sido amaldiçoados?

Eu entregava uma caneca de água por refeição a cada homem. Um dia, dei uma olhada dentro do último barril de água e vi que estava quase vazio: havia o suficiente para mais dois dias, no máximo. Nossa única esperança era que os ventos alísios, que iam na direção do equador, recomeçassem a soprar e trouxessem chuva.

No sétimo dia, a água acabou. Gemidos baixinhos vinham da rede onde o polinésio ferido entrava e saía da febre. Não havia mais alívio que chegasse a seus lábios rachados, e os olhos rolavam para cima, como se ele tivesse a esperança de escapar pelo cordame. Quando voltou a fechá-los, continuou gemendo. Nenhum outro som rompia o silêncio a bordo. Era, ao mesmo tempo, um sinal de vida e um presságio do destino que nos aguardava.

No segundo dia depois que a água acabou, estávamos comendo nosso inhame, que tínhamos cozinhado em água salgada, quando, de repente, um dos polinésios apontou para o horizonte. Ergui os olhos e vi uma nuvem. Ela pairava pouco acima da água e se movia com rapidez e de um jeito estranho, como vapor saindo de uma panela fervendo, só que não subia como o vapor, mas se espalhava em todas as direções de uma só vez, como os bandos de estorninhos em migração que se reúnem no outono sobre os campos, nos arredores de Marstal. O sol atravessava a nuvem, que ia se aproximando de nós lentamente, apesar de ainda não haver vento. Ela parecia pulsar, como se um redemoinho se agitasse dentro dela, sacudindo as folhas de uma floresta densa.

Então, a nuvem pairou sobre nós, e parecia que estávamos sob uma chuva de folhas secas de alguma floresta outonal. Percebi que aquilo não era folhagem morta, mas criaturas vivas que nos rodeavam, batendo as sedosas asas amarelas. Estávamos no centro de um enorme enxame de borboletas.

Talvez houvesse milhões delas. Uma tempestade, que se abatia longe da calmaria tirânica em que nos encontrávamos, deveria tê-las expulsado de alguma ilha em direção ao mar. Era provável que estivessem procurando terra... e acharam que a tinham encontrado em nosso navio condenado. Pousaram em todo lugar, no cordame da embarcação e em cada um de seus incontáveis cabos, cobrindo as velas murchas e transformando-as em brilhantes tapeçarias amarelas. Em poucos minutos, a massa viva e respirante de insetos exaustos tinha transformado o *Míssil Voador* de forma a torná-lo irreconhecível.

E as borboletas pousavam em nós; pareciam incapazes de distinguir madeira, cabo, tela e pele humana. Compartilhando de nossa sede desesperada, estendiam suas probóscides por toda a nossa pele, para sugar o suor dela. Não era dolorido como a picada de uma abelha ou a mordida de um mosquito, mas, a isso, logo se seguia uma coceira insuportável e ardente, que nos deixava loucos. No momento em que relaxávamos, as criaturas voltavam a descer aos montes sobre nós, buscando os cantos úmidos de lábios e olhos, os quais precisávamos fechar com força para nos proteger. Se abríssemos a boca para espantá-las com um urro irritado, elas, instantaneamente, grudavam-se aos dentes, cobrindo a língua e fazendo cócegas no céu da boca com o bater das asas.

Cambaleávamos de um lado para outro, tateando às cegas, golpeando-as, mas éramos sua última chance e nada iria afastá-las. Nós as esmagávamos contra as faces, a testa e as sobrancelhas, mas elas continuavam vindo para cima de nós, apesar de voarem para a desgraça. Acho que todos nós teríamos de bom grado pulado no mar para fugir delas, se a água ao redor do navio não estivesse infestada delas. O *Míssil Voador* parecia um caixão em uma igreja coalhada de flores.

Quando abri os olhos por um instante, só uma fresta, para encontrar o caminho até a amurada, avistei um dos polinésios, com o rosto azul e a cabeça cobertos de borboletas. Por um momento, esqueci o perigo e me deixei ser embalado pela visão adorável de seu belo crânio redondo e azulado coberto por insetos cor de limão-siciliano que batiam as asas semiabertas devagar, e de seus olhos escuros mirando por trás daqueles leques reluzentes. Mas, diferentemente de mim, ele parecia completamente à vontade. Se isso se dava apenas por ter aceitado e se entregado a seu destino, eu nunca descobri, porque, no momento seguinte, fui atingido no rosto por um jorro de água: um polinésio esperto tinha baixado um balde no mar e estava molhando a si mesmo e ao resto de nós. Quando ficamos molhados, finalmente conseguimos nos livrar daqueles agitados parasitas.

Durante um tempo depois disso, as borboletas continuaram pousando em nosso rosto e no torso nu, em busca de umidade, até finalmente desistirem. Desabamos no convés, que agora estava coberto por uma massa grudenta de borboletas pisoteadas e afogadas. Parecia que todas as coisas vivas a bordo do navio estavam entregues à mesma letargia.

Por acaso, dei uma olhada na rede onde o polinésio ferido estava deitado. Em seu estado de exaustão, não tivera como se defender, e agora estava enterrado sob uma montanha vibrante de asas finas como papel. Levamos o balde até ele, despejamos água sobre seu corpo e tiramos punhados de insetos de sua pele, sem nem mesmo saber se estava vivo ali embaixo. Ele fizera a única coisa sensata possível, enterrar o rosto nos braços, e foi assim que o encontramos. Seu peito subia e descia. Ainda estava respirando.

Abrimos espaço no convés para o polinésio ferido e o deitamos. Peguei um lençol para ele na cabine e trouxe camisas limpas para o restante de nós. Na escada, no anteparo e no corredor minúsculo diante da cabine, havia montes de borboletas: tive de tirá-las da maçaneta da porta para poder entrar. Quando fiz isso, outras imediatamente decolaram do anteparo para entrar aos bandos no novo território desocupado. Jim estava no meio da mesa, do mesmo jeito que eu o deixara. Elas tinham se acomodado em seu cabelo branco e parecia que, ao enfeitá-lo com suas asas lindas, estavam lhe prestando algum tipo de homenagem – apesar de ele ser o único humano ali que não podia lhes oferecer nada. Mas, pelo menos, era indiferente à intrusão delas e não as espantava.

Deixei Jim e voltei ao convés, onde me livrei da nova camada de borboletas que tinha acabado de se acomodar no meu rosto, na cabine. Então todos nós, o capitão e sua tripulação, sentamo-nos juntos. Todos usávamos camisas que eu pegara nas gavetas de Lewis e em meu próprio baú.

Passamos o resto do dia no convés e dormimos ali na noite seguinte. As borboletas já não se agitavam mais. Não havia mais água doce, e nós tínhamos comido os últimos inhames. O mundo fora exaurido não apenas de vento, mas de tudo. Só nós e um milhão de borboletas tínhamos sobrado. Tudo o mais tinha morrido. O mar parara de respirar, e nós repousávamos a cabeça em seu peito sem vida. Logo, nosso coração também pararia.

Não sou supersticioso e não sei se os polinésios o são. O mais provável é que sim, apesar de chamarem de crença aquilo que chamaríamos de superstição. No entanto, sentia que a calmaria imensa que nos sufocava era algum tipo de castigo, não por algo que Jack Lewis tivesse feito – porque, se existe um juiz no além, coisa de que duvido, então Jack Lewis estaria agora perante ele –, mas por um crime que era meu.

A sorte me transformara em capitão do *Míssil Voador*. Eu era despreparado e jovem, mas isso não era desculpa. Um capitão é um capitão, e eu tinha falhado nesse papel.

Eu ficava na cabine com Jim e um saco cheio de pérolas, pensando em mim mesmo e não na tripulação. Se os polinésios chegavam a passar pela minha mente, era apenas porque eu tinha medo de que se colocassem no caminho de meus planos.

Mas o que eu deveria ter feito? Não podia mandar no vento e fazer com que obedecesse às minhas ordens. Então, como poderia eu ser responsável pela calmaria que tinha se abatido sobre nós feito uma maldição?

Deve ter sido a febre, e a sede, e o calor opressivo, e as borboletas mortas, e a visão da tampa de chumbo do mar, e o azul de chama de gás do céu durante o dia, e a distância crescente das estrelas à noite, que tinham afetado meu cérebro e conduzido meus pensamentos a esse caminho maluco.

Alguém, por acaso, compreende a natureza completamente? Por que o vento de repente para de soprar?

Será que é porque a natureza não se importa se vivemos ou morremos? Parece muito menos assustador culpar a si mesmo.

Levantei-me, fui até a cabine, peguei o saquinho de pérolas, voltei ao convés e o joguei no mar o mais longe que minha força debilitada permitia.

Achava que essa era a única maneira possível de me redimir da culpa e, finalmente, livrar-me de Jack Lewis, porque sabia que ele ainda estava a bordo. Eu estava viajando com sombras e vivendo em um mundo de fantasmas. Por mais que isso parecesse supersticioso, sinto até hoje que minha ação foi plena de sentido. Quando minhas mãos, enfim, esvaziaram-se de algo que nunca tinha sido meu por direito, e minha mente se libertou de sonhos frívolos, conquistei o direito de me chamar capitão. Agora, lembrava-me da honra e da única obrigação de um capitão: levar a tripulação de volta, viva.

Eu jogara todos os meus sonhos de futuro no mar, e só um desejo restara: que uma tempestade viesse e nos libertasse da calmaria a que estávamos presos como lava endurecida.

Deixei-me ficar à amurada, examinando o mar à distância, e sua superfície permaneceu imutável. Voltei-me para olhar os polinésios, largados no convés, com o amigo ferido de bruços no meio deles. Olhavam para as mãos e cochilavam no calor opressivo.

Não sei se viram quando eu joguei as pérolas no mar, mas, se viram, devem ter pensado que eu estava fazendo um sacrifício a um deus não muito diferente do deles.

Mas eu não fizera aquilo para aplacar deus nenhum. Tinha feito aquilo por mim mesmo, para reafirmar minha noção de dever.

O sol se pôs do mesmo jeito que tinha se posto todas as noites desde que a calmaria nos agarrara. Naquela primeira noite, parecia uma bala vermelha que se projetava em direção a meu coração. Agora, estava ainda mais escuro: não como sangue, mas como o buraco da bala em si. O mundo todo era a presa, morta por um assassino desconhecido.

Fui acordado por um estalo ruidoso. No começo, ainda saindo do sono, achei que um incêndio se deflagrara a bordo, que o calor tinha feito com que o *Míssil Voador* entrasse em combustão espontânea. Então, percebi que não se tratava do estalo de madeira seca em chamas, mas de algo que se abatia com força sobre o toldo estendido sobre nós. Apoiei-me num cotovelo e senti uma baforada de ar no rosto. O vento estava se erguendo. E trazia chuva.

Postei-me à amurada e abri a boca. Pingos frios e pesados de água caíram-me no rosto. Bateram nos meus ombros e peito nu, e um calafrio percorreu-me o corpo, como se tudo em mim estivesse voltando à vida.

Ouvi movimento à retaguarda e me virei. Os polinésios se aproximaram, ajudando o camarada ferido. Juntos, ficamos ali ao longo da amurada, deixando a chuva nos empapar. Nunca tinha conhecido sede de verdade antes, e nunca mais desde então me senti tão agradecido como quando aqueles primeiros pingos de chuva umedeceram-me os lábios. Busquei mais no ar e, por um momento, esqueci quem eu era.

O mar começou a se agitar, e, assim que as primeiras ondas incertas bateram no costado do navio, ele reagiu com um leve balanço, como se havia muito estivesse esperando o convite para voltar a se mover. A primeira onda quebrou, a crista brilhou, branca ao luar, e o arpão acima de nós se agitou com força ao vento. Uma tempestade estava se formando.

Começamos a correr de um lado para outro, a fim de preparar o navio. O toldo pesava com a água da chuva que já tinha se juntado nele: antes de baixá-lo, enchemos os barris. Nossa garganta já não estava mais seca, mas fazia dias que não comíamos, e, enquanto trabalhávamos, ficou claro como tínhamos ficado fracos. Porém, não importava: nem mesmo a perspectiva de enfrentar uma tempestade sem provisões era capaz de acabar com a alegria pelo retorno do vento e da chuva. Cada vez que eu gritava ordens através do vento ressuscitado que uivava nas amarras, os polinésios respondiam com as únicas palavras que os ouvi dizer em inglês: "Pois não, senhor!", como um coro em resposta a um solista.

Pode parecer estranho, até descuidado, dizer que navegamos para dentro da tempestade com alegria, mas não existe outra palavra para descrever nosso humor enquanto, completamente encharcados, assistíamos às ondas se agitando ao redor, mandando enormes lençóis de espuma voadora que misturavam o mar e o céu. Prendemos o braço da bujarrona com cabo duplo, mas logo precisamos baixar todas as velas, menos a principal, para impedir que o cordame inteiro caísse no mar. Eu me prendi ao timão por causa das ondas enormes que se abatiam sobre nós, levando embora do convés, da proa à popa, tudo o que não estivesse amarrado. Fiquei ali dois dias. Poderia ter ordenado a um dos polinésios que tomasse meu lugar a cada quatro horas, mas não fiz isso. Não por não confiar neles, mas porque tinha algo a provar a mim mesmo. Acho que entenderam isso.

Eles tinham estendido cordas no convés para se segurarem ao se movimentar pelo navio, mas passavam a maior parte do tempo amarrados a algum lugar, como eu. Tinham prendido o homem ferido ao cordame, onde as ondas não podiam alcançá-lo, e de vez em quando subiam lá com uma caneca de água para molhar seus lábios. Um deles trazia água para mim também.

Quando uma onda enviou um atum para cima do convés, tomei aquilo como sinal. Antes, os peixes tinham ficado longe; agora, vinham até nós. O mar era generoso. Em um breve intervalo entre duas ondas, um dos polinésios se jogou em cima do peixe, cortou-o com sua faca e me trouxe um pedaço de carne viva, que ainda tremia em sua mão.

Durante os dois dias que a tempestade durou, permaneci em um estado de enlevo inabalável. Fiquei em pé com o timão nas mãos, amarrado a meu posto pelo cabo. Se estava cansado, nem reparei.

Finalmente, no terceiro dia, o vento amainou; então, desamarrei o cabo e me permiti sentir alívio. Por um momento, fiquei ali, balançando no convés, até que uma exaustão repentina tomou conta de mim. Achei que tinha sofrido um desmaio e tive de retornar ao timão para me firmar, com os olhos fixos no convés, enquanto tentava recobrar o equilíbrio.

Quando voltei a erguer os olhos, os polinésios tinham formado uma roda em volta de mim. O polinésio ferido descera do cordame e estava em pé, sem apoio, como se ter ficado lá em cima tivesse lhe feito bem. Estendi a mão. Eles ficaram olhando para ela. Então, estenderam a sua também, um por um, nos cumprimentamos. Os polinésios não falaram, e nenhum sorriso se acendeu na escuridão do rosto deles. Apenas apertaram minha mão. Não sei se aquilo era algo que tinham aprendido com os brancos ou se era um gesto que também usavam entre si. Mas eu soube seu significado naquele momento. Tínhamos selado um pacto. Estes eram marinheiros, não selvagens.

No convés inferior, deitei-me no catre de Jack Lewis. Achei que tinha conquistado esse direito. Foi só na manhã seguinte que dei por falta de Jim. Lembrava-me de tê-lo deixado na mesa... Mas agora não estava mais lá. Procurei no catre de baixo e no armarinho trancado, mas ele não estava em lugar nenhum. Foi só quando me arrastei de quatro pelo chão que Jim reapareceu. Tinha rolado para um canto e, de algum modo, encontrá-lo naquela posição humilde, no chão não muito limpo, eximia-o do horror que tinha ao mesmo tempo me atraído e me repelido. Removi a poeira de seu cabelo, enrolei-o no pano puído e o tranquei no armarinho. Nem por um momento considerei enviá-lo para o mesmo lugar que as pérolas. Ele já não era mais uma ameaça. Era testemunha do lado obscuro de Jack Lewis. Mas eu também tinha estado lá, e voltara.

Demoramos uma semana para chegar a Samoa, mas, durante todo o tempo, não pensei no motivo de minha viagem: estava ocupado demais com as obrigações como capitão. Media a altura do sol, traçava nossa rota, ficava de olho nas velas e dava ordens. Tínhamos bastante água e vivíamos de comer peixe. Não vimos outros navios, e o vento na direção do equador soprava sempre do mesmo lado.

Quando eu me postava à proa e observava o quebrar infinito das ondas e as partículas de espuma reluzindo como pérolas que se derramassem sobre um piso de pedra, lembrei-me das palavras de Jack Lewis: um jovem deve viajar o mar todo e todas as suas ilhas. Mas, quando meu olhar deslizava para a popa, na direção da faixa branca do rastro brilhante ao sol, eu ficava pensando que era uma espécie de corrente, e então percebi que, no momento em que me tornei capitão do *Míssil Voador*, fiquei livre, mas, ao mesmo tempo, preso.

O mar era de uma vastidão tão infinita... Podia levar a gente a qualquer lugar, e, no entanto, aprisionava-nos.

O porto de Ápia tem formato de gargalo: uma baía grande rodeada por duas penínsulas. A do oeste se chama Mulinuu; a do leste, Matautu. Além delas, há um recife que se parece um pouco com o quebra-mar ao redor de Marstal. Ali, o trovejar das ondas é tão alto que é difícil escutar a própria voz: mesmo a cinco quilômetros de distância, no alto das montanhas que se elevam atrás de Ápia, dá para ouvir o rugido das ondas. E ninguém em Ápia vai chamar um capitão de mau marinheiro se naufragar seu navio tentando o acesso pela passagem entre os recifes durante uma tempestade, porque isso é considerado um feito quase impossível. Em vez disso, vão chamá-lo de irresponsável, ou ignorante, porque todo mundo sabe que, com tempo ruim, o mar aberto é uma aposta mais certeira do que a baía desabrigada, com o vento contra.

Mas eu não sabia nada disso quando me debrucei sobre a carta náutica na cabine do capitão Lewis. Para mim, Ápia não passava de um nome em um mapa. Mas, desde aquele tempo, aprendi que um naufrágio pode ser algo bem-vindo quando a perda do navio salva a honra de um homem.

E, ao nos aproximarmos de Ápia, a honra me passava muito pela mente. Como poderia explicar a maneira como me tornei capitão do infame *Míssil Voador*? Quem iria acreditar em minha história sobre os homens livres no porão, os canibais do *Estrela da Manhã*, a morte de Jack e o saquinho de couro cheio de pérolas lançado ao mar?

No entanto, eu estava a bordo deste navio porque não poderia alcançar meu destino sem ele. Jack Lewis e eu éramos inseparáveis. Ele tinha traçado o curso, e eu não podia fazer nada senão segui-lo. A partir de agora, independentemente de as pessoas me verem como seu assassino ou cúmplice, minha reputação estaria conectada à dele.

Pensei em mudar de curso, é claro, mas não era responsável só por mim. E para onde mais iríamos? Não era possível subsistir apenas com peixe, confiando nos deuses do clima para o suprimento de água. Eu sentia que meu destino já estava traçado... e era inelutável. Só uma coisa restara a que me apegar: minha obrigação como capitão. Eu precisava guiar o navio e sua tripulação em segurança até o porto.

Mas, ao fazer os cálculos, tinha esquecido um fator: o mar.

Todo marinheiro conhece esta sensação amarga: o litoral está próximo, mas você sabe que nunca irá alcançá-lo. Existe alguma coisa mais de partir o coração do que afundar com terra à vista? Será que algum de nós não se sentiu, pelo menos uma vez, assombrado pelo medo de ir embora com a visão de um porto seguro?

Imagino que afundar seja menos devastador quando o mar cinzento e feroz apaga o horizonte completamente. Mas fechar os olhos pela última vez avistando algo precioso – uma esperança, uma mão estendida – deve ser a pior coisa do mundo. Até mesmo o pavor precisa de uma medida, e, certamente, a medida do desconhecido é o conhecido, não?

Era possível vislumbrar a terra. As montanhas verdejantes de Samoa apareceram no horizonte quando a ventania soprou sobre nós, como se ela estivesse à espera atrás da ilha, aguardando nossa chegada. Esperamos durante vinte e quatro horas. Em um momento, éramos jogados para o alto de uma onda altíssima e tínhamos a visão de Samoa; no seguinte, outra onda mergulhava a proa sob a água, e éramos apenas nós e o mar mais uma vez. Não conseguíamos chegar mais perto do nosso destino, mas também não fomos arrastados para mais longe. Então, uma onda enorme se abateu e fez o navio virar noventa graus, e os cabos e estais que se esforçavam para segurar o mastro cederam com um rangido, fazendo o mastro e o cordame desabarem. Parecia que um de meus próprios membros fora parcialmente arrancado e, agora, dependurava-se no corpo por alguns tendões.

E, no entanto, ainda acredito que poderíamos ter navegado em segurança na tempestade. Não me faltava confiança em mim mesmo naquele convés. Mas percebi que a verdadeira ameaça à sobrevivência não vinha tanto de nosso navio avariado quanto da própria estafa. Ainda estávamos fracos e exaustos por causa da provação recente, e, naquele estado, não éramos par para a tempestade. Precisávamos chegar a terra.

Apesar de eu nunca ter aportado em Ápia e não conhecer os perigos de tentar forçar a passagem pela pequena abertura dos recifes durante uma tempestade, estava ciente de nossa exposição a um risco considerável. E se batêssemos nos recifes e afundássemos? Tínhamos perdido nosso barco durante a batalha com os nativos na enseada. Será que estávamos prestes a afundar tão perto do destino final?

Disse aos polinésios que partissem o mastro em pedaços e os amarrassem às vergas, para fazer uma jangada improvisada que pudesse nos transportar pela distância final até o outro lado da baía, até Ápia, para o caso de falharmos na tentativa de transpor os recifes. Nesse ínterim, manobrei o *Míssil Voador* de modo que o navio ficasse sob vento cruzado; uma manobra tão arriscada quanto qualquer outra coisa que estivéssemos prestes a fazer. Se uma onda enorme tivesse se abatido sobre nós naquele momento, seria o fim. Todos sabíamos que nossa vida estava em jogo.

Os polinésios trabalharam com afinco, concentrando-se em seus machados, e logo a jangada estava presa ao convés. Fazia muito tempo que eu preparara o baú com Jim e as botas do meu pai: ordenei aos polinésios que o amarrassem à jangada, ajeitei o navio e estercei na direção do recife.

Da crista de uma onda, tive um vislumbre de Samoa mais uma vez, sob o céu de um púrpura inebriante. O sol tinha aberto caminho por cima das montanhas cor de esmeralda da ilha, iluminando-as repentinamente, mas não posso dizer que isso me deu coragem. Ao contrário, fiquei com a sensação de que os elementos caçoavam de nós e zombavam de nosso vão desejo de sobreviver.

Quando agarrei o timão, senti a força do mar como antes: a roda repuxou-se em minhas mãos, como se estivesse travando uma queda de braço comigo, enquanto as ondas levavam o navio para a direção oposta a seu curso. De repente, senti uma força nova e violenta se apoderar da embarcação. Era a corrente que tomava nosso lado, contra a tempestade, e nos sugava em direção ao gargalo da baía. A roda do leme sacudiu mais uma vez. E, naquele momento, perdi o controle dela. Ou de mim mesmo.

Será que baixara a guarda? Será que tinha falhado em minha responsabilidade? Não sou capaz de responder a essas perguntas, e até hoje elas me assombram.

Uma onda enorme abateu-se sobre nós e nos lançou para cima dos recifes, fazendo o navio todo estremecer e jogando o último mastro ao mar. Vi-me bater de costas contra a amurada, com o ombro e o braço doendo tanto que achei ter quebrado os dois. Então uma segunda onda arremeteu contra o navio e quase o virou: uma cascata de água inundou o convés antes de voltar ao mar... e me lançou para fora do barco. Agarrei-me a um pedaço de cordame quebrado e gritei de dor quando senti o puxão no braço, mas consegui me segurar; assim soube, pelo menos, que não estava quebrado. O navio não voltou a se endireitar. Cada onda nova que se abatia sobre ele era como um punho socando um rosto indefeso, esmagando tudo e deixando-o em migalhas. Logo não sobraria nada de nós além de destroços no recife. Agarrado aos restos de cordame, arrastei-me de volta ao convés tombado e vi que os polinésios tinham cortado as cordas da jangada, que agora deslizava por ele e desaparecia na espuma borbulhante. Os polinésios saltaram atrás dela.

Hesitei por um momento, então pulei. O mar batia fortemente contra os recifes, em um movimento contínuo que me sugou para baixo: senti o coral afiado cortar-me os pés antes de a pressão da água me forçar para cima mais uma vez. Quando irrompi na superfície, avistei a jangada a uns dois metros de distância. Com algumas braçadas, cheguei até ela, e os polinésios me ajudaram a subir.

Nós nos agarramos àquela jangada na esperança de que as ondas nos carregassem para a enseada. Os recifes, que tinham destroçado o navio, permitiram que nossa embarcação de fundo chato passasse, mas eu tinha calculado mal o lugar em que, achava, iríamos encontrar segurança na baía. O mar também estava agitadíssimo ali. Os recifes quebravam o ritmo das ondas, mas não as detinham. Elas eram tão fortes dentro do gargalo quanto fora.

A jangada, com sua montagem improvisada, gemia.

E, no entanto, agora não era o medo que me consumia; ao contrário, estava ciente de uma noção de alívio enorme que tomava conta de mim. Tinha me livrado do *Míssil Voador*. Quando chegasse a terra, deixaria Jack Lewis para trás.

Confiando que o mar iria apagar todos os vestígios daquela embarcação, já tinha me preparado para rebatizar o navio destroçado com um nome novo, mas conhecido para mim: *Johanne Karoline*, em homenagem à escuna completa de Marstal em que todos sonhávamos navegar, antes de ela afundar com Hans Jørgen a bordo, no golfo de Bótnia. Essa era minha nova versão dos acontecimentos, e quem estaria presente para negar?

Não era o caso de querer evitar ser responsabilizado por minhas ações. Tratava-se apenas de não estar preparado para assumir a culpa por iniquidades que não eram minhas. Era uma maneira de evitar Jack Lewis e sua mácula tão feia.

Nós ainda estávamos agarrados à jangada, que tremia com os golpes pesados do mar, um após o outro. As montanhas verdejantes se avultavam, próximas agora, mas tinham escurecido a ponto de se transformarem em sombras: as nuvens de um inebriante tom violeta tinham bloqueado o sol, e a chuva parecia castigar as encostas com tanta violência quanto as ondas nos recifes. A tempestade se encontrava no auge e, apesar de o litoral estar próximo, não dava trégua.

Conseguia-se escutar as ondas que se abatiam. Eu me ergui sobre um cotovelo e pude ver como estávamos próximos da praia branquíssima. De meu poleiro nas ondas altas, eu parecia estar no mesmo nível do topo dos coqueiros que se agitavam com o vento. Foi aí que percebi a futilidade de minhas esperanças com tanta clareza como se estivesse sentado no telhado de uma casa que desabasse: a onda que nos carregava estava prestes a nos esmagar, a todos, sob uma massa de água. Quando quebrou, com o rugido de mil cachoeiras, a jangada desapareceu sob mim, e eu rodopiava em queda livre, com o céu embaixo e o mar em cima.

Não posso dizer que tudo ficou preto: aliás, ficou tão verde quanto o mar tropical em si. Mas eu estava fora, em algum lugar perdido da memória: cheio de nada. Quando recobrei a consciência, vi-me nos braços de um dos polinésios.

Atrás de nós, outra onda gigantesca se abateu, e percebi que estávamos no meio da espuma lamacenta, onde as ondas enormes se consumiam antes de se render ao empuxo do litoral arenoso. Mas não conseguíamos encontrar o fundo. Eu engolia água e sufocava, enquanto o rosto azul do homem que tinha me resgatado permanecia imóvel, fixado na tarefa de nos arrastar pelos últimos metros até a praia. Pela orelha que faltava, eu o reconheci como o polinésio que eu tinha carregado de volta ao navio da enseada e do qual, depois, cuidara. Então, agora estávamos quites.

Outra onda se abateu sobre nós. Chutando às cegas, em pânico, senti um de meus pés tocar o fundo. Consegui ficar em pé, mas perdi o equilíbrio imediatamente e, em vez disso, tentei engatinhar pela espuma enlouquecida. A onda tinha se exaurido, e a água recuava em um repuxo violento, espirrando no meu rosto e sugando-me os membros por baixo. Eu estava prestes a ser arrastado de volta ao mar quando o polinésio me agarrou. Caminhei os poucos últimos metros ereto, segurando-me nele para me apoiar.

A praia estava tão deserta que parecíamos ter chegado a um mundo abandonado. Eu queria me jogar na areia de pura exaustão, mas uma tempestade de areia pinicante castigava-me o corpo seminu. Então, ouvi um estalo ruidoso, e uma palmeira se partiu ao meio. A parte de cima saiu voando e caiu no telhado de uma cabana, que prontamente desabou. Não podíamos ficar ali: se quiséssemos abrigo, teríamos de avançar ilha adentro.

Um grito soou atrás de nós. Voltei-me e vi mais dois polinésios se debatendo nas ondas e, então, cambaleando até a praia. Daí um terceiro apareceu. Agora, a tripulação toda estava a salvo na praia. O rosto azul deles fazia com que parecessem homens-sereias nascidos da espuma borbulhante.

Senti um alívio enorme. Eu naufragara o *Míssil Voador*, mas não perdera nenhum homem. É verdade, eles tinham salvado a si mesmos e a mim, de modo que eu não podia ficar com o crédito, mas a sobrevivência deles fazia com que fosse mais fácil aceitar a perda do navio.

As cabanas mais próximas estavam todas vazias e, ao passarmos por elas, o vento às nossas costas nos lançava para a frente, de modo que mal conseguíamos caminhar eretos. Logo desistimos de correr e tropeçar; ficamos de quatro e simplesmente engatinhamos. Por toda a nossa volta, escutávamos o baque pesado dos cocos caindo ao chão e a tempestade uivando através das palmeiras, que sacudiam, enlouquecidas. Eu estava concentrado nas mãos e nos joelhos, meu único contato com o chão naquele clima insano. Parecia que todos tínhamos explodido em direção ao universo sem fim.

Então, finalmente, nossos gritos de socorro foram atendidos, e alguém nos deixou entrar em uma cabana. Não havia fogo aceso, e os moradores estavam em silêncio e encolhidos, como se tivessem esperança de evitar a fúria da tempestade ao se fazer invisíveis. A cabana tremia, e o telhado balançava num mau presságio, mas conseguia se segurar. Eu estava exausto demais para me preocupar com a impressão que devo ter lhes causado. Era um marinheiro naufragado em busca de abrigo. Não fazia diferença, para eles, o fato de eu ser branco.

Caí no sono pouco depois. Quando acordei, estava tudo quieto. Era noite, e ouvi a respiração de pessoas dormindo ao redor. Fiquei olhando fixo para a escuridão durante um tempo, então voltei a dormir.

Na manhã seguinte, despedi-me dos polinésios e, pela segunda e última vez, trocamos apertos de mão. Meu salvador de uma só orelha colocou a mão em meu ombro e, do azul sem fim de seu rosto, fitou-me. Ao retribuir o olhar, senti que havia um laço entre nós, apesar de não achar que pudesse chamar aquilo de amizade. Nós nunca havíamos trocado uma única palavra. Mas agora, ao nos despedirmos, cada um deles disse algo, e ainda me lembro o quê: "Palea", "Koa'a", "Kauu". A quarta palavra era mais longa. Algo como "Keli'ikea", mas não tenho certeza. Na ocasião, pensei que todas significassem adeus. Depois, achei que estavam me dizendo qual era seu nome.

Fui até a praia. O mar ainda se mostrava bravo, mas o ar já não estava mais cheio de espuma esvoaçante. Em todo lugar havia palmeiras despedaçadas e cabanas estraçalhadas, dilaceradas pelo vento e pela chuva, e me dei conta de como tínhamos tido sorte por aquela cabana em que nos abrigamos ter resistido à tempestade. Cheguei o mais perto das ondas que a coragem me permitiu e examinei, ansioso, o campo de batalha na praia, apavorado com a possibilidade de ver os destroços do *Míssil Voador*, que poderiam invalidar a história que eu tinha preparado. Uma verga, uma prancha ou um timão não fariam mal. Mas uma tábua com o nome estragaria tudo. Só que, quando examinei o horizonte e os recifes, não avistei nenhum único vestígio do navio. O mar tinha aniquilado o *Míssil Voador*, e, seja lá onde fosse que seus destroços tivessem ido parar, certamente não era ali na praia de Ápia.

Meu baú fora carregado pela jangada, mas abandonei qualquer esperança de voltar a vê-lo. Sua perda era o preço que eu tinha de pagar por cortar minha conexão com Jack Lewis.

Eu estava na parte oeste da baía, perto de Mulinuu, que tinha visto no mapa. Segui o litoral para o leste, na esperança de me deparar com uma construção que indicasse a presença de homens brancos. Logo avistei algumas casas de tijolos atrás das palmeiras e me dirigi até elas. Também não tinham escapado dos danos da tempestade: uma casa estava com a empena caída, e as telhas de outra tinham sido arrancadas, deixando as vigas nuas em exibição.

Era uma área de poucas construções, com casas espalhadas entre as palmeiras em vez de juntas, em uma formação de rua. Fiquei com a impressão de riqueza e ordem: composições grandes e arejadas, com paredes caiadas de branco, varandas cobertas e beirais largos, forneciam aos moradores a sombra que as pessoas tanto desejam nos trópicos castigados pelo sol. Brancos e nativos cuidavam da vida, com uma operação de limpeza bem organizada que já estava em execução.

Vaguei a esmo, sentindo-me supérfluo e forasteiro, coisa que, obviamente, eu era. Ninguém prestou a menor atenção em mim, nem me chamou. Muitos também só estavam de passagem, imaginei: mercadores, marinheiros e aventureiros como eu.

Parei para olhar a placa de latão recém-polida, que brilhava contra a parede branca da casa, na esperança de que ali dentro houvesse algum tipo de autoridade que eu pudesse abordar com o falso relato da perda do *Johanne Karoline*.

"Deutsche Handels- und Plantagen-Gesellschaft", dizia.

Eu tinha acabado de ler as palavras quando ouvi alguém atrás de mim limpar a garganta. Voltei-me e vi um cavalheiro vestido todo de branco, com o terno imaculadamente limpo e recém-passado. Trazia um hibisco fresco no botão da lapela e parecia ter passado a noite da tempestade se preparando para algum jantar refinado.

Seus olhos pálidos me observavam sob a aba larga do chapéu, enquanto cofiava o bigode, que se estendia em dois semicírculos impressionantes de ambos os lados das faces bronzeadas e um pouco enrugadas.

– Posso ajudar? – perguntou, em inglês.

Reconheci o sotaque no mesmo instante, e respondi em alemão.

– Sou um marinheiro dinamarquês. Estou aqui para relatar a perda do meu navio, o *Johanne Karoline*, de Marstal, que naufragou no recife próximo a Ápia durante a tempestade. Por favor, pode me dizer se há um consulado ou outra autoridade por aqui a que eu possa recorrer?

– Ah, você é dinamarquês. Nesse caso, somos quase compatriotas. Obviamente, não vai encontrar um consulado da Dinamarca aqui. E, no que diz respeito a alguma autoridade... – Deu de ombros, como se a palavra não significasse muita coisa por aquelas bandas. Soltou o bigode e examinou o solo por um momento, como se estivesse procurando alguma coisa. Então cruzou as mãos nas costas, e fez uma expressão pensativa. – Bom, *eu* sou uma espécie de cônsul; quer dizer, sou o cônsul alemão. Então, suponho que seria a pessoa mais apropriada para dar conta do seu caso. Fiquei mesmo sabendo que um navio afundou nos recifes, mas a tempestade fez com que qualquer missão de resgate fosse impossível. Já foi um desafio e tanto nós continuarmos vivos. – Estendeu a mão. – Heinrich Krebs.

– Albert Madsen.

– Madsen? Este nome me parece familiar. – Tirou o chapéu e enxugou a testa com um lenço. – Mas este calor afeta a gente. Acaba com a memória.

– Ele é um conterrâneo dinamarquês – disse. Minha boca tinha ficado seca, e o coração batia forte. – Deve haver outro Madsen aqui em Samoa – prossegui. – Gostaria de me encontrar com ele.

– Sim, tenho certeza de que isso é possível. Vou perguntar por aí. Mas devo acautelá-lo. Encontrar um conterrâneo por aqui nem sempre é uma surpresa agradável.

Pousou a mão em meu ombro e me examinou com atenção. Então, sorriu.

– Entre, por favor. Você parece exausto. Mas teve a sorte do seu lado, hein? Não são muitos os homens que saem inteiros de um encontro com os recifes em Ápia. E o resto da tripulação?

– O capitão Hansen não sobreviveu – respondi, seco, sentindo uma pontada de dor na consciência pela segunda mentira.

– Um banho e almoço provavelmente fariam bem a você. Pode fazer seu relato depois.

Um criado nativo, vestido de um branco tão imaculado quanto o do patrão, preparou um banho para mim. Quando tirei as roupas imundas e esfarrapadas, examinei-me no espelho de corpo inteiro. Sua moldura era elegante demais para a visão com que me deparei. Tinha ficado magro e anguloso, e meu corpo estava coberto de hematomas. Meu rosto também era testemunha das recentes provações: estava marcado por cortes semicicatrizados e arranhões. Um deles dividia ao meio a sobrancelha direita, enquanto outro traçava uma linha vermelho-sangue na face. Eu parecia um marinheiro bêbado recém-saído de uma briga, não um homem que sofrera um naufrágio, e fiquei me perguntando por que o cônsul não me mandara cair fora imediatamente. Fiquei com a impressão de que meu relato sobre o naufrágio seria apenas uma questão formal: que nenhum inquérito seria aberto e nenhuma autoridade oficial iria se envolver. Teria sido bem fácil para mim me misturar aos outros habitantes de Ápia, onde ninguém teria reparado em um vagabundo a mais na praia.

A mentira que estava contando nem era necessária. Mas, como já a tinha contado, não havia como ser retirada agora... Porém, era improvável que Heinrich Krebs fosse me desmascarar, ou até mesmo tentar fazê-lo. Achei que ele simplesmente desejava confirmação da própria importância. Meu papel era permitir-lhe fazer as vezes de benfeitor e fornecer-lhe alguma distração, porque era óbvio que um furacão não era novidade suficiente nessas partes para contar como algo emocionante. Dito isso, a impressão que ele deixou em mim foi a mesma que a maior parte dos brancos que eu conhecera no Pacífico: por trás da fachada de civilização e ordem, dava para sentir que todos tinham algo a esconder.

Não que os segredos de Heinrich Krebs me interessassem sobremaneira. Recentemente, eu fizera descobertas suficientes para a vida toda.

Ao sair do banho, notei que um terno branco tinha sido ajeitado para mim em uma cadeira e, ao lado dele, havia um par de sapatos de lona também brancos. Heinrich Krebs estava me emprestando as próprias roupas... Mas, como eu era bem mais alto do que ele, tanto as calças quanto o paletó ficaram curtos demais, e eu nem consegui abotoar a camisa. Tive de deixar os sapatos inteiramente de lado e apareci para almoçar descalço. Ainda parecia um vagabundo... mas um vagabundo de sorte.

A sala de jantar era de um frescor agradável. Cortinas brancas que iam até o chão filtravam a luz lá de fora. A mesa tinha sido posta com uma toalha adamascada, porcelana, prata e copos de cristal. Já me sentei a muitas mesas de jantar depois daquela, mas nunca a uma que pudesse se equiparar à de Heinrich Krebs.

Então ele apareceu. Tinha tirado o chapéu, e o cabelo cor de areia estava penteado para trás e firme no lugar por uma pomada viscosa.

A mesa estava posta para dois.

– Você mora sozinho? – perguntei.

– Estou no processo de me estabelecer. Minha esposa e nossos três filhos vão se juntar a mim mais tarde.

A comida foi trazida.

– Uma surpresinha – Heinrich Krebs disse.

Quando a travessa de porcelana foi colocada à minha frente, fiquei olhando, descrente. Por não saber o nome do prato maravilhoso em alemão, falei em dinamarquês:

– *Flæskesteg*.

– Sim, *flæskesteg* – o anfitrião disse, em uma imitação quase impecável do meu dinamarquês. – Claro que eu já visitei a Dinamarca, e descobri que os dinamarqueses e os alemães compartilham do gosto por porco. Mas temo que vá ter de passar sem o crocante da pele, que, eu sei, vocês, dinamarqueses, valorizam tanto. Os talentos do meu cozinheiro, excelente em todos os outros aspectos, não se estendem tanto assim. – Krebs me examinava. Fez um gesto em direção à comida. – A gente pode trazer muitas coisas consigo. Pode recriar a própria casa, rodear-se dos objetos queridos e a da cultura natal, ler autores conhecidos, saborear os pratos da infância e falar a própria língua, como estamos falando a minha agora. E, no entanto, não é a mesma coisa, porque há algo que nunca é possível recriar. Talvez seja exatamente aquilo de que você queria fugir. Para começo de conversa, por que alguém parte? Eu sempre me coloco esta questão. Por que está aqui? Você sofreu um naufrágio, passou por todo tipo de provação. Está escrito em seu rosto. Mas por quê?

– Eu sou marinheiro – respondi.

– De fato. Mas por que se tornou marinheiro? Certamente, Deus não apontou o dedo para você e ordenou que fosse para o mar, certo? A escolha foi sua, presumo?

Meneei a cabeça.

– Meu pai foi marinheiro. Meus dois irmãos são marinheiros. Minha irmã é casada com um marinheiro. Todos os meus amigos da escola navegam.

– O Báltico não era grande o bastante para você? Seria suficiente para a maior parte dos homens. Por que o Pacífico? O que espera encontrar aqui?

Ressenti-me com a curiosidade de Krebs, se é que era isso mesmo. Talvez ele só apreciasse o som da própria voz. Mas tentou chegar perto demais, e eu não tinha intenção de fazer confidências a ninguém. Baixei os olhos para o prato e me concentrei em comer.

– Isto está delicioso de verdade – disse.

– Transmitirei seus elogios ao *chef.*

Dava para ver, pelo tom dele, que se sentira insultado. Eu tinha rejeitado seu convite de lhe fazer confidências, e um abismo se abriu entre nós.

– Esse Madsen – terminou por dizer – é seu parente?

Eu já estava arrependido de ter mencionado o nome de meu pai. Mas essa era uma ilha grande, e eu precisava encontrá-lo de um jeito ou de outro.

– Não – menti. – Não somos parentes. Só nascemos na mesma cidade por acaso.

– E compartilham do mesmo sobrenome?

– Isso acontece muito com a gente de Marstal. Eu prometi à família dele que iria descobrir como está. Já que estou por aqui mesmo...

– Já que está por aqui mesmo... Já que passou por Samoa por acaso.

A voz dele fez-se grossa de desprezo. Não acreditara em mim, mas, em vez de dizer isso de modo direto, caçoou de minha resposta.

Não me incomodei. Tinha tomado meu banho e saboreado minha refeição quente. Ele poderia me expulsar agora, se quisesse, e eu iria me virar sem a ajuda dele. Limpei a boca com o guardanapo adamascado.

– Isso foi adorável, obrigado – eu disse, fingindo educação.

Dava para ver que Krebs estava reexaminando sua posição.

– Temos sobremesa também – ele disse. – Não se levante, por favor.

Venezianas feitas de bambu fino balançavam à brisa leve na varanda. Ali era tão agradável quanto dentro da casa, apesar de o sol tropical brilhar em seu zênite. Os nativos continuavam ocupados limpando tudo, depois da destruição da noite anterior. As ondas batiam na praia. À distância, dava para ver a barreira de espuma nos recifes, onde eu quase perdera a vida um dia antes.

Krebs me interrogou a respeito das circunstâncias do naufrágio. Mencionei a jangada e o capitão Hansen, que tinha descido à sua cabine para salvar os documentos do navio e não reaparecera quando o *Johanne Karoline* deu seu último tranco e uma onda nos lançou ao mar. Então o cônsul perguntou sobre os polinésios, e quando eu lhe disse que tinham chegado à praia vivos comigo, mas então desapareceram – e que, afora isso, não sabia nada sobre eles –, deu de ombros como se fosse um detalhe insignificante.

Olhou para mim de novo e abriu aquele sorriso ambíguo que logo passei a reconhecer.

– É impressionante o que uma boa refeição é capaz de realizar. Não concorda? – Assenti. – Tome a mim como exemplo – prosseguiu. – A minha memória voltou. Madsen: sim, agora eu me lembro dele. Se está descansado o suficiente, posso lhe ceder um nativo para mostrar o caminho. Então, poderá vê-lo já nesta tarde.

– Não posso chegar com esta aparência – eu disse. Eu mesmo conseguia perceber o pânico que transparecia em minha voz.

– Claro que não. – Krebs continuou sorrindo. – Você se apega às regras da etiqueta, estou vendo isso agora. Que roupa prefere usar quando encontrar esse Madsen?

– Minhas próprias – respondi.

Dava para notar a falsidade em minha voz, e me parecia que estávamos representando um para o outro. Mas, para ser sincero, não conseguia ver nada de minimamente engraçado nessa comédia. Na verdade, eu estava com medo. Com medo de me encontrar com meu *papa tru* depois de tantos anos e com medo de Heinrich Krebs, porque parecia saber algo sobre meu pai que não estava disposto a revelar. Ele tinha sentido como eu estava ansioso para me encontrar com ele... e tinha sentido o medo. Estava brincando comigo, e eu não sabia por quê. O que buscava?

Krebs pediu licença e saiu da varanda, e passei o resto do dia andando pela praia, olhando o mar e refletindo sobre minha situação e sobre tudo por que eu tinha passado. Será que eu deveria ter me mantido longe de *papa tru*? Será que deveria ter deixado que ficasse em paz, como teria feito com um morto? Porque, se eu não tivesse saído à sua procura, ele estaria tão morto para mim quanto qualquer outro homem da longa lista de pais, irmãos e filhos afogados de Marstal. O que eu queria de *papa tru*, se ele claramente não queria ter nada a ver comigo? Ele poderia ter voltado para casa, em Marstal, com facilidade, mas não o fizera. Tinha nos rejeitado. O que se diz a um pai que lhe deu as costas durante quinze anos? Você dá um tapinha em seu ombro. E o que faz quando ele se vira?

Dá um soco nele?

Voltei para a casa de Heinrich Krebs perto do anoitecer. Ele tinha me convidado para passar a noite, e eu aceitei o convite, porque não queria dormir na praia. A mesa de jantar tinha sido posta para mim, mas o alemão estava ausente.

Quando entrei no quarto onde iria passar a noite, primeiro achei que fosse um quarto que Krebs tinha mobiliado para si mesmo e uma esposa que esperava ansiosamente. Foi como entrar em uma tenda, ou estar sob o toldo de um navio. Tudo arranjado no mesmo estilo arejado da sala de jantar: a cama com dossel era grande o suficiente para duas ou três pessoas, e o espelho enorme em uma das paredes adicionava toda uma dimensão extra.

Era o lugar mais estranho em que eu já dormira, e hesitei antes de subir na cama. O chão me parecia mais apropriado, mas eu também nunca tinha dormido em uma nuvem, e achei que merecia um pouco de conforto depois de tudo o que tinha sofrido; por isso, no fim, joguei-me naquele paraíso de penas de ganso.

Acordei durante a noite quando alguém experimentou a maçaneta da porta. Foi empurrada para baixo e, depois, voltou a subir. Pouco depois, ouvi uma tábua ranger na varanda. Então o silêncio retornou, e eu tornei a cair no sono.

Fui acordado na manhã seguinte por uma batida na porta, à qual dei uma resposta sonolenta. O criado chegara e trazia uma pilha de roupas bem dobradas no braço. Na mão, um par de botas de cano alto.

– Suas roupas, *masta* – ele disse, e desapareceu.

Desdobrei as peças e olhei para elas, maravilhado. Eram de fato minhas, mas não aquelas que eu tinha usado no dia anterior. Estas eram as minhas roupas de terra: calças azul-escuras e paletó, camisa branca de linho com colarinho e as meias de lã cinza que eu mesmo cerzira. As botas, que eu tinha arrastado por meio mundo, eram as de *papa tru*. Estava certo de ter perdido minhas poucas posses quando a jangada afundara na baía, na frente de Ápia. Mas, agora, aqui estavam elas, em minhas mãos.

Vesti-me e calcei as botas. Fazia meses que eu não as usava. Pareciam pesadas e desconfortáveis no calor, e meus pés doeram quando caminhei até a sala de jantar, onde Heinrich Krebs me esperava para o café da manhã. Como sempre, estava vestido de modo imaculado, com um hibisco fresco enfiado na casa do botão da lapela e pomada nos cabelos. Meu baú de viagem estava bem ali, sobre a toalha de mesa adamascada. Parecia uma mancha grande e mofada na sala arrumada. E meu nome estava escrito nele. Eu mesmo o pintara.

– Foi lançado à praia pela maré, ontem à noite – Krebs disse. – Um de meus homens o achou. – Não respondi. – Presumo que a cabeça encolhida não seja de um integrante de sua família.

– Não – respondi. – O nome dele é Jim.

– Bom, isso explica tudo. Ele também é de Marstal? – Meneei a cabeça, depois de chegar à conclusão de que era melhor não dizer nada. – Você é um rapaz muito interessante, Albert Madsen – Krebs disse, e olhou para mim por cima da borda da xícara. – Muito interessante.

– E você bisbilhota os bens de outro homem sem pedir licença. – Retribuí o olhar dele sem piscar. Torcia para que não pudesse ver como me sentia ultrajado.

– Quando não se faz isso, não se descobre nada, nunca – ele disse, sem desviar o olhar.

– O que você quer saber?

– Muitas coisas – respondeu. – Você sai se arrastando do meio das ondas como se fosse um homem-sereia, completamente sozinho no mundo, com uma história para explicar de onde veio e quem é. Uma história que ninguém pode confirmar, nem negar.

– Meu nome está no baú.

– Que contém uma cabeça encolhida. De um branco.

Estendi a mão para pegar o bule de café de prata.

– Essa é outra história. Não lhe diz respeito.

– Não há necessidade de se aborrecer. Você tem bastante razão. Não é mesmo da minha conta. Aliás, vai ficar aliviado por saber que seu amigo não sofreu danos devido ao tempo que passou no mar. É notável quando se pensa a respeito do assunto, não acha?

Krebs mexeu o café com a colher. Eu não conseguia decifrá-lo. Estava brincando comigo, e eu detestava isso.

Meu anfitrião deixou a cabeça pender para o lado e me examinou. Então, sem aviso, começou a assobiar uma canção que eu desconhecia.

– Tão distante – ele finalmente disse, quase como se estivesse falando consigo mesmo. – Tão jovem, tão irritado e tão difícil de se aproximar. Que triste. – Meneou a cabeça. – *Tsc, tsc, tsc.* – Então prosseguiu: – De longe, a coisa mais bizarra em você é o interesse em seu xará. Veja bem, esse interesse... e pode confiar em mim quando digo isto... não é compartilhado por mais ninguém aqui em Ápia. – Levantou-se em um gesto abrupto. – Certo, vamos andando. – Assentiu na direção do baú, que ainda estava em cima da mesa. – É melhor levar isso. Presumo que vá se hospedar com seu... – hesitou antes de saborear a palavra – amigo.

Assenti, mas não sabia o que dizer. Nem tinha pensado assim tão adiante. Mas suponho que Krebs tivesse razão. Eu iria me hospedar com meu pai. Quinze anos dando as costas para mim, eu dou um tapinha no ombro dele... e ele se vira e me convida para ficar? Pude sentir a ansiedade de antes voltar. Tudo tinha sido tão impensado... Realmente, não havia roteiro para esta parte da viagem.

Levantei-me e peguei o baú.

– Claro, você está sempre convidado a voltar aqui, caso a estadia com seu amigo não dê certo. Ficaria muito contente em revê-lo. – Krebs fez uma mesura teatral e indicou a porta com um gesto amplo. – Sabe cavalgar? – perguntou quando descemos da varanda. Dois cavalos já selados estavam à nossa espera.

– Bom, posso tentar – respondi, e enfiei o pé em um estribo num movimento com o qual pretendia aparentar prática. Então me ajeitei em cima do cavalo. Por um momento, achei que fosse escorregar pelo outro lado, e percebi como estava machucado e combalido. Prendi o baú à sela.

– Está indo bem – Krebs disse, e me mediu de cima a baixo.

Com uma leve chicotada, fez o cavalo começar a avançar em passo de andadura, e eu o copiei o melhor que pude. Um criado vestido de branco trotava a meu lado a pé: supus que ele deveria assumir o controle, caso meu cavalo resolvesse me causar problemas. Seguimos pela praia durante um tempo. Ali, a batida das ondas fazia com que fosse impossível conversar, mas, quando viramos para o interior da ilha e o barulho do mar diminuiu, Krebs deu início a uma enxurrada de palavras, que só terminou quando chegamos ao destino. Eu estava preocupado demais com meus próprios pensamentos para prestar muita atenção ao discurso dele, mas me lembrei dele mais tarde... juntamente com o aviso implícito nelas.

– Dê uma olhada ao redor – ele disse. – Temos grandes planos para esta área. Não possuímos muita terra no momento. Mas isso vai mudar. – Quando apontou o chicote para lá e para cá, a postura dele se aprumou de um jeito que eu não vira antes. – Volte daqui a dez anos e vai ver a diferença pessoalmente. Então, todo este caos e ausência de disciplina terão desaparecido.

Deu uma gargalhada de desprezo ao dizer isso, e me lembrei da casa dele. Sim, era leve e arejada... mas também tão arrumada que um baú de viagem sobre a mesa de jantar com um homem como eu sentado ao lado dele pareciam dois pedaços de lixo. Acompanhei os movimentos do chicote e, no começo, pensei que o caos a que se referia era a bagunça deixada pela tempestade. Então percebi que era a natureza em si que ele considerava fora de controle.

– Fileiras retas – ele disse. – Em dez anos, haverá fileiras retas em todo lugar. Muros de pedra em ângulos retos e, atrás deles, abacaxis, pés de café e de cacau... em formação! Plantações de copra, sim, mas com as palmeiras alinhadas de modo apropriado. Áreas para pastagem niveladas. Gado. Cavalos. Avenidas de palmeiras, iguais a soldados em desfile! Fontes! – Sua voz foi ganhando ritmo de *staccato* à medida que a lista de delícias futuras aumentava. Então fez uma pausa e assumiu ar pensativo. – Claro que vamos ter de importar mão de obra. Os locais são absolutamente inúteis.

– Por quê? – perguntei, mas foi só para demonstrar interesse por suas palavras passionais, porque meus pensamentos estavam em outro lugar.

– Ah, não é pelo fato de serem mais preguiçosos aqui do que em qualquer outro lugar do mundo. Um nativo é um nativo. Sou capaz de mencionar vários exemplos individuais de trabalho árduo, é claro. Mas nunca dura. – Olhou para mim, como se para sinalizar que o que estava para dizer era de interesse para mim, antes de prosseguir. – As famílias são uma maldição. Quando os criados voltam às suas casas para uma visita, faço com que deixem as roupas boas para trás. Tome Adolf como exemplo... Sim, eu lhes dou nomes alemães, assim fica mais fácil. – Apontou para o criado que caminhava ao lado de meu cavalo. – Dei permissão para que Adolf visitasse a família usando roupas boas. Ele tinha tanto orgulho delas... Mas voltou em frangalhos. A família dele pegou o uniforme. Eu via aquelas pessoas, de vez em quando, andando por aí. Tem um primo usando o colete, um irmão com o paletó, um tio com a camisa, e o pai usa as calças. Cada um deles usa uma peça de roupa por vez, e nada mais... Ah, mas é uma visão e tanto, hein, Adolf? – Cutucou o criado com o chicote, mas Adolf ficou olhando fixo adiante, como se nem tivesse escutado o que Krebs dissera, ou como se não tivesse entendido palavra. A segunda opção parecia mais provável. – O homem de Samoa não trabalha – Krebs disse. – Ele faz visitas. Não é do tipo formiga criativa. É mais como um gafanhoto.

– Um gafanhoto?

– Um gafanhoto. Veja bem, se um homem de Samoa de repente fica rico, seja por meio de trabalho árduo, coisa que é bem improvável, seja por sorte, então todo o seu clã aparece imediatamente para visitá-lo. Até as ramificações mais distantes da árvore genealógica chegam. Eu já vi isso. É possível que um vilarejo todo se mude. E se comportam feito uma infestação de gafanhotos. Só vão embora depois de terem tirado tudo dele. Na língua local, usa-se a mesma palavra para "visita" e "infortúnio": *malanga*. E dá para imaginar as consequências. É um sistema que recompensa o pedinte e penaliza o esforço. O trabalho árduo não passa de um convite para ser roubado. É impossível economizar. Então, o que um homem inteligente faz? Assegura-se de ganhar o bastante para cobrir as necessidades básicas, para poder colocar comida em sua boca e na boca daqueles que são mais próximos a ele, e nada mais. Um homem assim não serve para mim. Não: mão de obra importada. Homens solteiros que não precisem de muita coisa e, o mais importante, que não tenham família grande.

Enquanto Krebs falava, tínhamos deixado as últimas casas para trás, e apenas cabanas de nativos nos rodeavam. A estrada tinha acabado, e precisamos cavalgar ao redor de um emaranhado de cercas tecidas, atrás das quais porcos pretos e peludos grunhiam na lama. Uma multidão de crianças nos rodeou. Adolf deu um assobio de aviso, como se estivesse espantando cachorros, e elas soltaram berros e recuaram... Mas logo reapareceram, e, a cada vez que retornavam, o número de pequenos tagarelas sempre aumentava. Mulheres olhavam fixamente para nós pelas fendas das cabanas.

– Bom, é aqui que a Europa termina – Krebs disse. – Agora, estamos entre os selvagens.

Uma rajada de vento agitou os coqueiros altos e fez suas copas farfalharem. Ergui os olhos. As folhas grandes se abriam e se fechavam feito anêmonas, e tive um breve vislumbre de um homem empoleirado em uma delas. Era branco, estava com o peito nu e tinha uma comprida barba grisalha. Então as folhas voltaram a se fechar e o esconderam da vista, como se o coqueiro fosse a casa daquele homem e ele, agora, estivesse fechando a porta para manter afastados os curiosos.

Por um momento, duvidei de meus próprios olhos. Mais do que tudo, queria ignorar aquela aparição estranha, que parecia pertencer a um mundo de sonho. Krebs também tinha visto. Deteve o cavalo e se voltou para mim.

– Chegamos – ele disse. – Então, vou voltar. – Fez um gesto para que eu apeasse do cavalo. Peguei meu baú de viagem e desci, e ele se inclinou para baixo para apertar a minha mão. – Espero que não se arrependa. Será sempre bem-vindo em minha casa. – Apertou minha mão e deu meia-volta com o cavalo. Então, voltou a olhar para mim. Um sorriso de zombaria apareceu-lhe no rosto. – Boa sorte com seu pai. – Então, fincou a espora no cavalo e saiu galopando.

Permaneci parado, com o baú de viagem debaixo do braço. As crianças olhavam boquiabertas e gesticulavam, mas eu as ignorei até que, finalmente, acalmaram-se e se agacharam ao redor, com ar de curiosidade e expectativa. As mulheres continuavam olhando fixo para mim, das cabanas ao redor. Não havia homens à vista.

Ergui os olhos para o coqueiro onde o homem oculto, que poderia ser meu *papa tru,* aparecera por um instante. Sentia calor e desconforto, ali parado com minhas roupas de terra e botas até os joelhos, sem dizer nada, então gritei em direção à árvore.

– Laurids!

Não o chamei de *papa tru*. Não fui capaz. A coisa toda já parecia bem bizarra como estava. Não queria ser o homem que grita pelo papai no meio de uma ilha remota do Pacífico. No começo, não aconteceu nada.

– Eu o vi – gritei. – Sei que está aí!

Fui ficando aborrecido e, logo, furioso. Mas era uma forma de raiva que não sabia o que fazer consigo mesma.

– Desça agora! O que acha que é? Um desgraçado de um macaco?

Minha própria voz me amedrontou. Falava com ele como se eu fosse o capitão do *Míssil Voador* e ele, um polinésio primitivo.

As folhas de palmeira farfalharam, e então o homem apareceu entre elas. Tinha membros fortes e barba, com um pano colorido dos nativos amarrado na cintura. Se não fosse pela pele mais clara e a barba grisalha, teria achado que era de Samoa.

Ele segurou o tronco com as mãos grandes, plantou com firmeza os pés descalços contra a superfície irregular e desceu usando uma técnica nativa que quase fez parecer que ele estava caminhando pela árvore. Chegou ao chão com um baque e se postou à minha frente.

Ficou olhando para meus pés.

Examinei seu rosto, sua barba densa. Se tivera dúvida por algum momento, ela tinha desaparecido completamente. Não posso dizer que o reconheci depois de tantos anos; afinal, de que servem as lembranças de um menino de quatro anos? Mas reconheci a mim mesmo. Não tenho muita oportunidade de me olhar em um espelho, e se alguém me pedisse para me descrever, além de me faltarem as palavras, eu também não teria interesse em fazer isso. No entanto, agora estava cara a cara com minha imagem espelhada. O tempo tinha deixado suas marcas no rosto de meu pai. Linhas profundas nas faces cavadas e rugas que se amontoavam nos olhos como marcas deixadas por pés de um pássaro na areia úmida. Mas era eu. Éramos pai e filho, e agora eu sabia como Heinrich Krebs sabia o que sabia. Só precisou dar uma olhada em mim.

Eu não tinha ideia do que dizer, nem fazer; foi *papa tru* que rompeu o silêncio. Arrancou os olhos das botas e os fixou em mim.

– Vejo que trouxe minhas botas.

– Agora são minhas.

Cerrei os dentes e fiz com que minha voz ficasse tão dura quanto a sua. Mas ele não desviou o olhar. O único pensamento que me passava pela mente agora era que ele não tinha a mínima chance de ficar com as botas. Então ele disse algumas palavras em uma língua nativa, e três meninos na roda em volta de mim se levantaram.

– Cumprimente seus irmãos.

Atrás da barba, seus lábios formaram um sorriso vago. Ele apontou para os meninos, um por um.

– Rasmus. Esben. – Hesitou na frente do mais novo, que imaginei ter mais ou menos a mesma idade que eu tinha quando ele nos abandonou. – Albert.

Não sei o que Laurids disse para os três meninos em seguida, mas nenhum deles demonstrou nenhum sinal de querer me conhecer melhor, nem o pai deles os incentivou a isso. Apenas retornaram à roda de crianças e começaram a dar risadinhas.

No começo, não consegui assimilar o que ele tinha acabado de dizer. Parecia que estava vivendo com uma nova família, igualzinha à antiga, inclusive três filhos que batizara com nosso nome. A coisa toda parecia um sonho idiota e maligno. Mas, se era, fora longe demais, por tempo demais. Quinze anos tinham se passado desde que *papa tru* nos abandonara. O sonho tinha engolido minha vida toda, transformando noite em dia, até eu não saber mais onde era meu lugar, na luz ou na escuridão.

Não sei como estava a expressão de meu rosto naquele momento: se era de surpresa, de estupefação, de fúria ou vazia. De todo modo, *papa tru* agiu como se não houvesse nada de notável no que ele tinha acabado de dizer. E, por orgulho, fiz o mesmo. Mas dava para sentir o ressentimento se empoçando dentro de mim, e eu sabia que ele continuaria a crescer até se transformar em algo bem mais perigoso.

Deveria ter dado meia-volta e tê-lo abandonado naquele momento. Fazer com que viesse atrás de mim, pedisse que eu ficasse, implorasse perdão por todos os anos que se passaram enquanto ele estava longe. Mas eu já sabia que ele não iria fazer isso. Ele tinha se virado sem mim durante todos aqueles anos, e a única coisa que lhe interessara, quando finalmente voltou a me ver, foram suas botas.

Então, em vez disso, eu fiquei. E sabia exatamente por quê.

Porque eu queria que ele me abraçasse. Só uma vez.

– Certo, vamos para casa e comer alguma coisa na Korsgade – propôs.

Será que ele perdera a cabeça completamente? Korsgade! Rasmus, Esben... e Albert! E, por conseguinte, deveria haver também uma irmã chamada Else em algum lugar. Parecia que eu estava olhando para dentro de um abismo. Ali, à sombra dos coqueiros, meu pai recriara a família a que tinha dado as costas. Eu poderia ter sido capaz de aceitar a traição, se ele estivesse vivendo uma vida completamente diferente, se... Não sei. Mas... isto!

O menininho de pele escura que trotava a meu lado alegava ser Albert. Então, o que isso fazia de mim? Um primeiro esboço?

Meu coração não se abalou com a visão dos meninos em disparada atrás de *papa tru*. Eles eram meus meio-irmãos... Mas não sentia nenhum parentesco com eles. Fui capaz de sentir apenas um amargor repentino e doído. Agora entendia o aviso de Heinrich Krebs. Que diabos, até aprovei sua zombaria.

Fiquei observando as costas musculosas de meu pai movimentando-se por cima do sarongue. Meu pai! Não, ele não era meu pai. Era o pai dos menininhos de pele escura. Nosso laço de sangue tinha se desfeito.

Observei a poeira vermelha sob meus pés; as galinhas andando à solta; as cercas tecidas, atrás das quais os porcos pretos grunhiam; as cabanas arejadas. Ouvi o farfalhar das copas das palmeiras. Nos dias em que sonhara com o Pacífico, aquele som me chamava. Agora, ali estava eu, reunido a meu pai, e não era nenhum sonho transformado em realidade: era uma perda de esperança. Preferia ter encontrado o túmulo dele, em vez do homem em pessoa.

– *Papa tru* – chamei às suas costas.

Ele nem se voltou.

– *Papa tru* – caçoei. – Foi assim que você me ensinou a chamá-lo. Você sabe mesmo o que isso significa? *Papa tru*... meu pai de verdade. Mas que tipo de pai você é? Uma grande mentira... é isso que você é!

Eu deveria ter dado meia-volta e ido embora àquela altura. Mas segui-o até sua cabana.

Ele gritou algo e entendi que estava pedindo comida para seu convidado e para si mesmo. Uma mulher apareceu à abertura da cabana. Não olhei para ela.

Eu não queria saber de nada. Não fazia ideia do que ela sabia a meu respeito. Ficamos lá, sentados, esperando. As crianças formaram uma roda em volta de nós.

Laurids olhou para minhas botas mais uma vez.

– Dê para mim – ele disse.

– Não vai ficar com elas! – Toda a minha decepção foi expressa nessas palavras. – Você não vai ficar com elas! – repeti.

Ele me olhou embasbacado, como se não esperasse a recusa.

Então eu o olhei nos olhos e enxerguei ali uma letargia específica... e soube que estava perdido. Ele já não era mais meu pai. Também não era mais Laurids Madsen. Tinha deixado tudo para trás, inclusive uma parte de si mesmo. Eu percebia agora que todos os nomes de nossa cidade natal que ele tinha espalhado ao redor de si não passavam de uma tentativa desesperada de se agarrar a algo que tinha ido embora para sempre. Minha raiva deu lugar ao terror. Eu queria me levantar e ir embora. Olhei ao redor em busca do baú de viagem, que eu tinha pousado no chão, mas não estava à vista.

– As botas – Laurids disse mais uma vez.

Ele recobrara o tom de comando, mas eu tinha visto evidência de algo mais em seus olhos. Por isso, ignorei-o e comecei a procurar meu baú de viagem, que encontrei perto da cerca tecida: os meninos o tinham arrastado para lá e estavam abrindo-o. Davam risadinhas de ansiedade. O mais velho enfiou a mão lá dentro e começou a remexer.

Então ele ficou paralisado. Seus olhos se arregalaram como se tivesse descoberto uma cobra venenosa, e berrou. Os irmãos se espalharam. Uma palavra cujo significado eu não conhecia, mas pude adivinhar com facilidade, ecoou através das palmeiras e por todo o vilarejo.

Laurids também ficou paralisado, e a letargia em seus olhos deu lugar ao pavor.

Não sei explicar como, mas, no mesmo instante, soube o que estava acontecendo no cérebro anuviado dele. O menino tinha encontrado Jim... e Laurids agora acreditava que eu era um assassino implacável que andava por aí com a cabeça de suas vítimas dentro do baú de viagem. Talvez até tivesse pensado que eu tinha ido até lá em busca de vingança.

Foi tão ridículo que comecei a dar risada. Se não tivesse feito isso, urraria feito um animal ferido.

Como teria soado minha risada aos ouvidos de meu pai?

Laurids ficou me olhando, boquiaberto, paralisado de medo. Então começou a engatinhar para trás na terra, feito um caranguejo. Achou que minha risada era de triunfo, que estava prestes a obter minha vingança. Ele tremia de medo, pobre criatura sombria.

Ao sol quente do meio-dia, a visão dele tinha despertado todo tipo de sentimento em mim: ansiedade e pânico, estupefação e raiva. Por um breve momento, até me preparei para sentir pena. Agora, qualquer compaixão que eu pudesse ter sentido se transformara em desprezo. Levantei-me e fui até o baú. Um impulso demoníaco fez com que eu agarrasse Jim pelo cabelo e sacudisse a cabeça encolhida no ar. Dei um passo na direção do homem que antes tinha sido meu pai.

Papa tru ainda estava agachado na terra. Uma mancha úmida apareceu na areia, entre suas pernas. Em seu estado petrificado, tinha perdido o controle da bexiga. Seus filhos se apertavam contra ele. Se eu conhecesse a língua deles, teria berrado que não deveriam buscar conforto em um pai tão miserável quanto aquele. A mãe dos meninos, grande e pesada, apareceu à porta. Os olhos dela estavam arregalados de medo, iguais aos dos filhos.

Coloquei Jim de volta no baú de viagem, enfiei-o debaixo do braço, ergui o dedo até o quepe para me despedir e tomei meu rumo. Os primeiros passos que dei foram medidos. Então, comecei a correr. Enquanto corria, sentia as lágrimas rolando pelo rosto. Os nativos me observavam com cautela. Eu interrompera seu descanso do meio-dia.

Laurids deve ter recobrado a coragem ao ver minha retirada, porque atrás de mim ouvi o som de sua voz mais uma vez.

– Minhas botas! – berrou.

Mas não me virei para trás.

Nunca mais voltei a ver meu pai.

Retornei à cidade de Hobart, onde esta viagem amaldiçoada tinha começado. Não foi um retorno alegre, porque não havia nada naquele lugar desgraçado que pudesse inspirar alegria em alguém.

Mas era ali que tudo tinha começado, e por isso era onde devia terminar.

Fui até o Esperança e Âncora para dar um alô a Anthony Fox. Quando parti, ele estava cheio de hematomas. Esta foi a conclusão da história.

Fox não tinha ficado contente em me ver. Não tinha motivos para se alegrar com o reencontro. Mas fez o que pôde para esconder isso. Para Fox, eu devia parecer alguém que voltou do mundo dos mortos.

Disse-lhe que era igual a ele: nunca me esquecia de uma dívida. Isso apagou o sorriso falso de boas-vindas de seu rosto. Estendeu a mão para pegar o revólver que guardava embaixo do balcão de latão, o mais refinado de Hobart, mas eu já tinha antecipado o movimento e fui mais rápido. Acabamos na sala dos fundos. Ele era bom de briga. Lutador experiente, conhecia muitos truques sujos de seu tempo de prisão. Mas eu era mais novo e maior, e finalmente o derrubei no chão. Ele ficou caído por um bom tempo. Continuei batendo, mesmo depois que ele tinha desistido. Minha fúria exigiu que fosse assim.

Quando chutei e quebrei sua última costela, disse:

– E Jack Lewis manda lembranças.

Não porque eu devesse algo a Jack Lewis, mas para, finalmente, acertar as contas. Ambos tínhamos sido vítimas do mesmo salafrário. Tinha sido Anthony Fox que vendera as armas aos nativos da ilha de Jack Lewis e, quando ele me disse seu nome, deve ter calculado que eu não voltaria vivo.

Não sei o que acontecera entre ele e Jack Lewis. E também não me importo nem um pouco com isso. Um era tão ruim quanto o outro. Se posso dizer algo, Lewis provavelmente era pior, e Fox sem dúvida tinha muito de que se vingar.

Fox brincara com minha vida. A ideia de minha morte dava um tempero ao jogo dele. Então, havia uma dívida a ser paga entre nós. Aliás, havia duas. Eu devia a ele pelo gim do nosso encontro anterior, quando me enviara para a jornada que acreditava ser a última. Antes de eu sair do Esperança e Âncora, joguei uma moeda em seu rosto moído.

Houve um tempo em que achava que iria aprender algo se encontrasse meu *papa tru*. Mas não tinha aprendido. Não ficara mais sábio.

Só havia ficado mais duro.

Catástrofe

Passaram-se muitos anos antes de recebermos mais notícias de Laurids Madsen. Albert nunca contou nada para a mãe, e nós todos concordamos que era a coisa mais bondosa a se fazer. Ela já tinha morrido quando Peter Clausen voltou para casa; por isso, Karoline Madsen nunca descobriu o que tinha acontecido ao homem por quem ela ansiara, tão desesperançosa, durante todos aqueles anos.

Peter Clausen foi o único homem de Marstal a ver Laurids. Ele era filho do Baixinho Clausen, que tinha participado da batalha no fiorde de Eckernförde e fora mantido prisioneiro com Laurids na Alemanha. Depois disso, o Baixinho Clausen tornou-se piloto de navio e se mudou para uma casa na Søndergade, na parte sul da cidade. Ele construiu uma torre de madeira no telhado para poder ver as idas e vindas dos navios que porventura precisassem de seu conhecimento de especialista nas águas locais.

Peter Clausen chegara a Samoa em 1876, quando ele e um colega marinheiro abandonaram o navio, e Peter ficou com uma moça nativa. No começo, vivia de se aproveitar dos outros, ao estilo *malanga*. Então, topou com Laurids e se deu conta do que poderia acontecer se você se esquecesse de quem era. Laurids tinha começado a mudar depois de ficar preso na Alemanha, e não ficara mais afável com a idade. Ao contrário. Fosse lá qual fosse a razão, tornara-se ainda mais seco e fechado. Desenvolvera gosto pelo vinho de palmeira local e, por isso, com frequência era visto no alto das árvores, onde usava um facão para abrir o tronco da palmeira e colher a seiva. Mas precisava fazer isso em segredo, porque o vinho de palmeira era proibido em Samoa durante aqueles anos. Laurids tinha acabado como um peixe estranho, sem o respeito nem dos brancos como ele, nem dos nativos no meio dos quais decidira viver.

Peter Clausen resolvera se tornar comerciante. Montou a própria, e pequena, banca de comércio e hasteou a bandeira dinamarquesa do lado de fora. Mais ou menos nessa época, arrumou uma esposa nativa e logo teve filhos com ela. Seguiu o exemplo de Laurids e lhes deu nomes dinamarqueses, mas nunca conseguiu lhes ensinar sua língua. Vários anos se passaram. Ele ganhava apenas o mínimo necessário para sobreviver.

Sua família de Samoa, como era o costume local, considerava a banca de comércio uma fonte comum de renda e se instalou em seu gramado como um enxame de gafanhotos, até que ele os colocou em seu lugar. Se havia um hábito nativo que os homens de Marstal jamais perdiam, era a economia. Peter Clausen não fazia objeção em receber os parentes durante ocasiões festivas – isso era inteiramente apropriado –, mas não todos os dias. De jeito nenhum. Assim, ele os expulsava. Se não captassem a mensagem, ficava bem feliz de ameaçá-los com sua arma.

O problema deles, contou, era que não entendiam o significado de "todos os dias". Viam cada dia como uma longa festa e nunca perdiam uma oportunidade de se vestir bem e de começar a cantar. Um dia comum era um conceito que precisava ser-lhes ensinado.

A mulher dele ficava mal-humorada, mas quando a questão era impor sua vontade, Peter tinha puxado ao pai, e no fim – de acordo com ele, pelo menos – acabava recebendo o respeito geral. Não era nenhum *mata-ainga* – isto é, um homem fraco que cede à família –, nem um *noa,* que significa "pedinte" ou "folgado".

Então chegou 1889, o ano que iria transformar Peter Clausen em homem consequente e trazer de volta a razão de Laurids Madsen.

Um acontecimento mudou a vida de ambos.

Naquela época, os ingleses e os americanos tinham se juntado aos alemães em Samoa. Todos reivindicaram posse da ilha, encheram a baía à frente de Ápia com navios de guerra, tomaram lados entre os polinésios em suas disputas internas e deram armas a todos eles, que as carregavam sobre os ombros largos e morenos.

Heinrich Krebs era agora um homem importante. Todos os planos dele tinham se realizado, e concorrentes invejosos alegavam que era o único dono de latifúndio no Pacífico, com uma marinha particular. E era verdade que a Alemanha atendia a cada capricho seu. Era funcionário público e dono de um latifúndio único. Os coqueiros dele se enfileiravam como se formassem um desfile, e, pelo jeito como seu chicote estalava, dava para pensar que a terra dele era área de escavação. As pessoas chamavam o latifúndio simplesmente de Companhia, porque não havia nada em Samoa além de Heinrich Krebs e seus sonhos de linhas retas, apesar de, àquela altura, Ápia contar tanto com um cônsul americano quanto com um jornal em língua inglesa.

Haveria uma guerra. Os nativos agora tinham montes de armas e gostavam de dispará-las, mas nunca se preocupavam muito em mirar primeiro, de modo que raramente sofriam grandes perdas quando se atacavam.

Então, a Guerra da Bandeira começou. As grandes forças coloniais tinham plantado suas bandeiras ao redor da ilha, onde não tinham direito de estar, para começo de conversa. Primeiro, um tiro foi disparado contra uma bandeira britânica. Depois, uma bandeira americana foi queimada, e culparam os alemães. Os soldados alemães, por sua vez, chegaram à praia e se viram rodeados por polinésios, que venceram com facilidade cinquenta deles. Disseram que a casa onde os alemães se refugiaram tinha mais buracos do que a rede de um pescador, quando terminaram o serviço. Os que estavam lá dentro tinham sido mortos por balas americanas, fornecidas pelos britânicos, e, de repente, a baía diante de Ápia estava tomada por sete navios de guerra, pertencentes às três nações. Todos esperavam o primeiro tiro.

Mas ele nunca foi disparado, e esse é o ponto crucial da história, Peter disse. Porque o mar atacou antes que os canhões tivessem uma chance.

A pressão atmosférica caiu para 920 milibares. Qualquer marinheiro que conheça a baía de Ápia sabe o que isso significa: saia para o mar o mais rápido possível. Mas os oficiais a bordo desses navios da marinha não faziam a menor ideia disso. Queriam apenas se desafiar, e os pobres tolos não perceberam que seu pior inimigo era o mar. O vento ganhou força de furacão e as ondas na baía ficaram grandes o suficiente para assustar até aqueles de nós que tinham presenciado uma tempestade de outono no Skagerrak ou no Atlântico Norte.

A manhã seguinte revelou uma cena que se equiparava a quaisquer horrores de guerra. Três navios de guerra tinham naufragado nos recifes, dois estavam na praia com o casco para fora d'água e dois tinham afundado na baía. O mar engolira canhões e munição, causando, na ausência destes, ele próprio a destruição. Marinheiros afogados balançavam para cima e para baixo, virados de bruços, na espuma das ondas, até afinal serem jogados na praia.

O sol se ergueu, e seus raios gloriosos derramaram-se por um céu limpo de nuvens. Mas a praia era uma visão completamente diferente. Os corpos recolhidos tinham sido enfileirados; os sobreviventes percorriam o espaço entre as fileiras, tremendo ou de exaustão ou de um pavor persistente da força do mar. Eram soldados, não homens do mar: tinham sido destinados a outras formas de vitória e derrota, morte e sobrevivência, diferentes daquelas que conhecíamos. Eram soldados que tinham experimentado o destino dos marinheiros.

Eles nunca fizeram história. Ninguém iria se lembrar deles. A Batalha de Samoa não foi vencida por americanos, britânicos ou alemães. Foi vencida pelo Pacífico.

Laurids caminhou entre os corpos inchados de água, que tinham sido enfileirados na praia com o rosto virado para a areia. Ninguém sabia por que tinham sido ajeitados assim. Talvez aqueles que os dispuseram tivessem considerado horripilante demais olhar para o rosto de tanta gente morta, de uma só vez. No dia anterior, essa gente estava pronta para atirar uns contra os outros. Agora, era impossível saber quem era alemão, americano ou britânico. Laurids ficava apontando para eles como se estivesse contando, e cada corpo que computava parecia animá-lo.

– Quando vi aquilo, pensei que ele de fato tinha perdido a cabeça – Peter Clausen disse mais tarde.

Ele também fora até a praia naquela manhã. Mas, diferentemente de Laurids, não contava os mortos, e sim os sobreviventes. Cada um deles era um cliente em potencial, agora que as frotas de três nações tinham sido despedaçadas e todas as provisões tinham se perdido junto com uma boa porção da tripulação.

– Por sorte, havia mais vivos do que mortos – Peter Clausen disse.

Se ele queria dizer sorte para eles, ou para seus negócios, não ficou claro, mas, de todo modo, o desastre na baía de Ápia revelou-se um ponto de mutação para a fortuna de sua banca de comércio.

– Só sei que, se ele realmente tinha perdido a cabeça, recuperou naquele dia – Clausen falou, retornando ao assunto de Laurids. – Não sei dizer se ele voltou a ser quem era, porque não faço ideia de como ele era antes. Mas apareceu à minha porta perguntando se havia algo que podia fazer. Isso era novidade. Antes, só aparecia quando queria algo... E sempre queria. Não me entenda mal. Eu ficava contente em ajudá-lo nos limites do razoável. Nunca lhe recusei uma refeição, nem uma xícara de café. Afinal de contas, éramos os dois de Marstal. Mas ele não era alguém cuja companhia eu apreciasse. Nunca me agradecia quando saía com a barriga cheia. Mas, se algum dia existiu um Laurids diferente, era aquele que eu vi quando terminou de contar os mortos na praia. Não pude deixar de lembrar que ele também tinha estado do lado perdedor de uma batalha naval e que passara um tempo preso. Isso deve ter abalado muito seu orgulho. Agora, era como se tivesse sido redimido.

O pai de Peter, o Baixinho Clausen, disse:

– Laurids viu a bunda desnuda de São Pedro. Foi até o céu e parou diante dos Portões do Paraíso. Mas daí ele voltou a descer, e a mente dele provavelmente sofreu algum dano por causa disso. Estar no limiar da morte e então voltar não pode fazer bem a ninguém.

– Bom, eu não tinha como saber nada sobre isso – o filho disse. – Não faço ideia do que os loucos pensam. Mas o lado positivo foi que ele quase voltou a ser humano. Tinha sido um bêbado de vinho de palmeira que se transformara em nativo. Sua vida tinha se transformado em uma grande *malanga*. Não era exatamente respeitado pelos brancos em Samoa. Não que eles me tivessem em muito alta conta, porque eu também tinha filhos com uma mulher nativa. Apesar de eles terem bons nomes dinamarqueses, continuam sendo chamados de meio-sangue e meia-casta, e isso não é elogio nenhum. Os britânicos são os piores quando se trata de rótulos assim. Mas agora eu sou rico, e a marinha americana é minha cliente, então não me incomodo com o nome que nos dão. Meus filhos vão herdar a loja, então vai ficar tudo bem. Os alemães mantêm-se discretos hoje em dia. Heinrich Krebs se tornou um homem quieto. Não há muito de Bismarck nele agora. Voltou a ser um homem de negócios. Já Laurids se tornou quase respeitável. Aparou a barba e parou de beber. Eu até deixava que cuidasse da loja de vez em quando. Construiu um pequeno barco para si mesmo e costurou as próprias velas. Navegava pelas ondas e voltava com peixes, igualzinho a um local: já não cortava mais os dedos no alto de uma palmeira. Só lhe perguntei uma vez se sentia falta da família na Dinamarca. Talvez tenha sido estupidez de minha parte. O que significa família, se você não a vê há quarenta anos? Ele me deu as costas e desapareceu com uma expressão que parecia uma nuvem de trovoada. Achei que ia entrar em mais uma *malanga*. Mas voltou depois de alguns dias e ainda era o novo Laurids. No dia seguinte, atravessou o recife com seu barco e nunca mais voltou. O barco nunca foi encontrado. A maior parte das pessoas talvez diga que foi o fim de Laurids. Mas fiquei com a estranha ideia de que ele tinha partido para começar vida nova.

Albert não queria escutar a história de Peter Clausen. Nós lhe contamos, de todo modo, depois que Clausen foi embora. Ele escutou em silêncio e não disse nada. Inclinou-se para a frente e esfregou a bota com a manga do paletó.

– Eu fiquei com as botas – ele disse. – O resto não me interessa.

Levantou-se. Ainda usava as mesmas botas, trinta anos depois de sua visita a Samoa.

II

O quebra-mar

Não sabíamos com certeza se Herman Frandsen era ou não assassino. Mas, se era, sabíamos o que o tinha levado a isso.

Impaciência.

Em nossa cidade, essa coisa de privacidade não existe. Sempre há um olho a observar, uma orelha estendida. Cada um de nós gera todo um arquivo de falatório. A menor observação brusca assume o peso de um longo comentário de jornal. Um olhar furtivo é imediatamente retribuído e atribuído ao emissor. Sempre inventamos nomes novos uns para os outros. Um apelido é uma maneira de afirmar que ninguém pertence a si mesmo. Agora, você é nosso, é o que diz: nós o rebatizamos. Sabemos mais sobre você do que sabe sobre si mesmo. Olhamos para você e vimos mais do que irá perceber no espelho.

Rasmus das Palmadas, Atormentador de Gatos, Assassino de Violino, Conde do Monte de Esterco, Klaus do Quarto, Hans Mijão, Kamma Beberrão, como algum de vocês pode imaginar que não conhecemos seus segredos? Ei, Ponto de Interrogação, nós o apelidamos assim porque é corcunda! E, Cabeça de Mastro: bom, que nome poderia ser melhor para alguém com a cabeça minúscula, o corpo comprido e sem ombro?

Todo mundo na cidade tem uma história, mas não aquela que a pessoa conta a si mesma. Seu autor tem mil olhos, mil ouvidos e quinhentas canetas que nunca param de escrever.

Ninguém viu o que Herman Frandsen fez. Um momento veio e passou, e com ele uma vida humana se foi, extinta para sempre. Não há como saber o que aconteceu, nem como. É tudo especulação. E, porque não sabemos com certeza, parece que não conseguimos deixar isso de lado.

Mas sabemos qual foi sua motivação. Nós a encontramos dentro de nós mesmos.

* * *

Era uma noite de verão de 1904, e Herman tinha doze anos. Quando se esgueirou porta afora de sua casa na Skippergade, deu para ouvir os ruídos que saíam lá de dentro. A mãe, Erna, e o padrasto, Holger Jepsen, estavam gemendo e mandando ver na cama de mogno que rangia. Herman caminhou na direção do sul, até deixar para trás as últimas casas, e então prosseguiu em direção à praia. Acima dele, a Via Láctea se acendeu. Ela estava indo para o mesmo lugar que ele, espalhando-se para fora da noite por sobre os telhados da Kongegade e desaparecendo em algum lugar do outro lado da Cauda. No universo infinito não há nada; no entanto, a Via Láctea continua nos dando, ao povo de Marstal, a impressão de ser uma estrada de verdade: uma estrada que leva ao mar.

Herman só parou quando chegou à água. Tirou os sapatos e ficou com os pés na espuma das ondas, observando a Via Láctea se estender dali para longe, e uma sensação que poderia facilmente ser confundida com solidão tomou conta dele. Não era o tipo de abandono que uma criança órfã sente, mas, sim, o sentimento de perda que restava quando os meninos mais velhos saíam em suas aventuras e o deixavam para trás. Você fica cheio de angústia e não percebe que é um sentimento nascido da impaciência. Você anseia por crescer, ali e naquele momento. Reconhece que a infância é um estado antinatural e que dentro de você existe uma pessoa muito maior – e que, apesar de não poder sê-la nesse momento, ela ganhará vida em algum lugar além do horizonte.

Herman nunca conversou sobre aquela noite com nenhum de nós.

Mas nós sabíamos: tínhamos estado lá pessoalmente.

Herman perdera o pai cedo. Isso é algo que um bom número de nós experimenta, mas essa perda foi especialmente cruel. Frederik Frandsen, da Sølvgade, afundou com seu navio, o *Ofélia*, na rota da Terra Nova, em 1900. Os dois irmãos de Herman, Morten e Jakob, também estavam a bordo. Ele só tinha oito anos quando ficou sozinho com a mãe. Erna era uma mulher grande, que se equiparava em altura e dimensão ao marido: ele sempre tinha de abaixar a cabeça ao passar pelas portas, tanto em sua cabine modesta de capitão no *Ofélia* quanto em casa, na Sølvgade. O teto era tão baixo ali que, se alguém da família quisesse ficar em pé com o corpo ereto, tinha de sair de casa para fazê-lo ao ar livre de Deus. À exceção de Herman, é claro.

Erna logo se casou de novo e, por isso, adquiriu reputação bastante ruim de ter o coração frio, apesar de ser possível argumentar que o caso dela era bem o oposto. Será que seu casamento rápido se deveu ao fato de ela não ter necessidade de ficar de luto ou, ao contrário, porque seu coração ficou tão fragilizado perante a solidão que precisou buscar conforto onde pudesse encontrar? O novo marido era o capitão do *Duas Irmãs*, Holger Jepsen, da Skippergade, um homem quieto que parecia ter se acomodado na vida de solteiro fazia muito tempo. Ele era tão anguloso que seus ossos pareciam presos por barbantes, mas era pequeno e de constituição frágil e, ao lado da grandalhona Erna, praticamente desaparecia: tornava-se quase cômico. Depois do casamento, foi apelidado "O Menino".

Mas dava para ver que Jepsen despertava algo em Erna. Ela ficou mais corada, coisa que nunca tinha sido antes. Além do mais, seu bigode desapareceu. Até Jepsen entrar em sua vida, ela sempre tivera um buço sobre o lábio superior, apesar de ninguém ser capaz de dizer se ele pinicava, porque ela não era do tipo que andava por aí beijando os outros, muito menos os próprios filhos.

Frandsen tinha sido um homem rude, e todos concordaram que Erna, uma mulher masculinizada e de ombros largos, havia sido uma boa combinação para ele. Mas agora ela ficara quase terna, se é que dá para imaginar ternura em uma mulher com as mãos do tamanho de pás. Era como se Jepsen tivesse descoberto naquela mulher gigantesca um quê de menina de seu próprio tamanho, e a incitara a sair.

Mas Herman não ficou lá muito contente. Já tinha perdido o pai e dois irmãos, e talvez sentisse que também estava perdendo a mãe. Deveria se sentir um sem-teto na casa de Jepsen, como se tivesse chegado a um país desconhecido com outra língua, apesar de o padrasto tratá-lo com decência: não demorou muito para que presenteasse seu novo enteado com um barco e o ensinasse a remar, içar velas, dar nós e tudo o mais que ele precisava para se virar no mar. Mas, aos olhos de Herman, Jepsen tinha cometido o pecado imperdoável de transformar Erna em uma tola sorridente. Ficar pegando um no outro e tocando as mãos faz mal para a saúde, ele diria a quem quisesse escutar. Comportava-se como se fosse o proprietário por direito de Erna, observando sua posse enquanto era mal gerenciada. Pela maneira como inchava o peito e ficava todo indignado, como um homenzinho propriamente dito, dava para achar que considerava o bigode de Erna sua melhor característica.

Herman também iria culpar o padrasto pela morte súbita da mãe. Erna pereceu em consequência da intoxicação do sangue, depois de estripar um bacalhau. Um anzol enterrado na carne dele tinha furado o dedo da mulher, mas ela não se preocupou, e arrancou o anzol sem nem piscar. Essa era a velha Erna, aquela de que Herman gostava. Mas, dois dias depois, estava morta, apesar de Jepsen ter chamado o doutor Kroman, que fez todo o possível.

A opinião de Herman era de que sua mãe não teria morrido se o pai estivesse vivo. Em casa, na Sølvgade, ela teria sobrevivido, como a mulher grande e forte como um prego que já tinha sido, e não a molenga tremelicante, corada, sem bigode e apaixonada a que Jepsen a tinha reduzido quando fez com que se mudassem para a Skippergade. O fato de Herman ainda dizer "em casa, na Sølvgade", muito depois da morte do pai, apesar de ter passado a maior parte da infância na Skippergade, deveria ter servido de aviso ao padrasto.

Erna e Jepsen nunca tiveram filhos juntos. Na companhia despojada do Café Weber, contávamos nossa piada favorita: Jepsen era baixinho demais para vencer as coxas majestosas de Erna, que eram tão grossas e altas quanto o mastro de mezena do *Duas Irmãs*. Mas, quando Erna se foi e Herman ficou sozinho, sem nenhuma família neste mundo, Jepsen, que tinha o coração mais mole do que lhe era benéfico, deu ao menino toda a afeição que antes tinha dedicado a Erna, convencido de que ele precisava do amor e da orientação de um pai mais do que de qualquer outra coisa no mundo.

Mas Herman tinha opinião oposta. Não havia nada que ele quisesse mais do que se livrar do padrasto.

E se livrou mesmo dele, com mais rapidez do que qualquer um esperava.

A maneira como aconteceu despertou, ao mesmo tempo, nossa admiração e uma sensação de medo estranha e vaga.

Assim que Herman Frandsen foi crismado, partiu para o mar. Holger Jepsen, que só queria o melhor para o menino, cometeu o erro de contratá-lo para o *Duas Irmãs* em vez de mandá-lo trabalhar em outro navio. A relação deles era carregada, apesar de nunca ter de fato acabado em troca de socos. Jepsen tinha mais autoridade no convés de um navio do que em terra. Apesar de ser magro, tinha voz potente e a usava para mandar Herman subir e descer pelas escadinhas de corda e usar os estribos de verga.

– Nunca confie em seus pés – gritava para o corpanzil de Herman, que se dependurava ali feito um gorila, enjoado por causa do balanço do mar. – Os pés podem escorregar e as cordas podem falhar, e daí você cai do alto de vinte metros e aprende a lição mais inútil da sua vida. O mar não vai cuspi-lo de volta, e, se bater no convés, vamos ter de tirar você dali com a ajuda de uma pá.

Herman olhava para os pés. Se não podia confiar neles, no que poderia confiar? Lá no alto da verga, Herman empacava feito um brinquedo em que alguém se esqueceu de dar corda. Não por medo ou pânico, mas por falta de confiança. Ele não compreendia o que Jepsen queria dizer.

Jepsen teve de subir nas amarras pessoalmente para ajudar o enteado a descer. Foi até a verga e estendeu a mão.

– Venha aqui – disse com gentileza.

Herman desdenhou-o e se agarrou com mais força às cordas.

– Não tenha medo – o padrasto disse, e colocou a mão no braço de Herman.

Mas Herman não estava com medo. Simplesmente ficara rígido de tanta relutância.

Jepsen precisou abrir-lhe os dedos, um por um. Era um teste de resistência, mas ele era mais forte.

– Pronto. Devagar. Um passo de cada vez. Uma mão de cada vez.

Ele falava com Herman como se este fosse uma criança aprendendo a andar. O enteado baixou os olhos para o convés. O imediato e o contramestre olhavam-no fixamente. Também achavam que ele tinha entrado em pânico.

– Eu sou capaz de me virar sozinho. Deixe-me em paz – sibilou.

Jepsen se afastou, sem lhe dar as costas.

– Então, lembre-se – ele disse. – Segure firme com as mãos. E, se não puder confiar nas mãos, use os dentes. E, se os dentes falharem, use os cílios. – Lançou um sorriso de incentivo a Herman e lhe deu uma piscadela. Em troca, Herman desdenhou-o.

Um ano se passou e ficamos nos perguntando se não estava na hora de Herman se demitir. A situação agora entre os dois estava feia.

Então, em um dia de primavera, pouco depois de Herman ter completado quinze anos, o *Duas Irmãs* zarpou do porto carregando a bordo apenas Holger Jepsen e seu enteado. Tinham partido para buscar um contramestre e dois imediatos que iriam embarcar em Rudkøbing, antes de o navio se dirigir para a Espanha. Rudkøbing não ficava longe, mas, mesmo assim, achamos que Jepsen estava correndo risco ao navegar apenas com um ajudante de cabine a bordo. Talvez ele tivesse imaginado a travessia como uma espécie de iniciação para o enteado adolescente? Ou talvez seu coração mole tivesse endurecido, e ele sentisse necessidade de, uma vez por todas, mostrar a Herman quem mandava a bordo?

A viagem de fato se revelou um teste de macheza... Mas não como Jepsen imaginara.

Jepsen e Herman zarparam pela manhã bem cedo, e não esperávamos voltar a ver o *Duas Irmãs* por sete ou oito meses, quando retornaria passando pela Terra Nova e aportaria em Marstal para passar o inverno. Mas, naquela mesma tarde, o navio reapareceu com o curso traçado diretamente para o porto. Uma multidão logo se reuniu em Dampskibsbroen. O que estava acontecendo? As velas se mostravam içadas, e um vento lépido soprava: dava para ver, mesmo daquela distância, que avançava com rapidez excessiva. Estava indo de encontro a uma colisão: ou com o quebra-mar na entrada do porto, ou com uma das embarcações presas aos postes de atracação cobertos de piche preto logo depois dele.

Só havia um homem ao timão, e parecia ser a única pessoa a bordo. Quando o *Duas Irmãs* se aproximou, foi possível distinguir o timoneiro solitário como sendo Herman, usando oleados amarelos e um quepe de chuva. Por um instante, pareceu que o navio iria bater com tudo no cais. Mas foi bem ali, no último minuto, com um movimento cuja elegância não passou despercebida a nenhum de nós, que Herman virou o timão e o navio deslizou ao longo da beira do porto, a apenas alguns dedos de distância do ancoradouro. Mas continuava avançando a toda a velocidade e correndo o risco de colidir com outra embarcação. Se a situação não fosse tão fora do comum (sem mencionar desesperadora), poderíamos ter acreditado que o garoto só queria se exibir.

De repente, uma silhueta ampla destacou-se da multidão, em Dampskibsbroen, e pousou no convés do *Duas Irmãs*. Era Albert Madsen.

Àquela altura, ele estava na casa dos sessenta anos, mas foi o único que fez aquilo que o resto de nós, homens muito mais novos, deveríamos ter feito. Percebera que algo estava terrivelmente fora de controle, com o garoto sozinho no convés, todas as velas içadas e o navio em rota de colisão.

Até poderia fazer dez anos que Albert não navegava, mas o capitão dentro dele continuava vivo.

Ele atravessou o convés com firmeza e pousou a mão no ombro de Herman. Com isso, este ergueu os olhos e, então, fez algo que não tinha o menor sentido. Tentou bater em Albert. O garotão e o sólido senhor de idade eram quase da mesma altura e de porte parecido. Mas, ao passo que o garoto contava com a energia da juventude, Madsen possuía experiência e reagiu imediatamente. Seu famoso golpe de mão aberta era suficiente para mandar um adulto voando vários metros pelo convés. E aquela vez não foi exceção.

Nem uma palavra fora trocada entre os dois: não houvera tempo para isso. Quando Albert agarrou o timão e virou o navio de lado, o *Eos,* atracado em um dos postes no meio do porto, estava apenas a uns poucos metros de distância. No momento em que a popa do *Duas Irmãs* bateu na proa do *Eos*, sua velocidade tinha caído o suficiente para evitar qualquer dano grave.

Herman levantou-se com dificuldade, com a mão segurando a face ardente. Tinha perdido o quepe de chuva. Pela maneira como olhava feio para Albert Madsen, seria de se pensar que o velho capitão tivesse estragado alguma brincadeira dele, não evitado um naufrágio. Assim que atracamos o *Duas Irmãs* ao cais e inspecionamos os danos, ficou claro para todos que Herman estava se sentindo humilhado. Ninguém deu bronca nele. Mas ninguém tampouco o elogiou, apesar de ele, provavelmente, ter merecido. Tinha apenas quinze anos e manobrara um navio sozinho. Talvez tenha sido aí que as coisas azedaram: quando Albert bateu nele, e nós permanecemos em silêncio. Mas talvez algo tivesse dado errado para Herman muito antes. Talvez tivesse entendido mal o silêncio das estrelas na noite em que fitara a Via Láctea.

Não sabemos.

De todo modo, a sensibilidade adolescente não era o que dominava nossos pensamentos àquela altura: um navio tinha chegado ao porto com apenas o ajudante de cabine a bordo. Onde estava o capitão? Será que desembarcara em Rudkøbing e Herman tinha fugido com o navio?

– O que aconteceu com o capitão Jepsen? – perguntamos a ele.

Continuava preocupado com a face dolorida.

– Ele caiu no mar.

Parecia desatento, como se precisasse de um tempo para lembrar quem era o capitão Jepsen.

– Caiu no mar? Ninguém cai no mar entre Marstal e Rudkøbing, com vento leve.

– Talvez eu não tenha colocado da maneira correta – Herman disse. Foi aí que sentimos pela primeira vez uma terrível arrogância nele. – Quero dizer que ele saltou para o mar.

– Jepsen? Pulou para fora do barco?

A única coisa que conseguíamos fazer era repetir as palavras de Herman feito um bando de papagaios. Era-nos impossível apreender o que dissera.

– É – ele falou. – Vivia choramingando por sentir saudades da minha mãe. No fim, acho que não conseguiu mais aguentar.

Dava para ouvir sua arrogância crescendo a cada palavra, e ficamos com vontade de lhe perguntar se também não tinha chorado pela ausência de Erna, e se a morte dela não tinha sido um golpe para ele, assim como fora para o padrasto. Então, finalmente, demo-nos conta da verdade. Herman tinha perdido a mãe muito tempo antes, no dia em que ela se casara com Jepsen. Quando ela morreu de fato, ele não sentira nada além de desprezo pelo desespero do padrasto. Talvez até tivesse a sensação mórbida de que as coisas tinham entrado nos eixos. Será que o luto e a angústia do padrasto tinham-lhe causado satisfação? Será que se sentira vingado quando Jepsen saltou para o mar? Ou... e aqui nós hesitamos, nunca falamos em voz alta, mas pensamos em silêncio (e quando um número suficiente de homens de Marstal pensa a mesma coisa, é o mesmo que se tivesse sido dito em voz alta)... Será que Jepsen recebera uma "ajudinha"?

– Onde ele saltou? – perguntamos, apesar de sentirmos que a maneira como tínhamos formulado a pergunta iria nos levar para mais longe da verdade.

– Sei lá – o garoto respondeu, irritado.

– Não sabe? Mas tem de saber. Foi em Mørkedybet? Nas proximidades de Strynø? Pense. É importante.

– Por quê? – Lançou-nos um olhar desafiador. – Água é água, e, quando você se afoga, fica afogado. O lugar não faz diferença.

Não conseguimos arrancar nada dele.

Cedo ou tarde, o corpo de Jepsen iria aparecer na praia de uma das várias ilhotas do arquipélago, em Strynø, em Tåsinge ou no litoral da Langeland, talvez tão longe quanto Lindelse Nor. E lá permaneceria, balançando junto às algas, meio comido por peixes e caranguejos. Mas não seria um corpo qualquer jogado na praia. Ou, pelo menos, era o que a maior parte de nós pensava. Porque sua testa estaria perfurada por um chifre de peixe-espada. Ou por um golpe de um pau de retranca. Ou por alguma dentre as várias outras armas que um aspirante a assassino poderia ter achado a bordo.

Mas Jepsen nunca foi encontrado. Talvez tenha afundado com uma pedra em volta do pescoço, para não voltar à superfície. Ou, talvez, viajante de longa distância até o fim, tivesse sido levado pela corrente para o sul, Báltico adentro. De qualquer maneira, nunca voltou para testemunhar.

E foi por isso que nunca expressamos nossos pensamentos, apesar de alguns de nós os sugerirmos com um sussurro:

– Há algo que não parece correto com aquele Herman, não é mesmo? E será que Jepsen pode mesmo ter pulado?

Um espaço crescia ao redor do enteado. Ele era apenas um garoto de quinze anos, mas também era algo mais, algo diferente e estranho. Nós lhe demos tapas no ombro e o elogiamos, no final, por ter manobrado o *Duas Irmãs* em segurança de volta a Marstal. Era necessário, porque fizera algo espetacular, algo que nenhum outro garoto de sua idade teria sido capaz de fazer. Outro garoto teria entrado em pânico, ou simplesmente desistido. Sim, Herman tinha tudo para ser um bom marinheiro. Mas a dureza que aplaudíamos nele também fazia com que nos mantivéssemos afastados.

Herman herdou o *Duas Irmãs* e a casa de Jepsen na Skippergade. Ele não tinha idade suficiente para ser o proprietário legal, nem do navio nem da casa, por isso o irmão de Jepsen, Hans, foi nomeado seu guardião. Hans Jepsen encontrara um novo capitão e uma nova tripulação para a embarcação, mas, quando Herman exigiu embarcar como marinheiro comum, ele recusou.

– Você não passou tempo suficiente no mar – disse.

– Eu conduzi a desgraça de um navio inteiro sozinho – Herman berrou. Com o rosto vermelho, deu um passo ameaçador na direção de Hans, que reagiu com um passo igualmente ameaçador na direção do menino.

– Você é apenas um garoto e vai navegar como um garoto.

– O navio é meu! – Herman urrou.

Hans Jepsen tinha sido contramestre durante muitos anos; por isso, não se impressionava com ajudantes de cabine rebeldes, por mais altos que fossem, ou por mais que berrassem.

– Não me incomodo nem um pouco com quem é o dono do navio – rosnou, em um tom selvagem e grave que era mais aterrador do que qualquer grito. – Você vai ser marinheiro quando tiver idade suficiente e não antes, seu filhotinho arrogante! – Empinou o queixo com barba por fazer. Tinha navegado em um navio americano quando era jovem e usava expressões ameaçadoras como "você é carne morta, colega" e "já virou história". Nunca soubemos com muita certeza o que elas significavam, mas apreendíamos o sentido quando cerrava os dentes e cuspia mais xingamentos americanos como se fossem cartilagem. Agora, olhava fixamente para Herman, mexendo a mandíbula. – Não sei o que fez com o meu irmão, mas, se olhar do jeito errado para mim, pode se despedir com um beijo da sua bunda gorda.

Herman tinha seu orgulho. Se não lhe fosse permitido navegar como marinheiro em um navio que considerava seu, não queria estar a bordo dele. Percorreu o porto todo, mas ninguém quis contratá-lo como marinheiro, nem como nenhuma outra coisa. Por isso, foi para Copenhague e arrumou serviço por lá.

Passamos alguns anos sem ter notícias suas. Então ele voltou, e tudo mudou.

Há muitas maneiras de contar a história de um homem. Quando Albert Madsen começou a escrever seu diário, ele continha muito pouca informação pessoal e, em vez disso, concentrava-se em nossa cidade e seu progresso. Ele escreveu a respeito da escola na Vestergade, que agora era a maior construção na cidade; sobre o novo correio na Havnegade; sobre as melhorias na iluminação pública e a remoção de esgotos abertos; sobre a rede de estradas que se estendiam em todas as direções; e sobre as novas ruas, que apareceram nos limites a sudoeste da cidade e receberam o nome de heróis navais dinamarqueses: Tordenskjoldsgade, Niels Juelsgade, Willemoesgade, Hvidtfeldtsgade.

Costuma-se perguntar a um marinheiro por que ele se fixou em terra. Quando alguém fazia essa pergunta a Albert, ele sempre respondia que não tinha ido para terra, mas apenas trocado um convés pequeno por outro maior. O mundo todo avançava feito um navio no mar. E nossa ilha era apenas um navio no oceano infinito do tempo, dirigindo-se para o futuro.

Sempre nos lembrava de que os primeiros habitantes da ilha não tinham sido ilhéus. Ærø já fora uma dentre muitas colinas em uma paisagem acidentada. Então, as enormes geleiras do norte tinham começado a derreter. Rios tinham aberto seu caminho pelo interior, e os amplos lagos de água doce ao sul se expandiram. O mar entrou, e o que antes era uma cadeia de montanhas se transformou em um arquipélago. O que veio primeiro?, Albert se perguntava. A roda ou a canoa? O que seria melhor fazer, dominar o peso de fardos volumosos demais para carregarmos, ou conquistar os horizontes distantes do oceano?

O porto tinia com os pios das gaivotas, o bater das marretas do estaleiro e o chacoalhar das cordas ao vento. O urro do mar erguia-se por sobre tudo, um barulho tão familiar que parecia ter nascido em nossos ouvidos. Aqueles eram os anos em que todos falavam sobre a América. E muitos partiram. Nós também partimos, mas não foi para ficar. No começo, tínhamos de apertar as casas bem perto do litoral, porque não havia espaço em mais nenhum lugar: a elite e os camponeses eram donos dos campos. Sem nenhuma outra escolha aberta a nós, voltávamos o olhar na direção do mar. Os oceanos eram nossa América: iam mais longe do que qualquer campina, tão indomados quanto no primeiro dia da Criação. Ninguém era dono deles.

A orquestra do lado de fora das janelas tocava a mesma melodia todos os dias: não tinha nome, mas estava em todo lugar. Até na cama, dormindo, sonhávamos com a água. Mas as mulheres nunca ouviam sua música. Não eram capazes (ou não queriam). Fora de casa, elas nunca olhavam na direção do porto, mas sempre para o interior, para o outro lado da ilha. Ficavam para trás e preenchiam as lacunas que deixávamos. Nós ouvíamos o canto das sereias enquanto nossas mães e esposas se debruçavam por cima do tanque. As mulheres de Marstal não ficaram amargas, mas duras e práticas.

Albert Madsen não tinha saudades do mar. Como poderia ter, vivendo em uma capital mundial como Marstal? Podia se acomodar em um banco no porto e conversar com Christian Aaberg, o primeiro dinamarquês a atravessar a África a pé. Ou com Knud Nielsen, que tinha acabado de voltar depois de dezessete anos na costa do Japão. Metade dos residentes masculinos da cidade tinha dado a volta no cabo Horn, um ritual de passagem perigoso para marinheiros do mundo todo, e tinham feito isso de modo tão despreocupado como quem toma um vapor para Svendborg. Em Marstal, toda rua e toda alameda eram uma estrada principal que levava ao mar. A China ficava em nosso quintal, e pelas janelas das casas de teto baixo éramos capazes de ver o litoral marroquino.

Havia poucas ruas horizontais em nossa cidade, e nenhuma delas era importante. Tværgade, Kirkestræde e Vestergade não levavam ao mar; corriam paralelamente a ele. No começo, nem tínhamos uma área de comércio. Então, um açougue abriu na Kirkestræde, seguido por uma ferraria, duas lojas de tecidos, uma farmácia, um banco, um relojoeiro e um barbeiro.

O albergue dos marinheiros foi demolido. Iríamos ter uma área de comércio, assim como a de qualquer cidade. De repente, havia uma rua principal, mas com a mão errada: em vez de levar ao porto, ladeava a costa e, então, desviava-se para o coração da ilha. Dirigindo-se para longe dos perigos do mar, era uma rua de mulheres.

Todas as ruas se encontravam e se cruzavam. Algumas eram de homens; outras, de mulheres. Juntas, formavam uma rede. A bolsa de navios e as empresas de transporte localizavam-se na Kongegade e na Prinsegade, enquanto as mulheres com compras ficavam na Kirkestræde. Mas esse equilíbrio estava para mudar. No começo, ninguém lhe prestava muita atenção, nem percebia a que podia levar.

* * *

A década de 1890 foi o auge de Marstal. Nossa frota se expandiu até que apenas a de Copenhague era capaz de superá-la: trezentos e quarenta e seis navios! Aquela foi uma época de fartura, e todos nós pegamos a febre do investimento. Todos queríamos possuir parte de um navio, até mesmo as serventes e criadas. Quando uma embarcação voltava de viagem e era recolhida para passar o inverno, as ruas se enchiam de crianças entregando envelopes fechados com os dividendos pagos a praticamente todos os lares.

Um corretor de navios precisa saber como a guerra entre os japoneses e os russos irá afetar o mercado de cargas. Não precisa se interessar por política, mas tem de prestar atenção às finanças de seus capitães; por isso, o conhecimento sobre os conflitos internacionais é essencial. Ao abrir um jornal, verá a foto de um chefe de Estado e, se for esperto o suficiente, irá ler os próprios lucros futuros no rosto do homem. Pode não se interessar por socialismo; aliás, irá jurar que não se interessa: nunca ouviu falar desse monte de bobagens deslumbradas. Até que um dia, sua tripulação se enfileira e exige salário mais alto, e ele precisa se afundar em questões de sindicato e em outras noções recém-forjadas sobre a organização futura da sociedade. Um corretor precisa estar a par do nome dos chefes de Estado estrangeiros, das correntes políticas da época, das diversas inimizades entre nações e dos terremotos em partes distantes do mundo. Ganha dinheiro com guerras e desastres, mas primeiramente e sobretudo, lucra porque o mundo se transformou em um enorme canteiro de obras. A tecnologia reorganiza tudo, e ele precisa conhecer seus segredos, suas mais novas invenções e descobertas. "Salitre", "dividivi", "bolo de soja", "vigas de mina", "soda" e "piorno-dos-tintureiros" não são apenas nomes para ele. Nunca tocou em salitre nem viu uma amostra de piorno-dos-tintureiros. Nunca experimentou bolo de soja (pelo que pode se considerar sortudo), mas sabe para que é usado e onde há demanda por ele. Não quer que o mundo pare de mudar. Se isso acontecesse, seu escritório teria de fechar. Ele sabe o que um marinheiro é: um ajudante indispensável na grande oficina em que a tecnologia transformou o mundo.

Houve um tempo em que a única coisa que carregávamos eram grãos. Comprávamos em um lugar e vendíamos em outro. Agora, dávamos a volta ao mundo com o porão cheio de bens cujos nomes tínhamos de aprender a pronunciar e cujo uso tinha de nos ser explicado. Nossos navios haviam se transformado em escolas.

Continuavam sendo impulsionados pelo vento nas velas, como acontecia havia milhares de anos. Mas, empilhado nos porões, encontrava-se o futuro.

* * *

Albert Madsen fixou-se em terra quando estava com cerca de cinquenta anos, como acontecia com a maior parte de nós. Se você economizasse trinta mil coroas até essa idade, poderia colocá-las no banco, onde ofereciam rendimento de quatro por cento ao ano, e receberia pagamento mensal de cem coroas: suficiente para sobreviver. Mas Albert tinha ganhado muito mais do que isso, e não colocou o dinheiro no banco. Em vez disso, investiu em navios e se tornou proprietário e corretor. Muitas das pessoas que compraram participação em navios naquela época, inclusive camponeses do interior da ilha, não sabiam nada sobre navegação e precisavam dos conselhos de alguém que já tivesse navegado e entendesse o mar. Isso exigia alguém conhecido como coproprietário de navio, e Albert tornou-se um coproprietário de navios sem igual. Durante suas várias viagens, ele conhecera um alfaiate judeu em Roterdã, que ia aos barcos ancorados ali a fim de costurar roupas para os marinheiros, e tinham ficado amigos. Luis Presser era um homem de negócios astuto. Depois de Roterdã, ele se fixou no Havre e montou a própria empresa de navegação, com uma frota de sete embarcações grandes. Registrou-as em Marstal e fez com que Albert, que tinha acabado de se fixar em terra, fosse o proprietário correspondente.

No Havre, Albert se apaixonou pela mulher de Presser, uma linda dama chinesa chamada Cheng Sumei. E ela se apaixonou por ele. Os dois se olharam, perceberam que tinham se conhecido tarde demais na vida e resolveram ficar amigos, em vez disso. Quando Luis Presser teve uma morte repentina de pneumonia, sua viúva assumiu os negócios e lhes deu prosseguimento, ainda com mais sucesso que o marido falecido. Talvez sempre tivesse sido a mulher por trás do homem. De todo modo, ela agora se transformara na mulher por trás de Albert. Foi ela quem o aconselhou quando ele passou de capitão do brigue *Princesa* a administrador de dez navios.

Os negócios de ambos acabaram ficando tão entremeados que era difícil distinguir a empresa de Cheng Sumei, no Havre, da empresa de Albert, em Marstal. Ele também tinha talento para ganhar dinheiro. Uma vez, quando jovem, postara-se no convés de um navio no Pacífico com um saquinho de pérolas na mão, que poderia ter transformado todos os seus sonhos em realidade, e o jogara ao mar porque achara que a riqueza que elas poderiam comprar traria consigo uma maldição. Agora, uma mulher da China tinha colocado outro saquinho de pérolas em sua mão estendida. E, desta vez, ele ficou com elas.

Não sabemos se Albert Madsen e Cheng Sumei estavam entremeados de modo tão próximo no nível pessoal quanto naquele dos negócios. A vida tinha exigido tantas mudanças de ambos: primeiro, precisaram abafar seu amor que só fazia crescer e transformá-lo em amizade. Agora a possibilidade do amor se abria para eles mais uma vez. Será que tinham aproveitado a chance?

Cheng Sumei nunca tivera filhos, mas sempre se referia às embarcações enormes e elegantes da empresa, *Claudia, Suzanne* e *Germaine,* como suas "filhas". Agora, estava velha demais para engravidar, embora sua idade fosse indefinível, devido a seus traços orientais. Os dois se davam as mãos em público. Era provável que também fossem para a cama juntos, a dama chinesa magra, com a pele macia e reluzente lindamente estendida sobre as maçãs do rosto altas, e o dinamarquês alto de constituição rude, que conseguia preencher uma cama de casal com facilidade. Mas eles nunca se casaram.

Ela tinha nascido em Xangai. Não conhecera os pais e tinha sobrevivido na rua vendendo flores. Vários de nós a tínhamos conhecido em Roterdã, quando Presser ainda estava vivo e entrava nos barcos a fim de tomar nossas medidas para roupas. Mas ela também tinha sido vista em Sydney e em Bangkok, na Bahia e em Buenos Aires. Alguns afirmavam que a tinham visto em um bordel; outros a tinham conhecido como gerente de uma pensão. Todos acreditávamos saber alguma coisa a seu respeito, mas ninguém sabia nada com certeza. Cheng Sumei teria precisado de nove vidas, como um gato, para ter aparecido em todos os lugares em que achávamos que a tínhamos visto. Ela era tão viajada quanto qualquer marinheiro experiente.

Mas nunca ia a Marstal; era Albert que ia ao Havre. Até que, um dia, parou de ir. No começo, achamos que eles tinham se desentendido. Mas então ficamos sabendo que ela tinha morrido de modo súbito. Albert não nos contou nada disso; juntamos as peças sozinhos. Por que nunca tinham se casado? Por que não moravam juntos? Será que Albert não a amava o suficiente? Será que ela não estava apaixonada por ele o suficiente?

Quando algum dentre nós tinha coragem de perguntar a ele por que não se casara com ela, ou com outra pessoa, ele respondia:

– Eu era tão apressado que me esqueci disso completamente.

Isso nos fazia dar risada. Ele tivera oportunidades de sobra.

Quando Albert se fixou em terra, logo comprou a casa do velho mercador do lado direito da Prinsegade, em relação a quem vem do porto. Mais tarde, mudou-se para o outro lado da rua, para uma casa novinha em folha que tinha construído para si, com pé-direito alto e dois andares. Da varanda ampla que dava para o leste, ele enxergava o quebra-mar e o arquipélago. Havia também uma janela panorâmica que dava para a rua. No pequeno vidro sobre a porta de entrada, ele mandou pintar o próprio nome em letras douradas: "ALBERT MADSEN".

Na diagonal da casa de Albert, ficava a de Lorentz Jørgensen, que se estabelecera como coproprietário de navios e corretor muitos anos antes de Albert. Quando menino, Lorentz era gordo e tinha a respiração chiada, sempre com uma expressão de súplica nos olhos. Então, o mar o endurecera até nos esquecermos de que antes só pensávamos nele como um maricas flácido sem colhões. Ele não tinha passado muito tempo na água, e se fixou em terra depois de prestar o exame de navegação. Apesar de não ter sido capaz de economizar muito de seu salário modesto, acabou revelando talento para ganhar dinheiro. Comprou participações em navios e sabia negociar com a Caixa Econômica de Marstal. Fez uma espécie de parceria com o coproprietário de navios mais bem-sucedido da cidade, Sofus Boye, que tinha o apelido de Fazendeiro Sofus porque era de Ommel, um vilarejo a três quilômetros de Marstal, no interior da ilha.

Lorentz Jørgensen ainda não tinha completado trinta anos quando nos convenceu a instalar um cabo de telégrafo vindo de Langeland. Falava do mercado mundial e do telégrafo. As palavras não significavam muita coisa para nós, mas ele conseguiu nos fazer entender que o mercado mundial era para o marinheiro o que o solo era para o camponês, e que, sem o telégrafo, nós jamais teríamos contato com o resto do mundo.

O governo recusou nosso pedido de auxílio financeiro para a instalação do telégrafo. Por isso, Lorentz foi falar com Sofus Boye. O Fazendeiro Sofus era um homem modesto que, apesar de ser dono da maior empresa de navegação da cidade, às vezes era visto na doca da balsa ganhando alguns trocados como carregador. Não tinha um escritório propriamente dito: só batia na testa com o indicador e dizia que guardava tudo ali. Mas ele escutou quando Lorentz descreveu o cabo falante que era capaz de reduzir as distâncias a nada.

– Não importa se você mora em uma cidade grande ou pequena. Mesmo que more na ilha mais minúscula no meio do mar, se tiver um telégrafo, está no centro do mundo.

Esse tipo de conversa parecia irreal para a maioria das pessoas, mas não para o Fazendeiro Sofus, cujos ouvidos ficaram prontamente surdos para outras questões. Ele foi com Lorentz à Caixa Econômica de Marstal e pediu que repetisse a Rudolf Østermann, o gerente, o que tinha dito sobre o telégrafo.

– O centro do mundo... – Lorentz insistiu.

O gerente do banco, que se considerava uma espécie de piadista, estava prestes a perguntar se havia qualquer chance de usar o tal telégrafo para entrar em contato com o Senhor Deus, mas um olhar de soslaio do Fazendeiro Sofus apagou imediatamente o sorriso de seu rosto. Acontece que Rudolf Østermann logo se tornou o mais zeloso dos convertidos à invenção, declarando com frequência:

– O posto de telégrafo é o coração de uma cidade, uma bênção pura. Deviam colocar na igreja. – Tinha se esquecido totalmente da piada que estava pronto a fazer na primeira vez em que Lorentz lhe falara a respeito do assunto.

Depois que a Caixa Econômica de Marstal e o maior coproprietário de navios da cidade deram apoio à invenção, outros investidores locais apareceram. Se o governo se recusava a nos ajudar, teríamos que nos ajudar sozinhos.

Também foi Lorentz quem apresentou um plano para o seguro marítimo mútuo próprio da cidade. No começo, só fazíamos seguro de navios pequenos, mas depois, conforme a prosperidade de Marstal cresceu, passamos a aceitar embarcações grandes também. Em 1904, a Empresa de Seguro Marítimo adquiriu seu próprio prédio na esquina da Skolegade com a Havnegade, uma casa esplêndida de tijolinhos vermelhos com um relevo na fachada retratando uma escuna a toda a velocidade. O prédio tinha a mesma função que o quebra-mar: ele nos protegia.

Nada fugia à atenção de Lorentz, homem meticuloso e criativo. Quando foi nomeado mestre do porto, ordenou a construção do cais para vapores de cento e vinte metros, o Dampskibsbroen. Também foi um dos fundadores da Laticínios Marstal, uma construção caiada com chaminé alta na Vestergade. Ele comprara um cavalo e formava uma silhueta impressionante quando cavalgava pela cidade com as ferraduras de aço do animal tinindo no calçamento. Era o verdadeiro mestre de obras da cidade, apesar de ter construído um muro invisível ao redor de Marstal, feito para nos proteger de todos os acidentes imprevistos da vida no mar.

Lorentz casou-se com uma mulher dois anos mais velha do que ele, Katrine Hermansen. Foi um casamento tardio, mas o casal conseguiu ter três filhos. O mais velho emigrou para a América, o do meio foi mandado para a Inglaterra para aprender comércio marítimo, e a mais nova, uma menina, ficou em casa e se casou com um marinheiro chamado Møller, da rua Nygade. Eles tiveram quatro filhos, que iam todos os dias ao escritório do avô na Prinsegade, para cantar para ele com suas vozes suaves e cristalinas. Sobre a mesa de Lorentz havia telegramas de Argel, Antuérpia, Tânger, Bridgewater, Liverpool, Dunquerque,

Riga, Cristiânia, Stettin e Lisboa. Nos últimos anos de vida, começou a engordar e a se parecer com seu eu de antigamente, do tempo antes de ir para o mar. Mas ninguém mais caçoava dele por causa do corpanzil. Acomodado na cadeira giratória do escritório, escutando os netos cantarem, ele lembrava um daqueles budas rechonchudos e alegres que se veem em templos chineses.

O cemitério onde Lorentz um dia seria enterrado era novo, assim como tantas outras coisas em Marstal naquele tempo. Antes, todos nós éramos enterrados no terreno da igreja, entre a Kirkestræde e a Vestergade, à sombra das faias. Mas agora éramos colocados para o descanso eterno em um cemitério completamente novo nos arredores da cidade, que tinha um declive na direção da praia, a partir de Ommelsvejen, e dava vista para o arquipélago. Nele, plantamos uma longa avenida de sorveiras-bravas que durariam pelo menos cem anos. Lá, havia espaço para muitos mortos.

Certamente, esperávamos ser tão numerosos no futuro quanto éramos na época. Talvez até achássemos que haveria mais de nós. Também deveríamos ter esperança de que não iríamos mais morrer em portos estrangeiros, nem no mar, mas que em vez disso daríamos nosso último suspiro em ambiente familiar.

Um cemitério que se enche devagar envia uma mensagem reconfortante: você irá morrer no lugar em que nasceu, o lugar que ama, o lugar a que pertence. Verá seus filhos crescerem. Ficará sentado, encurvado pela idade, enquanto seus netos cantam para você e sua vida se estende para trás, feito uma encosta que começa na ponta estreita e branca da praia e acaba em uma colina com vista para o arquipélago.

Quando perguntaram a um de nós por que, quando o navio jogava em uma tempestade, se recusava a desistir apesar de a morte parecer certa, alguém deu uma resposta que pareceria estranha a qualquer pessoa que não fosse de Marstal. Foi Morten Seier, o contramestre do *Flora*, comandado por Anders Kroman. Era dezembro de 1901, e o navio rumava para Kiel com um carregamento de carvão inglês. Um vento oeste se ergueu e cresceu, e por seis dias o *Flora* ficou à deriva em um vendaval forte, coberto de geada, apenas com uma parte da vela principal e a vela de estai içadas. Então, a tempestade se transformou em furacão e levou embora o escaler, o refeitório e a casa do timão. Os homens só podiam se aventurar no convés se estivessem amarrados a um cabo, enquanto ondas do tamanho de casas se abatiam sobre eles, vindas de todas as direções. No décimo dia, uma onda enorme levou embora o cordame, e a carga se deslocou. Quando o *Flora* voltou a se erguer para fora da água furiosa, tinha sofrido muitas perdas. Os mastros, o cordame e toda a estrutura superior tinham ido embora, e os destroços flutuavam nas ondas, cobertos pela espuma branca originada pela pressão do furacão.

Os marinheiros se reuniram na cabine, e o capitão Kroman, que era um homem de palavras diretas, informou-lhes que não deveriam esperar que estivessem vivos até o Natal.

Então, outra onda enorme se abateu sobre o navio e os jogou contra o anteparo. Agora, estavam convencidos de que o *Flora* tinha recebido seu último golpe. Cientes de que a embarcação logo iria afundar, prepararam-se para sua sepultura de água.

Mas o casco muito danificado permaneceu flutuando.

E foi aí que Morten Seier teve a ideia que os salvou: jogar toda a carga ao mar, para que a popa pudesse se erguer acima da linha-d'água. Eles não podiam abrir as escotilhas, pois temiam encher o navio de água do mar; assim, em vez disso, usaram machados para quebrar o anteparo e entrar no porão. E, de lá, começaram a carregar o carvão para fora. Nenhum deles piscara os olhos para dormir desde que o cordame tinha sido lançado ao mar, três noites antes. Ainda assim, congelando na tempestade de neve uivante que castigava o convés nu, e ensopados com a água gelada que caía em cima deles sem parar, os seis homens da tripulação do *Flora* usaram baldes e sacas para transportar quarenta toneladas de carvão e jogar tudo ao mar. Em uma noite: quase sete toneladas por homem.

Depois, de acordo com Morten Seier, todos ficaram absolutamente exaustos. Logo caíram em um sono profundo: os homens no porão agora vazio; o capitão Kroman e Seier, na cabine.

Quando acordaram, era manhã bem cedo do dia 24 de dezembro, e a tempestade tinha passado. Calcularam que estavam aproximadamente a dezesseis milhas marítimas das ilhas Órcades, mas, como a tempestade tinha levado embora o bote salva-vidas, a vista de terra firme fez com que a ruína fosse tão provável quanto a salvação. Por isso, prenderam as duas correntes de âncora juntas, para evitar que o barco sem controle fosse parar no litoral rochoso assassino.

Finalmente, a ajuda chegou. Um barco de pesca holandês apareceu no horizonte, e logo a tripulação do *Flora* estava a bordo.

– O que o fez seguir em frente? – perguntamos a Seier.

Era uma pergunta idiota, mas a fizemos mesmo assim, apesar de qualquer um ser capaz de supor a resposta. Morten Seier queria voltar a ver sua casa na Buegade.

Não queria ficar longe da mulher, Gertrud, nem de seus filhos, Jens e Ingrid, que precisavam tanto do pai quanto o pai precisava deles. Seier queria voltar para o Natal. E, assim como qualquer outro marinheiro, queria ser capitão do próprio navio antes de se fixar em terra definitivamente. Em resumo: era cedo demais para morrer.

Mas Morten Seier não ofereceu nenhuma dessas explicações. Em vez disso, apresentou-nos algo completamente diferente: uma resposta inteligente a uma pergunta idiota.

– Segui em frente porque queria ser enterrado no cemitério novo – ele disse.

Você até pode achar essa resposta estranha. Talvez apenas um marinheiro pudesse entendê-la. Mas o novo cemitério representava esperança.

Era algo que nos dava vontade de voltar para casa.

O que teríamos feito se um forasteiro nos dissesse que o terreno ficaria semivazio e que apenas algumas lápides iriam testemunhar a vida que ali tínhamos passado? Ou que, um dia, a avenida de sorveiras-bravas plantadas por nós na estrada ficaria escondida atrás de capim alto, de modo que apenas olhos treinados pudessem discernir, naquele mato, a paisagem planejada também por nós?

O que teríamos feito se um forasteiro tivesse nos dito que as correntes ancestrais que nos prendiam a Marstal em breve iriam se partir e forças mais poderosas do que o mar iriam nos levar embora?

Teríamos de dar risada na cara dele, chamá-lo tolo.

Albert Madsen não acreditava em Deus e também não acreditava em diabo. Acreditava, um pouco, que a humanidade era capaz de fazer o bem; em relação ao mal, ele já tinha visto isso pessoalmente, a bordo dos navios em que navegara. Também acreditava no bom senso, mas esta não era sua crença mais forte. Acima de tudo, Albert Madsen acreditava em camaradagem. Até onde sabia, as pessoas que criam em Deus não tinham provas de que Ele existia. Mas Albert provava a própria crença na camaradagem, e esta era uma realidade sólida. Ele a via todas as manhãs, quando olhava através da janelinha, além do escritório de corretagem na Prinsegade, e também a via da janela panorâmica de seu escritório no andar de baixo: aliás, esta era a razão por que acrescentara a janela ao edifício. E, quando descia os três degraus de pedra da entrada de casa e virava na Prinsegade, em direção ao porto, lá estava ela de novo, disposta à frente dele.

A cidade tinha demorado quarenta anos para construir o poderoso quebra-mar. Ele ficava no meio da baía, com mais de mil metros de comprimento e quatro de altura, construído com pedras que pesavam várias toneladas cada uma. Assim como os egípcios com suas pirâmides, nós construímos um vasto monumento de pedra. O nosso, no entanto, não tinha o intuito de preservar a memória dos mortos, mas de proteger os vivos. E isso fazia com que fôssemos mais prudentes do que eles. O quebra-mar era obra de um faraó, Albert nos dissera: um faraó com muitas faces. Juntas, elas representavam o que chamávamos de camaradagem.

Este era o culto matutino de Albert: seus olhos de marinheiro percorriam o céu e as formações de nuvens, cheias de mensagens para aqueles que eram capazes de lê-las, e então se acomodava no quebra-mar. Isso lhe trazia uma sensação de serenidade. Ele ficava ali, uma força dormente mais forte do que o mar, capaz de acalmar as marés além dele e fornecer abrigo para os navios: prova viva da camaradagem humana. Nós não velejamos porque o mar está ali. Velejamos porque existe um porto. Não começamos indo para costas distantes. Primeiro, procuramos proteção.

Albert raramente ia à igreja. Mas ia às missas em festivais e em ocasiões especiais, porque a igreja também fazia parte da camaradagem de um homem, e ele não queria ficar isolado dela. Não tinha respeito especial pelo ritual. Mas uma igreja se assemelha a um navio. Certas regras se aplicam e, uma vez que você embarca, tem de aderir a elas. E, se não consegue, deve ficar longe.

Durante anos, uma sucessão de vigários reclamou que a igreja carecia de manutenção. Mas quando o pastor Abildgaard, com quem Albert se dava bem apesar dos pesares, chegou a argumentar que o dinheiro reservado para a escola deveria ser gasto na fachada da igreja, não foi absolvido. Quando a questão era escolher entre educação e religião, Albert disse, ele sempre escolheria a educação. A escola representava os jovens e o futuro; a igreja, não. Se a escola da Vestergade era maior do que a igreja, melhor. Qualquer cidade que acreditasse no futuro deveria prestar atenção a isso.

– Mas e as questões da moral? – Abildgaard retrucou. – Onde as crianças vão aprender isso, senão na igreja?

– A bordo de um navio – Albert respondeu, lacônico.

– E em portos estrangeiros, talvez? – o vigário retrucou.

Albert não respondeu.

No que dizia respeito à vida no mar, Albert não tinha ilusões. Vivera a vida desprotegida de um ajudante de cabine, trabalhando feito um cachorro e recebendo tratamento ainda pior, como ele colocava. Mas os tempos tinham mudado. As condições de vida a bordo de um navio tinham melhorado e se tornado mais humanas. As crianças recebiam melhor ensino e, com o tempo, passariam a ser comandantes melhores. Albert acreditava em progresso. Também acreditava na noção de honra de um marinheiro. A camaradagem derivava disso. Em um navio, a negligência de um homem poderia ter consequências fatais para todos. Um marinheiro via isso logo. O vigário chamava de moralidade. Albert chamava de honra. Na igreja, você respondia a Deus. Em um navio, respondia a todos. Isso fazia dele um lugar melhor para aprender.

Na experiência dele, em última instância, tudo se resumia ao capitão. O capitão sabia qual era a função de tudo a bordo, até a última vela e cabo, e da tripulação também. Da mesma maneira, cada homem também tinha sua função, e, se o capitão falhasse em deixar claro o papel de cada um desde o começo, a tripulação iria decidir por si mesma com brigas. E então o mais fraco (apesar de nem sempre o menos capaz) iria se ver na base da pilha. Tinha visto o que acontecera no *Emma C. Leithfield*, quando o capitão Eagleton deixara que seu contramestre brutal, O'Connor, usurpasse sua autoridade. O mais forte nem sempre é o mais adequado para liderar. Um capitão precisa conhecer a mente humana tão bem quanto conhece a disposição de seu navio.

Quando o próprio Albert se tornou capitão, descobriu que os integrantes da tripulação às vezes abandonavam o navio. Mas ele nunca tinha considerado isso desobediência nem evidência do mau caráter de um marinheiro, mas sim falha de sua própria visão sobre a natureza humana. Não prestara atenção suficiente para colocar o homem no caminho certo. Albert acreditava que era possível encontrar algo de bom em todo mundo. Sabia que maldade também existia, mas sua opinião básica era de que ela também poderia ser disciplinada e controlada.

Certa vez, em Laguna, no México, em algum momento da década de 1880, um marinheiro sacou uma faca para ele. Albert, que estava desarmado, simplesmente estendeu a mão para pegar a arma. Ele nunca pensou, nem por um momento, que estivesse fazendo algo corajoso ou fora do comum: só fizera o que era preciso para continuar no controle. O marinheiro ficou paralisado e franziu a testa para a mão estendida de Albert, esforçando-se para entender. Albert aproveitou a oportunidade e deu um soco no maxilar dele com toda a força, o que o jogou no chão. Então pousou a bota no pulso dele, tirou a faca de seus dedos, puxou o homem tonto para que ficasse em pé e deu a maior surra nele, ao mesmo tempo que tomava cuidado para não causar ferimentos permanentes. Albert simultaneamente aplicara um castigo e afirmara sua autoridade.

No meio disso tudo, ele tinha consciência de que não representava o bem, da mesma maneira que o marinheiro com a faca não representava o mal. Eram, simplesmente, forças opostas. Ninguém entrava em uma tempestade de vento enfurecida com todas as velas içadas. Não se encara uma tempestade de frente. Em vez disso, ajustam-se as velas e se encontra o equilíbrio. Toda ordem genuína depende desse tipo de equilíbrio, não de um homem suprimir o outro. Nenhuma regra que mereça esse nome é entalhada na pedra.

Quando James Cook enfrentou um bando de nativos furiosos na baía de Kealakekua, no Havaí, um momento antes de um cassetete lhe acertar a parte de trás da cabeça e uma faca cortar sua garganta, ele fez um sinal para a tripulação se aproximar e ajudar. Mas o barco que poderia tê-lo salvado voltou para o mar. E os homens em terra que poderiam ter se apressado para defendê-lo largaram os mosquetes e correram para o mar. Em sua última viagem a bordo do *Resolução,* o capitão Cook tinha mandado chicotear onze dos dezessete marinheiros, distribuindo no total duzentas e dezesseis chibatadas. Então, quando precisou da ajuda deles, os marinheiros simplesmente lhes deram as costas cheias de cicatrizes. Ele puxara as cordas erradas.

Toda embarcação que navega tem quilômetros de cabos, vintenas de blocos, centenas de metros quadrados de lona. A menos que as cordas sejam puxadas constantemente e as velas, ajustadas infinitamente, o navio torna-se uma vítima impotente do vento. Gerenciar uma tripulação é a mesma coisa. O capitão segura centenas de cordas invisíveis nas mãos. Permitir à tripulação que tome o controle é a mesma coisa que deixar o vento controlar o leme: o navio irá naufragar. Mas, se o capitão assumir todo o controle, o navio ficará preso a uma calmaria e não irá a lugar nenhum: se ele tirar toda a iniciativa de seus homens, já não mais darão o melhor de si e cumprirão suas tarefas com relutância. É tudo uma questão de experiência e conhecimento. Mas, em primeiro lugar, e mais importante, trata-se de autoridade.

Quando Albert terminou de surrar o marinheiro amotinado, deixando-o combalido no convés, ele o ajudou a se levantar e pediu ao menino da cozinha que trouxesse uma bacia de água, para que o homem pudesse lavar o sangue do rosto. E esse fora o fim da questão. O homem era, mais uma vez, parte da tripulação.

Albert, certa vez, tinha batido em si mesmo com a corda de bater. Mas nunca ficara nem de longe parecido com Isager, que não castigava nem recompensava seus alunos, mas, em vez disso, espancava-os repetidamente. Também não era igual a O'Connor, o contramestre que tinha usado a posição para alimentar seus impulsos assassinos. Já o capitão que tinha recorrido a chibatadas para afirmar sua autoridade duvidosa, bom, Albert também não era nenhum James Cook. Em vez disso, foi algo que o capitão Eagleton, do *Emma C. Leithfield*, nunca conseguiu ser. Não tinha nada a ver com obedecer a regras. A vida lhe ensinara algo muito mais complicado do que justiça. Seu nome era equilíbrio.

Em 1913, Albert resolveu construir um monumento à sua doutrina pessoal em forma de um memorial a ser erguido perto de Dampskibsbroen. Já tinha escolhido a pedra e conhecia sua proveniência. Ela media cerca de quatro metros de comprimento, três de largura e dois de altura. Ficava no mar Báltico, perto da Cauda, e, quando havia uma tempestade no mar, às vezes dava para vê-la de terra firme. No verão, os meninos nadavam até lá e ficavam em pé sobre ela, com a cabecinha loira surgindo da superfície da água reluzente.

A luz brincava nas ondas e tremeluzia na lateral imensa da pedra, e às vezes Albert ficava em seu barco com os remos em repouso e simplesmente a contemplava. Era tão sólida ali, na água verde-clara sempre em movimento. Mas até essa pedra tinha chegado ali por meio de uma viagem, movendo-se a partir do norte com o gelo. Agora, precisava ser deslocada mais uma vez, desta vez para um local permanente, para lembrar Marstal da construção do quebra-mar e do poder do homem sobre a natureza.

Albert até criou a inscrição que ela iria exibir: "Força na camaradagem".

Então, em um dia ensolarado de junho, quando ele estava apoiado na amurada, olhando para a água que batia na praia, sentiu uma tontura forte e teve a sensação repentina de que o mundo estava perdendo a coesão e que tudo em que acreditava estava condenado. Sentiu a sombra de uma ameaça que ia além da fúria do vento e da batida das ondas: um presságio de desastres que se avultam, dos quais até os pedregulhos imóveis do quebra-mar não podiam proteger Marstal. A sensação foi tão vaga e idílica que ele achou que tinha caído no sono sob o sol da tarde. Então, fixou os olhos na pedra na água, delineou sua sombra e sua lateral marcada, e sua noção de realidade retornou.

Foi então que teve a ideia. Ela lhe veio em uma espécie de pressa urgente, em um arroubo de inspiração. Decidiu que estava na hora de fazer um balanço: deixar uma marca grande, forte e permanente que contrabalançasse sua própria premonição repentina de desgraça. A pedra.

* * *

Apenas alguns dias depois dessa epifania, Albert convocou uma reunião nas salas da Empresa de Seguro Marítimo na Havnegade, para apresentar sua ideia a um círculo de convidados. A proposta para o memorial obteve apoio generalizado, e um comitê foi montado para executar o trabalho preliminar. A pedra seria colocada no lugar naquele mesmo ano, antes de o outono se instalar.

Uma semana depois, Albert se juntou aos diretores da comissão do porto e da Empresa de Seguro Marítimo para inspecioná-la. Uma brisa forte soprava do oeste, desnudando a parte superior da pedra quando as ondas se quebravam contra ela.

Em uma manhã, em meados de julho, duas barcaças-guindaste foram rebocadas até a pedra. A bordo estavam Albert Madsen, o diretor da comissão do porto, o mestre do porto, um pescador e um especialista em cordame de um dos estaleiros da cidade. Um contingente de senhoras de Marstal levou sanduíches e refrescos até a praia de areia branca, que foram transportados até os homens que suavam nos dois conveses instáveis. Às duas da tarde, a pedra já tinha sido erguida e presa entre as barcaças. Quando o comboio de retorno passou por Dampskibsbroen e entrou no porto com a pedra equilibrada no meio, a bandeira foi içada, e a grande multidão que esperava no cais deu vivas.

Estávamos celebrando a nós mesmos e à nossa cidade próspera.

Dois dias depois, a pedra foi colocada em terra. Albert tinha telefonado a Svendborg e pedido que mandassem uma carreta para transportá-la, e ela chegou na balsa do dia seguinte. Uma enorme multidão se juntou, e todos se ofereceram para fazer força. Dono de estaleiro e especialista em cordame, marinheiro e dono de navio, comerciante e atendente: até o próprio gerente do banco se transformou em mula e pegou no cabo, enquanto as crianças da escola corriam ao redor, fazendo a maior algazarra até também encontrarem um lugar na fileira. Até comandantes idosos, aposentados havia muito tempo, interromperam o papo nos bancos próximos ao porto para oferecer ajuda, com o cachimbo sempre firme na boca. Mas Josef Isager, agora conhecido como Piloto do Congo, fez questão de enfiar as mãos nos bolsos e desdenhar: ele estava muito acima desse tipo de trabalho. Lorentz Jørgensen também ficou de lado, usando a idade e o peso como desculpa. A viúva do artista de marinhas, Anna Egidia Rasmussen, atraída ao porto pelo barulho, que podia ser ouvido até da Teglgade, também ficou olhando, segurando firme a mão de um de seus netos. Anders Nørre, o idiota do vilarejo, pulava todo animado em torno da multidão. Ao avistá-lo, Albert empurrou-o para o meio do grupo. Quando Anders passou um cabo por cima do ombro, ficou estranhamente sereno, e pareceu se concentrar tanto quanto o restante da multidão.

Então o próprio Albert pegou um cabo, ergueu a mão no ar e se voltou para o pessoal reunido.

– Certo, vamos puxar! – convocou, socando o ar com o punho fechado.

Esse foi o sinal para começar. Albert colocou todo o seu peso na tarefa.

Estava com sessenta e oito anos, mas não sentia a idade. Era como se seu corpo forte estivesse se poupando para este momento durante toda a vida, como se qualquer coisa que ele tivesse feito até então tivesse sido apenas uma preparação. Seu rosto ficou vermelho do sol, e ele sentiu um arroubo de felicidade que parecia vir diretamente do sangue pulsante e dos músculos tesos.

Lentamente, o reboque tremeu e começou a avançar. Eles o puxavam um metro de cada vez, até que parou. O solo era mole demais, e o peso da pedra fizera com que as rodas do reboque afundassem tanto no cascalho que era impossível movê-lo. As pernas de duzentos homens se esforçavam em vão. Eles se inclinavam para a frente, puxando as cordas, como se estivessem testando seu peso combinado contra a pedra. Mas ela resistiu.

Albert endireitou o corpo e se voltou para a multidão.

– Vamos lá, pessoal – gritou, e socou o ar pela segunda vez. – Um, dois, três... puxem!

Mas a carreta não se movia.

Em algum lugar no mar de gente, um marinheiro deu início a uma cantoria. Os outros se juntaram a ele, e logo estavam todos cantando, balançando no ritmo da canção de trabalho que soava pelo mar havia centenas de anos. Mas não adiantou nada.

Albert chamou um menino e disse-lhe que fosse até a Escola de Navegação na Tordenskjoldsgade e trouxesse consigo alguns alunos. O menino saiu em disparada, e não demorou muito para que trinta jovens marinheiros chegassem, marchando juntos pela Havnegade. Eles arregaçaram as mangas, revelando tatuagens, e jogaram as cordas sobre os ombros. Esta é a nossa juventude e o nosso futuro, Albert pensou. Agora aquela pedra não tem a mínima chance.

E, claro, a carreta começou a se mover mais uma vez, com as rodas gemendo em protesto, como se o veículo todo estivesse sendo dilacerado pela enorme pressão. Houve um momento tenso, quando passaram por um meio-fio; a pedra vacilou, mas permaneceu no lugar, e o cântico foi retomado. Foi só aí que Albert escutou as palavras com atenção.

Vou beber uísque quente e forte.
Uísque, Johnny!
Vou beber uísque o dia inteiro.
Uísque para mim, Johnny!

Meninos pequenos cantavam junto, alegres, a plenos pulmões. As palavras traziam uma promessa de masculinidade. Os aprendizes de marinheiro puxavam a cantoria. Tinham navegado tempo suficiente para se sentirem como marinheiros plenamente qualificados, e esta canção lhes pertencia: anos perante o mastro confirmavam seu direito a isso. Para os velhos marinheiros, era apenas uma lembrança. Albert se deu conta de que havia poucos homens que nunca tinham içado uma vela, ou puxado um cabo no molinete ao ritmo da canção do uísque, o hino nacional de todos os marinheiros. Não fazia diferença a língua em que era cantada; a mensagem estava no ritmo, não nas palavras. Ela não doutrinava, mas viajava ao coração dos homens por meio de seus músculos, lembrando-os do que eram capazes, de modo que, ao se esquecer de sua exaustão, eles labutavam em uníssono.

"Força na camaradagem" seria a mensagem na pedra de Albert, mas, na alegria suada de arrastá-la em cima da carreta, ele percebeu que poderia ser, facilmente, apesar de assim tornar-se mais crua, "Uísque, Johnny!". Isso também falava de camaradagem.

Ele ergueu o rosto vermelho e suado para o sol e sorriu.

A pedra tinha chegado a seu destino.

Albert tinha feito várias reuniões no Hotel Ærø para falar sobre a pedra memorial, ou a Pedra da Camaradagem, como a tinha batizado para si. Ela seria financiada da maneira que qualquer coisa majoritária e importante em Marstal sempre era financiada: por meio da coleta de pequenas contribuições. Por meio da camaradagem. Quando subia ao pódio e ia se animando com seu tema, esquecia, bem feliz, que havia algo mais importante, que nunca explicou. Qual era a ocasião para erguer a pedra memorial? O septuagésimo quinto aniversário da construção do quebra-mar tinha sido no ano em que o século mudara, mas ninguém tinha organizado nada na época. O centenário ainda estava doze anos no futuro. Ele não poderia confiar que estaria vivo na ocasião: teria oitenta anos de idade, e não era um desses homens arrogantes que acham que vão viver para sempre. Mas por que agora? Por que no ano 1913?

Felizmente, ninguém jamais colocou-lhe essa questão. "Claro", todo mundo tinha dito quando ele fez a sugestão pela primeira vez. Claro que a cidade deveria ter uma pedra memorial, e que evento melhor para comemorar do que a construção do quebra-mar? Então, nunca lhe pediram que explicasse que, um dia em junho, ele sentira tontura na água, a sul da Cauda, e tivera premonições cujo significado não estava claro para ele. Não havia jeito de subir em um pódio e falar sobre isso. Aliás, ele não poderia nem ter confiado a um amigo que essa fora sua razão para fazer com que duzentos e trinta homens arrastassem uma pedra de catorze toneladas em cima de uma carreta.

Por que agora, por que no ano de 1913?

Antes que seja tarde demais, antes que esqueçamos quem somos e por que fazemos o que fazemos.

Tarde demais? Como assim?

Não. Ele mal poderia responder às perguntas pessoalmente. Sabia apenas que tinha sido tomado por uma noção de perdição, e, para anulá-la, lançara-se à instalação da pedra.

Vez após outra, no pódio do salão de baile no Hotel Ærø, Albert recontou a história do quebra-mar de Marstal. Explicou como o porto antes tinha estado à mercê dos ventos do norte e do leste e, sim, do sul também, onde o mar costumava quebrar no ponto que chamamos de Cauda. Como até os barcos ancorados nas docas para passar o inverno podiam ser lançados para terra. E então, quando nós todos estávamos perante a ruína, porque nosso porto era muito vulnerável, um homem tinha se apresentado. Era possível considerá-lo o verdadeiro fundador da cidade como a conhecemos hoje, Albert diria, apesar de ele não ter pensado em construir em terra, mas na água. Ele era o criador de nossa irmandade, a força que agora erguemos como pedra para comemorar. Comandante Rasmus Jepsen era o nome dele. Incentivara os residentes de nossa cidade a se comprometer por escrito com a construção do quebra-mar. Trezentas e cinquenta e nove pessoas assinaram aquele documento. Algumas forneceram trabalho braçal; outras, pedras; e outras ainda, dinheiro. Mas todo mundo deu alguma coisa: todos, menos um homem, que recusara pelo motivo vergonhoso de que se deve colocar as próprias necessidades em primeiro lugar e não apostar na posteridade.

– Vou me abster de mencionar o nome dele, por respeito a seus parentes vivos – Albert disse, do pódio.

Neste ponto, todos se viraram e olharam para o comandante Hans Peter Levinsen, que tinha se tornado um dos contribuintes mais entusiasmados e mais generosos da pedra memorial, porque isso finalmente lhe oferecia a oportunidade de apagar a vergonha de oitenta e oito anos de sua família.

Dando continuidade a seu discurso, Albert lembrou que, no dia 28 de janeiro de 1825, que por acaso era o aniversário do rei Frederico VI, cem homens tinham se reunido no gelo, sob o estandarte da camaradagem, para deitar a primeira pedra do enorme projeto de construção. Até a natureza tinha estado ao lado deles, porque, se naquele ano e nos seguintes os invernos não tivessem sido gelados, eles nunca teriam sido capazes de deitar as pedras. Mas foram bem-sucedidos, e agora tínhamos o Quebra-Mar de Marstal, um símbolo eterno daquilo que os homens são capazes de conquistar por meio da camaradagem e da união.

– Quando olhamos para o quebra-mar – declarou à gente reunida –, vemos uma fileira de pedras. Mas nunca nos esqueçamos dos verdadeiros materiais de construção. Braços fortes e resolução inabalável.

Concluiu lembrando-os de que o pioneiro Rasmus Jepsen tinha sido condecorado com a Ordem de Dannebrog por sua realização. Todos os marinheiros, independentemente de quão indisciplinados e teimosos possam parecer, são monarquistas, e qualquer referência à bandeira de Dannebrog causa efeito sobre eles. Então, é claro, sempre era a essa altura que o aplauso espontâneo soava. Ocasionalmente, Albert se permitia aceitar um pequeno elogio como aquele que tivera a ideia da pedra memorial, mas, no fundo do coração, sentia que não merecia, porque aquilo que empreendera nesses dias caóticos e cheios de triunfo tinha surgido de território mental instável, de visões tão efêmeras quanto nuvens.

Na manhã do dia 19 de julho, o escultor Johannes Simonsen chegou a bordo do vapor do serviço postal de Svendborg para inspecionar a pedra. Declarou-a adequada a seu intuito, fez uma série de rabiscos e, antes de retornar a Svendborg, deixou instruções para a limpeza do limo e das algas. A pedra foi salpicada com cal e depois lavada com ácido clorídrico diluído em água. Cavamos um buraco de dois metros de profundidade de base e o enchemos de concreto. No início de agosto, o pedestal e a cerca de metal foram fundidos. A pedra foi colocada no lugar em meados daquele mesmo mês. O próprio Albert Madsen participou do trabalho, juntamente com vários outros integrantes do comitê.

No dia em que a pedra foi colocada sobre o pedestal, seis torpedeiros entraram na baía. Assim como os navios no porto, foram enfeitados com fazenda, e içaram as bandeiras. O cais logo ficou coalhado de espectadores. Foi a primeira vez que os navios de guerra visitaram Marstal, e até o comitê de Albert parou de trabalhar para descer até Dampskibsbroen e dar uma olhada. Naquela mesma noite, uma recepção festiva para os oficiais dos navios de guerra foi organizada no Hotel Ærø, e Albert compareceu ao jantar. A visão dos cascos estreitos de aço cinzento em Dampskibsbroen, mais cedo, tinha lhe causado um desconforto estranho, e agora ele cedia a um episódio de tontura semelhante ao que experimentara na primeira vez em que examinara a pedra no mar. Passou toda a refeição em um estado peculiar de distração, comentado por diversos dos presentes, que atribuíam sua falta de atenção à enorme pressão que estava vivendo na fase final da instalação do memorial. Em certos momentos, durante o jantar, sentiu como se a coisa toda estivesse acontecendo no mar. As mesas pareciam estar flutuando na água, com as cadeiras balançando ao redor delas sobre as ondas. Viu sombras escuras dispararem pelas profundezas azul-acinzentadas, sob ele.

Foi chamado de volta à realidade por uma voz que se dirigia a ele diretamente. Era o comandante dos seis torpedeiros, Gustav Carstensen, que queria lhe apresentar seus elogios.

– Fiquei sabendo da pedra memorial. Ouvi dizer que o senhor é o responsável por ela e que mobilizou a cidade toda para deslocá-la até o local. Bom, os jovens têm energia. É apenas uma questão de coordenação. Como capitão, o senhor sabe mais do que a maior parte das pessoas a respeito de disciplina.

– Acredito no equilíbrio entre as forças e acredito na camaradagem – Albert disse.

– A camaradagem certamente é importante – o comandante respondeu, olhando a distância com ar pensativo. A observação de Albert tinha claramente lhe fornecido uma deixa para dar prosseguimento aos próprios pensamentos a respeito do assunto. – Mas a camaradagem precisa ser criada. É por isso que precisamos de uma grande causa ao redor da qual as pessoas possam se reunir. Neste momento, as pessoas só pensam a respeito de si mesmas. Não temos uma guerra para unir e concentrar nossos jovens há várias gerações. Estamos precisando de uma guerra.

Albert olhou para ele, com os olhos ainda desfocados devido à tontura.

– Mas muitos perecem na guerra, não é verdade?

– Bom, obviamente; esse é o preço que se paga.

Havia um tom de hesitação agora na voz do comandante. Ele examinou Albert com atenção, como se não tivesse reparado na pessoa com quem estava conversando até agora e imaginasse se tinha se enganado a respeito dele.

– E, de todo modo, os mortos vão ter uma sepultura e uma lápide, não vão? – Albert prosseguiu, mesmo assim.

– Claro, claro, isso nem é preciso mencionar.

Agora estava claro para Carstensen que a conversa tinha tomado um rumo desagradável.

– Vá visitar nosso cemitério, comandante. Vai encontrar muitas mulheres e algumas crianças. Também camponeses, um ou dois comerciantes, e um raro coproprietário de barcos, como eu mesmo. Mas não vai encontrar muitos marinheiros. Eles ficam no mar. Nunca recebem uma lápide. Não têm uma sepultura que sua viúva e seus filhos possam visitar. Afogam-se em águas distantes. O mar é um inimigo sem respeito por seu adversário. Lutamos nossa própria guerra aqui em Marstal, comandante Carstensen. E isso basta para nós.

Alguém propôs um brinde à marinha, e o comandante aproveitou a oportunidade para colocar fim à conversa com Albert, que, ao ficar sozinho, retornou às suas ruminações.

Naquela mesma noite, o canteiro de obras da pedra memorial foi depredado. Um bando embriagado de operários de estaleiro derrubou a cerca de madeira que tinha sido erguida para protegê-la, enquanto o escultor terminava a inscrição. Albert imediatamente relatou o incidente ao delegado Krabbe, em Ærøskøbing, e recebeu uma resposta depois de três dias: o delegado informava-lhe que, no tribunal da polícia, os vândalos tinham sido multados em um total de trezentas e quinze coroas por embriaguez e perturbação à paz.

À medida que o dia da inauguração foi se aproximando, a sensação de desconforto de Albert cresceu. Felizmente, ainda havia muito trabalho a ser feito. Ele já tinha escrito uma história detalhada do quebra-mar e mandara selá-la dentro de um cano de chumbo, que foi colocado na fundação de cimento da pedra memorial. Agora, começava a compor um discurso para ler em voz alta quando a pedra fosse desvelada. Retratou o monumento como se fosse um ser humano, com decepções e esperanças humanas, e se referiu à vida como "um lugar no qual a alegria, a dor e as esperanças perdidas se entremeiam, e no qual os planos mais bem traçados nem sempre rendem frutos".

Parou de escrever.

O que acha que está escrevendo?, perguntou a si mesmo. Deveria comemorar o quebra-mar e a camaradagem humana. Mas se colocou em um canto, encurralado por sua escrita.

Meneou a cabeça e apagou o abajur da escrivaninha. De onde tinham vindo essas dúvidas? Não tinha motivos para questionar a obra de sua vida. A cidade florescia como nunca, e era para celebrar isso, precisamente, que a pedra memorial estava sendo erguida. A tontura desgraçada o incomodava mais uma vez. Premonições, cabeça turva, visões. Coisas de senhoras.

Ele se preparou para ir para a cama. Talvez o sono lhe oferecesse alívio.

Bateu o pé, irritado, como se quisesse assustar os espíritos irrequietos. A última coisa de que precisava era ter medo do escuro, igual a uma criança.

Finalmente, o dia chegou: 26 de setembro de 1913. Centenas de pessoas tinham comparecido, e Albert mais uma vez narrou a história da construção do quebra-mar. Um coral de meninas entoou uma canção cuja letra tinha sido escrita por Albert e na qual ele conseguira não incutir nada de pessimismo, ao ritmo de "Eu me comprometo a cuidar do meu país". Então ele puxou a enorme bandeira dinamarquesa que cobria a pedra; quando fez isso, os espectadores lançaram buquês. O diretor da comissão do porto fez um discurso de agradecimento, e o evento foi concluído com três vivas para o rei Cristiano X, que fazia aniversário naquele dia.

Depois, foi oferecido um jantar no Hotel Ærø para cem convidados, entre eles o delegado Krabbe, de Ærøskøbing, cuja esposa Albert acompanhou ao jantar. O cardápio tinha corsa assada, bolo e uma seleção de bebidas alcoólicas. Albert fez o discurso principal e terminou convidando os presentes a ficarem em pé e darem três vivas a Sua Majestade. Então, eles entoaram "O rei Cristiano se postou ao lado do mastro alto", e Albert leu o telegrama de aniversário que endereçava ao rei, pedindo aos presentes que o endossassem. Depois, diversos brindes à Dinamarca e à bandeira do país se seguiram, e vários dentre os dignitários da cidade fizeram discursos para elogiar uns aos outros. Às onze e meia, chegou um telegrama de Sua Majestade para agradecer. A isso, seguiu-se dança.

Até onde dizia respeito a Albert, a noite correu sem qualquer percalço. Ele estava presente o tempo todo e não sentiu nenhum presságio. Também não sofreu nenhuma visão dos convidados com seus melhores trajes flutuando pelo mar, entre mesas bem postas que boiavam.

Depois de desejar boa-noite ao último convidado, por volta das duas da manhã, caminhou até a esquina da Prinsegade e voltou para casa, para um sono sem sonhos.

Quando acordou, na manhã seguinte, Albert finalmente se sentiu em paz consigo mesmo.

* * *

Albert Madsen estava com sessenta e nove anos e tinha conseguido o que desejava. Apesar de não ter tido filhos, o que constituía um arrependimento, a cidade a que ele pertencia continuara a prosperar. Os estaleiros estavam ocupados como nunca, e, em breve, o principal estabelecimento do tipo na cidade passaria a construir embarcações modernas, investindo na construção de barcos de aço, em vez dos de madeira. Na primavera anterior, sua Majestade, o rei, fizera uma visita à cidade, que tinha sido decorada com tecidos em sua honra, e os seis torpedeiros da marinha também tinham comparecido. Havia planos para um novo correio e um pontão de cobre na igreja, para substituir a seção do torreão no telhado.

A pedra memorial no porto, para celebrar o quebra-mar, mostrava que o povo do lugar se lembrava de sua história e reconhecia a dívida que tinha para com seus ancestrais. "Força na camaradagem", eram as palavras entalhadas com a letra bonita de Johannes Simonsen. Agora, o credo de Albert Madsen também se transformara no da cidade.

Ele sabia que a razão da sensação de bem-estar naquela manhã não era apenas a conclusão bem-sucedida de seu projeto grandioso, com a inauguração da pedra memorial e a festa que se seguiu. Era algo muito maior: a harmonia que sentia entre si e o mundo continuamente próspero de que fazia parte. Ele abriu a janelinha do frontão e, à luz suave do início de uma manhã de setembro, além do rendado do topo de mastros, estava tudo lá: o quebra-mar e o arquipélago. Os pios das gaivotas se ergueram, misturando-se ao barulho das marretas e ao raspar das serras dos estaleiros da cidade. Albert sabia que esses mesmos sons eram ouvidos em todos os portos de todos os continentes e, com uma espécie de triunfo, sentiu-se parte de um mundo muito mais amplo.

Mais tarde, iria pensar nesse dia como o fim, apesar de nunca ter a exata consciência do que tinha sido concluído. Não fora a vida dele, certamente, porque ainda viveria vários anos. Mas foram anos passados meio na realidade e meio em um mundo de sonhos, e ambos estavam ligados por uma ponte de pavor, porque em seus sonhos adquiria conhecimentos que não conseguia suportar sozinho e, no entanto, não podia compartilhar com ninguém. Acabou vivendo em uma cidade povoada pelos mortos, e se transformou na vítima silenciosa da morte.

Visões

Sobre o que um corretor de navios escreve em seu registro? Irá escrever sobre os altos e baixos do mercado de frete, sobre as negociações de carga que fez, sobre navios que nunca voltaram para casa, sobre tripulações resgatadas, questões de seguro, margens de lucro e o destino de sua empresa. Mas, nos últimos tempos, Albert Madsen não escrevia nem sobre questões de negócios, nem sobre seus barcos no mar. Também não escrevia sobre sentimentos, e apenas raramente anotava pensamentos. É verdade que registrava algumas coisas que aconteciam dentro de sua cabeça. Mas, na maior parte, tratava-se de coisas que ele não entendia.

Um desconhecido vivia dentro de sua cabeça, e ele escrevia sobre esse desconhecido.

Albert escrevia a respeito de seus sonhos.

Mas não todos.

Assim como a maioria das pessoas de natureza prática, ele costumava considerar os sonhos coisas que se tornavam possíveis apenas pela hibernação da mente racional, um resumo confuso de acontecimentos acidentais e meio esquecidos que, no passado, podem ter tido significado claro, mas que agora estavam perdidos em um mundo intermediário anuviado. Assim como a maioria dentre nós, Albert não conseguira encontrar muito sentido na maior parte de seus sonhos – nem tentara.

Então, em uma noite de dezembro de 1877, quando era capitão do brigue *Princesa*, tinha sonhado com uma voz que o chamava, avisando que seguia em direção ao perigo. Levantou-se do catre de um pulo e correu para o convés: o navio estava, de fato, prestes a encalhar em um banco de areia plano, onde, inevitavelmente, iria naufragar. O sonho o tinha avisado. Parecia que sua cabeça continha conhecimento do qual ele não tinha consciência. Um hóspede misterioso tinha se mudado para lá.

Dois anos depois, tivera uma experiência semelhante, quando sonhou que o *Princesa* afundava em uma ventania forte. Mas, nessa ocasião, apesar de desconfiar que esse sonho também tivesse sido um aviso, decidiu ignorá-lo e zarpou de Grangemouth bem cedo, na manhã seguinte, bem quando uma tempestade vindo do sudoeste estava se formando nas proximidades do porto.

Depois de navegar com o barco ao longo do litoral durante toda a manhã, ele finalmente teve de baixar âncora e cortar os mastros para evitar o naufrágio. Enquanto se agarrava ao convés inclinado e testemunhava as amarras saírem voando, deu-se conta de que mais do que um tipo de realidade era possível.

O dom de Albert não era algo que todo mundo possuía. Ele também sabia que tinha de guardar aquilo para si. Lemos a respeito do assunto nas anotações que deixou para nós, juntamente com outros documentos. Ele escreveu que, se as premonições em seus sonhos se tornassem conhecidas publicamente, iriam quase com certeza prejudicá-lo, ou pelo menos manchar sua reputação.

Com que frequência nós ficávamos no castelo de proa escutando histórias sobre o *Klabautermann*, o Ceifador da Morte, que fica pendurado na mortalha da mezena, com seu rosto branco e suas lonas oleadas encharcadas? Ou sobre o *Holandês Voador*, ou sobre o cachorro que uiva à noite em busca de sua embarcação perdida? Quando era aprendiz no navio, Albert também tinha escutado e ficara apavorado e estranhamente fascinado; mas, no fundo, continuara sendo um cético. Existia uma explicação para cada acontecimento fora do comum: a ciência simplesmente ainda não a descobrira. Essa era sempre a sua conclusão, quando ali se sentavam ao entardecer, trocando histórias que ilustravam como havia mais coisas entre o céu e a terra do que éramos capazes de sonhar.

Se Albert tivesse revelado sua capacidade de ver o futuro nos sonhos, a maioria de nós não teria hesitado em aceitar que ele possuía poderes sobrenaturais. Sua reputação a bordo do navio teria se fortalecido, e, possivelmente, sua autoridade também. Mas a admiração teria se misturado a medo, e ele não queria isso. Albert acreditava que a autoridade de um capitão deveria se basear na confiança nas próprias habilidades, não em bobajadas.

No período que se seguiu à inauguração da pedra memorial, um vazio cinzento se abriu diante de Albert. Ele tinha sonhos em que pessoas conhecidas morriam e, no dia seguinte, ficava surpreso ao vê-las caminhando pela rua com vigor. Seus sonhos eram cheios de charadas: não sabia o momento das mortes que visualizava, mas as visões eram sempre dramáticas e apavorantes. Via gente morta a tiros no convés, via navios se esvaindo em chamas, via sombras negras no mar, e não entendia nada do que via.

Mas nunca duvidou de que esses sonhos diziam a verdade. Sabia que todas as pessoas que tinha acabado de cumprimentar, cuja mão apertara, com quem conversara recentemente, mas que agora tentava evitar cada vez mais, iriam morrer sob circunstâncias pavorosas e inexplicáveis. E elas não faziam a menor ideia.

Ele caminhava por uma cidade de homens condenados.

O primeiro sonho de Albert a respeito dos desastres futuros ocorreu durante a noite de 27 de setembro de 1913.

Ele viu um navio que conhecia, o *Paz*, uma escuna de três mastros de Marstal, e então ouviu um tiro. A tripulação apareceu no convés imediatamente, prendendo as vergas e baixando as velas do mastro de joanete; então, os homens se prepararam para lançar o bote salva-vidas. Por razões que não compreendia, pareciam atribuir enorme importância àquele único tiro. Mas não havia danos aparentes à embarcação.

Então, mais tiros soaram, e, de repente, um dos homens agarrou o ombro dele. Seu braço estava pendurado, inerte. A cabeça de outro tinha sido jogada para trás, como se uma mão invisível tivesse lhe puxado o cabelo, lançando um jorro de sangue que saiu de sua testa quando ele desabou no convés. Os tiros agora eram constantes. Vários projéteis atingiam o bote salva-vidas enquanto ele era baixado, e, quando este chegou à superfície do mar, começou a encher-se de água. Logo os homens estavam imersos nela até a cintura, enquanto trabalhavam para estancar a água que entrava. Os tiros intensos prosseguiam. Então, um por um, os mastros caíram no mar, e o navio desapareceu nas profundezas.

O clima era de tempestade, e o mar estava bravo. Nuvens disparavam pelo céu. O bote salva-vidas estava na água. Os homens se esforçavam para remar. No começo, o pavor marcava seu rosto; depois, a exaustão. A luz diminuía. Ficou escuro, e muito tempo se passou antes de a luz retornar. Albert percebeu que tinha sido noite e agora era de manhã. A tempestade ainda estava lá, e as ondas subiam, altas, sob as nuvens velozes e rasgadas. Dois dos homens se encontravam estirados no bote. Os outros os ergueram e os jogaram com cuidado ao mar. Ele teve um vislumbre do rosto pálido, afundado na morte. Era o capitão Christensen. Eles tinham brindado juntos na festa de comemoração da pedra memorial, apenas duas noites antes.

Na noite seguinte, ele viu a escuna *H. B. Linnemann* enviar SOS e, assim como no sonho anterior, testemunhou a tripulação correndo pelo convés, tentando lançar o bote salva-vidas ao mar. Mais uma vez, ouviu tiros e não conseguiu enxergar de onde vinham. Reconheceu o capitão do navio, L. C. Hansen, em pé no meio-convés, bem embaixo de uma bandeira dinamarquesa desfraldada. O capitão foi afundando enquanto segurava a coxa com a mão, onde uma mancha grande e escura se espalhava. Um momento depois, foi atingido na cabeça e levado do grupo dos vivos. Depois, três integrantes da tripulação levaram tiros, em rápida sucessão.

Finalmente, Albert se deu conta do que aquilo tudo significava: a brutalidade, a ausência de misericórdia, a matança inexplicável de marinheiros pacíficos e os navios afundados.

Ele estava prevendo uma guerra.

Pensou no comandante Carstensen: estava prestes a obter a guerra que desejava. E o que Albert iria ganhar? Ele sentia, de um jeito obscuro, que nesses sonhos testemunhava mais do que apenas a morte de conhecidos. Testemunhava o fim de um mundo inteiro.

Não sabia explicar suas sensações com mais detalhes, só que aquilo o agarrava como um pesar profundo e sugava toda a luz da vista panorâmica de sua janela do frontão. De que serviria o quebra-mar dali a alguns anos? Sim, o marinheiro estava em guerra com o mar, mas logo haveria outra, uma guerra mais cruel, que nem a maior habilidade náutica conseguiria vencer.

Albert não tinha nem imaginação nem astúcia política para prever quem iria dar início ao conflito, e seus sonhos também não lhe diziam. Mas pensou nos navios de batalha com que tinha se deparado no mar, nos torpedeiros no porto e nos submarinos sobre os quais tinha lido, mas nunca vira. A que objeto na terra é possível comparar um veleiro? Nenhum. Um barco possui sua própria arquitetura maravilhosa. Mas, e as novas máquinas de guerra flutuantes? Os submarinos pareciam ser feitos à imagem de um tubarão; já os torpedeiros se assemelhavam a anfíbios com carapaça. Era como se toda a indústria da guerra moderna tivesse buscado inspiração nos monstros pré-históricos que tinham vivido na terra milhões de anos antes.

Albert ouvira falar o suficiente das teorias do inglês Darwin sobre a origem das espécies para saber que a vida evoluía, não regredia. Mas, certamente, não era a regressão precisamente o objetivo da humanidade com essas máquinas de guerra: um retorno a formas de vida simples e brutais de eras passadas?

Será que não era isso que seus sonhos lhe mostravam: um futuro em que a humanidade retornava a seu estado anfíbio e se transformava em sua própria, e pior inimiga?

* * *

Os sonhos continuaram. Ele viu escunas se esvaírem em chamas. Viu-as ir aos ares em pedaços por explosões repentinas na proa, desaparecendo no mar em minutos. Viu homens à deriva em botes salva-vidas que afundavam. Viu pavor no rosto dos marinheiros e ouviu seus gritos por socorro conforme eram sugados para as profundezas. Finalmente, a única coisa que conseguia ver era o mar em si, com suas ondas incansáveis. Durante muito tempo, se sentiu como se estivesse flutuando naquela água cinza-ferro, completamente sozinho sob o céu nublado. Pensou que o mundo deveria ter sido assim logo depois de sua criação, antes de a vida começar.

Ele começou a fazer listas dos navios que via afundar em seus sonhos. Também escrevia o nome dos mortos quando reconhecia um rosto. Escreveu tudo isso na coluna da esquerda, no livro-caixa do escritório, deixando a coluna direita em branco, reservada para o dia em que seus sonhos talvez começassem a se tornar realidade. Refletiu que esses deviam ser os registros mais estranhos que já tinham sido feitos, e que ele devia ser o contador mais esquisito de todos, porque estava tratando um mundo imaginário como se, tal qual a realidade, devesse responder por sua precisão.

Albert era um homem de corpo robusto, com barba curta e a cabeça coberta de cabelos que a idade não fora capaz de fazer rarear. Durante muitos anos, não tinha mudado nada; ainda exalava a mesma força controlada. A aparência dele não era tanto de juventude quanto de um caráter atemporal, como se existisse em um lugar em que a idade não exercesse sua tirania. Mas agora começava a envelhecer visivelmente. Ele próprio o percebia, e sabia que as pessoas comentavam. Continuava aparando a barba e mantinha o cabelo basto sempre bem cortado, mas seus ombros largos começaram a se curvar e, de repente, parecia menor. Era reservado e não dava desculpas ao recusar convites. As pessoas podiam pensar o que quisessem. Considerava especialmente difícil ficar na companhia de homens cuja morte tinha vislumbrado em suas visões. Como podiam viver com tanta leveza se uma sina tão terrível os esperava?

Como o capitão Eriksen podia deter Albert na Prinsegade, logo depois de sair de seu escritório, e conversar sobre nada além de mercado de frete e a draga que se encontrava logo na saída do porto, fazendo a manutenção do canal de Klørdybet? Será que ele não percebia que seus dias estavam contados?

Albert deu-lhe um cumprimento curto e seco e desapareceu em direção à Havnegade. Então se arrependeu de sua brusquidão. Logo as pessoas iriam começar a dizer que ele tinha ficado estranho. Bom, não iria se preocupar com isso. O que mais poderia fazer? Dar um abraço em Eriksen e chorar por ele? Acautelá-lo? Sim, mas contra o quê? Contra o mar, a guerra?

– Que guerra? – Eriksen iria perguntar, e então chegaria à conclusão, com razão, de que Albert estava perturbado. Um peso insuportável instalara-se sobre seus ombros. Ele era testemunha de calamidades e desastres cuja origem e natureza não era capaz de compreender. Será que teria sido mais fácil se fosse um homem de fé? Será que teria encontrado conforto em Jesus? Mas não era de consolo que um homem precisava. Era da oportunidade de agir. E por isso os sonhos eram como uma doença. Eles atacavam o cerne de seu ser. Minavam-lhe a energia e a força de vontade. Pela primeira vez na vida, ele se sentia impotente, e essa sensação lhe corroía a alma, drenando sua força.

À medida que o Natal se aproximava, uma tempestade de neve chegou no Nordeste e a água no porto começou a subir. Albert foi até lá para observar as tripulações prenderem amarras extras. Mais de cem navios estavam ancorados em Marstal, e um concerto uivante erguia-se sobre a cidade, vindo das diversas amarras agitadas pelo vento nordeste, das cordas que se agitavam e batiam contra a madeira e dos cascos que se chocavam uns contra os outros e contra o cais, enquanto esperavam para ser novamente amarrados pelos homens. O nível da água continuava a subir e os navios iam ficando cada vez mais altos, com as sombras crepusculares ameaçadoras pairando no meio da neve que caía, como uma frota de *Holandeses Voadores* que tinham chegado para anunciar a destruição da cidade. Mas, então, a água parou. O único dano causado fora em Dampskibsbroen, onde as ondas tinham afetado a pavimentação.

Em suas anotações, nas quais continuava a manter relatos sobre os vivos fadados a morrer, Albert observou, a respeito do quebra-mar: "A grande conquista de nossos pais continuava resistindo ao teste". Escreveu isso em tom de desafio, como se estivesse se rebelando contra todos os sonhos. O quebra-mar tinha impedido que a água subisse mais.

Da mesma maneira, sabia que a era do quebra-mar tinha chegado ao fim. Inimigos mais fortes estavam por vir, e deles o quebra-mar não poderia nos proteger.

Às vezes se podia ver o coitado do Anders Nørre andando apressado pelas ruas, seguido por um bando de meninos ruidosos. Ele caminhava a passos rígidos, que iam ficando cada vez mais longos, como se estivesse desesperado para fugir, mas com medo demais para correr. Provavelmente, temia que uma tentativa óbvia de fuga fosse desencadear algum tipo de comportamento preocupante em seus perseguidores. De todo modo, não tinha a menor chance de correr mais rápido do que um bando de garotos.

A perseguição sempre terminava com Anders encurralado contra uma parede, onde se comprimia, esfregando a face contra os tijolos ásperos e gemendo baixinho. Então, uma fúria impotente tomava conta dele e, urrando feito um animal, virava-se e saía correndo atrás dos meninos, que se dispersavam em todas as direções, feito esquilos, soltando risadas agudas.

Os adultos costumavam intervir, mas não sempre. Havia quem achasse esses incidentes divertidos.

Foi em uma dessas ocasiões que Albert Madsen conheceu Anders Nørre de fato. Anders era mais velho do que ele, mas, afora os cabelos e a barba brancos, que não suscitavam nenhum respeito nas crianças malcomportadas, estranhamente, ele não tinha marcas da idade.

No dia em que Albert o encontrara, tinham perseguido Nørre desde a área de comércio até a Skolegade e a Tværgade, encurralando-o, finalmente, contra o muro do jardim diante do Café Weber, na Prinsegade. Albert ergueu a bengala como se fosse bater neles e gritou em tom de ameaça. Fugiram.

– Deixe-me acompanhá-lo até sua casa – dissera a Anders Nørre.

Nørre estava parado, tapando os ouvidos com as mãos, e comprimindo os olhos com força. Então os abriu e olhou para Albert. Ele morava bem nos limites da cidade, em Reberbanen, onde tinha uma pequena cabana. Passava o dia todo sentado lá, fiando corda em uma roca e, quando a corda ficava pronta, ele a trançava. Tinha essa ocupação maçante desde que todos eram capazes de se lembrar. A opinião geral era de que era um idiota.

Albert o pegou pelo braço, e Anders aceitou de bom grado.

– Tem estado na igreja recentemente, Anders? – Albert perguntou.

Anders Nørre assentiu.
– Vou lá todos os domingos.

A reputação que Anders Nørre tinha de ser lerdo das ideias não se baseava na incapacidade de falar. Ao contrário; ele tinha voz mansa e agradável, e sempre se expressava com clareza e de maneira inteligível, e envolvê-lo em uma conversa não era problema. Não: era mais a expressão vazia de seu rosto, que parecia incapaz de expressar qualquer emoção, e a existência triste e tediosa que levava. Morara com a mãe até a morte dela, e diziam que, antes do falecimento, dormia na cama dela todas as noites, muito depois de ter chegado à idade adulta. Quando a mãe morreu, as mulheres que prepararam o corpo resolveram deixá-la na cama até que pudesse ser colocada no caixão, na manhã seguinte; de manhã, encontraram Nørre dormindo a seu lado, porque, quando chegara a hora de ir para a cama, fizera o que sempre fazia e se deitara ali. No enterro, não demonstrou sinal de pesar. Aliás, a única emoção que jamais demonstrava era uma teimosia insuportável, se é que isso pode ser chamado de emoção. Se alguém o contradissesse ou o impedisse de fazer algo que estivesse determinado a fazer, ele se levantava de um pulo e começava a berrar palavras sem sentido e a sacudir os braços – não para bater em ninguém, isso era óbvio, mas em uma espécie de desespero. Então irrompia pela pequena cabana afora e desaparecia nos campos. Poderia passar dias sumido antes de reaparecer, exausto e com as roupas amarfanhadas.

Mas havia bom senso em algum lugar dentro dele, e não era só um pouco; na verdade, era uma boa quantidade. O único problema é que não parecia servir para nada útil. Se lhe dissessem a idade de um homem e sua data de nascimento, ele era capaz de calcular instantaneamente o número de dias que vivera, levando em conta até os anos bissextos. Alguém, certa vez, lhe perguntou quantos dias tinham se passado desde que o menino Jesus fora colocado em seu berço, e ele respondeu prontamente. Quando saía da igreja, era capaz de recitar o sermão do vigário palavra por palavra, em benefício dos marinheiros da cidade, que prefeririam o banco próximo ao porto aos assentos da igreja nas manhãs de domingo.

No primeiro dia da primavera, Nørre tirava os sapatos e as meias e caminhava descalço até o inverno retornar. Na estação fria, remexia pilhas e latas de lixo em busca de comida. Ninguém teria deixado que morresse de fome, mas ele parecia preferir esse modo de vida, e, por esse motivo, nós o julgávamos um idiota.

Albert sempre tinha cumprimentado Anders Nørre, mas não havia nada fora do comum nisso. Os idiotas do vilarejo eram propriedade pública. Nós conversávamos com eles com simpatia, de modo natural e condescendente; nós os chamávamos pelo primeiro nome e lhes dávamos tapinhas nas costas. Não que tivessem o direito de agir assim conosco.

Nessa ocasião, Albert continuou a questioná-lo a respeito da missa de domingo, e Nørre respondeu a todas as perguntas de bom grado. Seu tom de voz, nem por um momento, revelou que pensamentos ou emoções o sermão poderia ter despertado nele. Até sua habilidade de solucionar equações matemáticas complexas tinha um quê de desalmada. No entanto, havia uma alma em algum lugar dentro dele, disso Albert estava convencido: o embrião de um ser humano que ninguém jamais pensara em nutrir e desenvolver. Agora, provavelmente, era tarde demais.

Anders Nørre tinha largado o braço de Albert por não precisar mais do apoio. Não se machucara quando os meninos o atacaram e, se estava incomodado, sua expressão passiva certamente não o demonstrou.

Passaram pela área de comércio, subiram a Markgade e continuaram pela Reberbanen até chegarem à cabana de Anders Nørre, perto dos campos. No último trecho, Nørre entreteve seu companheiro ao repetir palavra por palavra o sermão de domingo do pastor Abildgaard. De repente, Albert ficou paralisado: parecia que o papagaio a seu lado dirigia-se diretamente a ele, com uma mensagem urgente.

Deteve-se, olhando fixo para o rosto de Nørre. Ele não parecia ter notado nada. Sua voz não tinha se alterado, prosseguindo no mesmo tom. A diferença estava em suas palavras. Elas eram fora do comum. Será que o pastor Abildgaard realmente fora o autor, ou as palavras vinham de um lugar completamente diferente e, se fosse assim, de onde? Da alma de Nørre, que finalmente tinha acordado?

– Você estava no auge de seus poderes – o homem disse. E, como Nørre não estava olhando para ninguém e seu tom permanecia o mesmo, as palavras pareciam estar vindo de outro lugar, agraciando o orador com a dignidade e a autoridade de um oráculo. – Você sentiu que o mundo precisava da sua força e se regozijou com isso. Mas, então, tudo mudou. Sua força desapareceu e o mundo se afastou de você, e você se sentiu sozinho. O mundo era como um grande sorriso que o incitava e o atraía. Mas, então, tudo mudou. Períodos obscuros e difíceis chegaram, e o sorriso do mundo desapareceu atrás de nuvens ameaçadoras. Você estava no meio de uma vida preenchida de amor. Mas, então, tudo mudou. O tesouro do seu amor lhe foi tirado.

Albert sentiu um aperto na garganta. As palavras o afetaram de um jeito estranho.

Sentia como se alguém estivesse falando diretamente com ele, e apenas com ele. Pensou: onde há uma boca, haverá um ouvido também. Poderia, enfim, se aliviar do peso da solidão. Finalmente, poderia compartilhar com alguém algumas das coisas que vinha guardando só para si. Todas as palavras que Nørre proferia eram verdadeiras. A força de Albert tinha, de fato, sido tirada dele. Assim como seu prazer pela vida: uma vida em que encontrara coisas para amar e na qual nada tinha lhe faltado. Ele poderia compartilhar sua angústia com o autor dessas palavras. Mas quem era ele? O pastor Abildgaard? Recusava-se a acreditar nisso. Nørre? Isso era ainda mais improvável. Ou algum terceiro? Nesse caso, quem poderia ser?

Por um momento, ele se perdeu na própria contemplação. Então voltou a tomar consciência da voz de Nørre. O sermão de domingo tinha chegado à conclusão. Antigos e conhecidos temas agora surgiam, idênticos de um domingo ao outro: os caminhos misteriosos de Deus, o crucifixo no Calvário, o amor de Cristo, e, neste domingo, a palavra "amor" fora repetida vez após outra. Os pensamentos de amor de Cristo, sua ajuda amorosa, a redenção por meio de seu amor. As mesmas trivialidades convenientes que a religião sempre oferecia em resposta às dificuldades da vida. Então, era mesmo Abildgaard, no final das contas.

Durante um breve momento, o vigário tinha conseguido penetrar bem na alma de Albert. Mas não era de religião que Albert precisava. Não era de palavras adocicadas de conforto. O que poderia ser, em vez disso, ele não conseguia articular. Talvez fosse apenas isso: um ouvido para escutar. Mas não o do vigário.

O que Abildgaard sabia sobre as dificuldades de Albert? Nada, por mais que pudesse pregar. Como poderia ter ciência do fato de ele ter sido banido do mundo dos vivos, de seu naufrágio em uma praia obscura e desconhecida de ossos, povoada pelos mortos?

Albert tremia feito um cachorro molhado. Estava com frio. Algo dentro dele tremia. Entrou na cabana junto com seu habitante solitário. Nada no rosto de Nørre revelava se a visita era bem-vinda, ou se ele preferia ficar sozinho. Como não havia mobília além da cama, Albert se sentou ao lado dele. Não havia aquecimento na cabana, de modo que a friagem do inverno evitava os cheiros mais desagradáveis; mas, ainda assim, o lugar não era nada convidativo.

– Você às vezes sonha, Anders?

Albert olhou para Nørre e tentou fazer com que ele o olhasse. Mas, como sempre, não obteve nada em troca. Albert se inclinou para a frente e olhou para o chão. Começou como se estivesse falando consigo mesmo, ou com o ouvido invisível que tinha buscado por tanto tempo.

– O negócio é o seguinte – disse: – ando tendo sonhos estranhos.

Sua sensação de alívio era palpável. Era a primeira vez que mencionava os sonhos para alguém, e já sentia a pressão diminuindo.

– Fico sonhando com a morte. Vejo navios afundando e homens morrendo com tiros ou se afogando. Gente desta cidade, gente que eu conheço.

Não houve reação. O que ele esperava? Isso não era nenhuma confissão, a menos que se considerasse descarregar o peso no espaço vazio, ou em um muro cego, como confissão. Como esperara obter uma reação daquele desmiolado? Albert já sabia a resposta: porque parecia que ele próprio também estava entrando na terra obscura dos tolos, um território desconhecido onde os loucos se moviam com familiaridade, mas em que ele era um recém-chegado. De certa maneira, estava pedindo ajuda.

Albert foi tomado pelo silêncio do outro homem, e não fazia ideia de como prosseguir. No entanto, sentia que algo tinha acontecido. As mãos de Anders Nørre ainda estavam pousadas calmamente sobre seu colo, e o olhar era vazio como sempre. Mas agora algo pairava atrás daquele vazio, algo além de cálculos mecânicos infinitos.

– Você tem sonhos assim?

Albert fez com que sua voz ficasse o mais suave possível, como se estivesse tentando acessar a alma oculta de Anders Nørre. Mas sabia que estava se esforçando para encontrar a sua própria.

Por um momento, Nørre ficou ali, paralisado. Então se levantou de um salto com um urro, um berro grosso e desarticulado. Correu para a porta e a abriu de supetão. Voltou-se e olhou para Albert com olhos loucos; então, desapareceu no crepúsculo.

Albert permaneceu na cama. Sabia que ir atrás de Nørre era inútil. Anders tinha partido para uma de suas longas jornadas pelos campos, e não iria retornar antes de um par de dias. Já Albert não conseguia nem se levantar da cama. A reação de Nørre o tinha paralisado. Ele realmente estava mal, pensou, se o idiota do vilarejo tinha corrido dele, apavorado. Até no terreno obscuro tão conhecido de Anders Nørre, Albert era visto como um monstro.

Será que ele sonha como eu, Albert ficou imaginando, ou será que ele é igual aos animais que sentem um terremoto muito antes dos seres humanos e uivam de medo na noite, antes de a terra se abrir?

Quando a guerra começou, Albert ficou aliviado.

É assim que é, disse a si mesmo. Se você teme algo intensamente, até a realização dos seus maiores medos traz conforto.

Ele não sabia como iria reagir quando os marinheiros da cidade começassem a morrer. Mas, por enquanto, sentia-se menos solitário. Agora poderia conversar sobre a guerra com outros.

A Dinamarca tinha se declarado neutra, mas, ainda assim, a guerra trouxe sérias consequências para nossa cidade. Todo o movimento de carga foi cancelado imediatamente, e a frota de Marstal ancorou no porto de inverno já em agosto. Foi estranho ver as escunas enchendo o porto com sua floresta de mastros enquanto o sol ainda ia alto no céu e as crianças brincavam na água, entre os navios do porto. Em anos recentes, a prosperidade tinha crescido a alturas ainda maiores, de modo que os marinheiros possuíam bastante dinheiro. Dava para ver evidência disso nos bares. A inquietação causada pelo desemprego repentino e o futuro incerto levaram a um aumento na embriaguez.

Perto de outubro, chegaram ofertas para o transporte de cereais a portos do norte da Alemanha, mas ninguém ousava zarpar. O seguro marinho não cobria perdas causadas pela guerra, e os alemães tinham salpicado o mar Báltico com minas flutuantes. Os investidores menores não podiam arriscar seu dinheiro.

"Pelo menos esta é uma coisa boa a respeito desta cidade", Albert escreveu. "Não há magnatas da navegação implacáveis, prontos para arriscar a vida da tripulação em troca de um lucro rápido."

Seus navios estavam longe da Europa quando a guerra irrompeu, e ele os manteve lá durante todo o conflito.

Todo mundo tinha medo das minas porque todos tinham investimentos nos navios. O mar do Norte também estava cheio delas.

Albert imediatamente começou a manter registros de navios explodidos por minas. Durante certo tempo, o povo de Marstal ficou a salvo, graças à sua precaução, mas, apenas três semanas depois de a Alemanha ter declarado guerra contra a

França, dois vapores dinamarqueses, o *Maryland* e o *Christian Boberg*, foram afundados no mar do Norte. Apenas dois dias depois, uma traineira de Reykjavik foi explodida. No dia 3 de setembro, mais um barco a vapor dinamarquês desapareceu.

Albert continuou com a lista até o fim do ano. Às vezes, o nome de um navio combinava com um nome de seus sonhos e, quando isso acontecia, surtia o mesmo impacto terrível sobre aquele homem. Ele tinha estado lá e vira tudo acontecer. A coluna da esquerda, que registrava as visões noturnas, era muito mais longa do que a da direita, mas a guerra ainda era recente. Muita gente especulava que um avanço rápido em todas as frentes traria fim breve ao conflito, mas ele dispensou a ideia sacudindo a cabeça. Por razões óbvias, não podia nos dizer a causa de sua certeza.

– Ainda há muita morte por vir – disse.

Esse pessimismo inesperado de um homem que tinha colocado tanta fé no futuro foi visto como fraqueza decorrente da idade avançada. Albert Madsen tinha perdido a coragem.

Acabou por guardar as opiniões para si.

Alguns meses depois de deflagrada a guerra, organizamos uma arrecadação em benefício da população que sofria na Bélgica. Foi um sinal de como a guerra ainda parecia remota: tínhamos compaixão para esbanjar em relação às provações alheias. Albert foi convencido a se juntar a um comitê responsável por preparar uma exposição pública de itens relacionados à cidade e a seu histórico de singrar os mares; o dinheiro obtido com as entradas iria todo para os belgas.

A exposição foi um sucesso, atraindo um grande número de visitantes. Em exibição, havia roupas antigas de Ærø, trabalho intrincado em renda e bordado, tesouras de pavio de vela feitas de latão e alguns armários e escrivaninhas com belos entalhes. Admirávamos essas coisas, mas elas não nos despertavam nenhuma nostalgia; ao contrário, provavam que o presente era melhor do que o passado, e que o futuro seria ainda melhor. Nosso progresso era especialmente evidente na seção que documentava o desenvolvimento do comércio marítimo.

– Olhe – dizíamos uns aos outros, apontando para o modelo de um guarda-costas de Marstal. – Apenas vinte e quatro toneladas registradas. E, ao lado dele, uma escuna de três mastros construída no estaleiro de Sofus Boye, com capacidade para carregar quinhentas toneladas. E já tem vinte e cinco anos de idade.

Albert estava principalmente interessado na coleção de curiosidades que os marinheiros da cidade tinham trazido de diversas partes do mundo.

Os caramujos, os beija-flores empalhados e o conjunto de dentes de um peixe-serra o levaram de volta ao tempo de sua juventude. Mas quando chegou ao monte de tapetes, bordados e uma roupa chinesa muito preciosa do operador de telégrafo Olfert Black, parou para refletir.

– Sim – disse ao pastor Abildgaard. – Um marinheiro sabe por experiência que essa coisa de tradição não existe. Ou melhor, que existem muitos tipos de tradição, não apenas sua própria. É assim que fazemos aqui, diz o camponês em sua terra ancestral. Bom, não é assim que fazem lá, diz o marinheiro. É ele quem viu mais coisas. O camponês fornece sua própria medida. Mas o marinheiro sabe que isso não será suficiente para ele. Neste momento, o mundo todo está em guerra; não faz nem duas semanas desde que a Rússia, a Inglaterra e a França declararam guerra contra a Turquia, porque esta se tornou aliada da Alemanha. Muitos milhões de pessoas estão lutando umas contra as outras, mas será que o mundo fica maior por isso, ou será que diminui? Os navios estão parados. Os marinheiros não podem sair ao mar e voltar com histórias de coisas novas. A única coisa que podemos fazer agora é ficar aqui em nossa ilhazinha e nos tornarmos tão estúpidos quanto os camponeses.

– Não deveria dizer isso. Está sendo injusto com eles.

O vigário não era da ilha. Tinha uma curiosidade de forasteiro em relação a qualquer coisa local que considerasse uma estranheza divertida, e fora o responsável por esta parte da exposição. Albert sabia que ele estava até escrevendo um relato sobre a história local porque, de vez em quando, Abildgaard pedia conselhos. Uma relação amigável, se não calorosa, tinha se desenvolvido entre eles. Mas Albert com frequência achava que o vigário teria sido mais adequado a uma paróquia rural do que a uma cidadezinha de marinheiros como Marstal. Levando em conta sua vida agrilhoada, o camponês, afinal de contas, encaixava-se melhor na visão básica cristã do que o marinheiro. Todas as mensagens sobre baixar a cabeça e se entregar à mercê do destino eram feitas para ele. Claro que um marinheiro também estava sujeito aos caprichos da natureza, mas ele desafiava o clima e o mar; era um tanto rebelde.

Ainda assim, nenhum conflito se inflamou entre o vigário e o restante de nós. O círculo mais próximo de sua congregação era formado por mulheres de idade avançada que dormiam com devoção durante seus sermões, e, além disso, nenhum indício de rebeldia atingia nossas fileiras. Nós sentíamos que era correto e apropriado ter um vigário, e, como Abildgaard nunca questionava nosso modo de vida, o relacionamento era caracterizado por tolerância mútua.

– O senhor realmente não devia chamar os camponeses de estúpidos – o vigário insistiu. – Eles apoiam a noção de educação pública, o que sei que o senhor também defende. Apenas olhe para as escolas de adultos. Mas os marinheiros... bom, será que existe alguém mais supersticioso? E o novo jornal radical da cidade... Por que não está prosperando se a profissão de marinheiro é, como o senhor diz, assim tão iluminada e informada sobre os assuntos internacionais? E, na época da eleição, não reparou que as pessoas aqui sempre votam nos conservadores? Como explica isso?

O tom do pastor Abildgaard agora era de caçoada.

– É o conceito de propriedade – Albert disse. – Se o ajudante de cabine tem participação de um centésimo no navio, é suficiente para que se sinta um capitão. Acredita que seus interesses são os mesmos.

– E o que há de errado nisso? – O vigário prosseguiu. – Olhe para seu próprio preceito. O senhor se deu o trabalho de fazer com que fosse entalhado em catorze toneladas de granito e desvelado ao som de canções patrióticas. Sua mensagem é, precisamente, que existe força na camaradagem.

– Eu quis dizer isso em um sentido socialista. – Albert tinha se irritado com o vigário e queria deixá-lo exasperado. – Onde esta cidade estaria se seus moradores não soubessem se unir? Temos a segunda maior frota do país, apesar de a cidade em si, em termos populacionais, estar na centésima posição, no máximo. Temos seguro marinho mútuo, financiado pelos marinheiros locais. E temos o quebra-mar. Ninguém de fora o construiu para nós. Nós o fizemos por conta própria. Eu chamaria isso de socialismo.

– Que é algo a ser mencionado no meu próximo sermão. Vou informar aos cidadãos altamente conservadores de Marstal que eles são, de fato, socialistas. Normalmente considero a risada na igreja inapropriada; no entanto, vou fazer uma exceção no próximo domingo.

Albert tinha consciência de que não estava se redimindo bem, mas recusou-se a recuar. Por um momento, pareceu que seu antigo espírito combatente fora despertado novamente.

– Pegue um marinheiro – disse. – Ele se alista em um navio novo. Está rodeado apenas de desconhecidos. Além de virem de outras cidades e de outras partes do próprio país, com frequência vêm de nações totalmente diversas. É preciso aprender a trabalhar com eles. O vocabulário do marinheiro se amplia, ele aprende novas palavras e nova gramática e se depara com uma maneira nova de pensar. Ele se transforma em um homem diferente daquele que passa a vida arando o mesmo campo velho. Esses são os homens de que o mundo precisa, não nacionalistas e incitadores de guerra. Temo que esta guerra acabe por interferir no coração da vida do marinheiro.

O vigário deu risada mais uma vez, pronto para retrucar de novo.

– Sim, e então esse homem cosmopolita retorna a Marstal, falando em um dialeto de Marstal mais amplo do que nunca, e alega que o camponês, simplesmente porque vive a alguns campos de distância, fala uma língua estrangeira que ninguém compreende. E que, portanto, deve ser estúpido. Sim, o senhor criou um cidadão do mundo, capitão Madsen. Eu continuo preferindo o nacionalista. Sua noção de solidariedade é mais inclusiva. Ela abarca o alto e o baixo, o camponês e o marinheiro, desde que eles compartilhem língua e história. E não vejo sinal de essa camaradagem ser destruída nestes anos infelizes de guerra. Ao contrário, acredito que esteja se fortalecendo.

Tanto tempo se passou antes que Albert voltasse a falar que o pastor Abildgaard, com uma pequena sensação de triunfo que se esforçava ao máximo para esconder, partiu do princípio de que a conversa estava terminada e se preparou para dar prosseguimento à sua inspeção da exposição. Mas Albert, que permanecia em pé com as mãos nas costas, contemplando a ponta dos pés, finalmente limpou a garganta e olhou o vigário nos olhos com firmeza.

– Nos anos anteriores à guerra, o senhor costumava caminhar até Dampskibsbroen para ver a balsa partir, não é verdade?

– É, sim – Abildgaard respondeu. – Ouso dizer que é a única diversão que a cidade tem a oferecer. Bom, à exceção da chegada da balsa, obviamente, que ultrapassa a animação de sua partida. Então, sim, é claro que eu fazia isso.

– Reparou em alguma coisa específica?

O vigário sacudiu a cabeça.

– Não, até onde me lembro.

– A quantidade anormal de camponeses carregados de bagagem?

– Ah, vejo aonde quer chegar com isso.

Abildgaard sorriu de maneira desarmante, como se soubesse que estava para ser roubado de sua pequena vitória anterior e se dispusesse a levar isso na esportiva.

– Sim, tenho certeza de que vê. Mas não há mal em eu apontar o fato, de todo modo. Esses camponeses estavam migrando para a América. Lá estavam eles, a espinha dorsal espiritual e cultural do país, com terras antigas de família, cujo solo os ancestrais tinham cultivado por centenas de anos, dando um adeus sem fé. Ao passo que os marinheiros, os saqueadores sem raízes, irrequietos e sem país...

– Eu nunca disse isso – Abildgaard tentou interrompê-lo.

– ... brigões e vândalos, sem-caráter e semicriminosos, bêbados e arruaceiros, com uma mulher em cada porto, cujo dinamarquês é tão misturado com palavras de todos os continentes que nem mesmo a própria mãe é capaz de compreender quando voltam para casa, com os braços e o peito tatuados como um baralho de cartas... copas, ouros, espadas, paus...

– Devo protestar – o vigário disse. – Meu respeito para os provedores desta cidade é grande demais para falar da profissão de marinheiro em tais termos.

– Neste caso, por um bom motivo. Porque nunca viu marinheiros de Marstal fazendo fila em Dampskibsbroen com baús cheios de bens de valor nas costas, a fim de migrar para a América. Podemos passar anos longe, mas sempre voltamos para casa. Porque nós, marinheiros, ficamos.

Quando a primavera chegou, o porto esvaziou-se, porque uma nova política de seguro tinha sido estabelecida para impedir que os donos de navios sofressem financeiramente se uma embarcação fosse perdida por causa da guerra. Depois disso, só aconteceu uma coisa com o mercado de frete: não parou mais de crescer. Velejávamos como nunca, não apenas para a Noruega e o oeste da Suécia e a Islândia, mas também para a Terra Nova, as Antilhas e a Venezuela, até bem para o meio das zonas de guerra na Inglaterra e para os portos franceses do canal da Mancha. Tudo tinha voltado ao normal, só que estava melhor, apesar de reclamarmos dos ingleses, que introduziram complicadas e infinitas restrições de navegação e cobravam preços exorbitantes pelo uso de barcos-piloto e de rebocadores. Neste quesito, os alemães eram bem mais razoáveis. Barcos-piloto e rebocadores grátis estavam disponíveis em portos alemães ao longo do litoral do Báltico. Até agora, Marstal não tinha perdido nenhum navio.

Então a guerra de submarinos começou.

Nossa primeira perda foi a escuna *Salvador*, que afundou em chamas em 2 de junho de 1915, no meio de um dia quente. Albert fez uma anotação na coluna da direita de seu livro-caixa. Agora, ela iria começar a ser preenchida.

Ninguém tinha morrido. A tripulação voltou para casa e se comportou como se tivesse conquistado algo de importante. Davam risada em bares e nas ruas, onde observadores curiosos se aglomeravam ao redor deles. A experiência tinha sido quase um passeio no parque. Tudo bem, tinham perdido o navio, mas o submarino responsável rebocara o bote salva-vidas deles durante um tempo. Seu contramestre, Hans Peter Kroman, tinha sido presenteado com um cachimbo e um pouco de tabaco – da marca Hamburg, de muito boa qualidade, aliás –, e o capitão Jens Olesen Sand recebera duas garrafas de conhaque para a viagem de volta para casa. E a tripulação do submarino alemão? Era uma gente muito simpática, um pouco pálida demais, talvez, por passar tanto tempo nas profundezas, mas fora isso eram marinheiros muito respeitáveis.

– Mas que pena – Sand tinha comentado com o capitão do submarino quando os dois se postaram no deque e assistiram ao *Salvador* se incendiar.

– Se não sabe, isso é a guerra – respondeu o alemão, com um dar de ombros como a se desculpar.

É verdade, ele não era nenhum inglês, mas ainda assim era um cavalheiro. Quando a tripulação do submarino finalmente soltou o cabo de reboque, perguntaram com educação se a tripulação do *Salvador* tinha certeza de que possuía provisões suficientes no bote salva-vidas. O cozinheiro, que tinha perdido o quepe, recebeu um chapéu de chuva no lugar. Então, depois de trocar garantias mútuas de que isso realmente não era nada pessoal, os dinamarqueses e os alemães se separaram. No dia seguinte, o bote salva-vidas foi recolhido por uma traineira inglesa, que também contava com uma tripulação simpática.

Alguns meses depois, chegou uma carta do governo alemão afirmando que o afundamento do *Salvador* tinha sido um erro.

O capitão Sand recebeu um pedido de desculpas do próprio *kaiser* Guilherme e vinte e sete mil coroas dinamarquesas, a quantia pela qual o navio tinha sido segurado.

Alguns meses depois, outra escuna se esvaiu em fumaça, e Albert escreveu o nome *Cocos* embaixo de *Salvador*, na coluna da direita. Mais uma vez, a tripulação voltou para casa falando da guerra como se não passasse de uma grande emoção. O submarino os tinha levado até outra escuna de Marstal que estava nas proximidades por acaso, a *Karin Bak*, que teve permissão de passar sem sofrer danos depois que seu capitão, Albertsen, concordou em recolher os náufragos a bordo. O submarino se afastou, mas logo voltou com as roupas da tripulação, que, com a pressa, tinham sido deixadas para trás.

– Vou dizer uma coisa: o serviço não é ruim quando se lida com submarinos alemães!

– Por que não pediram a eles que lavassem suas cuecas, já que estavam cuidando disso? – Ole Mathiesen brincou, e as risadas aumentaram mais uma vez.

Salpicavam telegramas com notícias de perdas terríveis em todas as frentes. Mas, em Marstal, todos concordávamos que a guerra era uma piada.

Albert Madsen continuou a manter seus registros e, conforme a guerra progredia, eles foram se transformando em obsessão. Albert acreditava que contivessem uma mensagem ainda indecifrada. Convencido de que números tinham o poder de provar as coisas, listava o preço das necessidades cotidianas em Marstal: pão de centeio, manteiga, margarina, ovos, carne de vaca e de porco. Sabia qual era o salário das tripulações, seu suplemento de guerra, seu bônus por viagens, para a Europa ou para outros continentes, e seu seguro contra acidentes para o caso de morte ou incapacitação. Ficava de olho no mercado de carga e no preço dos navios, nas taxas de câmbio e nas cotações.

Um coproprietário de navio deve fazer todas essas coisas para desempenhar seu trabalho da maneira adequada. Mas será que ele também precisa manter longas listas de navios afundados por minas, ou destruídos por torpedos e incêndios; do número de homens do norte de Schleswig que sucumbiram e das perdas inglesas no dia 9 de janeiro de 1916? Dos 24.122 oficiais mortos e dos 525.345 mortos entre as fileiras de juniores? Os números que Albert anotava eram incompreensíveis. E este é precisamente o motivo por que não causavam nenhuma impressão. Então, por que os escrevia? Por que sempre os mencionava em conversas conosco?

Por que um corretor e coproprietário de navios de uma pequena cidade litorânea, em um país que não fazia parte da guerra mundial – e, portanto, em certo sentido, não fazia parte do mundo –, manteria uma lista de duas colunas de navios perdidos, a da esquerda enumerando os que viu afundar em seus sonhos, e a da direita mostrando os mesmos navios afundados em mares reais? O que estaria tentando provar?

No primeiro ano da guerra, a cidade perdeu seis navios e, no segundo, apenas um. Nenhum homem de Marstal tinha sido morto, apesar de milhões estarem morrendo em outros lugares, além de nosso campo de visão. Dentro desse campo não havia mortos; ao contrário, o que víamos, e achávamos tão fácil de compreender, era que o mercado de carga tinha disparado tanto que navios recém-construídos recuperavam o capital investido em um ano, e os salários dos marinheiros triplicaram. O preço dos navios começara a subir já em 1915. Até embarcações mais antigas, de madeira, surradas por muitos anos no mar, podiam ser vendidas quase pelo dobro do que valiam antes da guerra. No final do ano, os preços tinham aumentado três vezes, e continuaram a subir durante todo o ano seguinte. O *Agente Petersen*, o barco mais famoso de Marstal, que em 1887 completara a viagem mais rápida já registrada entre a América do Sul e a África, foi avaliado em vinte e cinco mil coroas dinamarquesas, mas vendido por noventa mil.

Marstal tinha começado a perder sua frota, mas não para os submarinos.

* * *

Albert percebeu que, entre suas colunas da direita e da esquerda, uma terceira era necessária, sobre a qual seus sonhos jamais o tinham acautelado: a lista de navios que tinham sido vendidos. Ela se encheu com mais rapidez do que as outras duas, e logo as ultrapassou. Mas não havia nenhum drama nessa lista específica. Ela não continha nem sonhos, nem homens mortos, mas, em vez disso, marcava a riqueza estranhamente frenética que inundou nossa cidade. Casas foram consertadas e pintadas, mulheres que antes se vestiam com modéstia agora usavam roupas de festa todos os dias, e as lojas ofereciam bens novos e mais caros. O povo de Marstal, que já tinha sido conhecido por saber economizar, estava vivendo como se não houvesse amanhã.

Não se tratava de algum tipo de frenesi trazido pelo medo mortal da guerra. Era a vertigem que acompanha quantidades excessivas de dinheiro.

Então, finalmente, a guerra chegou a Marstal, com um rosto que não era nada animador. "Finalmente": essa foi a palavra que Albert usou em suas anotações. O muro entre ele e o resto de nós estava prestes a cair, e todos logo ficamos sabendo o que ele sabia. As pessoas já não mais pereciam no mar apenas em seus sonhos solitários. Na vida real, levavam tiros, afogavam-se, morriam congeladas, de exposição aos elementos e de sede. Sobreviventes voltavam para casa e, com suas histórias, davam vida às visões de Albert. Outros desapareciam sem deixar vestígios.

Uma mensagem chegou do emissário real em Berlim: o *Astræa* se perdera. Não havia informação sobre onde, ou como. Sete homens estavam desaparecidos, inclusive dois de Marstal, o comandante Abraham Christian Svane e o contramestre Valdemar Holm. Um homem das ilhas Faroë e um marinheiro do Cabo Verde estavam entre os outros.

Albert os vira morrer: eles tinham pulado no mar para tentar se salvar, passando por destroços de um bote salva-vidas pegando fogo. Tinha sido um dia calmo e nublado. O mar parecia um pedaço de seda cinzenta. Ele tinha visto a água se fechar sobre eles, ao mesmo tempo que os pulmões cediam e a última bolha de ar estourava.

A Alemanha tinha declarado guerra submarina irrestrita. Marstal, que só tinha perdido sete navios nos dois anos anteriores, agora perdera dezesseis em apenas um ano, depois quatro em um mês. Os sobreviventes que retornavam não se embriagavam, nem se gabavam das experiências; em vez disso, evitavam qualquer atenção. A tripulação do *Paz,* que tinha visto seu capitão e seu contramestre levarem tiros e depois perdeu mais dois homens enquanto passava dias à deriva em um bote salva-vidas que estava quase afundando, ficou em casa com a família. Se um conhecido se aproximava deles na rua, rapidamente escondiam-se no beco mais próximo.

O *Hidra* desapareceu sem deixar vestígios, com seis homens a bordo. Nem todos eram de Marstal, mas as perdas foram sentidas pela cidade inteira.

Brechas começaram a aparecer em nossas fileiras.

O pastor Abildgaard frequentava o mercado de Jørgensen na Tværgade. O dono, cujo nome completo era Kresten Minor Jørgensen, era um ex-contramestre que tinha largado o mar e, agora, vendia secos e molhados e provisões para navios. Cuidava do grande balcão de madeira pessoalmente; era um homem baixinho e atarracado, com uma careca que brilhava como se tivesse sido polida. Em um dia de verão, quando andava pela cidade com seu paletó cáqui curto, sua cabeça refletia o sol, forçando quem passasse por ele a apertar os olhos.

O sininho sobre a porta tocou, um som barulhento e irritante, quando Abildgaard entrou na loja. Um par de velhos comandantes conversava em um banco comprido à direita, mas Abildgaard nunca soube sobre o que falavam, porque no momento em que fechou a porta atrás de si um silêncio mortal se instalou.

"Mortal" era, de fato, a palavra certa, porque parecia que a morte tinha entrado na loja com ele. Jørgensen recuou um passo atrás do balcão de madeira, seu queixo caiu e os olhos se arregalaram. Abildgaard se virou para trás, achando que o quitandeiro tinha visto algo chocante na rua, através da porta aberta. Enquanto isso, os dois comandantes alternavam o olhar entre o vigário e o quitandeiro, como se um evento de grande importância se desdobrasse.

– Bom dia – Abildgaard gaguejou, evitando proferir palavras tão agradáveis naquela atmosfera pesada.

Jørgensen não respondeu.

Quando o pastor se aproximou do balcão, pronto para fazer seu pedido, Jørgensen deu mais um passo para trás e abriu as mãos erguidas. Sua boca continuava aberta, e parecia que tinha parado de respirar. Os dois ficaram se encarando; o quitandeiro parecia prestes a desmaiar, e o sensível Abildgaard estava paralisado.

Então, um dos comandantes no banco lançou uma bolha grande de cuspe no pote de latão polido ao canto, e o som tirou Jørgensen do transe.

– Apenas me diga, por favor, por favor, apenas me diga! – implorou.

– Meio quilo de café. Mas quero moído na hora – Abildgaard declarou, repetindo mecanicamente as instruções da esposa.

Jørgensen enterrou o rosto nas mãos, e um som de ronco estranho, meio riso, meio choro, escapou dele.

– Café, café, ele só quer um pouco de café! – Engasgou atrás dos dedos.

Dando risadas incontroláveis, foi até o moedor de café e começou a enchê-lo com grãos. A risada fez suas mãos tremerem, e ele esparramou grãos por todo o balcão e o chão.

Então se recompôs.

– Não vou cobrar por seu café hoje, pastor.

Mas agora Abildgaard estava ultrajado.

– Será que alguém pode fazer a gentileza de me explicar o que está acontecendo aqui? – exigiu, no tom trovejante que empregava no púlpito.

– Jørgensen está apenas se sentindo sortudo – observou um dos comandantes atrás dele.

O vigário olhou feio para Jørgensen, com toda a autoridade que foi capaz de incorporar.

– Se isto é algum tipo de piada, garanto que não a acho nem um pouco engraçada.

Jørgensen baixou os olhos, acanhado, mas, ao mesmo tempo, um sorriso de alegria surgiu-lhe no rosto. Esfregou a careca, como se estivesse lhe dando um lustro extra em homenagem ao vigário.

– Peço desculpas, pastor. Veja bem, achei que estava aqui por causa de Jørgen.

– Jørgen?

– Jørgen, meu filho. Ele é marinheiro a bordo do *Gaivota*. Bom, não me incomodo de contar, estava preocupado que tivesse vindo me dizer que o navio tinha sido afundado por torpedos e que Jørgen... Jørgen... – Engoliu em seco, como se ainda agora o medo tomasse conta dele. – Bom, achei que Jørgen tinha... – o quitandeiro limpou a garganta –... tinha desaparecido.

Depois do incidente, Abildgaard ficou com medo de dar as caras nas ruas; deu-se conta de que, cada vez que saía do vicariato em Kirkestræde, as pessoas achavam que iria anunciar alguma morte. Ele tinha disposição naturalmente alegre e não conseguia suportar aquela condição. Transformara-se em um arauto da morte, um corvo negro de colarinho engomado, preso aos vestíbulos de teto baixo do luto. Esforçava-se para respirar normalmente e, quando conversava com alguém que tinha sofrido uma perda sobre a misericórdia de Deus e o conforto por meio do amor de Jesus Cristo, sentia-se engasgar. As palavras jorravam de um jeito estranhamente impotente, hesitante, como se já não contivessem mais respostas reais às perguntas dos pesarosos.

Ele, com frequência, levava o consolo da fé a uma família que tinha perdido um pai, ou um filho. O que fazia com que aquilo fosse insuportável agora era o grande número de mortos. Assim como um enorme bando de estorninhos em migração, eles pairavam sobre a cidade e, uma por uma, as notícias – a morte de um pai, um irmão ou um filho – caíam sobre os telhados de Marstal em uma enxurrada de esperança dilacerada.

O pastor Abildgaard se tornou um recluso. Passou a ficar dentro de casa o máximo possível, saindo apenas aos domingos, quando era forçado a caminhar os cem metros até a igreja, e para oficiar os enterros. Felizmente, eles não eram em maior número do que o normal. Afinal de contas, os mortos da guerra não voltavam para casa.

Anna Egidia Rasmussen, viúva de Carl Rasmussen, o pintor de marinhas que tinha decorado o altar da igreja, começou a visitar as famílias abaladas quando a notícia da morte tinha de ser dada. Ela conhecia bem casas de luto. Tinha perdido o próprio marido sob circunstâncias misteriosas, em uma viagem da Groenlândia, e, desde então, teve de se despedir de sete dos oito filhos, sendo que todos tinham morrido adultos. Apenas uma filha, Augusta Kathinka, continuava viva, mas ela vivia na América.

Anna Egidia morava na Teglgade, em uma casa grande com janelas altas, que o marido projetara e onde ele fizera seu estúdio no sótão. Durante muitos anos, fora fonte de ajuda e conforto para as famílias vizinhas que tinham sido atingidas por perdas no mar e que, de repente, precisavam se despedir de um pai, um irmão ou um filho. Anna Egidia tinha uma habilidade estranha. Era capaz de puxar o choro da mesma maneira que algumas pessoas puxam uma cantoria. Tinha transformado aquilo em arte. Ao contrário do que a maioria das pessoas pensava, o choro não é uma emoção incontrolável que se derrama em lágrimas. É o oposto, um canal para sentimentos, uma maneira de desviá-los para uma direção saudável. A serenidade era a missão de sua vida. Ela tinha precisado dar conta do marido, homem de disposição nervosa e mente sensível, introvertido e dado a ficar amuado. Carl Rasmussen passava horas na praia, olhando para o mar, indiferente ao clima e à própria saúde. Finalmente, ela tinha de arrastá-lo de volta a casa, gelado até os ossos, enquanto, entre ataques de tosse, ele implorava para que o deixasse em paz. Depois, Carl ficava deitado na cama com febre, batendo os dentes. Em momentos assim, a calma da mulher era essencial, apesar de fazer com que ele a acusasse de falta de imaginação para compreender seu caráter e de não conseguir compartilhar de seu entusiasmo e visão.

Essa viúva se tornara a segunda visitante de muitas casas. A morte seria a primeira, e ela vinha logo atrás. Era uma fonte de conforto não apenas para sua família, com vários netos, mas para um amplo círculo no entorno da Teglgade. Quando alguém morria, a família mandava chamar Anna Egidia. Ela chegava com seu vestido de seda preta gasto, sentava-se no meio da sala, mandava os adultos saírem e pegava as crianças pela mão. Quando uma mãe ficava doente e era internada no hospital enquanto o marido estava longe, no mar, Anna Egidia tomava conta das crianças na própria casa. Sempre era convidada para ser madrinha de um recém-nascido, como se tivesse sido encarregada de ficar de vigia na entrada da vida, assim como na saída.

Agora o vigário também se afundou na costa de ossos, Albert pensou quando ficou sabendo da reclusão do pastor Abildgaard. Ele era capaz de pregar a respeito da morte de um jeito que comovia até a mim. Mas nunca a tinha conhecido. Agora que conheceu, ficou em silêncio.

Albert foi ao vicariato para oferecer ajuda à viúva Rasmussen em seu trabalho. Ele sentia que os sonhos obrigavam-no a isso. Foi conduzido até o escritório do vigário, onde Abildgaard estava sentado à janela, olhando para o jardim. Havia uma faia roxa do lado de fora, escura e sombria, como uma árvore que não conhecia primavera nem verão, mas que crescia em um outono eterno, com as folhas queimadas pela geada, escuras nas bordas. Nas proximidades, o canteiro de rosas, que era o orgulho e a alegria da senhora Abildgaard, estava em flor.

O pastor levantou-se e apertou a mão de Albert; então, retornou à sua posição à janela. Quando Albert anunciou o motivo da visita, o vigário passou muito tempo sem dizer nada. Então, de repente, enterrou o rosto nas mãos.

– Meus nervos! – exclamou.

Seus ombros estreitos tremiam. Ele tirou os óculos de aço e os colocou na escrivaninha à frente. Enfiou o punho fechado nos olhos, como uma criança que se entrega ao choro, e as lágrimas escorreram pelas faces bem barbeadas.

– Por favor, por favor, me perdoe – gaguejou. – Não era minha intenção...

Albert levantou-se e se aproximou dele. Colocou a mão no ombro do vigário.

– Não tem nada que pedir desculpas.

O vigário pegou a mão de Albert entre as suas e apertou-a contra a testa, como se estivesse tentando aliviar uma dor interna.

Nenhum dos dois falou durante muito tempo. Abildgaard chorou até as lágrimas secarem, e então devolveu os óculos de aço ao nariz. Quando Albert se dispôs a se retirar, reparou em um objeto negro na mesa do vigário; ele lhe lembrou de uma garra, mas não de ave. Não, assemelhava-se mais aos dedos encurvados de uma mão humana cortada, com unhas tão amarelas quanto um osso velho.

– O que é isso? – perguntou.

– É o pior de tudo. Não faço ideia do que fazer com isso.

Abildgaard falava como se estivesse prestes a se desmanchar em mais uma crise de choro. Albert pegou o objeto e o examinou com atenção.

– Não, não deve tocar nele. É maligno.

Tratava-se, de fato, de uma mão humana. Albert imediatamente pensou na cabeça encolhida. Mas, na mão, a técnica de conservação era diferente: parecia que tinha sido defumada e seca no calor do fogo.

– De onde veio? – perguntou.

– Conhece Josef Isager? Acho que o apelido dele é Piloto do Congo.

Albert assentiu. Josef Isager tinha sido piloto no rio Congo, muitos anos antes. Servira ao rei da Bélgica, Leopoldo, e tinha voltado para casa com uma medalha por fiéis serviços. Relutava em falar sobre seus anos na África, mas os vizinhos diziam que, às vezes, acordavam no meio da noite ouvindo gritos. Era Josef Isager. Uma vez, quebrou a cabeceira da cama com chutes: um estalo alto soou, e a estrutura grande de mogno se desfez. Levantou-se de um pulo e começou a jogar pedaços de mobília para todos os lados, como se fossem inimigos e ele estivesse lutando pela própria vida. A roupa de cama, caída em uma pilha desajeitada no chão, estava empapada de suor. Disse-nos que era da malária.

Albert, que tinha ouvido as histórias a respeito desses ataques noturnos, guardava a própria teoria. Aqueles não eram ataques de malária, mas pesadelos. Josef Isager estava sonhando com a África.

– E daí ele chega para mim com uma mão cortada. Uma mão... uma mão humana! "O que o senhor quer que eu faça com ela?", pergunto-lhe, quando me recupero do choque. "Quero que lhe dê um enterro cristão", ele responde. "Quem é?", eu pergunto. "Não sei", ele responde. "Uma mulher negra qualquer. Desgraçado seja, vigário!", ele diz. E me lança um olhar furioso. Talvez eu não devesse incomodá-lo com essas coisas, capitão Madsen, mas o homem me apavorou.

Albert assentiu. O Piloto do Congo surtia o mesmo efeito sobre ele. Josef Isager era um cliente difícil. Mas havia muitos assim. A vida os tinha chutado de um lado para outro, e eles tinham retribuído os chutes. Josef era filho do velho professor da escola; ele tinha estudado com Albert e permanecera no meio da guerra, entre os meninos e seu atormentador brutal, incapaz de tomar um lado, porque seria um traidor independentemente de quem apoiasse. Colocava sua frustração para fora com os punhos, surrando o irmão, Johan, que nunca parava de choramingar. Depois foi para o mar, e ninguém sabia o que tinha visto por lá: novas violências, novas vítimas, sem dúvida, situação em que ele próprio tinha uma válvula de escape para suas frustrações, porque as coisas eram assim. Mas talvez também tivesse encontrado uma saída. Isso, pelo menos, era o que Albert achava. O mar oferece um amplo espaço, onde um menino pode deixar os maus tratos da infância para trás e se redescobrir.

Depois que Josef zarpou, passamos vários anos sem vê-lo. Ouvimos dizer que tinha ido para o Congo, passando por Antuérpia, e navegado por seus grandes rios. Voltou para a Dinamarca, mas não para Marstal. Então partiu novamente. A África tinha penetrado em seu sangue. Não sabíamos por quê. Depois de muitos anos, a febre o abandonou, ele voltou para terra firme e trabalhou como inspetor de seguros; primeiro em Copenhague, depois em Marstal. Sua esposa, Maren Kirstine, com quem se casara na juventude, era de Marstal, e os dois se fixaram na Kongegade.

No começo, ele nem mencionava os anos passados na África. Quando o questionávamos, meneava a cabeça, como se não conseguisse encontrar forças para descrever aquilo e porque achava que não iríamos entender mesmo. Mas, um dia, perguntou a Albert se podia ver a cabeça encolhida. Permaneceu sentado, segurando James Cook durante um tempo, virando a coisa enquanto a avaliava. Observava a cabeça com olhos de especialista.

– Bom, não é assim que nós costumávamos fazer – ele disse, afinal.

– Nós? – Albert franziu a testa.

– É – Josef respondeu, despreocupado. – Preferíamos defumar.

Deu risada... Albert não sabia dizer se era de nojo, ou de puro cinismo.

– Quem fez isto se esforçou – Josef prosseguiu. – Nós só nos assegurávamos de que secava. Parecia que estavam dormindo. Olhos fechados, lábios um pouco recuados, mostrando uma linha fina de dentes brancos. – Fitou Albert. Os olhos dele ficaram distantes, como se estivessem saboreando a lembrança.

– De quem está falando? – Albert perguntou.

O Piloto do Congo despertou de seu transe.

– Dos crioulos, quem mais? – Parecia decepcionado. – Nós tínhamos de mostrar a eles quem manda, veja bem. Havia um capitão belga. Ele usava cabeças de negros para enfeitar suas floreiras. Cada um com seus gostos.

Riu mais uma vez, e então Albert achou que tinha detectado um toque de acanhamento. Sentiu que a menção a cabeças cortadas não tinha desencadeado aquilo, mas, sim, a ignorância de Josef. Talvez ele tivesse achado que Albert fosse um colega conspirador e, agora, percebia que estava errado. Albert ficou olhando fixamente para o antigo colega de escola, sem saber o que dizer.

– Conheço esse jeito de olhar. – A voz de Josef, de repente, tornou-se ríspida. – Mas é a única língua que eles entendem. Foi pelo próprio bem deles. Senão, teríamos de matar todos a tiros. Não queriam trabalhar. Ficavam deitados na esteira, tomando sol feito crocodilos na areia. Eles podiam fazer isso, muito bem. Orgulhosos e fúteis, é o que eram. Mas, fora isso, iguaizinhos a animais.

– Achei que trabalhasse como piloto, não?

– Sim, fui piloto, capitão de porto em Boma, *commissaire maritime*, conduzi o *Lualaba* subindo todo o Matadi por um entroncamento estreito e traiçoeiro do rio. Antes de eu chegar, os vapores oceânicos só conseguiam chegar até Boma. Depois, passaram a ir até Matadi também. Mas eu fui o primeiro.

Havia orgulho na voz dele. Ergueu a cabeça e olhou para Albert bem nos olhos. Por um momento, parecia que Josef o estava observando de uma grande altura, apesar de os dois estarem sentados e Albert ser mais alto. Josef tinha os olhos fundos, nariz protuberante e reto e bigode cujas pontas chegavam até o maxilar forte. Seu olhar tornara-se arrogante.

– Fui o melhor piloto no rio Congo. Fui capitão do porto em Boma. Eu fiz de tudo. Mas não foi isso que fez diferença. Isto é a coisa mais importante... – Cutucou a face com o indicador. – A cor da pele. É isso que decide. Eu era branco. E era o chefe de todos que inspecionava. Fazia um calor dos infernos na África. Mas isso não é nada em comparação com o fogo que a gente sente queimar dentro de si. Esse é o presente da África: ela mostra a força que você tem. Só um entre quatro homens volta. A febre leva os outros três... A febre dos negros. Mas tudo vale a pena.

Ele se inclinou para a frente e fixou o olhar em Albert. Sua arrogância tinha ido embora. Parecia estar apelando por compreensão. Sua voz assumiu um tom de súplica.

– Tentei explicar às pessoas que encontro aqui. Mas ninguém entende. Ninguém é capaz de entender, a menos que tenha experimentado pessoalmente. Tudo o que você viu antes... não é nada. Tudo que se segue... nada. Miragens transparentes. Você só traz uma coisa de volta do Congo, e não são as bugigangas que eu tenho, espalhadas pela casa. A gente tinha uma música. Não, não vou cantar para o senhor.

Limpou a garganta.

– "Congo" – recitou. A voz, de repente, tremia de emoção. – "Até o homem mais forte vai fechar a boca e se deitar para sempre. Até o homem mais duro e mais selvagem logo acaba como comida de rato." Eles morriam feito moscas no Congo. – Recitava num tom cada vez mais urgente, com a voz quase grossa de paixão. – Mas não morri. Eu vivi. Sim, eu vivi. – Bateu na mesa com a palma da mão. – Não é como aqui! Isto não é vida!

Albert ainda não tinha dito nada. Queria desviar o olhar. Mas eles ficaram se fitando, e Albert conhecia aquilo que via nos olhos de Josef. O Piloto do Congo tinha aprendido a ver as outras pessoas como apenas um deus é capaz; seu olhar perguntava: Será que este homem tem permissão para respirar, ou será que merece morrer? Esse era o olhar que Josef Isager, o filho do professor da escola, trouxera de volta da África.

Josef resistia. Continuava tão cabeça-dura como sempre, mas era velho, e na África precisavam de juventude e vitalidade. Então, tinha retornado a Marstal, de onde saíra e onde agora vivia como um rei em exílio. Ninguém baixava a cabeça perante a ameaça que lhe ia nos olhos, à exceção de Maren Kirstine, que era testemunha muda e apavorada de seus ataques de raiva noturna.

– Ele disse por que, de repente, quis que a mão fosse enterrada?

Abildgaard meneou a cabeça.

– Perguntei como a tinha encontrado. Ele disse que era uma espécie de suvenir, como uma presa de elefante, um colar, ou uma lança... Voltou com algumas dessas outras coisas. "Era comum", ele me disse, como se fosse algo bem normal. Os soldados belgas cortavam as mãos dos nativos que matavam para provar que não tinham desperdiçado cartuchos. Foi em uma ocasião assim que a mão caiu em sua posse. Eu não soube o que dizer. – O vigário lançou um olhar de desespero para Albert. – Não queria a mão. Mas ele a deixou aqui. "O senhor é vigário", disse. "Os mortos são o seu terreno." Não consigo jogá-la fora. Mas também não posso colocá-la em um caixão e enterrar no cemitério. Nem há um nome atribuído a ela. Já não sei mais o que fazer.

– Pastor Abildgaard, em um de seus sermões, o senhor falou sobre sentir que o mundo se afasta e sua força própria desaparece bem no momento em que mais se precisa dela.

Abildgaard ergueu os olhos com um sorriso surpreso.

– Estava presente, capitão Madsen? Fico contente por se lembrar de meus sermões. Sim, essa foi uma escolha excelente de palavras.

Albert tinha a intenção de dizer mais alguma coisa, mas então ficou em silêncio, e Abildgaard caiu no desalento mais uma vez.

– O que vou fazer com essa mão? –choramingou. Mais uma vez, olhou pela janela, como se o jardim pudesse lhe fornecer uma resposta.

O dinheiro continuava entrando em Marstal. O mercado de carga nunca tinha se mostrado tão favorável, assim como os salários dos marinheiros. O preço dos navios também continuou sua alta incompreensível. Em uma rua, uma casa sim, outra não poderia estar de luto, mas a animação das famílias que continuavam intocadas não podia ser totalmente suprimida. Mulheres com suas melhores roupas de festa se misturavam a viúvas de preto. Vitrines de lojas eram decoradas como se o Natal já tivesse chegado. E nenhum rabecão se dirigia até o cemitério com menininhas jogando flores à sua frente: os marinheiros mortos, com muita educação, permaneciam afastados. Eles não nos incomodavam, e os sabugueiros ficaram carregados e floresceram pelas ruas naquele verão.

Toda primavera, antes de a frota deixar o porto, Marstal inteira cheirava a piche. Marinheiros armados com broxas pegajosas cobriam as fundações de pedra de suas casas como se fossem navios cujo fundo precisasse ser vedado, em preparação para as viagens do verão. No frontão de cada casa havia números moldados em ferro, pintados de preto, anunciando o ano em que fora construída: 1793, 1800, 1825. Quando martelávamos as colunas cobertas de piche, a tinta descascava em camadas, como os anéis de um tronco de árvore. Mas os números nunca combinavam. As camadas de piche não registravam tanto anos, mas, sim, ausências. As colunas só eram cobertas de piche quando os homens estavam em casa.

Agora, os homens estavam desaparecendo, um a um, e as mulheres teriam de executar esse trabalho masculino, além de vários outros. Logo, nós as veríamos durante a primavera com broxas em punho, aplicando o piche tão negro como as vestes novas de viúva.

Alunos animados da Escola de Navegação pedalavam pela cidade. Fingiam passar por cima das crianças que brincavam nas ruas, que davam gritinhos, fingindo medo. Os rapazes voltavam para as pensões, a fim de pegar o almoço quente. Albert ficava paralisado à visão de alguns deles. Também os tinha visto.

Os submarinos estavam à espera deles. Achavam que o futuro iria lhes trazer dinheiro e aventuras. Tinham a febre da juventude nas veias e não temiam nada. Albert era quem carregava medo por aquelas pessoas.

Ele tinha ideias estranhas a respeito da guerra e suas causas. Nos últimos tempos, visitava a igreja com regularidade. Estavam instalando a cobertura de cobre no torreão novo, e a nave ecoava o dia todo com o som de marteladas, por isso Albert ia até lá à noite, depois que o trabalho do dia terminava. Estava em busca de tranquilidade. Atrás das paredes grossas, nesse aposento fresco e branco, onde o anoitecer chegava cedo, quase como se o espaço tivesse um ritmo próprio de dia e à noite, ele sentia que dispunha tempo para pensar.

E o que contemplava era a morte. Algumas pessoas reclamavam quando ela vinha cedo demais e levava uma criança, uma mãe jovem, ou um marinheiro com família para sustentar. Mas ele nunca compreendera isso. Claro que era uma tragédia para quem ficava para trás e para a pessoa de quem a maior parte da vida tinha sido roubada. Mas não era injusto. A morte estava além de tais noções. Parecia-lhe que aqueles que sofriam perdas com frequência davam pouco tempo a seu luto e passavam a reclamar inutilmente da injustiça da vida. Afinal de contas, ninguém jamais sonharia em dizer que o vento era injusto com as árvores e as flores. É verdade, você poderia não se sentir à vontade quando o sol apagava a luz, ou quando o gelo causava um dano perigoso ao navio. Mas ficar indignado, ultrajado ou irritado, não. Era inútil. A natureza não era justa nem injusta. Tais expressões pertenciam ao mundo dos homens.

Ele tinha muita consciência de por que se sentia assim. Estava pensando no futuro e olhando para trás ao mesmo tempo, e não se concentrava em ninguém especificamente. Pensava sobre as gerações, passando de pais e mães a filhos e filhas, que por sua vez cresciam e se tornavam pais e mães que tinham filhos e filhas. A vida era como um grande exército em marcha. A morte passava e escolhia um soldado aqui e outro ali, mas não afetava a força combativa. Sua marcha continuava, e seu tamanho não parecia diminuir. Ao contrário, crescia na eternidade, de modo que ninguém estava sozinho nela. Uma outra pessoa sempre iria na sequência. Isso é o que contava. A corrente da vida era assim: inquebrável.

Mas essa guerra tinha alterado tudo. Albert dava um passeio pelo porto e notava que havia poucos navios desocupados ao longo dos cais, ou ancorados a postes no meio da entrada do porto. Alguns donos de navios não estavam prontos para arriscar vidas, mas a maior parte deles tinha zarpado. Apesar de minas e guerra de submarinos irrestrita, eles continuavam navegando. Seis embarcações poderiam afundar em um mês, quatro no seguinte. O mar nunca tinha exigido sacrifícios assim antes, mas proprietários e capitães que teriam mantido os navios no porto enquanto uma tempestade se abatesse enviavam-nos para a tempestade muito maior da guerra.

De onde vinha o desprezo pela morte, essa negligência completa? Certamente, dez embarcações e duas tripulações perdidas em dois meses era uma lição já muito bem aprendida, não?

Ao longo do porto de um quilômetro e meio de Marstal, centenas de navios estavam ancorados para o inverno, balançando na água e esperando pela partida na primavera. Assim estava nossa cidade. Era uma visão que ninguém jamais teria. A corrente tinha sido quebrada.

O que tinha acontecido com a camaradagem e com o que Albert considerava parentesco, em cuja homenagem ele tinha erguido a pedra memorial apenas quatro anos antes? Na época, ele achara que estava estabelecendo um monumento a algo vivo. Agora, compreendia que se tratava de uma lápide marcando o fim do espírito que tinha criado a cidade.

E a causa da morte estava na terceira coluna de seu livro-caixa: lucro. Os preços altos, os salários cada vez maiores, o transporte que tinha ficado dez vezes mais caro, o seguro dos navios. Coproprietários que mantinham os navios no porto eram obrigados a ver suas tripulações serem contratadas por outros. Todos queriam tomar parte na pilhagem de guerra.

E, assim, vendemos nossos navios. De que adiantava deixar que ficassem lá parados, se podiam ser trocados por três ou quatro vezes seu valor? O preço de sua construção poderia ser recuperado em um ano; por isso, não apenas navios velhos e desgastados foram passados adiante, mas também os recém-lançados. Todos falávamos em termos misericordiosos a respeito da guerra terrível e dizíamos que esta seria a última. E foi mesmo horrível para os milhões de mortos em batalha. Mas nós, que acabamos poupados, fomos beneficiados por ela.

A Dinamarca se manteve fora da guerra, sem assumir nenhum lado. Mas será que realmente achamos que seríamos poupados apenas porque a bandeira de nosso país estava pintada no costado dos barcos? Um marinheiro precisa ter cabeça fria. Mas isso era desleixo. Marstal estava no coração da zona de guerra. Frentes de batalha existiam em terra firme, mas o mar tinha suas frentes também, e metade dos marinheiros da cidade as encarava todo dia.

O que nos motivava? Seria a perspectiva de lucro o pulso desta guerra? Seria a cobiça, que Albert agora via até em pessoas que ele acreditava conhecer bem?

Será que tinha simplesmente ficado velho? Será que algo definitivo tinha mudado? Ou será que sempre tinha sido assim, sem que ele percebesse?

Albert, de repente, sentiu-se ridículo. Tinha se preocupado em perder a cabeça por causa de sonhos que continham informações tão terríveis que não ousava comunicar a outros. Mas, e se nos dissesse o que sabia? Será que não teríamos rido dele e desprezado suas palavras, apesar de não duvidarmos da verdade do que dizia?

Morrer? Bom, talvez.

Ele era aquilo, um contramestre, um marinheiro experiente, um comandante. Poderíamos ter apontado outros. Mas não a nós mesmos. A cobiça fazia com que nos considerássemos imortais. Será que estávamos pensando sobre o amanhã? No nosso próprio, talvez, mas não naquele dos outros.

O comandante Levinsen reclamara quando o quebra-mar estava para ser construído, dizendo: "A gente deve cuidar apenas de si mesmo, não da posteridade". No passado, toda a cidade tinha tido vergonha dessas palavras.

Mas, agora, o Levinsen de visão limitada se transformara em nosso modelo de conduta.

Herman voltou para casa com uma bengala de osso branco na mão, feita das vértebras de um tubarão. Não foi o primeiro homem em Marstal a retornar das Índias Orientais ou do Pacífico com ossos de tubarão, mas foi o primeiro a andar para lá e para cá com eles nas ruas, como se fosse um cetro e ele, um rei. Cumprimentando velhos conhecidos com empáfia, usava o objeto para varrer o ar num floreio rebuscado.

Foi com essa bengala que bateu à porta de seu guardião, Hans Jepsen. Ao fazer isso, um grupo de meninos o observava a uma distância segura, entoando:

– O canibal está à solta! O canibal está à solta!

Quando Hans abriu a porta, Herman acenou com seu caderno de registro de marinheiros diante dele. Agora, era um marinheiro experiente, e queria mostrar que tinha direito a ser respeitado. Sem cumprimentar Hans, anunciou sua idade: vinte e cinco. Falava como um soco. Tinha atingido a maioridade e anunciava o destronamento de Hans Jepsen como proprietário oficial do *Duas Irmãs* e da casa na Skippergade.

Mas Hans Jepsen não parecia estar escutando. Observava a bengala branca que Herman agitava.

– Vejo que competiu com os tubarões para ver quem comia mais – ele disse. – E que ganhou. Pena que não foi o contrário.

A bengala de Herman cortou o ar, mas Hans já tinha batido a porta. O osso de tubarão bateu na madeira pintada de verde e se quebrou; as vértebras se espalharam por todos os lados. Os meninos urraram de tanto dar risada, dispersando-se e berrando:

– O canibal está à solta! O canibal está à solta!

Algum tempo depois, retornaram e recolheram os restos da bengala, que Herman tinha jogado fora. Não sabíamos por que eles o chamavam de canibal. Meninos têm seus próprios motivos. Provavelmente tinham medo dele e, por isso, fizeram aquilo que garotos fazem com qualquer objeto que represente o medo: chegavam perto, apontavam o dedo, davam um apelido e mascaravam seu terror sob risadas ruidosas. Guardaram as vértebras recuperadas em latas e caixas, e as levavam a rituais secretos, ou usavam para decorar seus esconderijos nos choupos ocos que ladeavam as estradas elevadas fora da cidade.

* * *

Todo dia, durante uma semana, Herman pagou uma rodada no Café Weber para comemorar sua nova condição de homem de posses. Suas faces estavam rosadas, e ele trazia no rosto uma expressão de "eu te desafio a me encarar": caçoava de nós a todo momento, como se estivesse se preparando para exigir alguma jura de lealdade, um acordo solene de que iríamos nos submeter a seus caprichos ou encarar as consequências. Uma olhada rápida na maneira com que, impaciente, ele abria e fechava as mãos enormes, como se estivesse ansioso por algo para agarrar e esmagar, sugeria que as consequências poderiam ser estas. Ficara ainda maior desde a última vez em que o tínhamos visto, com ombros mais largos, bíceps impressionantes e um peito que parecia a frente de um caminhão... Mas também tinha ganhado barriga. Apesar de ainda ser novo, já estava ficando gordo.

Perguntamos a ele se comia no Costeletas de Larsen ou no Panquecas de Nielsen, lugares que frequentávamos para comer cozido e picadinho quando estávamos à procura de trabalho em Copenhague.

– Estou acostumado a coisas melhores – respondeu. No Hans Tinteiro, em Nyhavn, mandou tatuar no braço direito um leão agachado, pronto para atacar. A faixa em cima dele dizia: "Inteligenti e Poderozo".

Ele pediu mais uma rodada.

– Esperem só para ver, caramba – disse. – Esperem só para ver!

Algo em sua voz fez com que pensássemos que poderia nos surpreender da mesma maneira que tinha surpreendido Holger Jepsen naquele dia, quando, em algum lugar entre Marstal e Rudkøbing, ele caiu, ou pulou, ou foi empurrado ao mar.

Herman tinha viajado para longe. Todos tínhamos também, mas ele fora a um lugar a que nenhum de nós foi: a Børsen, a Bolsa de Valores de Copenhague. Quando falava sobre o assunto, o homem que tínhamos conhecido como menino, com a cara sempre amarrada e uma tristeza que, possivelmente, escondia um crime, de repente dava início a uma eloquência incomum. Mas isso parecia tão suspeito quanto as evasivas em relação à morte do padrasto, uma década antes.

Claro que sabíamos o que era a Børsen. Um lugar frequentado apenas pelos ricos e por quem sabia aritmética, onde tudo podia ser medido em dinheiro, que podia crescer ou encolher; onde as pessoas podiam ser vitoriosas em um momento e vencidas no seguinte; onde a vida podia mudar de triunfo a tragédia no espaço de um segundo. Ah, sabíamos disso. E sabíamos que nós também estávamos sujeitos às leis que governavam o dinheiro, que o preço do frete não era determinado simplesmente pelo peso e pelo número de milhas náuticas que precisava viajar, mas também pela oferta e demanda. E o que não sabíamos, Madsen, Boye, Kroman, Grube e os outros corretores de seguros e donos de navios de Marstal sabiam. Mas, apesar de termos ciência de que existiam leis para controlar esse circo, também sabíamos que estavam além de nós e que qualquer um de nossa comunidade tinha mais probabilidade de sobreviver a um tufão do que de sair da Børsen com dinheiro no bolso. Mas Herman parecia ter passado a metade dos anos que ficou fora navegando pela confusão de dinheiro e títulos, na qual as pessoas e as fortunas eram engolidas e cuspidas mais uma vez. Ele chamava aquilo de Nova América.

– Não é necessário viajar até a América para ficar rico. Basta baixar âncora em Copenhague. Até os meninos que entregam leite especulam na Bolsa de Valores. Podem entregar garrafões em um dia e serem milionários no outro.

Falava conosco como se fôssemos um bando de selvagens analfabetos e de bunda à mostra; e ele, um missionário que tinha chegado para nos iluminar a respeito da Terra Prometida. Sua voz vinha carregada com uma condescendência que não combinava com ele, e que nos incomodava. Thorkild Folmer, contramestre do *Ludwig*, fez uma careta e retrucou, em tom de desafio:

– As empregadas de Marstal também têm participação em navios.

Herman deu risada.

– Haha! Sim, uma participação de um centésimo. Um centésimo do quê? Quanto uma banheira velha e miserável pode ganhar em uma temporada? Quem pode se tornar milionário com isso? Um homem avarento de Marstal, provavelmente, se chegar aos duzentos anos e não comer nem beber até lá.

E repetiu o riso desagradável que, ele supunha, mostrava que era mais inteligente do que o resto de nós.

Novas palavras estavam sempre nos lábios do homem. "Margem", "touro", "urso": encantos mágicos para quem entendia seu significado, mas, para nós, bobagem completamente incompreensível. Mencionou o nome de seus amigos de Børsen, que eram homens visionários e de coragem: de fato, pioneiros nesse novo país. O Grandalhão Negro, o Calçamento Rolante, o Extrator de Dente, o Judeu Vermelho, o Trocador de Pista: estes homens, tão informais e diretos quanto seus apelidos conquistados com alegria sugeriam, recebiam qualquer um em seu clube, desde que o homem tivesse a atitude certa e quisesse ficar rico logo. Até um marinheiro comum. Ou, de fato, um ajudante de cabine.

– Só precisei mencionar minha herança e eles me emprestaram o dinheiro. Por causa da força dos meus olhos azuis. Eu, um ajudante de cabine. – O rosto de

Herman se obscureceu por um instante e ele olhou ao redor do círculo, no Café Weber. – Diferentemente de outros que eu poderia citar.

Não tinha se esquecido de que ninguém em Marstal quisera contratá-lo como ajudante de cabine, muito menos como marinheiro iniciante. Mas Børsen não o tinha rejeitado. Ele era bom o bastante para os homens de dinheiro refinados de Copenhague, que o incluíram em seu círculo. Nós o tínhamos colocado de escanteio.

Mas, agora, voltara.

– Esperem só para ver – repetiu pela enésima vez, apertando os olhos até se tornarem fendas. – Esperem só para ver, seus desgraçados! – Deu um gole na cerveja e cuspiu no chão. – Cerveja... ha! Ninguém bebe esta água suja em Copenhague. Lá bebemos champanhe no café da manhã.

O Café Weber estava lotado, e Herman era a atração estelar. Arregaçara as mangas, e ficamos olhando para o leão no braço direito dele: "Inteligenti e Poderozo". Talvez fosse um assassino. Talvez fosse apenas um tolo. Mas, bom, talvez tudo que ele nos dissera fosse verdade, e nós éramos os tolos, e ele era o "inteligenti" e "poderozo". Nós não éramos como os meninos que iam atrás dele pela cidade, ridicularizando alguém que temíamos em segredo. Nenhum de nós, os adultos, ousava dar risada de Herman; tínhamos medo demais de nos tornarmos alvo de seu desprezo. Em vez disso, assentíamos e fazíamos uma cara de quem estava entendendo tudo, escondendo nosso nojo. Champanhe no café da manhã! Com os diabos! Champanhe era servido nos pátios dos bordéis de Buenos Aires, do tipo que tinha palmeiras, fontes e pinturas sacanas nas paredes. Era o caldo das moças do prazer. Nenhum homem de respeito iria escolher beber isso, a não ser quando estivesse de pau duro. Era a lubrificação exigida para deixar a *señorita* molhadinha. "*Bocê simpático. Compra una garrafa pequeña de champanhe.*" Champanhe era parte da tarifa.

Ficamos olhando para as bolhas que subiam do fundo do nosso copo. Pareciam o último ar espremido para fora dos pulmões de um afogado. Poderíamos ter cuspido no chão. Mas não cuspimos. Viramos o copo e achamos que a cerveja tinha um gosto estranho, choco e insosso.

Um grupo de homens, jovens e velhos, estava reunido no Dampskibsbroen em uma noite quente de verão em que a água e o céu pareciam um desenho em pastel, com tons de azul-claro e rosa; e o mar, um piso reto sobre o qual seria possível caminhar até a ilha de Langeland. Os jovens eram da nova raça capaz de falar com ousadia e franqueza na presença dos mais velhos. Só tinham molhado os dedos dos pés no mar, mas se consideravam experientes por causa da guerra e do dinheiro no bolso. Mas, hoje, sua atenção estava fixada em um desconhecido que apareceu entre eles.

Desta vez, até Herman ficou quieto. Olhava fixamente para o desconhecido: um homem alto e enérgico, com chapéu de palha de aba larga e um paletó de verão de cor clara, dependurado nos ombros largos. Ele tinha lábios carnudos e cabelo loiro-avermelhado, que caía de modo casual sobre a testa. Apenas os olhos vermelhos mostravam que não era apenas mais um residente de verão que vinha para cá em busca de descanso à beira-mar. Sempre sorrindo, jogou os braços para cima, com a voz tinindo de animação enquanto falava, claramente deliciado com a atenção que recebia de sua jovem plateia. Neste ínterim, os comandantes mais velhos tinham se retirado para a periferia: se isso era por causa do fato de, por instinto, não gostarem de Herman, que estava por dentro daquilo, ou pelo fato de o desconhecido ser obviamente aliado de Herman (e de fato até se parecer com ele, no físico grande e na maneira de falar com empáfia), era impossível saber.

Herman tinha uma expressão no rosto que nunca tínhamos visto: admiração. Além de não tirar os olhos dos lábios do orador em momento algum, os dele também começaram a se mover, como se estivessem repetindo em silêncio as palavras do desconhecido e se preparando para proferi-las à primeira oportunidade.

Herman não tinha o hábito de admirar ninguém. Albert Madsen, certa vez, tinha salvado seu navio de uma colisão séria, mas o incidente fizera com que Herman sentisse ressentimento em vez de agradecimento, porque, na mesma ocasião, Albert tinha batido nele, e ficou com rancor dele desde então. Ao ver Albert agora, em seu passeio noturno contumaz pelo porto, convidou-o para se juntar ao círculo, mas suas intenções não eram simpáticas.

– Boa noite, capitão Madsen. – Imediatamente ficou claro que sua educação devia-se apenas ao forasteiro. – Permita-me apresentá-lo ao senhor Henckel, o engenheiro.

– Edvard Henckel – o desconhecido disse, e estendeu a mão para Albert com um amplo sorriso.

Albert nunca tinha se esquecido do jeito como Herman tinha olhado para ele no dia em que saltou sobre o convés do *Duas Irmãs*. Não esperava que o garoto fosse atacá-lo, mas desviou-se do golpe com facilidade e salvou o navio. Não foi a primeira vez que ele deu um jeito em um condutor de leme inútil desferindo um soco. Ele poderia ter acreditado que Herman, na época com quinze anos, tentara acertá-lo em pânico, mas os olhos do menino não tinham revelado nada além de fúria imprudente, e Albert não duvidava de que Herman fosse capaz de assassinato. Havia uma rudeza nele. Isso, em si, não era uma coisa ruim, mas, além da rudeza, algo em Herman parecia morto desde o cerne. Semelhante à madeira fossilizada, que nunca daria brotos, sua vida não iria abrir botões de maneira inesperada. Não havia vitalidade ali. Apenas brutalidade.

Albert sabia muito bem que o rapaz o enxergava como inimigo. A sensação não era mútua. Sentia desconforto quase físico na presença do jovem, mas também pena. Antes de mais nada, no entanto, sentia-se velho e resignado. Abordou Herman com o cuidado que teria com um animal perigoso, cuja pata sangrasse, presa a uma armadilha.

Apertou a mão de Henckel e então se voltou para Herman.

– Ouvi dizer que vendeu o *Duas Irmãs*. Que pena; era um bom navio, uma alegria de se ver, e dava orgulho à cidade. – Ouviu a pompa em sua própria voz e se sentiu incomodado consigo mesmo.

– Possivelmente – Herman respondeu. – Mas obtive um bom lucro. Isso é o que importa.

– Para um negociante, sim, mas não para um marinheiro. Certamente, outras coisas nos unem a nossos navios além da perspectiva de ganho a curto prazo.

– Agora, ouça bem... – Uma nota de impaciência penetrou na voz do rapaz, como se estivesse falando com uma pessoa surda. – Eu poderia mandar o *Duas Irmãs* para o inferno e de volta, e, mesmo com a recente alta de dez vezes no preço da carga, não iria ganhar a mesma quantia navegando, como aquela que ganhei vendendo.

– Você só está pensando a curto prazo – Albert repetiu.

Eles eram, obviamente, os jogadores principais agora, e o público os rodeava como se estivessem prestes a travar um duelo. Henckel cruzou as mãos inquietas nas costas, com um sorriso cheio de expectativa brincando nos lábios.

– Quem disse que eu quero outro navio? Ah, "coproprietário de navio" parece uma coisa grandiosa dos infernos. Mas talvez isso logo vá se tornar um título vazio.

Albert não deixou passar a falta de respeito. Como esse novo-rico ousava lhe dizer que seu tempo tinha acabado e sua experiência era inútil? Sentiu a raiva lhe subir por um instante, enquanto olhava feio para o rapaz que se encontrava na frente dele, com as pernas separadas e uma expressão de desprezo no rosto.

As mangas de sua camisa estavam enroladas com descaso, devido à noite quente de verão; assim dava para ver o leão se preparando para atacar, e as palavras "Inteligenti e Poderozo".

– Há dois erros de ortografia na sua tatuagem.

Albert se arrependeu no mesmo instante. Tinha se deixado levar pelas emoções. Era inútil morder a isca. Herman era duro, calejado. Mas sua brutalidade apenas refletia a era em que viviam. E Albert? O tempo dele tinha acabado. O da cidade também. E isso era o que ninguém parecia perceber.

Herman deu um passo adiante. Os enormes punhos estavam fechados, mas Henckel colocou a mão em seu ombro. Ele imediatamente ficou paralisado, como se obedecesse a uma ordem secreta. Albert estava se preparando para se retirar quando o engenheiro falou.

– Há muita verdade no que disse antes. Estou certo em pensar que são as palavras de um velho marinheiro? Fui criado em Nyboder, e meu primeiro período como aprendiz foi no estaleiro naval. Reconheço um marinheiro quando vejo, e sei o que significa amar o mar.

Herman se enrijeceu. Um escárnio perigoso apareceu-lhe nos olhos, como se tivesse sido emboscado. Henckel o ignorou e prosseguiu.

– É verdade que a navegação dinamarquesa está passando por um renascimento. A guerra nos trouxe prosperidade, e precisamos manter esse crescimento. – Apontou para Herman num aceno de cabeça. – Mais navios! Estaleiros! É disso que este país precisa. Marstal terá seu próprio estaleiro para a construção de navios de aço. Ouviu falar do estaleiro de aço Kalundborg e do estaleiro Vulcan, em Korsør? Bom, permita-me informar que sou o homem por trás deles. Agora é a vez de Marstal. E foi Herman quem me deu a ideia. Ele já aceitou ser o coproprietário do estaleiro. Claro, é modesto demais para mencionar isso pessoalmente. Mas investiu uma soma considerável, obtida com a venda do *Duas Irmãs*. E isso faz dele nosso primeiro investidor. Estamos construindo o futuro de Marstal e o futuro da navegação dinamarquesa. – A mão grande e sardenta de Henckel, com a cobertura densa de pelos louro-avermelhados, deu um apertão reconfortante no ombro de Herman. – De fato, Herman, Marstal tem motivo para se orgulhar de você. É um verdadeiro filho da cidade.

Albert olhou para Herman, que, placidamente, permitiu que a mão de Henckel repousasse em seu ombro e compreendeu que o engenheiro de Copenhague tinha obtido sucesso no ponto em que todos os outros tinham falhado: domara Herman Frandsen. Como fizera isso? Talvez, quando o jovem sonhador tinha se gabado de suas tramoias grandiosas, ele simplesmente tivesse assentido com a cabeça em vez de sacudi-la. Mas há mais coisa aí, Albert refletiu. Henckel tinha domado Herman ao apelar a seu desleixo. Mentor e pupilo eram farinha do mesmo saco.

Albert ergueu a bengala como que para se despedir. Queria ficar sozinho, em companhia da noite de verão, antes de voltar para casa e ir para a cama com seus sonhos atormentantes.

Quando saiu, ouviu o engenheiro convidar os homens para beber champanhe no Hotel Ærø. A resposta foi uma risada entusiasmada. Albert não se virou para trás, mas prosseguiu na direção da pedra memorial. De repente, ficou com a sensação de que tinha vivido demais.

Não acreditava nas promessas de Henckel, nem nas gabolices de Herman, mas ambos pertenciam à terra dos vivos.

O lugar de Albert era junto aos mortos.

Albert se acomodou na igreja, recompondo-se, preparando-se para dar mais notícias ruins, porque o pastor Abildgaard tinha chorado outra vez. Em seu tempo de capitão, ele com frequência era chamado para dar a notícia da morte de um marinheiro. Na época, conhecia o morto pessoalmente e podia falar a respeito dele com conhecimento de causa, sem nunca recorrer a generalidades vazias. E apesar de, como capitão, manter distância dos integrantes de sua tripulação, sabia o suficiente a respeito da natureza humana para reparar nos trejeitos dos homens e adequar suas palavras à ocasião. Albert sabia que as palavras proferidas pelo capitão tinham muita importância, até mais do que as do pastor. O vigário era mais próximo de Deus, mas não estava mais próximo da morte, nem da linha que a separa. E esta era toda a questão. As palavras do capitão, não as do vigário, ficavam nas lápides invisíveis que as pessoas erguiam na memória; já em relação aos enterros, o vigário nunca tinha muito o que fazer em uma cidade de marinheiros.

Marstal era uma cidadezinha pequena; então, mesmo quando Albert não conhecia bem o morto, sabia o bastante a respeito dele. Quando a guerra levava um jovem, ele conhecia o pai e era capaz de localizá-lo dessa maneira. Se o homem fosse mais velho, devia conhecê-lo pessoalmente. Podia até ter feito parte de sua tripulação. Então, Albert se tornou uma presença, um ponto fixo no vazio que se abria com um bocejo quando a morte chegava. E, de certa maneira, bloqueava a morte, parado à porta como um anteparo que absorvia o choque e a angústia inicial daqueles que tinham sofrido perdas, permitindo que encarassem sua perda quanto antes e, com o luto, começassem a se curar.

Mas havia uma coisa que ele sabia a respeito dos mortos e que não podia compartilhar com ninguém: seus momentos, como os tinha presenciado em seus sonhos. Ele os tinha visto se entregar à espuma das ondas. Tinha visto quando foram dilacerados por tiros de bala. Vira os rostos carcomidos pela geada, largados sem vida por cima de um banco de bote salva-vidas, depois de um dia no mar gelado pelo inverno. Estes fatos Albert guardava para si, mas, apesar de escondê-los, suas palavras de conforto baseavam-se neles. Mentia como apenas um homem que conhece a verdade é capaz de mentir. Mentia sobre o pavor e a dor, mas não sobre a morte. Não falava do Além, porque não era o pastor Abildgaard. E era por isso que acreditavam nele. Era velho e tinha nascido em Marstal: foi um dos homens importantes da cidade, com seus ombros largos e a barba bem aparada, desde que se fixou em terra firme. Mesmo na presença da morte, mantinha sua autoridade de capitão. Acomodava-se na sala de visitas de uma família, onde talvez nunca tivesse estado antes, e sua presença dava à morte um significado que os familiares poderiam não ter percebido não fosse por ele. Ajudava os enlutados a se resguardarem contra a escuridão. Eles não se sentiam sozinhos, porque não era apenas Albert que os visitava, mas a cidade toda e tudo que ela representava: camaradagem, parentesco, o passado e o futuro. A morte já estava meio vencida, e a vida prosseguia.

Ninguém pedia palavras sobre Jesus quando o capitão Madsen estava presente, nem sobre onde o morto estava agora, ou se estava feliz. A mensagem do capitão era simples: as coisas são assim. Ele nos ensinou uma aceitação vasta e completa, que permitia que as realidades da vida chegassem até nós de maneira direta. O mar nos leva, mas não tem mensagem a transmitir quando as águas se fecham sobre nossa cabeça e enchem nossos pulmões. Pode parecer um consolo estranho, mas as palavras de Albert ofereciam-nos um ponto de apoio: as coisas sempre tinham sido assim, e estas eram condições compartilhadas por todos nós.

Albert sabia que algumas pessoas não eram capazes de superar suas crises sem o Salvador, e as deixava para a viúva de Carl Rasmussen. Ele não considerava essa fé um sinal de fraqueza. Sabia que as pessoas têm modos diferentes de lidar com as coisas, apesar de ele, pessoalmente, não ter nenhum. Seus sonhos eram assombrados. Sentia-se sozinho; sua fé na camaradagem se despedaçara. Caminhava com o corpo ereto quando deixava as casas em luto, mas, por dentro, encolhia-se.

Não sabia do que precisava; por isso, sentava-se na igreja e recompunha os pensamentos. Na maior parte do tempo, examinava as mãos, mas, de vez em quando, erguia os olhos para o altar de Rasmussen, que retratava Jesus acalmando o mar da Galileia. Do lado de fora, a guerra continuava pegando fogo. Mais do que nunca, marinheiros eram mortos, e ele anotava as perdas em seu livro-caixa. Às vezes, pensava que era igualzinho a Anders Nørre, um imbecil cuja única sanidade era a lista infindável de números que piscavam feito raios da noite escura de sua mente. O que Jesus teria feito no meio de uma guerra mundial? Um homem crucificado com uma lança na lateral do corpo parecia banal quando milhões estavam presos atrás de arame farpado, morrendo com os intestinos expostos.

De sua parte, Albert anotava números. De que outra maneira poderia conter toda essa destruição incompreensível? Se alguém, algum dia, encontrasse esse livro-caixa, o que iria pensar? Que tinha sido escrito por um maluco?

Levantou-se do banco de madeira pintado com um azul forte, tremendo. Fazia frio dentro da igreja caiada. Deu mais uma olhada no telegrama que tinha nas mãos, para notificar oficialmente a empresa de navegação a respeito da perda da escuna de três mastros, *Ruth*. Localização: oceano Atlântico. Viajando de St. John's a Liverpool. Descrição da perda: Desaparecido. Condições de vento e clima: Desconhecidas. "Desde que partiu da Terra Nova, o *Ruth* não foi visto. Presume-se que o navio tenha se perdido, juntamente com toda a tripulação."

O trabalho de Albert era traduzir o veredicto conciso, composto de nada além de fatores desconhecidos, para o discurso humano. Um navio afundara em algum lugar no vasto Atlântico, dentro de um raio de mil milhas marítimas, por gelo, ou por uma tempestade, ou uma onda descontrolada. Ou por um monstro pré-histórico coberto de aço que se ergueu do nada, cuspindo torpedos, a encarnação da ausência de misericórdia: um lembrete de que o mar não era o único inimigo. O resultado: um jovem de Marstal desaparecido, para nunca mais ser visto, e essa notícia estava prestes a ser jogada na cara de Hansigne Koch, uma viúva de marinheiro que dois anos antes perdera outro filho, um menino de sete anos, em um acidente com um bote no porto. Esta era a tarefa de Albert: guiar a mulher em segurança até o porto, garantir que não fosse engolida pelas profundezas ao receber a mensagem.

Mais cedo, de sua janela panorâmica, vira Lorentz atravessar a rua com o telegrama na mão. Ele o deixara entrar. Depois de pendurar o sobretudo no vestíbulo, Lorentz se sentou com dificuldade no sofá. Seus vários anos de atividade lhe pesavam. Já tinha sofrido um ataque cardíaco, e sua fragilidade da infância tinha retornado. Com frequência, ficava com falta de ar, principalmente durante os meses frios de inverno. Seus ombros subiam e desciam, e exibia uma respiração rouca e chiada, exausto de atravessar uma única rua sob o vento fustigante e cheio de gelo. Tinha se esquecido de colocar o chapéu: o cabelo molhado e ralo colava-se ao couro cabeludo, e o rosto de Buda estava corado. Tinha trazido a indispensável bengala consigo para a sala de estar.

– Desta vez foi o *Ruth* – disse, lacônico.

Lorentz tinha perdido dois navios antes deste, e a cada vez informara às famílias dos marinheiros pessoalmente. Talvez tivesse intenção de fazer a mesma coisa agora, mas, em sua condição, atravessar a cidade toda caminhando seria um feito que poderia lhe sair muito caro, e estava velho demais para montar a cavalo.

– Você esqueceu o chapéu – Albert disse. – Deixe que eu faço isso.

* * *

Então, Albert subiu a Kirkestræde para informar o pastor Abildgaard, depois foi à igreja se recompor. E agora, finalmente, estava na frente da casa, na Vinkelstræde. Hansigne Koch abriu a porta para ele pessoalmente.

– Eu sei por que está aqui – ela disse, quando viu a silhueta alta de Albert à sua porta. – É Peter. – Quando proferiu o nome do filho, um choque pareceu percorrer-lhe o corpo. A pele sob os olhos empalideceu, e seus lábios começaram a tremer. – Não fique aí parado – ela disse, em tom brusco, e Albert entendeu que esse comportamento era para impedir que desabasse. Ela desapareceu na cozinha para fazer o café, do qual nenhuma visita era capaz de escapar, por pior que fosse a notícia que trazia. Albert entrou na sala de visitas e se sentou. O aposento não era usado todos os dias, e o fogão estava frio, mas ele sabia que ela queria servi-lo ali. Da cozinha, ouviu o barulho do bule de café, o raspar de um fósforo, o chiado da chama a gás. Mas nada de Hansigne. Se estivesse chorando, era em silêncio.

Ela chegou com as xícaras de café. Eram de louça inglesa esmaltada, presente do marido, talvez, ou herança de família. Quando se abaixou para acender o fogão, Albert não ofereceu ajuda, nem pediu-lhe que não se incomodasse, nem sugeriu que tomassem o café em um aposento que já estivesse aquecido. Ele sabia que a pequena tarefa doméstica estava fazendo com que ela se controlasse nesse momento, assim como outras rotinas diárias iriam ajudá-la a sobreviver durante o tempo que estava por vir. O café era um ritual tão importante quanto o enterro que ela nunca poderia dar ao filho.

Sentou-se diante de Albert e serviu a bebida quente. Ele relatou as circunstâncias do navio perdido o melhor que pôde. Não havia muito a dizer. "Perdido" só significava que ele não tinha chegado a Liverpool, mas era importante que a mulher não obtivesse esperança dessa incerteza, porque então o luto dela jamais chegaria ao fim. Talvez nunca chegasse, de qualquer modo. Mas a esperança faz o tempo parar, e o tempo só cura quando seu fluxo não para. Disso ele sabia.

Albert não tinha mencionado a guerra.

– Acha que foi um submarino? – ela perguntou.

Ele meneou a cabeça.

– Ninguém sabe, senhora Koch.

– Recebi uma carta dele há dois dias. Postada em St. John's. Escreveu que muitos marinheiros tinham abandonado o navio. O *Ægir* nem podia zarpar: não tinha sobrado nenhum marinheiro. Homens desertaram do *Nathalia* e do *Boavista* também, apesar de terem pão de centeio a bordo. No *Ruth*, só havia biscoitos secos. "Ah, se eu tivesse as cascas de pão que o vovô dá para as galinhas." Foi isso que ele escreveu para mim. Eu sempre ficava preocupada que não o estivessem alimentando direito.

Continuava sem chorar.

– Uma mãe nunca tem paz de espírito – prosseguiu. – Às vezes, acho que não vou parar de me preocupar até morrer. Tenho medo desde o primeiro minuto dele no mar. – Ficou em silêncio. Então disse, de repente: – Por que tem de ser assim? Sempre o mesmo medo. Mas um submarino é o pior.

Albert tomou-lhe a mão. Sabia que tinha sido um submarino. Vira aquilo pessoalmente, em seus sonhos. A tripulação fora morta a tiros antes de poder abandonar o navio. Peter estava no convés, preparando o bote salva-vidas, quando uma bala abriu-lhe o peito e ele caiu. Então, a tripulação do submarino embarcou no navio, espalhou gasolina e tocou fogo. O cordame e as velas se transformaram em uma pira flamejante, e o *Ruth* desapareceu sob as ondas, com um chiado.

Este era sempre o momento mais difícil. Ele obrigou a mão a parar de tremer quando pegou a dela. Era solitário. Mas a solidão dele não era nada comparada à dela; Koch tinha perdido o marido e dois filhos.

A mulher olhava diretamente para ele. Continuava contendo as lágrimas, como se estivesse se submetendo a um teste de resistência terrível.

– Capitão Madsen, eu não sinto nada. – Havia descrença em sua voz, a descrença de uma vítima de acidente que ficou paralisada da cintura para baixo e, de repente, descobre que não consegue mais sentir as pernas. – Eu sabia – disse mais para si mesma.

– Sabia o quê, senhora Koch? – A voz dele era gentil.

– Quando o pequeno Eigil se afogou, eu soube que nunca mais iria chorar. Nunca tinha me preocupado com ele. O que pode acontecer com uma criança brincando? E daí ele se afoga no porto. Ah, capitão Madsen, meu coração parou naquele dia. Acho que contei os segundos, e nada aconteceu no meu coração. Nenhuma batida, nenhuma pulsação, absolutamente nada. Ficou completamente imóvel dentro do peito. Peter estava em casa. Ele me abraçou e me segurou bem forte, do jeito que eu fazia com ele tantos anos antes, quando era pequeno. "Mãe, fico tão feliz por ainda ter você", ele disse, e apesar de não ser capaz de levar embora meu pesar, meu coração voltou a bater. Ele nunca, jamais me escreveu sem pedir que eu mandasse lembranças para Eigil, no cemitério. – Os olhos dela continuavam secos. – E agora ele se foi também – disse. Suas palavras saíram desconjuntadas. – Agora não há ninguém para mandar lembranças ao pequeno Eigil.

Inclinou a cabeça, e suas lágrimas caíram na mão de Albert.

O tempo passou. Albert não disse nada.

– Bom, parece que eu não fiquei sem lágrimas, no fim das contas – ela concluiu.

Ele sentia o alívio em sua voz. Seu teste de resistência tinha terminado. Ela tinha recuperado os sentimentos.

– Há mais uma coisa que a senhora ainda tem – Albert disse. – Não se esqueça de que ainda há alguém que precisa da senhora.

A senhora Koch olhou, perplexa, para ele; então esticou a coluna de um salto, como se alguém a tivesse chamado.

– Ida!

Lorentz falara um pouco sobre a família para Albert; Ida era a filha do meio da senhora Koch, uma menina de onze anos. Naquele dia, devia estar na escola, na Vestergade.

– Ida – a senhora Koch disse mais uma vez, e se levantou com um movimento atarantado. – Preciso ir buscá-la.

Ela logo vestiu o casaco e se postou no vestíbulo, pronta para sair. Eles caminharam juntos pela Vinkelstræde e, depois, pela Lærkegade. Albert ofereceu-se para acompanhá-la até a escola, mas ela recusou.

– O senhor disse algo muito verdadeiro há um momento, capitão Madsen.

Ela meneou a cabeça quando eles se separaram.

– Sempre tem alguém que precisa de nós. Às vezes, é possível esquecer. Mas é isso que nos mantém vivos.

Albert virou na Nygade e estremeceu. A neve semiderretida voou bem no seu rosto. Será que ele era útil? Será que alguém precisava dele?

Pisou com passos firmes no chão molhado, cheio de irritação, e enxugou o rosto.

A viúva do pintor de marinhas também costumava visitar a igreja. Ela ficava sozinha em um banco, olhando para Jesus e o mar revolto. Talvez ficasse pensando sobre o Salvador, ou talvez sobre os filhos que tinham sido tirados dela, um depois do outro, até sobrar só uma menina. Ou talvez refletisse sobre o marido falecido. Era impossível saber. A primeira vez que Albert entrou na igreja e a viu lá, sentada de costas para ele, saiu em silêncio, sem querer interferir. Até conferiu o horário (talvez ela tivesse hábitos regulares) e começou a chegar mais cedo. Se ficasse lá tempo suficiente, ela sempre aparecia. Não se retirava quando o via; simplesmente acomodava-se a certa distância e dava início à sua própria reza silenciosa. Ele escutava o farfalhar do vestido dela e o raspar de seus sapatos. Uma vez, quando Albert se levantou para sair, ela ergueu os olhos, e ele acenou de leve com a cabeça, no caminho da porta. Depois disso, chegava todos os dias no mesmo horário. No final, ela também aparecia. Duas pessoas, sentadas em silêncio em pontas opostas da igreja.

Albert não era um homem que sabia buscar consolo. Sabia como ser útil aos outros, e, às vezes, as duas coisas são uma só. Mas o fardo que carregava era algo sobre o qual não podia conversar com ninguém, e, como não acreditava em Deus, o resumo era que não podia falar sobre o assunto de jeito nenhum. Ainda assim, ia à igreja todos os dias, meia hora antes de Anna Egidia Rasmussen, e ficava lá sentado, como se estivesse esperando pela chegada dela.

Se ele não visitava a igreja para encontrar Deus, talvez fosse lá para encontrar um ser humano?

Um dia, ela chegou e se sentou ao lado de Albert. Ele ficou se perguntando o que estava esperando. Ergueu o olhar das mãos e a cumprimentou.

– Então, está aqui mais uma vez, capitão Madsen – ela disse.

Ele assentiu, sem saber o que dizer a seguir. Havia relatos do desaparecimento do *Hidra*, e ele tinha mais uma mensagem de morte para entregar, à viúva do capitão Eli Johannes Rasch. A senhora Rasmussen tinha de fazer a mesma coisa.

– Será que esta guerra terrível nunca vai terminar? – Ela suspirou ao se afundar em sua contemplação de sempre, no altar do marido falecido.

– Não. Nunca vai terminar. – Disse isso em uma explosão de raiva. De repente, estava fazendo o que tinha jurado nunca fazer na presença de alguém que tivesse sofrido uma perda: dar sua opinião a respeito da guerra. – Nunca vai terminar, desde que alguém lucre com sua continuação.

– Como é que alguém pode lucrar com tanto horror e morte?

– Dê um passeio pela Kirkestræde. Olhe para as lojas. Esta cidade está prosperando como nunca.

– Está sugerindo com seriedade, capitão Madsen, que os moradores de uma cidadezinha como Marstal mantêm os motores poderosos da guerra em movimento? Não vê o que o pesar causou a esta cidade? Deve ver. Assim como eu, anuncia a morte a alguém toda semana.

– Sim, senhora Rasmussen, eu vejo o pesar. A senhora e eu vemos, porque visitamos as casas que a morte atinge. Mas os outros apertam o nariz contra as vitrines das lojas. É da natureza humana adorar o bezerro de ouro, e esta é a principal causa da guerra atual.

– Não sei nada sobre política – ela disse, olhando para baixo. – Sou apenas uma velha que viveu demais.

– A senhora é oito anos mais nova do que eu, até onde sei.

– Suponho que seja. Mas, como viúva...

Ela silenciou, comovida demais para prosseguir.

– E então? – ele a incentivou.

– Como viúva, a gente não tem mais vida própria. Vive por meio dos outros. É como se a idade avançada chegasse de um golpe só. Eu me sinto velha desde que Carl morreu, e isso aconteceu há vinte e quatro anos.

– Reparei que vem aqui com frequência. Suponho que esteja pensando nele.

– Estou aqui pela mesma razão que o senhor, capitão Madsen. Para contemplar o Salvador. – Lançou-lhe um olhar rápido e crítico. – O senhor é crente, presumo.

– Eu era – respondeu. – Mas não acreditava no Salvador, e sim em outras coisas. Acreditava nesta cidade e nas forças que a construíram. Acreditava na camaradagem, em uma comunidade de pessoas. Acreditava em trabalhar com afinco e diligência. Mas agora não mais, sinto dizer. E também sinto que vivi demais. Já não entendo este mundo.

– O senhor fala como um homem infeliz, capitão Madsen. Eu também não compreendo o mundo. Acho que nunca compreendi. No entanto, tenho fé.

– Talvez seja precisamente por isso que acredita.

– Como assim?

– A senhora mesma diz que não compreende o mundo. Certamente é por isso que acredita. A fé é um mistério. Mas não é um mistério do qual eu compartilho. Se isso é ou não uma limitação, não sei dizer. – Ele lhe lançou um olhar de questionamento, como se esperasse uma resposta. Sentiu que estava prestes a se desmascarar para esta mulher e, no entanto, isso não o assustava. Havia uma bondade receptiva nela, e Albert sentia que já não tinha nada a perder. – Eu tenho sonhos – ele se ouviu dizer. A urgência de fazer-lhe confidências era arrasadora.

– Que sonhos?

Por um momento, ele hesitou. Então, deu o salto.

– Os marinheiros afogados – ele disse. – Vejo quando se afogam. Eu os vejo quase todas as noites. É como se estivesse presente. Vejo muito antes de acontecer. Se não acredita em mim, pode me perguntar o nome das pessoas de Marstal que vão morrer. Posso dar o nome de cada um deles. – A senhora Rasmussen olhava para ele como se não entendesse o que estava dizendo, mas Albert não podia mais voltar atrás. – Há anos, eu caminho por esta cidade como um forasteiro. Eu me sinto como um mensageiro da terra dos mortos. O *Klabautermann* sou eu.

Deteve-se e lhe lançou um olhar de súplica. Será que suas palavras tinham algum significado para ela?

A senhora Rasmussen ficou muito tempo em silêncio; então, pegou a mão dele.

– Deve ser terrível para o senhor – disse. – É mais do que uma pessoa é capaz de suportar.

Por um momento, ele ficou com medo de que ela fosse começar a falar sobre o Salvador. Mas não falou.

– Então, acredita em mim? Acredita que eu tenho essa habilidade especial?

– Se diz que é assim, capitão Madsen, então eu acredito. O senhor nunca me pareceu ser um homem dado a fantasias, ou que precisasse se fazer parecer interessante.

– Eu vi a guerra, senhora Rasmussen. – Ele abriu os braços. – Todas essas mortes. Vejo a súplica nos olhos das viúvas. Como foi que meu Erik, ou meu Peter, morreu? E eu sei. Poderia lhes dar a resposta. E, no entanto, não posso. Há uma impotência terrível nisso. Impotente, sim, é como me sinto. Sou um espectador, tanto dormindo quanto acordado. Dia e noite, presencio sofrimento e luto, e fico empacado. Não há nada que eu possa fazer.

A mão dela continuava pousada na dele. Por um momento, eles ficaram assim, sem falar. Então ela retirou a mão e se levantou.

– Venha, capitão Madsen, está na hora de fazermos nossas visitas. – Quando estavam saindo da igreja, ela se voltou para Albert. – Eu acredito nos seus sonhos. Mas não desejo saber deles. Prefiro viver na ignorância em relação aos planos de Deus para nós.

Ambos continuaram a visitar a igreja, mas agora se sentavam lado a lado. Às vezes ficavam em silêncio, cada um perdido nos próprios pensamentos, mas, na maior parte do tempo, conduziam uma conversa aos cochichos. Não havia contato físico. A mão dela na dele, naquele dia, tinha sido um sinal de aceitação; não havia necessidade de se repetir o gesto.

Dezembro chegou e, ao crepúsculo, o frio úmido do inverno parecia se concentrar dentro da igreja sem aquecimento.

– Estamos congelando aqui – ela disse um dia. – Vamos para minha casa tomar uma xícara de café.

Ele olhou ao redor quando entraram na sala de estar da casa, na Teglgade. Havia um par de quadros de Rasmussen dependurados nas paredes. Albert sabia que ela tinha vendido a maior parte deles, mas, obviamente, também guardara alguns. Um deles era um retrato de uma menininha da Groenlândia. Rasmussen tinha sido um dos primeiros pintores dinamarqueses a viajar para aquela terra selvagem gelada, mas o retrato não era típico de sua obra. Seu assunto real era o mar e seus navios; fizera nome como pintor de marinhas. O outro quadro mostrava um homem de camisola, ajoelhado e rezando na areia do deserto. No fundo, havia uma mulher e um jumento. O rosto do homem estava estranhamente borrado, como se o quadro estivesse inacabado, ou se o talento de Rasmussen para fazer um retrato humano não tivesse se concretizado.

– É *A fuga para o Egito* – a viúva disse ao entrar, naquele momento, com o bule de café. Albert assentiu com educação. Não havia necessidade de ela lhe dizer isso. Apesar de ele não ser crente, conhecia a Bíblia. – Era raro inspirar-se nas histórias da Bíblia. Uma pena. Acho que isso poderia tê-lo levado em uma nova direção. Mas, perto do fim, parecia que nada dava certo para ele. De todo modo, sentia-se muito insatisfeito mesmo. Era um homem atormentado. Por favor, não pense que eu era cega em relação a seu caráter verdadeiro.

Albert tinha conhecido o pintor, alguns anos mais velho do que ele, quando ainda era menino. Naquela ocasião, Carl Rasmussen deixara-lhe uma impressão indelével, não somente por seu talento notável para o desenho, mas também por sua inocência peculiar.

Ele era da cidade vizinha, Ærøskøbing, e a primeira vez em que apareceu em Marstal, um bando de meninos hostis imediatamente o rodeou: era um forasteiro, e fizeram questão de que se sentisse assim. Mas algo na atitude dele os manteve afastados. Parecia totalmente alheio ao fato de que estava correndo perigo de levar uma surra. Em vez de confusão, amizade se desenvolvera entre eles, e todos passaram um longo verão circulando juntos pela ilha. Quando Carl fazia seus desenhos, era observado por uma multidão de meninos que o admiravam. Também lia em voz alta para eles, despertando uma fome por um mundo além do ensino rígido de Isager. Albert ainda era capaz de se lembrar do impacto que a *Odisseia* surtiu sobre ele, com a história de Telêmaco, que passou vinte anos esperando pelo pai sem nunca ter duvidado de que estava vivo. Quem sabe? Talvez o caminho de vida do próprio Albert tivesse sido estabelecido naquele dia.

Mas o idílio tinha terminado com um confronto. Albert já não se lembrava mais do que o tinha causado, apenas que Carl tinha saído com o nariz sangrando, e não voltou a vê-lo até que, como adulto, Carl veio se fixar em Marstal com a família. Nesse ínterim, Rasmussen fizera nome como pintor e ganhara muito dinheiro, que investiu nos navios da cidade. Ele pintou o altar da igreja e usou comandantes locais como modelo para os discípulos de Jesus. O próprio Jesus tinha o rosto de um carpinteiro, dono de uma taberna ilegal na frente da igreja, do outro lado da rua. Foi uma escolha audaciosa, mas ele se safou. Não havia fim para o entusiasmo da cidade com seu talento. As semelhanças eram inconfundíveis.

Carl tinha pedido para pintar Albert também, mas quando este trouxe consigo James Cook e pediu um retrato duplo, a visão da cabeça encolhida tinha feito o estômago de Rasmussen revirar, e ele precisou se deitar no sofá.

Albert sempre tivera a sensação de que o pintor tinha vindo a Marstal em busca de algo que nunca encontrara. Achavam que a morte de Rasmussen tinha sido suicídio. Não era um boato maldoso, mas uma conclusão a que se chegou com base em conhecimento básico de navegação. Era inconcebível que alguém pudesse cair no mar com tempo bom. Em um momento, Rasmussen estava em pé no convés, pintando, e no seguinte tinha desaparecido.

Anna Egidia Rasmussen serviu café na xícara de porcelana com desenhos azuis.

– Aceite um biscoito – ela ofereceu, e empurrou uma tigela na direção de Albert. – Eu mesma fiz. Bom, faço mais para os netos – completou, sorrindo.

O capitão pegou um biscoito e molhou no café.

– Seu marido e eu conversávamos muito sobre os quadros dele – Albert disse. – Mas não sobre os religiosos.

– É, eu me lembro bem disso. O senhor achou que ele estava se limitando a pintar apenas a vida em Ærø e nas outras ilhas. Acho que, no fim, ele concordou com o senhor.

– Não sou pintor – Albert disse. – Provavelmente, era a pessoa errada para dar conselhos. Acredito em progresso. Ou, pelo menos, costumava acreditar. Mas como se pinta o progresso? Não sei responder a isso.

– Pintando vapores com fumaça saindo das chaminés?

Ele percebeu a ironia na voz dela e deu risada.

– Está certa, senhora Rasmussen. Nós, os leigos, não devíamos meter o nariz na arte. No passado, eu acreditava que o quebra-mar simbolizava tudo que o povo desta cidade é capaz de conquistar. Mas uma pilha grande de pedras como aquela jamais seria um tema muito bom para um pintor. E agora percebo que há uma coisa de que o quebra-mar não pode nos proteger, e é de nossa própria cobiça. Devo admitir que a maneira como o ganha-pão da cidade está sendo vendido me assusta tanto quanto a guerra.

– Está falando da venda dos navios?

– Estou, sim. Nós ganhamos a vida com o mar. Se cortarmos nossa conexão com ele, o que vai acontecer com esta cidade? É como se o tempo tivesse amolecido. De repente, ser um marinheiro já não é bom o suficiente. Melhor educação também tem sua parte, suponho. As crianças aprendem mais e começam a ver opções além de simplesmente ir para o mar, como seus pais e avós. Mas acho que as mães também têm seu papel. Elas nunca perdem a chance de falar aos filhos sobre as travessias difíceis dos pais, e sobre todo o pesar e a ansiedade que suportam quando eles estão longe. Esse tipo de chorumela acaba com o desejo de um menino de ir para o mar. E por que ficar com os navios, se o mercado está favorável? Não há ninguém para dar continuidade à tradição.

– Já parou para pensar como é ser filho de um marinheiro?

– Claro que sim. Venho de uma família de homens do mar.

– Então, vamos imaginar um garoto de catorze anos que tenha se lançado ao mar. Quanto tempo acha que ele realmente esteve com o pai, se este nunca está na casa em que a criança cresceu? – Ele ouvia a obstinação na voz dela, e sabia que não estava apresentando aquilo como pergunta. Queria chegar a algum lugar com isso, e o trabalho dele era acompanhá-la. – Vou lhe dizer, capitão Madsen. O pai dele, provavelmente, estava em casa ano sim, ano não; e nunca permanecia mais do que alguns meses de cada vez. Então, quando chega a vez do menino de ir para o mar aos catorze anos, ele terá visto o pai sete vezes. Um ano e meio no total, no máximo. O senhor considera Marstal uma cidade de marinheiros, mas sabe do que eu a chamo? De uma cidade de esposas. São as mulheres que moram aqui. Os homens só a visitam. Já olhou para o rosto de um garotinho de dois anos, andando aos tropeções pela rua, segurando a mão do pai? Esta criança se inspira nele, e é muito claro o que se passa por sua cabecinha. Ela se pergunta: Quem é este homem? E logo que se acostuma com o homem que acaba de conhecer, este parte mais uma vez. Dois anos depois, é a mesma história. O menino está com quatro anos, e até as lembranças mais alegres do pai se apagaram. E o pai precisa voltar a travar um relacionamento com o filho que mal conhece, também. Dois anos é uma eternidade na vida de uma criança, capitão Madsen. Que tipo de vida é essa?

Albert não disse nada. Bebeu seu café e comeu mais um biscoito de baunilha. Seu próprio pai o tinha decepcionado de um jeito que ele nunca fora capaz de perdoar. No entanto, percebia que sempre considerara a ausência dos pais como parte da ordem natural, apesar de homens de outras profissões jamais saírem de casa por anos a fio.

– Sim, que tipo de vida é essa? – a viúva repetiu. – Para o pai que mal conhece os próprios filhos, e para as crianças que crescem como órfãs apesar de seu pai estar vivo em algum lugar do outro lado do globo. Para a mãe que fica sozinha, com inteira responsabilidade por elas, vivendo em medo constante de que o navio seja dado como perdido. Por que ela não tentaria convencer o filho a não ir para o mar? Nós temos luz elétrica, telégrafo e vapores movidos a carvão; por que as mulheres e crianças deveriam ser excluídas desse tipo de progresso e viverem como se estivessem no século passado? O senhor acredita no progresso, capitão Madsen. Então, por que não recebe bem esse desenvolvimento? Porque ele muda o mundo que o senhor conhece tão bem? Se eu entendi corretamente, essa é a natureza do progresso. Ele não apenas faz do mundo um lugar melhor, como também um lugar irreconhecível.

Albert não tinha filhos. Nunca tinha segurado uma criança viva nos braços, um animal bebê que, quando aprendesse a falar, iria chamá-lo de pai. Estava completamente fora de seu ambiente ali. Às vezes, sentia um vazio em sua vida, mas não tinha arrependimentos. Essa era, simplesmente, a maneira como as coisas tinham acontecido.

Quando se fixou em terra firme, aos cinquenta anos de idade, era tarde demais para começar uma família. Além do mais, quem você poderia conseguir aos cinquenta anos? Nem mesmo uma solteirona, a menos que viesse equipada com algum defeito sério. Uma viúva? Ah, sim, havia montes delas. E estavam ansiosas para se casar, também, apesar de, na maioria, por razões práticas. Mas elas não eram exatamente capazes de ter mais filhos: seu útero estava murcho; os peitos, secos. E uma moça carregando o fardo de um velho como ele não teria muito futuro, não é mesmo?

Era assim que ele nos explicava a situação, com esses termos casuais, levemente de desprezo, que podem ser muito reveladores para quem sabe escutar. Então, disse à viúva:

– Bom, eu, na verdade, não posso comentar. Nunca tive filhos. – Pegou outro biscoito. – É estranho, realmente. Fiquei tão absorvido por questões de parentesco que me esqueci de dar continuidade à própria linhagem.

– Na verdade, nunca compreendi isso, capitão Madsen. Deveria ter se casado.

A viúva não sabia nada sobre a senhora chinesa.

– Apesar das minhas longas viagens? – deixou escapar.

– Esses são os termos. O senhor teria dado um bom marido, de todo modo. Tem noção de responsabilidade e tem visão. Essas qualidades não são tão comuns quanto costumamos pensar. Filhos são um grande presente. O senhor recusou isso. Não deveria tê-lo feito.

– E a senhora diz isso apesar de ter experimentado mais de uma vez esse presente lhe ser tirado?

Ela olhou para o colo.

– Mais café? – perguntou.

Albert assentiu. Achava que poderia ter ido longe demais ao se referir a todos os filhos que ela tinha perdido. Levou a xícara de porcelana aos lábios e olhou para ela através do vapor.

Ela ergueu os olhos e percebeu que ele a estava olhando.

– Não, capitão Madsen, a gente não se arrepende de ter tido um filho simplesmente porque o perde. Ter um filho não é um acordo que se faz com a vida. Como eu disse, um filho é um presente. E o que sobra depois que um filho se vai é a lembrança dos anos que teve permissão para viver. Não sua morte.

Silenciou, e ele pôde ver que estava comovida. Queria fazer o que ela fizera por ele naquele dia, no banco da igreja: tomar sua mão. Mas, para isso, teria de se levantar e dar a volta na mesa. Sentiu-se desajeitado e acanhado, e o momento passou.

Ficou onde estava, em um silêncio que poderia ser interpretado como respeitoso, mas que ele sabia ser causado por mau jeito.

– Aprendi a me curvar. – Mais uma vez, a senhora Rasmussen olhou diretamente para ele. – Acredito que Deus tenha um motivo para tudo o que acontece. Se eu não acreditasse nisso, jamais teria sido capaz de suportar. Tenho o meu Jesus.

Mais uma vez, ele ficou sem saber o que dizer. Havia algo nela que ele não conseguia identificar; e um abismo entre eles. Ficou imaginando se a maneira contrastante que tinham de ver o mundo era algo que simplesmente dizia respeito a homens e mulheres e à diferença entre os dois. Enquanto ele buscava significado em tudo e se agitava quando não encontrava, ela aceitava a vida, mesmo quando esta a golpeava da forma mais dura possível, com a perda de um filho. Havia uma força nela que estava além dele. Talvez nunca tivesse precisado ser forte do jeito que ela precisou, apesar de acreditar que seus sonhos representassem um fardo intolerável. Sempre tinha respeitado a viúva de Carl Rasmussen. Agora, também a admirava, apesar de algo em si se rebelar contra a visão da vida que ela tinha.

O silêncio tinha baixado sobre eles mais uma vez; de novo, foi ela quem o rompeu.

– Ainda tenho muitas crianças ao meu redor. Meus netos... E as crianças da vizinhança também.

– É, sei que a senhora ajuda quando uma família precisa.

– Às vezes cuido de uma criança durante um tempo. Quero me sentir útil. Se não me sentisse útil, acho que não poderia continuar a viver.

Mais uma vez, olhou diretamente para ele.

– O senhor se sente útil, capitão Madsen?

– Útil? – ele repetiu. – Se eu me sinto útil? Não sei. Não posso contar a ninguém sobre meus sonhos. Mesmo quando se sente repelido...

Ele hesitou por um momento. Mais uma vez, sentiu que tinha ido longe demais. Era injusto culpar a viúva. Afinal de contas, ela o tinha escutado e não fugira como Anders Nørre. Albert lançou um olhar apologético para ela, que retribuiu o olhar, com calma.

– Nenhum de nós é supérfluo, capitão Madsen.

– Mas acaba de dizer...

– Reconheço que posso parecer pessimista de vez em quando. Quando penso nesta separação infinita do meu Carl, sinto que vivi demais. Mas, quando a gente já viveu demais e ainda assim não pode morrer, precisa inventar razões para continuar seguindo em frente. O senhor não serve para nada? Bom, pode até ser, mas só a seus próprios olhos. Sempre existe alguém que precisa da gente. É só questão de descobrir quem.

Albert não disse nada. Ele tinha usado quase exatamente as mesmas frases quando deu a notícia da perda do *Ruth* à senhora Koch, mas não achou que essas palavras se aplicassem a ele. Ele e Anna Egidia tinham maneiras diferentes de olhar para a vida. Ela tinha encontrado razão na dela. Ele tinha perdido a motivação, e, na própria opinião, isso era o fim.

A senhora Rasmussen se inclinou na direção dele.

– Escute – disse. – Eu por acaso conheço um menininho na Snaregade. Ele perdeu o pai não faz muito tempo. Nunca conheceu o avô, que morreu no mar muito antes de ele nascer. Quase nunca vê os outros homens da família, porque são todos marinheiros. A mãe dele é da ilha de Birkholm. Ela é órfã, aliás, portanto não tem família para ajudá-la. Não acha que um menininho assim pode precisar de alguém para levá-lo a dar um passeio no porto, e até para andar de barco a remo, a fim de se acostumar com o mar?

– Claro, tenho certeza que sim – respondeu, imaginando onde ela queria chegar.

De repente, Anna Egidia sorriu. Era um sorriso bonito, que fazia a gente esquecer seus lábios finos e pálidos.

– E então temos o senhor, o capitão Madsen, um marinheiro mais velho e experiente que reclama que não serve de nada para ninguém. – O tom de sua voz era de caçoada. Fez uma pausa e olhou para ele, como quem dá um incentivo, como se estivesse esperando uma resposta.

– E então o quê? – ele perguntou, demorando para entender.

– Realmente, não faz ideia do que eu estou falando?

Seu rosto fino ficou quase redondo de tanto sorrir. Albert meneou a cabeça. Estava se sentindo lerdo. Ela estava brincando com ele.

– Imagino que o senhor pode ser o homem que vai pegar o menininho pela mão e levá-lo para um passeio no seu barco a remo.

– Mas nem conheço a família. Não posso simplesmente chegar lá e me impor.

– Garanto que a mãe do menino não vai achar que é imposição, de jeito nenhum. Vai se sentir agradecida e, ao mesmo tempo, honrada.

– Não tenho absolutamente nenhuma experiência com crianças.

Ele falou em tom brusco para mascarar sua confusão. Sentia-se traído. Ela tinha lhe preparado uma armadilha, na qual caíra direitinho. Em um momento de fraqueza, de solidão insuportável, abrira-se para outro ser humano. Tivera a impressão de que eram dois velhos conversando sobre a vida. Quando homens velhos se encontravam, falavam sobre o mar... Mas ele guardava uma vida interior que não podia compartilhar com ninguém. Abrira-a para ela. Mas, por trás do que ele tinha achado ser solidariedade, havia um plano oculto, que ela agora revelava. Ele era apenas um peão no trabalho de caridade de Anna Egidia Rasmussen.

Quando se levantou para sair, não era ao garoto que rejeitava. Era a ela.

– Não quer saber o nome dele? – ela perguntou, ao acompanhá-lo até o vestíbulo.

– Não – Albert respondeu. – Não me interessa.

O menino

No dia seguinte, ela apareceu à porta da casa dele segurando um menino pela mão. Albert ficou parado no umbral, sem saber o que dizer. Ele era ruim em estimar a idade de uma criança, mas supôs que o garoto deveria ter seis ou sete anos. Tinha cabelo loiro e as orelhas, que se projetavam para fora, brilhavam, avermelhadas pelo frio de dezembro.

– Não vai nos convidar para entrar, capitão Madsen?

A viúva sorriu para ele. No dia anterior, tinha adorado a maneira como o sorriso dela lhe iluminara o rosto e o deixara redondo e suave; agora, estava convencido de que tinha sido falsidade. Albert deu um passo atrás, fez um gesto para que entrassem e ajudou a viúva com o casaco, enquanto o menino tirava o dele.

– Cumprimente o capitão – a viúva disse.

A criança estendeu a mão e fez uma mesura rígida.

– Não vai dizer seu nome ao capitão?

– Knud Erik – o menino disse, paralisado em uma meia mesura, olhando para o chão, acanhado. Albert ficou comovido com a timidez dele.

– Quantos anos você tem? – perguntou.

– Seis – o menino respondeu, e adquiriu um tom vermelho-escarlate.

– Não vamos ficar aqui no vestíbulo frio.

Ele acompanhou os dois até a sala de estar e chamou a empregada.

– Café?

A viúva assentiu.

– Sim, por favor.

– E o que você gostaria de beber?

– Não estou com sede – o menino disse, e ficou ainda mais vermelho.

– Mas imagino que vá querer um biscoito?

O menino sacudiu a cabeça.

– Não, obrigado. Não estou com fome. – Deu de ombros e tentou se fazer invisível. Albert pegou um grande caramujo cor-de-rosa do peitoril da janela.

– Já viu um destes?

– Tem um na minha casa – o menino respondeu.

– E de onde veio?

– Meu pai que trouxe.

Os ombros encurvados dele pareciam as asas dobradas de um passarinho. Mordeu o lábio inferior e ficou olhando para o tapete persa como se estivesse profundamente interessado em seus arabescos em espiral. Tremia um pouco.

Agora, Albert sentia-se mal; olhou para a viúva. Ela meneou a cabeça, em silêncio. Ele se sentia um tolo.

– Talvez eu tenha algo que você nunca viu – ele disse, para quebrar o silêncio. – Venha aqui. – Pegou o menino pela mão e o conduziu até seu escritório no aposento ao lado. Na janela, havia um modelo de madeira do *Princesa*, com mais de um metro de comprimento e quase a mesma altura. Albert o carregou com cuidado até a sala e o colocou em cima do tapete. – Geralmente, não deixo ninguém brincar com isto. Mas você pode brincar, se prometer ter cuidado.

– Eu prometo.

A empregada entrou com o café, e Albert se sentou na frente da viúva. O menino estava ocupado examinando a âncora do modelo.

Então, com muito cuidado, virou o timão. Devagar, empurrou o *Princesa* pelo tapete. Com as duas mãos no casco, balançou o navio de um lado para o outro enquanto imitava o barulho das ondas e o canto do vento nas amarras.

Albert ficou de olho nele. Quando percebeu que estava completamente absorto na brincadeira, voltou-se para a viúva.

– Eu disse que não sei nada sobre crianças.

A senhora Rasmussen deu risada.

– Ah, não se preocupe com isso. Apenas o trate como se fosse parte da sua tripulação. O integrante mais novo. E o senhor vai ser só o capitão, como costumava ser.

– Ele não quer ficar com um velho como eu.

– Claro que quer. O senhor vai ser um deus para ele. Comece a contar sobre as suas viagens e as suas experiências e vai descobrir que tem um público que nem sabia. E, agora, precisa parar de complicar, porque não vou lhe fazer mais nenhum elogio.

No dia seguinte, ele foi à Snaregade buscar Knud Erik. A mãe do menino, Klara Friis, estava grávida, e o momento de seu confinamento não podia estar muito longe: o corpo dela era grande e pesado por baixo de um xale preto. Não conseguia lembrar-se de tê-la visto antes, e isso o surpreendeu. Marstal era uma cidade pequena, e ele vivia lá fazia muito tempo. Mas não a conhecia mais.

Klara o convidou para entrar e tomar um café, mas ele recusou, para não incomodar. Além do mais, queria que a visita terminasse logo.

Sentiu que tinha sido enganado e obrigado a fazer aquilo e ainda estava ressentido com a senhora Rasmussen.

O menino caminhava em silêncio ao lado dele pelo porto. Era um dia limpo e ensolarado. A criança não usava luvas, e suas mãos estavam vermelhas de frio.

– O que aconteceu com suas luvas?

– Eu perdi.

Caminharam pela Havnegade até o Dampskibsbroen, e olharam para a água. Uma camada fina de gelo tinha se formado à noite no cais, e o sol brilhava na geada branca ao redor dele. Albert achou que deveria falar, mas não sabia o que dizer. O que se diz para uma criança?

A irritação dele com a viúva cresceu.

– Venha – disse para o menino, que parecia perdido em pensamentos com a visão da água congelada. Eles foram caminhando ao longo do cais, passando pelo depósito de carvão e descendo na direção do Prinsebroen.

– Como é se afogar? – o menino perguntou.

– Sua boca se enche de água e daí você não consegue mais respirar.

– O senhor já tentou se afogar?

– Não – Albert respondeu. – Se você se afogar, morre. E eu estou aqui.

– Todo mundo se afoga no fim?

– A maior parte das pessoas não se afoga.

– Meu pai se afogou. – O menino falou em um tom que denotava que esse tipo de morte lhe dava uma sensação de orgulho, além de elevar o pai. – Então, a voz dele ficou mais hesitante. – Se a gente se afoga, algum dia volta?

– Não, nunca mais volta.

– Minha mãe diz que meu pai agora é um anjo.

– Você tem que escutar o que sua mãe diz.

Albert estava se sentindo cada vez menos à vontade. Temia que o menino de repente começasse a chorar. O que faria então? Iria levá-lo de volta para casa? Não podia voltar com uma criança aos soluços. Isso seria a mesma coisa que perder a carga e deixar o mar levar o navio. Tentou distraí-lo. O porto estava cheio de embarcações ancoradas, algumas paradas pelos donos por causa da guerra, outras simplesmente passando o inverno em casa. Não havia nada que indicasse que os dias de Marstal como cidade de marinheiros estavam chegando ao fim. Albert apontou para os navios.

– Você vai para o mar quando crescer? – perguntou e, no mesmo instante, se arrependeu.

– Eu vou me afogar igual ao meu pai?

– A maior parte dos marinheiros volta para casa de novo. Daí ficam velhos e morrem na própria cama, um dia.

– Eu quero ser marinheiro igual ao meu pai – o menino disse. – Mas não quero me afogar e ser comido por peixes, e não quero morrer na minha cama também, porque a cama é para dormir. Tem algum outro jeito de morrer?

– Não – Albert respondeu. – Não tem. Mas você é muito novo. Ainda tem muitos anos para viver. Isso é quase a mesma coisa que não morrer.

– O senhor quer morrer?

– Eu não me incomodaria de morrer agora. Sou muito velho. Então, não faz diferença se eu morrer.

– E não está triste?

– Não, não estou triste.

– A minha mãe está triste. Ela sempre chora. Então eu a conforto.

– Você é um bom menino – Albert disse. Apontou a água. – Olhe, um vapor. Quando você for para o mar, provavelmente vai ser em um vapor.

– Os vapores podem afundar? – o menino perguntou.

Albert olhou para o casco de aço pintado de preto. Estava escrito *Memória* na proa, em letras brancas.

– Podem – respondeu. – Podem afundar, sim.

Ele tinha visto o *Memória* afundar em um sonho.

– Sempre tem um fogo queimando no fundo de um vapor, e é quente feito uma sauna, como quando o bule está esquentando. Os homens alimentam o fogo. Eles o alimentam dia e noite, e só saem para dormir ou comer. Nunca veem o sol, nem a lua. Mas lá no alto, na casa do leme, o imediato fica com as mãos no timão, guiando o vapor em segurança pelo mar.

– É isso que eu quero ser – o menino disse.

– Sim, é isso que você quer ser. Mas, daí, precisa prestar atenção às aulas. Caso contrário, não vai conseguir entrar na Escola de Navegação.

Tinham passado pelo porto e caminharam até os estaleiros. Batidas ritmadas de marretas soavam através das paredes de madeira pintada das construções. O único lugar tranquilo era o prédio recém-construído do Estaleiro de Aço de Marstal, perto da Buegade. Sempre que o senhor Henckel o visitava, ele se gabava das encomendas que tinha recebido da Noruega. Mas, até agora, nada tinha sido produzido.

O menino parecia perdido em pensamentos. Olhou para Albert.

– Como é quando um vapor afunda?

Albert esquadrinhou a memória. Ele nunca tinha visto isso acontecer enquanto estava desperto, mas seus sonhos tinham-lhe mostrado cada detalhe do *Memória* sendo jogado de um lado para outro antes de desaparecer nas profundezas.

– Você ouve explosões no meio do casco – respondeu. – É a água fria do mar entrando no coração das caldeiras enormes. Daí, o vapor fervente explode por todas as aberturas da embarcação. Enormes pedaços de carvão voam pela chaminé e pela claraboia. Ali e ali – ele disse, apontando para o *Memória*. – O barco vira e fica com o casco para cima por um momento.

– Com o casco para cima! – o menino exclamou. – Um vapor tão grande de cabeça para baixo!

– É – Albert disse, espantado com o efeito que a história surtiu sobre o garoto.

– Conte mais – o menino disse, olhando para ele, cheio de expectativa.

– O vapor começa a afundar, primeiro pela popa. Finalmente, a proa fica quase na vertical. A última coisa que você vê, antes de as ondas se fecharem por cima do vapor, é o nome dele.

Albert se calou. O menino o puxou pela manga.

– Mais.

– Não tem mais.

O menino olhou para ele, decepcionado. Albert percebeu que contara um de seus sonhos, em detalhes, pela primeira vez: uma porta fechada tinha se aberto de maneira inesperada. Até onde o garoto sabia, a história era só uma grande aventura. Dava para ver, pelo jeito como os olhos dele brilharam. Albert podia dizer-lhe tudo. Podia até falar sobre a fonte de seu conhecimento: os sonhos noturnos inexplicáveis. E o menino iria aceitar tudo como parte do mesmo mundo fantástico, em que nada precisava ser explicado e ninguém seria taxado de esquisito só porque podia ver o futuro.

Não, ele não sabia nada a respeito de crianças, mas agora tinha aprendido algo: a mente de uma criança está aberta a tudo. Havia tanta morte em seus sonhos... Não havia, praticamente, mais nada. Mas ele sentia que, para o menino, a morte em uma história era uma coisa, enquanto a morte no mundo real era outra. Ele tinha falado a respeito de um navio afundado por um submarino, e apesar de o próprio pai de Knud Erik ter desaparecido no mar sem deixar vestígio, juntamente com o resto da tripulação do *Hidra*, o menino aparentemente não tinha feito a conexão. Já em relação a si mesmo, Albert não sabia exatamente por que tinha contado um de seus sonhos pela primeira vez, mas sabia que isso era importante.

– Não tem mais –repetiu. – Mas posso contar outra história algum dia.

– O senhor conhece muitas histórias?

– Conheço, sim. Quando a primavera chegar, vou ensiná-lo a remar. Vamos. Agora está na hora de voltar para casa.

O rosto do menino brilhava, rosado do frio. Ele deu alguns passos saltitantes e então enfiou a mão gelada na de Albert. Juntos, caminharam de volta pela Havnegade.

Albert começou a ir com regularidade à casa de Knud Erik. Anna Egidia não podia continuar agindo como intermediária, por isso ele buscava e levava o menino sozinho. Aliás, o garoto seria capaz de ir por conta própria à casa de Albert e voltar: a cidade era pequena o suficiente para isso, apesar de morarem em lados opostos. Mas sentia que Knud Erik lhe tinha sido confiado. Com isso, vinha responsabilidade, por isso se ateve às formalidades. Pegava-o na porta de entrada, na Snaregade, e era lá que o devolvia.

Quando chegava, a mãe de Knud Erik atendia à porta, apesar de a timidez a deixar quase muda. A essa altura, ela já dera à luz e, quando ele aparecia, apertava o bebê nos braços, como que para se proteger de uma presença desconcertante. Na primeira vez em que Karla Friis ofereceu café, ele recusou porque não queria incomodar, mas, na segunda, aceitou por receio de que ela interpretasse a recusa como esnobismo.

Havia diferenças a bordo de um navio. Havia a proa e a popa, e o reservado impenetrável do capitão, a que Albert se referia pessoalmente como "a ilha da Solidão". Mas essas eram necessidades práticas, para reforçar a hierarquia e a autoridade: ele nunca via aquilo como divisão de classe. Seus olhos foram abertos na casa de Knud Erik. O pai do garoto, Henning Friis, tinha sido um marinheiro comum. Casara-se cedo e, depois, não fora promovido. A maior parte dos homens esperava para se casar até estar com quase trinta anos, quando tinha dinheiro para isso, depois de terminarem a Escola de Navegação e de obterem participação em um navio. Mas Henning Friis ficara transtornado pela paixão. Ou, talvez, apenas descuidado.

Quando alguém não chegava muito longe na vida, Albert sempre considerava uma prova de incompetência pessoal. Agora, se dava conta de que poderia ser algo mais. A mãe do menino vinha de uma posição social diferente da dele, na qual não havia expectativas. Ele via isso em sua quase anulação muda. Nada além de frases meio estranguladas saíam de seus lábios: "Não há necessidade", "É demais", "Não precisava". Os olhos dela sempre buscavam o chão, ou o bebê. Essa paralisia na presença de pessoas refinadas enraizava-se no comportamento de gerações.

A casa dela era limpa e arrumada. Gerânios e goivos decoravam as floreiras na janela. Mas a mobília era uma coleção aleatória vinda de todo tipo de lugar. Não havia nenhum quadro dependurado nas paredes, mas a umidade tinha deixado manchas desbotadas em trechos do papel que as cobriam. Nenhuma limpeza, por maior que fosse, seria capaz de impedir que aquelas manchas aparecessem. Elas vinham de dentro das paredes e eram causadas pela construção vagabunda da casa, feita para gente pobre. Uma casa assim não ficava negligenciada. A negligência era sua essência.

Durante o inverno, ou fazia frio dentro de casa ou ficava tão úmido quanto uma estufa, dependendo de haver ou não dinheiro para o carvão. Em dias nos quais Albert aparecia sem avisar, sua respiração se condensava feito nuvens brancas no frio; em dias em que Klara Friis sabia que ele vinha e o convidava para tomar café, o fogão cheio demais, brilhando no canto, transformava o aposento em uma sauna a vapor. Aquecida ou não, a atmosfera era igualmente insalubre e desagradável.

Eles nunca tinham travado uma conversa séria. A gratidão dela era expressa por meio da deferência. Não o olhava nos olhos, nem dizia nada que fosse de coração. A separação entre eles permanecia.

Quando a água no porto congelou, Albert levou Knud Erik para um passeio entre os navios presos no gelo. No meio deles, havia barraquinhas em que se vendiam panquecas de maçã e licor quente. Os negócios estavam a toda, graças à multidão de gente que tinha ido até lá testar os patins, e o ar limpo de inverno ecoava com vozes alegres. Albert ensinou o menino a reconhecer os diversos tipos de embarcações. Havia pequenos guarda-costas e de dois mastros, com curvas arredondadas e gordas e popa achatada. Havia todo tipo de escunas: compridas de proa a popa, de mastros altos, com um mastro maior no meio e combinações de brigue-escuna, até os grandes brigues, que eram os preferidos do menino, sem dúvida por causa do tamanho. Como as velas podiam ser içadas era um grande mistério para ele, principalmente agora que toda a lona estava removida. Apenas as linhas pretas dos cabos e o cordame contra o céu de inverno forneciam indícios de seus segredos.

– É como aprender a ler na escola. A disposição das velas é o alfabeto do marinheiro – Albert lhe disse.

– Conte uma história – o menino pedia.

Então Albert contava. Pegava uma de sua própria vida, ou de seus sonhos. Não fazia diferença para o garoto e, no fim, para Albert também não. Ele sentia que algo dentro de si que tinha partido com violência estava começando a se emendar novamente.

De vez em quando, os olhos do menino desviavam-se para os patinadores e Albert percebia que ele estava em outro lugar.

– Você sabe patinar? – Albert perguntou. O menino meneou a cabeça. – Bom, então é melhor eu lhe ensinar.

As excursões deles sempre terminavam com uma visita à casa de Albert, na Prinsegade. Depois que Knud Erik depositava suas botas de sola de madeira no corredor, ele se acomodava na frente do fogão, onde tirava as meias de lã e agitava os dedos dos pés no calor. Albert colocava as botas ao lado das de Knud Erik. No inverno, ainda usava as botas de Laurids: antigas, tinham lugar de sobra para uma camada extra de meias de lã por dentro. Ali elas ficavam, com os canos que chegavam até os joelhos e as pontas de metal, bem ao lado das do menino.

A empregada levava-lhes chocolate quente com chantili recém-batido, e Albert se sentava à mesa, desenhando. Era um bom desenhista, meticuloso, e, em seus esboços, detalhava com cuidado as velas e as amarras dos diferentes tipos de embarcações. Acrescentava gaivotas e um vento passando ao lado, de modo que os barcos tombavam um pouco, oferecendo uma visão do convés. Atrás da roda do leme, colocava um homem fumando cachimbo. Tinha refeitório, coberta e alçapão. Na frente do barco, sempre desenhava uma espiral.

– O que é isso? – o menino perguntou um dia.

– Um redemoinho.

– O que é um redemoinho?

– É um funil que gira e puxa tudo para baixo. O barco vai desaparecer em um momento.

O menino ergueu os olhos. Então apontou para o homem representado por pauzinhos, atrás da roda do leme.

– O timoneiro vai salvar o barco. Ele vai navegar para outro lugar.

– Não dá – Albert disse. – É tarde demais.

O menino ficou olhando para o desenho da embarcação condenada. Lágrimas encheram-lhe os olhos.

– Isso não é justo – desabafou. Com rapidez, pegou o desenho e começou a picá-lo em pedacinhos. Albert estava prestes a segurar o braço dele, mas se deteve.

– Sinto muito – disse.

– O senhor sempre faz isso – o menino disse. – Sempre desenha esse... – Não conseguia lembrar a palavra. – Essa coisa. Por que faz isso?

– Não sei – Albert respondeu, e percebeu que estava dizendo a verdade. Nunca se perguntara por que fazia um redemoinho na frente da proa toda vez que desenhava um barco. A espiral simplesmente atraía o lápis, como uma força irresistível. Ele desenhava de acordo com um comando secreto que apenas seu lápis, não ele, era capaz de seguir.

– Fico com pena dos barcos – o menino disse.

– É – Albert respondeu. – Eu também. Mas o fim deles chegou. A época dos veleiros se foi.

– Mas tem um monte no porto – o menino refutou.

– É, isso é verdade. Mas ninguém mais quer sair para o mar.

– Eu quero – o menino disse. – Quero ser marinheiro. – Voltou-se e olhou para Albert com ar desafiador. – Igual ao meu pai.

O luto já não estava mais expresso no rosto de Klara Friis, e ela parecia despreocupada: Albert achou que era a vida chamando-a de volta. O marido tinha morrido, mas ela segurava um bebê vivo nos braços, e, conforme o tempo passava, o equilíbrio de seus sentimentos precisava passar de um para outro. A criança, uma menina batizada de Edith pelo pastor Abildgaard, precisava dela. E seu luto precisava ceder a essa necessidade. Klara não se tornou mais falante, mas seus olhos já não ficavam mais insistentemente fixos no chão.

Knud Erik tinha quebrado o gelo entre os dois. Fazia muito tempo que perdera o acanhamento na companhia de Albert, apesar de ele voltar um pouco quando sua mãe estava presente, como se ela e Albert representassem dois mundos diferentes que não era capaz de conectar. Mas agora relatava a ela em alto e bom som as várias aventuras que cada dia trazia. No começo, a mãe fazia com que ficasse quieto. Mas, como não tinha conversa própria para contribuir, acabava deixando que falasse.

Às vezes, Albert a pegava olhando furtivamente para ele, e então baixava os olhos no mesmo instante, mais uma vez. Mas o rosto dela já não ficava mais inchado de lágrimas, e o brilho tinha retornado a seus cabelos. Klara também se esforçava para se vestir bem quando ele os visitava. Isso também estava relacionado à diferença social entre ambos; ele pensou: Ela está se arrumando para a classe mais alta.

– Agora eu sei patinar, e o capitão Madsen vai me ensinar a remar e a nadar. Aí, não vou me afogar. E aí vou poder ser um bom marinheiro.

Knud Erik fez esse anúncio, um dia, quando estavam na sala de visitas bebendo o café obrigatório.

– Não quero ouvir essa conversa! Você não vai ser marinheiro! – A voz da mãe saiu ríspida; sua face se retesou visivelmente sob a curva suave das maçãs do rosto. Knud Erik baixou os olhos. – Vá para a cozinha agora mesmo!

O menino desapareceu, sem levantar a cabeça. Klara Friis virou-se para Albert. Ele tinha se levantado.

– Acho que está na hora de ir andando.

– Por favor, não vá – ela pediu. Sua voz, de repente, encheu-se de ansiedade.

Albert permaneceu em pé.

– Não seja tão dura com ele – disse.

Ela se levantou da cadeira e se aproximou dele.

– Por favor, não compreenda mal... Eu não estava tentando... – Parou, incapaz de prosseguir; não sabia para onde olhar. Então lágrimas encheram-lhe os olhos. Albert colocou a mão em seu ombro. Klara deu um passo à frente e ficou perto dele. Então, pousou a testa em seu peito. Seu ombro tremeu sob a mão dele. – Sinto muito – engasgou. – Albert a ouvia engolir, como se estivesse tentando reprimir os soluços. – É que é tão difícil...

Ele deixou a mão pousada no seu ombro, na esperança de que o peso fosse acalmá-la de algum modo. Ela continuou em pé e se entregou às lágrimas. Ele sentia o calor do corpo dela. Klara se segurava na lapela do paletó dele como se estivesse com medo de que a empurrasse para longe. O capitão se avultava por cima dela; a viúva quase desaparecia entre os ombros enormes. O sentimento esquecido de ser homem e estar tão próximo de uma mulher emergiu de dentro dele.

Deu-lhe um tapinha sem jeito nas costas.

– Pronto, pronto – disse. – Sente-se. Tome um pouco de café, vai ver que tudo... – Segurou-a com gentileza pelos ombros e a conduziu de volta à cadeira. Ela desabou para a frente e enterrou o rosto nas mãos. Ele serviu uma xícara nova de café e lhe estendeu; então, tomado por uma ternura repentina, acariciou seus cabelos. Ela ergueu os olhos, mas, em vez de pegar a xícara, tomou a outra mão dele entre as suas e lançou-lhe um olhar de súplica.

– Knud Erik precisa tanto do senhor. Não tem como saber quanto significa para ele... para nós. Não tive a intenção de... – Parou, e Albert aproveitou a oportunidade para livrar a mão. Sentou-se na frente dela.

– Pode acreditar, senhora Friis – disse. – Eu compreendo, sim. Sei como a sua situação é difícil. Farei tudo que puder para ajudá-la. – As últimas palavras surpreenderam a si próprio. Ele sempre fazia uma distinção clara entre o menino e sua mãe. Tinha se envolvido com o menino. Mas outra barreira acabava de se desfazer.

Ela pegou o lenço e pôs-se a enxugar os olhos. Sua voz era grave.

– Não, não é isso – disse. – Nós podemos nos virar. É só que... – Mais uma vez, teve dificuldade em segurar o choro. – É tão difícil... – As lágrimas escorriam-lhe pelas faces. A mão que segurava o lenço estava em seu colo. Ela tinha esquecido que estava ali.

De repente, Knud Erik apareceu à porta da cozinha. Os olhos dele estavam arregalados de medo.

– Qual é o problema, mãe?

Incapaz de falar, Klara fez um gesto para que ele a deixasse se recuperar. Mas o menino correu para ela, e ela apertou o rosto contra o peito do filho. Ele a abraçou.

– Não fique triste, mãe.

Havia um tom adulto em sua voz. Albert percebeu que Knud Erik era uma criança quando estava com ele, mas, em casa, com a mãe, era um homem crescido, com responsabilidades e deveres de homem crescido.

– Vou embora agora – Albert disse baixinho. Nenhum dos dois ergueu os olhos.

Quando fechou a porta atrás de si, ouviu a voz de Knud Erik.

– Eu prometo, mãe, eu prometo. Prometo que nunca vou ser marinheiro.

Quando o clima deixava as caminhadas fora de questão, Albert e o menino faziam visitas. Antes, Albert tinha sido um excêntrico que se reservava para si mesmo. Mas, agora, nós o víamos por toda parte. Um dia, bateu à porta de Christian Aaberg, e quando o capitão, que tinha por volta de cinquenta e cinco anos, abriu a porta, Albert apresentou o menino.

– Este aqui é Knud Erik. Ele gostaria de ouvir histórias sobre a África.

O garoto fez uma mesura e estendeu a mão, como tinha feito no passado para Albert; desta vez, ele não ficou lá olhando para os sapatos, mas, alegre, seguiu os homens até a sala de estar, onde o capitão Aaberg lembrou a vez em que atravessou a África e foi encarregado de vinte negros em um barco, no lago Tanganika.

– Quer ver minha lança de negro? – perguntou.

Knud Erik assentiu.

Aaberg tinha dois baús de ferro na sala de estar.

– Eles viajaram comigo até a África e depois voltaram para casa – disse, apontando-os.

– O senhor os carregou sozinho? – Knud Erik perguntou.

Aaberg deu risada.

– Um homem branco não carrega nada sozinho na África – ele disse. Abriu um dos baús. – Olhe, uma lança de negro. E um escudo. Por que não tenta segurar? – Entregou a Knud Erik a lança e mostrou-lhe como segurar o escudo. – Agora, você é um guerreiro negro de verdade.

Knud Erik endireitou o corpo e ergueu o braço como se fosse jogar a lança.

– Cuidado – Christian Aaberg avisou. – Essa lança pode matar um homem.

O senhor Black, o operador de telégrafo que tinha estado na China, mostrou a ele hábitos mandarins e pauzinhos. Mas eles não visitaram Josef Isager: Albert era da opinião de que mãos cortadas não eram adequadas a crianças. Em vez disso, foram ver Emanuel Kroman, que dera a volta no cabo Horn e era capaz de fazer uma imitação apavorante do uivo de uma tempestade no cordame, no mar mais perigoso do mundo.

– Ouvi pinguins guinchando na noite escura como breu – ele disse. – Passamos duzentos dias no mar. A água acabou, e bebemos gelo derretido em taças de vinho. Quando chegamos a Valparaíso, comemos um saco inteiro de batatas. Nem nos demos ao trabalho de cozinhá-las primeiro. Estávamos mortos de fome.

– É mesmo? O senhor comeu batatas cruas? – o menino engoliu em seco.

Em todos os lugares que visitavam, havia baús cheios de objetos estranhos: mandíbulas de tubarão, peixes espinhudos, peixes-serra, uma pinça de lagosta do mar de Barents, do tamanho de uma cabeça de cavalo, flechas envenenadas, pedaços de lava e de coral, peles de antílope da Núbia, cimitarras da África Ocidental, um arpão da Terra do Fogo, cabaças do rio Hash, um bumerangue da Austrália, relhos do Brasil, cachimbos de ópio, tatus de La Plata e jacarés empalhados.

Cada objeto contava uma história. Cada vez que o menino saía de uma das casas baixas com telhado alto, estava zonzo de animação diante da variedade infinita do mundo. Tudo sussurrava em seu ouvido: um tom-tom de couro do rio Calabar, ânforas da Cefalônia, um amuleto indiano, um mangusto empalhado brigando com uma naja, um narguilé turco, um dente de hipopótamo, uma máscara das ilhas Tonga, uma estrela-do-mar com treze braços.

– Meio quilômetro naquela direção – Albert disse, apontando acima da Prinsegade, na direção da área de comércio. – É ali que o interior começa. As pessoas que moram lá só conhecem o próprio solo. Não sabem nada sobre o mundo além das fronteiras de seus campos. Vão envelhecer lá e, quando chegar a hora de morrer, vão ter visto menos coisas do que você já viu.

O menino ergueu os olhos e sorriu. Albert percebia quanto seu anseio se estendia em todas as direções. Knud Erik não tinha pai, mas, na falta de um, Albert estava lhe dando dois: a cidade e o mar.

A primavera chegou, e Albert ensinou o menino a navegar.

– Que som bom – Knud Erik disse ao sentar-se no banco, escutando o gorgolejar da água que batia na lateral do barco de tábuas finas sobrepostas em camadas. Ele já tinha ouvido aquilo antes, mas só da ponta do cais. Agora, o barulho o rodeava por todos os lados. Isso era diferente.

Albert pegou as mãos do menino e as colocou nos remos.

Albert sabia muito bem que estava incentivando o garoto, mas, certamente, só estava promovendo algo que era natural para um menino de Marstal, não? Não dava para as coisas serem diferentes. Mas ele não podia dizer isso na cara de Klara Friis. Percebia como ela se sentia vulnerável e incerta no papel nada familiar de viúva. Talvez ele fosse um covarde por não defender a causa de Knud Erik, mas simplesmente achava que era cedo demais. A vida teria de ser a mestra de Klara Friis. Ela tinha se despedido de seu marido. E então, um dia, também teria de se despedir do filho. Mas seria diferente: ela não iria se despedir de um morto, mas de um vivo que partia para tentar a morte.

Então, Knud Erik tinha duas vidas. Uma era em casa, onde tinha de prometer à mãe que nunca iria para o mar. A outra era com Albert, na qual se perdia em sonhos de seguir os passos do pai. O azul do mar e o branco da vela eram as únicas cores na cabeça do garoto. Ele iria ser marinheiro. Dava para abreviar e dizer apenas "homem". Era a promessa da vida adulta masculina que levava um menino para o mar.

Por que uma mulher se apaixonava por um marinheiro? Porque um marinheiro era perdido, preso a algo distante, inatingível e, em última instância, insondável, até para si mesmo? Por ele partir? Por voltar para casa?

Em Marstal, a resposta era direta. Havia poucos outros homens por quem se apaixonar. Para as pessoas mais pobres de Marstal, nunca havia dúvidas de que um filho iria para o mar. Era o lugar a que pertencia, desde o dia de seu nascimento. Essa era a única escolha disponível.

Klara Friis era de Birkholm. Tratava-se de uma ilha pequena; passávamos por ela ao sair do porto na primavera, a caminho do mar por Mørkedybet. Albert se lembrava daqueles dias de primavera, quando o céu era alto e o vento, lépido, quando o gelo se rompia e cem navios zarpavam de Marstal. Era como se toda a cidade recebesse a primavera içando suas velas, tão brancas quanto os pedaços de gelo que se derretiam rapidamente. Parecia que o sol, e não o vento, enchia as velas: sua quentura arrebatadora nos impulsionava. Nós poderíamos preencher metade do arquipélago com o desfile de primavera. Medíamos um ao outro de convés a convés. Estávamos a caminho de cem portos distintos, mas esse momento nos unia. Havia uma noção de camaradagem que inchava até explodir em um tipo de alegria.

Os camponeses das ilhas pequenas desciam para a praia e acenavam quando passávamos por eles. Ficavam lá, parados, pequeninos, pontos que iam sumindo rapidamente na areia branca, presos aos próprios pedaços de terra limitados, rodeados por todos os lados pelo mar infinito que os chamava todos os dias e cujo convite eles recusavam todos os dias, contentes em apenas acenar.

Será que tinha sido assim que Klara Friis tinha encontrado seu marinheiro? Será que ela queria fugir da ilhota e, assim, apaixonara-se por alguém que queria cair fora ainda mais do que ela? Será que tinha visto promessa naquelas velas brancas, mas não compreendera que a promessa era feita aos homens, não às mulheres?

Enquanto bebiam café, Albert perguntou a Klara Friis a respeito de Birkholm. Ela não tinha nascido na ilha, e não se sabia com certeza quando sua família tinha chegado lá. Ele perguntou sobre seus pais. Anna Egidia tinha-lhe dito que haviam morrido, mas não disse quando.

Ela mordeu o lábio inferior.

– Nosso professor era um verdadeiro monstro – disse, como se estivesse se sentindo pressionada a contar-lhe algo sobre Birkholm e tivesse encontrado um jeito de impedir que ele se aproximasse demais. – Minhas orelhas estavam sempre doendo. Ele adorava dar puxões nelas.

Albert assentiu. Sabia um pouco sobre as provisões educacionais na ilha, que tinha de compartilhar um professor com a ilha vizinha de Hjortø. Havia duas semanas de aula, depois duas semanas de folga. Pouquíssimo conhecimento era incutido nas jovens mentes de Birkholm.

Klara Friis ficou examinando as próprias mãos por um momento, amuada. Ergueu os olhos, e Albert viu neles escuridão; não o luto de antes, mas algo mais profundo, como o pavor de um animal que teme por sua vida, mas não conhece a natureza de seu inimigo.

– O senhor já esteve em Birkholm? – ela perguntou.

Ele meneou a cabeça.

– Já naveguei por lá. Não há muita coisa para ver. Acredito que seja uma ilha bem plana.

– É, sim, o ponto mais alto fica apenas dois metros acima do nível do mar.

Ela deu um breve sorriso, como que para se desculpar por isso. Então seus olhos se obscureceram mais uma vez.

– Houve uma tempestade que fez o mar subir – disse, e estremeceu. – Nunca vou me esquecer. Eu tinha oito anos. A água só subia e subia. A terra desapareceu completamente. Não dava para ver absolutamente nada. Só o mar. Mar em todo lugar. Eu me escondi no sótão. Mas fiquei com medo... Estava tão escuro lá... Então subi no telhado. As ondas batiam contra a casa. Os respingos me deixaram encharcada. Eu fiquei tão molhada... Senti tanto frio...

Ela tremeu como se ainda estivesse gelada até os ossos. Enquanto falava, foi se encolhendo, e sua voz começou a falhar: era uma criança impotente e apavorada que lhe fazia confidências. E, apesar de ele não ter consciência da própria mudança de tom, foi com a criança impotente que falou. Na cabeça dele, não tanto perguntou sobre os pais dela, mas, sim, convocou-os: onde, diabos, estavam nessa história? Certamente havia alguém para cuidar dela, não? Albert queria que uma mão auxiliadora aparecesse, um pai para segurar a menina nos braços fortes, uma mãe para abraçá-la bem junto do corpo e aquecê-la. Mas Klara falava como se tivesse estado no telhado, no meio de uma enchente, completamente sozinha.

– Não havia mais ninguém no telhado?

– Sim, Karla estava lá.

–Karla era sua irmã, senhora Friis?

Ele continuava chamando-a de senhora Friis. Qualquer outra coisa teria sido condescendente. Mas, nesse momento, era como ser formal com uma criança.

– Não, Karla era minha boneca de pano.

– Mas, e seus pais? – finalmente perguntou.

– Eu fiquei sentada na beira do telhado, agarrada à chaminé. E ficou escuro. Não dava para ver absolutamente nada. Era como se alguém tivesse colocado um saco de carvão vazio por cima da minha cabeça. No mundo inteiro, só havia Karla e eu. O vento uivava alguma coisa horrível na chaminé. As ondas quebravam contra a casa, como se ela fosse um navio. Achei que as paredes iam desabar. Mas, mesmo assim, devo ter caído no sono. Só pode ter sido por um minuto. Mas, quando acordei, Karla não estava mais lá. Eu devo tê-la soltado, e ela escorregou telhado abaixo. Fiquei chamando e chamando, mas ela nunca voltou. – De repente, sorriu. – Mas como sou tagarela. O senhor me faz contar as maiores tolices. Isso não deve fazer o menor sentido para o senhor. Todos os anos que passou no mar; tenho certeza de que viveu experiências bem piores.

Ele a fitou com solenidade.

– Não, senhora Friis, não passei. Nunca aconteceu nada comigo que tenha chegado perto da sua noite sozinha naquela enchente.

Klara corou. Ele tinha visto o pavor dela. E, naquele momento, uma ligação se estabeleceu entre os dois, e ele nunca seria capaz de rompê-la. Ela tinha-lhe oferecido algo precioso, contado-lhe um segredo do fundo de seu coração. Ele ainda sabia muito pouco a respeito dela, mas o medo que demonstrara lhe bastava. Aquilo o ligava a ela.

– "Karla" – disse, refletindo, quase falando consigo mesmo. – É muito parecido com seu nome. Como se ela fosse sua irmã gêmea.

– É – foi tudo que respondeu. – É quase igual a "Klara".

Lançou-lhe um olhar de gratidão. Agora, Albert iria deixá-la em paz e não iria mais se intrometer em sua privacidade. Sabia sobre Karla e Klara; não precisava saber mais nada. Ela já não tinha mais nada para provar, para explicar, ou para responder. Com ele, poderia ser algo que nunca tinha sido antes: uma página em branco. Poderia começar de novo.

Ele nunca mais perguntou a respeito dos pais dela.

O verão chegou, e a guerra continuou. Albert tinha menos sonhos agora, e os que restavam já não o afetavam como antes. Agora, ele tinha Knud Erik.

– O senhor teve outro sonho? – o menino lhe perguntava quando se encontravam.

– Na noite passada, não – respondia.

– Na noite passada, não – o menino repetia, em tom de decepção. – Espero que volte a sonhar logo.

Os sonhos do próprio Knud Erik eram distorcidos e estranhos, como é a maior parte dos sonhos. Mas ele sempre os narrava com o mesmo maravilhamento alegre na voz.

Mas um sonho foi diferente. Ele sonhou que estava prestes a se afogar.

– Eu chamei meu pai. Mas ele não veio. – Os olhos dele ficaram vazios enquanto falava. Por um momento, sua postura ficou igual à da primeira vez em que Albert o vira, com os ombros arqueados e a cabeça baixa. – E então eu me afoguei – terminou, em tom desalentado.

Eles estavam sentados de frente um para o outro no bote. Albert pegou o rosto do menino nas mãos e olhou bem nos olhos dele.

– Você não vai se afogar. Foi só um sonho ruim. Se algum dia estiver prestes a se afogar, pode me chamar. E eu sempre vou atender.

A tensão abandonou os ombros recurvados. O alívio do menino era palpável. Um momento depois, já tinha esquecido tudo. Manejou os remos, ainda sem habilidade, mas com entusiasmo. Seus olhos brilharam.

– Para onde eu vou remar hoje?

Estavam no meio do porto e viram o *Memória* passar pelo Dampskibsbroen, com uma fita preta de fumaça saindo da chaminé alta e estreita. Albert ficou olhando longamente e com atenção para o vapor. Sabia que não iria retornar. O menino acenou para o surdo que cavava a areia quando passou remando.

– Mantenha o ritmo constante – Albert ordenou.

Naquela noite, Albert teve seu último sonho. Ele sabia que era o último, porque começou do mesmo jeito que o primeiro, trinta anos antes. Era a mesma voz falando. "Está seguindo em direção ao perigo."

Mas, desta vez, não acordou na hora.

Não estava a bordo de um navio como estivera na primeira ocasião. Fazia anos que não entrava em um navio. Ele poderia ter pulado da cama, corrido até a sacada e olhado para a escuridão, mas não haveria nenhum navio naufragado do lado de fora, ninguém precisando ser resgatado. Estava em terra firme, apesar de já não saber mais se a terra firme era segura. Foi um sonho desconcertante, cheio de episódios apavorantes. E, assim como os que tinham anunciado a chegada da guerra, ele não fazia ideia de qual era seu significado.

No dia seguinte, contou ao menino.

– Ontem à noite, tive um sonho muito estranho – começou.

O garoto ergueu os olhos para ele, cheio de expectativa.

– Vamos, conte – pediu, quando percebeu que o velho hesitava.

– Eu vi um navio fantasma – Albert disse. – Bom, vi muitos navios fantasmas. Mas essa não foi a parte mais estranha.

– O que é um navio fantasma? – o menino perguntou.

– É um navio que não existe mais.

– Como você sabia?

– Bom, tudo no navio era cinza. Não havia mais nenhum tom. Só cinza.

– Igual a um navio de guerra? – o menino perguntou, apesar de não ter idade suficiente para se lembrar do dia em que os torpedeiros visitaram o porto.

– É, igual a um navio de guerra, só que não era. Era um cargueiro, um vapor, um pouco parecido com o *Memória*, só que todo cinza.

– E o que aconteceu?

– Bom, essa é a parte estranha. Era o meio da noite. Mas estava claro como o dia. Havia luzes estonteantes no céu negro, mas elas não ficavam paradas como estrelas. Moviam-se devagar na direção da água e, quando batiam no mar, apagavam. Mas outras continuavam caindo. No litoral, havia construções em chamas, mas não eram construções como as que conhecemos. Eram grandes e completamente redondas, sem janelas. E as chamas que disparavam delas eram ainda mais altas do que os prédios. Grandes canhões eram disparados de todo lugar. Não dá para imaginar o barulho que faziam. E aviões. Você sabe o que é um avião?

O menino assentiu.

– O que os aviões faziam?

– Eles lançavam bombas, e os navios pegavam fogo e afundavam.

O menino ficou imóvel. Então, perguntou:

– Era o fim do mundo?

– Talvez fosse.

– Quer saber de uma coisa? – o menino perguntou. – Esta foi a melhor história que o senhor já contou.

Albert sorriu-lhe. Então desviou o olhar para o mar. Havia uma parte do sonho que não contara ao garoto. Ele não tinha conseguido ver o nome do navio fantasma no escuro. Mas sabia reconhecer, com a certeza estranha que seus sonhos proféticos lhe tinham ensinado, que o garoto estava a bordo. Knud Erik estava lá. Bem no fim do mundo.

Albert tinha a sensação de que algo em sua vida estava chegando ao fim. Não era só por causa da guerra. Tinha contas a acertar. A mão negra na escrivaninha do pastor Abildgaard continuava a assombrá-lo. Albert também tinha os restos mortais daquilo que, no passado, fora um ser humano sob seus cuidados, e parecia-lhe que Josef Isager, que desprezava tanto os outros homens, tinha agido com mais moralidade do que ele. Afinal de contas, pedira um enterro cristão para a mão, a mesma que antes colocara dentro da mala como se fosse um suvenir barato, sem se incomodar com o fato de que tinha sido cortada brutalmente de um ser humano.

Uma cabeça decepada em uma caixa... Será que era diferente? Ele, certamente, devia um enterro a Cook também, não?

Ele caminhou até a casa de Josef Isager, na Kongegade, e bateu à porta. Ouviu barulhos lá dentro, mas ninguém foi atender. Albert bateu mais uma vez. O barulho continuou. Estava abafado pela porta, por isso não conseguia distinguir exatamente o que era, mas parecia briga. Alguém corria. Então alguém arfou e, depois, veio o som de um corpo lançado com tudo contra a parede. Albert colocou a mão na maçaneta e a porta se abriu no mesmo instante. Entrou no pequeno corredor escuro e bateu com força na porta que dava para a sala de estar.

– Tem alguém aí?

O barulho cessou. Ele empurrou a maçaneta da porta para baixo. Josef estava no meio da sala, com a bengala em riste, pronto para desferir um golpe. Maren Kirstine estava em pé no sofá, parecendo uma menininha que fora pega fazendo algo que não deveria ter feito. Ela, obviamente, tinha subido ali por medo. Seu cabelo, normalmente presos por uma redinha, estava desgrenhado; mechas cinzentas caíam por cima do rosto distorcido. Tapava a boca com as mãos, como se estivesse tentando segurar um grito.

Josef se voltou para a visita inesperada.

– Você é o próximo? – berrou, e deu um passo adiante, ameaçador.

O rosto dele, com o bigode pesado e caído e olhos frios e arrogantes, era tão formidável como sempre, mas o corpo idoso estava recurvado e caído. Albert arrancou a bengala de sua mão e a quebrou em dois na coxa. Uma pequena sensação de triunfo o atravessou. Ainda tinha força.

– Não batemos em mulher aqui – ele disse, e empurrou Josef para o sofá com uma das mãos, enquanto estendia a outra para Maren Kirstine, estupefata. Ela a aceitou e desceu do sofá.

– Ele machucou a senhora? – perguntou.

Maren sacudiu a cabeça, mas os olhos velhos e avermelhados estavam cheios de lágrimas. Cambaleante, arrastou-se para a cozinha e fechou a porta atrás de si. A visão de suas costas acuadas quando saiu fez com que Albert ficasse incandescente de raiva. Josef estava tonto demais para se levantar do sofá, por isso Albert o agarrou pela lapela e começou a sacudi-lo para a frente e para trás.

– Você bate na sua própria mulher? – berrou.

A cabeça de falcão de Josef balançou. Os olhos dele permaneceram frios, mas Albert pôde ver como o ex-piloto tinha ficado frágil. Se ainda tivesse alguma força, esta se concentrava em sua determinação, não nas mãos.

– Rá! – Josef Isager desdenhou. – Estou velho demais, que desgraça. Quando bato nela hoje em dia, ela nem sente.

Atrás deles, a porta da cozinha se abriu com cautela.

– Por favor, não seja duro com ele – Maren Kirstine implorou, em tom patético.

Albert soltou Josef e se aprumou; então ficou ali parado, impotente, sem saber o que fazer em seguida. Josef desabou no sofá. Não ergueu os olhos. O rosto dele estava acabado, como se a confissão de força muscular diminuída tivesse drenado seu último vigor e ele estivesse se entregando à idade avançada sem reclamar.

– Sente-se, por favor, capitão Madsen. Vou preparar um pouco de café para nós.

A voz de Maren Kirstine tinha retomado o tom normal, como se todas as visitas a sua casa dessem um jeito no anfitrião antes de tomar café.

Albert e Josef ficaram sentados, de frente um para o outro, em silêncio, enquanto Maren Kirstine se movimentava na cozinha. No final, entrou e arrumou a mesa de jantar. Então voltou com café e bolo. Ela tinha prendido o cabelo mais uma vez embaixo da redinha e secado os olhos, apesar de ainda estarem vermelhos. Depois de servir o café, voltou a desaparecer na cozinha.

Josef molhou o bigode no café quando ele sorveu o líquido. Enfiou um pedaço de bolo na boca e começou a mastigar, cuspindo migalhas ao fazê-lo.

– Por que está aqui? – perguntou. Continuava comendo. Queria mostrar seu desprezo pelo homem que tinha acabado de colocá-lo em seu lugar.

– A mão do negro... – Albert disse.

– Sim, o que tem? – Josef interrompeu.

– Por que deu o objeto ao pastor Abildgaard?

– Não é da sua conta. – Josef apertou os lábios com força e os sugou para dentro. Ainda mastigava. Apesar do bigode caído, ele de repente pareceu uma megera desdentada, mastigando, com as gengivas doloridas.

– Isso é tudo o que tem a dizer?

– É, e é melhor acreditar, com o diabo!

Josef tinha terminado o bolo e, com a boca vazia, sua fala ficou mais clara. Levantou-se de maneira abrupta e empurrou a mesa com tanta força que a xícara de café virou, derramando o conteúdo sobre a toalha de mesa bordada.

– Maren Kirstine! – o Piloto do Congo urrou. – Maren Kirstine! Seu café é ralo que nem mijo! Quero café de homem!

Com a xícara de café na mão, abriu a porta da cozinha de supetão e depois a bateu atrás de si. O barulho da xícara se espatifando no chão veio pouco depois.

Albert ficou olhando fixamente para a porta, aparentemente tomando uma decisão. Então, levantou-se da mesa e saiu da casa.

No dia seguinte, ele baixou a cabeça de James Cook no mar.

Mørkedybet pareceu um lugar adequado para o descanso do grande explorador. Tantas viagens tinham começado ali, no lugar de onde a frota de Marstal zarpava ao primeiro sinal de primavera. Um túmulo no cemitério local teria sido complicado demais, e Albert não achou que os nervos de Abildgaard aguentariam um enterro.

Resolveu convidar Knud Erik para acompanhá-lo na última viagem de Cook. Nunca lhe mostrara a cabeça encolhida. Não era apropriado para uma criança, achava. Mas, agora, tinha deixado de lado todas essas considerações. Enchera demais a cabeça do menino com histórias de terror a respeito de navios afundando e se incendiando, e Knud Erik tinha adorado. Provavelmente, também iria gostar da cabeça pavorosa.

No entanto, o verdadeiro motivo para convidar o menino para acompanhá-lo era a intenção de oferecer à cabeça uma despedida adequada, e queria que o menino fosse testemunha. Desconfiava que havia uma moral ligada à história de James Cook, mas, quanto mais pensava a respeito do assunto, menos certeza tinha de qual seria ela.

Em suas duas primeiras viagens, James Cook tinha tratado os nativos que encontrava com respeito, pois os considerava seus iguais, mas eles reagiram com desprezo. Por isso, aprendeu com seus erros e passou a agir com brutalidade e insensibilidade. De certa maneira, tinha acabado como Josef Isager e os homens brancos na África.

Onde estava o equilíbrio na vida de James Cook?

Em um navio, a função do capitão era encontrar equilíbrio. Mas um navio não era o mundo: o mundo era bem maior. Onde estava o equilíbrio do mundo? Será que Albert conhecia a si mesmo? Será que havia alguma coisa que pudesse transmitir a um menino de sete anos?

James Cook tinha vivido sob enorme pressão, sempre precisando provar seu valor a si mesmo e aos outros. Apesar de ter sido o grande mapeador do Pacífico, não houve nenhum mapa que o ajudasse a singrar a própria vida.

Albert tinha procurado um pai e não encontrara nenhum. Teve de encontrar o próprio caminho, e a mesma coisa iria acontecer com Knud Erik. Talvez ele pudesse lhe dizer isso. Ou, talvez, não devesse lhe dizer absolutamente nada. Talvez, no fim, tudo fosse a mesma coisa.

No entanto, levou o garoto consigo.

Ele tinha colocado o saco com a cabeça encolhida em um caixão improvisado, uma caixa de madeira cheia de pedras. Pousou o caixão no banco do bote, entre si e o menino.

– É uma surpresa – disse ao garoto. – Vamos abrir quando chegarmos lá.

Eles se revezaram remando. Albert remou a maior parte do tempo. Quando era a vez de Knud Erik, este se dedicava ao máximo. Logo estavam em Mørkedybet, olhando na direção da ilha plana de Birkholm.

– É de lá que sua mãe veio. – Albert apontou para o litoral. – Em um dia de primavera, estava ali quando seu pai chegou de navio. E, então, ela se apaixonou.

Estava inventando aquilo. Klara Friis provavelmente nunca lhe falara a respeito do primeiro encontro com o pai dele, mas não faria mal ao menino se Albert adicionasse um pouco de cor e cenário ao amor de seus pais.

– Então, ela sabia que ele era marinheiro?

Albert assentiu.

– Então, por que ela não me deixa ir para o mar?

– Um dia, vai deixar. Sua mãe só precisa de um pouco de tempo. Ela ainda está aborrecida por causa de seu pai.

O menino ficou parado por um momento.

– Quero ver a surpresa – enfim disse.

Albert abriu o caixão e pegou a cabeça encolhida. Tinha a mesma aparência de quando a herdara do capitão do *Míssil Voador*, cinquenta anos antes, e ainda estava embalada com o mesmo pano, que se esfarelava. Removeu o tecido e ergueu a cabeça.

Knud Erik ficou olhando para o rosto escuro, tão enrugado e murcho quanto uma noz.

– O que é isso? – Não havia medo na voz dele.

– É a cabeça de um homem. Morreu há muitos anos.

– A gente fica pequeno quando morre?

Albert deu risada e explicou a técnica de fazer cabeças encolhidas.

– Como ele morreu?

– Ele morreu em uma praia no Havaí. Estava lutando pela vida, mas os nativos eram em maior número. No final, foi derrotado.

– E então foi transformado em uma cabeça encolhida?

Albert assentiu. Knud Erik ficou olhando para James Cook durante um tempo.

– Posso ficar com ele? – perguntou.

– Não, está na hora de colocá-lo no fundo do mar.

– E nunca mais vai voltar para a superfície?

– Não. Ele foi o maior explorador do mundo. Mas, agora, precisa de descanso.

– Posso segurar?

Sem esperar resposta, Knud Erik pegou a cabeça de James Cook e a aninhou na mão.

– Você morreu no fim – ele disse para a cabeça encolhida. – Mas lutou primeiro. – Fez um agrado nos cabelos secos e desbotados do capitão Cook, como se aplaudisse seus feitos.

Voltaram a embalar a cabeça no pano e a devolveram ao caixão.

– Quero dizer algumas palavras – Albert falou. Então, rezou um pai-nosso, como tinha feito quando Jack Lewis, capitão do *Míssil Voador*, fora baixado à água pelo costado do navio, enrolado em lona, ainda vestido com sua camisa empapada de sangue. Desde aquela ocasião, nunca mais tinha rezado.

O caixão balançou um pouco na superfície da água. Então, o peso das pedras o arrastou para o fundo. Algumas bolhas de ar se ergueram antes de o objeto desaparecer nas profundezas azul-esverdeadas.

Albert relembrou as palavras ditas pelo menino para a cabeça encolhida. Knud Erik extraíra a própria moral do pouco que Albert tinha lhe dito. Havia uma espécie de sabedoria naquilo, talvez a mais básica: “Você morreu no fim, mas lutou primeiro”. Se o menino se ativesse a isso, as coisas não poderiam ficar tão ruins. A vida poderia lançar sua própria complexidade mais tarde.

* * *

Quando ancoraram o barco em Prinsebroen, o menino tentou pular dele para a ponte, mas calculou mal o salto e caiu na água. Albert estendeu a mão e o puxou para cima.

Knud Erik deu risada.

– Vamos fazer de novo!

– Você agora foi batizado – Albert disse. – Uma vez na igreja, e uma vez no mar. Agora você é um marinheiro.

– Eu quase me afoguei? – o menino perguntou, tentando parecer importante.

– É, você pode se gabar disso. Mas não para sua mãe. Uma vez embaixo d'água, duas vezes embaixo d'água, mas nunca três vezes. Lembre-se disso.

– O que acontece na terceira vez? – o menino perguntou.

– A terceira vez é a viagem mais curta – o velho disse. – A viagem que leva à morte. Só demora dois minutos. Sempre faça a viagem mais longa quando se tornar marinheiro. Nunca a mais curta. Lembre-se disso.

O menino olhou para ele e assentiu com gravidade. Não entendera nada do discurso dele, mas sentia que algo importante tinha sido dito.

Albert tirou as roupas do menino e as dependurou para secar no banco da frente.

– Venha – disse. – Vamos remar mais um pouco. Assim você se aquece.

– Não pode continuar – ele disse, a respeito da guerra. – Precisa acabar.

Nós não sabíamos nada e não entendíamos de política.

– O tempo bom vai acabar logo – os velhos comandantes diziam, acomodados em seus bancos no porto, sob o sol de verão. O rosto enrugado deles, bronzeado e curtido até ficar com aparência de couro, não entregava nada. Com os olhos escondidos embaixo da aba brilhante do quepe, era impossível dizer se se tratava de humor negro, ou se realmente estavam falando sério.

Albert também sentia que a guerra logo terminaria. A coluna da direita agora já era quase tão longa quanto a da esquerda. Setembro chegara. O menino começou a escola, mas os dois ainda se encontravam à tarde, como sempre tinham feito. Outras sete embarcações se perderam. O último a afundar foi o vapor *Memória*. Então, acabou. Albert transmitiu as últimas mensagens àqueles que tinham sofrido perdas. A guerra durou mais alguns meses, mas, até onde dizia respeito a Marstal, terminara.

Albert sentou-se junto dos comandantes que absorviam o sol ao lado do porto, dando uma última esquentada nos ossos velhos antes do inverno. O grupo se agitou, pouco à vontade. Não estavam acostumados com sua companhia.

– É, o tempo bom de fato acabou – disse, e não escondeu o sarcasmo na voz. Eles voltaram a se agitar. – Quatrocentos e quarenta e sete marinheiros dinamarqueses se perderam – falou. Conhecia seus números. – Cinquenta e três deles eram de Marstal. Isso significa, mais ou menos, que um em cada nove homens afogados veio desta cidade.

Ele fez uma pausa para deixá-los digerir o fato. Então prosseguiu com a contagem.

– O número de habitantes de Marstal é apenas um milésimo da população total da Dinamarca. E qual é o resumo da história, cavalheiros? Será que nosso total representa tempo bom?

Ele se levantou do banco, tocou no quepe com o indicador e se retirou.

Ficaram olhando para ele enquanto caminhava na direção da Havnegade, balançando a bengala. Sim, ele sabia fazer contas, esse Albert.

Cinquenta e três trabalhadores perdidos, Albert pensou enquanto avançava pela Havnegade. Talvez eu esteja sendo injusto. A cidade logo vai esquecer. A mãe, o irmão, a esposa e a filha não vão. Mas a cidade vai. A cidade olha para a frente.

* * *

O senhor Henckel ainda visitava Marstal. Alto e robusto, com pontas da cauda de sua leve casaca batendo atrás dele, ia andando pela Kirkestræde, a caminho do Hotel Ærø, no qual tinha um quarto sempre à disposição. A chegada dele era comemorada com festas de gala grandiosas, regadas a champanhe para investidores e outros interessados, pois sempre havia muitos deles. Herman, neste ínterim, tinha vendido o *Duas Irmãs* e a casa na Skippergade. Isso o tinha deixado sem teto, então, se mudara para o Ærø, no qual logo acumulou uma conta enorme. Com a fortuna toda enterrada nos projetos de engenharia do senhor Henckel, ele não pôde acertá-la de imediato. Mas não fazia mal, dizia Orla Egeskov, o proprietário; ele estenderia o crédito a Herman e ao senhor Henckel de bom grado. O próprio Orla Egeskov era investidor. Sabia que cada centavo voltaria dez vezes; cada garrafa de champanhe seria paga pelos lucros futuros. E champanhe era a única coisa que Herman bebia.

Henckel tinha construído alojamentos para os trabalhadores do estaleiro, no final de Reberbanen, onde, no passado, ficava a cabana do idiota do vilarejo, Anders Nørre. Na comparação com as proporções em miniatura da maior parte das casas da cidade, era uma estrutura impressionante, com duas escadas, oito apartamentos e telhado em estilo francês. E, em vez de se encolher em uma rua estreita, como se estivesse se escondendo do vento, erguia-se em campo aberto, exposta de todos os lados, com vista para o Báltico, como se o engenheiro quisesse desafiar, ao mesmo tempo, o vento e o mar. Depois da escola na Vestergade e do imponente correio na Havnegade, com fundação de granito e guirlandas de cimento arredondadas sob cada janela, a casa dos operários de Henckel era a maior construção de Marstal. Ali, pessoas comuns viviam umas sobre as outras, sem jardim nos fundos nem porta da frente que desse direto para a rua.

– É para um exército de trabalhadores – disse o senhor Henckel, que era uma alma afogueada. – É só o começo. Vai chegar o dia em que vou demolir todo o lixo nesta cidade e fazer uso adequado do espaço. – Além dos estaleiros em Marstal, Korsør e Kalundborg, ele também possuía olarias. – Tenho porcarias de tijolos suficientes para construir toda uma Marstal nova, se vocês quiserem. Basta pedir – gabava-se, no bar do Ærø, à medida que seus olhos iam ficando vermelhos e grandes manchas de suor se formavam em sua camisa. Então, pagava mais uma rodada, e brindávamos à nova era que chegava em um arroubo. Nós nos acostumamos com o champanhe. As bolhas subiam à superfície e explodiam em pequenos estalos que faziam cócegas nos lábios. Elas não tinham fim, assim como não tinham fim as ideias do engenheiro.

Herman também erguia o copo. Já não andava mais de mangas arregaçadas, e ultimamente usava abotoaduras na camisa. Todos nós tínhamos ouvido falar dos dois erros de ortografia na tatuagem dele.

A única coisa que tínhamos em Marstal, antes, era uma Caixa Econômica: agora contávamos com um banco propriamente dito. O Banco de Crédito e Comércio de Svendborg, na Fiônia, abriu uma filial ali. O prédio ficava na frente do escritório de corretagem de Albert e era ainda mais alto do que a escola, o correio e a acomodação dos operários de Henckel, com uma grande fachada, que dava para a Prinsegade. Degraus largos de granito levavam até uma porta grande de carvalho envernizado, com maçaneta de latão. Parecia a entrada de um castelo.

De vez em quando, dava para escutar o barulho de um martelo de pino do Estaleiro de Aço de Marstal, mas nenhum barco tinha sido lançado até então.

Albert cumprimentou Peter Raahauge, o construtor de barcos, com um aceno de cabeça ao passar pela Buegade no fim do dia. Raahauge ergueu o dedo ao quepe e se deteve.

– Quando vamos, finalmente, ver um dos seus navios?

Raahauge pousou a caixa de ferramentas na rua calçada de pedras. Cruzou os braços fortes por cima do peito, deu uma gargalhada de desprezo por trás do bigode e, então, meneou a cabeça.

– É um jeito bem estranho, o deles, de fazer negócios – disse. – Se deitar o leme é o mesmo que construir um navio inteiro, então eu construí um monte de navios nos últimos tempos. Ainda não vi nenhuma estrutura, nem placa de casco.

– Então, quem faz esse trabalho? – Albert perguntou. – Não tem nenhum sentido, a meu ver.

– Nem para o resto de nós, meros mortais. Mas isso é porque não somos tão inteligentes quanto Henckel. Sabe, capitão Madsen... –Inclinou-se para perto de Albert. Sua voz se tornou tão confiante quanto um sussurro. – Ele providenciou para que os noruegueses paguem a primeira parcela assim que o leme é deitado. Então, os convida para vir aqui, oferece champanhe e mostra o leme, e eles ficam achando que é como se o navio já estivesse construído. Como vão saber que o último grupo de clientes viu o mesmo leme? Mostramos o mesmo leme a todos eles.

–Então Henckel está recebendo grandes somas de dinheiro por navios que nunca vai entregar? Mas isso é fraude! – Albert se sentiu ultrajado.

– Pode dizer que sim, capitão Madsen. Não tenho como comentar. Ainda assim, vou ter de procurar um emprego novo em breve. Porque não há como este inferno durar.

Peter Raahauge levou o dedo à aba do quepe mais uma vez e desapareceu pela rua.

Já havia alguns anos que Albert saía para pescar camarão. Muitos de nós fazíamos isso quando nos fixávamos em terra firme. Alguns, por necessidade, mas, para ele, era uma maneira de passar o tempo. As águas locais pertenciam aos meninos e aos velhos. Albert tinha aprendido a circular pelo arquipélago quando criança, explorando todas as ilhas, as baías, as pontas, os bancos de areia e as correntes invisíveis. Entre a infância e a idade avançada, navegara por todos os oceanos do mundo: agora voltava para as letras mais miúdas da carta marítima, procurando os velhos lugares conhecidos. Ele tinha começado nos bons anos antes da Primeira Guerra Mundial e, quando seus pesadelos proféticos se abateram sobre eles, escapou de seu reino de terror com a pesca de camarão. Cuidando das redes sob as nuvens que passavam no céu, se não encontrou paz, pelo menos achou um cessar-fogo.

Albert estava pensando nos camarões certa noite, depois de deixar Knud Erik e a mãe dele e passar pela Nygade a caminho de casa, na Prinsegade. Camarões. Iria levar Knud Erik consigo da próxima vez que fosse conferir suas redes. Ele iria ensinar o menino a fazer aquilo e lhe daria um balde cheio para levar para casa e dar à sua mãe. Poderiam vender o resto no porto, e Knud Erik iria ter um pouco de dinheiro no bolso e levar para casa alguns ganhos, como um homenzinho propriamente dito. Seria meio brincadeira e meio ajuda de verdade para a viúva, que, frente a tantas dificuldades, provavelmente não aceitaria auxílio de qualquer outra maneira. Em geral, ele simplesmente dava os camarões para qualquer um que aparecesse em seu escritório, ou para Lorentz, do outro lado da rua.

Naquele verão, tinha estendido as redes ao longo da costa de Langeland, começando em Sorekrogen e avançando na direção de Ristinge. Nas noites claras de verão, quando terminava, a superfície da água era igual a um espelho. O primeiro brilho do sol queimava a noroeste quando remava pela entrada do porto, e o som dos remos viajava para longe, por sobre a água.

Então, perguntou ao menino se queria acompanhá-lo.

As férias de verão tinham começado. Sem escola, Knud Erik ficava com Albert durante os dias longos e vazios, quando o tempo não o atraía para nadar na praia.

Depois de um pouco de hesitação, a mãe de Knud Erik deu autorização para que ele fosse pescar camarões. Um laço tinha se formado entre Albert e Klara. Ele sentia aquilo com força, mas não explorava sua natureza, apesar de se pegar passando cada vez mais tempo na frente do espelho e de, às vezes, um sorriso (de reconhecimento) aparecer atrás de sua densa barba, que ia ficando grisalha. Era um velho amigo que ele cumprimentava no espelho, alguém que não via fazia muitos anos: seu próprio eu mais jovem.

Iria buscar Knud Erik à noite e levá-lo para casa. O menino iria dormir no sofá, na sala de estar de Albert, até as três da manhã, e então este iria acordá-lo e ambos iriam para o porto. Klara preparava grossas panquecas quando ele chegou. Eram uma especialidade local; conforme as preparava, ela as trazia diretamente da cozinha, para que pudessem ser saboreadas bem quentes. Albert parou à porta e ficou observando enquanto ela deitava, com habilidade, a massa em formas de oito na frigideira quente, na qual rapidamente cresciam e formavam montinhos compactos. Quando douravam, colocava-as sobre papel pardo para escorrer. Knud Erik estava ao lado dela, esperando ansiosamente pela primeira panqueca, que imediatamente salpicou com açúcar.

Nenhuma palavra foi trocada entre eles enquanto ela trabalhava nas panquecas. Mas o silêncio era confortável. Parado à porta, com os braços cruzados sobre o peito, Albert percebeu que se sentia em casa na presença da moça.

Ela tinha amarrado um lenço no cabelo para protegê-lo da fumaça engordurada: quando um cacho se soltou e caiu em cima de seus olhos, ela o soprou para o lado e lançou-lhe um olhar alegre. Ele retribuiu com um sorriso.

Klara serviu compota de groselha com as panquecas, e Albert perguntou se tinha sido feita em casa. Ela assentiu. Havia arbustos de groselha no jardinzinho dos fundos. Até as casinhas mais miseráveis da cidade possuíam um jardim. Ela tinha feito mais panquecas do que eles seriam capazes de comer, e deu-lhes as que sobraram, embaladas em um pano de prato, juntamente com um pote de compota.

– Para o caso de ficarem com fome hoje à noite – disse.

Voltou-se para Knud Erik e lhe entregou um pulôver de lã.

– Pode fazer frio no mar.

– Eu não vou ficar com frio – o filho respondeu, em tom que dava a entender que sua masculinidade recém-adquirida tinha sido ofendida.

– Bom, eu vou levar meu pulôver – Albert disse. Pousou a mão no ombro do menino. – Despeça-se de sua mãe.

Klara ficou à porta, acenando para eles enquanto caminhavam na direção da Kirkestræde.

* * *

Quando ele acordou Knud Erik, às três, e lhe entregou uma xícara de café quente, o horizonte reluzia, mas o céu lá no alto ainda estava escuro, mantendo as últimas estrelas vivas.

– Isto vai ajudá-lo a acordar.

O menino coçou a cabeça com uma das mãos e pegou a xícara com a outra.

– Sopre para esfriar.

Ele soprou, e manteve os lábios apertados para garantir, quando deu seu primeiro gole. Fez uma careta. Albert pegou a xícara e adicionou uma colher de açúcar.

– Experimente agora.

O menino deu mais um gole e sorriu. Albert o fez vestir o pulôver por cima da cabeça. Já vestira o seu, islandês.

Os dois ergueram a âncora no Prinsebroen e começaram a remar na direção da entrada do porto. O menino se encolhia sobre o banco, tremendo de cansaço e de frio. Albert entregou um remo a ele.

– Pode me dar uma ajuda? – pediu.

O garoto se posicionou no banco; então, enfiou o remo na água e começou a movê-lo entre as mãos com um movimento de rolar, torcendo-o na água feito um parafuso. Era uma técnica de remar que Albert tinha lhe ensinado.

Passaram pelo Dampskibsbroen e se dirigiram para Ristinge. Knud Erik tinha se aquecido, e eles avançavam em boa velocidade pela água reluzente, semelhante a vidro. O bote deles era o único que estava na água assim tão cedo. Uma hora depois, chegaram a Sorekrogen. As redes estavam lotadas de camarões.

– Vai ter para sua mãe também – Albert disse.

Eles se acomodaram nos bancos e comeram as panquecas. O sol agora estava claro no horizonte, iluminando uma faixa de nuvens baixas. À parte disso, o céu estava limpo.

– Hoje o dia vai estar bom para praia – Albert declarou.

– Fale sobre a cabeça encolhida – Knud Erik pediu.

Algumas horas depois, estavam de volta à entrada do porto. O sol ia alto no céu, e Albert já sentia seu calor, apesar de ainda ser de manhã bem cedo. Eles passaram pelo Dampskibsbroen e se aproximaram do Prinsebroen. Knud Erik foi até a proa e preparou o barco para ancorar, com toda a habilidade. Albert encheu um balde de camarões e levou o menino para casa, na Snaregade. O garotinho entrou correndo pela porta, com o balde na mão.

A mãe apareceu ao batente.

– Obrigada pelos camarões, capitão Madsen. Agora, por que está parado aí fora? Entre, por favor.

Ela abriu espaço para permitir que ele entrasse pela porta estreita. Ele tentou se fazer pequeno, mas roçou nela com o braço, de todo modo. Conhecia o lugar, e foi até o sofá. Já havia uma xícara preparada para ele. Klara desapareceu cozinha adentro e voltou com o bule de café.

– Pescar camarão é um bom negócio – Albert disse. – Knud Erik vai ser um homem próspero.

O rosto dela se retesou.

– Não podemos mais aceitar dinheiro.

– Não é um presente, senhora Friis. Ele trabalhou duro, e é justo que fique com sua parte.

Knud Erik começou a pular de animação.

– Vá pegar seu calção de banho e uma toalha. Daí, pode correr para a praia.

– Posso mesmo, posso? – A essa altura, os pulos dele tinham ficado ritmados.

– Sim, é claro. Agora, vá logo.

Ele correu até a cozinha e voltou um momento depois, com uma toalha enrolada. Estava pronto para disparar pelo vestíbulo, com a mão erguida para se despedir de Albert, quando parou de maneira abrupta, foi até o capitão e estendeu a mão. Fez uma mesura rígida e lhe agradeceu pelo dia. Albert colocou a mão na cabeça do menino e desgrenhou o cabelo dele com gentileza.

– De nada.

– É um garoto adorável – Albert disse, quando Knud Erik saiu pela porta. – Cuide bem dele.

– O senhor já faz isso para mim.

Ela sorriu mais uma vez, e Albert ergueu os olhos. Quando seus olhares se cruzaram, ele não soube dizer se foi por acaso. Sentiu que deveria olhar para outra direção, mas parecia paralisado. Percebeu que um sorriso se abria, incontrolável, em seu rosto. As faces de Klara Friis coraram devagar. Ela também parecia incapaz de se desvencilhar do momento, que foi passando de segundos para minutos, até que pareceram horas leves e maravilhosas. Finalmente, ela baixou os olhos, e ele sentiu uma vergonha repentina, como se a tivesse molestado. Precisou se deter para não pedir desculpas, apesar de nada ter acontecido.

Limpou a garganta.

– Obrigado pelo café.

Klara lançou um olhar confuso para ele, como se tivesse acabado de acordar de um devaneio. Suas faces ainda estavam coradas.

– Já vai andando?

– Vou, acho que é melhor – ele respondeu, e ficou torcendo para que suas palavras soassem neutras e que a retirada não parecesse um veredicto sobre a situação embaraçosa em que os dois se encontravam um momento antes.

– Ah – ela disse, como se tivesse se surpreendido.

Ele permaneceu sentado e esperou que Klara Friis continuasse. Ela olhava fixamente para as mãos.

– Bom, não quero que se sinta na obrigação, mas não gostaria de vir jantar aqui hoje à noite? Afinal de contas, temos os camarões – disse, e ergueu os olhos para ele.

– Gostaria muito. Vou trazer uma garrafa de vinho.

– Vinho? – O constrangimento dela cresceu.

– Ah, talvez a senhora não beba vinho?

Ela enxugou a testa. Então, de repente, começou a dar risada atrás da mão.

– Nunca experimentei.

– Há uma vez para tudo. E esta vez será hoje à noite.

Quando Albert saiu da casa, reparou no corpanzil de Herman movendo-se, ligeiro, na direção do porto, com o quepe puxado por cima da testa. Herman ergueu os olhos e deu uma olhada rápida, de cima a baixo, na casa da viúva Friis; olhou de novo para Albert e tocou a aba do quepe em um gesto despreocupado. O outro retribuiu o cumprimento, mas não houve troca de palavras.

Albert continuou caminhando na direção da Kirkestræde, refletindo sobre o jeito como o rapaz tinha olhado para ele. Será que estava controlando o que ele fazia ali? Será que sabia de algo? Então, deu de ombros. Que tipo de bobagem era essa? Não tinha acontecido nada entre ele e a mãe de Knud Erik. Mas, e o convite para a noite? O vinho? Não fazia muito tempo, ele tinha abraçado uma viúva aos prantos. Quando falaram sobre o vinho havia pouco, o tom da voz dela se tornara quase coquete. A risada atrás da mão. Será que estava se apaixonando por ele? Ou seria o inverso? Será que ele estava interpretando tudo sob certa luz, porque tinha se apaixonado por ela?

Meneou a cabeça para si mesmo. Só a ideia já era inadequada. Não sabia a diferença exata de idade entre os dois, mas era enorme. Poderia facilmente ser pai dela, até avô.

Tinha sua própria vida e as próprias manias. Não queria que fossem incomodadas. Vira e ouvira mais do que precisava: seus sonhos o tinham abalado profundamente. Ele os tinha experimentado como um empecilho cruel e maldoso à sua vida, infligido por um Deus cuja selvageria o repelia, que não lhe inspirava nem a vontade de acreditar, nem o impulso de implorar por misericórdia. Sua fé tinha sido a fé na humanidade, e ele a perdera, acabara na escuridão: um náufrago gravemente ferido em uma praia de ossos, no fim do mundo.

Mas, de maneira inesperada, a vida dele tinha recomeçado. Um menino de sete anos restaurara sua fé. E agora a mãe do menino tinha se tornado parte disso também, e o apelo dessa nova vida ia ficando cada vez mais forte. Ele não podia negar que se sentia estranhamente alegre na presença de Klara Friis. Knud Erik tinha aberto o primeiro buraco no muro de solidão atrás do qual ele vivia. Mas, agora, quando Klara estava presente, sentia que o muro todo estava prestes a desabar.

Sim, era inadequado. E, no entanto, não conseguia parar de sorrir.

Naquela tarde, Albert estava na banheira, preparando-se para o jantar, quando sentiu algo como uma pontada de dor na mente. Um homem de caráter menos orgulhoso e teimoso teria chamado de ansiedade. Mais uma vez, os pensamentos dele giravam ao redor de Klara Friis. Os seres humanos são afligidos pela necessidade de julgar. Então, o que as pessoas iriam pensar se, de repente, o vissem na companhia de uma mulher muito mais jovem? Alguns homens, como o grandalhão O'Connor, atacam com os punhos, mas há outras maneiras de causar danos, e a língua pode ser a arma mais danosa de todas: no tribunal da fofoca, não há apelo. Mas por que ele deveria se importar? Tinha cumprido sua obrigação na vida. Tinha conquistado respeito e construído uma frota de navios. Seu trabalho estava feito e, no entanto, continuava vivendo. O que tinha sobrado? Será que poderia haver novas liberdades inesperadas à espera dele, nesses últimos anos?

Saiu da banheira e se secou. Foi até o espelho e, com a toalha, fez um formato de escotilha na superfície embaçada, a fim de inspecionar a si mesmo. Raramente se via através dos olhos de outra pessoa. Para ele, era uma ferramenta. Força e resistência eram as medidas pelas quais se avaliava, estivesse ele no convés, lutando contra o mar, ou usando os músculos espessos para fazer valer sua autoridade perante uma tripulação insubordinada. Quanto tempo poderia ficar acordado quando uma tempestade exigia sua presença constante no convés? Quanto poder ele transpirava?

No espelho, podia ver que seu peito estava afundado e longas estrias corriam dos ombros para os músculos peitorais, que se afrouxavam sob o próprio peso. Os pelos encaracolados que cobriam o peito eram grisalhos fazia muitos anos. Mas, uma vez vestido, seu corpo parecia tão impressionante quanto sempre tinha sido.

Em uma noite de verão muito tempo antes, fizera amor com Cheng Sumei na mansão suburbana dela, no Havre, sem saber que seria a última vez. Tinha sido uma noite como muitas outras. Velas de cera, chamas que se erguiam, eretas, na noite calma; cheiro de incenso. Ela tinha se inclinado sobre ele e soltado o quimono de seda, que caiu, aberto, expondo seu corpo nu, tão branco quanto as pétalas de um cravo, com um leve indício de algo que não era exatamente amarelo; estava mais para a cor de creme. A pele dela era tão lisa quanto uma estatueta de jade polido. Albert não compreendia o mistério da ausência de sinais de idade nela, que não associava ao Oriente, mas à própria Cheng Sumei. Em todo o tempo que a conhecera, apenas as poucas rugas que apareceram em volta da boca a entregavam como mulher madura que era. Pareciam linhas desenhadas em um retrato. Só reforçavam sua beleza.

Cheng Sumei soltara os cabelos compridos e os deixara cair em cascata sobre os ombros, e ele se enterrara completamente em sua escuridão densa. Esse era o prelúdio invariável para o fazer amor deles. Ele fechava os olhos e se entregava às mãos dela, que acariciavam de leve suas faces. Então, os lábios dela pousavam nos dele.

Na manhã seguinte, ela não acordara. Simplesmente ficara lá, deitada, com os cabelos negros espalhados pela almofada de seda branca, bordada. Ela morrera como se apenas tivesse virado o rosto para o lado, a fim de olhar em uma direção diferente. Nunca envelhecera e nunca fora acometida por doença. E, no entanto, sua vida tinha terminado.

Cheng Sumei tinha partido desta para melhor. Era exatamente assim que Albert pensava no acontecido: ela se erguera na cama no meio da noite e passara desta para melhor, para longe dele. Albert olhou para o corpo morto no lençol como se fosse um quimono que ela tivesse tirado. Toda noite, durante muito tempo, Albert ainda ficava esperando escutar o roçar de seda tão familiar de quando ela tirava a roupa na frente dele. Fechou os olhos, apesar de a escuridão já tomar conta do quarto, e esperou que o toque das mãos dela deslizasse por seu rosto.

Albert trabalhara com afinco durante o dia. Mas nem mesmo suas atividades diárias lhe forneciam distração, nem fuga. Eles tinham trabalhado juntos e com muita proximidade para isso. Ele a acompanhava ao escritório e, à noite, levavam jornais e telegramas para casa. Depois, conversavam sobre taxas de frete e os acontecimentos ao redor do mundo. Ele aprendeu com ela, e ela aprendeu com ele. Albert possuía conhecimento em primeira mão do mar, e se havia problemas com uma tripulação, ou se Cheng estivesse insatisfeita com as decisões de um capitão, ela o consultava. Se um novo mercado estava se abrindo, eles tomavam uma decisão conjunta, depois de extensa conversa a respeito de como agir. Haviam descoberto um terreno comum no negócio da corretagem, e essa era, fundamentalmente, a ligação mais forte entre os dois.

Ele ainda se lembrava do momento em que se apaixonara por ela. Luis Presser o tinha convidado pela primeira vez para jantar na mansão, na qual, mais tarde, ele passaria tantas noites. À mesa, ele acabara fascinado por ela. Precisara se concentrar para não ficar olhando-a fixamente: forçara a prestar atenção à conversa, que era em inglês. Depois de um tempo, até ele percebera que era embaraçoso (quase estranho) o fato de não ter se dirigido a ela, nem olhado em sua direção de maneira que não fosse furtiva. Se sentira algo, fora admiração. Havia algo transparente na beleza dela que, a seus olhos, fazia com fosse enigmática, quase sobrenatural. Não esperava que ela fosse se dignar a fazer algo tão profano quanto abrir a boca para falar, e, portanto, quando Cheng se dirigiu a ele, ficara tão sobressaltado quanto um devoto de algum deus pagão caso os lábios da estátua perante a qual ele se ajoelhava se abrissem, de repente, para lhe dar joviais boas-vindas.

– Monsieur Madsen, gostaria que eu lhe falasse sobre o momento em que me apaixonei pelo Ocidente? – ela perguntara.

Cheng Sumei pronunciara o nome dele com sotaque francês carregado, mas, afora isso, seu inglês era perfeito. Ela cintilava, cheia de curiosidade e provocações brincalhonas, como se tivesse sentido o acanhamento dele e agora quisesse se desmistificar. Albert não tinha reparado nos olhos dela antes. Só vira os cílios longos e densos quando ela baixara os olhos, não as íris por trás deles.

– Foi a primeira vez que vi um incêndio ser apagado –prosseguira. – Sabe, na China, acreditamos que espíritos do mal dão início a incêndios. Por isso, quando uma casa pega fogo, tentamos espantar os espíritos. – Fizera uma pausa, como que para enfatizar as palavras que se seguiram. – Com barulho. Tambores e címbalos. Já vi muitas casas se desmancharem em cinzas diante da batida de tambores. Temos uma cultura de cinco mil anos, e, em todos esses cinco mil anos, nunca nos ocorreu apagar um incêndio com água. Os ingleses tinham instalado uma brigada anti-incêndio em Xangai. Uma casa na frente da minha pegou fogo. Começou à noite, e os cavalheiros ingleses, todos voluntários, chegaram direto de um jantar, usando cartolas, casacas e golas de camisa engomadas, que logo ficaram imundas com a fuligem. Eles apontaram mangueiras grandes para as chamas. Quando o fogo chiou e morreu, e a maior parte da casa ainda estava em pé... esse foi o momento em que me apaixonei pelo Ocidente. Compreende o que estou dizendo, Monsieur Madsen? Minha filosofia é basicamente muito simples. Vocês apagam o fogo com água. É por isso que eu vivo aqui, não na China.

Rira. Ele respondera com outra risada e assentira.

– Bom, minha filosofia tem a tendência de acreditar que a água é para navegar. Mas não acho que, no fundo, sejamos tão diferentes assim.

Foi nesse momento que a admiração se transformou em amor. Ali estava uma mulher cuja atitude perante a vida se assemelhava à dele. Seu jeito direto e alegre o liberava. A beleza dela, de repente, tornara-se acessível. Quando Cheng Sumei assumira os negócios do marido depois de sua morte e dera continuidade a eles com sucesso, não foi surpresa nenhuma para Albert. Ele já tinha percebido essa habilidade nela.

Com aquela mulher, não era apenas um homem. Era vários. Qualquer marinheiro, por necessidade, precisa ser um homem em casa, outro no convés e um terceiro em um porto estrangeiro. Mas seus eus interiores são separados no tempo e no espaço, sempre por largas distâncias: assim como um navio, ele tem anteparos à prova d'água por dentro, para não afundar. Mas, com Cheng Sumei, Albert descobriu que podia ser vários homens ao mesmo tempo. Era, em primeiro lugar e principalmente, o homem que considerava seu eu real: o marinheiro e capitão. Com frequência, considerava os dois, Cheng Sumei e Albert Madsen, capitães no mesmo barco: um casal improvável que, ainda assim, respeitava a autoridade um do outro e nunca arriscava a segurança do navio.

Mas ele também era o homem que se lembrava das visitas aos bordéis de sua juventude. Esse eu não era sempre bruto. Nos bordéis da Bahia ou de Buenos Aires, um jovem marinheiro era um hóspede estupefato em palácios de mármore com fontes e palmeiras, lençóis de seda e tetos e paredes espelhados. E a moça, sim, ela era um espírito complacente colocado nessa terra para conceder-lhe seus desejos, em um momento breve e sem fé; mas, apesar de ela ser complacente, também era superior. Como Albert ficara sem palavras, como se sentira acanhado e ignorante e, ao mesmo tempo, tão infinitamente agradecido em suas mãos habilidosas, que conheciam coisas sobre seu corpo de que ele nem desconfiava... Aquele corpo combalido, de músculos sempre doloridos, castigados pelas amarras, cobertos de bolhas de água salgada e cortes que não saravam, sempre em guarda, sempre pronto para revidar, premido pela necessidade amarga da autoafirmação.

Ele nunca tinha se sentido dono de ninguém naqueles bordéis. Não os visitava para aproveitar os privilégios dúbios de um dono: sentia-se um hóspede e se comportava com comedida educação. Neles, seus punhos sempre fechados se abriam por um instante. Mas não aprendera nada. Não era um amante melhor quando ia embora. Continuara sendo o mesmo homem desastrado e sem jeito, bruto devido à pura incerteza quando se tratava de mulheres.

Com Cheng Sumei, era como as visitas aos bordéis de sua juventude. Na cama, a mulher era um espírito complacente e, no entanto, superior. Nos encontros com ela, ele se tornava seu eu mais jovem. Não sabia se era bom amante. O desejo nunca tinha sido um habitante exigente de seu corpo: nunca tinha tido o poder de reorganizar a vida. Não era de fazer amor que ele sentia falta, enquanto ficava acordado na cama. Era de um ser humano.

Albert Madsen terminou de se enxugar e passou a mão pelos cabelos curtos, que tinham começado a secar apesar da umidade do banheiro. Encontrou uma tesoura e começou a aparar a barba. Examinou o rosto no espelho e ficou imaginando o que ele tinha despertado em Klara Friis. Sua idade e sua posição ofereciam segurança. Presumiu que fosse isso que ela procurava. E ele havia visto gratidão em seus olhos, quando escutara a história a respeito da enchente em Birkholm.

O que ele queria dela? Seria apenas uma questão de satisfazer a vaidade? Apesar de Klara não ser exatamente bonita, os resquícios do luto tinham desaparecido de seu rosto, que, quando se conheceram, parecia ao mesmo tempo inchado e murcho. Agora, vestia-se com mais cuidado: tinha perdido a falta de forma da gravidez, e dava para ver que sua silhueta era adorável. Mas não era o visual dela que o atraía. Também não era a personalidade. Para falar a verdade, ele não a conhecia nem um pouco. As palavras dela eram poucas e reticentes, constrangidas pela diferença quanto à posição social, de que os dois tinham plena consciência. Era algo impessoal que tinha suscitado aquele sentimento nele, que ainda hesitava em reconhecer como desejo. Não, não era ela. Não era nem a mulher que existia nela. Era sua juventude, essa força fundamental da natureza, que tinha sido despertada com o verão, um último reflexo do que ela fora antes de dar à luz e a pobreza começar a castigá-la, e o luto tomar conta dela. De certa maneira, fora por interferência dele. Suas atenções, que no início só tinham sido gentileza, tinham-na feito recuperar a juventude.

O menino tinha vindo primeiro. Então, os três haviam começado a se sentar juntos e, logo, passariam a parecer uma família, a família que ele nunca tinha tido, a família que ela tinha perdido. Mas, a menos que Albert e Klara se comportassem como homem e mulher, será que poderiam ser essa família?

Ele era velho. Mais uma vez, lembrou a si mesmo disso. Os velhos tinham suas órbitas regulares, como planetas que dão voltas em torno de um sol. Mas o sol em torno do qual davam voltas estava esfriando. Ele deteve suas reflexões a essa altura. Precisava permanecer em sua órbita de direito, ao redor do sol que falhava. Estava na era de gelo de sua vida, e qualquer campo aberto que ainda não tivesse sido coberto pela neve só poderia produzir líquen.

Mas as mãos dele falaram uma língua diferente quando amarrou os cadarços dos sapatos de lona branca e colocou um chapéu de palha na cabeça. Quando passou pela sala de jantar, parou e pegou uma margarida branca do buquê que a empregada tinha colocado no meio da mesa. Na frente do espelho do vestíbulo, passou a mão pelos cabelos mais uma vez e encaixou a margarida na casa do botão da lapela de seu paletó de verão. Então, abriu a porta de entrada e desceu os degraus até a Prinsegade, tomado pelo triunfo cego que as pessoas às vezes experimentam quando conquistaram a capacidade de julgar a si mesmas.

Quando Albert foi convidado para entrar na casa, Knud Erik estava presente. Klara Friis tinha prendido os cabelos compridos; ele reparou que ela também os lavara. Ele raramente prestava atenção às vitrines da moda, que sempre mudavam, na loja I. C. Jensen, na Kirkestræde, mas pelo corte do vestido dela, o qual chegava à metade das canelas, dava para ver que não era novo. Klara devia tê-lo tirado do armário para essa ocasião: uma roupa separada de seu primeiro ano de casamento, talvez, ou de um tempo ainda anterior, quando gozava de plena juventude e de expectativa.

A mesa fora posta para três, e isso, ao mesmo tempo, decepcionou-o e lhe deu segurança. A presença de Knud Erik eliminava a ocorrência de alguma gafe, e, no entanto, Klara Friis corou ao abrir a porta para ele. Ela deu um passo para o lado, do mesmo jeito que tinha feito de manhã, e curvou a cabeça de leve. O pescoço à mostra, embaixo do coque, parecia tão delicado que ele precisou segurar o ímpeto de extrapolar o limite entre o instinto de proteção e o desejo possessivo, para não colocar a mão ali.

A pequena Edith não estava à vista, e Albert perguntou sobre ela. Klara lhe disse que já tinha comido e estava na cama.

Ela o convidou para se sentar à mesa. Knud Erik, cujo cabelo clareado pelo sol tinha sido penteado para trás quando ainda estava úmido, foi o último a ocupar sua cadeira. Ele se sentou com uma rigidez nada natural e ficou olhando fixamente para o nada. Uma grande travessa de camarões recém-cozidos se encontrava no meio da mesa. Albert tinha levado o vinho em uma cesta, envolto em um guardanapo adamascado. Pegou a garrafa e abriu-a com um pequeno estalo.

Tinha ficado indeciso sobre a questão de levar ou não taças de vinho. Sabia que Klara não teria nenhuma, mas temia que, se levasse as suas, ela pudesse tomar aquilo como desfeita, como se ele estivesse sublinhando a pobreza da casa e da sua vida. Enfim, foi sua noção de tradição que venceu a discussão. Ele não gostava de beber vinho bom em copo comum; por isso, levou seu melhor cristal. Realmente, é uma coisa de velho com suas manias. Levou até um saca-rolha.

Serviu o vinho nas taças, olhando para Knud Erik, que o observava com atenção.

– Quase me esqueci de você – disse; pegou uma garrafa de licor e colocou na frente dele. O menino deu risada.

– É igual a um piquenique – comentou. Olhou para a condensação na garrafa de vinho e encostou o dedo com cuidado. – É gelado – disse, e sua voz estava cheia de admiração.

Albert Madsen e Klara Friis brindaram. Ela segurava sua taça com força, como se estivesse com medo de derrubá-la. Ele deu uma olhada nela por cima da beirada da sua. Klara corou por não conhecer os rituais envolvidos no consumo de vinho. Seu olhar se desviou, confuso, da mesa, então jogou a cabeça para trás e deu um gole da taça como se seu conteúdo fosse remédio; melhor engolir rápido. Fez uma careta, e corou mais uma vez.

– Por favor, posso experimentar? – Knud Erik perguntou.

– Não é para crianças. – A mãe lançou um olhar severo para ele. Albert percebeu que a bronca era uma tentativa de esconder a própria confusão em relação à refeição, tão diferente de qualquer outra coisa de que tivesse participado.

– Não sou criança – o menino retrucou. – Ganho meu próprio dinheiro.

– Então, pode experimentar.

Albert deu uma piscadela para a mãe de Knud Erik e entregou sua taça ao menino, que a pegou com cuidado, com as duas mãos, antes de erguê-la, meio incerto, aos lábios, como se já estivesse arrependido da ousadia.

– Só um golinho – a mãe ordenou.

Knud Erik fez uma careta.

– Ugh! – exclamou. – Tem um gosto amargo.

Albert deu risada.

– Acho que sua mãe concorda.

– É – ela confessou. – Acho que vinho não é para mim.

– É sempre assim no começo. Depois, você aprende a apreciar.

– Eu, não – Knud Erik declarou. – Nunca vou aprender a apreciar isso.

Albert desejou que o tempo pudesse parar naquele momento. Ele tinha uma família. Estava sentado à mesa de jantar com um menino que podia ser seu neto e uma mulher que podia ser sua filha, e não queria nada além disso. Deixara a solidão dos anos de guerra para trás. Quase sentia que tinha um lar, formado por mais do que apenas ele mesmo e suas lembranças.

Pensou na tarde passada na banheira e em suas observações diante do espelho. Ele tinha se arrumado, com um paletó de verão e uma flor na lapela. Talvez ainda houvesse uma centelha nele. Mas, se houvesse, era a última faísca: aquela que se acende de repente nas brasas de uma fogueira que se consumiu durante toda a noite. Sem encontrar alimento nas cinzas, ela logo arrefece. Por um momento, cedera à vaidade, mas não era de uma mulher que precisava. Era disto: duas pessoas para quem poderia ser algo e alguém, e que, pela simples virtude de sua presença, pudessem ser algo para ele.

Ele girou a haste da taça de vinho e riu sozinho.

– Do que está rindo?

– Ah, acho que nem eu sei com certeza. É só que me sinto tão confortável aqui... Deve ser porque estou contente.

– Isso é bom de ouvir. – Klara Friis se levantou. – Hora da sobremesa.

Ela trouxe uma tigela de compota de ruibarbo e uma jarra de creme.

Knud Erik veio atrás dela, com três tigelas menores, que colocou na frente deles.

– Você sabe ajudar sua mãe, estou vendo.

– Sabe sim, ele é um bom menino.

Ela se sentou e serviu a todos.

– Quando terminar, poderá sair para brincar.

Knud Erik devorou sua compota e derramou creme na toalha da mesa. A mãe olhou para ele com cara feia, mas não disse nada.

Então o menino desapareceu porta afora. Ela olhou para o lugar de onde tinha partido e deu risada.

– Alguém tem aonde ir.

– É verão – Albert disse.

A sala, de pé-direito baixo, estava meio escura, mas, do lado de fora, a rua estava clara como o dia. Albert empurrou a cadeira para trás.

– Obrigado, foi uma refeição adorável. Acho que é melhor eu voltar para casa agora.

Ela baixou a cabeça como se ele a tivesse rejeitado.

– Por favor, fique mais um pouco – implorou, e olhou para ele. – Olhe, nem terminei meu vinho. O senhor prometeu que ia me ensinar a apreciá-lo. Então, não pode me abandonar agora. – A voz dela era coquete, como se estivesse se dando a liberdades maiores agora que o filho estava ausente.

– Então, vou ficar mais um pouco. Posso sugerir que passemos para o jardim, para aproveitar a noite de verão? – Percebeu que ela ficara surpresa com a proposta. O jardim era pequeno; comportava uma horta e um pomar diminutos e era mais decorativo do que um quintal vazio, mas não se qualificava como um lugar a que ela convidaria uma visita para passar uma hora de lazer.

– Permita-me – ele disse, e pegou duas das altas cadeiras de verniz escuro da mesa de jantar. Carregou-as pela cozinha e as acomodou lado a lado no jardim, enquanto Klara desaparecia quarto adentro, para dar uma olhada em Edith, que tinha dormido pesadamente durante toda a refeição. Quando ela voltou, os dois brindaram com as taças de vinho mais uma vez e, agora, quando ele tentou chamar sua atenção por cima da beirada, ela respondeu. A luz suave da noite tinha transformado a pele pálida de Klara, dando-lhe um brilho enigmático e intenso. Ela sorriu para ele. Ele retribuiu o sorriso. Por um momento, ambos ficaram acanhados.

Albert olhou para o pequeno jardim. No fundo, viu arbustos de amoras e groselhas. Também havia batatas e ruibarbo. Um pequeno caminho de cascalho levava a uma floreira ladeada por caramujos esbranquiçados pela água salgada e pelo sol; a maior parte dos jardins em Marstal era rodeada pelas mesmas conchas. Perto da casa, um pequeno canteiro de rosas crescia. Não havia terraço. Ele precisou equilibrar as cadeiras nas pedras de calçamento e na terra. Não havia ervas daninhas entre as pedras, e ele percebeu que o jardim era bem cuidado.

Da rua, veio o som dos gritos de crianças; nos jardins vizinhos, mulheres conversavam em voz baixa. Uma pessoa de fora não teria reparado na ausência de vozes masculinas, mas Albert reparou. O verão era a estação das mulheres. Ao primeiro sinal da primavera, os navios começavam a se preparar para abandonar o abrigo do quebra-mar. Alguns retornavam no Natal, mas muitos, comprometidos em viagens mais longas, passavam anos fora. Na ausência dos homens, eram as mulheres que comandavam a cidade. Agora ele estava no meio dessa vida feminina, rodeado pela luz do verão e pelo cheiro de flores, experimentando uma parte de Marstal como não fazia havia anos.

Inclinou-se para a frente e pegou um dos caramujos. Encostou-o na orelha e escutou o barulho que vinha da espiral lá dentro.

– Ouça – ele disse, e entregou para ela. – Agora, inventaram o rádio. Mas, quando eu era criança, estes eram nossos rádios.

Em vez de levar o caramujo à orelha, Klara devolveu a concha ao solo, com uma expressão a sugerir que ele tinha perturbado uma harmonia secreta do jardim dela ao tirá-la dali.

O caramujo tinha uma melodia para cada um que o escutasse. Para os jovens, cantava o anseio por litorais distantes; para os velhos, cantava sobre ausência e pesar. Tinha uma canção para os jovens e outra para os velhos, uma para os homens e outra para as mulheres, e a canção das mulheres era sempre a mesma, tão monótona quanto a batida das ondas na praia: perda, perda. O caramujo não lhes oferecia encantamento nenhum. Quando encostavam a orelha nele, só escutavam o eco de seu luto.

Passaram meia hora no jardim. O sol se pôs atrás de um telhado; e o crepúsculo granulado penetrou através da folhas dos arbustos de amoras e groselhas, conforme o céu ia adquirindo um tom violeta ainda mais profundo.

– Ah, já passou muito da hora de ir para a cama!

Klara se ergueu de um pulo. Ela tinha acabado de se lembrar do menino. Estava na hora de Albert ir embora, mas, antes que ele tivesse se levantado, ela tinha desaparecido pela porta da cozinha. O capitão levou as cadeiras de novo para dentro e as colocou em torno da mesa de jantar; então ficou esperando na sala de visitas até ela voltar com Knud Erik.

– Tomei muito do seu tempo – ele disse em tom de desculpas.

– Mas ainda nem bebeu seu café! – Ela o conduziu até a mesa e o forçou a se sentar em uma das cadeiras. Seus movimentos tinham adquirido uma nova liberdade. – Agora, fique aqui enquanto eu preparo. – Pegou alguns panos de uma gaveta, fez uma cama para Knud Erik no sofá e saiu. O menino tirou a roupa e se enfiou embaixo das cobertas.

– Vamos pescar amanhã de manhã? – perguntou.

– Não, amanhã, não. Podemos remar até Langholm e nadar lá, se você quiser.

Mas o garoto não respondeu. Já estava dormindo.

Klara saiu da cozinha com um bule de café na mão.

– Foi um longo dia.

Ela se sentou à frente dele e encheu sua xícara. A luminária da sala ainda não tinha sido acesa e, ao anoitecer, sua pele pálida brilhava acima da gola do vestido. Ficaram ali sentados, em silêncio, durante um tempo, enquanto a escuridão ia se intensificando ao redor. Ouviam a respiração de Knud Erik vinda do sofá, no ritmo do sono pesado. Em algum lugar próximo um relógio marcou dez horas, profundo e sonoro. Na escuridão que crescia, os traços de Klara se tornaram indistintos e começaram a nadar perante os olhos dele, como se ela estivesse fazendo caretas estranhas.

– Obrigado pela noite adorável – disse ele, e se levantou.

Klara se sobressaltou, como se tivesse sido acordada de repente.

– Vai embora agora?

O rosto dela era um ponto branco no lusco-fusco, e ele não conseguia decifrar sua expressão. Será que a mulher tinha bebido um pouco além da conta? Tomara a primeira taça e ele servira-lhe a segunda. Ela só tinha bebido isso, mas as mulheres têm menos tolerância ao álcool do que os homens. Sentiu um receio repentino em relação à situação toda. Queria fugir.

Klara se levantou e o acompanhou até o vestíbulo. Mas não acendeu a luz, e fechou a porta da sala atrás de si. O coração de Albert batia forte contra as paredes do tórax, como um prisioneiro implorando por liberdade. Mais uma vez, sentiu a pontada de dor fortíssima na cabeça. Então ele a sentiu. As mãos dela remexiam em seu peito, aparentemente alheias ao coração acelerado. Depois, em um gesto abrupto, abraçou-o pelo pescoço.

– Preciso me despedir de maneira adequada – balbuciou.

Seus lábios percorreram o rosto dele, procurando a boca, até encontrá-la e se apertarem contra ela. O coração dele passou a bater ainda mais forte. Uma onda negra se ergueu dentro de Albert e o deixou impotente. Queria empurrá-la para longe, mas não podia. Klara se apoiou em cima dele com todo o seu peso, deixando-o sentir a pressão macia de seus seios. O quadril dela roçou no dele. Um gemido escapou dela, como o prelúdio a um ataque de choro.

– Mãe – veio uma voz da sala.

A mulher ficou paralisada e segurou a respiração.

– Mãe, onde você está?

Klara engoliu em seco, então estremeceu.

– Estou aqui no vestíbulo.

– Está falando de um jeito estranho. Há algum problema?

– Não, volte a dormir. É tarde.

– O que está fazendo, mãe?

– Estou me despedindo do capitão Madsen.

– Também quero me despedir.

Ouviram os pés dele se arrastarem pelo chão. Então, lá estava o menino, à porta, uma silhueta escura.

– Por que a luz não está acesa?

Klara encontrou o interruptor e o acendeu. Albert passou a mão nos cabelos do menino.

– Boa noite, garoto. Acho que sua mãe tem razão. Está na hora de dormir.

Em seguida, voltou-se para Klara, mas evitou olhá-la nos olhos.

– Boa noite, senhora Friis, e obrigado por esta noite adorável.

Apertou a mão dela. A palma estava quente e suada. Mesmo esse contato formal parecia íntimo demais. Retirou a mão e pegou o chapéu de palha no mancebo. Então, abriu a porta.

Ouviu quando ela se fechou atrás de si. Agitado demais para ir diretamente para casa, dirigiu-se para o porto. Virou na Havnegade e viu uma silhueta se levantar do banco dos comandantes, na frente de Sønderrenden.

– Boa noite, capitão Madsen.

Albert cumprimentou com a cabeça, por baixo do chapéu de palha. Não tinha a menor vontade de travar uma conversa. Mas o outro homem o alcançou e começou a caminhar a seu lado pela Havnegade.

– É tarde para estar na rua.

Albert reconheceu a silhueta do corpanzil de Herman.

– Acredito que não preciso justificar meus movimentos – ele disse secamente.

– Belas roupas – Herman falou, ignorando a hostilidade na voz de Albert, que apertou o passo. Herman fez a mesma coisa. – Parece bem jovial nesta noite. – Deu um sorriso torto, sem fazer nenhuma tentativa de esconder a falsidade de sua observação. Albert parou de modo abrupto e se virou de frente para o rapaz.

– Diga o que quer de mim.

Herman jogou as mãos para o alto.

– O que eu quero de você? Como assim? Não quero nada de você. Só pensei em lhe fazer um pouco de companhia. Mas talvez prefira ficar sozinho?

Albert não respondeu; em vez disso, virou-se e prosseguiu pela Havnegade. Passou pelas rampas e pelo estaleiro.

– Tenha bons sonhos! – Herman gritou para ele. – Uma boa noite de sono provavelmente vai lhe fazer bem depois do esforço desta noite.

Albert deu um pulo e segurou a bengala com mais força. Por um instante, pensou em voltar e castigar o canalha, mas desistiu da ideia no mesmo instante. Esse tempo já ficara muito para trás. Eles tinham mais ou menos a mesma altura e envergadura, ele e Herman, mas havia meio século entre os dois. Não seria uma disputa equilibrada. Albert iria perder não só a briga, mas também a dignidade. Essa percepção o deixou arrasado. Seria como se já estivesse estirado no chão, sangrando.

Subiu os degraus de pedra até a casa na Prinsegade e entrou. Foi para a sala de estar sem acender a luz e se sentou pesadamente no sofá. Como aquele moleque poderia saber sobre o que tinha acontecido na casa da viúva? Será que os estava espionando ou apenas especulando? Será que o que estava acontecendo era assim tão óbvio? Mas os acontecimentos da noite tinham surpreendido até a Albert. Será que outros viam coisas que ele próprio não fora capaz de identificar?

Sim, ele tinha brincado com algumas ideias enquanto se preparava para o jantar, isso reconhecia. Mas percebeu que não queria tanto assim que acontecesse. Aventara a possibilidade de que algo pudesse acontecer. Mas, agora que tinha acontecido, se sentia exposto. Se Herman era capaz de ver isso, então a cidade toda também era. Precisava acabar com tudo agora. Entendeu o que tinha sentido no vestíbulo, quando Klara Friis se entregou a ele. Era medo, medo de que sua rotina fosse tirada da órbita, medo dos imprevistos da vida, medo de que tudo o que ele tinha posto de lado na preparação para seus últimos anos o chamasse de volta. E Klara, ele sabia, possuía mais força do que ele. Assim como Herman. E pelo mesmo motivo: ambos eram jovens.

Um abraço ofegante em um vestíbulo escuro, uma briga na rua: essas eram prerrogativas da juventude, não da velhice, e Deus que ajudasse um velho que se aproximava demais da juventude e achava que poderia se aquecer em seu fogo. O preço disso era ridículo, e ele teria de pagá-lo.

Os velhos deviam se ater a seu sol que estava morrendo. Essa casa, em que ele tinha construído e administrado seus negócios: esse era o sol ao redor do qual girava. Não deveria ter tentado se rebelar contra as leis da gravidade que controlavam o fim da vida. Durante a guerra, ganhara a reputação de ser estranho. Agora, talvez, estivesse preso a essa reputação; bom, poderia viver com isso. Mas não queria ser considerado um tolo. Caminhar pela cidade completamente vestido e, ainda assim, parecer nu ao mundo era uma vergonha que ele não seria capaz de suportar.

No dia seguinte, dormiu até tarde e não saiu de casa. Um dia depois, remou até Sorekrogen, sozinho, para cuidar de suas redes de camarão. Estavam cheias, como sempre: quase cinco quilos. Esvaziou as redes no recipiente posto no fundo do bote e ficou lá, contemplando a infinidade de criaturas diminutas. Lembrou-se de como Knud Erik tinha voltado para casa com orgulho, para a mãe na Snaregade, com o balde cheio delas. Baixou o recipiente pela lateral do bote e o inclinou um pouco para a água entrar. Por um breve momento, os camarões se juntaram em uma nuvem marrom; então sumiram.

Estar na água não lhe trazia paz. Ele sentia falta do menino. Mas havia algo mais, algo mais forte, que o dilacerava: uma pressão interna que crescia quanto mais ele se recusava a reconhecê-la. Não era só medo que tinha sentido quando Klara se apertara contra ele no vestíbulo. Tinha havido uma agitação física também, que ele não sentia havia anos. Agora, só de pensar naquele episódio, ficou com uma ereção inesperada.

Um velho em um bote no mar em uma manhã de verão, com uma ereção. Ficou furioso consigo mesmo. E, ao mesmo tempo, precisava de alívio. Tinha chegado ao estado crítico de uma doença. A única cura para ela era o tempo. E a distância.

Duas semanas depois, ele chegou em casa e encontrou Klara Friis em sua sala de estar. Ela estava sentada na beirada do sofá quando ele entrou, usando o mesmo vestido daquela noite fatídica. Ele enxergava os contornos do corpo dela por baixo do tecido fino e levemente drapeado.

– A empregada me deixou entrar. Eu disse a ela que tinha um recado importante. – Albert permaneceu à porta, olhando para ela com cautela. Sabia que estava se comportando de maneira rude, mas foi detido pelo medo de que pudesse fazer algo impulsivo se desse mais um passo. O impulso que tinha se recusado a nomear nas horas inquietas que passara na água tomou conta dele mais uma vez, do mesmo modo que tinha acontecido na escuridão do vestíbulo. Medo e animação ao mesmo tempo.

– É Knud Erik – ela disse. – Ele não compreende por que não o vemos mais. Ele pergunta do senhor todos os dias, mas tem medo de fazer uma visita. Será que o abandonou completamente? – Olhou bem para ele. À menção de Knud Erik, o medo de Albert pareceu evaporar.

– Minha cara Klara – ele disse, e se aproximou dela.

Tomou as mãos dela nas suas. Ela olhou para ele, e seus olhos de repente ficaram vermelhos.

– Tem mais uma coisa. Eu também sinto uma saudade terrível!

Klara soltou as mãos e jogou os braços ao redor de Albert, apertando os lábios contra os dele. De repente, ele foi tomado de raiva. Segurou a cintura dela para empurrá-la para longe, mas suas mãos fizeram o oposto. Apertou-a contra si ao beijá-la com força, sem ternura. Ela se agitou, e ele a empurrou para o sofá. Pousou pesadamente sobre ela e começou a puxar seu vestido.

– Espere, espere – ela disse, sem fôlego.

Puxou o vestido até a cintura e ficou pronta para ele. A raiva que Albert sentia não tinha ido embora. Quando a penetrou, sem fôlego, ele bateu com força em seu rosto. Na excitação do momento, pareceu-lhe que estava batendo nela em defesa própria, como um protesto à sua idade jovem e à armadilha a que o tinha atraído. Então desabou, arfando, tendo já terminado, tanto com a própria violência quanto com o corpo entregue dela, que mal tinha visto ou sentido. Ela se agarrou a ele, aparentemente inabalada com o golpe, que tinha deixado sua face bem vermelha.

A cabeça de Albert estava pousada em seu peito. Ele lhe sentia a maciez e se ressentia dela. Em seus braços, Albert era uma criança indefesa. Já sabia que estava encurralado. Iria voltar para ela e, então, bater de novo nela. Ficou vermelho de vergonha. Libertou-se de seus braços e começou a arrumar as roupas. Klara se aproximou dele e pousou a face em seu ombro. A marca da mão em seu rosto ainda era visível.

– Você gosta de mim? – ela perguntou. – Gosta de mim de verdade?

– Gosto, gosto – ele disse, irritado. – Agora, deixe-me arrumar minhas roupas.

Não se reconhecia. Não sentiu triunfo em sua conquista. Em vez disso, a sensação de que um desastre tinha ocorrido foi se espalhando lentamente por ele.

Klara se levantou e foi arrumar os cabelos no espelho dependurado em cima de uma cômoda. Quando terminou, virou-se para ele.

– O que quer que eu diga a Knud Erik? – Ele deu de ombros e virou a cabeça para o outro lado. – Ele sabe que vim aqui falar com você. Vai ficar muito decepcionado se o abandonar.

– Vou lá pegá-lo amanhã. Vamos sair para pescar camarões.

No vestíbulo, voltaram a agir com formalidade; despediram-se com um aperto de mão quando ela saiu. O pequeno aposento escuro era como uma antecâmara para a cidade lá fora, aberta a olhos sempre curiosos. Albert ficou parado à porta enquanto ela saía para a rua. Do outro lado, a senhora Jensen, esposa do dono da casa de tecidos, subia os degraus de granito para o banco. Ele a cumprimentou com um aceno de cabeça. Ela lançou um olhar crítico para Klara debaixo da aba do chapéu de palha preta envernizada, e retribuiu o cumprimento dele com um aceno breve. O desnudamento público de Albert Madsen tinha começado.

Quando ele voltou para pegar Knud Erik no dia seguinte, o menino não estava lá. Tinha saído para comprar leite e deveria voltar logo, a mãe disse. A pequena Edith estava tirando sua soneca do meio-dia. Para seu horror, viu que um lado do rosto de Klara estava inchado, e sua face havia ficado amarela e roxa.

– Não olhe para mim assim – ela disse. Pegou a mão dele e a levou até a face, em um gesto cheio de afeição. – Não faz mal.

Apoiada na mesa da cozinha, estendeu as mãos para ele, como se fosse puxá-lo em sua direção. Ele se virou para o outro lado, mas seu corpo cedeu ao convite. Sentiu aquilo mais uma vez, ereção de velho que não podia ser mencionada. Ele se detestou quando puxou o vestido dela para subi-lo até o quadril. Penetrou nela mais uma vez, mas agora logo ficou flácido e escorregou para fora. Ele tinha se esquecido completamente do menino; então, de repente percebeu como o acasalamento deles tinha sido temerário e irresponsável.

Mas ela continuou abraçando-o, trazendo-o para bem perto. Dessa vez, Albert não tinha batido nela, porém, afastou-se com um movimento violento. Não sabia o que eles queriam um do outro, e lhe disse:

– Nada de bom vai sair disto. – Klara não respondeu, mas pousou a cabeça no peito dele em uma espécie de entrega surdo-muda que só fez aumentar a raiva dele. – Está ouvindo? –perguntou, e a sacudiu.

A cabeça dela foi para a frente e para trás, como se mal estivesse consciente. Então, ouviram o menino à porta e rapidamente se soltaram. Knud Erik levou o garrafão de leite até a cozinha e o colocou na mesa.

Pareceu a Albert que o menino estava se comportando com cautela, mas logo percebeu que era ele próprio quem estava sem jeito. Os dois foram para o porto e remaram até a entrada, antes de voltarem a ficar à vontade como sempre. Ele tinha imaginado que talvez precisasse explicar sua longa ausência, mas Knud Erik não perguntou nada. Em vez disso, sentou-se em um banco e exibiu sua habilidade com o remo, com o rosto corado de ansiedade e esforço.

Albert desconfiava que a mãe tinha usado o aborrecimento do filho como pretexto para ir visitá-lo. Ah, se pelo menos ele pudesse manter as duas emoções separadas: o amor pelo filho e o fascínio pela mãe. Mas ela não o deixava em paz. Quem tinha começado aquilo? Será que ele deveria ser sincero o bastante para reconhecer que não fora ela, mas sim algo nele que havia acabado com sua tranquilidade? E o que era? Desejo? Ou a lembrança do desejo? Será que era saudade daquela parte da vida que ele não tinha conseguido agarrar antes e que agora se oferecia a ele uma última vez, na forma de Klara Friis?

Fosse lá o que fosse, agora não fazia diferença. Ele não podia ameaçar sua ligação com o menino. Mas como colocaria fim naquilo?

Klara e Albert não conversavam muito, e quando se falavam, era quase sempre sobre questões corriqueiras, como se eles se conhecessem havia muito tempo e tudo que fosse importante já tivesse sido dito. Albert achava que talvez não tivessem muito a dizer um ao outro. No início, havia algo de aconchegante na companhia silenciosa uns dos outros, à mesa de jantar ou tomando uma xícara de café, apenas os quatro. Agora, os encontros eram tomados por uma impaciência tensa e elétrica enquanto esperavam para ficar sozinhos sem o menino.

A pequena Edith dava seus passinhos pelo chão e pronunciava as primeiras palavras. Albert sempre se sentia pouco à vontade quando ela puxava a calça dele e erguia os olhos, cheia de expectativa. Ele a colocava no joelho e a balançava para cima e para baixo. Mas seu rosto permanecia rígido, e ele não sabia o que dizer a ela. Pula, pula, ele pensava. Mas ficava em silêncio.

– Papai – ela disse, um dia.

Ele olhou para Klara, que deu um sorriso acanhado.

– Não sei de onde ela tirou isso. Não foi de mim.

Será que a linguagem se formava nas crianças feito dentes de leite? Será que "papai" era uma parte natural de seu vocabulário em formação?

Parou de balançá-la. Chega de pula, pula. Olhou com severidade para a criança à sua frente.

– Não – ele disse. – Não é papai. Albert.

Edith começou a chorar.

Nenhuma intimidade chegou a se desenvolver entre Klara e Albert. Eles nunca passaram uma noite inteira na companhia um do outro; de fato, nunca se deitaram nus, juntos, exaustos, em um momento de calma terna depois de fazer amor. Ao contrário, os encontros deles eram sempre caóticos e meio hostis. Cada vez que Albert a abraçava, seu peito se transformava em um campo de batalha: ele se enchia de relutância, mas essa atração vencia, e o resultado era que Albert a possuía com uma brutalidade de que depois se arrependia. Ela gemia alto quando penetrada, mas ele nunca sabia se era de êxtase ou de dor. Gozava com o som de um homem que levasse um soco no estômago.

Ele não tinha voltado a bater nela, mas sabia que era só porque o primeiro golpe deixara evidências em seu rosto, o que seria visível para toda a cidade. Apenas o receio por sua reputação segurava-lhe a mão quando era tomado pelo ímpeto de machucá-la. Ah, sim, o membro duro dele podia ter o mesmo efeito de um soco, e ser usado para causar dor, mas sua idade o traía. Não tinha mais a energia do passado.

Eles faziam amor como duas pessoas que estão presas a outras e só podem se encontrar de maneira ilícita, breve e sem fôlego. E essa era de fato a situação deles: ele era casado com sua idade avançada, e ela, com sua juventude. A ponte onde, supostamente, poderiam se encontrar rachara no momento em que pisaram nela. Ele não entendia a si mesmo, não a entendia, e sabia que, se lhe pedisse que explicasse seus sentimentos por ele, não receberia resposta.

* * *

Knud Erik voltou para a escola, e um outono chuvoso forçou Albert e ele a abandonarem seus passeios pelo mar, mas os encontros continuaram. Pensaram em outras coisas para fazer. Knud Erik o visitava com frequência à tarde, e os dois faziam a lição de casa dele juntos, enquanto a luz ia embora lá fora. Às vezes, Albert ia até a Snaregade, mas Klara nunca vinha à casa dele. Não houvera nenhuma combinação formal, mas como que uma compreensão tácita entre eles. Ele podia entrar no mundo dela, mas ela não podia entrar no dele.

Albert parou de visitar a viúva do pintor de marinhas, e isso pareceu ser a prova final de sua vergonha. Será que a cidade toda sabia o que estava acontecendo? Ele tinha certeza que sim. Não conseguia especificar nada em particular, mas os sinais estavam por toda a volta. Alguém que passava olhava feio para ele, uma conversa em um banco parava repentinamente quando ele se aproximava, um atendente de loja que conhecia havia muito tempo o cumprimentava de modo reservado.

Às vezes, cruzava com Herman. Depois do confronto entre ambos, o rapaz não falava mais com Albert, mas levava o dedo até a aba do quepe em um gesto cauteloso, ou dava um sorriso torto, como se fizessem parte de uma conspiração. Albert o ignorava, mas ficava preocupado com a maneira como deparava com ele com frequência em seu caminho para ou da Snaregade. Será que aquele imprestável não tinha nada melhor para fazer do que espioná-lo?

Víamos Albert sentado à janela panorâmica que dava para a Prinsegade tarde da noite, com um livro na mão, tentando ler. Mas, na maior parte do tempo, só ficava olhando para o nada.

Sobre o que pensava? Ele era velho, mas não tinha encontrado paz.

Será que havia percebido que uma vida longa não era, automaticamente, sinônimo de sabedoria?

Albert e Klara tinham uma preocupação em comum: a dedicação a Knud Erik. Ela sentia confiança absoluta no que ele achava que seria melhor para o menino, apesar de ele próprio não ter filhos. Sua presença distinguia Klara da maior parte das mulheres de Marstal, que, com os maridos no mar, eram obrigadas a fazer o papel de pai, além do de mãe. Qualquer dúvida a respeito de sua própria habilidade de conseguir fazer isso se escondia atrás de uma atitude severa, quase grosseira. Durante muitos meses, todos os anos, e às vezes durante anos a fio, elas viviam a vida como se fosse um ensaio para a viuvez.

Klara Friis agora experimentava o raro privilégio de ter um homem por perto, um luxo inesperado que fazia com que cedesse a uma fraqueza interna contra a qual deveria ter lutado. Colocara as coisas nas mãos dele e deixara de tomar as próprias decisões. Olhava para Albert como se esperasse que, a partir de agora, ele organizasse a vida para ela.

Em um ponto ela era firme: Knud Erik não deveria seguir os passos do pai. Klara tinha escutado o caramujo e ouvira o sussurro da morte. O filho jamais deveria ganhar a vida no mar. Quando falava sobre isso, abandonava a passividade que era característica de seu comportamento na presença de Albert: retesava-se na cadeira, e sua voz assumia uma rigidez inusitada.

O menino se encolhia sempre que Klara tocava no assunto. Albert o tinha ouvido prometer à mãe que jamais seria marinheiro. Mas a má consciência do garoto estava estampada em todo o seu rosto. Albert quase se sentia culpado, apesar de ter concluído em privado, muito tempo antes, que as coisas não poderiam ser diferentes. De fato, tinha feito parte da inspiração do menino. Suas histórias, as conversas sem fim sobre países estrangeiros e navios, as remadas e os métodos, tudo isso tinha empurrado o menino impressionável nessa direção. Mas havia outras influências também, que estavam além do controle de uma mãe ou de um pai. O rugido constante da água além do quebra-mar, e a visão dos altos mastros das escunas e dos outros barcos, com o vento do início de primavera a encher suas velas, prontos para a grande migração aos grandes portos de parada: o rio de la Plata, Terra Nova, o Porto, o Havre, Valparaíso, Calais e Sydney... lugares lendários, parte da geografia mental de todo menino, que atraíam sua jovem alma.

Klara Friis sabia disso. Havia um toque de súplica em sua rigidez, dirigida a Albert. Ele tinha o poder de virar o menino em outra direção, se quisesse.

Ela olhou do garoto para o velho e de volta mais uma vez, e sentiu uma conspiração entre eles.

– Como anda sua leitura? – perguntou ao filho.

– Boa – o menino respondeu, tão reticente quanto qualquer criança que fosse questionada a respeito da escola.

– Ele acabou de começar o segundo ano, mas já lê com fluência – Albert disse, em tom de aprovação.

Klara olhou para ele.

– Então, é bom com os estudos – ela afirmou. – Talvez a corretagem de navios fosse adequada a ele?

A pergunta tomou Albert de surpresa. Ele teve de reconhecer que nunca tinha imaginado tal caminho para o menino. Em sua visão, a carreira de um bom corretor de navios não começava em um escritório. Começava no convés, depois se estendia para o mundo mais abstrato das taxas de frete. Era assim que havia sido com ele, e era assim que esperava que fosse com todos os futuros corretores de navios.

– É certo que sim – Albert respondeu, mas seu tom era evasivo. – Ele não conseguia se forçar a explicar seus princípios à mulher. Ao sentir a falta de entusiasmo dele, Klara presumiu que não estaria preparado para ajudar o menino. Sua boca se transformou em uma linha fina, e ela ficou em silêncio. – Há muita coisa que você pode ser, se obtiver boas notas. Certamente ainda é um pouco cedo...

– Sei o que você vai dizer – ela o interrompeu. – Que um homem com boa educação é capaz de passar nos exames de navegação também. Mas, acredite, esse não é o caminho que meu garoto vai tomar. – Voltou-se para o filho. – Está ouvindo, Knud Erik?

O menino assentiu e baixou a cabeça. Uma lágrima rolou-lhe pela face, e ele soluçou alto. Então, levantou-se da cadeira de um pulo e saiu correndo para a cozinha. Klara olhou para Albert com ar de acusação, como se tivesse sido ele, e não ela, o responsável pelas lágrimas do menino.

– Há diversos escritórios de corretores de navios nesta cidade – Albert disse. – Posso conseguir com facilidade um lugar para ele, quando chegar a hora.

– Isso seria maravilhoso. – O rosto dela se suavizou, e ela o abençoou com um sorriso. Então, foi até a cozinha para trazer o menino de volta.

Albert escutava a voz dela através da parede. Ficou ali, sozinho, sentindo o vazio de sua promessa.

– Quando chegar a hora... – repetiu para si mesmo, e fez um cálculo mental rápido. – Quando chegar a hora, estarei morto.

Klara estava esperando uma visita de Albert quando escutou uma batida desconhecida na porta. Ao abri-la, deu com Herman nos degraus. Ele era seu conhecido, do tempo em que o marido estava vivo. Henning tinha navegado com Herman e falado sobre ele para a esposa. Ele tinha ouvido boatos a respeito de Herman ter assassinado o padrasto, sim, mas não acreditara neles. Sempre dizia que Herman era um bom camarada. Haviam compartilhado o gosto por conversas grandiosas, e ela desconfiava de que, na maior parte, a camaradagem deles tinha sido forjada em bares de marinheiros.

Quando Herman reapareceu em Marstal, tinha feito a gentileza de passar na casa dela para oferecer condolências. Klara nunca havia se esquecido disso, o que fizera com que tivesse disposição mais favorável em relação a ele. Não tinha se encontrado com Herman desde então, mas ele sempre a cumprimentava com gentileza quando se cruzavam na rua e, em uma ocasião, chegou a parar para perguntar se estava precisando de algo.

Agora, ele se encontrava parado à sua porta. Ela deu um passo para trás, surpresa.

– Eu só queria saber como as coisas estão indo – ele disse. Sem esperar convite, atravessou o batente da porta de entrada. Por um momento, ficaram apertados no pequeno vestíbulo antes de passarem para a sala de visitas. – Olá – ele disse em tom jovial para Knud Erik, e desgrenhou o cabelo loiro do menino, como se fossem velhos amigos. Knud Erik, que não o conhecia, recuou um passo, enquanto a mãe permaneceu à porta.

– Ele está cansado – disse.

– Não vou me demorar. – Herman sentou-se no sofá e cruzou as pernas. – Ouvi dizer que está indo bem. – Klara não respondeu. Ele olhou para ela. – O velho Madsen não é mau partido.

Ela olhou feio para Herman.

– Do que está falando?

– Do que estou falando? Da mesma coisa que todo mundo na cidade está falando. Estamos ouvindo sinos de casamento. Você e as crianças com sustento garantido: que boa ideia.

Klara corou em tom vermelho-escarlate. Olhou para baixo e mordeu o lábio inferior. Quando ergueu a cabeça, evitou olhar para a visita.

– É só fofoca – disse em voz fraca.

Herman se largou mais no sofá, como se estivesse na própria casa.

– Calma – ele disse. – Um menino precisa ter pai. Compreendo que os velhos têm jeito com criança. E daí que ele nem sempre é muito cuidadoso? Um pouco de água nunca faz mal a ninguém.

– O que quer dizer? – A pergunta dela saiu como um sussurro. Knud Erik observava os dois, mas Klara tinha esquecido sua presença.

– Bom, o menino caiu do bote um dia e quase se afogou. Mas acredito que Madsen tenha lhe dito.

Klara ficou chocada. Voltou-se para Knud Erik.

– É verdade o que Herman diz? Você quase se afogou?

Knud Erik olhou para o chão e ficou vermelho.

– Não foi nada. Eu só caí na água.

Ela abriu a porta do vestíbulo.

– Acho que é melhor ir embora – disse a Herman, em um tom que de repente recuperou a força.

– Claro que sim, se não sou bem-vindo. – Herman ergueu o corpanzil do sofá. Quando chegou à porta, virou-se. – Volto outro dia para uma visita.

Klara bateu a porta atrás dele. Então, sentou-se em uma cadeira e cruzou as mãos. Os nós dos dedos ficaram brancos, e seu rosto assumiu uma expressão de concentração. O menino ficou olhando para a mãe, ansioso.

Depois de um tempo, ela rompeu o silêncio.

– Por que você não me disse que caiu na água?

– Mas, mãe, não foi nada.

– Nada! Você podia ter se afogado. Por que não me disse? – Knud Erik apertou os lábios. – Por acaso o capitão Madsen falou que não era para me contar? Responda!

Ele piscou e desviou o olhar. Uma lágrima escorreu-lhe pela face. Engoliu em seco. E então assentiu.

Quando Albert chegou, uma hora mais tarde, Klara o recebeu à porta da frente com Edith no colo.

– O que você quer? – ela explodiu, sem retribuir o cumprimento dele.

Fitava-o diretamente, e a fúria em seus olhos dava à sua feminilidade um ar selvagem. Uma mãe defendendo o filhote, ele pensou, e compreendeu naquele instante que não era bem-vindo na casa. Klara atendera a porta apenas para negar-lhe o acesso ao interior. Albert não teria permissão para entrar e afirmar sua autoridade; não, teria de ficar na rua e ser obrigado a se sentir pequeno.

Knud Erik apareceu ao lado de Klara.

– Volte para dentro – ela ordenou. O menino desapareceu dentro da casa. Mais uma vez, ela se virou para Albert e jogou a cabeça para trás, como se tivesse a intenção de lhe dar uma cabeçada.

Por instinto, Albert deu um passo atrás.

– Não estou entendendo... – começou a dizer.

– Não está entendendo o quê? – O tom dela era assertivo, como se ainda estivesse falando com o menino.

– Compreendo que está irritada comigo. Mas não entendo por quê.

– Não entende por quê? Olhe para esta criança. Dê uma boa olhada. Olhe para mim e para minha filha. Esta menina que nunca conheceu o pai. – A voz dela foi ficando mais alta e mais irritada: com medo, Edith começou a berrar e a se agitar nos braços da mãe, para que esta a colocasse no chão. Então, estendeu os braços para Albert.

– Papai! – exclamou.

A ira de Klara não diminuiu.

– E quer transformar Knud Erik em marinheiro. Para que ele possa se afogar, igual ao pai! É isso que você quer, não é? – desdenhou. – Quer que ele seja igual ao pai, igual a você, igual a toda esta cidade desgraçada, e se afogue feito um homem de verdade!

– Mas a guerra terminou – ele argumentou, tentando acalmá-la. A acusação da mulher, a essa altura, era familiar, mas ele nunca a tinha escutado fazer essa afirmação com tanto veneno.

– Então, marinheiros não se afogam mais? Então, navios não se perdem? Então, agora qualquer um é capaz de sobreviver dois dias à deriva depois de uma tempestade de inverno no Atlântico Norte... ou até de voltar nadando para casa em Marstal, se tiver o azar de perder o navio? Então, ninguém se afoga em tempos de paz? Talvez todos tenhamos desenvolvido guelras? É isso que está tentando me dizer?

Ele ficou estupefato com a explosão de uma mulher que ele tinha passado a considerar meio muda. Deu de ombros. Atrás dela, viu o rosto do menino na janela. Mas, ao sentir o olhar de Knud Erik, a mãe gritou no mesmo instante:

– Saia desta janela!

– Senhora Friis – ele começou a dizer, com a formalidade que usaria para se dirigir a uma desconhecida.

– Fique quieto – ela berrou. – Ainda não terminei com você. E daí tenho que ouvir de desconhecidos que o menino quase se afogou. Que ele caiu na água e que você o puxou para fora com toda a calma e o proibiu de me contar! Bom, mas isso foi muito bonito mesmo. A própria mãe fica sabendo pela boca dos outros. E todas essas histórias com que você enche a cabeça dele: naufrágios, destruição, cabeças encolhidas, aventuras malucas! Acha que essa é a maneira correta de ajudar uma criança que perdeu o pai no mar? Acha?

Ela o olhou bem nos olhos. Ele desviou o olhar. Não sabia o que lhe dizer. Supôs que a mulher tivesse razão. E lhe disse isso.

– Suponho que tenha razão. Eu não sei nada sobre crianças.

– Não sabe nada sobre crianças – desdenhou. – Não, não sabe nada sobre crianças. Seu... – Ela o mediu de cima a baixo, enquanto procurava a palavra certa. – Seu solteirão.

– Dei o melhor de mim – ele disse. – Fui informado de que o menino precisava de um pouco de companhia adulta, por isso vim aqui.

– Sim, veio. E, agora, pode ir embora. "Eu quero ser marinheiro igual ao meu pai, que se afogou!" Que bela lição Knud Erik aprendeu em sua companhia.

O rosto do menino voltou a aparecer à janela.

– Saia daqui! – ela berrou.

– Papai! – Edith exclamou mais uma vez.

Klara Friis deu as costas para ele e bateu a porta atrás de si.

Albert ergueu o quepe em direção à porta fechada. Então deu meia-volta e saiu caminhando pela Snaregade. Achou que era capaz de sentir os olhos do menino nas costas.

Uma chuva pesada de novembro caía. Uma gota gelada acertou-lhe o pescoço e escorreu por baixo do cachecol.

Albert entrou em casa e passou pelos cômodos para acender as luzes. Estava inquieto e não conseguia ficar parado. Sem tirar o casaco, subiu para o andar de cima e saiu à sacada. Estava ciente da chuva que ensopava seu cabelo enquanto olhava para o quebra-mar. Ao crepúsculo, a longa fileira de pedregulhos parecia tremeluzir, como se fosse feita de névoa.

Ele voltou para dentro e pediu à empregada que preparasse um bule de café. Então, acomodou-se à janela panorâmica. Ficou observando a escuridão se aprofundar lá fora e sentiu como se estivesse prendendo a respiração e, se a soltasse, algo violento e imprevisível iria acontecer: ele começaria a berrar, ou a gritar, ou a fazer algo que ia além de sua imaginação.

Foi tomado por uma sensação que o levou diretamente à infância: a mesma sensação que experimentara na praia, em Drejet, quando olhava apavorado para Karo estirado nas pedras no fundo do penhasco, com a coluna quebrada. Albert tinha tentado acariciar o pelo do cachorrinho, na esperança de que um pouco de ternura pudesse recuperá-lo. Mas, naquele momento, uma sensação de que algo irreparável tinha acontecido reverberou dentro dele, com um eco longo e apavorante. Agora, reverberava mais uma vez.

Tomou um gole do café quente e sem açúcar, e tentou se acalmar. Precisava clarear as ideias. Nunca tinha sido casado, nunca tinha experimentado as explosões emocionais de uma mulher. A relação dele com Cheng Sumei havia sido governada pelo que ele chamava, brincando, de encontro de almas. Era um encontro que nunca tinha existido entre ele e a jovem viúva. Teria sido tão séria a raiva de Klara? Será que a ira dela realmente havia sido causada pela conduta dele para com Knud Erik? Pelo amor dos céus, todos os meninos caíam na água, mais cedo ou mais tarde. Alguém os puxava para fora e pronto.

Não, Albert não acreditava que o menino fosse o problema. A raiva de Klara estava relacionada a algo entre eles dois, apesar de ele não ser capaz de saber o que era de jeito nenhum. Ou talvez o próprio Albert fosse o problema. Ele ao mesmo tempo a queria e não queria. Klara era uma força incômoda em sua vida. De todo modo, agora o rejeitava. Então, será que a melhor maneira de agir não seria deixar que a rejeição se impusesse, por mais que isso doesse?

Mas, e o menino?

Ah, se pelo menos as duas coisas pudessem ser mantidas separadas... Mas agora estavam profundamente entrelaçadas, e ele era o responsável. Seus pensamentos corriam em círculos, sem levá-lo a lugar nenhum. Tomou o café e ficou olhando para a escuridão.

A empregada entrou e perguntou quando ele gostaria que o jantar fosse servido. Ele estava sem apetite e pediu-lhe para esperar até as oito. Voltou a vestir o casaco e saiu de novo sob a chuva de novembro. Alguns minutos depois, estava parado na frente da casa da senhora Rasmussen, na Teglgade. Fazia um tempão desde a última vez que tinha estado lá. O que ela pensaria dele agora? Os dois tinham sido próximos, mas ele não podia voltar a visitá-la. Ela iria examiná-lo e, daquele seu jeito direto, atingir seus pontos mais doloridos. Anna Egidia faria isso com as melhores intenções, sem dúvida. Mas boas intenções não serviam de nada para ele. Sentia-se completamente perdido.

Ele virou na Filosofgangen, depois prosseguiu em direção ao sul, ao longo do porto, e logo se viu na frente da casa de Klara mais uma vez. A luz estava acesa, mas as janelas estavam embaçadas por causa da calefação, e ele não conseguiu enxergar lá dentro. Continuou vagando pela cidade. Uma hora depois, voltou até lá pela terceira vez, furioso consigo mesmo.

Seu anseio fazia com que voltasse, mas o medo o mandava para longe a cada vez.

Um período de espera começou. O que Albert estava esperando? Não sabia dizer. Mas sentia nos ossos que sua própria morte se aproximava. Olhou-se no espelho, e, onde antes tinha encontrado evidência de uma força que não se reduzia, agora só via os estragos do tempo. Não sabia o que estava faltando em sua vida até conhecer Knud Erik e Klara. Sem eles, sua velhice era igual a Ítaca sem Penélope, nem Telêmaco. Mas, e com eles? Será que poderia mesmo continuar?

Parecia que uma irrefreável contagem regressiva tinha começado.

Ele parara de sair de casa com o dia claro, por medo de encontrar Knud Erik. Não sabia o que dizer ao menino. Seria incapaz de lidar com o rosto do garoto se acendendo. Ou, muito pior, vê-lo dar-lhe as costas de decepção.

Mas, à noite, depois do jantar que deixara quase intocado, sua inquietação o levava para a escuridão de novembro. Nós o víamos vagando pelas ruas, com pingos de chuva gelados castigando-lhe o rosto.

Parou na Snaregade mais uma vez e ficou olhando as luzes brilharem nas janelas da casa de Klara.

* * *

Então a espera terminou. Um dia, Klara apareceu à porta de Albert e pediu para entrar. O rosto dela não demonstrou alegria ao voltar a vê-lo; permaneceu duro e fechado, como se ela houvesse tomado uma decisão importante e tivesse ido até lá para informá-lo a respeito. Ele a ajudou a tirar o casaco e a acompanhou à sala de estar. Ela não olhou para ele enquanto falava; manteve os olhos baixos, fitos no colo. Sua voz soava neutra, quase inflexível, como se estivesse repetindo algo que memorizara.

– Acho que precisamos encontrar uma solução para o que aconteceu entre nós – começou a dizer e, então, respirou fundo. Apenas sua respiração irregular traía qualquer emoção. – Não podemos continuar assim. O senhor sempre nos visita, capitão Madsen... quer dizer, Albert. Isso não é correto. Ouço coisas, as pessoas ficam olhando, e sei muito bem o que andam pensando. Acham que está me sustentando, e não quero que pensem isso de mim.

Ela se deteve. Suas mãos, que haviam ficado pousadas no colo de maneira nada natural durante todo o discurso, de repente se fecharam em punhos.

– Mas, Klara, minha cara... – Estendeu a mão para tocar nela. A mulher se retesou, e ele recolheu a mão.

– Deixe-me terminar. Não adianta nada dizer que não falam por aí, porque falam. Eu sei mais sobre o que as pessoas pensam do que o senhor, capitão Madsen. – Continuou sem erguer os olhos; em vez disso, concentrou a atenção nos nós dos dedos. – Não posso viver assim – prosseguiu. – Henning está morto. Eu sou viúva. Mas Knud Erik e Edith precisam de um pai, e, se não for o senhor, vai ter de ser outra pessoa, Albert. Essa é a situação.

Ele reparou que ela ficava passando do nome ao sobrenome dele. Não conseguia acompanhar o raciocínio dela.

– Eu sou um velho – Albert disse, impotente.

– Não é velho demais para fazermos... Bom, sabe o que eu quero dizer. – Desviou o olhar e respirou fundo mais uma vez, como se estivesse prestes a transmitir uma mensagem que, além de ser um ultraje, também fosse contrária à sua própria natureza. – Então, estou sugerindo que Knud Erik, Edith e eu nos mudemos para cá e que nós dois nos casemos. Para que... para que as coisas possam ficar certas. – Então, de repente, ela desabou. Seus punhos fechados se abriram. Transmitira sua mensagem. Agora, exausta, esperava o veredicto.

Todo o interior de Albert se contraiu. Por aquilo ele não estava esperando. Sentia que a situação exigia resposta imediata e inequívoca, mas nada que se aproximasse disso surgiu. Em vez disso, perguntou:

– Mas a senhora me ama? – Colocou a pergunta no tom adequadamente educado que teria usado com uma desconhecida; nesse momento, não havia confiança entre eles.

– O senhor *me* ama? – ela retrucou, ríspida.

– Tenho sentido sua falta – ele disse, e sua voz se tornou grave. Não conseguiu fazer uma declaração de amor; também não havia como expressar o seu caos interior de maneira mais precisa. Do modo como saiu, parecia um pedido de misericórdia.

Um momento de silêncio se seguiu. Um calafrio a percorreu, então ela tomou as mãos dele e as apertou entre as suas.

– Eu também tenho sentido sua falta. – Ela se inclinou sobre ele e liberou as lágrimas. Agora, sem o peso que carregava, podia se entregar. Ele acariciou suas costas, com gestos mecânicos. Sua própria paralisia não tinha se arrefecido. Não compartilhava do alívio de Klara. Tinham chegado a um ponto em que não via como poder negar o pedido dela. Sua resposta praticamente lhe fora ditada.

Será que ele queria isso? A pergunta era tão impossível de ser respondida quanto a questão de ele amá-la ou não.

– Então é assim que vai ser – terminou por dizer. Tentou pronunciar as palavras em tom de conforto, mas Klara certamente não deixara passar a resignação subliminar.

Ela tinha vencido. Mas a vitória veio sem alegria para ambos.

No dia seguinte, apareceram juntos em público. Enquanto caminhavam pela Kirkestræde, ela lhe dava o braço, e ele se postava alto e ereto: não por orgulho, mas para evitar parecer decrépito ao lado da moça. A partir de então, ela passou a lhe fazer visitas regulares, com Knud Erik e Edith, e os três jantavam juntos. Ela não passava a noite com ele. Nunca tinham passado uma noite juntos, e não iriam começar agora. Os olhos da cidade ainda estavam sobre eles. Ambos sentiam que havia um limite que não devia ser ultrapassado. Ainda não estavam casados.

A atitude de Knud Erik para com Albert mudou de maneira inesperada, como se agora, pela primeira vez, ele tivesse se dado conta de que o pai jamais retornaria. Outra pessoa iria ocupar o espaço vazio ao lado de sua mãe. Antes disso, sentia uma atração magnética por Albert. Agora, a polaridade do ímã tinha mudado, e ele o repelia.

Juntava-se à mãe com relutância em suas visitas a Albert, e, quando ele os visitava na Snaregade, ficava introvertido. Era como se quisesse cada um deles para si, separadamente. Quando o mundo da mãe e o de Albert finalmente se encontraram, pareceu-lhe ter perdido a posse dos dois. Sua antiga naturalidade com Albert só ressurgia quando os dois estavam sozinhos.

Albert não comentou isto com Klara. Tanta coisa ficava sem ser dita entre eles... O silêncio, às vezes, é a linguagem preferida dos amantes, mas, para ele, era uma língua desconhecida para a qual não tinha dicionário. Sempre sentia uma pressão impalpável. Ele e Klara não se beijavam, nem se abraçavam na presença de Knud Erik. Também nunca haviam feito isso antes, mas, no passado, tinham algo a esconder. Agora que tudo estava às claras, não trocavam mais do que um aperto de mão, por garantia.

Será que não havia nada entre os dois além da paixão crua que só surgia em arroubos repentinos e ilícitos? Ejaculação sem alívio: será que era isso? Albert não conhecia as convenções do casamento, e era incapaz de interpretar o que estava acontecendo entre eles.

Quando estava com Cheng Sumei, certo respeito comedido caracterizava o comportamento de um em relação ao outro, coisa que sempre tinha atribuído ao lado chinês dela e, talvez, ao dinamarquês dele. No entanto, quando se sentavam a uma mesa, e telegramas e documentos cobertos com taxas de fretes se espalhavam à sua frente, ambos, às vezes, erguiam os olhos e abriam um sorriso repentino e surpreso, como se estivessem se vendo pela primeira vez. Nunca tinham feito pouco um do outro.

Foram íntimos, mas intimidade não é o mesmo que rotina. Sempre existira uma fagulha acesa.

Ele tinha saudade dela.

– Sua senhora chinesa era bonita? – Klara certa vez lhe perguntou, do nada. A questão sobressaltou Albert. Ele não sabia que ela também tinha ouvido os antigos boatos. Deu de ombros. Não estava disposto a falar de Cheng Sumei com Klara. – Ela tinha pés minúsculos de chinesa?

– Não, os pés dela não eram amarrados. Isso era só para as filhas de homens ricos; as meninas pobres escapavam. Ela já se sustentava quando era muito nova.

Klara ficou olhando para o nada. Parecia que a informação a tinha tirado dos trilhos.

– Ela era órfã? – Essa era uma palavra que Klara evitara quando ele lhe perguntara sobre a infância em Birkholm.

– Pode-se dizer que sim.

– Então, era sozinha no mundo – Klara disse.

Ele esperava mais perguntas, não apenas sobre a aparência de Cheng Sumei, mas também sobre os sentimentos que eles tinham um pelo outro. Temia esse campo minado; cada resposta poderia desencadear comparações desfavoráveis e ataques de ciúme. E ele sabia como teria respondido: com distância gélida na voz. Esse era um território privado.

Em vez disso, Klara ficou em silêncio. Vários dias se passaram antes de ela voltar a tocar no assunto. Seu questionamento seguiu uma nova linha, como se estivesse traçando um raciocínio.

– A senhora chinesa era muito rica? – perguntou.

Albert explicou que ela tinha ficado rica ao se casar com Presser e que dera continuidade aos negócios dele com sucesso, depois que este morrera.

– Ela era uma mulher independente – ele disse. – Uma mulher de negócios.

– Completamente sozinha no mundo – Klara disse. – E então ficou rica e independente. – Falava em tom pensativo, como se esse resumo curto de Cheng Sumei a levasse a uma conclusão a respeito de si mesma.

O Natal estava chegando. Para Albert, o feriado era pretexto para adiar o casamento para uma data ainda não definida no ano seguinte. Era necessário deixar o Natal passar primeiro. Então, poderiam se casar e ela poderia se mudar para a casa dele. Não iria trazer muita coisa da Snaregade. Em comparação com as dele, as posses de Klara eram, na maior parte, lixo. Mas talvez tivessem algum significado para ela, não?

Albert não perguntou, mas reparou que ela olhava para a casa dele sob nova luz. Andava de um lado para outro avaliando as coisas; experimentava mudar uma poltrona ou uma mesa de lugar (só alguns centímetros), ou trocar a posição de um sofá, quando achava que ele não estava olhando. Mas a expressão em seus olhos anunciava mudanças que nenhuma régua poderia medir.

O mundo dele estava à beira de uma grande reviravolta. Esse era o único mundo que lhe sobrara, um reino reduzido, mas, ainda assim, um reino, construído tanto por suas manias quanto por mobília e metros quadrados construídos. Agora, teria de abrir mão dessas manias também.

A distância entre Albert e Klara cresceu. Cada vez que ela mencionava uma possível data para o casamento, ele dava uma resposta evasiva. Sua relutância era palpável. Dera seu "aceito" generalizado, mas este tinha sido seguido por uma longa série de pequenos e silenciosos "não aceito".

Quando pensava no momento em que teria de visitar o pastor Abildgaard e pedir-lhe que fizesse a proclamação na igreja, todo o seu interior se retraía. O vigário com quem compartilhara tantas conversas; o pastor cuja obrigação de visitar as pessoas que tinham sofrido perdas Albert assumira nos anos negros da guerra, porque Abildgaard não tinha forças para cuidar de seu rebanho como um vigário deveria cuidar; o homem que vira às lágrimas: agora, Albert teria de se postar perante ele com as próprias fraquezas desnudadas.

A abordagem do pastor provavelmente seria irônica, até condescendente. Ele sem dúvida teria a coragem de fazer o papel de pai: ah, sim, não conseguiria resistir à tentação de se vingar ao fazer algum tipo de discurso ao homem bem mais velho e mais experiente, que se opusera a ele em incontáveis questões no passado. E, apesar de, no fundo, Albert acreditar que deixara as disputas de poder de Marstal para trás havia muito tempo, ainda detestava ter de ir até o gabinete do vigário no papel de suplicante.

Ele não tinha mudado tanto assim. Não havia desistido do que restava de seu espírito de luta. Não queria sacrificar a própria dignidade. No entanto, sabia que precisava fazer isso, porque a dignidade de outrem estava em jogo. Klara viveria mais tempo do que ele com a reputação destruída. Ela tinha um filho pequeno e uma filha ainda menor para cuidar. Ainda teria uma vida a viver, muito tempo depois da partida dele. Fora esse o objetivo de sua visita naquele dia. Com sua reserva abandonada e sua autodepreciação colocada de lado, ela, de fato, tinha sido uma mãe defendendo as crias.

Passaram a véspera de Natal na Prinsegade. A mesa de jantar estava posta com uma toalha adamascada, talheres de prata e um aparelho de porcelana. A árvore de Natal estava na sala de estar. Albert tinha pedido a Knud Erik que o ajudasse a decorá-la, e o menino assim fizera, mas com seu novo mau humor. Havia sido difícil para Albert se acostumar a isso. Ele não entendia, e se pegou interpretando essa atitude como ingratidão, reação que lhe era completamente desconhecida: nunca acreditara que aqueles que recebiam seus presentes lhe deviam alguma coisa. Então, agora, ficou irritado tanto consigo mesmo quanto com Knud Erik, e repreendeu o menino várias vezes. Não reparou que o próprio garoto, na verdade, tinha vergonha de seu mau humor, e queria sair dele, mas não conseguia. As reprimendas repentinas de Albert só pioraram a situação.

Ambos carregaram o mau humor consigo para a mesa de jantar. Knud Erik não proferiu nenhuma palavra durante toda a refeição. Klara tinha retornado a seu comportamento antigo, passivo, agindo como uma servente que tivesse ido parar na mesa do senhor e achava que poderia ser mandada de volta à cozinha a qualquer momento. Albert estava desanimado e tenso, tomado por premonições obscuras. A empregada dele os serviu, com uma expressão de desaprovação. Quando viu Klara lançar um olhar furtivo para ela, Albert imediatamente percebeu que sua primeira tarefa como marido seria demitir a empregada que estava com ele havia quinze anos.

Edith subiu no colo de Albert e começou a bater no arroz-doce com a colher.

– Papai – ela disse, e puxou sua barba com a outra mão. Ele não disse nada. Tinha desistido de tentar corrigi-la.

Levantaram-se da mesa para a tradicional dança ao redor da árvore de Natal, mas seu tamanho impedia que eles se dessem as mãos em volta dela e, em um acordo tácito, desistiram de tentar fazê-lo. Também não cantaram canções de Natal. Nunca seremos uma família, Albert pensou. Somos apenas os destroços de outras famílias. Ela é uma viúva com dois filhos, e eu sou um ermitão excêntrico que nunca deveria ter saído da caverna.

Havia poucos presentes embaixo da árvore. Klara não tinha comprado muitos, e a nova situação havia privado Albert da alegria de presentear. Comprara um par de luvas de couro para Klara e uma caixa de soldadinhos de chumbo para Knud Erik. Edith ganhou uma boneca. Havia um saco de tabaco para ele. Abriram os presentes e agradeceram uns aos outros com educação.

Quando Klara saiu para retornar a casa, na Snaregade, virou-se para trás, à porta.

– Precisamos combinar uma data, e você precisa falar com o pastor Abildgaard.

Eles se viram mais vezes entre o Natal e o Ano-Novo. A irmã de Albert fez uma visita, vinda de Svendborg, e depois foram ver Emanuel Kroman, amigo dele. Todos os consideravam um casal agora. As pessoas partiam do princípio de que o casamento era iminente, por isso ninguém cometia a indiscrição de perguntar qual seria a data.

A atmosfera opressiva entre Albert e Klara não se dissipou, mas acabaram concordando com um sábado, no final de janeiro. Quando o Ano-Novo tivesse passado, ele faria uma visita ao vicariato para assegurar-se de que a proclamação do casamento seria feita.

* * *

Janeiro foi todo cinzento, com temperaturas que beiravam o ponto de congelamento. Pancadas de chuva e neve derretida varriam as ruas desertas, e as lojas ficavam com as luzes acesas o dia todo. O vicariato, na Kirkestræde, também permanecia aceso. Albert com frequência passava por ele sob a chuva, mas não batia à porta. Do mesmo jeito que tinha acontecido com a casa de Klara na Snaregade, na época em que eles ficaram afastados, não conseguia nem ficar longe, nem entrar. Não era apenas o encontro com Abildgaard que o incomodava. Certamente poderia sobreviver a isso, caramba. Não, algo diferente e mais forte o detinha, mas, por mais que tentasse, era incapaz de identificá-lo. Sentia-se como se estivesse no topo de um penhasco alto, esperando para dar um passo em direção ao vazio. O instinto mudo de sobrevivência: era isso que o impedia de dar o passo fatal. Nada mais.

– Por que não se casou com a senhora chinesa?

Ele não precisou responder. Conseguiu ver, pela expressão de Klara, que ela já tinha escolhido uma explicação própria.

– Você é assim, não é mesmo? – continuou. – Nunca se casa com elas.

– Já falou com o pastor Abildgaard? – ela perguntou na vez seguinte que ele foi à Snaregade.

Albert desviou o olhar.

– Ainda não.

– Por que não?

Ele não disse nada. Uma sensação de impotência o dominava... e a vergonha também. Não fazia ideia do que responder. Ela mordeu o lábio inferior. Não sabia como fazê-lo se abrir. Alheia ao medo e à resistência dele, preferiu se concentrar na própria sensação de estar sendo rejeitada.

– Não sou boa o bastante para você? – perguntou. – É isso? – Ele não respondeu. – Você prometeu. – O olhar dela endureceu-se.

– Eu vou falar. – Albert estava balbuciando, num tom de voz raro para um homem acostumado a gritar ordens no convés sob vento forte, e que não tinha largado o hábito ao se fixar em terra firme. Mas essa resposta era pior do que nenhuma.

– Não sei no que acreditar – ela disse, meneando a cabeça. – Acho que não faz diferença, de todo modo. Achei que era isso que você queria.

– Eu vou falar – repetiu.

Albert se detestava e detestava Klara porque ela falava com ele como se fosse criança... e a culpa era toda dele.

– Então, fale. Fale amanhã.

Incapaz de suportar aquela situação humilhante por mais tempo, ele se levantou e saiu sem se despedir.

– Você tem vergonha de mim! – a mulher gritou quando ele se retirou.

Na véspera do Entrudo, a lâmpada acima da porta de Albert estava acesa. Para nós, era um convite: de acordo com a lei tradicional tácita da véspera do Entrudo, cada porta iluminada era uma porta aberta. Se você não queria a visita dos foliões fantasiados, apagava a luz.

A empregada atendeu quando nós batemos, e nos deixou entrar. Parecia que ela tinha feito preparativos para nossa chegada. A jarra de ponche nos esperava em um pedestal. Estávamos nos acomodando no sofá, e as cadeiras tinham sido ajeitadas para visitas quando o anfitrião entrou. Vimos a surpresa em seu rosto (uma surpresa desagradável, até desaprovação), e percebemos imediatamente que tínhamos cometido um erro.

Talvez fosse um mal-entendido entre Albert e a empregada. Mas, depois, ficamos pensando que ela tinha nos deixado entrar como um ato de vingança. A perspectiva de ter outra mulher na casa não devia tê-la deixado nada animada, e essa era sua maneira de revidar.

Obviamente, devíamos ter pedido desculpas e saído. Mas estávamos cheios de uma energia especial naquela noite. Não éramos assim tão fáceis de controlar.

Seria nossa culpa o fato de o próprio Albert, mais tarde, perder a cabeça? Não, a culpa era, sobretudo, dele mesmo. O escândalo era dele, não nosso. É preciso estar preparado para aguentar algumas brincadeiras no Entrudo. Nossa intenção não era ruim; bem, não muito. Além do mais, nosso anfitrião poderia dar o melhor de si e se juntar à diversão. Tudo era só animação. Nós, certamente, não tínhamos responsabilidade pelo que se seguiu.

Não nutríamos nada além de simpatia por Albert Madsen. Ele fora bom para Marstal, e nós não o julgávamos por ter pegado uma esposa nova depois de velho, se era isso que ele estava fazendo, e não algo pior. E era isso que o adiamento do casamento com Klara Friis, certamente, parecia indicar.

Quando ele abriu a porta e nos viu em sua sala de estar, uma cena e tanto lhe veio aos olhos. Havia uma vaca sentada em seu sofá, puxando um papel amarelo dependurado no nariz preto de piche. Ao lado dela, uma *señorita* espanhola brandia um leque. Seus lábios vermelhos, pintados na meia de seda que cobria sua cabeça, estavam um pouco abertos, como que convidando a um beijo. Uma camponesa gorda, com uma cúpula de abajur fazendo as vezes de chapéu, estava no meio do piso, com as mãos enfiadas em luvas de tamanho masculino plantadas na cintura. A sala se enchera do cheiro de cola, naftalina e outros odores estranhos. Um homem das cavernas apoiava a clava na parede, enquanto uma senhora chinesa, com olhos puxados pintados de preto sobre uma máscara de papel amarelo, tirava um par enorme de agulhas de tricô de uma bola de lã no alto da cabeça e as batia. Em um canto da sala, uma porca cor-de-rosa de duas pernas guinchava toda alegre, enquanto o pirata a seu lado erguia a espada, como se propusesse matar o animal de um golpe só.

– Boa noite, Pequeno Albert – berramos em uníssono.

O Pequeno Albert não disse nada. Mau sinal.

A empregada serviu ponche nos copos, que distribuiu entre nós. Tínhamos feito buracos nas máscaras e meias onde ficava a boca, e havíamos trazido os próprios canudos, para que ninguém precisasse tirar a máscara e revelar o rosto.

Afinal de contas, era o Entrudo.

A maior parte dos presentes naquela noite era mulher: mulheres grandes, de ombros largos e peitos enormes. O peso deles deveria ter feito com que caíssemos, mas, em vez disso, nós os empurrávamos e socávamos, como se fossem almofadas de penas de ganso. Usávamos saias de lã com fitas de veludo, blusas justas, aventais bordados e xales longos o suficiente para cobrir a cabeça, o peito e as costas: tudo tirado do fundo da caixa de fantasias, peças remendadas e novamente remendadas ao longo dos anos, e retiradas da caixa especialmente para aquela noite.

Nós gingávamos os quadris e agitávamos as mãos, com a despreocupação alegre que acompanhava não apenas o fato de termos esvaziado tantas jarras de ponche no decorrer da noite, mas também devido à velha sensação de liberdade que invade um homem quando ele se veste com roupas de mulher. Escondidos sob capas, gorros, quepes, cúpulas de abajur e perucas, com máscaras que não passavam de biquinhos pintados e olhos arregalados com cílios negros do tamanho de leques, nós nos aconchegávamos no peito masculino mais próximo, enquanto arrulhávamos feito pombas e fazíamos observações ousadas (tão próximas da obscenidade quanto possível, ao representar nossas personagens de senhoras virtuosas) em voz de falsete.

O folião mais cruel daquela noite era a noiva. Ela usava a anágua por cima do vestido, e uma cinta-liga cor da pele dava a volta em sua enorme cintura; dois peitos balançavam em direções opostas por trás do corpete de seda cor de creme, e cada vez que ela dava uma pirueta coquete eles colidiam com um estalo ruidoso. Usava uma peruca loira com tranças grossas que se espetavam, e o véu engomado se postava tão rígido quanto uma tempestade de neve de renda.

Aproximou-se do capitão Madsen e torceu o lóbulo da orelha dele. Ele puxou a cabeça para trás, irritado.

– Como anda sua vida amorosa, Pequeno Albert? – a noiva perguntou, com a voz aguda e penetrante que as mulheres do interior usavam em enterros. – Quando é o casamento?

O rosto do capitão Madsen parecia indicar que ele tinha chegado à conclusão de que aquilo era uma espécie de teste de resistência e que, se aguentasse tempo suficiente, iria acabar por conta própria.

A noiva colocou a mão grande e enluvada na coxa dele, perto da virilha.

– Problemas aí embaixo? – Por um momento, ela se esqueceu de seu papel e explodiu em uma risada ruidosa que mais parecia um relincho.

Então a porca se soltou do pirata e se aproximou deles, com os dois úberes pontudos projetando-se da barriga rosada, tão rígidos e fixos quanto dedos acusadores.

– Perdeu o apetite, Pequeno Albert? – a porca perguntou.

A noiva fez barulhos de beijos, e a porca lhe ofereceu o focinho.

Era o Entrudo. Diversão e brincadeira.

A essa altura, a empregada tinha ido embora e a grande jarra de ponche estava quase vazia.

– Pequeno Albert – a porca entoou. Ela deveria ter uma queda para a poesia, porque começou a improvisar sobre o tema do nosso anfitrião.

Será que perdeu o apetite
Para a diversão da noite?
A moça não é nenhuma beldade?
Ou você já passou da idade?

O capitão Madsen olhava para o chão.

A porca erguia o casco como se fosse um maestro pedindo atenção à orquestra, e nós repetimos o verso cruel em uníssono: estávamos todos animadíssimos, e as palavras nos vieram com facilidade. Então Albert ergueu os olhos e disparou o punho enorme para o alto, com uma velocidade que nunca acreditáramos ser possível para um velho de cuja idade acabávamos de caçoar. Acertou a porca bem no focinho, esmagando-o completamente. Apesar de aparado pela máscara, o golpe foi forte o suficiente para fazer a porca sair voando por sobre a mesa, e a jarra de ponche se espatifou no chão. O intérprete do animal ficou lá, caído no meio dos cacos de vidro, com sangue pingando do focinho destruído.

Então a noiva, que ainda estava em pé ao lado do capitão Madsen, deu um soco na cara dele, e a parte de trás de sua cabeça bateu com força na parede. Ele cambaleou e, em seguida, retomou o equilíbrio. Passou a mão no lábio inferior cortado, para ver o que tinha acontecido, e ficou olhando fixo para a frente, com olhos vazios.

A noiva parecia pronta para bater nele pela segunda vez, mas nós a seguramos e a arrastamos para longe. As coisas tinham saído de controle, e precisávamos dar um basta naquilo, apesar de não entendermos o que tinha dado errado. Será que tínhamos extrapolado os limites? Mas, certamente, a razão de ser do Entrudo era a inexistência de limites. Nessa noite, e apenas nela, tudo valia. E, afinal de contas, só tínhamos feito o que sempre fazíamos: dizer algumas verdades domésticas de maneira divertida. Não havia necessidade de ninguém partir para a violência.

Colocamos a mesa caída de volta ao lugar. Não havia nada que pudéssemos fazer em relação à jarra de ponche. A empregada teria de cuidar daquilo. Então, carregamos a porca inconsciente até o vestíbulo e descemos os degraus até a Prinsegade com ela.

Nós nos viramos para trás e olhamos para a janela panorâmica. Albert nos observava. Nossas máscaras estavam começando a se desintegrar sob a chuva fria de fevereiro. A noiva acenou para a sombra escura atrás da vidraça.

– A moça não é nenhuma beldade? Ou você já passou da idade? – berrou.

Uma de suas mangas deslizou e revelou um antebraço carnudo, com uma tatuagem de um leão agachado, pronto para atacar. No escuro, não dava para distinguir as palavras.

Estrela do Norte

Choveu pela manhã, mas depois o tempo mudou, e a tampa de nuvens cinzentas que cobria a ilha abriu espaço para um céu alto e azul, que anunciava geada.

Albert cambaleava de um lado para outro às cegas, tomado pelo desespero. "Você tem vergonha de mim!", Klara gritara para ele. Não, não tinha vergonha dela. Tinha vergonha de si mesmo. Precisava se afastar, dar uma caminhada para clarear as ideias e decidir a respeito de uma afirmação sem ambiguidade, um sim ou não, e depois viver com as consequências. Queria dizer sim, mas não conseguia. Poderia ter dito não, mas também não queria fazer isso. Esse não era um caso de "onde há vontade, há um caminho". Não havia nada além de vontade, mas ambos os caminhos levavam a um vazio. Ele era velho demais. Eles tinham razão, os foliões mascarados do Entrudo que o haviam humilhado tanto, e fora por isso que os tinha atacado. Não era capaz de lidar com uma mudança tão grande em sua vida. Reconheceu isso com indignação selvagem, uma fúria impotente que não tinha nenhum lugar para ir senão para dentro.

Albert se dirigiu à praia. Ao longe, uma silhueta apareceu. Ao se aproximar, reconheceu Herman e se preparou para um confronto. Não tinha sido difícil descobrir quem havia feito o papel da noiva naquela noite, quando ele tinha sido ridicularizado e socado na própria casa.

Apesar do frio, a camisa de Herman estava desabotoada até o cinto, onde a barriga peluda, que não tinha encolhido durante seus vários meses de vida boa no Hotel Ærø, derramava-se da calça. Seu rosto brilhava, vermelho por causa do frio, e ele olhava fixamente adiante, com os olhos vidrados. Passou por Albert sem nem olhar para ele, caminhando como se estivesse visualizando um objetivo distante, em algum lugar além das casas de Marstal, e estivesse pronto para atravessar todas as paredes em seu caminho para chegar lá.

Aliviado por ter evitado um embate, Albert continuou caminhando e logo foi consumido por seus pensamentos, mais uma vez. Queria se afastar da cidade, na esperança de que, longe, rodeado por nada além de mar e céu, uma solução se revelasse.

– Ah! – desdenhou, de si para si. – A única resposta seria ficar ali para sempre. – Continuou caminhando, meio esperando que um refúgio realmente se apresentasse na faixa estreita de areia, em um limbo no qual ninguém pudesse forçá-lo a tomar uma decisão.

Caminhar sobre a areia úmida era dificultoso. Depois de um tempo, ela dava lugar a um carpete de pedrinhas depositadas pelas ondas, e Albert avançou tropeçando nelas até chegar à vegetação rasteira, densa na crista arenosa da língua de terra, onde caminhos gastos serpenteavam através da vegetação. Continuou caminhando e chegou ao ponto em que a língua de terra faz uma curva, igual a um cotovelo dobrado. Ali, entre a terra e o quebra-mar, a água era pesada e oleosa, como se estivesse esperando a chegada da geada em sua própria cristalização iminente. Era salpicada de ilhotas minúsculas, nas quais brotavam plantinhas da lama grossa e pesada. O quebra-mar se encontrava entre ele e a cidade. Albert enxergava os mastros dos navios que estavam no porto para passar o inverno. Atrás deles, viam-se os telhados de telhas vermelhas de Marstal e o pontão de cobre da igreja, recém-construído.

Ele olhava para a cidade, que se abria em panorâmica pela costa, em busca de uma solução para o dilema que o atormentava, quando, de repente, percebeu que estava encalhado. Afastara-se da faixa de areia e entrara na água rasa ao lado de uma das ilhotinhas cobertas de brotos.

O solo lamacento o puxava. Primeiro, Albert tentou livrar uma das longas pernas, depois a outra, com tanta força que quase perdeu o equilíbrio, mas não conseguiu nada. Sentia a água gelada penetrar em suas botas. Olhou para baixo, descrente. Então riu alto, uma risada artificial e rude para caçoar da própria loucura. Retesou os músculos da perna direita e tentou mais uma vez. Com a troca de peso, a perna esquerda, de repente, afundou mais. Aquilo não era areia movediça. Ele não seria sugado para baixo. Só estava preso. Não era nada. Precisava tentar de novo. Inclinou-se para puxar a perna pela bota e quase caiu de cara no chão. Era um homem grande usando um casaco de inverno pesado, e tinha perdido a flexibilidade fazia muito tempo. Sabia que estava ficando cada vez mais desesperado, mas continuava se recusando a aceitar que se encontrava em uma situação de risco. Ridícula, sim, mas não perigosa. E se ele se jogasse para a frente, para cima das plantinhas? Será que encontraria solo firme ali, e poderia arrastar os pés atrás de si? Mas não sabia o que havia embaixo da densa camada vegetal. Talvez as plantas tivessem as raízes na água e no mesmo solo lamacento em que ele estava encalhado; nesse caso, as coisas só iriam piorar.

O sol ia se aproximando do horizonte, e com a escuridão viria a geada. O pensamento não o encheu de pânico. Ele só se sentia um tolo, que tinha tido o descuido de se meter em apuros. Logo, aquilo não iria passar de uma lembrança vergonhosa. O preço mais alto que teria de pagar por sua estupidez seria um resfriado. Então, sentiu o frio gélido subir dos pés para as pernas. Estremeceu por um momento e deu tapas no corpo para esquentá-lo, mas logo ficou exausto. Com o corpo encurvado, deixou os braços penderem ao lado do corpo. Não podia ficar ali. Precisava pensar em algo. Retesou os músculos das pernas mais uma vez, mas não adiantou nada. A lama não cedia.

Tudo, agora, projetava sombras longas. O topo dos mastros e as amarras lançavam uma teia de aranha sobre a vegetação rasteira. A torre da igreja estendia-se sobre a língua de terra arenosa e chegava à água atrás dele, e sua própria sombra parecia montar nos telhados. Então, o sol desapareceu atrás de uma casa, e a forma escura da cidade o engoliu. Marstal estava próxima, mas parecia que se localizava em outro planeta.

Ele se deu conta de que, durante muitos anos, tinha observado o quebra-mar de dentro do porto, o qual formava como que um muro de proteção. Essa era a primeira vez que o examinava do outro lado. A construção já não o protegia. Estava deixando-o de fora.

Albert olhou ao redor. A escuridão parecia se erguer do solo e do mar em si, e ele se lembrou da descrição de Homero da terra do crepúsculo dos mortos, na qual toda a alegria fica paralisada, e percebeu que era onde ele estava. Sentia a geada como algo afiado contra a pele. Logo iria atingir todos os seus membros. Pela primeira vez, deu-se conta de que poderia estar prestes a morrer.

As estrelas apareceram, e a lama foi congelando entre seus pés, até que estava em pé sobre um bloco de concreto de gelo. Ergueu os olhos e viu a Estrela do Norte, e pensou em Klara Friis. Nos últimos momentos antes de a idade avançada se fechar sobre ele, tinha tentado agarrar a juventude. Mas a juventude era tão inalcançável para um velho quanto a Estrela do Norte em uma noite de inverno. Agora, tinha certeza. Tudo chegara ao fim. Sua vida estava prestes a terminar, de modo tão inesperado quanto um navio naufragado em uma tempestade inusitada.

Entorpecido de frio, permaneceu imóvel na lama. Era como se estivesse planejando morrer em pé. Pensou em Knud Erik, e uma sensação de calor o preencheu. Era seu coração aproveitando seus últimos recursos.

Então, o frio se instalou e começou a lhe bloquear o fluxo do sangue.

Não sabemos se foi realmente assim que aconteceu. Não sabemos o que Albert pensou, nem o que fez em suas horas finais. Nós não estávamos presentes. Só temos as anotações que ele nos deixou, juntamente com as colunas de números que detalhavam aquilo que se revelou como o início do fim de nossa cidade. Ao contar esta história, cada um de nós adicionou algo próprio. Nossa imagem dele é formada de mil ideias, desejos e observações. Ele é inteiramente ele mesmo. E, no entanto, é um de nós.

Caminhamos até a Cauda. Visitamos o lugar onde Albert morreu. Plantamos nossas botas na lama e tentamos nos soltar do solo que nos sugava. Alguns de nós dizemos que sim, ele ficou preso. Outros dizem que não, ele poderia ter se desvencilhado. Ou poderia ter rolado para fora da armadilha que o frio e a lama armaram para ele. Casaco de inverno ensopado e calças encharcadas são um preço baixo a se pagar pela fuga da morte. Até pneumonia é preferível a um fim súbito para tudo, e Albert era um homem forte.

Na verdade, não sabemos nada, e cada um tem a própria versão da história, porque todos buscamos um pouco de nós mesmos em Albert. Alguns gostariam de condená-lo. Outros o consideram alguém que estava acima de toda mesquinhez. Todos nós temos uma opinião a respeito dele. Nós o seguíamos a todos os lugares. Nós o observávamos pelas janelas e passávamos adiante suas palavras, nem sempre por motivos bondosos, e aquelas, possivelmente, não eram as palavras que ele usara, mas nós as atribuíamos a ele porque considerávamos apropriado, ou provável, que as tivesse proferido.

Repassamos a vida dele vez após outra, da mesma maneira que sempre repassamos a vida uns dos outros em nossas conversas; algumas sussurradas, outras travadas em voz alta. Albert é um monumento que nós todos esculpimos e erguemos.

Achávamos que sabíamos tudo a respeito dele. Mas a vida não é assim. Quando tudo chega ao fim, nunca é possível conhecermos de verdade uns aos outros.

Albert foi encontrado no dia seguinte.

Tinha nevado durante a noite, e, de manhã, um punhado de meninos apareceu no quebra-mar. Eles tinham meio remado, meio quebrado o gelo novo com um bote, seguindo na direção de Kalkovnen, e estavam para levar uma bronca e tanto dos pais, ou de qualquer outra pessoa que os pegassem fazendo algo tão obviamente perigoso. Quando se trata de meninos que desrespeitam as regras que se aplicam à água, cada um de nós tem os direitos e as responsabilidades de um pai.

Mas, daquela vez, não houve bronca.

Eles o viram do alto dos pedregulhos de granito salpicados de neve do quebra-mar, onde saltitavam feito cabritos monteses.

– Um boneco de neve! – gritou um garoto chamado Anton. – Quem fez um boneco de neve ali?

Correram pela rígida vegetação rasteira, que estava coberta de geada e parecia uma floresta de lâminas de aço, pela lama dura como pedra, pelas poças sólidas e pelos riachinhos rasos congelados.

Lá estava ele.

Nunca o esqueceram. Tais visões são raras. Alguns dizem que são únicas.

Entre Marstal e o mar, congelado até a morte, calçado com as botas de Laurids, Albert estava em pé.

III

As viúvas

Nos meses que se seguiram à morte de Albert, Klara ficou em casa, na Snaregade, olhando fixamente para o nada. Nós a víamos quando passávamos por lá e dávamos uma olhada na sala de visitas iluminada, cujas cortinas ela nem havia fechado. Parecia que seu cérebro tinha parado. No começo, achamos que estava de luto. Demorou um tempo até percebermos que não estava entorpecida de pesar, mas se encontrava em um estado de contemplação profunda.

Às vezes, a vida apresenta, de maneira inesperada, uma grande quantidade de possibilidades: tantas que, só de pensar em ter de escolher uma delas, uma pessoa pode ficar arrasada. Seria esse o problema de Klara? A repentina enxurrada de liberdade em que uma pessoa comum, desacostumada a tomar as próprias decisões, pode se afogar?

Então, um dia, ela contratou uma charrete puxada a cavalo para carregar sua mobília. Chamou Edith e Knud Erik, e todos caminharam de mãos dadas até a Prinsegade, onde ela tirou uma chave da bolsa e entrou na casa vazia de Albert. Mandou guardar sua mobília no sótão e deixou a de Albert onde estava. Sentou-se no sofá dele e dormiu na cama dele, como uma hóspede na vida de outra pessoa. A empregada se demitira.

Klara sentava-se à janela saliente que dava para a rua e ficava, de novo, olhando para o nada.

Klara Friis, viúva de marinheiro de berço modesto, tinha herdado uma casa imponente, um escritório de corretagem e uma frota de navios. De um só golpe, tornara-se uma das maiores proprietárias de navios da cidade. Com o último brilho da juventude no rosto, apostara no maior prêmio e ganhara. Albert não tinha se casado com ela em vida. Mas compareceu na morte.

Logo, começamos a discutir qual seria seu valor, mas não fomos capazes de compreender que o aspecto mais fascinante da fortuna de Albert não era o tamanho, mas o poder que conferia. Foi durante esses meses, com Klara paralisada à janela saliente, que o destino de nossa cidade foi selado.

Um dia, ela deu um basta em suas reflexões e foi visitar a viúva do pintor de marinhas, na Teglgade. Antes disso, esperta como era, Anna tinha reparado na falta de segurança de Knud Erik, órfão de pai, e visto uma criança que precisava do apoio de um homem adulto. Como o fato de ela ter conhecido Albert se devia totalmente a Anna Egidia, Klara Friis achava que devia um favor à viúva. Ela agora informava à senhora Rasmussen que gostaria de ajudar em seu incansável trabalho de caridade. Mas ofereceu mais do que isso. Com as duas acomodadas na sala de estar de janelas altas e quadros nas paredes, explicou que seu plano era fundar um orfanato em Marstal.

– Será um orfanato diferente de todos os outros – disse. – Onde as crianças vão se sentir amadas. Não vão se sentir como se estivessem atrapalhando ou que, no máximo, só merecem viver porque serão úteis aos outros. Não. Elas vão sentir que têm o direito de estar nesta terra por seu próprio bem. Será um lugar em que as crianças menos queridas vão se sentir acolhidas. – Sua voz parecia cheia de luz e energia enquanto descrevia os planos para melhorar a existência e o futuro daqueles cuja vida tinha sido negligenciada. Mas tremia de um jeito estranho.

A senhora Rasmussen a observou durante muito tempo.

– A senhora conheceu um orfanato por dentro, não foi? – perguntou com gentileza.

Klara Friis assentiu e começou a chorar. Essa era a parte indizível da história, a parte que não tinha conseguido contar a Albert Madsen, nem em seu momento de maior confiança, quando ele adivinhara o segredo de Karla, a boneca de pano perdida nas águas escuras da enchente.

Sob o olhar maternal da viúva, ela finalmente sentiu-se capaz de confidenciar sua história. Fora criada no Orfanato de Ryslinge, na Fiônia. Então tinha sido "recolhida", como colocou. Não fora uma adoção: pelo menos ela nunca usou essa palavra, porque o camponês de Birkholm que a levara aos cinco anos não tinha nenhum sentimento paterno. Ela não era um ser humano para ele: apenas um par extra de mãos, barato em termos de salário, comida... e emoções. Deu uma risada amarga. Não, quando o assunto era sentimento, ela não custara absolutamente nada. O amor era um luxo que estava disponível a todos, menos à menina órfã.

Em Birkholm, não havia como escapar do mar. Ele rodeava a pequena ilha como um muro que fechasse sua vida limitada, mas também representava fuga. Ela não sonhava com um cavaleiro montado em um garanhão branco, mas com um cavaleiro soprado até lá por uma vela branca. E, a cada primavera, imaginava que ele chegaria. Centenas de veleiros passavam pela ilha... e voltavam a desaparecer. Vinham de Marstal, e a cidade se transformara em um lugar pelo qual ela ansiava. Um dia, o mar chegou em forma de enchente. Era o Dia do Juízo Final fazendo uma visita. Em vez de trazer um cavaleiro, as ondas levaram sua boneca. Agora, finalmente, com a ajuda da fortuna de Albert, poderia enfiar a mão na água e tirar Karla de lá.

– Quer saber como eu conheci Henning? – perguntou de repente à viúva. Agora, as confidências transbordavam, e, antes que Anna Egidia tivesse tempo de responder, Klara prosseguiu:

– Eu o conheci em uma noite de inverno, no mar congelado.

– No gelo? – A viúva ergueu os olhos, surpresa.

– Era tão nova. Só tinha dezesseis anos. Queria ir dançar em Langeland.

O mar havia congelado, e parecia que a minúscula e plana Birkholm tinha começado a se expandir, tentando se encontrar e se anexar às ilhas ao redor. Em uma enluarada noite de sábado, cristais de neve acendiam um caminho para o mundo, e o anseio dela se tornou irresistível. Como não possuía vestido de festa próprio, tomou um emprestado com uma moça, no sítio; então arrumou uma bicicleta e saiu pedalando sobre o gelo na direção de Langeland. Não estava fugindo. Apenas se dirigia para as luzes das casas da distante ilha, torcendo por um momento de felicidade. Naquela época, ainda ousava sonhar.

Mas não avançou muito até chegar à água negra. De repente, uma rachadura apareceu no gelo à sua frente; o enorme casco de aço da *ALB*, a balsa que ia de Svendborg a Marstal, estava avançando, quebrando o gelo. Quando passou, faíscas voaram de sua chaminé. O gelo sob seus pés estremeceu. No rastro da balsa, veio o *Hidra*, voltando para casa, com as velas içadas para aproveitar até o menor dos ventos daquela noite gélida.

A tripulação do *Hidra* estava aglomerada à amurada. Uma moça com vestido de festa, em meio ao gelo, era a última coisa que eles esperavam ver.

– Para onde está indo? – gritaram-lhe.

– Vou dançar em Langeland – respondera.

Eles a convidaram para, em vez disso, dançar em Marstal, e ela, juntamente com a bicicleta, foi puxada amurada acima.

– Você parece dura de congelada – disse Henning Friis, o mais bonito deles.

E ela sentia mesmo frio. Sob o vestido, suas pernas estavam nuas. Eles a levaram ao castelo de proa para esquentá-la no catre de cima. E foi assim que ela se tornara dele, com os lábios azuis tremendo e a cistite à espera, no bloco de gelo miserável que era seu corpo vestido de maneira inadequada. Não ficou grávida imediatamente. Knud Erik viera mais tarde. Assim como as bebedeiras e noitadas em bares de Henning, com suas viagens infindáveis.

Em determinado ano, Henning chegara em casa com um macaco empalhado.

– O macaco é o animal mais desgraçado de todos – ele disse. – O filho, neto e bisneto da Injustiça. – Um árabe tinha lhe dito isso.

– E o que acha que vou fazer com ele? – ela perguntou.

– Pode olhar para ele quando sentir saudades de mim – respondeu, com a voz carregada de desprezo. As coisas entre eles tinham ficado assim.

– A pior coisa sobre os marinheiros não é o fato de lhe roubarem a virtude. A pior coisa é que eles roubam seus sonhos – Klara disse para a viúva do pintor de marinhas.

Então o *Hidra* tinha desaparecido, e Henning com ele.

– Um dia, Marstal vai ser um bom lugar para se crescer – ela disse –, em vez de um lugar onde os meninos são criados para se tornarem comida de peixe; e as meninas, suas viúvas.

– Acha mesmo que pode tirar o espírito de marinheiro de um homem de Marstal? – a viúva perguntou.

– Sim, acho que posso. Tenho os meios e sei como fazer isso. – Uma nova teimosia tinha penetrado na voz de Klara Friis, e seu rosto ficou desfigurado, com um ar de desafio.

Imaginando se a cabeça da mulher mais jovem havia perdido o rumo pelo pesar, ou pela grande herança, a viúva rapidamente conduziu a conversa de volta ao orfanato; para seu alívio, Klara Friis voltou a agir com sensatez e praticidade.

Mas nunca mencionou a parte mais importante de seu plano.

No mesmo dia em que Albert morreu, foi declarada a falência do senhor Henckel.

Em uma reunião geral do Estaleiro Kalundborg Ltda., do qual ele possuía noventa e nove por cento das ações, para a surpresa de todos, ele votara a favor de liquidar a própria empresa. Depois, revelou-se que o estaleiro devia doze milhões de coroas ao Banco de Kalundborg. O banco foi à falência e arrastou outros negócios consigo – inclusive, finalmente, o estaleiro para a construção de navios de aço de Marstal. Peter Raahauge, operário do estaleiro, dissera a Albert que não havia uma chance no inferno de as coisas durarem muito. A profecia dele agora se concretizava.

O investimento de quase um milhão de coroas feito no empreendimento de Marstal se perdeu, e o estaleiro foi vendido em leilão por apenas trinta e cinco mil coroas. O senhor Egeskov, dono do *Ærø*, iria sobreviver. Ele tinha seu hotel para lhe dar um calço. Mas Herman empenhara a casa na Skippergade, junto com o *Duas Irmãs,* e nada lhe restou além de dívidas.

Em seguida, vieram as ações judiciais. Tanto Edvard Henckel como o gerente do Estaleiro Kalundborg foram presos. Nem o diabo era capaz de amarrar as pontas das contas deles. Henckel tinha sido esperto demais para eles. Dava para argumentar que fora uma espécie de gênio que, por acaso, esquecera-se das leis locais e fora parar do lado errado delas. Mostrou-se bem sincero ao admitir tudo. Fora irresponsável, até imprudente. Mas suas intenções tinham sido boas.

Nós o imaginávamos em pé, no banco dos réus, grande e poderoso, com o chapéu de abas largas, as pontas da casaca se agitando como se tivessem levado consigo, para o tribunal, a brisa fresca do empreendedorismo. Os olhos vermelhos brilhavam de energia, e, pela maneira como abria os braços e confessava todos os seus erros, seria de pensar que estava convidando o juiz, os jornalistas, a defesa e o promotor para uma festa regada a champanhe.

Acontece que Henckel não era engenheiro coisa nenhuma. Assim como tudo o mais em relação a ele, o título era fictício. Agora, estava a caminho da prisão. Recebeu o anúncio da sentença de três anos feito homem, recusando-se a permitir que isso o deixasse arrasado. Irrompera vida adentro com planos grandiosos para si mesmo e os outros; se tivera de fazer um desvio passando por uma cela trancada, fora apenas uma interrupção temporária. No fim, voltaria, e então iria nos mostrar uma coisa.

Já não frequentávamos mais o Hotel Ærø. Nossas camisas engomadas ficavam em casa, mais uma vez reservadas apenas para casamentos, crismas e enterros. No Café Weber, voltamos a saborear a cerveja choca. Não sentimos vontade de tripudiar quando soubemos da sentença de prisão. Não éramos capazes nem de nos irritar com Henckel da maneira como deveríamos. Sim, ele tinha nos enganado, mas são necessários dois para que uma fraude funcione: deveríamos ter agido com mais prudência. Nós, certamente, não o considerávamos má pessoa. Seu entusiasmo e espírito de empreendedorismo eram genuínos. Seu problema era, simplesmente, ter ideias demais e perdê-las de vista até se tornarem tão emaranhadas que não tinham mais salvação. Mas o homem estava disposto a se arriscar. Isso nós respeitávamos. Era o que fazíamos o tempo todo. Reconhecíamos nele algo de nós mesmos: não sua fraude, mas sua disposição.

Brindamos a Henckel da mesma maneira que brindaríamos a um navio que se perdesse com toda a tripulação.

Herman visitou todos os escritórios de navegação à procura de emprego. Achávamos que iria fugir de tudo, do mesmo jeito que tinha feito quando Hans Jepsen o colocara em seu lugar e se recusara a contratá-lo como marinheiro comum no *Duas Irmãs*. Depois, voltara como pessoa importante: falava alto e tinha carteira para tanto. Mas perdeu tudo e terminou no mesmo lugar onde começara. Havia comprado gato por lebre. Mas, bom, não estava sozinho. Um bom número de nós tinha feito o mesmo. Nesse quesito, estávamos todos no mesmo barco.

Nunca achamos que Herman fosse se tornar mais humilde por causa da queda. Não era da sua natureza, teimosa e arrogante. Apenas imaginávamos que fosse fugir da humilhação e só reaparecer quando tivesse dinheiro no bolso e estivesse pronto para começar a se gabar de novo. Em vez disso, permaneceu na cidade que testemunhara sua ruína e arrumou trabalho no *Albatroz*. Não podíamos deixar de pensar que ele devia ter, finalmente, aprendido a lição e aceitado que a vida não tinha planos de tratá-lo de forma diferente da que tratava a todos, e que certa dose de humildade seria bem-vinda.

Tirante isso, era o mesmo Herman, agressivo e imprevisível como sempre.

Mas sabia se virar em um convés; por isso, não teve problemas para encontrar emprego.

* * *

Voltou de sua primeira viagem como herói de guerra, apesar de a guerra ter terminado muito antes. Tinha lutado em defesa da Dinamarca em uma taberna de Nyborg, em companhia de dois outros homens de Marstal, Ingolf Thomsen e Lennart Krull, seus colegas, tripulantes do *Albatroz*.

Ele ficava no Café Weber narrando seus grandes feitos, enquanto Ingolf e Lennart assentiam com a cabeça. De vez em quando, soltavam uma interjeição. Mas, sob o olhar severo de Herman, esta nunca passava de "sim", "não" ou "exatamente".

Então, estavam em uma taberna em Nyborg com o restante da tripulação, e tinham começado a conversar com um mecânico de carros, cujo nome era Ravn, um sujeitinho ensebado com nariz batatudo coberto de cravos e óleo de motor nas mãos. Quando ficou sabendo que eram marinheiros de Marstal, Ravn pegou a carteira e mostrou-lhes uma foto de uma escuna em chamas. Era o *Hidra*, que tinha desaparecido sem deixar vestígios no Atlântico, em setembro de 1917. E o mesmo valia para os seis homens a bordo, entre eles, dois de Marstal: o capitão, um marinheiro comum, Henning Friis, que deixara uma viúva, Klara, e um filho, Knud Erik. Sumido sem deixar vestígios: isso significava que nunca fora visto por ninguém; não havia nenhum corpo para resgatar e enterrar, nenhum destroço boiando no mar, nem mesmo uma boia salva-vidas com o nome do barco: nada.

Ravn era de Sønderborg, na Jutlândia do Sul. Ele tinha sido convocado para lutar pelos alemães e servira em um submarino. Tiravam fotografias de todos os navios que os submarinos afundavam, e cada homem recebia uma cópia. Ele tinha um álbum inteiro de fotos em casa.

– Estou com a fotografia aqui – Herman disse. – Querem dar uma olhada?

Passou pela mesa e se voltou para pedir mais uma rodada.

Reconhecemos o *Hidra* na mesma hora, e a visão da embarcação em chamas causou certo pesar dentro de nós. A fotografia em preto e branco refletia nossas próprias experiências de naufrágio.

– Bom – Herman disse –, Ravn não vai mais andar por aí se gabando a respeito de afundar navios dinamarqueses.

– Talvez tenhamos sido um pouco duros demais com ele – Lennart disse. Dava para perceber a incerteza em sua voz.

– Foi uma luta justa. Ravn poderia ter revidado. Nossa consciência está tranquila. – Herman assemelhava-se a um pastor oferecendo a absolvição. – Levou o que merecia – adicionou, e se virou para nós. – Bati nele pelos homens que morreram. E pelo *Hidra*.

Herman fez uma visita a Klara Friis, com a intenção de lhe contar a história de Ravn. Imaginamos que sua esperança fosse lucrar com isso. Só que, desta vez, ele diria que tinha surrado o homem por Henning.

Klara abriu a porta.

– O que você quer? – perguntou, ríspida, quando viu Herman ali parado. Na última vez que a visitara, as intenções dele não tinham sido boas.

– Tenho notícias de Henning – ele disse.

Ela escutou a história em silêncio. Ficou pálida quando ele lhe informou que tinha notícias de Henning; agora, estava ruborizada, enquanto ele ficava lá se gabando de ter surrado o homem que afundou o *Hidra*. Quando concluiu, dizendo que o tinha enfrentado em nome de Henning, o rosto dela voltou a empalidecer e sua boca se transformou em uma linha fina. Pôs-se a olhar fixamente para ele, com os olhos apertados. Completamente incapaz de interpretar a expressão dela, Herman ficou um tempo sem saber o que fazer.

– Talvez desaprove brigas, senhora Friis? – O jeito dele, de repente, ficou muito formal. Ela continuava sem falar. Ele se ajeitou na cadeira e se arrependeu de ter ido até lá.

Finalmente, Klara rompeu o silêncio.

– Gostaria que me acompanhasse até Copenhague – disse.

A essa altura, Klara Friis tinha contratado uma aia que cuidava das crianças em sua ausência. Ela estivera na loja I. C. Jensen e encomendara tapetes novos, e consultara Rosenbæk, o carpinteiro, para fazer uma cama nova, adequada à sua situação de viúva. Andava plena de energia, mas ninguém sabia o que planejava fazer, além de reorganizar sua vida para se adequar às novas circunstâncias financeiras.

Não revelou nada a Herman enquanto estavam na balsa. O homem não esperava que ela fosse se abrir com ele, e não tinha especulado a respeito do que a viagem a Copenhague pudesse significar. Quando lhe pediu que a acompanhasse, ele não sentiu nenhuma promessa definida no horizonte; assim, foi por pura curiosidade que tinha concordado. Estava em busca de novas oportunidades na vida, e apesar de não ser capaz de determinar a natureza dessa expedição, sentiu que guardava possibilidades.

– O senhor conhece os homens do dinheiro em Copenhague, senhor Frandsen – ela lhe disse.

Dirigia-se com formalidade a ele, que preferia que fosse assim. Isso estabelecia um tom profissional entre os dois, e Herman estava disposto a fazer negócio.

– Quero que me apresente a eles.

Ele ficou olhando fixo para ela. Seria burra, ou apenas ingênua até não poder mais? Estaria pedindo para, praticamente, ser roubada? Ele nunca tinha pensado muito na inteligência de Klara Friis, mas não havia razão para achar que fosse uma tola. Seria isso um teste?

Herman resolveu ser sincero com ela, e isso, por sua vez, exigiu um raro momento de honestidade consigo mesmo.

– Está se referindo a Henckel? Mas ele era uma fraude. Certamente, sabe que está preso, não?

– Sei muito bem disso. Mas deve ter conhecido outros. Já esteve na Bolsa de Valores. Preciso falar com alguém que entenda de finanças.

– Está falando de gente como o Negro Brutamontes, ou o Calçada Rolante? Tenho a impressão de que são farinha do mesmo saco que Henckel. Se valoriza seu dinheiro, não deve confiar nenhuma quantia a eles.

– Não podem ser todos fraudadores.

– Possivelmente, não. Mas é difícil, para pessoas normais como nós, saber a diferença.

Herman baixou os olhos para as mãos grandes. Por um momento, escutou a própria voz. Soava humilde. Não estava acostumado a falar assim. Falou a respeito da própria derrota de maneira sincera, até arrependida. Quem poderia dizer se era falsidade ou não? Ele era a estrela cadente que tinha se chocado com o solo e se arrependido, e aprendido com os erros.

– Eu me tornei mais sábio desde que me permiti ser roubado – proclamou. Por que, simplesmente, não deixa o dinheiro onde está? Imagino que esteja bem investido.

– Não compreende – ela respondeu. – Tenho outros planos.

Mas, quando chegaram à Estação Central de Copenhague, a confiança a tinha abandonado. Pegou no braço de Herman como uma criança que se agarra à mão do pai, apavorada por medo de se perder na multidão. Ele havia sentido esse medo quando embarcaram no trem em Korsør: ela erguera a cabeça, em uma pose orgulhosa, quando pisara no degrau para subir no vagão, mas pareceu depois percorrida por um calafrio, demonstrando um medo selvagem que era incapaz de controlar. Klara tinha se sentado bem ereta no assento à frente dele e evitado olhar pela janela. Depois, quando passaram por Slagelse, ela saíra de seu transe em um estalo e voltara-se para olhar a paisagem, mas precisara fechar os olhos em seguida. Durante a maior parte da vida, a única paisagem que vira foram as campinas planas de Birkholm. Para ela, Marstal era "a cidade". Mas dava para colocar toda a área de comércio, a igreja e a rua do comércio sob o teto abobadado da Estação Central de Copenhague, cujo burburinho de viajantes incontáveis se avolumava em um ruidoso e clamoroso eco.

O primeiro lugar a que ele a levou foi o saguão da Bolsa de Valores. Escolheu o fim da tarde de propósito, quando os preços do dia já estavam definidos e o circo brutal conhecido como período pós-pregão tinha começado. A intenção dele era bem simples: assustá-la. Descobriu em si mesmo um instinto de proteção; se tivesse o mínimo interesse pela própria psicologia, poderia ter descrito isso como altruísmo. Não havia necessidade de alguém enganá-la e tirar-lhe o dinheiro, como acontecera com ele. Como não tinha conseguido demovê-la de seus planos vagos, que ela estava tão determinada a realizar, ele usaria a força do exemplo para desencorajá-la.

No meio do saguão, havia uma área isolada por uma corda, que se parecia com um ringue de boxe. Dentro dele, os corretores vociferavam suas ofertas, todos ao mesmo tempo.

De um lado do saguão, um homem com um gingado estranho, sacudido, veio andando na direção deles. Evitando o balanço de seus ombros angulosos, a multidão abriu-se para deixá-lo passar. Ele parecia um velho marinheiro tentando manter o equilíbrio em um navio, em meio a uma tempestade; seus colegas, que nunca tinham estado em um convés, chamavam-no de Calçada Rolante.

Ergueu o chapéu-coco quando avistou Herman. Eram velhos conhecidos. Herman retribuiu o cumprimento com um sorriso convidativo, e, no mesmo instante, o homem se aproximou dele e de Klara.

– Ajax Hammerfeldt – apresentou-se, e tomou a mão de Klara com um gesto elegante; apertou os lábios e plantou um beijo nela.

O cumprimento nada familiar a sobressaltou. Ela baixou os olhos e corou, e se esqueceu de se apresentar. Então Herman fez isso por ela, e completou:

– A senhora Friis acaba de herdar uma fortuna considerável. Está precisando de bons conselhos.

– Então veio ao homem certo, minha cara senhora Friis – o Calçada Rolante disse, e ergueu o chapéu pela segunda vez, como se estivessem prestes a se conhecer muito bem. Ele lançou uma olhadela para Herman, a fim de confirmar o consentimento do colega para o que estava prestes a acontecer: como não houve reação, tomou a atitude como consentimento e prosseguiu.

– A indústria da navegação está gozando de enorme progresso – disse. – Já ouviu falar do navio sem chaminé, senhora Friis?

Klara negou com a cabeça, acabrunhada.

– O vapor é o sucessor do veleiro. Mas o navio sem chaminé vai substituir o vapor. Esse é o futuro, e a senhora tem oportunidade de estar entre as primeiras pessoas a investir dinheiro nele. A senhora é jovem. – Aqui, lançou-lhe um olhar lisonjeiro; então completou, com um tom que sugeria que agora estava apresentando seu argumento decisivo: – E o futuro pertence à nossa juventude.

Herman olhava de um para o outro. Só podia admirar o Calçada Rolante. Ele, certamente, conhecia seu ramo, ainda que fosse o das trapaças, vendendo uma mistura fraudulenta de verdades e mentiras. Navio sem chaminé! Parecia algo inventado, mas não era: um navio com motor movido a diesel, o *Zelândia*, tinha sido lançado pelo estaleiro B&W alguns dias antes. E ele seria, sem dúvida, o sucessor do vapor. Ficou esperando pacientemente que Hammerfeldt continuasse. A parte verdadeira tinha sido transmitida. Agora, chegara a hora das mentiras.

– Estaleiro Kalundborg – o Calçada Rolante disse. – É lá que o navio do futuro será lançado. As ações acabaram de ser emitidas. A última vai ser vendida antes de o dia terminar. O negócio é malhar o ferro enquanto está quente, não concorda, marinheiro? – Deu uma piscadela para Herman, que ainda considerava seu cúmplice.

Klara parecia estupefata, como se não fosse capaz de acreditar nos próprios ouvidos.

– Estaleiro Kalundborg! Mas essa é a empresa do senhor Henckel, não é? Ele está preso! – Apelou a Herman, que assentiu.

– Sim – ele disse. – Está correta.

Os dois se voltaram para o Calçada Rolante. Mas o mascate, cheio de certeza das riquezas futuras, já tinha desaparecido no meio da multidão ululante.

Klara Friis havia aprendido a lição.

Atravessaram a ponte da Bolsa de Valores e prosseguiram por Slotsholmen. O cais estava lotado de vida: estivadores ocupados em descarregar cheirosas cargas de madeira recém-cortada de embarcações finlandesas de três e de dois mastros. Herman deu uma olhada nela. A ansiedade tinha retornado ao rosto de Klara.

A única intenção dele tinha sido abrir um pouco seus olhos, mas agora parecia que ela tinha perdido a coragem. Essa não fora a ideia dele, apesar de ficar se perguntando qual seria, de fato, a verdadeira motivação da mulher. O que ela realmente queria ali?

Atravessaram a praça, na esquina da Holbergsgade com a Havnegade. Ela ergueu os olhos para a enorme estátua de bronze do herói naval, cujos braços estendidos pareciam dirigir o tráfego.

– Esse é Niels Juel – ele disse.

– Igual ao nosso?

Marstal era a medida dela para tudo; por isso, provavelmente, estava pensando no Niels Juelsgade de Marstal. Talvez até acreditasse que essa estátua tinha esse nome por causa de uma rua em seu próprio buraco do mundo. Não havia estátuas em Marstal, apenas a pedra que o capitão Madsen tinha erguido em nome da camaradagem. Agora, Klara poderia comparar os dois monumentos e adquirir uma noção realista da verdadeira estatura de seu benfeitor. Copenhague era o mundo real. Ali, as pessoas não arrastavam pedregulhos velhos para fora do mar e os enfiavam em algum lugar, com algumas linhas entalhadas no granito. Ali, as pessoas pensavam grande e construíam grande.

De repente, Herman teve uma ideia. Apontou para um prédio de aparência estrangeira na esquina. Tinha janelas altas e estreitas, com arcos orientais pontudos, e seu telhado colocava-se acima como uma tampa prestes a escorregar para a rua. Um par de degraus levava a uma porta de madeira sólida, incrustada em paredes de um metro de espessura. Era uma casa que parecia dar as costas para o resto da cidade.

– O homem que mora ali poderia lhe dar alguns bons conselhos.

Klara olhou para Herman sem entender nada. Então, virou a cabeça e examinou com atenção a construção cor de areia.

– Quem é ele? – perguntou.

– É um homem completamente comum. Seu nome é Markussen. Já foi um marinheiro experiente. Hoje, é amigo do rei. Há quem diga que a palavra dele é mais forte do que a de Sua Majestade. Markussen vai ajudá-la.

Atravessaram a praça e pararam na frente da entrada. Ela ergueu os olhos para a fachada. "Corporação do Extremo Oriente da Ásia", dizia a placa de latão ao lado da porta.

– É uma casa grande.

– Não menor do que as casas que ele tem em Vladivostok e em Bangkok.

– Será que devo mesmo entrar? – ela perguntou.

Herman assentiu, para incentivá-la, mas já estava arrependido da ideia extravagante. Que não passava disso, afinal de contas. Ele tinha se sentido magnânimo quando saíram da Bolsa de Valores. Então vira a sensação de derrota se espalhar pelo rosto dela e se sentira obrigado a fazer algo mais, a animá-la. Magnanimidade era um sentimento novo e nada familiar para ele. Contente com a sensação, quis se refestelar no sol do altruísmo mais um pouco. Mas isso era absolutamente ridículo. Se estava decepcionada antes, sua decepção apenas iria se aprofundar com a rejeição que a aguardava. Amaldiçoou a si mesmo. Desgraça, que vá tudo para o inferno! Ele nunca deveria ter acompanhado Klara Friis a essa missão condenada a Copenhague; em um momento de fraqueza, mais uma vez tinha cedido à tentação de parecer importante.

– Vou esperar pela senhora aqui – disse, e deu um sorriso alegre.

Isto não vai demorar, pensou consigo mesmo quando ela desapareceu atrás da porta pesada. Mas o tempo passou, e Klara não saiu do prédio. Herman começou a andar de um lado para outro na calçada. Por que não disseram a ela que se retirasse? Subiu os degraus e abriu a pesada porta. Um homem de uniforme bloqueou-lhe o caminho e lhe perguntou o que queria ali. Herman foi pego de surpresa; não tinha preparado uma resposta. Olhou por cima do ombro do porteiro, mas não havia sinal de Klara no amplo saguão. O homem, mais uma vez, exigiu que ele se justificasse por sua intrusão. Herman deu de ombros e desceu os degraus.

Uma hora mais tarde, ela ressurgiu.

– Vou me reunir com o comissário mais uma vez hoje à noite – disse. O rosto de Herman se transformou em um grande ponto de interrogação. – Markussen, quero dizer. Ele me deu alguns conselhos excelentes. Gostaria de agradecer-lhe muito por sua ajuda, Herman.

Seu queixo caiu. O tom de voz dela mudara. Tinha voltado a chamá-lo por seu prenome. Antes, dirigira-se a ele, por um curto tempo, como senhor Frandsen, e ele havia tomado isso como sinal de respeito. Mas, depois de sua curta audiência com Markussen, passara ao nível de um servente.

Ela tirou a carteira da bolsa.

– Estou felicíssima por ter me trazido aqui – Klara disse. – Quero lhe oferecer algo pelo incômodo.

De lá, saiu uma nota de cem coroas. Seu impulso inicial foi rejeitar o dinheiro. O que ela achava que ele era? Será que achava que não tinha nenhum orgulho?

Então, reconsiderou. Ele tinha-lhe feito um favor, afinal de contas. E desperdiçado o próprio tempo. Cem coroas não era algo a se desprezar. Ele precisava se embriagar. Um pouco de ação no colchão também não seria nada mau. As boas razões para aceitar o dinheiro empilharam-se, até fazerem a balança equilibrar-se. Esqueceu seu precioso orgulho e enfiou a nota no bolso interno do paletó, mas não agradeceu.

– Então, sobre o que conversou com Markussen? – perguntou com despreocupação forçada.

– O comissário acha que a nossa conversa deve permanecer em sigilo.

Klara Friis pronunciou a última palavra devagar e com cuidado, como se quisesse se assegurar de que Herman iria captar cada sílaba. Além do mais, a expressão "em sigilo" era nitidamente nova para ela. Então, pela primeira vez, ela sorriu.

Quando entrara no prédio, Klara tinha achado o interior tão proibitivo quanto o exterior. A pesada porta mal tinha se fechado quando um homem uniformizado bloqueou seu caminho, como que para informá-la de que confundira a porta da frente com a entrada de serviço. Sentira, imediatamente, que não iria passar dali.

Um homem baixinho, com um chapéu de seda preta, foi até ela e perguntou com educação se poderia ajudar.

Era Markussen.

Ela tinha ficado terrivelmente confusa. Quando mencionou o nome de Albert e sua herança, a expressão dele mudou de educada a impaciente. Era magro, com sobrancelhas brancas e um bigode branco bem aparado. Seus traços eram pronunciados; com nariz saliente e queixo firme, mas havia uma melancolia em seu rosto que era testemunha dos primeiros golpes da idade avançada. O olhar dele se tornara inquisitivo. O porteiro voltou a se aproximar, como se estivesse esperando o sinal para acompanhá-la até a porta.

O pior é que Klara parecia incapaz de domar o próprio nervosismo e se retirar por conta própria, preservando assim o último vestígio de dignidade. Em vez disso, foi remexendo cada vez mais fundo em sua história, que não era tanto uma história quanto um monte de informações que se derramavam, em desordem. Analisando bem, não tinha nada a fazer ali. Só precisava de alguém para escutá-la.

De repente, a expressão de seu interlocutor mudou. Tempos depois, ela nunca conseguiu descrever a expressão que apareceu em seu rosto, apesar de sempre ter tentado, porque achava que aquilo continha a chave para muito mais do que o próprio Markussen. Uma curiosidade despertada de repente? Sim, havia um pouco disso. Escuridão, dor, saudade e arrependimento? Talvez.

De toda forma, a impaciência dele evaporou-se de maneira repentina e ligeira. Inclinou-se para perto dela e olhou com atenção dentro de seus olhos, com uma intensidade que a assustou. Ela parou de falar. O que será que eu falei?, ficou se perguntando. Por que ele está me olhando assim?

Então Markussen a pegou pela mão.

– Venha – foi tudo o que disse.

Tomaram o elevador para o escritório dele, no terceiro andar. Foi a primeira vez que ela entrou em um desses. Quando o piso balançou sob seus pés, sua mão estremeceu na dele.

Markussen pediu a uma secretária que telefonasse para cancelar a reunião à qual se dirigia. Ainda segurava a mão de Klara, como se tivesse medo de que ela fosse desaparecer como que por magia se não a segurasse com força.

Fez um gesto indicando o interior do escritório.

– Não quero ser incomodado – avisou a secretária.

Puxou uma cadeira para que ela se sentasse e se acomodou na frente dela, a uma escrivaninha grande de madeira escura. Pela janela, Klara via a estátua de Niels Juel logo abaixo.

– O acaso é uma força estranha – ele disse, e acariciou o bigode branco. – Veio até mim por razões que não me pareceram nada claras, e eu estava prestes a pedir que se retirasse. Mas, na realidade, a senhora e eu temos mais coisas em comum do que pode imaginar.

– Foi algo que eu disse? – ela balbuciou, e baixou os olhos.

– Foi isso, sim. Mas talvez não saiba o quê, certo?

Ela meneou a cabeça. Mais uma vez, sentiu-se inadequada.

– Compreendo que tem alguns documentos que gostaria de me mostrar. Vamos dar conta disto primeiro.

Ele estendeu a mão. Obediente, ela remexeu na grande bolsa de lona encerada e entregou-lhe o envelope que continha o testamento de Albert, juntamente com as escrituras relevantes e os certificados de ações.

Markussen passou um tempo debruçado por cima dos documentos, olhando para Klara com ar crítico de vez em quando. Ela permanecia calada. Finalmente, ele juntou os papéis em uma pilha sobre a mesa.

– É como pensei – disse. – A empresa de navegação é apenas a ponta do *iceberg*. A verdadeira fortuna está investida em latifúndios no sudeste da Ásia e em indústrias em Xangai. A senhora é uma mulher rica. Não tão rica quanto eu. Mas, ainda assim, rica. Seus bens na Ásia, de fato, constituem uma espécie de empresa paralela à minha. Não é tão estranho quanto pode parecer. A mesma pessoa criou ambas as fortunas, veja bem.

Ela o fitou, estupefata.

– A senhora mesma mencionou o nome dela. Estou falando de Cheng Sumei. Compreendo que era amante de Albert Madsen. Também já foi minha. Ela não era mulher de deixar seus homens de mãos vazias.

Juntou as mãos sobre a mesa. Por um momento, pareceu perdido em devaneios. O olhar dele se anuviou.

– Durante muitos anos, eu não soube o que aconteceu com ela – murmurou. Então saiu do transe e olhou para Klara com energia renovada. – Agora, fale-me sobre seus planos.

Ela nunca os tinha descrito completamente para ninguém e, conforme o fazia, não sabia muito bem como iriam soar a um desconhecido. Sentiu que estava saindo de uma concha de solidão em que estivera aprisionada havia meses. Quando o fluxo de palavras finalmente arrefeceu, ele passou um longo tempo em silêncio.

– Já ouviu falar de Xerxes, o rei da Pérsia? – finalmente perguntou. – Xerxes enfiou na cabeça que ia castigar o mar, porque uma tempestade repentina se ergueu e destruiu sua frota antes de uma batalha decisiva contra os gregos. O método dele foi um tanto fora do comum. Mandou açoitar o mar com correntes de ferro. Eu diria que a senhora é uma sucessora de Xerxes nos dias de hoje. – Olhou para Klara, mas ela não reagiu. O que dissera não tinha surtido o menor efeito sobre a mulher. – Espero que compreenda que seus planos terão consequências fatais para sua cidadezinha.

– Ao contrário – ela disse, depois de reunir toda a sua coragem. – Minha intenção é salvá-la.

Naquela mesma noite, jantou com Markussen em uma suíte que ele mantinha à sua disposição no Hotel D'Angleterre. Costumava se reunir ali com parceiros de negócios e promover reuniões importantes. Nessa noite, a suíte ficou reservada para a história de Cheng Sumei.

– As mulheres se consideram conciliadoras – ele disse. – São sempre diplomáticas: não por natureza, mas por necessidade. As mulheres precisam de uma pegada leve. Cheng Sumei também. Mas só até ter descoberto sua verdadeira missão. Então, passou a ter uma pegada firme como o aço.

Enquanto ele falava, Klara compreendeu, instintivamente, que ele estava fazendo uma confidência que nunca tinha revelado a outro ser humano. Era igual a ela. Também incapaz de abrir o coração, fazia-o apenas para desconhecidos. Ela e Markussen precisavam um do outro.

Ele tinha conhecido Cheng Sumei em Xangai. Estava tentando penetrar no mercado chinês, mas, como tinha muito pouca experiência e nenhuma capacidade de arcar com as perdas que um iniciante inevitavelmente sofre, estava indo mal.

O histórico de Cheng Sumei lhe parecera incomum, por ser ele dinamarquês. Mas, na verdade, na época, não era extraordinário conhecer uma mulher como ela em uma cidade como Xangai. Cheng ficara órfã com pouca idade e sobrevivera na rua, com a venda de flores. E não eram apenas flores que vendia. Mas não foi assim que cruzara com ela. Ela fora adotada por um negociante judeu benevolente de Bagdá, um tal senhor Silas Hardoon, que, quase literalmente, tirava moleques da sarjeta e lhes oferecia um lar, educação e estudo, ensinando-lhes as éticas inglesa, hebraica e confuciana. Ele tinha morrido relativamente novo e deixado alguma herança para cada um de seus doze filhos adotivos. Esse dinheiro tinha permitido a Cheng comprar participação em um estabelecimento de sucesso, o Salão de Baile Santa Ana. Markussen a tinha conhecido em uma festa ali. Ao avistar o convidado estrangeiro, que, obviamente, sentia-se um forasteiro, ela o abordara.

Sua beleza era bastante óbvia, mas fora a inteligência que o atraiu, mais do que as curvas perfeitas do rosto. Só falaram de negócios.

– Eu só sei falar disso – Markussen completou, acanhado.

Klara Friis percebera que não era a primeira vez que ele usava essa frase.

Ele tinha ido à China para "cortar o bolo", o termo usado para a iniciativa estrangeira naquele tempo. Mas outros já haviam cortado antes dele, e descobrira que ingleses, franceses, norte-americanos e até noruegueses estavam em posição bem mais favorável do que dinamarqueses sem conexões. Até que se dera bem, sob tais circunstâncias. Estabelecera-se no centro de negócios, administrando navios que navegavam pelo litoral, construindo armazéns e fundando um estaleiro. Mas ainda não tinha lucrado nada.

– Encha seus armazéns – Cheng Sumei disse.

Ele a olhou, sem entender nada. Com o quê? Mais bens que ele não poderia fazer circular?

Ela meneou a cabeça e deu risada.

– Faça isso só no papel, *lao-yeh*. Encha os armazéns, mas só no livro-caixa.

– E se as pessoas descobrirem que eu as fraudei?

– Encha sua diretoria com figurões da nata da sociedade. Assim, ninguém vai saber. Esse é o jeitinho de Xangai, *lao-yeh*.

Quando essa crise terminara, ela sugerira que ele mudasse as atividades de sua empresa de navegação para Porto Artur. Era ali, não em Xangai, que os expansionistas russos tinham suas sedes operacionais.

– Mas há uma guerra por vir.

Ele era bem informado sobre política: tinha de ser. E ouvira o ministro do Interior russo dizer que as baionetas, não os diplomatas, é que fariam da Rússia um grande país. A questão de quem tinha o direito de saquear o gigante indefeso que era a China seria decidida por meio de armas, e Markussen não tinha dúvidas sobre quem iria vencer.

– Exatamente – Cheng Sumei dissera. – Mas chegará um tempo, depois da guerra, em que você vai poder se aproveitar disso.

A guerra viera, e Porto Artur foi cercado. Seguindo o conselho dela, ele permanecera lá, em vez de retirar os funcionários e vender as empresas. Será que Markussen seria capaz de aguentar a perda, se a cidade fosse dominada? Tinha sido, e, em vez de perda, colhera uma recompensa inesperada: soldados russos e refugiados foram evacuados a bordo de seus navios, e ele foi muito bem pago para isso. Sua frota também transportou materiais de guerra para lutar contra os russos quando a frota japonesa bloqueou Vladivostok; precisavam de navios de aparência neutra que fossem carregados e descarregados sem levantar suspeitas, e cuja carga pudesse viajar até as fortificações russas próximas a Nikolaievsk, na boca do rio Amur.

– Aprendeu a lição agora? – Cheng Sumei lhe perguntara.

Ela fizera a pergunta de brincadeira. Mas, como sempre era o caso, também tinha seu fundo de verdade.

– Escute sua mocinha sampana. Você se deu bem em Porto Artur exatamente pela mesma razão que se deu mal em Xangai, *lao-yeh*. Não obteve sucesso em Xangai porque os poderosos já tinham cortado o bolo. Não tinha sobrado nada para um dinamarquezinho. Um homem de negócios inglês, ou francês, ou americano, pode sempre apoiar suas alegações com navios de guerra. Um dinamarquês, não. Mas é por isso que é bem-vindo em alguns lugares. Ninguém desconfia de que tem navios de guerra para dar apoio à sua frota mercante. Por ser dinamarquês, as únicas coisas que você tem são a pegada suave e o toque leve. Há vários lugares no mundo em que o convidado que estende a mão desarmada é muito bem-vindo. Um homem de um país pequeno e fraco é como se não tivesse pátria. Basta acenar com a bandeira dinamarquesa. Não vão ver uma cruz branca contra um fundo vermelho como estandarte de Cruzada; vão enxergar apenas um pano branco. Então, incuta em si mesmo essa inocência, *lao-yeh*.

Ele não se ofendera. Não era patriota. Sua lealdade era para com os livros-caixa, mesmo que fossem fraudados, e reconheceu a sabedoria do que ela tinha dito. Usara a cidadania dinamarquesa para sinalizar que era inofensivo, antes de atacar. Adquirira a pegada suave e o toque leve de uma mulher.

– Então, por que se separaram? – Klara perguntou.

A confiança entre eles já os tinha colocado sob termos mais familiares, sem que nenhum dos dois pensasse sobre o assunto.

– Um dia eu lhe conto. Mas não agora. Contei essa história porque quero que aprenda algo com ela: não a meu respeito, mas sobre como são as coisas quando uma mulher administra um negócio. Tenho dois filhos e uma filha, e ela é a única que puxou a mim. Meus filhos são completos inúteis. Se eu deixasse os negócios para eles, iriam afundar imediatamente. Minha filha é quem tem talento... mas seu gênero a prejudica. Então, apesar de ser ela que se transformará na verdadeira chefe da companhia inteira, trabalhará atrás de um testa de ferro. Nunca terá reconhecimento por suas vitórias. Essa será a tragédia dela. Operará por meio de engodos, o que, por sua vez, será sua força. A senhora deve fazer o mesmo. A partir de agora, considere-se uma vigarista.

Klara Friis retornou a Marstal e lá encontrou uma nova e inesperada aliada.

A morte.

A gripe espanhola tinha chegado e estava causando estrago na população, assim como em todo lugar. Essa gripe era diferente daquela do mar, que só levava os homens. Essa levava todo mundo, mas com muita graça, já que as pessoas morriam na cama, e deixava-nos túmulos para visitarmos depois.

O pastor Abildgaard fazia visitas, conversava com as pessoas que tinham sofrido perdas e conduzia todas as cerimônias ao pé do túmulo. A gripe não o assustou como a guerra. O cemitério adquiriu novas lápides e flores, que precisavam ser regadas todos os domingos à tarde: os enlutados iam até lá e balbuciavam aos mortos e, de vez em quando, soluçavam, mas, se erguessem os olhos e avistassem um vizinho no túmulo ao lado, logo davam início a uma conversa animada sobre os últimos acontecimentos. Esquecendo-se de onde estavam, as crianças corriam por todos os lados, fazendo barulho, pelos caminhos recém-limpos, até que alguém lhes desse uma bronca.

Apesar de ter sido difícil para quem havia sofrido perdas, assim era a vida. Tínhamos de erguer a cabeça e aceitar. Ninguém perdia o controle e vociferava contra as forças celestiais, nem mesmo contra as terrenas. "Vamos levando. É necessário", respondíamos, quando nos encontrávamos e perguntávamos uns aos outros como estávamos.

Apesar de a gripe espanhola ter atacado sem olhar idade, nem gênero, e de não fazer distinção entre ricos e pobres, pareceu dar atenção especial à família do Fazendeiro Sofus. Sofus Boye tinha morrido muitos anos antes, mas sua empresa de navegação continuava nas mãos dos descendentes.

No ano seguinte à falência de Henckel, havia sido inaugurado um novo estaleiro de barcos de aço mais ao norte do porto. Cada vez que ouvíamos o estrondo de martelos transformando riachinhos em brasa em um casco de aço, o mesmo pensamento passava por nossa mente: Ainda somos capazes. A família Boye, da cidade, tinha criado esse estaleiro. Ao passo que tudo o mais, nesses últimos anos, havia se mostrado fugidio, ou fadado ao fracasso, o que criamos nós mesmos perseverou. Assim como o quebra-mar que protegia o porto, construíamos coisas duradouras.

No entanto, Poul Victor Boye, o diretor do estaleiro, não durou. Era um homem alto e digno, com uma barba ondulada que ia até o peito. Carpinteiro de navios e engenheiro naval qualificado, ele tinha sido igualmente capaz no escritório e no tarolo, no qual sempre colocava a mão na massa se o estaleiro estivesse atrasado com uma encomenda. Mas a gripe chegou, com seu sopro doentio, e apagou sua luz.

Um mês depois, as duas irmãs dele, Emma e Johanne, deram adeus aos maridos: ambos homens sólidos e sensatos, que tinham gerenciado a empresa de navegação Boye em conjunto. Conseguiram manter precário equilíbrio nos livros-caixa nos tempos da guerra; haviam perdido homens e navios, mas nunca dinheiro, e quando, mais tarde, acharam que tinha chegado a hora de promover a grande mudança das velas para o vapor estavam prontos para ajudar a lançar o futuro.

Mas a gripe tinha outros planos.

Pela segunda vez e, depois, a terceira, metade da cidade acompanhou um caixão da família Boye até Ommelsvejen. Aqueles que morriam em casa, e não no mar, precisavam receber certa pompa: de acordo com a antiga tradição, a procissão do enterro era conduzida por meninas que espalhavam folhagens sobre o calçamento de pedra, a fim de preparar o caminho do falecido até o paraíso. Depois, vinha o rabecão, puxado por um cavalo negro.

Com semanas de intervalo, um por um, os herdeiros do Fazendeiro Sofus foram enterrados para descanso eterno. Na primeira vez, não achamos que algo importante estivesse acontecendo, mas, na terceira, percebemos que tínhamos enterrado muito mais do que apenas três homens.

– Bom, o capitão e os dois contramestres se foram – Petersen, o pedreiro, disse, enquanto coçava o pescoço com o quepe achatado que raramente lhe saía da cabeça. – Então, agora só sobraram marinheiros experientes.

Chamávamos Petersen de Colecionador de Mortos, porque, sempre que alguém morria, esculpia uma pequena estatueta de madeira da pessoa. Ele sempre nos avaliava sob a aba daquele quepe: não exatamente da mesma maneira que um agente funerário, mas quase. Assim que um homem era enterrado, o bonequinho dele aparecia em uma prateleira na oficina do Colecionador, que ficava bem diante do cemitério; era uma localização conveniente para ele e seus clientes, já que as pedras reluzentes, com suas cruzes, suas pombas, seus anjos e suas âncoras entalhadas, não precisavam ir longe. A oficina do Colecionador era o cemitério em miniatura, só que, ali, era possível ver os mortos em si, em vez de seus túmulos. O Colecionador nunca oferecia os entalhes aos parentes: quando perguntávamos por que, respondia que não queria ofender ninguém.

Os bonequinhos de madeira sempre se assemelhavam aos modelos, mas de maneira rude. Em suas mãos, um nariz grande ficava enorme, costas encurvadas se tornavam corcundas acentuadas, e aqueles que tinham pernas arqueadas pareciam carregar um barril invisível entre os joelhos. Quase todos os mortos tinham apelidos, e o Colecionador os captava com toda a ênfase. Com um sorriso inocente, dizia que isso se devia à pura falta de habilidade, e não à má intenção; que seus bonequinhos tinham peculiaridades levemente exageradas.

– Tenham paciência comigo – dizia. – Isso é o melhor que posso fazer.

O Colecionador ficou muito ocupado durante a epidemia de gripe. Durante o dia, entalhava e polia lápides; já à noite, com o cachimbo na boca, entalhava a madeira. Mais e mais bonecos apareceram em sua prateleira.

– Quem vai conduzir o navio agora? – perguntou ao capitão Ludvigsen. O capitão, que tinha o apelido de Comandante, fora até lá para encomendar uma lápide para a esposa. Respondendo à própria pergunta, prosseguiu. – As mulheres. Espere só para ver. Fique de olho em Klara Friis. Escreva minhas palavras. As mulheres vão assumir o controle.

Ludvigsen meneou a cabeça.

– As mulheres não sabem nada a respeito de negócios.

– Eu não disse que sabem. Só disse que, agora, elas estão no comando.

À noite, quando estava sozinho, Knud Erik chorava. Não podia fazer isso na frente da mãe. Afinal de contas, era o homenzinho dela. E homens, tanto grandes quanto pequenos, não choram na frente de mulheres. Quando Albert morrera, Knud Erik tinha se segurado, em consideração às lágrimas da mãe. Tinha sido ele a confortá-la em seu segundo luto. Ele era o homem a seu lado, cujo trabalho era aparar suas preocupações e seu pesar. Isso podia fazer: tinha se preparado para tanto. E os olhos vermelhos e o rosto sem alegria da mãe sempre confirmavam que Knud Erik era indispensável. Era o único que a compreendia, o único que a escutava com tanta atenção.

Um dia, pousou a mão no braço dela quando estava parada, olhando para o nada.

– Mãe, está triste? – perguntou, com o convite de sempre na voz. Ela poderia fazer confidências a seu homenzinho.

O luto de Klara era um fardo tão grande que ele quase desabou sob seu peso, mas não podia largá-lo. Com esse fardo nos ombros, era alguém. Sem isso, não sabia se seria ao menos visível, no que correspondia a ela.

– Não, não estou triste – a mãe respondera. – Deixe-me sozinha por um tempo. Estou pensando.

Ele começou a brincar com Edith.

– Onde está o papai? Onde está o homem? – ela perguntou.

Mas, na verdade, não estava interessada na resposta. Ficara muito pouco com Albert. “Papai” era só uma palavra para ela: provavelmente, achava que fosse o nome de Albert. Era apenas uma criança.

O próprio Knud Erik já não sabia mais o que ele mesmo era. Agora mesmo, a mãe tinha recebido sua oferta de consolo com um olhar vazio. Isso era novidade para ele. Será que o pacto entre os dois se dissolvera? Será que não era mais seu homenzinho? Se não fosse, o que seria, então?

Quando era muito pequeno, Knud Erik tinha aprendido que o mundo era capaz de desaparecer e reaparecer sozinho. Uma persiana era puxada para baixo, e tudo desaparecia na escuridão. Então, algumas horas depois, voltava a subir com um estalo, e o mundo retornava. A brilhante tela azul do dia dava lugar ao pretume da noite, para voltar só na manhã seguinte.

A perda era a persiana que nunca mais rolava para cima. A perda era a noite que nunca terminava.

O pai dele tinha desaparecido na noite, mas, durante muito tempo, Knud Erik esperara que a persiana atrás da qual ele tinha desaparecido voltasse a subir com um estalo. Examinava o horizonte, em busca de um pedaço de barbante que pudesse puxar bem rápido, para que a persiana se enrolasse para cima e seu pai (um homem cujo rosto já havia se dissolvido em uma névoa) reaparecesse. Tentou repetidas vezes imaginar os traços do pai, sem nunca ter certeza se era o mesmo rosto da última vez, até que não sobrara nada além da palavra "pai". Ele tinha tido um, no passado. A certeza era como uma lacuna em sua mente, um ponto branco na tela da memória.

Agora, ele precisava superar a morte de Albert.

Lembrava-se dele por todas as coisas boas que tinham acontecido. Eles haviam sido colegas, amigos, mais. Albert era um universo inteiro que o envolvia com braços fortes o bastante para protegê-lo de tudo. E ele sabia que o homem idoso o tinha amado, apesar de nunca ter dito isso em voz alta.

Na morte, Albert iria ajudá-lo uma última vez.

Com o cabelo ruivo, corpo anguloso e sardas cor de ferrugem salpicadas, Anton era uma figura tão transbordante de espírito de luta que meninos bem maiores abriam caminho para ele, com todo o respeito. Anton tinha uma gaivota meio domesticada chamada Tordenskjold, em uma apertada gaiola de bambu no jardim dos pais, e, se você quisesse estar de bem com ele, colocava um arenque no bico faminto de Tordenskjold. Encontrara a gaivota quando era filhote, no cabo de Langholms, para onde remava todos os dias na primavera, a fim de roubar os ninhos de ovos das gaivotas, que ele vendia para Tønnesen, o padeiro do sul. Este, por sua vez, os colocava nos bolos "piquenique" e nos biscoitos de baunilha, e isso lhe valera o apelido de Padeiro Gaivota.

O apelido do próprio Anton era Terror de Marstal. Ele o tinha adquirido quando estourara a proteção de porcelana do alto de um poste de iluminação, com uma espingarda de ar comprimido, e deixara meia cidade às escuras. A espingarda, emprestada de um primo, normalmente era usada para atirar em pardais, para um camponês em Midtmarken, que lhe pagava quatro *øres* por ave. Quando o camponês jogava as aves mortas no monte de esterco, Anton simplesmente as recolhia e revendia a seu cliente crédulo, apresentando-as como recém-mortas; costumava vender as mesmas quatro ou cinco vezes. Como resultado, o camponês ficara com uma impressão exagerada do tamanho da população de pardais em seus campos.

Anton era de Møllevejen, do lado norte da cidade; Knud Erik, que agora morava na Prinsegade, pertencia ao lado sul.

A linha invisível que separava as duas metades de Marstal era algo que os meninos levavam muito a sério, como se fosse um fronte da recente guerra mundial. Duas facções, conhecidas como a Gangue do Norte e a Gangue do Sul, estavam envolvidas em uma guerra própria, infinita e implacável. Por direito, Knud Erik e Anton deveriam ter sido inimigos naturais. Mas, ao passo que Anton era membro respeitado do norte, Knud Erik, que ficava sozinho tanto no pátio da escola quanto nas ruas, quando ia para a aula e voltava, não se dera ao trabalho de se alistar.

Em um dia de primavera, quando o vento cortava a crista das ondas além do quebra-mar, Anton se colocou ao lado de Knud Erik a caminho de casa, depois da escola. Por conhecer a reputação de Anton, Knud Erik se preparou para um ataque encurvando os ombros: por não ser, ele próprio, briguento, não sabia que se colocar na defensiva poderia provocar exatamente a briga que tentava evitar.

– Fui eu que encontrei o capitão Madsen – Anton lhe anunciou.

Knud Erik tentou tornar-se ainda menor. De repente, desejou que o outro menino batesse logo nele e o deixasse em paz.

– Queria dizer a você que o achava um sujeito e tanto – o menino mais velho disse. – Morrer daquele jeito, com as botas calçadas, em pé. Eu queria morrer assim. – Knud Erik não sabia o que dizer, mas sua tensão começou a se dissolver. – Você o conhecia. Ele era igual a um avô para você, não era? – O tom dele não era de caçoada.

– Era – Knud Erik respondeu, hesitante. Fez uma pausa; então perguntou: – Como ele estava? – Queria saber se Albert tinha sofrido em suas horas finais. Se sim, talvez estivesse escrito em seu rosto. Ele tinha medo que a pergunta fizesse com que parecesse um maricas.

– Ele estava com a barba e o cabelo cobertos de geada. Aliás, a cabeça toda estava coberta. Estava bonito mesmo – Anton disse.

Knud Erik juntou toda a sua coragem.

– O que mais?

– Como assim? Ele parecia normal, acho. Estava morto, não estava?

Caminharam em silêncio durante um tempo. As nuvens que se juntavam acima da cabeça deles começaram a escurecer. Atravessaram a Markgade e cruzaram a área de comércio. Knud Erik logo estaria em casa, e Anton talvez nunca mais viesse a falar com ele. Queria conquistar a amizade do menino mais velho. Esforçou-se para pensar em algo interessante a dizer. Então, teve uma inspiração súbita.

– Já viu uma cabeça encolhida? – perguntou.

Knud Erik não tinha mais um homem adulto em sua vida. Mas agora tinha Anton, que adquirira experiência do mundo dos adultos por meio de seus incontáveis choques com ele. Anton conhecia esse terreno do mesmo jeito que um espião do exército conhece o acampamento do inimigo: tendo em vista sua captura.

Um dia, depois da aula, Anton caminhou com Knud Erik até sua casa na Prinsegade, sob o pretexto de visita, em seu papel secreto de observador que fora até lá para medir seu oponente.

A empregada, com avental engomado e cabelo preso para cima, recebeu os dois. Anton a olhou de cima a baixo, como se estivesse pensando em convidá-la para sair à noite, enquanto ela, por sua vez, olhou feio para os tamancos dele e deu uma ordem ríspida para que os removesse antes de entrar na sala de estar.

O comportamento de Anton na frente de Klara Friis foi exemplar. Com educação, respondeu às perguntas dela, relativas a seus pais e suas notas na escola, apesar de deixar de mencionar que sempre assinava pessoalmente o boletim mensal: de fato, a mãe dele nem sabia que tal coisa existia. Klara ficou impressionada pelo aluno-modelo cuja amizade seu filho tinha conquistado e que, obviamente, seria um excelente mentor para ele. Gostou de tudo em Anton, menos da impaciência de seus olhos, que examinavam a sala como se estivessem registrando cada objeto que continha. E suas pernas ficavam balançado para a frente e para trás sob a mesa. Na presença de mães, Anton, em geral, achava que a etiqueta de se manter imóvel exigia um esforço monumental.

Ela perguntou a respeito de seus planos para o futuro. Anton só tinha onze anos, mas em dois anos seria crismado e sairia da escola, de modo que era improvável que nunca tivesse pensado no assunto.

– Vou para o mar.

A resposta dele não revelou nem entusiasmo, nem relutância: apenas uma leve surpresa pelo fato de alguém se dar ao trabalho de fazer aquela pergunta.

– Knud Erik não vai para o mar. – Klara disse, em tom convicto, determinada a diferenciar seu filho dos amigos dele. Deveriam saber quem tinham entre si. Knud Erik estava destinado a outras coisas.

Anton rapidamente olhou da mãe para o filho e então por toda a sala. Mais uma vez, era como se estivesse fazendo uma lista dos bens. Isso a deixou constrangida.

– Ela é dura – Anton disse a Knud Erik, na próxima vez em que se encontraram. Parecia um técnico de boxe medindo o oponente de seu lutador. Ao ver a incapacidade de defesa no rosto do menino, colocou a mão em seu ombro. – Não se preocupe, elas são todas duras feito o inferno – ele disse, como que para reconfortá-lo. – Quer que você acabe no escritório de algum corretor de navios. Você vai usar colarinho engomado e ficar ridículo. De jeito nenhum, caramba.

– Não, de jeito nenhum, caramba. – Knud Erik hesitou ao repetir as palavras, tentando falar igual a Anton.

– Existe uma maneira infalível de evitar que isso aconteça – Anton o aconselhou. – Só precisa ir mal na escola.

Ir mal na escola é mais difícil do que se pode pensar. Knud Erik sentia a tentação infinita de levantar a mão quando sabia a resposta. Afinal de contas, tinha feito a lição de casa, e seu instinto era sempre ser um bom menino.

Knud Erik, que sempre estivera na média da classe, agora afundava deliberadamente para o nível mais baixo. Isso não afetou sua reputação entre os amigos, mas ele pagou o preço em castigo. A maioria das professoras era solteirona. Algumas eram gordas, outras eram magricelas, mas todas batiam, arranhavam, beliscavam e usavam de outros métodos para disciplinar os meninos, com uma energia que a gente jamais imaginaria que elas tivessem. A senhorita Junckersen puxava as orelhas; a senhorita Lærke torcia os cabelinhos da nuca; a senhorita Reimer distribuía tapas na cara. A senhorita Katballe colocava crianças bagunceiras sobre os joelhos e lhes dava palmadas no traseiro, algo que apenas Anton era casca-grossa o bastante para não temer. A raiva fazia o rosto dela assumir um tom arroxeado, apavorante. Era a cor que mais temíamos, juntamente com os berros e o cuspe, que saía voando. Muito mais do que as palmadas em si. Mas o pior era o senhor Kruse. Não havia como escapar dele, porque era homem, e tinha força de homem. Balançava alunos preguiçosos por cima do peitoril da janela do segundo andar e ameaçava soltá-los: ninguém era capaz de suportar o pavor que emanava do vazio lá embaixo. Nas aulas dele, cada pergunta era recebida por uma floresta de mãos.

* * *

Knud Erik fazia a lição de casa, mas ficava com a boca fechada na aula. Não se sentia à vontade com isso, porém, confiava no conselho de Anton e torcia para receber sua recompensa no futuro, que se seguiria aos anos de perda de tempo na escola.

Na sala de aula, Knud Erik sentava-se ao lado de Vilhjelm, que era gago. Sempre que Vilhjelm tentava responder a uma pergunta, os professores perdiam a paciência com ele, e isso, por sua vez, fazia com que ele perdesse a paciência consigo mesmo e desistisse antes de terminar a resposta. Knud Erik passou a sussurrar as respostas certas no seu ouvido, ou a escrevê-las em um pedaço de papel. Logo, tinha se transformado em uma espécie de ventríloquo, com Vilhjelm como o boneco por meio do qual canalizava o conhecimento que se recusava a mostrar aos professores. Com o tempo, cresceu a amizade entre os dois.

Vilhjelm levou para casa seu melhor boletim de todos os tempos... e Knud Erik, o pior.

Sua mãe o olhou com ar acusador.

– O que está acontecendo com você na escola? – perguntou. Ele percebeu preocupação na voz dela, com um toque de pânico e irritação. Mas, mais irritação. Klara se tornara uma pessoa diferente, e ele estava contente com a mudança. Se estivesse sempre à beira das lágrimas, como antes, ele jamais teria sido capaz de fazer isso; estaria ocupado demais sendo seu ajudantezinho de confiança. Agora, a mãe lhe passava sermão, e Knud Erik se endurecia diante dela da mesma maneira que se endurecia ante as professoras. Ela fazia parte do regimento de mulheres que ele teria de suportar antes de receber sua liberdade.

– Você é um menino estranho – Klara lhe disse.

As palavras o feriram; pareceram-lhe rejeição. Por um instante, teve vontade de se jogar nos braços da mãe e implorar perdão. Parte dele desejava desesperadamente se reconciliar com a mãe, para que pudesse ser o menino grande mais uma vez; e ela, a pobre mamãezinha que precisava tanto dele. Mas ela já não era mais impotente, e sua irritação ensinou-o a dar o troco na mesma moeda e a permanecer firme.

Enquanto isso, Anton se mantinha reservado em sua atitude relativa a Vilhjelm. Não tinha vontade de convocar todos os tampinhas da escola como seus seguidores, e seu interesse em Knud Erik devia-se, sobretudo, à ligação dele com o falecido capitão Madsen, que, aos olhos de Anton, ia se tornando cada vez mais um herói conforme Knud Erik contava suas histórias. Anton tinha ouvido falar de naufrágios e de aventuras em portos estrangeiros; esses relatos eram corriqueiros na infância de qualquer menino, mas nunca ouvira nada sobre cabeças encolhidas. Perto de histórias como essa, o que o gago Vilhjelm, que mal conseguia completar uma frase, poderia ter para lhe oferecer?

Não, Vilhjelm não podia competir com Knud Erik na hora de contar histórias. Mas possuía habilidade física. A prova disso veio em um dia de inverno, quando estavam brincando em um navio ancorado no porto e, de repente, o gago subiu até o topo do cordame, indo cada vez mais alto, até chegar à pinha bem lustrada na ponta do mastro, vinte e cinco metros acima do convés. Então, se deitou ali de barriga e se equilibrou, estendendo os braços e as pernas, como se estivesse voando. Os meninos não tinham visto nada parecido desde que o Circo Dannebrog fizera uma visita no verão anterior. E, ainda assim, ninguém nunca subira tão alto quanto vinte e cinco metros.

Nenhum dos outros meninos teve coragem de se equiparar ao feito de Vilhjelm. O mais corajoso chegou até a pinha; então hesitou, voltou a descer... e chegou a Anton. Alguns achavam que o Terror de Marstal fosse dar de ombros e dizer que não era nada: se ele não se dava ao trabalho de fazer a mesma coisa, era porque não valia a pena. Mas Anton não era assim. Ao contrário.

– Com os infernos, isso foi corajoso – ele disse. – Eu simplesmente não tive colhão quando cheguei lá.

Deu um tapa nas costas de Vilhjelm, em sinal de aprovação, e a sorte deste estava traçada. Já não ficaria mais de fora.

Na verdade, Vilhjelm era, sim, capaz de contar uma história, mas demorava um tempão; e tempo era algo que nós não tínhamos. Mas, uma vez, ficamos escutando até o fim, e ele nos contou que quase tinha morrido e só se salvara por sorte.

Acontecera em um domingo de manhã, bem cedo. Ele havia ido com o pai até o porto para fazer reparos no barco deles. O pai cavava areia. Era completamente surdo, e era sua surdez que conferia animação à história e diferenciava a experiência dele do tipo de percalço que acometia a todos nós: explorar as profundezas antes de saber nadar era um rito de passagem.

Vilhjelm só tinha três ou quatro anos de idade, e seu pai lhe dera instruções com sua habitual entonação lenta, que sempre fazia com que parecesse uma pessoa que falasse para o vazio, concentrando-se em cada palavra como se não tivesse bem certeza de seu significado.

– Sente-se aqui – dissera a Vilhjelm. – Quero que fique sentado quietinho, e, se precisar de mim, tem que me sacudir.

Então deu as costas para ele e começou a consertar uma tábua no convés das velas. Vilhjelm ficou olhando para a água límpida e calma; ainda era capaz de descrever a impressão que tivera. As pedras do porto eram verdes e escorregadias, e, quando os raios de sol começaram a penetrar na água e um mundo maravilhoso de cores mutantes surgiu, cheio de estrelas-do-mar, caranguejos apressados e camarões que ficavam lá imóveis, apenas com as antenas vibrando, Vilhjelm se inclinou para a frente, cheio de desejo de explorar mais... E, de repente, caiu de cabeça na água. A maior parte de nós já havia feito isso. Mas nenhum tinha um pai surdo feito um poste como única proteção contra o afogamento.

Vilhjelm ficou balançando na superfície como uma rolha, agarrou a amurada do barco e encontrou apoio para o pé em uma pedra escorregadia do porto. Então, perdeu o equilíbrio e ficou lá, acima das profundezas verdes embaçadas, até uma corrente gelada o pegar e começar a arrastá-lo para baixo do barco.

Seus tamancos tinham saído dos pés, e ele os viu boiando por perto, como se fossem o bote salva-vidas de um navio que afundava. Suas roupas encharcadas, tão secas e confortáveis um momento antes, pareciam desajeitadas e estranhas. Seu pai não passava de costas enormes vestidas de azul que não o enxergavam. Parecia que o mundo todo tinha desistido dele. Berrou, desesperado, mas o pai surdo não escutou nada. Berrou pela segunda vez, tão alto que sua voz ecoou pelo porto deserto.

– Socorro! Pai!

Então suas forças acabaram. Seus dedos soltaram a amurada, e ele desapareceu na água. Chutou, mordeu, agitou-se como se estivesse lutando contra um animal selvagem, mas era apenas a água suave e delicada que ia puxando sua coberta para cima da cabeça dele, como se estivesse na hora de dormir e a água lhe desejasse boa-noite.

E então... o braço enorme de seu pai apareceu e mergulhou atrás dele: um braço gigante que seria capaz de alcançar o fundo do mar, se fosse preciso, chegando até a porta da morte, para puxá-lo de volta.

– No último, último minuto mesmo – contou.

Nós sabíamos que a repetição não se devia ao gaguejo. Realmente, fora o último, último minuto mesmo.

– E então ele deu uma bela surra em você, não deu? – Anton perguntou, porque era assim que as coisas funcionavam em sua casa.

* * *

Mas Vilhjelm não tinha levado surra nenhuma, nem nessa, nem em outra ocasião, e não entendemos o motivo até conhecermos o pai dele, que parecia mais um avô. Vilhjelm era temporão, e comportava-se com os pais da maneira que costumávamos fazer com nossos avós. Era gentil e delicado, e todos falavam uns com os outros com muito cuidado, como se o problema da família não fosse a surdez, mas sim a sensibilidade a qualquer forma de barulho. Por uma estranha coincidência, sua mãe também era surda.

Qualquer pessoa é capaz de entender por que não havia muita conversa na família dele. Quando os pais, de fato, falavam, era em tom sério, de súplica, como se estivessem fazendo um apelo humilde. Mas se tocavam o tempo todo, dando-se as mãos e acariciando os cabelos e as faces uns dos outros. Vilhjelm não apenas recebia o afeto físico como também o oferecia aos pais, o tempo todo. Ninguém nunca batia em ninguém na família de Vilhjelm.

Então, o garoto recebeu algo diferente de uma bela surra do pai, no dia em que quase se afogara. Não nos demos conta do que era até Anton ter perguntado, como sempre fazia nessas ocasiões:

– Em sua opinião, qual é a pior coisa em se afogar?

E Vilhjelm deu uma resposta muito estranha.

Claro que Anton, que sabia uma quantidade impressionante de coisas a respeito do mundo fora de Marstal, achava que o pior aspecto de se afogar seria perder todas as aventuras que, imaginava, teria mais tarde na vida. Era capaz de desfilar o nome dos distritos da luz vermelha mais famosos do mundo. Certamente, não tinha sido durante nossas aulas de geografia na Vestergade que havia aprendido sobre Oluf Samson Gang, em Flensburg; Schiedamsche Dijk, em Roterdã; Schipperstraat, em Antuérpia; Paradise Street, em Liverpool; Tiger Bay, em Cardiff; o Vieux Carré, em Nova Orleans; Barbary Coast, em San Francisco; ou Foretop Street, em Valparaíso. Conversava-se sobre esses lugares no Café Weber, e, com a expressão firme de conhecedor, nada adequada a um menino de sua idade, ele nos garantiu que as francesas eram as melhores; e as portuguesas, as piores, porque eram abusadas demais e, além disso, fediam a alho. Se perguntássemos o que era alho, revirava os olhos para indicar que nossa burrice não tinha limites. Também sabia o nome de todos os tipos de bebida que esperava experimentar um dia: Amer Picon, Pernod e absinto; agora *isso*, segundo ele, era algo realmente capaz de derrubar uma pessoa. Já em relação à cerveja, seria sempre um bebedor fiel de Hof, independentemente de onde fosse parar. A cerveja belga, que muita gente elogiava, não passava de mijo ralo.

– Você pode listar todos os distritos da luz vermelha no mundo e todas as marcas de bebida – concluiu. – E, daí, pode somar tudo, e vai concluir matematicamente, pelo resultado, que se afogar é um tremendo desperdício.

Knud Erik disse que a pior coisa relativa a se afogar era que nunca mais voltaria a ver a mãe. Afirmou isso em parte por obrigação, porque sentia que precisava dizer, mas também porque ainda ansiava por ela.

Vilhjelm disse que a pior coisa era que os pais dele iriam ficar tristes.

– Isso significa que você não vive por si mesmo, mas por sua mãe e por seu pai – Anton pronunciou.

Ele elaborou sua teoria. Se você fosse obediente, bom, educado, bem-comportado e cumpridor de tarefas, significava que vivia pelos outros, não por si mesmo.

– É por isso que não sou nenhuma dessas coisas – disse –, porque eu vivo por mim mesmo.

Quando Vilhjelm ficou dependurado no braço salvador do pai, ensopado e trêmulo, olhou nos olhos do homem e o que viu lá não foi nem raiva, nem medo, mas pesar. Que tipo de pesar era, ou o que o tinha causado, ele não sabia, mas sentiu no mesmo instante que precisava se assegurar de que o pai nunca mais teria motivo para voltar a ficar triste. Por instinto, sabia como ajudá-lo: chamando o mínimo possível de atenção para si. Ser invisível seria a melhor opção, mas a segunda era passar pela vida com a maior discrição possível. Então, tinha se transformado em uma criança quieta e obediente. Talvez fosse por isso que gaguejava: qualquer esforço de chamar a atenção para si mesmo era demais para ele.

Anton, por outro lado, vivia por si próprio, e, quando Vilhjelm se equilibrara no alto do mastro, com braços e pernas esticados, vinte e cinco metros acima do convés, estava vivendo a vida ao modo de Anton. Por um momento, esquecera-se de ser invisível.

Claro que Anton também tinha pais, mas, de acordo com ele, seria a mesma coisa que se não tivesse. Era capaz de fazer a mãe, Gudrun, acreditar em quase qualquer coisa. Quando ela descobriu que o filho mentia a respeito dos boletins da escola, chorou e disse que ele iria levar uma bela surra assim que o pai chegasse em casa, apesar de ela ser bem alta e gorda o bastante para fazer o serviço pessoalmente. Afinal, o pai deu-lhe apenas um tapa fraco: nas raras ocasiões em que estava em casa, achava que castigar os filhos por ofensas antigas, havia muito esquecidas, não era exatamente uma prioridade. Era capaz de bater para doer, mas tinha de ser pagamento à vista, como colocava. Não queria mexer em nada que estivesse guardado no banco.

– Palmada guardada! Entenderam? – o pai vociferava, e dava risada feito um idiota.

* * *

Mais ou menos no mesmo momento que Vilhjelm, Anton tinha feito uma descoberta de grande significância a respeito do próprio pai, Regnar, cujo sobrenome era Hay. O sobrenome de Anton também era Hay, é claro, mas seu nome do meio era Hansen. Esse era o nome de solteira da mãe.

Regnar, que voltara havia pouco tempo, depois de vários anos de ausência no mar, tinha acabado de acomodar o filho no colo, depois de dar tapões em seus ouvidos, para atender à exigência da mulher de que castigasse as crianças por transgressões cometidas durante os anos de ausência. Ele não tinha batido em Anton com muita força e não achava que o filho iria usar isso contra ele. Em tom de incentivo, perguntou ao garoto como ele se chamava. Presumivelmente, a disposição de Anton de afirmar sua paternidade serviria para assegurá-lo de que a harmonia mais uma vez iria reinar entre eles. Também é possível que Regnar quisesse garantir a si mesmo que tinha batido na criança certa, de modo que, depois de desempenhar sua obrigação paternal, poderia sair de casa e se dirigir para o Café Weber.

– Anton Hansen Hay – Anton disse.

– Que diabo você falou, menino? – o pai berrou. Seu rosto inflamou-se, ruborizado, e ele começou a sacudir Anton, agitando-o com violência para a frente e para trás no joelho em que antes o tinha acomodado em clima de reconciliação entre pai e filho. Então, jogou Anton, estupefato, no chão, onde o menino deslizou pela superfície envernizada até parar no meio das pernas da cadeira, sob a mesa de jantar.

– Dá para acreditar? – Anton disse, ao contar a história. – O cuzão nem sabia o nome do próprio filho.

Anton tinha sido batizado quando o pai estava longe, no mar, e Regnar nunca se dera ao trabalho de olhar a certidão de nascimento dele, nem de perguntar a respeito da cerimônia. Também não tinha imaginado que sua esposa iria colocar no menino seu nome de solteira, Hansen, porque não se esforçara nem um pouco para esconder seu desprezo pela família dela. A mãe gorda e complacente de Anton não havia sido talhada para a rebelião. Cedia ao marido da mesma maneira que sempre cedia a própria família, e acabava tentando agradar a todos; então, enfiou seu sobrenome entre o prenome de Anton e o sobrenome do pai dele. "Anton Hansen Hay" transformou-se em uma receita de três palavras para hostilidade na família.

O próprio Anton não estava nem aí. Nunca ficava do lado de ninguém e descrevia o pai como um tolo. A maior parte de nós o chamava de "velho". Era um termo respeitoso, porque é assim que os marinheiros, entre si, referem-se ao capitão. Mas Anton não respeitava ninguém. O apelido que tinha dado ao pai era Estrangeiro.

Mas a relação deles poderia ser pior. O Estrangeiro, afinal de contas, era a fonte da maior parte do conhecimento que Anton tinha do mundo, não porque confidenciasse ao filho suas visitas a bordéis em terras estrangeiras, mas porque permitia que escutasse quando os marinheiros de folga ficavam se gabando de seus feitos no Café Weber.

No fundo, Anton queria ser igual ao pai, mas ninguém jamais o escutou dizer isso, ou, aliás, proferir palavra alguma a respeito de Regnar. Não depois do dia em que o pai o jogou no chão por ter o nome do meio errado.

A partir daquele dia, ele começou a viver por si só.

Na empresa de navegação de Boye, apenas as viúvas permaneceram: três mulheres entorpecidas não apenas pelo pesar da perda repentina dos maridos, mas também pela tarefa que tinham herdado, uma tarefa tanto desconhecida como de proporções titânicas. O futuro de Marstal estava em suas mãos. Sozinhas, possuíam capital suficiente para substituir a frota de veleiros por navios com motores a vapor, como a época exigia. A era da vela tinha chegado ao fim; os homens sabiam disso, e agora estava a cargo delas transformar a visão dos maridos, mortos prematuramente, em realidade. A empresa já possuía cinco vapores: o *Unidade,* o *Energia,* o *Futuro,* o *Objetivo* e o *Dinâmico*; eram nomes que indicavam um plano mestre.

Em teoria, as viúvas sabiam que isso precisava ser feito, mas não tinham ideia de como colocar a teoria em prática. Iam ao escritório da empresa todas as manhãs e faziam com que lhes servissem café, enquanto os documentos do dia eram apresentados. Mastigando seus biscoitinhos de baunilha caseiros, matutavam sobre ofertas de frete, custos de manutenção e tripulação e propostas relativas a aquisições e vendas. O mundo todo queria a atenção delas, e cada informação, cada número, cada ponto de interrogação parecia um desafio instransponível.

Ninguém jamais as viu de fato tapar as orelhas com as mãos, mas era como se o tivessem feito. Cada decisão era discutida com tantos detalhes que, quando a tomavam, já era tarde demais. O fato de o *Unidade,* o *Energia,* o *Futuro,* o *Objetivo* e o *Dinâmico,* construídos para transportar cargas enormes em segurança pelo oceano, passarem a maior parte do tempo ancorados no porto, devia-se não apenas a condições de mercado desfavoráveis, mas à confusão de suas proprietárias.

A viúva de Poul Victor, Ellen, a mais velha das três, era alta e imponente, do mesmo jeito que ele tinha sido. Mas qualquer força de vontade que ela poderia ter tido no passado havia cedido ao marido empreendedor, que se esquecera de devolver quando foi para a cova. As irmãs dele, Emma e Johanne, eram mais confiantes. Mas, apesar de serem matriarcas completas em casa, fora dela não sabiam o que fazer. Olhavam para Ellen... que, por sua vez, olhava para o cemitério. Mas o ausente Poul não lhe enviava a menor dica.

As mulheres possuíam uma boa quantidade de terrenos por toda a cidade, e começaram a vendê-los. Foi Klara Friis quem os comprou. Ela se postava na

Prinsegade e observava as três viúvas como um abutre observa um pobre animal prestes a desmaiar de sede e exaustão, e, quando três terrenos da família Boye foram colocados à venda, deu a primeira mordida.

Todos os três terrenos se localizavam ao longo da Havnegade: o primeiro, na esquina com a Sølvgade; o segundo, na esquina com a Strandstræde; e o terceiro, um extenso campo rodeado por uma cerca, no final da Havnegade, onde a cidade terminava. No passado, o Fazendeiro Sofus tinha criado ovelhas no cercado, além de galinhas e porcos, garantindo a provisão de suprimentos vivos para sua frota, que só fazia crescer. Mas esse tempo já tinha ficado para trás havia muito, e o campo estava sem cultivo. Todo mundo disse que Klara fora prudente ao comprar os três terrenos: poderia construir neles.

Mas Klara Friis não fez nada disso. Urtigas continuavam brotando ali, e as maçãs e peras que davam nas árvores que o Fazendeiro Sofus tinha plantado continuavam sendo alvo de passarinhos e de meninos ladrões. Marstal observava e se perguntava o que seria feito daquilo tudo. Afinal, o que Klara queria com os terrenos? Era o que todos nós queríamos saber. Mas não perguntamos com insistência suficiente. Se tivéssemos feito isso, teríamos uma pequena noção do que nos esperava.

Klara continuava se vestindo com modéstia, como se não tivesse consciência de sua mudança de condição. Isso passava uma boa impressão para as três viúvas, que consideravam a frugalidade uma virtude. Não eram esnobes e não a olhavam com desprezo, apesar de sua riqueza ser bem mais estabelecida do que a dela. Rodeadas de empregados havia várias gerações, ainda participavam das tarefas domésticas. Assavam os próprios biscoitinhos de baunilha todo Natal, uma fornada generosa que, no decurso do ano, ficava dura como pedra, tanto quanto os biscoitos de marinheiro consumidos todos os dias nos navios da empresa – com a diferença de que não saía nenhuma larva dos de baunilha quando eram batidos na mesa.

O Fazendeiro Sofus tinha sido um homem do povo, e seus filhos e netos eram farinha do mesmo saco. Não haviam formado uma casta própria; assim como todas as outras pessoas, pertenciam à cidade. Sabiam que o dinheiro era do trabalho duro dos marinheiros: os meninos tinham de começar de baixo na hierarquia brutal do navio antes de chegar ao escritório de corretagem ou à empresa de navegação. Cada palavra proferida nas reuniões diárias expressava uma realidade que esses homens haviam experimentado pessoalmente. Mas, para as viúvas, que tinham entrado neste novo mundo sem aviso nem preparo, a linguagem da navegação era uma avalancha de termos abstratos que esvoaçavam ao redor de seus ouvidos como projéteis letais em um campo de batalha.

Às vezes, Klara Friis lhes dava um conselho sólido ou demonstrava uma decisão repentina que as espantava. Como eram boas por natureza, viam a jovem viúva como uma criatura indefesa que precisava de sua caridade. Por isso, ficavam desconcertadas quando, com frequência, o oposto ocorria: era ela quem as salvava nas dificuldades. Como não tinham muita fé no tino de negócios das mulheres, imaginavam que seus bons conselhos não passavam de acaso, tirados do nada.

Elas não iriam saber, é claro, que Klara Friis estava fazendo seu próprio curso por correspondência em corretagem, propriedade de navios e muito mais. Assim como o beijo do príncipe que quebra o encanto da bruxa, a riqueza que lhe viera depois da morte de Albert tinha trazido à tona sua inteligência adormecida. Antes disso, sua mente estava aprisionada pela própria humildade, uma humildade que lhe era imposta não apenas por sua infância aterradora, mas também pela posição na vida adulta, que exigia que trabalhasse com as mãos, não com a cabeça.

Agora, mais uma vez, havia um homem em sua vida, mas esse ela não precisara seduzir com seus já desgastados encantos femininos. Diferentemente do pobre Albert, Markussen não estava interessado nem em beijos, nem em carinhos, ou no que pudesse vir depois disso. Era Cheng Sumei quem o unia a ela e à tarefa que, tão tarde na vida dele, tinha acendido sua curiosidade pela última vez: ajudar Xerxes e encontrar uma maneira viável de castigar o mar.

Trocavam cartas com frequência e costumavam conversar ao telefone. De vez em quando, Klara Friis viajava até Copenhague. Ela, agora, era capaz de ir sozinha e não precisava de Herman, nem de mais ninguém, para acompanhá-la.

– Não será interessante para você assumir uma empresa de navegação à beira da falência – Markussen disse –, e logo poderá dar um jeito no estaleiro. Dê-lhes bons conselhos, mas não bons demais. Elas não podem ficar confiantes. Precisa se assegurar de que considerem o desastre à distância de apenas uma decisão errada. Diga-lhes como o mundo é perigoso. – Escreveu tudo isso em um pedaço de papel, para que a mulher se lembrasse. Klara Friis recebia o apoio de que precisava.

Mas era ela quem determinava a rota.

As três viúvas interpretaram Klara Friis de maneira completamente equivocada, superestimando-lhe o caráter ao mesmo tempo que lhe subestimavam a capacidade. Achavam que sua vontade de ajudar era altruísta: estavam erradas. Achavam que os conselhos dela, com frequência notavelmente úteis, eram sorte pura: estavam erradas neste aspecto também. No fundo, todas achavam que estavam lhe fazendo um favor ao escutá-la. Ofereciam sua companhia e um pouco de atenção: certamente, era disso que uma moça na situação dela, acometida por uma perda terrível e sozinha com dois filhos, precisava de verdade, não?

Ofereciam-lhe pão feito em casa para levar.

– Minha cara – Johanne lhe dizia, e dava tapinhas carinhosos em sua face.

As viúvas se reconheciam em Klara. Era uma mulher, e, por definição, tão indefesa quanto elas próprias quando se tratava de entender o modo como o mundo funciona.

Enquanto continuavam sem compreender a bagunça em que a viuvez as tinha metido, finalmente se deram conta. Estavam na selva, e precisavam daquilo que as mulheres sempre precisam para sobreviver nela: um homem.

O nome dele era Frederik Isaksen. Era o cônsul dinamarquês em Casablanca, empregado pela firma de corretagem de um francês de renome. Começara na Møller, em Svendborg, depois trabalhara para a Lloyds, em Londres. Diversos comandantes de Boye que passavam por Casablanca com regularidade, entre eles o capitão Ludvigsen, tinham-no recomendado.

– Competente e um homem de visão – pronunciou o comandante que fora eleito porta-voz dos outros capitães.

– Mas faz o trabalho direito? É alguém com quem se pode conversar? – Ellen perguntou.

– Não é atrevido demais, espero. – Johanne completou, ansiosa, quando o comandante mencionou que Isaksen tinha visão.

– Sim, já ouvi falar dele – Markussen disse a Klara pelo telefone. – Eu ficaria contente em contratar um homem como ele. Tem ímpeto. Não iria para Marstal se considerasse o lugar um buraco provinciano. Ele identificou uma oportunidade. O velho Boye deve ter se dado melhor do que desconfiávamos. Capital no banco, nenhuma dívida. Um homem empreendedor seria capaz de ir longe com isso. Isaksen pode muito bem estragar seus planos.

Isaksen foi contratado, de acordo com a recomendação dos comandantes, e chegou em meados de agosto. Evitando as complicações da balsa e das conexões de trem que faziam a viagem da capital a Marstal tão onerosa, ele, em vez disso, optou por uma viagem sem paradas a bordo de um paquete, que normalmente carregava passageiros de origens mais humildes. Postou-se ao convés, jogou a amarra de atracação para as pessoas que estavam no cais com facilidade e, então, abanou o chapéu de aba larga como se estivesse cumprimentando a cidade toda.

Usava um terno branco de linho e um cravo fresco na lapela e, quando ergueu o chapéu, vimos que sua pele era tão escura e bronzeada como a de um marinheiro. Ou talvez fosse sua cor natural. Seus olhos castanhos eram emoldurados por cílios espessos que faziam com que sua aparência fosse, ao mesmo tempo, gentil e enigmática.

Um homem viajado, concluímos, ao retribuir seu cumprimento. Homens viajados não nos incomodavam. Era isso que nós mesmos éramos, e não tínhamos necessidade de que nenhum recém-chegado se fizesse de submisso e se autoanulasse só para nos bajular. Ele podia muito bem se exibir um pouco, se fosse capaz de cumprir o prometido.

Isaksen era de fato capaz de cumprir o prometido, e, conforme os dias foram passando, sua popularidade cresceu. O comandante do paquete, Asmus Nikolajsen, que tinha conversado com ele enquanto navegavam pelo arquipélago, relatou que era um homem direto e bem informado, cheio de curiosidade natural. De fato, depois de responder a todas as suas perguntas, Nikolajsen avaliou que o desconhecido de aparência estranha provavelmente sabia mais a respeito da navegação de paquetes do que ele próprio. Obviamente, sabia se virar em um navio e, com muita habilidade, ajudara a bordo sem nunca sujar o lindo terno. Isso fizera com que a estima de Nikolajsen por ele aumentasse ainda mais: todos os marinheiros dão valor à limpeza.

Claro, uma grande pergunta permanecia. Será que Isaksen saberia falar com as viúvas?

Primeiramente, conversou conosco. Fez uma ronda no porto e se acomodou nos bancos, entre os velhos comandantes. Bateu à porta das empresas de corretagem, entrou, ergueu o chapéu e informou imediatamente que não era nenhum rival que tinha ido até lá espioná-los. Viera porque achava que essa cidade era uma comunidade que só seria capaz de fazer frente aos desafios do futuro se deixasse de lado as próprias rivalidades e picuinhas, se unisse e, para resumir, tivesse coragem de pensar grande.

O que ele disse nos lembrou de Albert e seu discurso sobre a camaradagem. Apenas alguns anos tinham se passado desde que nos postáramos na frente da pedra memorial recém-instalada e ouvimos aquelas palavras, mas parecia uma vida inteira. Finalmente, percebemos: aquele dia no porto, em 1913, marcara o fim de uma era. E nenhum de nós se dera conta.

As palavras de Isaksen continham em si uma magia. Ele nos ajudou a ver como as coisas pareciam de fora. Nossas participações nos navios, de propriedade de diversos integrantes da comunidade, tinham nos ajudado a chegar até ali, mas a era do pequeno investidor chegara ao fim. O dinheiro exigido, agora, era muito mais do que uma aia, um ajudante de cabine ou mesmo um bom capitão seria capaz de fornecer. Eram grandes investimentos que exigiam dinheiro grande: o capital de uma cidade inteira. Marstal tinha esse capital; a questão era apenas saber como usá-lo.

– Minha sugestão é que o capital de Marstal esteja em menos mãos. É a única maneira de a marinha mercante e o seu controle permanecerem aqui.

O que ele estava sugerindo? Algumas pessoas achavam que era um pouco parecido demais com o empreendedor senhor Henckel, que tinha nos prometido o mundo e acabou nos enganando e nos roubando. Mas logo ficou claro que Isaksen queria algo muito diferente. Não queria pegar nosso dinheiro. Queria ser nossa bússola. Queria traçar a rota, não apenas para uma empresa de navegação, mas para toda a comunidade.

Ele teve apenas um encontro hostil, e foi com Klara Friis. Tinha feito sua lição de casa, por isso não expressou surpresa ao encontrar uma mulher mais para jovem e vestida com modéstia no leme de uma das empresas de navegação mais renomadas de Marstal. Sabia sobre Albert Madsen e sua aliança com a viúva no Havre; também sabia que as últimas grandes embarcações da Dinamarca, as belíssimas *Suzanne, Germaine e Claudia*, estavam registradas na Prinsegade. Só havia uma tarefa que tinha negligenciado ao fazer a lição de casa. Não tinha examinado o coração de Klara Friis, nem o cofre dela. Não fazia ideia do tamanho de sua fortuna e, mais importante, não sabia nada a respeito do que ela planejava fazer com uma quantia tão grande. Klara Friis o teria recebido bem se ele tivesse chegado igual a Genghis Khan, para dizimar a cidade toda. Em vez disso, chegou como Alexandre, para fundar uma cidade. Então, ela o recebeu como inimigo.

Isaksen queria construir a nova Marstal a partir das ruínas do negócio marítimo que, no passado, fizera a cidade florescer. Estava oferecendo um renascimento, não um enterro. Não havia canto do cisne aqui: em vez disso, era uma saudação alegre dirigida ao futuro.

O visitante tocara algo em nós. Uma vez, no passado, tínhamos visto o progresso chegar antes da maioria das pessoas e nos levantáramos para saudá-lo. Agora, ele pedia que nos erguêssemos para lhe dar boas-vindas mais uma vez.

* * *

Klara Friis tinha refletido sobre o que vestir para receber Frederik Isaksen. Finalmente, resolveu que seria ao jeito modesto de sempre, para não chamar atenção para si de modo nenhum. Ela não iria alardear sua riqueza, nem sua recém-adquirida autoconfiança, e tampouco sua feminilidade. De todo o modo, não teria sido capaz de seduzi-lo: não por ter perdido a formosura, mas por não ter os próprios encantos em conta suficiente. Achou mais seguro repetir o papel que tinha representado com eficiência durante tanto tempo de sua vida, tanto que ela mesma também passara a acreditar nele: o da mulher pobre que se autoanula e não se permite nenhuma emoção mais valiosa do que um amargor que mal se articula perante o tratamento de madrasta má que a vida lhe oferece. Ela não agiria como se fosse absolutamente burra, mas deixaria que ele pensasse que estava paralisada pela ansiedade e era incapaz de compreender o mundo grande e amplo em que os homens se movimentam; fingiria ter o mesmo caráter indefeso que incentivava nas três viúvas.

Reagiu a tudo que Isaksen disse com um sorriso hesitante e mecânico, e um aceno de cabeça que o vazio de seus olhos contradizia, passando a impressão clara de que não tinha entendido nenhuma palavra do que ele dissera, mas estava simplesmente aquiescendo, com a timidez e a submissão tão típicas de seu gênero.

Porém, Isaksen não desistiu. Mudou o palavreado, deixando suas imagens mais simples e acessíveis. Até discorreu com lirismo a respeito da existência incerta do marinheiro, para persuadi-la de que sua proposta, na verdade, envolvia um estilo de vida totalmente novo, que iria levar os dependentes do marinheiro em consideração e, portanto, libertá-los da ansiedade constante em relação ao próprio destino.

– Imagine a diferença que uma empresa de navegação grande e bem gerenciada poderia fazer no trabalho de um marinheiro. Folgas regulares, segurança a bordo, nada da pobreza que faz, atualmente, com que comandantes menores corram riscos em águas perigosas.

Fitou-a, com seus olhos castanhos de cílios grossos, os quais ela não vira até então. A voz dele assumiu um tom de urgência. Não ficou satisfeito com o olhar vazio que suas palavras recebiam em troca. Ela sentiu a tentação de se entregar, mas foi imediatamente tomada por um pavor bem conhecido: da escuridão e da enchente, de águas negras subindo até alcançar o telhado onde se encolhia; o desaparecimento de Karla na torrente; a quina do telhado pressionando-se contra sua virilha como um instrumento de tortura.

Suor frio brotou-lhe na testa. Ficou pálida e precisou pedir que ele se retirasse, desculpando-se, em tom de voz fraco, com um repentino ataque de enxaqueca.

Isaksen saiu com o rosto franzido. Sentira que a *performance* que tinha acabado de presenciar era uma mistura peculiar de autenticidade e fingimento, mas o objetivo dela estava além de seu entendimento. Não tinha motivos para desconfiar que aquela mulher (que o fazia pensar em uma empregada nova e tímida) fosse sua principal oponente.

Entre visitas às empresas de navegação da cidade, Isaksen tratava de convencer as três viúvas. Falava do mar e de navios em uma linguagem que achava que elas iriam entender, usando a manutenção da casa como metáfora. A navegação também tinha suas listas de compras, gastos, contas e empregados. Sabia que essas mulheres eram donas de casa habilidosas e tentou fazê-las compreender que, visto sob certa luz, o negócio da navegação não era muito diferente da experiência cotidiana delas.

Isso surtiu exatamente o efeito que esperava. As viúvas se acalmaram. Já não mais sentiam balas passarem assobiando rentes às suas orelhas. Isaksen fizera o que tinham pedido que fizesse: ele as libertara da zona de guerra. A responsabilidade não estava mais na mão delas.

Isaksen convocou uma grande reunião com as proprietárias da empresa de navegação Boye: chamou todos os funcionários, todos os comandantes e contramestres que estavam em terra e suas mulheres. Era inteligente o suficiente para compreender que as esposas eram uma força, tanto nas questões marítimas como nas domésticas. Reservou a Sala da Marinha no Hotel Ærø, grandioso salão enfeitado com placas de porcelana em tom azul-real dinamarquês, bandeiras dinamarquesas e pinturas de navios registrados em Marstal, e planejou uma refeição com três pratos. Para o primeiro prato, deu à cozinha do hotel uma receita de *bouillabaisse*, porque sabia que a maior parte dos comandantes conhecia o prato devido às suas viagens pelo Mediterrâneo. Como prato principal, escolheu o tradicional rosbife com gordura crocante. Dirigiu-se aos convidados entre a *bouillabaisse* e a carne assada.

Foi um discurso sobre o futuro.

Começou descrevendo os anos que passara em Casablanca, o porto de onde tinha sido chamado, onde ele e tantos comandantes de Marstal se conheceram. Aparentemente, passara-lhes boa impressão e gostaria de aproveitar a oportunidade para agradecer-lhes pelo apoio. Mas seu coração se apertava, declarou, cada vez que um navio de Marstal partia de Casablanca. Porque sempre temia que aquela tivesse sido a última vez que o veria ali. Não estava se referindo ao risco de o navio poder se perder na viagem de volta, apesar de essa sempre ser uma possibilidade trágica. Não, ele tinha na cabeça outra noção, muito mais chocante: o navio poderia, simplesmente, desaparecer no nada, para nunca mais ser visto. Por mais estranho que isso pudesse parecer aos ouvidos de seus honrados convidados, era mais provável do que um naufrágio convencional. Eles poderiam ficar surpresos de ouvir tais palavras, mas a verdade era que o desaparecimento de navios era tão certo quanto o sol se pôr no fim da tarde e voltar a se erguer de manhã.

A essa altura, tinha deixado toda a audiência boquiaberta e prestando muita atenção. Nenhum de nós era capaz de imaginar aonde ele queria chegar com essa afirmação fora do comum.

– Mas, escutem – prosseguiu. – Posso explicar esta minha premonição estranha, e ajudar a garantir que nunca se torne realidade. A causa do meu desalento, sempre que vejo uma escuna de Marstal levantar âncora em Casablanca, é... – E aqui baixou os olhos, de modo que os longos cílios tocaram suas faces bronzeadas (visíveis por toda a longa mesa, o que fez com que mais de uma esposa de comandante suspirasse e movesse o peito para cima e para baixo de um modo bem incomum, como se estivesse sofrendo de falta de ar). – A causa do meu desalento... – repetiu a frase marcante – é... – e, de repente, assumiu um tom dos mais prosaicos – que eu por acaso conheço o plano das autoridades francesas em Casablanca de construir um porto novo. Os senhores todos vão compreender as consequências disso.

Mais uma vez, fez uma pausa; agora, em vez de baixar os olhos, olhou ao redor com ar de urgência, como que para nos lembrar de algum conhecimento que já possuíamos e que tínhamos esquecido momentaneamente, ou suprimido. Uma ou duas mulheres retribuíram o olhar com olhos faiscantes, como se tivessem recebido um convite, e vários dos comandantes olharam para a mesa com vergonha estampada no rosto, como se soubessem muito bem que eles próprios deveriam ter dito, ou pelo menos pensado, no que Isaksen estava prestes a declarar.

Já terminando seu discurso, as palavras agora saíam tão rápidas e fustigantes quanto chicotadas.

– Isso significa que as escunas de Marstal nunca mais transportarão carga até Casablanca. A única razão por que os vapores passam longe de um dos pontos mais importantes da África do Norte é a falta de um porto adequado. Agora os vapores virão, com maior capacidade de carga e velocidade maior. Dá para calcular sua chegada com precisão de minutos. A bússola traça uma rota, e o vapor a segue, sem desvio, nem atraso. E não estou falando apenas de Casablanca.

A voz de Isaksen, cada vez mais assertiva, assumia um tom pesado de mau agouro.

– Também estou falando das cargas para os portos do canal da Mancha, onde a maré costumava deixar entrar apenas veleiros. As ferrovias estão tomando conta. Também estou falando de Rio Grande, no Brasil, e da enseada de Maracaibo, na Venezuela. Nesses dois lugares, a água rasa sobre os bancos de areia só permitia a entrada de embarcações pequenas. Agora, com as ferrovias, esse obstáculo aos vapores também será removido.

À menção de cada porto, os comandantes e os contramestres se sobressaltavam visivelmente, como se Isaksen os estivesse ameaçando com o punho fechado, e eles não fizessem ideia de como se defender.

– O mar era a sua América. Mas, agora, a América está fechando as fronteiras aos senhores. Haverá cada vez menos demanda por seus serviços. Os contratos de transporte vão simplesmente desaparecer. E isso significa que o mesmo acontecerá com seus navios. Podem decidir vendê-los. Mas, pensem bem. Quem vai comprá-los? Tudo que os espera é a equipe de demolição. Uma pira fúnebre para a nossa era, a era *dos senhores*, transformada em fumaça e, depois, em nada. Mas nem toda a esperança está perdida...

Sua voz assumiu um tom reconfortante, como o vigário que acaba de descrever o Inferno e então oferece o céu como alternativa aberta a qualquer um que esteja disposto a enxergar a luz.

– Ainda há lugares para os quais ninguém mais navega. Portos que não podem ser drenados, ou onde a drenagem não vale a pena. Ou, então, locais onde correntes, pedras e tempestades frequentes conspiram para impedir que o vapor chegue até lá para todo o sempre. Terra Nova. – O tom reconfortante desapareceu de maneira abrupta de sua voz. – O litoral mais inóspito do mundo, as águas mais perigosas da terra. A escuna de Marstal ainda será capaz de carregar o fedido bacalhau seco até lá. Os senhores continuarão sendo bem recebidos por lugares e cargas que ninguém mais se atreve a tocar. Os senhores estarão reduzidos a se sustentar com os restos dos mercados mundiais. Serão os párias dos sete mares, os coletores de lixo. Serão aqueles que ficaram para trás.

Achamos que ele iria nos incentivar. Em vez disso, tinha proferido nossa oração fúnebre. Um silêncio mortal desceu sobre a mesa. Ellen Boye baixou os olhos. Suas faces estavam queimando, bem vermelhas. Emma e Johanne olharam-na, em busca de apoio, mas seu rosto agonizado as magoou tão profundamente que quase se desmancharam em lágrimas.

Então Isaksen retomou a fala. Ele só tinha feito a pausa para dar mais efeito, mas o hiato pareceu-nos um ponto final. O que poderia se seguir a esse veredicto aniquilador?

– Marstal tem um grande futuro – ele disse e, mais uma vez, erguemos o queixo e prestamos atenção, agora conscientes de que não passávamos de marionetes penduradas nas cordinhas de suas bem escolhidas palavras. – Marstal tem um grande futuro, porque tem um grande passado. Nem sempre acontece de um garantir o outro. As tradições também podem ser um fardo. Se acreditamos que um método vai funcionar para sempre porque funcionou uma vez, ficamos empacados no passado e deixamos o futuro escapar. Mas aqui em Marstal é diferente. Os senhores criaram seu próprio desenho de navios, o casco com popa em formato de coração e proa redonda, e lhe deram o nome de sua cidade. Continuaram fazendo experiências até descobrirem o que se adequava melhor às suas necessidades. Sua tradição é aproveitar o vento. Podem achar que essa é uma expressão estranha, e o é na boca de um camponês, que considera que uma pessoa soprada pelo vento não tem raízes, nem estabilidade, porque não faz o que seu pai fez antes dele. Mas pensem nisso como marinheiros que são. Aproveitar o vento: isso está relacionado a aproveitar o momento, quando o vento e as correntes estão do seu lado, e então erguer a âncora e içar as velas. Tenho certeza de que já ouviram falar do inglês Darwin e de sua famosa teoria a respeito da sobrevivência dos mais adequados, e algumas pessoas podem tê-los feito acreditar que "os mais adequados" significa "os mais fortes", e que Darwin está dizendo que apenas os mais fortes vão sobreviver. Mas não é isso que ele quer dizer. Os mais adequados são aqueles que aproveitam o vento. E estes são os senhores. A história da sua cidade reflete a maneira como navegam: sempre souberam navegar pelos percalços da vida. Essa habilidade os senhores levarão adiante. Mas terão de abandonar os navios em cujos conveses a aprenderam, porque eles estão afundando. O tempo da vela já acabou há muito, mas o tempo do marinheiro acaba de começar. Confiem em mim, uma cidade que é o lar de marinheiros há gerações possui um capital único, em um mundo no qual tudo precisa ser transportado e os continentes ficam cada vez mais próximos uns dos outros. A diferença é que, a partir de agora, vão poder usar suas habilidades no convés de navio que vai tremer com as vibrações dos seus potentes motores.

Apresentou-nos a mesma visão que tinha dado às diversas empresas de corretagem da cidade, ao longo dos dias anteriores. Mas deu um passo a mais. Confidenciou segredos a respeito do futuro da empresa de navegação. Previu que, com o tempo, a empresa Boye iria se unir a todas as outras empresas de navegação da cidade, até sobrar apenas uma grande empresa. E essa empresa seria rica não apenas em capital, mas também, e mais importante, em experiência: séculos de experiência acumulada, gerada pela criatividade, persistência, visão e vontade de sobreviver que estão por trás da construção do quebra-mar, da aquisição do telégrafo e da criação de uma das maiores frotas mercantes do país. Uma experiência que, até aquele momento, momento em que Marstal estava em declínio, inspirava-nos a dar continuidade à luta para encontrar cantos novos ou esquecidos do globo, onde poderíamos navegar com embarcações que deveriam ter se tornado obsoletas havia muitos anos.

Isaksen ergueu a mão e contou nos dedos: criatividade, persistência, visão, vontade de sobreviver e, sobretudo, capacidade de se unir com um objetivo comum para alcançar o que era impossível para o indivíduo. Cinco dedos, uma mão. A mão que sopra com o vento, a mão da flexibilidade, a mão que agarra cada oportunidade que se apresenta!

– É o melhor tipo de mão que existe – Isaksen disse. – Com esta mão, os senhores podem dar forma ao futuro até que fique do jeito que querem, e é isso que deveriam estar fazendo. A empresa já é proprietária de um estaleiro. Isso é importante, porque precisam controlar todos os elos da corrente do ramo da navegação, desde a construção do navio até o descarregamento. Mas o estaleiro deve mudar completamente, não apenas para navios de aço, mas também para embarcações a vapor e com motor. Assim, seremos capazes de controlar o preço de cada um dos navios que lançarmos sob o nome da empresa. E aqui, também, as condições adequadas já existem. Afinal de contas, no estaleiro não faltam construtores de navios habilidosos e experientes. Será necessária enorme capacidade de carga. Vamos precisar drenar canais para que os novos navios possam passar. Vamos construir nosso próprio Canal de Suez, atravessando o arquipélago, onde é raso, e saindo nas águas abertas do Báltico. Também precisamos entrar no ramo das provisões de navios, para que possamos abastecer não apenas nossas próprias embarcações, mas outras também. Além do mais, um dia vamos ter de entrar no ramo do combustível. Vamos ser proprietários de minas de carvão e, mais tarde, de campos de petróleo, porque o navio a motor vai acabar substituindo o vapor. Assim, poderemos garantir, a preços estáveis, fornecimento de combustível para nossa frota.

Além de navegar, também iríamos gerenciar meio mundo, e nossa própria cidade estaria no coração de tudo. Era isso que Isaksen nos dizia.

Quando, finalmente, ele terminou, trazíamos o rosto corado. Estávamos exaustos, confusos e animados, naquele tipo de agitação que sentimos quando descemos de um carrossel. Levantamo-nos e o aplaudimos: corretores, escriturários, contramestres e esposas ruborizadas. Até Ellen, Emma e Johanne se ergueram para bater palmas. Dessa vez, não precisaram se entreolhar primeiro para confirmar, como quase sempre faziam. O vacilo delas, que tinha sido sua defesa contra cada decisão final, tinha desaparecido. Levantaram-se junto com todos nós.

Havia tanta força no entusiasmo de Isaksen que nos contaminou, como uma leveza interna. Se tivesse falado por muito mais tempo, acabaríamos saindo flutuando pelas janelas do Hotel Ærø.

Isaksen tinha consultado a bússola e traçado a rota. Falara com eloquência a respeito de nossa habilidade de navegar pela vida, mesmo nos momentos mais difíceis, mas tinha deixado passar algo essencial em relação à arte de guiar um navio. Não ficamos de olho apenas na bússola: também conferimos o cordame, lemos as nuvens, observamos a direção do vento, a cor da corrente e do mar e procuramos a espuma repentina que avisa da existência de uma pedra adiante. Pode não ser assim a bordo de um vapor. Mas é assim que as coisas são a bordo de um veleiro, e, neste aspecto, sua jornada faz paralelo com a vida: simplesmente saber aonde você quer ir não basta, porque a vida é uma viagem soprada pelo vento que consiste, principalmente, dos desvios impostos pela calmaria e pela tempestade que se alternam.

Podemos ficar debatendo até o fim dos tempos se a culpa pelo fracasso de Isaksen foi de Klara Friis ou dos biscoitos de baunilha. O conhecimento dele sobre o sexo feminino era, certamente, incompleto. Tinha imaginado que uma mulher paralisada pela ansiedade precisa ser salva por um homem que explode, inflamado pela urgência de tomar uma atitude. Era assim que enxergava as três viúvas, a empresa de navegação e, aliás, a cidade toda: nós éramos a noiva; ele, o noivo. Iria nos libertar do estado de paralisia. Mas, às vezes, um turbilhão de energia consegue surtir exatamente o efeito oposto: pode incitar a ansiedade feminina.

Quando seus maridos foram ao encontro da morte inesperada no espaço de três semanas cada um, a mulher de marinheiro que existia dentro de cada uma delas saiu, junto com o pouco de coragem e resistência que possuía, pela porta da frente. E, pela porta dos fundos, entrou uma mulher que, por mais que fizesse tempo que sua família tivesse abandonado o solo, era, em essência, uma mulher de camponês. Essa mulher era desconfiada, amuada, taciturna, passiva e obstinada, e se agarrava com tenacidade a seu lugar ordenado na vida.

* * *

Isaksen não compreendia nada disso. Acreditava que tinha as viúvas a seu lado. Afinal de contas, elas não haviam ficado lá, aplaudindo seu discurso, juntamente com todos os funcionários da empresa de navegação? Claro, ele tinha ouvido falar sobre a indecisão delas antes de ir para a reunião. Os comandantes com quem negociara em Casablanca não tinham escondido o fato de que as mulheres eram "difíceis" e "complicadas de lidar", mas tinham concluído, por unanimidade, que "elas só precisavam de uma mão firme", e ele era o homem que faria esse papel.

Apesar de Isaksen, antes, ter considerado as mulheres o menor de seus problemas, elas agora demonstravam ser o maior. Ficavam lá com seu café e seus rançosos biscoitos de baunilha, molhando-os e mastigando-os de maneira infindável, testando a dureza deles com os dentes da frente, igual a castores. E era isso que elas eram: uma família de castores, construindo diques ao redor do fluxo de ideias dele e impedindo que chegasse a algum lugar.

Por pura frustração, ele chegou a uma reunião com um saco de biscoitos frescos de Tønnesen, o padeiro da Kirkestræde. Mas esse gesto surtiu, precisamente, o efeito errado. Emma e Johanne se entreolharam. Então, ele estava rejeitando seus biscoitinhos feitos em casa. Isso o tornava uma pessoa perdulária. Além do mais, tinha trazido biscoitos do Padeiro Gaivota! Será que Isaksen realmente achava que elas não sabiam que Tønnesen comprava ovos de gaivota dos meninos da cidade, os quais os colhiam nas ilhotas além do porto? O que achava que elas eram?!

Os biscoitos foram um desastre diplomático. Logo, Isaksen reparou em outros sinais de descontentamento.

– É arriscado demais – Ellen Boye apontou, quando ele sugeriu a construção de um novo vapor no estaleiro de embarcações de aço.

Ele explicou que o mercado de carga estava se recuperando e que o investimento logo iria se pagar.

– Isso não é uma enorme incerteza? – Emma disse, depois de uma longa pausa, durante a qual todas retomaram a mastigação. Ele foi capaz de perceber que aquilo não fora uma pergunta, mas um "não". Em resposta, assumiu um tom firme e disse que, se queriam ser recompensadas pela confiança que demonstraram ao contratá-lo, precisavam soltar as rédeas.

– Mas o senhor tem as rédeas soltas – Ellen disse com autoridade. – É só que esse momento é de muita incerteza.

– Preciso de uma procuração.

Procuração? As três mulheres se entreolharam sem conseguir acompanhar. Mais uma vez, estavam em terreno trepidante. Será que ele não confiava nelas?

– Klara Friis diz que...

– Klara Friis? – Isaksen despertou da letargia que com frequência o acometia ultimamente na presença das três viúvas. De repente, detectou uma conexão. – O que Klara Friis diz?

Não ficou exatamente claro o que Klara Friis tinha dito, mas fora algo que as impressionara: isso era evidente. Palavras como "incerteza" e "arriscado" eram bastante presentes em seu vocabulário. Tais palavras alimentavam a esposa de camponês que existia nas viúvas, nutriam suas desconfianças e fortaleciam a filosofia simplória delas: nesta vida, a gente sabe o que tem, mas não sabe o que pode vir a obter; por isso, é melhor ficar com o que tem.

– Mas essa filosofia não se aplica aqui – respondeu, desesperado. – Quando você se atém ao que possui, perde isso também. Hoje, as coisas são assim. Apenas arriscando-se ao desconhecido é possível ter uma chance de conseguir alguma coisa que seja.

– Não compreendo – disse Ellen, a alta, em tom magoado. – Não dissemos nada a respeito de filosofia!

O homem percebeu que estava pensando em voz alta, e que, por um momento, permitira que escutassem o diálogo interior que travava constantemente com elas, tentando convencê-las a permitir que ele desse conta do trabalho para o qual o tinham contratado.

Levantou-se e pediu licença: de repente, tinha começado a passar mal. Sabia que as viúvas ficariam olhando fixamente para ele enquanto se retirasse, e que, no momento em que saísse pela porta, dariam início a uma conversa muito mais animada do que quaisquer outras das quais permitiram que ele participasse.

Isaksen desceu a Havnegade, virou na Prinsegade e bateu à porta de Klara Friis. Uma empregada com avental engomado o conduziu até a sala de estar. Klara levantou-se do sofá, e ele viu mais do que surpresa em seus olhos. Viu medo, como se a tivesse pegado no ato sendo outra pessoa, diferente daquela que fingia ser.

– O que deseja? – ela perguntou, de maneira involuntária.

Seu interlocutor a observou lutar para assumir a expressão vazia que tinha estampada no rosto na última vez que a visitara. Mas o rosto dela assinalava vigilância, e seus olhos permaneceram alertas, confirmando as desconfianças dele. Por isso, foi direto ao assunto.

– Quero saber por que está trabalhando contra mim – disse. – Não compreendo sua motivação. Acredita que sejamos rivais? Como proprietária de navios, certamente deve estar interessada no que é melhor para a cidade.

Isaksen falava com a mulher como se fosse uma igual, e esperava que isso causasse impressão e a convencesse a abandonar seus jogos misteriosos.

– O senhor fala como um prefeito – ela disse. – Mas já temos uma pessoa que faz esse papel.

Klara o fitou com ar desafiador. Sua máscara tinha caído. Bom, isso já é algo, ele pensou. Agora não preciso mais suportar os subterfúgios femininos de sempre. Agora ela não vai conseguir fazer as coisas do seu jeito apenas porque finge não entender o meu.

Em voz alta, disse:

– Um prefeito não tem muito poder. Mas eu teria, se a senhora simplesmente permitisse que eu fizesse meu trabalho. E a senhora teria também. Compreendo que herdou uma empresa de navegação própria e que está administrando-a muito bem.

– Só estou cuidando da minha vida – ela respondeu. – O senhor deveria fazer o mesmo.

Ah, aí está, ele pensou, e seu sangue passou a correr mais rápido. Retornamos ao ponto inicial. Se não vai brigar abertamente, então a obstinação é sua última defesa.

– É isso que estou tentando fazer – ele retrucou. – Mas, cada vez que tento convencer as viúvas a aprovarem uma das minhas propostas, ouço as mesmas coisas. “O momento é de muita incerteza.” “O risco é grande demais.” “Alguns dizem que seria prudente esperar.” E o mesmo nome sempre surge. O seu.

Sentiu que estava ficando irritado. Pensou sobre os terrenos que ela comprara ao longo da Havnegade, que permaneciam inúteis. Poderiam ter sido aproveitados para construir uma região portuária vibrante, agitada, com empreendimentos. Em vez disso, pareciam uma terra arrasada de ideias, destruídas antes de terem chance de florescer.

– Todos os dias, passo caminhando pelos terrenos que a senhora comprou, deixados vazios. É uma pena. Talvez sejam um reflexo exato do que a senhora tem em mente: deixar a cidade toda se desperdiçar. Mas permita-me lhe dizer uma coisa, senhora Friis. – Sua voz revelava meses de frustração. – Isso que a senhora chama de cuidar da própria vida eu chamo de negligenciar a vida dos outros. Estamos falando de uma cidade inteira. Sua história e suas tradições.

– Eu odeio o mar – ela explodiu.

Se ele estivesse escutando com atenção, teria compreendido que ela tinha lhe dado uma pista vital e teria aproveitado a chance. Mas a raiva tomara conta dele: agora, não tinha dúvidas de que, finalmente, tinha ficado cara a cara com a causa de todos os seus problemas e do fracasso cada vez mais inevitável de seus planos para Marstal. Seria o primeiro fracasso de sua carreira. E ele esperava que fosse o último.

– Que coisa estranha de se dizer – retrucou. – É como ouvir um camponês dizer que odeia a terra. Nesse caso, só posso dizer que está no lugar errado, no momento errado.

– Não, ao contrário. Estou no lugar certo, no momento certo.

Klara, agora, estava tão irritada quanto Isaksen. Mas ele ouviu algo além de irritação na voz dela: ouviu a própria oportunidade desperdiçada. Ouviu o amargor de uma pessoa que se sente rejeitada. Ele não tinha sido capaz de escutar da maneira adequada.

– Se a acusei de modo injusto, peço perdão – disse, tentando, por meio de um tom conciliatório, retificar seu erro. Tarde demais. – Por favor, será que podemos tentar conversar de maneira sensata? Acredito que tenhamos muito em comum.

– Preciso pedir que se retire – Klara disse com firmeza.

Isaksen assentiu brevemente, virou-se e saiu da sala. Foi só quando estava mais uma vez na rua que se deu conta de que ela não o tinha convidado para se sentar. Durante todo o confronto, ambos tinham ficado em pé, de frente um para o outro. Ela demonstrava uma falta de educação chocante, concluiu.

Isaksen retornou às viúvas pela segunda vez, para pedir uma procuração, a fim de, finalmente, conseguir levar adiante seus planos, tanto para a empresa como para o estaleiro.

– Devo acautelá-las que meu pedido por uma procuração é um ultimato.

Perguntaram-lhe o que era um ultimato. As relações entre eles estavam ficando tão cheias de atritos que ele abandonara seus tão admirados poderes de persuasão e recorria, cada vez mais, às formalidades frias da linguagem legal. Explicou que um ultimato significava que, se não obtivesse o que desejava, teria de pedir demissão e procurar outro posto.

– Mas, pelos céus! Não está contente aqui?

Ele respondeu que sim, obrigado, estava contente aqui, mas, não, ao mesmo tempo estava muito infeliz. Preocupava-se com a cidade. Percebia que a empresa de navegação possuía potencial promissor e considerável, mas seu trabalho estava sendo sabotado todos os dias. Enquanto falava, sua irritação voltou a se manifestar.

– Compreendo que preferem escutar os conselhos de Klara Friis. Mas estou avisando. Ela não tem em mente o que é melhor para a empresa.

Ellen olhou ultrajada para ele, que percebeu que fora derrotado.

– Klara Friis, coitada daquela moça. Ah, se o senhor soubesse as coisas por que ela passou... Como ousa falar assim dela?!

O veredicto tinha sido pronunciado. Estava escrito no rosto das três. Ele era um homem mau. Certo, tinha cumprido sua tarefa. Agora, poderia ir embora. Mas, na verdade, tinha falhado no cumprimento da tarefa, e isso era precisamente o que o incomodava. Detectara uma oportunidade e não tinha recebido permissão para desenvolvê-la. Isso era um acinte aos valores que tinha em mais alta conta: não executar a tarefa com a melhor de suas habilidades. Falhara. Tinha decepcionado a empresa de navegação, a cidade e a si mesmo. Sua capacidade de persuasão fora inadequada; e sua capacidade de compreensão psicológica, insuficiente. Ele, o único entre todos que sabia qual rota seguir, fora impedido de assumir o leme e guiar o navio, e não poderia culpar ninguém além de si mesmo. Não era do tipo que recorre a bodes expiatórios, apesar de a cidade lhe ter oferecido vários.

No dia seguinte, pediu demissão.

Quando Isaksen deixou a cidade, tomou a balsa, como qualquer outro viajante. Não se encaixara: esse era o veredicto geral.

Mas nem todos nós concordamos. Houve quem percebesse que a profecia de desastre que ele mostrara no discurso de nomeação, durante o jantar de gala no Hotel Ærø, iria se concretizar. A única pessoa que poderia tê-la evitado era quem a tinha proferido... E essa pessoa estava indo embora. Não eram apenas as costas de Frederik Isaksen que se voltaram para nós quando embarcara na balsa. Eram as costas do mundo.

Ele partiu em um dia de outono em que chovia a cântaros. Segurava um guarda-chuva com força, mas um vento forte soprava do oeste e os ombros de sua capa de chuva de algodão já tinham escurecido. Uma delegação de comandantes e contramestres reunira-se no cais para se despedir dele. Todos haviam passado a noite inteira no Hotel Ærø quando ele fizera o discurso grandioso.

O porta-voz deles, capitão Ludvigsen, deu um passo adiante. Tinha sido o apoiador mais ferrenho de Isaksen. Pessoalmente, nunca sonhara em colocar os pés em um vapor. Mas considerava-se um homem de visão.

– É uma enorme pena tudo terminar assim – o comandante disse.

– Não sinta pena de mim – Isaksen respondeu, com um sorriso de incentivo, como se fosse o comandante que precisasse de consolo. – Foi culpa minha as coisas terem terminado desse jeito. Eu deveria ter sabido escutar melhor.

O comandante não tinha certeza se havia compreendido o que Isaksen queria dizer.

– Mulheres desgraçadas – foi tudo o que pronunciou.

– Não deve culpá-las – Isaksen disse. – Essa é uma posição incomum para as mulheres ocuparem. Só estão fazendo o que acham melhor.

A balsa soltou um apito de aviso. Estava na hora de ir.

– Para onde vai? – o comandante perguntou. Ele tinha preparado um breve discurso, mas esquecera as palavras.

– Nova York. Møller está abrindo um escritório novo. Dê uma passada por lá, se estiver na cidade. Sempre haverá trabalho para um homem de Marstal.

Isaksen apertou a mão do comandante. Então, despediu-se de cada um dos homens, individualmente. A balsa soltou o último apito de aviso. Ele levantou o guarda-chuva, ergueu o chapéu e desapareceu pela prancha.

Agora, já não havia mais ninguém por perto para nos impedir de nos tornar aquilo que Isaksen previra: aqueles que ficam para trás.

O Matador de Gaivotas

– Onde Albert enterrou James Cook?

Anton fazia grandes planos. Transformara-se no líder do Norte, mas isso não era suficiente para ele. Até onde era capaz de lembrar, só duas gangues tinham existido: Norte e Sul. E sempre haviam dividido a cidade entre si. Mas, agora, meninos da Niels Juelsgade e da Tordenskjoldsgade tinham começado a formar as próprias gangues. Elas ainda precisavam se separar da do Sul, mas Kristian Stærk, da Lærkestræde, já tinha executado a cisão. O sobrenome dele, que significa "Forte", provara ser adequado, e ele batizou a gangue em homenagem a si mesmo: a Gangue Forte.

Essa tendência preocupava Anton. Ele gostava de estar à frente de tudo, e agora sentia que estava sendo "deixado de lado", como colocou. Falou com Knud Erik sobre roubar as botas de navegação de Albert, que estavam no sótão, na Prinsegade, até que alguém construísse o museu ao qual Albert as legara. Anton teve a ideia de formar uma gangue nova, que seria batizada em homenagem a Albert, e que aceitaria apenas aqueles dentre nós que se dispusessem a jurar que estavam preparados para morrer, como Albert, com as botas calçadas. Anton tinha exigido ser o primeiro a experimentar os sapatos históricos e já bem gastos dos Madsen, mas as botas eram grandes demais para ele. Ainda assim, tinha planos de usá-las sempre que um novo integrante da gangue fizesse seu juramento de lealdade, antes de ordenar ao iniciado que se ajoelhasse e desse um beijo na ponta de cada bota.

Knud Erik e Vilhjelm reclamaram que Anton nunca iria conseguir que um homem de verdade fizesse isso, e, se fosse valer a pena entrar para a gangue, iria precisar de homens de verdade nela. Pessoalmente, os dois iriam se recusar a fazer isso. Surpreenderam até a si mesmos com esse desafio repentino. Finalmente, o líder cedeu, e, juntos, eles concordaram que, em vez dos beijos nas botas, os novos integrantes da gangue apenas iriam calçá-las para o juramento. Assim seria mais digno; até Anton era capaz de ver isso. A cabeça encolhida de James Cook seria a mascote do grupo. O conhecimento secreto de sua existência iria sedimentar todos eles como uma gangue.

Só havia um problema: a cabeça de James Cook estava no fundo do mar.

Helmer, que morava em Skovgyden e pertencia ao Norte, conseguiu permissão para usar o barco de pesca do avô. Sete meninos se apertaram a bordo, mas apenas Vilhjelm e Knud Erik sabiam qual era a missão. Anton disse ao resto de nós que estávamos indo para a parte do mar chamada Mørkedybet, a fim de caçar tesouros. Ele descreveu a caixa de madeira, mas não disse o que continha; apenas que não era uma visão para quem tinha coração fraco.

Tordenskjold pousou no banco a seu lado e ficou examinando-nos com seus olhos brilhantes e inescrutáveis. De vez em quando, a ave levantava voo, planava no céu azul e mergulhava na água sem aviso. Ao retornar ao barco, acomodava-se de novo no banco, inclinava a cabeça para trás e levantava o bico afiado. Víamos sua garganta se flexionar sob as penas, alheia à nossa presença, enquanto engolia o peixe que tinha pegado.

– Muito bem, Tordenskjold! – Anton exclamava. Sempre se dirigia à gaivota como se fosse um cachorro.

– O tesouro tem alguma coisa a ver com o inglês? – Olav perguntou. Era um garoto grande e corpulento, cujo cabelo caía em cima da testa.

– De certa maneira, sim – Anton respondeu. – Só vou dizer isso para vocês.

Knud Erik e Vilhjelm se entreolharam.

Começamos a mergulhar em Mørkedybet. Era um dia sem nuvens, na primeira semana de junho. Não havia ondas, então dava para enxergar a água bem até o fundo, mas não até o fundo do mar, que ficava escondido sob uma capa ondulante, em tons de verde e azul-escuro. Um depois do outro, mergulhamos pela lateral do barco, porém, quanto mais mergulhávamos, mais difícil ficava para enxergar qualquer coisa: o fundo do mar era uma sombra impenetrável. Era arrepiante sentir as algas acariciando nossa barriga; era como se a água tivesse adquirido dedos longos e macios e estivesse tentando pegar a gente. Uma colônia ondulante de águas-vivas nos fazia companhia, e, a certa altura, uma solha saiu inesperadamente de sua camuflagem na areia. Mas não havia sinal de nenhum tesouro. Remávamos de um lugar a outro e mergulhávamos sem parar, enquanto braços e pernas iam ficando cada vez mais frios. Anton aguentava mais do que qualquer um, mas, sempre que irrompia pelo espelho d'água, seus lábios tremiam.

Tordenskjold saiu voando e flutuou alto no céu azul, como se estivesse de olho em nós.

Era uma empreitada inútil, e logo ficou difícil imaginar que tínhamos chegado a acreditar que iríamos encontrar a cabeça de James Cook no fundo do mar. Começamos a perder o entusiasmo, juntamente com o fôlego e o calor do corpo. O sol brilhava, mas o mar continuava maculado pelo frio do inverno.

O único que não tremia de frio era Helmer. Ele estava bem aquecido e seco no banco da proa, cutucando a pele queimada de sol nos lugares em que estava descascando e olhando com ceticismo para a água.

– Bom, o barco é meu – disse. Em sua opinião, isso já era contribuição suficiente.

– Covarde! – gritamos.

Isso ofendeu seu orgulho de macho, e ele se jogou na água pela frente do barco. Mas, quando percebeu como estava fria, esqueceu tudo sobre salvar a própria honra. Pegou o estai e tentou voltar para o barco vazio, que prontamente virou.

Ninguém entrou em pânico e ninguém tentou subir na embarcação emborcada. Era pesada demais para virar; por isso, começamos a puxá-la e arrastá-la na direção de Birkholm, onde pudemos fazer isso na água rasa.

Knud Erik e Vilhjelm ficaram para trás, para recolher as roupas de todos: camisas, pulôveres e calças, que flutuavam na água feito um manto de algas. Penduraram algumas peças para secar nos poleiros que marcavam o canal; outro itens, levaram para terra firme. Apenas Anton continuou mergulhando, determinado a encontrar a cabeça de Cook. Foi só quando o resto de nós estava estirado, nus na areia em Birkholm, tentando nos aquecer, que o vimos dirigindo-se à praia. Nadava de costas e trazia algo no braço, como se estivesse salvando um homem afogado.

– Ele encontrou o tesouro! Ele encontrou o tesouro! – Helmer berrou.

Knud Erik e Vilhjelm se entreolharam. Será que realmente tinha encontrado a cabeça de James Cook?

Anton chegou à praia cambaleando. O rosto dele estava azul-claro e os dentes não paravam de bater, de modo que, nos primeiros minutos, foi incapaz de dizer qualquer coisa. Agachou-se e ficou respirando com um barulho de gorgulho, como se tivesse engolido muita água, agarrado ao tesouro durante todo esse tempo. Trocou um olhar rápido com Knud Erik e meneou a cabeça. Então, levantou-se e estendeu os braços em triunfo. Seu torso ainda tremia de frio, mas o rosto estava iluminado por um sorriso.

– Olhem o que eu encontrei! – gritou.

Todos olhamos fixamente para o objeto que trazia nas mãos. No começo, não conseguimos distinguir o que era. Então, Helmer engoliu em seco.

– É um homem morto!

Agora, os outros também enxergavam. Anton segurava uma caveira, verde por causa dos muitos anos que tinha passado na água, e coberta de algas, que se dependuravam dela feito o cabelo de um homem afogado. O maxilar inferior estava faltando. Onde deveriam estar olhos, havia dois buracos vazios que os olhavam com o fitar impenetrável dos mortos. Os dentes expostos do maxilar superior sorriam em triunfo malicioso, como se previssem o destino que nos aguardava, quando também nos tornássemos tristes restos mortais.

– Não – Anton disse. – Isto não é um homem morto. É muito melhor. É um homem que foi assassinado. – Baixou os braços e estendeu o crânio para nós. – Vejam vocês mesmos.

Formamos um círculo a seu redor. Ele virou a caveira do homem assassinado, para que pudéssemos vê-la de todos os ângulos. Na parte de trás, havia um buraco enorme.

– É um homem da Pré-História – Knud Erik disse. – Alguém acabou com ele com um machado.

– Não, este aqui não é um homem da Pré-História – Anton declarou. Olhou para nós, fazendo uma pausa entre cada um, para aumentar o suspense. – Eu sei quem ele é.

– Quem é? – perguntamos ao mesmo tempo.

– Não vou contar agora. Mas esse é o tesouro que eu pedi para encontrarem.

Knud Erik e Vilhjelm sabiam muito bem que Anton estava mentindo. Não tínhamos encontrado a cabeça de James Cook. Mas encontráramos algo, e Anton sempre sabia como usar o inesperado a seu favor.

– Quero que vocês coloquem a mão na cabeça desse homem assassinado e jurem não deixar escapar nenhuma palavra para ninguém – disse. – Ou nunca vou contar a vocês quem ele é.

Nós todos colocamos a mão na caveira. A alga escorregadia que brotava nela era nojenta ao toque, e estremecemos.

– Jurem – Anton ordenou.

E nós juramos, em uníssono, que jamais revelaríamos o segredo.

– Agora, diga quem ele é.

– Mais tarde – Anton respondeu, e fez um gesto para que nos acalmássemos, como se estivesse pedindo para não nos animarmos demais.

Remamos até os varais e recolhemos o restante das roupas. O sol e o vento as tinham secado, mas nenhum de nós se lembrou de juntar os tamancos. Achávamos que, depois que Helmer capotara o barco, a corrente os tivesse levado.

Vilhjelm também não conseguiu encontrar suas calças, e seu acanhamento fez com que a gagueira piorasse.

– Dê as suas para ele – Anton disse a Knud Erik. – Assim, sua mãe vai ficar brava de verdade.

Essa continuava sendo a receita da liberdade de Anton: irritar a mãe e o pai o máximo possível.

* * *

As pessoas ficaram olhando para o bando de meninos descalços e sem calças, que caminhava de volta para casa pelas ruas. Obviamente, iríamos todos apanhar.

Mas não fazia diferença para nós.

Nada seria capaz de nos afetar no dia em que encontramos a caveira do homem assassinado. Tínhamos um segredo. E um segredo significava poder.

Alguns dias depois, Anton foi falar com Kristian Stærk para sugerir que eles unissem forças e formassem uma nova gangue, que, segundo a avaliação dele, seria a mais forte da cidade. Escolheu a palavra deliberadamente, para lisonjear o líder Forte. Tinha levado Knud Erik e Vilhjelm consigo, como seus braços direitos. A tarefa mais importante deles era carregar o caixão de madeira que continha a caveira do homem assassinado, o que Anton considerava uma estratégia vital nas delicadas negociações que teria pela frente.

Com Kristian Stærk, as maiores desvantagens de Anton eram a idade e a altura. Kristian, com quinze anos, era muito maior do que Anton. Ele tinha ombros largos e pescoço grosso; a cabeça notavelmente pequena empoleirava-se acima deles. A proeminência de suas orelhas já tinha feito Anton observar que a cabeça "abriu as asas porque planejava sair voando para encontrar um corpo com o qual combinasse melhor". Mas ninguém falava coisas assim quando Kristian Stærk estava por perto, porque não havia nada que ele apreciasse mais do que distribuir apertões no joelho e agarrões no braço, torcendo a pele do pulso entre as mãos suadas para lados opostos.

Era aprendiz na oficina de um ferreiro, Samuelsen, na Kongegade, e ninguém entendia por que ainda se dava ao trabalho de andar com uma gangue de moleques e de se meter em brigas. Os adultos não tinham Kristian Stærk em muita alta conta, mas todas as crianças o temiam. Talvez fosse por isso que Kristian continuava se comportando como elas. Preferia estar em companhia que garantisse sua posição como maior e mais forte.

No caso de Anton, era exatamente o oposto. Os adultos não se impressionavam mais com ele do que com Kristian; as mães, principalmente, olhavam torto para o menino que tinha deixado meia Marstal no escuro com um único tiro. Mas os meninos da cidade o idolatravam. Para Anton, nunca fazia diferença se as pessoas eram maiores ou menores do que ele, porque sempre era mais esperto, e isso bastava.

Kristian Stærk o recebeu de maneira mais favorável do que Anton esperava; sua reputação o precedia. Mas o líder do Norte sabia muito bem que sua carta mais forte nas negociações que estavam por vir era a conteúdo do caixão de madeira carregado pelos dois ajudantes, Knud Erik e Vilhjelm. Não arredava pé da ideia de que o nome da gangue tinha de ser Albert, e ampliara seus planos para o ritual de iniciação: agora, integrantes em potencial da gangue, além de calçar as botas de Albert para assumir compromisso, também teriam de colocar a mão na cabeça do homem assassinado. Ele tinha tirado as algas e lustrado o crânio, o buraco e tudo, até brilhar. Tinha chegado à conclusão de que o nome de seu dono deveria permanecer um segredo para todos, menos para os dois líderes da gangue: Kristian Stærk e ele próprio.

Pediu a Knud Erik que erguesse a tampa do caixão; então, com solenidade, tirou lá de dentro a caveira e entregou-a a Kristian Stærk. Quando este tomou o objeto entre as mãos, suas protuberantes orelhas balançaram para a frente e para trás: dava para ver que ficou com medo, mas também pudemos perceber o cérebro de menino ardiloso, preso em seu corpo de adulto, disparando a toda a velocidade. A cabeça surtiu apelo irresistível à sua imaginação, e ele soube, por instinto, que surtiria o mesmo efeito sobre os colegas. Aquele que fosse dono da caveira teria a maior gangue, e também a mais forte. Assentiu sem dizer palavra, assinalando concordância com os termos de Anton.

– E não estamos falando de algum homem da Pré-História que foi atingido por um machado aqui – Anton disse. Ele fez Kristian se agachar, de modo que a cabeça de ambos ficou no mesmo nível, e sussurrou o nome da vítima de assassinato em seu ouvido. Então, eles se olharam nos olhos para selar o pacto.

A primeira tarefa à espera da gangue recém-formada era providenciar armas e equipamentos para os novos recrutas. O Homem Margarina, que vendia manteiga e margarina em sua carrocinha puxada a cavalo, deu-nos as tampas de seus barris vazios. Prendemos correias a elas, que foram transformadas em escudos. Kristian Stærk provou ser útil, em especial ao providenciar hastes de bambu com o ferreiro, as quais transformamos em arcos. Usamos varetas de jardim como flechas, mas elas não serviam de muita coisa, apesar de poderem deixar uma marca arroxeada, se você fosse acertado na testa pela ponta cega. Tentamos afiar uma delas com uma faca, mas a madeira não era dura o suficiente. Foi Anton quem pensou em amarrar-lhes agulhas de vela. Além de machucar mais, também perfuravam a pele: depois de uma batalha, alguns dentre nós pareciam porcos-espinhos, principalmente no verão, quando tínhamos menos roupas para nos proteger e as agulhas entravam diretamente na pele nua. Nossa vida era assim. Nossas brincadeiras estavam ficando perigosas, e perigo era o que desejávamos. Tínhamos um nome a honrar e a caveira de um homem assassinado como mascote. Só a verdadeira ameaça de morte fazia com que a briga valesse a pena.

Estabelecemos certas regras; uma delas era que todos os integrantes deviam ter mais de dez anos. Knud Erik e Vilhjelm, que tinham acabado de completar dez anos, eram exceções; outros meninos dessa idade não eram admitidos. O teste de iniciação não servia aos fracos de espírito. Era necessário pular no porto segurando uma pedra grande, afundar até o leito do mar, caminhar por baixo do leme de um navio e sair do outro lado. Se você largasse a pedra enquanto estivesse lá embaixo, poderia dar adeus à filiação à gangue Albert. Poucos adultos teriam sido capazes de passar; mas, em vez de assustar os candidatos, o teste nos atraía em número enorme. Todos ansiávamos por provar nossas habilidades, e cambaleávamos pela escuridão verde-garrafa com as faces inchadas e os olhos saltados por causa da privação de oxigênio, enquanto o leme de um navio, vivo devido às suas algas ondulantes, mexilhões e cracas, avultava-se acima de nós como o abdômen inchado de uma baleia jubarte. Subíamos à superfície feito bolhas que estouravam em um leito de lama. Assim que enchíamos os pulmões de ar, soltávamos um berro de triunfo, enquanto nos esforçávamos para não voltar a afundar com a pedra, que perdia sua ausência de peso assim que a erguíamos sobre a água.

Será que alguma vez pensamos que tínhamos acabado de descer ao local onde a vida de tantos dentre nossos pais tinha acabado? Juramos que iríamos morrer de botas calçadas. Mas, bom, isso também acontece quando se morre afogado.

Convocamos membros de todas as ruas da cidade, inclusive a metade que sempre pertencera ao território Sul. Mas o teste também significava nos despedir de alguns dos antigos membros do Norte. O mais importante era passar no teste; isso se sobrepunha a nosso lugar de origem. O Sul tinha um núcleo resistente que se recusava a se render, mas isso era bom para nós: precisávamos de alguém para brigar. Nós fazíamos com que eles se esforçassem, e, normalmente, levavam a maior surra. Às vezes, brigávamos em cima de jangadas no porto ou encenávamos batalhas marítimas em barcos roubados. Mas, na maior parte do tempo, nos encontrávamos em um campo na Vestergade, ao qual os adultos nunca iam. Não queríamos ser perturbados enquanto causávamos cortes e hematomas, olhos roxos e cabeças esmagadas uns aos outros.

* * *

Até que uma coisa terrível aconteceu com Kristian Stærk: o líder do Sul, Henry Levinsen, foi o único de nós a sofrer um ferimento permanente. Estava usando um vaso de cobre como capacete, e Kristian Stærk bateu-lhe com uma estaca de armadilha de peixe, fazendo com que passasse das orelhas e quebrando o nariz dele pelo caminho. Groth, o encanador da Vestergade, teve de cortar o vaso para soltar, e o nariz de Henry ficou torto a partir daquele dia.

Os adultos nos chamaram de *piccaninnies*. Isto significava "crianças" em uma língua que não era inglês, alemão ou francês, mas uma outra usada em um lugar distante. E foi exatamente assim que a palavra fez com que nos sentíssemos: nativos selvagens, estrangeiros de uma ilha não descoberta.

Se algum dia tivéssemos nos dado ao trabalho de contar os integrantes de nossa gangue que não tinham pai, teríamos percebido o grande número de nós que havíamos, a certa altura, começado a soluçar na rua ou no parque, lembrando-nos de repente do pai que perdêramos quando seu navio afundara. Fosse tempo de paz ou de guerra, era sempre a mesma coisa: morte por afogamento e nada de enterro depois.

Mas não nos entregávamos a pensamentos assim, apesar de, sem dúvida, haver razão para alguns de nós batermos com mais força do que os outros, quando nos metíamos em brigas, e para não nos importarmos com o quanto doía quando recebíamos socos de revide. Batíamos uns nos outros como um ferreiro bate no ferro vermelho de quente. Fazíamos isso para nos forjar em algum tipo de formato.

Anton afirmava que o homem assassinado aparecia embaixo de sua janela de frontão todas as noites e o chamava com uma voz vazia, dizendo que queria a cabeça de volta. Mas nós não acreditamos. Como é que alguém pode gritar do jardim se a sua cabeça está lá no alto, no sótão?

Será que não tínhamos notado que o maxilar inferior dele estava faltando? Foi o que Anton nos perguntou. Era de lá que a voz vinha. Mostrou-nos as pegadas, no canteiro de batatas ao fundo do jardim.

Achamos que ele mesmo as fizera.

Anton suspirou e disse que o fato de as pessoas mais próximas não acreditarem nele, apesar de possuir grande conhecimento, era um fardo, uma cruz que teria de carregar. Além de conhecer a identidade do homem assassinado, também sabia quem era o assassino. Lançou-nos um olhar que fez calafrios percorrerem nossa espinha. Não acreditávamos em tudo o que dizia, mas, mesmo assim, ele tinha o poder de nos desconcertar.

Na época não sabíamos, mas chegaria uma noite em que um homem no jardim realmente iria chamar Anton. Mas não seria o morto pedindo a cabeça de volta.

Seria o assassino. Enviado por Kristian Stærk.

Tudo começou quando Anton achou que tinha menos dinheiro para gastar do que o normal e precisou diminuir a cota diária de cigarros Woodbines. Fumá-los dava-lhe uma voz masculina que o fazia parecer muito mais velho. Disse-nos que a falta de dinheiro advinha de um problema com o Atirador, como ele chamava a espingarda de ar comprimido do primo. Andava derrubando menos pardais locais do que o normal. Desprezou como completa bobagem a teoria de que, finalmente, tinha eliminado toda a sua população. A culpa era do Atirador.

Como resultado, resolveu fazer um teste decisivo com a arma, ao derrubar uma ave grande de verdade. A maior de Marstal, aliás. Em nossa opinião, a decisão demonstrava sua verdadeira natureza, mas, ao mesmo tempo, fez com que ficássemos preocupados; de fato, deixou-nos constrangidos. Todo mundo na cidade gostava dessa ave; ela até tinha nome próprio. Claro que o mesmo valia para as várias araras, cacatuas, periquitos, estorninhos e canários que os marinheiros foram trazendo para Marstal ao longo dos anos. Mas esses pássaros ficavam em gaiolas, pedindo torrões de açúcar; até Tordenskjold, pertencente a Anton, era meio domesticado. Isso era diferente. A ave cuja vida Anton planejava tirar era uma criatura livre e nobre, que voava tão longe, todos os anos, quanto os homens de Marstal velejavam. Sentíamo-nos honrados por ela ter escolhido fazer ninho em nossa cidade. Era uma cegonha, e morava no telhado da casa de Goldstein. Nós a chamávamos de Frede.

O telhado de Goldstein era um lugar estranho para uma cegonha escolher como ninho. Cegonhas gostam de ficar bem no alto, mas a casa de Goldstein, que ficava no final da Markgade, era uma construção baixa de madeira, pintada de amarelo, com um telhado vermelho que parecia pronto para escorregar das paredes afundadas. Abraham Goldstein era um sapateiro de barba branca e modos gentis que nunca olhava para ninguém. Havia um motivo para isso: alguns diziam que era capaz de lançar mau-olhado. Qualquer comandante que passasse pelo sapateiro a caminho de seu navio, que o esperava, adiava a viagem para o dia seguinte. Além disso, Goldstein tinha sido visto parado na área de comércio, certa manhã de primavera, hipnotizando pardais. Eles tinham voado para suas mãos abertas e subido em seus braços e nos ombros recurvados; alguns até se acomodaram em seu chapéu. Outros afirmavam que tudo isso era bobagem e que Goldstein era um homem completamente normal que só deveria ser julgado por sua habilidade para trocar a sola de um par de botas. Nesse quesito, ninguém tinha nenhuma reclamação.

Fomos à sua casa em um domingo à tarde, em julho. O calor tinha feito com que todos fossem para a praia; então, Anton poderia atirar na cegonha sem se preocupar com testemunhas. A coisa toda parecia infinitamente triste, no entanto, tínhamos de assistir. Estávamos certos de que iríamos fechar os olhos no momento em que a cegonha batesse as asas em branco e preto pela última vez e caísse do grande ninho de gravetos, com as pernas vermelhas voltadas para cima. Tínhamos uma vaga noção de que grandes homens e acontecimentos sem motivo e tristes andavam juntos, e vimos a coisa toda sob essa luz. Convencidos de que Anton estava destinado a grandes feitos, queríamos estar presentes quando aquilo acontecesse.

Anton ergueu a espingarda e apertou um dos olhos. Ficou assim durante muito tempo, como se não estivesse certo a respeito da mira, e achamos ter visto sua mão tremer um pouco. Olhamos para a cegonha e entendemos. Parecia que estávamos nos despedindo dela, e era certo que Anton sentia a mesma coisa. Então, puxou o gatilho.

Todos nós fechamos os olhos com força, como se tivéssemos recebido uma ordem, e permanecemos assim quando o tiro soou. O barulho pareceu alto o suficiente para chegar até a Cauda. Silêncio absoluto se seguiu. Então, Anton xingou. Abrimos os olhos e olhamos para a quina do telhado. A cegonha continuava lá, imóvel sobre sua pilha de gravetos, como se tivesse caído no sono.

Será que era assim que as cegonhas se comportavam quando levavam tiros? A bala deveria ter reduzido a ave nobre a uma pilha ridícula de penas e pernas vermelhas compridas; em vez disso, ela estava lá, ereta, como se fosse empalhada.

Demorou vários minutos para percebermos por quê. Anton tinha errado o alvo.

Furioso, voltou a carregar a espingarda de ar comprimido e atirou mais uma vez, e outra, até não ter mais chumbinho. A cegonha nem se mexeu. Parecia surda. Mas, independentemente de ser ou não capaz de escutar, uma coisa era certa: apesar do bombardeio de Anton com a espingarda de ar comprimido, Frede permaneceu completamente intocada.

De repente, a porta da casa de Goldstein abriu de supetão e um homem apareceu: não era o sapateiro baixinho, mas um gigante que precisou se abaixar para sair pela porta minúscula. Por baixo do macacão azul, seu torso bronzeado estava nu; dava para ver os bíceps enormes e as tatuagens azuis e vermelhas que serpenteavam ao redor dos músculos. Era o genro de Goldstein, Bjørn Karlsen, que trabalhava com cordame no estaleiro de navios de aço. Ele estava curtindo sua soneca da tarde até que os tiros de Anton o acordaram.

– Que diabos acha que está fazendo, moleque? – berrou, ameaçando Anton e o resto de nós com o punho fechado. – Estava atirando na cegonha?

Mas Anton parecia não escutar. Olhava fixamente para a espingarda nas mãos, com ar de ódio profundo: um olhar que torcíamos, com fervor, para que nunca lançasse sobre nós. Queríamos fugir correndo, mas não achávamos que podíamos abandoná-lo, por isso, apenas recuamos alguns passos. Assim, Anton ficou sozinho na calçada quando Bjørn Karlsen atravessou a rua, em poucos e gigantescos passos, e o agarrou pelo pescoço. Ergueu-o pelo colarinho, de modo que seus pés ficaram balançando no ar, como se não passasse de uma criancinha. E, talvez, para um homem furioso de um metro e oitenta que trabalhava com cordame, talvez ele não passasse disso. Para nós, Anton era tudo, menos isso. No entanto, agora começávamos a perceber que havia diversas maneiras de enxergá-lo. Bjørn Karlsen arrastou-o pela Markgade, gritando com ele.

– Esta arma é sua? – inquiriu, e Anton respondeu que era. Não ia se dar ao trabalho de explicar que, na verdade, era do primo dele: de todo o modo, agora tal informação era irrelevante.

– Deixe-me mostrar o que acontece com moleques como você – o homem grande disse.

Atravessou a área de comércio sem largar Anton. Nós o seguíamos a uma distância segura. Não entendíamos por que ele não dizia nada. Ninguém jamais o impressionava, e nós nunca conhecemos um adulto de que Anton, com sua fala rápida, não pudesse tirar vantagem. Agora, parecia indiferente a tudo. Já para nós, uma curiosidade estranha e passiva fazia com que ficássemos de boca fechada. Poderíamos ter gritado palavras de incentivo, ou xingado Bjørn Karlsen, mas não dissemos nada.

O homem prosseguiu pela Prinsegade e depois pela Havnegade, chegando até o Dampskibsbroen. Não cruzamos com ninguém no caminho. A cidade estava deserta, como um palco à espera de um acontecimento importante e triste. Talvez esse fosse o dia em que presenciaríamos a queda de Anton.

O homem parou bem na beira do cais.

– Pronto, esta porcaria desta espingarda só serve para isto – disse.

Arrancou o Atirador da mão de Anton e bateu a arma com força contra a lateral do cais, estraçalhando a empunhadura de madeira. Anton não falou nada; apenas continuou olhando para o vazio. Então Bjørn Karlsen jogou a espingarda quebrada na água do porto, e, com um pouco de barulho ao bater na água, ela desapareceu sob a superfície. Karlsen ainda estava segurando Anton pelo colarinho; agora, também tinha pegado a cintura da calça e, com um balanço forte, mandou Anton voando na mesma direção que o Atirador.

Quando o garoto voltou a subir no cais, fingiu que nada tinha acontecido, apesar de estar ensopado. Olhou para nós com os olhos apertados.

– Ainda bem que me livrei daquela espingarda de merda – ele disse.

Havia algo que ele queria provar, talvez para nós, mas principalmente para si mesmo. Tinha a ver com a precisão de sua pontaria. Nenhum de nós era capaz de imaginar como Anton, que sempre tinha sido capaz de acertar um pardal de bem longe, ou uma lebre fugindo em pânico, podia errar uma cegonha parada. Então, o problema tinha de ser com o Atirador.

Desde que tivesse sido o Atirador a errar, e não Anton, sua honra permaneceria intacta. Éramos capazes de acompanhar esse raciocínio, mas não conseguíamos enxergar além dele.

Em seguida, Anton veio com a ideia de acertar numa maçã equilibrada na cabeça de alguém. Ele o faria com arco e flecha, igual a Guilherme Tell. Obviamente, isso teria de ser feito em um dia sem vento. Uma flecha não iria decepcioná-lo. Arcos e flechas eram armas antigas, e sua precisão dependia da habilidade do arqueiro e não, como no caso da espingarda de merda que agora estava no fundo do mar, onde era seu lugar, de alguma questão técnica aleatória. Kristian Stærk iria fornecer a cabeça sobre a qual a maçã seria colocada. Quem mais poderia ser? Não era o estilo de Anton ordenar aos integrantes de sua gangue que arriscassem a vida, a menos que também estivesse na zona de perigo. Mas ele e Kristian Stærk eram iguais. A única coisa que precisava fazer era dar a deixa, e Kristian iria se apresentar. Ele estava certo. As orelhas de Kristian balançaram, como sempre acontecia quando ficava com medo, mas ele não hesitou. Seria seu fim se tivesse hesitado.

Vez após outra, debatemos os desfechos possíveis. E se a coragem de Kristian Stærk falhasse no último momento? Ou se a mira de Anton o abandonasse mais uma vez?

O grande dia chegou. Fomos até o campo próximo à Vestergade, onde costumávamos nos encontrar para batalhas contra o Sul. Esse pessoal estava lá também, com o líder Henry Levinsen ali em pé, com o nariz novo, torto, mas curado, à mostra. Não tinham levado armas. Assim como o resto de nós, iriam testemunhar o triunfo ou a derrota de Anton. No total, devíamos ser uns cinquenta garotos.

Tinha acabado de parar de chover, e a lama negra dificultava o caminhar.

Kristian Stærk posicionou-se no meio do campo, e Knud Erik tentou equilibrar a maçã em sua cabeça, mas ela ficava caindo. Não tínhamos ensaiado, e a maior parte dentre nós considerou isso mau agouro. Kristian teve de torcer o cabelo meio comprido e ensebado em uma espécie de almofada, para que a maçã ficasse parada. Suas orelhas ficavam balançando. E nos lembramos da piada de Anton a respeito delas: que pareciam asas prontas para levar a cabeça dele embora, para outro corpo. Sem dúvida, era precisamente isso que as orelhas de Kristian Stærk queriam fazer naquele momento.

Anton ficou de frente para ele, e seus olhos se encontraram, como os de dois duelistas. Então o primeiro começou a caminhar para trás, apertando os olhos como se estivesse se concentrando... mas continuou se afastando até ficar claro que não tinha a mínima chance de acertar a fruta: aliás, até duvidávamos de que a flecha pudesse chegar tão longe. Knud Erik gritou para que ele parasse e voltasse um pouco. Anton se recusou, e foi necessária muita discussão antes de concordar em atirar de uma distância de quinze passos. Kristian, neste ínterim, tinha ficado tão confuso que fez a maçã cair mais uma vez.

Finalmente, tudo estava pronto. Anton colocou a haste na corda e puxou o arco, apertando os olhos até ficarem quase fechados. Um bom número de nós achou que a flecha iria passar tão longe quanto as balas da cegonha, porque Anton tinha perdido o jeito.

Porém, desta vez, Anton não errou. Mas não foi a maçã que ele acertou. Foi Kristian Stærk.

Mal tínhamos registrado a vibração da corda do arco quando Kristian dobrou o corpo com um uivo e enterrou o rosto nas mãos. A maçã ilesa caiu ao chão, mas nenhum de nós viu quando isso aconteceu. Dava para perceber que a flecha estava enfiada em algo atrás das mãos de Kristian, mas não exatamente no quê. Então ele aprumou o corpo e urrou para o céu, como se tivesse perdido a cabeça. Foi assustador; afinal de contas, era quase um homem crescido. Jogou a cabeça para trás, para poder berrar ainda mais alto. A flecha ficou presa um pouco, então tombou. A ponta estava vermelha.

Vilhjelm foi o primeiro a alcançar Kristian, com um lenço em punho. Anton não se moveu. Parecia que precisava de tempo para digerir a derrota antes que pudesse começar a assimilar o fato de que tinha acertado Kristian Stærk. Mais tarde, ficávamos discutindo o que era pior: o dano à sua reputação, ou o ferimento que tinha causado.

Finalmente, despertou. Saiu correndo na direção de Kristian, mas parou a alguns passos dele.

– Ele precisa ir ao doutor Kroman – disse, e conseguiu fazer com que sua voz soasse absolutamente inabalada.

Ele ainda era o nosso líder, e, quando falou, todos nós nos acalmamos, apesar de vários dos meninos menores continuarem berrando de medo ao verem o lenço de Vilhjelm tingir-se de vermelho do sangue que jorrava.

Anton aproximou-se de Kristian, que ainda agarrava o rosto e urrava.

– Deixe-me ver onde acertei – ele disse, afastando o cabelo de Kristian.

– Não toque em mim – Kristian uivou. Ainda assim, afastou as mãos do rosto e pudemos ver que o sangue saía do olho direito dele, que agora era uma confusão vermelha.

Anton pegou Kristian pela mão, do mesmo jeito que tinha feito com Henry Levinsen quando o vaso se enterrara sobre suas orelhas.

Henry, provavelmente, também teria se lembrado disso, se ainda estivesse presente, mas os integrantes do Sul já tinham ido embora fazia muito tempo.

– Vamos dizer a todos que entrou um graveto no olho dele – Anton falou, e olhou para cada um da gangue com sua antiga autoridade.

Juntos, com Kristian ainda berrando até não poder mais, atravessamos a cidade na direção da casa do doutor Kroman. Dissemos a mesma coisa a todas as pessoas com quem cruzamos:

– Entrou um graveto no olho dele.

Não achávamos que estivéssemos dando cobertura a Anton. Estávamos dando cobertura a nós mesmos. Não era da conta dos adultos o que fizera o sangue se derramar do olho de Kristian Stærk. Isso era assunto do doutor Kroman. Ele era o único capaz de consertar o problema. Iríamos deixar o destino de Kristian em suas mãos.

Na época, não sabíamos que o destino de Kristian não seria o único a ser decidido no consultório do doutor Kroman. O mesmo aconteceria com o de Anton. Logo, iríamos perdê-lo para sempre como líder.

Quando chegamos ao consultório, uma grande multidão se aglomerara. Mais vinte ou trinta pessoas tinham se juntado à gangue Albert. Estávamos fora do horário normal de funcionamento, e Anton teve de bater com toda a força na porta e gritar o nome do médico. Kroman abriu. Quando viu Kristian, imediatamente abraçou-o pelos ombros e o conduziu para dentro. Ali, o garoto logo se acalmou, como se reconhecesse que estava em mãos seguras; ou talvez só estivesse se fazendo de corajoso.

– O que acham que estão fazendo? – o doutor Kroman perguntou quando todos nós tentamos segui-los para dentro. – Saiam daqui.

Deixou que apenas Anton, Vilhjelm e Knud Erik entrassem. Então perguntou o que tinha acontecido, sem tirar os olhos de Kristian.

– Um graveto entrou no olho dele – Anton disse.

– Não é capaz de falar por si só? – Kroman perguntou.

– Um graveto entrou no meu olho. – Kristian Stærk reafirmou o que Anton tinha dito. Nesse momento, gostamos dele enormemente.

Nesse ínterim, Kroman tinha feito com que o ferido deitasse no sofá e começara a limpar-lhe o sangue do rosto. Com cuidado, ergueu a pálpebra para examinar o olho todo. Nós nos viramos para o outro lado. Não tínhamos a menor vontade de assistir.

– Doutor Kroman – Kristian perguntou, e sua voz estava completamente calma. – Algum dia vou voltar a enxergar com este olho?

– Vou ser honesto com você – o médico disse. – Não.

– Vou precisar ter um olho de vidro?

A voz de Kristian continuava calma, como se a informação que Kroman acabara de lhe dar não tivesse importância específica. Nossa reverência por ele ergueu-se a novos patamares.

– Não, não haverá necessidade disso – o doutor Kroman respondeu.

– Que bom – Kristian disse. – Porque eu prefiro usar tapa-olho.

Depois, quando conversamos sobre a questão, percebemos qual era o jogo de Kristian. Ele tinha calculado que aquele era o fim de Anton e detectara uma oportunidade. Agora, poderia se tornar o líder supremo da gangue Albert. Teria um tapa-olho, e a caveira do homem assassinado iria passar para ele. Mas, no consultório, a única coisa que apreendemos foi que Kristian Stærk finalmente fizera jus ao nome "Forte". Nossa admiração pela maneira como aguentou o tranco que o destino lhe preparara não tinha limites. Tínhamos nos esquecido completamente de que Anton estava presente também.

Mas o doutor Kroman não tinha. Ficou olhando fixamente para o garoto.

– Toda vez que alguém se machuca, você parece estar por perto – disse. – Foi você quem trouxe Henry Levinsen aqui, quando um vaso entalou na cabeça dele, não foi?

– Foi – Anton respondeu. – Está certo. Mas não fui eu quem fez aquilo.

– E você também não tentou matar a cegonha? – O doutor Kroman continuou insistindo na questão.

Anton não disse nada. Fitava com insistência à frente, como se seus pensamentos estivessem em um lugar completamente diferente e ele nem estivesse escutando. Mais uma vez, apertou os olhos daquele jeito irritante que andávamos notando nos últimos tempos, como se ainda estivesse fazendo mira com o Atirador.

– E você também não tem nada a ver com isto?

– Entrou um graveto no olho dele – Knud Erik disse.

– Entrou um graveto no meu olho – Kristian confirmou do sofá.

– Não. A culpa foi minha – Anton soltou, de repente. – Eu atirei nele.

Não éramos capazes de acreditar nos próprios ouvidos. Primeiro, Anton tinha inventado a mentira a respeito do graveto. Agora, estava contando a história toda, exatamente como tinha acontecido.

– Eu atirei nele com arco e flecha – completou. – Não era minha intenção acertar o olho. Estava mirando a maçã em cima da cabeça dele. Mas a culpa é minha, de todo o modo. Fui eu que fiz isso. – Olhava diretamente para o doutor Kroman enquanto confessava.

Um momento antes, tínhamos nos esquecido completamente dele. Agora, voltávamos a nos lembrar e sabíamos que, independentemente do que acontecesse, sempre seria nosso líder. Só havia um Anton. E apesar de, talvez, não ser o melhor atirador do mundo, ninguém era capaz de superá-lo, nem mesmo Kristian Stærk, que era muito maior, três anos mais velho e usava tapa-olho de pirata.

O doutor Kroman não disse nada. Esperávamos que fosse começar a dar bronca em Anton, como os professores na escola sempre faziam. Achávamos que iria chamá-lo de garoto podre, mau exemplo, brutamontes e criminoso reincidente; que iria repreendê-lo por sua mais recente irresponsabilidade; e que iria ameaçá-lo com o lar dos delinquentes, ou até com uma prisão de adultos. Mas o médico era um homem prático. Compreendia o corpo e suas funções, e se ateve ao que sabia. Mandou-nos sair, para que pudesse cuidar do olho de Kristian sem ser perturbado. Nós nos dirigimos para a porta.

– Só um momento, Guilherme Tell – o doutor Kroman disse para Anton. – Quero que venha se consultar comigo amanhã. Há algo que desejo examinar mais de perto.

– Talvez seja meu cérebro – Anton disse depois. – Ele quer descobrir se eu sou o cara mais burro de Marstal. – Parecia totalmente arrasado, e não era para menos. Aquilo fora culpa só dele. Tinha arruinado o olho de Kristian Stærk. Apesar de termos mentido porque ele pediu, sabíamos muito bem que fizera algo horrível, que estava além de um pedido de desculpa.

Quando voltamos a ver Anton, ele estava usando óculos.

Seu rosto, que até então sempre parecera tão determinado, até duro, estava agora pálido e indefeso atrás da armação de chifre marrom, que parecia arrastá-lo para baixo. Parecia que desejava ser uma pessoa inteiramente diferente, e havia a seguinte mensagem nos olhos atrás das lentes: "Por favor, finjam que não me viram".

Além de os óculos significarem seu fim como líder da gangue Albert, significavam seu fim total. Queria ir para o mar um dia. Esse tinha sido o único objetivo de sua vida: o que mais poderia fazer? Mas um marinheiro não pode usar óculos. É simplesmente proibido. Ele precisa ter visão de águia. Tem permissão de não enxergar de perto quando fica velho, mas, se não enxerga de longe quando é novo, está tudo acabado. Não vai conseguir nem o primeiro emprego.

E estava tudo acabado mesmo. Ir para o mar não tinha sido o plano de Anton, mas sim a intenção da natureza para ele, o ápice de sua evolução em direção a homem adulto. Estava ficando mais alto, maior, mais forte e mais velho a cada ano, e, uma hora, todas essas mudanças, que nenhuma força terrena poderia deter, resultariam em que pisasse no convés de um navio e ficasse lá até o fim de seus dias. Os óculos eram uma despedida de tudo isso: Schipperstraat, em Antuérpia; Paradise Street, em Liverpool; Tiger Bay, em Cardiff; Vieux Carré, em Nova Orleans; Barbary Coast, em San Francisco, e Foretop Street, em Valparaíso. Eram uma despedida do Amer Picon, do absinto e do Pernod. Era como se alguém tivesse chegado, pisoteado seu destino e o esmagado completamente.

Seria o mesmo que o doutor Kroman lhe tivesse dito que nunca seria homem. Anton de óculos já não era mais Anton.

Agora sabíamos por que sempre apertava os olhos, e por que não tinha conseguido acertar a cegonha. Não tinha sido culpa do Atirador, mas dele mesmo. Anton deixara de ser quem achávamos que era, e, de um jeito estranho, sentíamos mais pena dele do que de Kristian Stærk. Talvez porque todos nós admirássemos Anton e nenhum de nós realmente gostava de Kristian, com suas orelhas que sacudiam e sua violência despreocupada contra qualquer um que fosse mais novo e menor. Além do mais, a vida de Kristian não mudara por ter perdido um olho. Mantivera seu trabalho como aprendiz de ferreiro. Mas tudo mudara para Anton.

No início, nossos professores interpretaram os óculos de maneira simbólica e acharam que Anton tinha se tornado estudioso. Talvez até tivesse se tornado estudioso. Mas logo perceberam que continuava tão impossível como sempre: a única diferença era que eles tinham de fazer com que tirasse os óculos antes de lhe dar pés de ouvido.

Para nós, as lentes de Anton eram como duas portas trancadas. Ele se escondia atrás delas e nos deixava fora. Delegou a liderança da gangue Albert a Kristian Stærk, mas este tirou pouco benefício de seu recém-adquirido poder. A única vantagem que tinha sobre nós era a força, e isso se devia unicamente à nossa diferença de idade. Afora isso, não havia nada que fosse capaz de fazer que também não fôssemos; e não havia uma única coisa que fosse capaz de fazer que Anton não pudesse fazer muito melhor. Não tinha ideias específicas a respeito de como defender nossa posição entre as gangues da cidade; não foi capaz de tramar uma reação eficiente quando o Sul, ao sentir nossa fraqueza depois da perda de Anton, atacou-nos; e não possuía a menor noção de como restabelecer o respeito deles por nós. Kristian Stærk tinha ficado sem ideias. Mandava em nós e nos dava apertões no joelho e torções no braço para encobrir a própria ansiedade, mas suas orelhas balançantes contavam outra história.

Nem mesmo o tapa-olho, que deixava sua aparência bastante formidável, mudava as coisas. Principalmente porque Anton se recusava a lhe entregar as botas de Albert e o crânio do homem morto. Sem isso, Kristian era incapaz de desempenhar os rituais de iniciação da gangue Albert e não tinha imaginação para criar uma cerimônia nova.

Sem as botas e a caveira, a gangue Albert parecia ter perdido a alma. Aliás, Anton tinha sido sua alma, e Kristian Stærk não passava do braço direito dele. Agora, era um braço direito sem cabeça, e não havia nada mais a dizer.

A gangue se desfez, e novas facções surgiram. Mas as coisas nunca mais voltaram a ser as mesmas. A verdade é que Marstal se tornou uma cidade mais pacífica depois que Anton começou a usar óculos. Ele ficava sozinho em seu quarto, no sótão em Møllevejen. Quando aprendemos a respeito do general Napoleão e seu exílio em Santa Helena, pensamos nele. Mas acreditamos que o destino de Anton fosse mais triste do que o de Napoleão, porque Napoleão foi quem criou a própria desgraça. Perdeu sua última batalha decisiva, mas Anton não tinha perdido nada. Só ficara míope.

Kristian afastou-se totalmente da vida de gangue e já não precisava mais surrar meninos menores para provar seu valor. Em vez disso, se concentrou no papel de aprendiz, com Samuelsen. Considerava-se um adulto, e o ferreiro tinha passado a compartilhar dessa opinião. Reparou que o principal efeito da conversão de Kristian Stærk em adulto era o fato de que o estoque de varetas de bambu, que Kristian considerava parte de seu arsenal, tinha parado de diminuir.

Inicialmente, Kristian ficou achando que as contas entre ele e Anton tinham sido acertadas de maneira pacífica. Anton pedira desculpas, e Kristian havia observado que quase sentia pena dele, o pobre diabo míope, por ter de usar aqueles óculos feios. Mas, quando Anton se recusou a entregar a caveira, Kristian percebeu que tinha muitos motivos para guardar rancor dele. Em primeiro lugar e mais importante, havia a questão do olho. Em segundo, Anton sempre tinha tentado ludibriá-lo e fazer com que parecesse tolo. Fora culpa dele o fato de Kristian ter perdido o controle sobre a gangue Albert, uma posição de poder de que sentia saudades em segredo, toda vez que segurava uma vareta de bambu na mão. Sua recém-adquirida condição de adulto não ia mais fundo do que isso. Todos esses fatores se somavam à seguinte conclusão: Kristian tinha direito a revanche. E, vingativo como era, escolheu o troco mais cruel e ardiloso que foi capaz de imaginar.

Anton havia-lhe confiado o nome do homem assassinado. Neste caso, como tínhamos ouvido dizer, se você soubesse quem era a vítima, automaticamente sabia quem a tinha matado. Assim, Kristian resolveu dizer ao assassino que Anton era capaz de provar sua culpa.

Um dia, Herman entrou na loja do ferreiro para comprar um metro dobrável. Quando os dois ficaram sozinhos por um momento, Kristian soltou:

– Anton Hansen Hay sabe que você matou Holger Jepsen. – Não tinha, exatamente, refletido a respeito dessa frase com antecedência. Suas orelhas sacudiam feito loucas. – Anton tem o crânio dele como prova. E tem um buraco grande nele.

Se Herman não fosse esperto, provavelmente teria agarrado Kristian Stærk pelo colarinho ali mesmo, naquele momento, e lhe dado uma bela sacudida até que revelasse onde Anton guardava o crânio. Em vez disso, foi prudente e fez o papel de inocente ofendido, que incluiu dar um tapão na cabeça de Kristian e fazer com que voasse para cima das gavetas de ferramentas.

– De que diabos acha que está me acusando, menino? – berrou.

Samuelsen veio correndo da sala dos fundos.

– O que está acontecendo aqui?

Sua voz parecia amedrontada. Assim como a maior parte das pessoas, tinha medo de Herman.

– Estou ensinando modos a seu aprendiz – Herman respondeu com toda a calma.

Herman deu meia-volta e saiu da loja sem comprar o metro dobrável. Kristian esfregou a face, que ardia, e tentou esconder um sorriso. Suas orelhas retornaram ao estado de paz. Vira as mãos de Herman tremerem. E sabia que tinha colocado algo em movimento.

Anton, certa vez, tentara nos fazer acreditar que o homem assassinado se postava todas as noites no canteiro de batatas, pedindo sua cabeça, mas nunca tínhamos acreditado nele. Então, uma noite, uma silhueta negra e encurvada de fato apareceu no jardim escuro, sob sua janela, e uma voz, entre um sussurro e um grito rouco, pediu a Anton uma cabeça: não a dele, mas a de sua vítima.

– Anton Hansen Hay!

Anton, que estava dormindo pesadamente, sonhou que levava bronca ou de um professor ou do pai, porque essas eram as únicas pessoas que usavam seu nome inteiro. Demorou um pouco para ele acordar e ainda mais tempo para perceber de onde vinha a voz. Olhou pela janela e viu a silhueta, mas não conseguia distinguir quem era. Não ficou com medo. Fazia um tempão que não pensava na caveira do homem morto e, no primeiro momento, não fez a menor ideia a respeito do que o homem lá embaixo falava. Nunca tinha acreditado na própria história a respeito do fantasma que o assombrava à noite, e, além do mais, a silhueta negra que agora estava ali em pé não era sem cabeça.

Então, acordou direito e, apesar de o homem sob a janela ainda não ter se identificado, não demorou muito para que Anton se desse conta de quem era. E então ficou com medo, com mais medo do que jamais tivera de qualquer fantasma, mais amedrontado do que jamais estivera em toda a sua vida: apesar de isso, na verdade, não querer dizer muita coisa. Se Herman fora capaz de matar o próprio padrasto, também poderia matar Anton. Não seria o menor problema para ele.

Tendo chegado a esse ponto de suas reflexões, Anton bateu a janela para fechá-la e correu escada abaixo, a fim de se assegurar de que todas as portas da casa estavam trancadas. Não estavam, mas, felizmente, havia chaves nas fechaduras, e ele se apressou, frenético, em fechar todas, uma após a outra, antes de voltar correndo para o quarto e se esconder embaixo da cama.

Afinal, a voz do lado de fora de sua janela parou de chamar, mas Anton estava exausto demais para voltar para a cama. Seu último pensamento, antes de cair no sono, sobre o chão, foi que tinha sorte de ninguém estar ali para vê-lo.

* * *

O pai de Anton não estava em casa: tinha ido para o mar nove meses antes e iria demorar pelo menos mais um ano para voltar. Ele não sabia nada a respeito dos óculos de Anton, que estava certo de que, no dia em que ele chegasse em casa e visse o rosto do filho, seu cumprimento iria incluir o termo "quatro-olhos". Não: Anton jamais iria confiar no Estrangeiro, nem iria sonhar em confiar em sua mãe, ou em qualquer outro adulto. Anton era da opinião de que um garoto deve solucionar os próprios problemas sem esperar ajuda de mais ninguém, muito menos de adultos, que eram os inimigos naturais das crianças. Se os adultos tivessem de escolher entre acreditar em uma criança ou em um dos seus, jamais escolheriam a criança. Muito menos o Terror de Marstal, que tinha acertado uma flecha no olho de Kristian Stærk e passara meses com a caveira de um homem assassinado em seu quarto, sem falar nada, apesar de saber quem era a vítima e de ter podido contribuir para que o assassino fosse levado à justiça. Anton sempre tinha sido completamente indiferente ao significado legal de seu achado. Até onde lhe dizia respeito, Herman tinha liberdade para cuidar da própria vida como bem entendesse. Agora, percebia como essa atitude fora tola. Mas não via maneira de escapar da enrascada em que se metera.

Na manhã seguinte, Anton encontrou Tordenskjold morta na gaiola; seu pescoço fora torcido. As asas estavam quebradas e quase arrancadas do corpo, como se o serviço tivesse sido feito por uma pessoa de força incomum e raiva incontrolável. As mãos de Anton começaram a tremer, e ele demorou muito tempo até ser capaz de enterrar a gaivota.

A partir de então, trancava todas as portas da casa, todas as noites.

– Por que está fazendo isso? – a mãe perguntou. – Anda muito estranho ultimamente. – Ela percebera muito bem que Anton tinha mudado, mas não sabia se isso era ou não motivo de comemoração. Não lhe perguntou se havia algo errado. Tudo na vida de Anton parecia tão remoto e tão estranho que, às vezes, pegava-se imaginando se realmente dera à luz a criança conhecida como o Terror de Marstal. Perguntar-lhe se havia algo de errado era o mesmo que perguntar-lhe quem era na verdade, e ela sabia, por amarga experiência, que a única resposta seria um dar de ombros.

– Nós temos um penico? – Anton perguntou.

– Você está passando mal?

– Estou – Anton respondeu.

– Isto não é para tentar faltar à escola amanhã, é?

– Eu vou à escola, sim. Agora, me dê esse penico.

Sem entender nada, a mãe entregou-lhe o penico. Em seu quarto, ele esvaziou o conteúdo dos intestinos, que era impressionante: tinha passado o dia inteiro segurando. Quando Herman voltou naquela noite e começou a chamá-lo, Anton virou o penico bem em cima da cabeça dele.

Deu certo. Herman não voltou, mas a vitória de Anton não melhorou seu humor. Começou a carregar uma faca e parou de comer. À noite, dormia com as botas de Albert nos pés. Não sabia dizer por quê, mas se sentia mais seguro com elas. Talvez estivesse se preparando para a morte. Seu rosto ficou rígido e melancólico; os óculos com armação de chifre, que antes faziam com que parecesse um menininho, agora o transformavam em um velho. Olheiras pretas como carvão formaram-se embaixo dos olhos. No passado, a sua cabeça tinha sido coberta por machucados, cortes, galos e até olhos roxos alegremente reluzentes, que depois ficavam azulados e então desbotavam até o amarelo. Em um menino, esses eram sinais de boa saúde. Mas olheiras pretas não eram a mesma coisa: pareciam mais uma marca da morte, igual à marca de giz que um madeireiro faz em uma árvore que vai derrubar. Sua mãe começou a ficar preocupada de verdade e, pelo menos dessa vez, não o ameaçou com castigo do pai quando este voltasse.

– Me deixe em paz – ele dizia toda vez que ela se aproximava.

Pôs-se a brincar com a faca constantemente. Queria matar Herman, mas não sabia como fazê-lo. Era capaz de correr muito mais rápido do que ele, mas de que isso adiantaria? Não dá para matar um homem por correr mais rápido do que ele.

Saía de casa cada vez menos e, quando o fazia, ficava sempre olhando por cima do ombro. Antes, tinha uma gangue atrás de si. Agora, estava sozinho.

Pouco depois do incidente com o penico, Anton ouviu seu nome sendo chamado da horta, em plena luz do dia. Tinha começado a trancar as portas da casa até durante o dia, e então, quando os raios do sol da tarde entravam pela janela do frontão e ele ouviu a voz, ficou contente por ser precavido. Mas ela só chamava seu primeiro nome, e não era o sussurro rouco de sempre: era uma voz de menino, igual à dele. Resolveu arriscar e foi até a janela para olhar para baixo, onde viu Knud Erik parado.

– É você? – Anton perguntou, feito um idiota.

Knud Erik disse algo que queria falar havia muito tempo. Por mais vezes que tivesse ensaiado, sempre soava errado e desesperado, feminino até. Mas era algo que sentia necessidade de dizer devido ao impulso inútil de ajudar e reconfortar, um desejo que não tinha válvula de escape, agora que sua relação com a mãe tinha mudado e Edith precisava menos dele.

– Sinto sua falta – ele disse.

Já sabia com antecedência como isso soaria ridículo. Ele era o menino menor, Anton era o mais velho; é claro, um sempre sentia falta do outro. Mas por que o menino maior iria se importar? Os mais velhos estavam muito bem como estavam. Certamente, não precisavam dos pequenos. Knud Erik não tinha ousado imaginar a reação de Anton e, quando esta ocorreu, ficou apavorado.

Anton começou a chorar.

Anton era diferente de todas as pessoas e não chorava como os outros. Suas lágrimas eram cheias de resistência. Parecia que um furão entrara sob seu pulôver e estava lhe dilacerando a barriga, como se sofresse de uma dor física terrível, não de infelicidade. Mais do que qualquer outra coisa, parecia que queria deter os soluços, mas estes escapavam dele apesar de sua própria natureza. Cobriu a boca com ambas as mãos e choramingou através dos dedos. Chorou até se livrar de Herman, chorou até se livrar de seu medo e de sua solidão: daria para pensar que estava chorando até se livrar da própria crença de viver apenas para si mesmo, sem precisar de mais ninguém. Mas não era esse o caso. Quando finalmente retomou o poder da fala, sua voz estava totalmente seca, apesar de os olhos atrás das lentes estarem vermelhos.

– Que diabos você quer? – perguntou.

Knud Erik já se sentia derrotado. Tinha se saído com aquilo, e tinha lhe custado caro, abalando sua noção ainda incerta de masculinidade. "Sinto sua falta." Será que essas palavras eram difíceis de entender? O que mais poderia dizer? Quero ajudá-lo, dar-lhe apoio, estender-lhe a mão? Mas não iria adiantar nada mesmo dizer essas coisas. Então Knud Erik não disse nada. Ficara também sem coragem, além de sem palavras. Não sabia o que mais dizer, e foi isso que o salvou, porque, na pausa que se seguiu, Anton foi capaz de se recompor e convidar o amigo para entrar em seu quarto.

Então, despejou a história toda. Knud Erik era pequeno demais para ter ouvido falar do desaparecimento de Jepsen naquela viagem entre Marstal e Rudkøbing, então precisava que tudo lhe fosse explicado. A história, por si só, já era bem apavorante, mas o jeito como Anton a contou foi o que mais deixou Knud Erik com medo. Ele escutava um novo soluço escondido em cada pausa; Anton conseguiu segurar cada um deles com custo e esforço consideráveis. O furão estava se enfiando cada vez mais fundo em seus intestinos, e logo o garoto começaria a berrar mais uma vez.

– Ele matou Tordenskjold – disse.

Knud Erik não tinha conhecido Holger Jepsen, mas conhecera a ave. Costumava ajudar a dar-lhe peixes e também os pardais que Anton não podia mais vender ao fazendeiro de Midtmarken, porque já estavam podres demais. O pavor começou a tomar conta dele também.

– Herman com toda a certeza também vai me matar. – Anton fechou os olhos como se estivesse esperando o golpe mortal a qualquer momento.

– Por que você simplesmente não dá o crânio para ele?

– Não posso. – Por um momento, aquela velha teimosia voltou a aparecer. Então, o desalento retornou. – Não tem jeito. Ele vai me matar de qualquer maneira.

– Bobagem – Knud Erik disse, juntando mais coragem do que achava que tinha. – Mas, com certeza, foi Kristian que contou a Herman sobre a cabeça. Ele era o único, além de você, que sabia a quem ela pertencia.

A raiva de Anton se acendeu.

– Vou matar Kristian – sibilou. – Não posso atingir Herman, mas posso pegar Kristian.

– Você já furou o olho dele. Não acha que basta?

Knud Erik surpreendeu a si mesmo. Nunca tinha se imaginado falando com Anton assim. Mas Anton não era mais o menino que costumava ser. E, por isso, Knud Erik também tinha liberdade para mudar.

– Tenho uma ideia – Knud Erik disse.

Quando Herman saiu do Café Weber alguns dias depois, viu dois meninos do outro lado da rua olhando fixamente para ele. Caminhou até a Kirkestræde, e eles o seguiram pela calçada oposta. No começo, achou que era coincidência, mas, quando virou a esquina e tomou a direção sul, eles continuavam lá. Não conhecia nenhum dos dois. Parou e se virou para trás: queria que soubessem que estava de olho neles. Como esperava, os meninos também pararam. Mas continuaram fitando-o. Bateu o pé no calçamento de pedra. Assustados, os meninos recuaram um passo, mas continuaram a encará-lo. Quando chegou ao final da Kirkestræde, eles desapareceram. Mas então mais dois apareceram, na Snaregade, e quando começou a caminhar na direção da beira-mar eles o seguiram, com os olhos fixos em Herman de modo persistente e misterioso.

– Por acaso eu pareço diferente de outras pessoas? – vociferou. – O que estão olhando?

Os meninos não responderam. Viu quando ficaram paralisados de medo, mais provavelmente. Mas não saíram correndo. Nem o provocaram. Isso o deixou estupefato, mais do que qualquer outra coisa. Não havia razão para ir atrás deles. Era grande e pesado, e as crianças eram melhores corredoras do que ele. Precisava se controlar e fingir que não estavam ali.

Herman estava acostumado com as pessoas de Marstal que ficavam encarando: ele era um homem que vivia aos olhos do público. Não tinha planejado para que fosse assim, mas sabia explorar o fato quando acontecia. Tinha poder, talvez não sobre a mente dos outros, mas pelo menos sobre as excursões que elas faziam. Isso alimentava a fofoca e o medo, e, no caso dele, ambos se aplicavam. As pessoas ficavam felicíssimas quando ele caía, como aconteceu quando Henckel fora preso e o estaleiro de navios de aço falira, e ele perdera tudo. Mas isso aconteceu porque elas o temiam. Na época, acharam que ele estivesse acabado. Mas Herman nunca se acabava. Sempre se reerguia. Reconhecia, quando os via nas pessoas, ódio, medo, júbilo, inveja e atração. E alimentava-se de todos aqueles sentimentos.

Mas não compreendeu os meninos olhando para ele. Estavam à sua espera na frente do albergue, na Tværgade, onde se hospedava quando estava em Marstal. Podia entrar em uma loja e sair dela, ou dar um passeio pelo porto, ou ir até o

Café Weber, e sempre estavam ali, esperando. Cada vez mais, começou a sentir necessidade de abrigo e de lugares para se esconder. Uma porta para algo desconhecido se abria dentro de si. Fizera uma coisa certa vez, uma coisa a bordo do *Duas Irmãs*. De vez em quando, a lembrança fazia com que se sentisse mais forte. Em outros momentos, a evitava. Agora, sentia medo ante a ideia de ser descoberto e da punição que isso poderia acarretar, e compreendeu por instinto que o olhar fixo, impenetrável, dos meninos tinha um poder contra o qual não era capaz de lutar. Achou que poderia assustar aquele desgraçado do Anton. Mas, agora, todos os meninos de Marstal eram colegas de conspiração do garoto. E parecia haver centenas deles, com rostos novos o tempo todo, um tribunal popular imprevisível; sabia qual era a acusação, mas não fazia ideia de que leis operavam ali, nem da natureza do veredicto. Os olhos deles o perseguiam em todo lugar; no final, seguiam-no até a escuridão ao redor de sua cama e penetravam-lhe os sonhos, como uma loucura que ameaçava dominá-lo. Não podia matar todos aqueles desgraçados, apesar de seus punhos estarem começando a se fechar, como acontecia antigamente sempre que algo se agitava dentro dele. Passou a beber mais do que antes e a se meter em brigas no Café Weber com mais frequência. Isso mantinha seus punhos ocupados.

Já não gostava mais de gim holandês; o Bálsamo Riga, famoso havia um século entre os comandantes de Marstal, perdeu seu poder de cura; uísque, o melhor remédio de todos, já não surtia efeito maior sobre ele do que água. Suas mãos começaram a tremer quando levava o copo aos lábios. Desprezando a companhia dos outros, bebia sozinho.

Finalmente, se rendeu. Um dia, desceu até balsa em passos pesados, com o saco de viagem pendurado ao ombro. Sua intenção era ir a Copenhague e arrumar trabalho no escritório de navegação de Jepsen. Os meninos sabiam disso. Era como se fossem capazes de ler seus pensamentos. Não se deu ao trabalho de contá-los todos, mas um comitê de despedida de pelo menos vinte ou trinta garotos estava à espera na balsa para vê-lo partir.

Sob o silêncio impenetrável de sempre, o olhar deles o seguiu até que desaparecesse a bordo da embarcação. Não foi diretamente para a taberna para fumar, um hábito dele quando se despedia da cidade que odiava, mas à qual estava ligado de maneira inexorável. Em vez disso, ficou na escuridão do convés fechado, entre as carroças puxadas a cavalo e os caminhões, respirando óleo de motor e esterco até ter certeza de que não era mais visível de terra.

Quando, enfim, entrou na taberna e acendeu o primeiro cigarro da travessia, teve dificuldade em controlar o tremor das mãos.

Knud Erik tivera esta ideia por meio de um processo bem direto. Ele tinha tentado encontrar a coisa mais desagradável em que pudesse pensar e partira do princípio de que Herman iria compartilhar dessa aversão. Uma boa surra não iria funcionar: isso estava além das habilidades dos meninos e, além do mais, não tinha certeza de que Herman fosse se incomodar com uma briga, mesmo que apanhasse. Mas, impressa em sua alma, estava a lembrança de uma perseguição muito pior: o olhar que a mãe lhe lançara depois da morte do pai. Ele não podia chamá-lo de reprovador. Era apenas um exame silencioso, que o perseguia a todo lugar com uma pergunta a que era incapaz de responder. O que ela queria?

Tinha desabado sob o peso daquele olhar, que parecia questionar tudo o que ele fazia, sem sugerir alternativa. Isso era o pior: quando alguém olha para você o tempo todo e você tem de adivinhar o que a pessoa quer dizer com aquilo, ao mesmo tempo que sabe que não há nada que possa dizer para aliviar o fardo. Imaginou como poderia colocar o mesmo tipo de peso em Herman, como a pressão de um silencioso olhar fixo poderia fazer com que um assassino endurecido e inescrupuloso, que matara ainda quando era menino, cedesse.

E Herman nunca iria imaginar o que o tinha atingido. Essa era a parte mais satisfatória de todas. Apesar de incitar o pessoal com a ideia, Knud Erik não lhe dissera a verdadeira razão da sua perseguição a Herman. Era arriscado demais contar-lhes o segredo do assassinato de Holger Jepsen. "Quem é Jepsen?", eles poderiam muito bem ter perguntado, e teriam sido burros o suficiente para levar suas perguntas aos adultos; então, haveria problemas. Não, ele fizera diferente. Levara-os à casa de Anton e desenterrara Tordenskjold, bem diante de seus olhos. Queria mostra-lhes o pescoço quebrado da gaivota, seus olhos mortos, o bico escancarado, as penas agora sem viço, e as asas quebradas e deslocadas. O corpo estava cheio de larvas.

– Olhem – disse. – Herman fez isto.

Depois disso, eles ficaram loucos para ver o Matador de Gaivotas estirado a seus pés, transformado em uma massa sanguinolenta. Os ossos dele seriam triturados até virar farinha, a pele seria esfolada e dependurada em uma árvore, os intestinos deveriam ser arrastados pelas ruas. Mas Knud Erik propôs algo muito melhor. Poderiam fazer com que ele se encolhesse até chegar a algo que seria menos que um homem. Iriam ver suas mãos tremerem de medo.

As encaradas que assombraram e seguiram o assassino apavorante por todo o lugar em que ele aparecia não tinham passado de uma imitação infantil do olhar de represália de uma mãe.

Não, Herman jamais saberia o que o tinha expulsado da cidade. Nós não o tínhamos acusado de assassinar um homem.

A acusação era de ter matado uma gaivota.

Herman tinha ido embora, mas os óculos de armação de chifre ainda se encontravam bem no meio do rosto de Anton, e ele continuava sem futuro. O Estrangeiro só iria voltar para casa no verão, e, neste ínterim, a crisma dos meninos estava chegando. Sem discutir o assunto com a mãe, Anton abordou sua professora, senhorita Katballe, e informou-lhe que, depois de sete anos, iria abandonar a escola. Aquele era o melhor dia de sua vida, ela respondeu. Com educação inesperada, ele fez uma mesura, agradeceu e disse:

– Igualmente.

Foi crismado e jurou publicamente denunciar o diabo e toda a sua obra. Não sabia se o Inferno representava o chamuscado do fogo ou a mastigação de vermes. Sabia somente que já estava lá, porque, para ele, inferno era a vida fora do mar e o mundo que oferecia. Nunca iria descobrir se as moças francesas eram as mais animadas, nem se as portuguesas realmente fediam a alho, nem mesmo o que era alho. Durante o culto, permaneceu sob a peça de altar do pintor de marinhas, que retratava Jesus salvando seus discípulos da tempestade feroz. No entanto, Anton não buscava salvação no mar, mas acesso a ele.

Quando o pastor Abildgaard colocou a mão na cabeça de Anton, o garoto fechou os olhos com força atrás dos óculos. Estava no Inferno e, no entanto, não queria ir para o céu. Sentiu-se sem lar.

Regnar voltou para casa e deu uma olhada no filho.

– Por que diabos ainda está aqui? – perguntou. – Por que não foi para o mar? Eu até comprei um saco de viagem de marinheiro para você.

Anton não disse nada. Só ficou esperando a gozação começar.

– É por causa dos óculos? – o pai perguntou. – É coisa de família. Sou tão míope que mal enxergo além de minha barriga de cerveja. Só que ninguém reparou. – Soltou uma risada ruidosa.

– Você não pode ir para o mar se usa óculos – Anton disse com paciência, como se estivesse falando com uma criancinha.

– Não – o pai respondeu, sem se perturbar. – Não se quiser desperdiçar a vida a bordo como um fracote em uma escuna. Mas, se quiser ser um marinheiro de verdade, arrume um emprego de maquinista em um vapor. Ninguém se incomoda com óculos por lá.

Então, Anton se tornou aprendiz de Hans Baldrian Ulriksen, o ferrador de Ommel. Aprendeu a diferença entre os diversos tipos de martelos e marretas. Sabia que tipo de ferradura cada cavalo precisava. Cuidava dos cascos dos cavalos da mesma maneira que costumava cuidar da caveira e das botas de Albert. Começaram a chamá-lo de Amigo dos Cavalos. Montou a própria bicicleta para poder pedalar os três quilômetros até Marstal, todas as noites, a fim de estudar na faculdade técnica. Arrumou uma namorada, ruiva como ele. Seu nome era Marie, e ela cortava o próprio cabelo toda semana, para não ficar comprido demais. Um dia, ele a vira fazer o nariz de um menino sangrar por caçoar do cabelo ruivo dela, e depois ele, com todo o cavalheirismo, ensinara-lhe como fechar o punho ao bater em alguém, com o polegar do lado de fora, não recolhido. Quando caçoava de Jens Estrelado, um homem imundo que morava perto da área de comércio, a garota jogava uma pedra na porta dele, igual a todo o mundo. Mas a envolvia em uma folha de ruibarbo antes, para não estragar a pintura.

E Anton fez uma descoberta. Percebeu que o estranho arroubo de excitação que sentia, quando era líder da gangue Albert e saía do campo de batalha com os machucados e os cortes de sempre por causa das flechas, porretes e lanças, estava disponível a ele mais uma vez, agora com a ação de ferrar um cavalo. Sentia-se uma vela majestosa, cheia de vento e estalando dentro da escuridão não mapeada de sua mente. Quando começara a usar óculos, achara que nunca mais iria sentir o triunfo de ter poder sobre outros. Mas, agora, o poder sobre pessoas tinha sido substituído pelo poder sobre objetos. Quando viu os resultados de seu trabalho manual, sentiu um novo tipo de triunfo. Ele se sentia o dono do mundo.

– A precisão é a alma da mecânica, e aquele que domina a mecânica domina muito além disso – o ferrador disse. Era um homem de muita leitura e gostava de se expressar em termos filosóficos.

Anton tinha encontrado uma nova rota pela qual navegar.

Finalmente, chegou a vez de Knud Erik e Vilhjelm se postarem na igreja e serem crismados. Ao abrirem a boca para cantar, focaram olhando para as miniaturas de barcos dependuradas no teto, com os cascos pintados de preto. Era o futuro deles que estava lá em cima. Tal como gerações tinham feito antes deles, cantaram o velho hino dedicado à profissão de navegar, que o pastor Abildgaard lhes tinha ensinado com lealdade: um hino sobre a própria fragilidade, a fragilidade das madeiras de um navio, e o poder divino.

O mar cruel pode ser nossa cova
Se não estiver do nosso lado.
Como o vento louco, a furiosa chuva
E a espada reluzente do relâmpago,
Sua palavra pode acalmar a maré brava.
Venha para bordo conosco, logo!

Knud Erik deu uma olhada furtiva em Vilhjelm. Não esperava que ele fosse cantar. Mal abrira a boca durante as aulas de crisma. Mas agora estava cantando, e sua gagueira tinha desaparecido, como se, de algum modo, o hino o levasse consigo até pelas palavras mais difíceis. Ele não parecia estar ciente do que estava acontecendo, mas Knud Erik reparou, e isso mudou o conceito dele a respeito de hinos.

Mas, se Deus tivesse operado um milagre, este não era permanente. No caminho de volta da igreja, Vilhjelm gaguejava tanto quanto sempre.

Nós não sabíamos, mas tínhamos sido os últimos. Nossos filhos jamais iriam se postar na igreja para cantar aquele hino, ou se postar no convés de uma escuna, à mercê dos elementos. Eles viajariam por todos os cantos do mundo, mas raramente veriam uma vela. Tudo estava acontecendo pela última vez, nesses dias. As velas seriam içadas pela última vez. O porto ficaria lotado de navios pela última vez. E então as previsões de Frederik Isaksen iriam se tornar realidade: para nós, só sobrariam as piores viagens, os litorais mais inóspitos e os mares mais bravios.

Mas éramos jovens. Não sabíamos disso. Para nós, tudo acontecia pela primeira vez.

O marinheiro

O contramestre a bordo do *Ativo* não tolerava fraqueza e, quando batia em você, era com vontade. Usava o punho fechado e batia onde doía mais. Mas Anker Pinnerup não era um homem forte. Destruído pelo reumatismo e pela bebida, era um brutamontes sem músculos. Com quarenta e tantos anos, estava se aproximando da idade em que um marinheiro se fixa em terra firme.

Pinnerup era conhecido como Velho, apelido normalmente reservado a um capitão de navio como homenagem à sua habilidade e experiência. No caso de Pinnerup, não era elogio, mas referência à decrepitude que se aproximava com rapidez. O queixo pontudo e barbeado se projetava embaixo do bigode grisalho e grosso – como a proa virada de um navio que estivesse afundando em um mar de dejetos e abandono –, e esse barbeado mínimo era sua única concessão à higiene pessoal. Por baixo do quepe imundo e ensebado, alguns fios de cabelo sem cor se colavam ao couro cabeludo, que nunca era lavado. Preso entre os dentes, meio escondido pela barba, havia um cachimbo de sepiolita quebrado que ele consertara com um par de farpas de madeira e um pedaço de ráfia. Pelas suas costas, os marinheiros experientes falavam mal do paletó e das calças cheias de remendos que usava.

Quando, depois de servir-lhe café pela primeira vez, Knud Erik recolheu a xícara e o pires para lavar, Pinnerup soltou um urro e o atingiu no maxilar. A xícara e o pires eram seus bens de raiz: ninguém mais tocava neles. E para provar o apego à sua propriedade, cuspiu na xícara e a esfregou com o polegar sujo.

– Suíno imundo – xingou. – Cérebro de macaco, pedaço de remela, cria do demônio!

Manhã sim, manhã não, quando estava de plantão e chegava para acordar Knud Erik, ele aparecia no castelo de proa com uma corda grossa e ficava lá parado, reunindo forças, antes de começar a bater no menino adormecido. Sempre tentava acertar a cabeça dele, mas o catre estreito atrapalhava a desferida do golpe e diminuía a força do açoite. Knud Erik acordava com o primeiro golpe e ia cambaleando até o anteparo, onde o contramestre não podia acertá-lo. Nunca proferia uma palavra sequer: o instinto lhe dizia que, se cedesse ao medo, seria muito difícil se recuperar.

Certa manhã, Olav, um integrante da tripulação que Knud Erik conhecia da gangue Albert, chegou alguns minutos antes de Pinnerup para avisá-lo.

– Hora de acordar – sussurrou, e deu um tapinha no ombro do amigo. Knud Erik tinha ajeitado o edredom e o travesseiro para que, à pouca luz do amanhecer, parecesse alguém dormindo. O contramestre desferiu seus golpes como sempre: quando se deu conta do truque, pareceu desabar. Sua mão, sem largar a corda, caiu desfalecida ao lado do corpo, e ele estremeceu como se estivesse com uma febre alta.

– Cria do demônio – sibilou. – Um dia pego você com o pino das amarras.

Então irrompeu escada acima e saiu para o convés.

Quando Pinnerup estava ao timão, Knud Erik inevitavelmente era acordado durante a noite para fazer café, ou para subir no cordame e amarrar uma vela sob a chuva torrencial. Lá embaixo, o mar estava bravo e, na escuridão, ele mal conseguia distinguir a espuma. Gotas de chuva congelantes caíam, misturando-se com o sal em suas faces. Não era a impotência nem a pena de si mesmo que o faziam chorar. Eram a raiva e a provocação.

No início da primeira viagem, chorara com a cabeça enterrada na roupa de cama. Chorara pelo pai morto e pela mãe indiferente, cuja frieza ele acreditava ser sua própria culpa, e chorara pela própria sensação irritante de ser inadequado. Não tinha certeza de ter feito a escolha certa ao se tornar marinheiro. Agora, estava pagando o preço disso. Mas não podia mudar de ideia e ficar em terra firme. Não teria onde enfiar a cara, e isso seria insuportável.

Pinnerup usava a privação de sono como forma de tortura. Durante dias e noites inteiras, Knud Erik podia não descansar nada. Era chamado o tempo todo, geralmente na calada da noite, e às vezes precisava subir no cordame só de cueca. Já tinha ouvido histórias a respeito do que era ser o mais novo a bordo. Os marinheiros sem experiência eram mandados para trabalhar nas velas mais altas, a vinte e cinco metros de altura. Marinheiros experientes nunca se aventuravam tão alto. A pessoa era mandada para o mastro principal, para recolher o cata-vento, balançando nos cabos dos pés, com uma mão agarrada ao cabo e a outra segurando a lona. Fazia isso mesmo que ninguém nunca lhe tivesse ensinado, ou ainda que sofresse de vertigem, ou não passasse de um idiota desajeitado que fosse um perigo para si mesmo. Simplesmente subia lá e torcia para descer inteiro. Subir no cordame dos navios ancorados no porto, por diversão, tinha sido uma espécie de preparação para isso, mas ali o mar era bravo e o vento uivava, pelo amor de

Deus! Todo mundo partia do princípio de que iria voltar vivo, mas da maneira como a própria pessoa via as coisas, não passava de um sobrevivente. Não que alguém notasse.

Uma vez, Knud Erik tinha ficado pendurado lá, morrendo de medo, com o estreito convés longe, lá embaixo. Cada um de seus músculos estava com cãibra por causa do esforço, e ele achou que suas mãos iriam se soltar sozinhas, só para acabar com aquilo. Havia ficado tão apavorado que gritou. Mas ninguém o escutou. No entanto, aquele grito o salvou. Forçou a vida a retornar a seus braços e pernas; a força, a suas mãos; e a compostura, a sua cabeça, que girava. Conseguiu, por fim, descer em segurança.

Para Knud Erik, o homem que o tinha mandado lá para cima personificava a voz da Lei no mar. Mas Pinnerup também era o mar em si: voraz e perigoso. A menos que criasse casca grossa, o marinheiro iria afundar. Knud Erik deixara de se preocupar com as injustiças, as surras e os insultos. Em vez disso, se permitiu ser preenchido por uma nova sensação: ódio. Odiava o contramestre. Odiava o navio. Odiava o mar. Era o ódio que o mantinha em pé quando cambaleava pelo convés que parecia uma gangorra, no escuro completo, carregando o bule de café que escaldava suas mãos. Era o ódio que o ajudava a suportar as bolhas de água salgada no pescoço e nos pulsos, onde seu pulôver sempre molhado arranhava a pele desprotegida, criando enormes pústulas cheias de pus. Fora o ódio que o mantivera em silêncio estoico, quando o contramestre o agarrou pelo pescoço e torceu seu pulso, exatamente quando as piores bolhas estavam para estourar.

O ódio foi seu aprendizado; ao servi-lo, ele cresceu. Foi difícil se transformar em homem. Mas era o que queria. Ele fincou os pés e se fez idiota, teimoso e duro. Transformou-se em um aríete humano. Percebeu que só ganharia acesso à vida se derrubasse a porta de entrada.

O comandante do *Ativo* era Hans Boutrop, que vinha da Søndergade. Ele era um homem alegre e redondo, cuja circunferência considerável não podia ser atribuída à alimentação proposta pelos livros de receitas dos navios de Marstal, os quais, se existissem, teriam a palavra "frugal" estampada em todas as páginas, em letras gigantes. Como ajudante de cabine, Knud Erik tinha de ajudar na cozinha, onde o capitão lhe ensinara a fazer caldo. Segundo ele, sua receita era parecida com a de caldo de porco, mas com uma diferença fundamental: não incluía porco nenhum. Em vez disso, deveria ser temperado, generosamente, com açúcar mascavo e vinagre, que eram despejados na água fervente com um punhado de pão velho.

Aos domingos, se o navio estivesse em um porto, a cozinha servia torta recheada salgada. O prato festivo era feito na própria forma especial, cuja tampa de madeira estava enegrecida pela idade. A receita seguia o princípio que orientava todos os pratos com carne: cozinhar durante três horas cravadas. Ponto final.

Nas raras ocasiões em que tinham sobremesa, esta era colocada em xícaras de café para endurecer e, então, desenformadas e servidas em pratinhos, como pequenos domos individuais e trêmulos que caberiam na palma da mão. A tripulação chamava aquilo de tetinha de freira. A carne enlatada e esfiapada da Argentina chamavam de fio de cabo; já a carne salgada era conhecida como bunda de índio pele-vermelha; o salame era chamado apenas de rua do comércio de Roskilde.

Com frequência, o cheiro de comida cozinhando e a atmosfera fechada da cozinha faziam com que Knud Erik ficasse enjoado, e ele abria a porta e vomitava no convés. Com o tempo ruim, as ondas costumavam lavar o vômito, de modo que ninguém ficava sabendo das refeições semidigeridas que sacrificava rotineiramente. Quando não estava enjoado, o apetite que tinha pela própria comida era bom, e sempre se surpreendia com o fato de que era capaz de cozinhar.

O castelo de proa era tão pequeno que apenas dois homens podiam se vestir ao mesmo tempo. Embaixo do piso se encontrava o carvão para o fogão da cozinha, e atrás da escada ficava o caixote de batatas. Quando o conteúdo começava a apodrecer, soltava um fedor penetrante parecido com o de merda fermentada. Um cheiro estranho também emanava da caixa na qual a corrente da âncora ficava guardada: cheiro de lama seca e de algas velhas presas ao metal, as quais a vassoura não era capaz de desalojar. Mas, do depósito de cordas, vinha o cheiro bom e forte de alcatrão marrom.

A tripulação fazia as necessidades em um barril de cerveja cortado ao meio. O assento era um anel de ferro rústico que arranhava a bunda, e, quando o mar estava bravo e as ondas quebravam no convés, às vezes se era derrubado se estivesse sentado nele. Quando o tempo estava bom, Knud Erik subia no gurupés e cagava diretamente na água que batia na proa. Aquilo o fazia lembrar da descarga da cuba de porcelana em casa, na Prinsegade.

Água doce era apenas para beber; por isso, nunca se lavava. O convés era mais limpo do que ele. Uma vez por semana, ele e outros integrantes da tripulação ficavam de joelhos e o esfregavam com "soda de Marstal", um tijolo esfregado contra areia molhada e granulada.

* * *

Como presente de despedida, o pai de Vilhjelm tinha presenteado Knud Erik com dois retalhos de couro com tiras.

– São para suas mãos – ele tinha dito.

Por ser homem de poucas palavras, não ofereceu maiores explicações, e foi só quando o *Ativo* aportou em Egernsund para pegar uma carga de tijolos com destino a Copenhague que Knud Erik conheceu seu motivo. Pinnerup mostrou-lhe para que serviam, prendendo os pedaços de couro às mãos do menino, e então lhe deu um tapa na cara como incentivo.

Afinal, ele traz um pouco de compaixão em si, Knud Erik pensou.

Os tijolos foram levados do cais para o barco, então passados por uma corrente de homens até chegarem ao contramestre, na parte de baixo do navio, que os guardava nas celas. Eles voavam de homem a homem em grupos de quatro; cada pacote pesava entre dez e quinze quilos. O primeiro que Knud Erik pegou quase o derrubou. Se não fosse pelos pedaços de couro, sua pele teria sido esfolada.

Ficou lá arfando por um momento; então, deu um par de passos cambaleantes na direção do estivador que estava a seu lado na fila.

– Ouça, colega – o estivador avisou. – Não quebre a corrente. Seus braços não vão conseguir aguentar. Se não mantiver os tijolos circulando, vão ficar pesados demais.

Mostrou a Knud Erik como torcer o corpo e lançar os tijolos em um só movimento. Knud Erik manteve a corrente andando na vez seguinte, mas, sempre que um pacote lhe passava pelas mãos, parecia que estavam lhe arrancando os braços. Suas pernas e braços pareciam pesos mortos, e ele se esforçava para respirar. Mas se recusava a desistir. Pegou-se canalizando uma violência que nem sabia possuir, uma força que não vinha dos parcos músculos de menino, mas de algum lugar interno, inominado, no qual tinha ficado adormecida durante anos.

O estivador olhava para ele de vez em quando.

– Você está indo bem – disse, mas a pena em seus olhos invalidou as palavras. Era um homem mais velho que suava em profusão, mas conhecia a rotina. Logo esqueceu Knud Erik. Era preciso manter o ritmo.

Cada vez que a entrega atrasava um pouco, a voz rouca de Pinnerup gritava lá de baixo:

– É aquele menino desgraçado de novo?

A tripulação do *Ativo* teve de ajudar no descarregamento em Copenhague também. Eles atracaram no canal de Frederiksholm; seus cais altos de granito indicavam que as cargas tinham de ser içadas por uma boa distância, de modo que seria um trabalho árduo. O contramestre ficou bem afastado, sentado na borda do alçapão, observando Knud Erik sair do ritmo uma vez após a outra. A dificuldade não era apenas passar o pacote pesado adiante, mas também jogá-lo para o alto. Cada vez que dava impulso, precisava se agachar mais.

– Suíno preguiçoso, marinheiro de domingo – Pinnerup rosnou, e tirou o cachimbo quebrado de sepiolita da boca para cuspir no convés.

Knud Erik estava tão acostumado com esse tipo de coisa que mal notava. Mas um dos estivadores largou seu pacote e se aproximou do contramestre.

– Não vamos aguentar isto – ele disse. Apontou para Knud Erik. – O trabalho é pesado demais para um menino. Troque de lugar com ele e lhe dê um descanso.

Pinnerup sorriu e ajeitou o quepe para baixo.

– Então, acha que está no comando aqui?

– Não – o estivador respondeu. – Sou eu quem está fazendo o descarregamento. Mas talvez você prefira fazer isso sozinho, que tal? – Voltou-se para os camaradas. – O sujeito aqui acha que não precisa de nós.

Eles subiram até o cais e se sentaram. Um deles pegou um cigarro, acendeu e passou para os outros. Não olharam na direção de Pinnerup, mas começaram a conversar entre si, com as pernas pendendo da borda, em uma atitude despreocupada. Knud Erik ficou parado, confuso. Estava acontecendo alguma coisa que não entendia. Esses homens não pertenciam ao navio. Não tinham conhecimento de sua hierarquia, nem de suas invisíveis lutas de vida ou morte. Pareciam ser uma lei por si sós, com força própria. Pareciam ser seus próprios senhores.

– Então, quanto termina o intervalo? – Pinnerup desdenhou, com sarcasmo.

– Quando você tirar as mãos dos bolsos – um dos estivadores retrucou.

Os outros riram em aprovação.

Pinnerup encolheu-se. Ali, não era ninguém.

De repente, Knud Erik foi capaz de enxergá-lo pelo que era: um homem ridículo e imundo com roupas remendadas, um cachimbo quebrado na boca e o queixo bem barbeado que se projetava para fora de uma barba que parecia pertencer a um orangotango grisalho. Tinha aprendido a suportar Pinnerup; no entanto, o contramestre havia ocupado todo o seu campo de visão, como o mau tempo ou uma força da natureza. Agora, o enxergava como se estivesse no alto do mastro, um homem do tamanho de uma formiga no convés. Via-o através dos olhos dos estivadores.

Subiu no cais, sentou-se ao lado deles e pôs-se a balançar as pernas, como estavam fazendo.

Essa era a deixa de Pinnerup, que se levantou e se aproximou de Knud Erik. Os estivadores aprumaram o corpo e ficaram prestando atenção. Um deles jogou o cigarro, de modo que este caiu aos pés do contramestre; então saltou para o convés e o encarou. O rosto de Pinnerup se retesou.

– Vamos, o que está esperando? – o contramestre disse, e ergueu um pacote do convés.

Os estivadores se entreolharam e trocaram piscadelas. Um deles deu um tapinha no ombro de Knud Erik e lhe ofereceu um cigarro. Então, ocuparam seus lugares, e a corrente foi retomada.

Knud Erik ficou no cais, fumando o primeiro cigarro de sua vida. Ele inalou sem tossir. Examinou a mão que o segurava. Cada um dos dedos trazia um vergão no lugar em que a água salgada e as cordas ásperas tinham feito a pele fina se abrir. Chamavam aquilo de vergões do mar.

– Mije em cima deles – Boutrup tinha aconselhado. – Dessa forma, ficam limpos. E, depois, cubra-os com um pouco de lã. Assim, vão fechar.

O sol esquentou o rosto de Knud Erik e ele se sentiu bem.

Quando ele se demitiu do *Ativo*, a mãe lhe perguntou a respeito da caneta-tinteiro, que lhe dera como presente de crisma, para que pudesse escrever cartas para casa.

– Serviu para muita coisa mesmo – Klara comentou.

Ele recebeu também um travesseiro, um edredom e oitenta e cinco coroas. Tinha gastado quarenta e cinco em tamancos de madeira que o sapateiro dissera que durariam a vida toda. Comprou seus oleados de Lohse na Havnegade, onde também adquiriu um canivete com cabo de osso. Um colchão de algas custou-lhe duas coroas, e comprou também um baú de viagem verde com a tampa chata. Precisava de roupas de trabalho: um pulôver e uma calça de algodão grosso. Quando estava totalmente equipado, cada *øre* das oitenta e cinco coroas tinha ido embora.

Ele havia escrito para a mãe duas vezes durante seus quinze meses no mar. Ambas as cartas, basicamente, resumiam-se à mesma coisa: "Querida mãe, estou bem".

Ele não podia escrever a ela a respeito do momento em que duvidara de sua decisão de ir para o mar. Teria sido a mesma coisa que concordar com a visão da mãe de que a vida de marinheiro era de uma tristeza brutal. Também não podia lhe escrever como tinha superado essa dúvida, porque isso significava que as cartas estavam marcadas e ele se comprometia a ser marinheiro. Então, escondeu-se em suas cartas: entre o "Querida" e o "Com amor", havia silêncio.

Ela era capaz de ver que ele tinha se desenvolvido. Mas enxergou mais do que isso. O abismo entre os dois havia se alargado a cada centímetro que ele crescera, quase como se o crescimento estivesse enraizado em rancor e desobediência. Ficara mais parecido com o pai: tinha o mesmo cabelo loiro encaracolado e o queixo forte. Mas seus olhos eram castanhos, e quando ela olhou para ele em um momento desprotegido, ainda sentiu que havia uma parcela sua no filho. Se possuísse um grama que fosse de noção, iria se cansar da vida no mar, no fim.

Não adiantava falar, nem tentar pressioná-lo. Em vez disso, Klara Friis serviu os pratos preferidos do filho nos meses que passou em casa, esperando o próximo trabalho. Um calor inesperado surgiu entre ambos, mas então ela percebeu que Knud Erik tinha interpretado mal aquilo, achando que, finalmente, a mãe aceitara sua escolha. Ele lhe mostrou as cicatrizes nas mãos e a as bolhas da água salgada, e falou-lhe sobre o detestável Pinnerup, orgulhoso em exibir sua recém-adquirida posição de marinheiro habilidoso.

Mas Klara ficou ultrajada quando viu o que o mar tinha feito com ele.

– Espero que agora tenha aprendido a lição! – As palavras escaparam antes que ela pudesse segurá-las. Ouviu o próprio tom de desespero agudo na voz.

Ele a olhou com cautela e não disse nada. Mas ela foi capaz de ler a mensagem nos olhos do filho: Você não entende.

Não, ela não entendia. Sentia a própria impotência. O calor que emanara por um instante entre os dois evaporou-se. Mais uma vez, afastaram-se e passaram a fazer as refeições em silêncio. O filho bonito dela. Sim, ele tinha seus olhos. Mas nada mais.

Naquele outono, Klara comprou os cinco vapores, o *Unidade*, o *Energia*, o *Futuro*, o *Objetivo* e o *Dinâmico*, das viúvas.

Ficamos bastante estupefatos com essa compra, que teria exigido determinação e força de vontade, isso sem mencionar o tipo de capital que nunca acreditamos que ela tivesse. Não sabíamos exatamente quanto pagara, mas a quantia devia estar na casa dos milhões. Durante muito tempo, não falamos de quase mais nada. Ela se transformara em uma força enigmática. Finalmente nos demos conta de que estava tramando algo. Mas não sabíamos o que era.

As viúvas nunca tinham encontrado um substituto para Isaksen. Houvera vários candidatos ao posto de diretor-gerente, mas nenhum deles foi considerado apropriado, e os comandantes da empresa tinham meneado a cabeça. Os boatos sobre o motivo pelo qual Isaksen se demitira tinham chegado longe, de modo que os candidatos qualificados foram afastados e a empresa quase entrou em um impasse. Mas ainda havia a possibilidade de que um homem com currículo suficiente para dobrar as viúvas e recuperar o negócio parado delas um dia aparecesse para fazer a cidade voltar a florescer. Esse era um risco que Klara Friis não estava disposta a correr.

– Mas, minha cara, realmente não há necessidade de fazer isso – disse Ellen quando Klara apresentou sua proposta, depois de longas discussões com Markussen. Ela parecia acreditar que Klara estava comprando os navios apenas por gratidão pelo café e pelos biscoitos de baunilha que lhe serviam com tanta frequência.

– É o mínimo que posso fazer – Klara respondeu, deixando parecer que a enorme compra era uma exibição de boa vizinhança, apesar de ter total consciência de que aquela conversa era absurda. Talvez as viúvas também tivessem percebido isso, porque Ellen ficou pálida de um jeito fora do comum, e as faces de Emma e de Johanne tornaram-se vermelho-escarlate. As três se entreolharam, e Klara sabia que, apesar da indecisão crônica delas, iriam ceder.

Ela não as tinha explorado. Não lhes oferecera nem muito nem pouco pelos vapores, levando-se em conta a situação desfavorável do mercado mundial. O lucro não a motivava. O que a impulsionava eram os danos às mãos de Knud Erik.

Os vergões do mar tinham feito com que comprasse os vapores. As bolhas da água salgada nos dedos, nos pulsos e no pescoço do coitado do filho a tinham repelido: fizeram com que se lembrasse dos ferimentos de escravos africanos, acorrentados e arrastados por todo um continente antes de serem enfiados em navios e vendidos. Eles deviam ter cicatrizes assim, no local onde o ferro cru raspava a pele nua.

Essa era a missão de Klara Friis: libertar os escravos. Queria libertar Knud Erik das correntes a que essa masculinidade maluca e concebida de maneira errônea o tinha prendido. Marinheiros que mal haviam voltado para casa, feridos e combalidos por sua batalha constante contra o mar, partiam mais uma vez assim que era possível, como se estivessem implorando por mais, incapazes de se fartar das chicotadas que vinham de todos os lados: as tempestades, as ondas, o frio, a comida péssima, a higiene deplorável, a brutalidade, a violência. E o mais fraco sempre levava o tranco. Isso tinha de acabar.

Alguns dias depois, Knud Erik informou-lhe que arrumara trabalho em outro navio. Ele iria pegar seu saco de viagem e seu baú e se preparar.

O *Kristina* era uma escuna de mastro alto de cento e cinquenta toneladas. Seu capitão, Teodor Bager, era um homem magro com rosto tristonho e ansioso, que nem o sol nem o vento pareciam tocar. Ele sempre estava pálido, no verão e no inverno, no hemisfério norte e no sul. As pessoas diziam que tinha coração fraco e deveria ter se aposentado, mas era avaro demais para fazer isso. Seu único amor era a filha de dezoito anos, Kristina. Batizara o navio em sua homenagem.

Havia cinco homens na tripulação dele, inclusive Knud Erik, que agora estava com quinze anos. Subira da cozinha para o convés, como marinheiro comum, e se considerava habilidoso. Conhecia bem a bússola. Sabia fazer junções curtas e de encaixe, e era capaz de enrolar um cabo. Sabia estaiar, esterçar e bordejar o barco.

O menino da cozinha, que alimentava as chamas no fogão, era um rapazinho pálido, com o rosto esverdeado de tanto enjoo do mar. Estava com catorze anos, como Knud Erik antes, havia uma eternidade. Reconheceu Helmer, que tinha medo da água e certa vez ficara pendurado no estai principal do barco do avô, fazendo-o virar. E havia outro homem de Marstal, mais velho: Hermod Dreymann, o contramestre do *Kristina*.

Os dois marinheiros experientes, Rikard e Algot, eram marujos de longa data de Copenhague. Vinham de famílias sem tradição de navegação, como ficava claro só de olhar o equipamento deles. Não possuíam baú de navegação, nem roupa de cama. Afora a bolsa de lona típica dos marinheiros, com seu chifre de vaca cheio de graxa, agulha de vela, pino de emendar cabo, sovela e luvas de navegação, eles tinham de seu apenas um cobertor e uma caixa com material para se barbear. As roupas de terra deles eram iguais às que usavam para trabalhar: macacão azul e pulôver.

Rikard tinha uma tatuagem no braço direito, de uma sereia nua segurando a bandeira dinamarquesa. Tanto Rikard quanto Algot usavam piteiras polonesas com a base chata, para que pudessem ficar em pé quando não havia cinzeiro.

A atmosfera no *Kristina* era muito mais simpática do que no *Ativo*, mas o antigo atormentador de Knud Erik ainda o assombrava. Lutando contra a exaustão à noite, sozinho ao timão com enormes ondas cheias de gelo que se avultavam sobre o navio, ele pensava em Pinnerup. Ouvia seus xingamentos no uivo do vento e via seu rosto na espuma de uma onda que se erguia. Mas, apesar de estar sufocando de cansaço e sentir a tortura sem misericórdia das bolhas de água salgada, sabia, com uma sensação de triunfo, que o vencera. Knud Erik ainda era capaz de odiar o mar com uma provocação infantil, mas este, agora, já não despertava medo nele.

O rapaz tinha visto o contramestre ser humilhado. Tinha ficado sentado no cais no canal de Frederiksholm, com as pernas penduradas e uma indiferença calculada, sem entender muito bem o que estava aprendendo enquanto observava Pinnerup recuar em seu embate com os estivadores. Agora ele sabia. Algumas coisas a gente aprende da maneira mais difícil, mas não há razão para humilhar uma pessoa só porque é nova e inexperiente. Os homens com experiência podem até dar uma ajuda para os que ainda não sabem muito. Então, quando Helmer, exausto e enjoado, estava a ponto de desistir, Knud Erik o ajudou na cozinha.

– Olhe – ele disse. – Seu pão é mole demais, e a tripulação vive reclamando dele. O problema está no fermento. O fermento comprado em loja não funciona, sabe?

Encontrou duas batatas grandes e disse a Helmer que as descascasse e cortasse em pedacinhos.

– Agora me dê uma garrafa – ordenou.

Encheu três quartos dela com pedaços de batata e completou com água. Então, tampou-a com uma rolha, presa com barbante.

– Deixe em algum lugar quente, e em dois dias vai ter levedura. Coe com uma peneira sobre a massa. Mas tome cuidado. Não deixe na garrafa tempo demais, ou a rolha vai forçar o barbante e explodir. Com um *bum* bem forte.

Helmer olhou para ele como se lhe tivesse acabado de revelar o segredo por trás de um truque de mágica. Ser adulto deve ser assim, Knud Erik pensou. Quando as pessoas olham para a gente assim.

O *Kristina* fazia a rota da Terra Nova. Apesar de não ser a viagem com que Knud Erik sonhava, era o único serviço disponível, e a rota do Atlântico Norte foi uma nova iniciação. Levaram madeira de Oskarshamn, na Suécia, para Ørebakke, na Islândia. Durante a viagem de vinte e dois dias, o enjoo voltou e destruiu-lhe a sensação de ser um marinheiro habilidoso. Demorou catorze dias para descarregar o navio.

Depois, viajaram para a Little Bay, na Terra Nova, com lastro de areia vulcânica das praias islandesas. Agora era novembro e, depois de um mês no mar, depararam com névoa densa. Ela subia ao meio-dia e parecia um paredão no horizonte, enquanto o sol brilhava, forte, no restante do céu. Então a névoa retornava, e as velas ficavam cinza-escuras com a umidade que pingava pesadamente sobre o convés. Em um minuto eram capazes de enxergar ao longe, e no seguinte não conseguiam nem distinguir o cabo da bujarrona.

No terceiro dia de neblina, Knud Erik simplesmente assumiu o timão quando a massa cinzenta se ergueu mais uma vez. De um lado, viu montanhas altas, cobertas de gelo. Para sua surpresa, elas não eram brancas, e sim azuis, cor de púrpura e verde-mar transparente. Uma delas se assemelhava a um cubo enorme; suas quinas de ângulo reto e topo chato faziam com que parecesse esculpida por mãos humanas. Aquilo lhe era tão incomum que começou a se sentir pouco à vontade. Ele conhecia somente a costa baixa, plana e lavada pelas pedras da Escandinávia e, com certeza, nunca tinha visto nada semelhante, nem de longe, a esse selvagem e estranho mundo de gelo e neve.

– Groenlândia a sota-vento, Groenlândia a sota-vento! – gritou, e pôde ouvir o próprio medo. O comandante e o contramestre saíram correndo da cabine. Bager lançou um olhar breve sobre a bizarra paisagem montanhosa.

– Não é a Groenlândia – ele disse. – São *icebergs*.

Ele apontou para o horizonte. Mais *icebergs* apareciam a barlavento agora, espalhados de maneira tão aleatória que a ilusão de um litoral contínuo se espatifou. Então a neblina voltou, e eles mais uma vez ficaram abandonados no convés.

O comandante parecia preocupado. Seu rosto tristonho estava mais pálido que o normal.

– Estamos nas mãos de Deus – disse.

O banco de névoa os acompanhou durante uma quinzena. Havia pouco vento, e as velas úmidas passavam a maior parte do tempo murchas. As enormes ondas do Atlântico se moviam em ritmo tão lento que não deixavam ondulações sob o casco vulnerável do *Kristina*. A água, lisa como óleo, parecia engrossar com o frio úmido, como se estivesse se transformando em gelo. Estavam rodeados por silêncio e no começo Knud Erik achou que a névoa deveria abafar o som, da mesma maneira que limitava a vista. Mas se deu conta de que a tripulação tinha começado a sussurrar, como se os *icebergs* à espreita atrás do paredão de névoa fossem maus espíritos e tivesse se tornado fundamental não chamar sua atenção. O silêncio pesava sobre os homens, que, no entanto, não ousavam rompê-lo. Knud Erik ficou se perguntando se o próprio Deus seria capaz de ficar de olho neles através da mortalha cinzenta densa, como o comandante esperava que Ele fizesse.

Quando a névoa finalmente se ergueu e os homens viram o mar ao redor livre de gelo, começaram a berrar. Poderiam ter comemorado, mas não o fizeram; apenas soltaram gritos incoerentes, ansiosos por ouvir o som da própria voz. Cada um deles tinha ficado isolado pelo silêncio: agora, voltavam a se unir. Nenhum *iceberg* estava à espreita. Gritos eram permitidos.

No dia seguinte, avistaram a costa da Terra Nova. Fazia vinte e quatro dias que estavam no mar, desde que tinham saído da Islândia.

Ancoraram em Little Bay, e Knud Erik levou o comandante a terra firme em um barco a remo. Ele iria conversar com um corretor e com a autoridade dos portos, e disse a Knud Erik que o esperasse do lado de fora. Quando voltou, seu rosto estava estranho. Knud Erik posicionou os remos e começou a remar na direção do *Kristina*.

– Knud Erik – Bager disse. O tom de sua voz soava confidencial, e isso era incomum para o rapaz, porque o comandante costumava se dirigir a ele apenas para dar ordens. – O *Ane Marie* não chegou. – O *Ane Marie* era uma escuna de Marstal que tinha saído da Islândia oito dias antes do *Kristina*. O comandante suspirou e olhou para a água. – Então, provavelmente se perdeu. Imagino que tenha batido em um *iceberg*. – O comandante continuou olhando para a água e não disse mais nada pelo resto da viagem.

Vilhjelm. Essa foi a primeira coisa em que pensara quando o comandante lhe dera a notícia. Vilhjelm estava a bordo do *Ane Marie*. Knud Erik olhou para as mãos: elas agarravam os remos com tanta força que os nós dos dedos tinham ficado brancos. Dava remadas enormes, como se estivesse se sacudindo para sair de um transe, e quase caiu do banco.

– Preste atenção aos remos – Bager disse. Sua voz parecia ausente, quase gentil.

À noite, Knud Erik permaneceu deitado no catre, enlutado. Será que Vilhjelm tinha vindo à tona duas vezes? Ou será que tinha ido direto para o fundo, puxado pelos tamancos e os oleados pesados? Qual teria sido a última coisa que viu? As bolhas na água? Ou o caos congelado dos *icebergs*? Lembrou-se do *iceberg* quadrado, nada natural, que vira no primeiro dia da viagem do *Kristina* através do gelo, e da sensação sinistra que havia lhe causado. Será que o *Ane Marie* tinha batido nele? O que Vilhjelm teria sentido naquele momento? Será que tinha gritado para pedir socorro? Mas por que gritaria? Não havia ninguém para salvá-lo ali, na imensidão do Atlântico Norte.

Ele se lembrou das aulas de crisma dos dois, que marcaram o final de sua infância, quando ficavam sentados na igreja todos os domingos, sob os navios em miniatura suspensos do teto: símbolos da salvação cristã.

Erguia os olhos para a peça do altar, para Jesus acalmando a tempestade na Galileia apenas com um gesto. Cantavam juntos os antigos hinos de marinheiros que todos tinham aprendido de cor.

Persevere conosco e dê as costas a todo o mal,
Envie bons ventos e clima agradável,
Para que cheguemos em segurança em casa!

Era isso que cantavam. Será que esse hino estava nos lábios de Vilhjelm nos minutos finais, antes de o navio afundar? Ou será que ele, assim como Knud Erik perante *Jesus no mar da Galileia*, do pintor de marinhas, tinha começado a duvidar?

Onde estava Deus quando o *Hidra* desaparecera sem deixar vestígios, com seu pai a bordo? Quem sabe Deus era igual ao pai de Vilhjelm? Talvez estivesse de costas para nós e, exatamente quando era mais importante, não escutara nada?

Se alguém voltava ou não para casa, era por pura sorte. Knud Erik não conseguia encontrar significado em nada daquilo e achava que devia ter sido assim que Vilhjelm se sentira quando afundou pela terceira vez: Deus era surdo e não o tinha escutado.

Precisaram limpar o compartimento de carga, a fim de prepará-lo para receber bacalhau salgado. Lavaram-no com mangueira e o esfregaram durante cinco dias; cobriram o fundo com uma camada de galhos de abeto e outra de cascas de troncos de bétula e prenderam mais cascas de troncos ao forro. O cheiro era pungente e fresco: era o cheiro desconhecido de montanhas e bosques. Estavam construindo uma cabana de troncos no fundo do navio. Bacalhau salgado era um hóspede exigente. Seu alojamento tinha de estar pronto, à espera.

Todos os dias, mais ou menos no meio da manhã, um acontecimento curioso quebrava a monótona rotina do carregamento. Um barco se aproximava na diagonal, pelo porto, passando perto do *Kristina*. Aos remos estava uma menina com cabelo preto, cortado curto de modo a mostrar o pescoço. Ela era bronzeada, tinha lábios cheios, olhos orientais e cenho forte. Remava feito homem, com movimentos longos e perseverantes, e o barquinho dela se movia ligeiro. Quando passava pelo *Kristina*, sempre erguia os olhos. A tripulação se postava ao longo da amurada e retribuía o olhar, mas ela nunca virava para o outro lado: parecia estar procurando um rosto específico.

Depois de uns dois dias, Knud Erik se convenceu de que a menina estava olhando especificamente para ele. Um dia, seus olhos se encontraram, ele corou e precisou desviar o olhar.

Rikard e Algot falaram sobre ela depois. Sempre usava um pulôver folgado e calça de algodão grosso, que tornavam difícil distinguir as formas de seu corpo. Mas era magra, isso dava para ver, e esse fato alimentava suas especulações. A julgar pelos olhos escuros e a aparência oriental de modo geral, tinham certeza de que era descendente da "escada de boceta".

– Essa é a escada que as prostitutas de Bangkok usam para subir a bordo dos navios – Rikard explicou.

Knud Erik não disse nada. Ficava refletindo sobre o olhar que trocara com a menina e corava toda vez que se lembrava da maneira como seus olhos tinham pousado nele. Na maior parte do tempo, no entanto, pensava em Vilhjelm. Não conseguia dormir à noite e, durante o dia, sua cabeça rodava.

Na vez seguinte em que a menina apareceu, Dreymann acenou para ela. A menina retribuiu o aceno, e isso tirou a tensão da situação. Ela sempre remava no mesmo trajeto, até certa pedra, atrás da qual desaparecia. Reaparecia um par de horas mais tarde, mas, quando voltava, não se aproximava do navio, nem olhava em sua direção. Em vez disso, fixava o olhar à frente e remava com afinco.

Para onde ela ia e o que fazia quando chegava lá tornaram-se outro tema de discussão. Rikard tragou o cigarro da piteira e deu sua opinião: estava visitando um amante. Dreymann desprezou a bobagem.

– Olhe só para ela – contestou. – Não é um dia mais velha do que dezesseis anos... dezessete, no máximo.

Rikard respondeu dizendo que as moças começavam cedo na Terra Nova e olhou ao redor, para dar a entender que não se importaria se lhe fizessem perguntas a respeito de como obtivera essa informação, em especial.

Dreymann disse que achava que a menina ia fazer aula de piano.

– Em uma pedra? – Rikard caçoou.

Pelo menos sabiam quem ela era: filha de um tal de Smith, um homem alto e robusto que se vestia com calças pelas canelas e meias xadrezes. Morava em uma casa ampla de madeira, pintada de verde, localizada em uma pequena colina atrás da cidade. O senhor Smith trabalhava com o transporte de peixes, e isso fazia dele o homem mais importante de Little Bay.

Ele subia a bordo de vez em quando e não conversava com ninguém além de Bager, mas, às vezes, dava uma olhada em Knud Erik.

Então, um dia, depois da visita de costume do senhor Smith à cabine do comandante e sua partida típica sem dirigir palavra à tripulação, Bager foi até o convés e abordou Knud Erik. Cruzou as mãos nas costas, inclinou-se para a frente e falou baixinho com ele, como se tivesse medo de que alguém mais escutasse.

– A senhorita Smith gostaria de receber sua visita. Amanhã, às quatro. Estou lhe dando permissão para desembarcar.

Knud Erik não disse nada.

Bager inclinou-se e chegou ainda mais perto.

– Compreende o que estou lhe dizendo? Um homem do escritório do senhor Smith virá buscá-lo. – Knud Erik assentiu. – Muito bem – o comandante falou, e deu meia-volta para ir embora. De repente parou, como se quase tivesse se esquecido de transmitir outra mensagem. – Tome cuidado com aquela pequena *madame*. – Lançou um olhar de aviso a Knud Erik. Então, girou sobre os calcanhares e se retirou, rápido, como um homem que tivesse acabado de se livrar de uma obrigação desagradável.

Os outros não tinham reparado no diálogo, por isso nenhum comentário se seguiu. Mas Knud Erik ficou completamente estupefato. De maneira geral, não tinha medo de meninas. Afinal de contas, sempre tomara conta da irmã menor. Somente quando Marie chamara a atenção de Anton ele percebera que uma menina podia ser algo mais do que uma amiga. Ainda assim, não era capaz de imaginar o que essa menina queria, e estava preocupado que seu interesse por ele, de algum modo, fizesse com que fosse visto como mole. Ele iria se destacar do restante da tripulação; se havia algo que não queria, era exatamente isso.

Knud Erik foi pego no dia seguinte, pouco antes das quatro da tarde. Rikard e Algot ficaram de vigia e o chamaram. Durante todo o trajeto até a casa, seu acompanhante o ignorou, como se também considerasse a coisa toda uma vergonha e preferisse não se envolver com aquilo de modo nenhum. Quando chegaram à casa, abandonou Knud Erik sem proferir palavra.

Knud Erik entrou pela varanda e bateu à porta com cautela. Uma mulher de idade, com um vestido comprido e antiquado de lã, abriu a porta e o conduziu por um grande saguão até a sala de estar. Até então, ninguém tinha falado com ele. A mulher fechou a porta atrás de si e ele se viu sozinho. Havia chá à sua espera, em uma mesinha arrumada com uma toalha, perto da janela. Ao lado das xícaras e do bule de prata havia um pratinho de porcelana com biscoitos. Ele ficou parado à porta, sem saber direito se devia ou não sentar-se em uma das poltronas estofadas. Continuava sem acontecer nada, e começou a caminhar pela sala. Pegou um biscoito do pratinho e, nesse exato momento, a porta se abriu de supetão. Atrapalhado, virou-se para trás e escondeu o biscoito nas costas. Era a menina do barco a remo, mas já não vestia o pulôver e as calças de homem. Em vez disso, trajava um vestido. Isso o desconcertou imediatamente. E o rosto dela surtiu o mesmo efeito, pois parecia muito mais vívido do que antes. É verdade, ele só a tinha visto à distância, e agora estava perto dela pela primeira vez. Mas isso não explicava por que seus olhos estavam mais escuros e sua boca carnuda, tão mais vermelha, fazendo com que parecesse ainda maior. Precisou baixar os olhos: a impressão que ela causara fora forte demais. Quando a menina se aproximou, Knud Erik percebeu que era mais alta do que ele. Mas, bom... era mais velha.

Ela lhe estendeu a mão.

– Senhorita Sophie – disse.

– Knud Erik Friis – ele respondeu, sem saber se devia ter adicionado "senhor", ou se o título era reservado exclusivamente a homens como o pai dela, o poderoso senhor Smith.

– Sente-se, por favor – ela disse em inglês, e apontou para uma poltrona.

Knud Erik obedeceu. Ainda mantinha o biscoito escondido. Sentar-se com uma mão nas costas seria estranho; por isso, o colocou discretamente no assento da poltrona e sentou-se em cima dele; sentiu-o quando se esmagou sob seu peso. Ficou com tanta vergonha que não conseguiu se concentrar em nenhuma palavra que a senhorita Sophie lhe dizia. Não que as compreendesse: era tudo em inglês. Sentiu-se completamente deslocado, sentado em cima de um biscoito esmagado e tomando chá com essa moça, que era mais alta do que ele e tinha cores estranhas no rosto, enquanto um fluxo de palavras incompreensíveis derramava-se de sua boca; palavras às quais ela, aparentemente, esperava que ele respondesse.

Permaneceu olhando fixamente para o chá cor de âmbar, de que não gostou, assentindo com vigor de vez em quando. Bom, isso teria de bastar como contribuição à conversa. Era o máximo que podia fazer. De repente, ouviu-a dar uma gargalhada alta.

– Só está aí sentando, assentindo. Mas não compreende uma palavra do que eu digo.

Ele a olhou, surpreso.

– Sim, eu falo dinamarquês – ela continuou, rindo com sua boca grande.

– Minha mãe era dinamarquesa. Mas morreu há muito tempo. – Disse isso em tom casual, como se não desse muita importância ao fato. Inclinou-se para perto dele. – Você é tímido? – perguntou.

– Claro que não.

De repente, sentia-se desafiado e, sem se dar conta, seu acanhamento se dissolveu. Agora, estava irritado. Ela tinha feito com que se sentisse um garotinho. No navio, ele era homem, e queria que essa dignidade recém-adquirida fosse reconhecida ali também. Além do mais, a moça falava dinamarquês. Ele estava mais uma vez em território conhecido. A senhorita Sophie, simplesmente, precisava ser tratada como se fosse Marie.

– Sabe que falamos sobre a senhorita a bordo do *Kristina*? – disse. – Não sabemos o que está fazendo. Alguns acham que tem aulas de piano, mas um sujeito acha que tem um namorado que visita todos os dias na pedra.

A senhorita Sophie fitou-o com ar de caçoada.

– Um namorado. Bom, pode ser que eu tenha. E você, o que acha? – Knud Erik não respondeu. – Não – Sophie prosseguiu –, não tenho namorado nenhum na pedra. Tenho um lugar de sonhos. Você sabe o que é um lugar de sonhos?

Ele meneou a cabeça.

– É um lugar para sonhar. Há uma praia estreita de areia logo depois do porto. É lá que eu me sento e fico olhando para a água. E, daí, eu sonho. Com vapores de passageiros, aviões e zepelins, com cidades grandes e ruas cheias de carros e vitrines de lojas, ao longo de todas as calçadas, com cinemas e restaurantes. – Ela foi desfilando a lista sem sequer tomar fôlego, como se estivesse colocando para fora anseios guardados durante muito tempo. – Você tem um sonho?

– Tenho – Knud Erik respondeu. – Sonho em navegar em direção ao sol e dar a volta no cabo Horn.

– Cabo Horn – a senhorita Sophie repetiu, surpresa, e então riu. – Claro, você é marinheiro. Mas por que o cabo Horn? É frio, sempre venta e muitos navios afundam por lá.

– Pode até ser – Knud Erik disse. – Mas ninguém se torna um marinheiro de verdade a menos que tenha dado a volta no cabo Horn.

– Quem disse?

– Todo o mundo.

– Tem medo de se afogar? – a senhorita Sophie perguntou.

Knud Erik hesitou por um instante. Será que essa menina estranha, com um rosto que era, ao mesmo tempo, tão diferente e tão bonito, realmente iria fazer com que ele lhe contasse tudo?

– Tenho – respondeu com honestidade. – Tenho muito medo de me afogar.

– Já chegou perto? – a senhorita Sophie ficou olhando intensamente para ele, com seus olhos profundos e escuros: duas luzes brilhando em um poço de mina.

– Sim, uma vez.

– Como foi?

Ele não se sentiu disposto a responder.

– Meu melhor amigo acaba de se afogar. Ele naufragou com o *Ane Marie*, que vinha para cá – foi o que disse.

Ela baixou os olhos, como se precisasse de algum tempo para se recompor. Quando voltou a encontrar seus olhos, deu um sorriso de incentivo.

– Você, provavelmente, também vai se afogar um dia.

Ela disse isso em tom totalmente corriqueiro, como se estivesse anunciando que o jantar logo seria servido. Foi uma coisa ridícula de se dizer. Qual era sua intenção? Será que se achava capaz de prever o futuro? Mais uma vez, ele sentiu o olhar dela sobre si. A moça o observava como se estivesse examinando o efeito de suas palavras.

Knud Erik desviou o olhar. A confiança entre os dois tinha sido rompida. O pesar dele em relação à morte de Vilhjelm voltou a tomá-lo, e sua indignação entrou em combustão.

– Está lançando uma maldição para cima de mim?

– Já visitou uma cidade grande? – a senhorita Sophie perguntou, e ele detectou hesitação na voz dela.

– Já estive em Copenhague.

– Não acredito que seja propriamente uma cidade grande. Nunca sonhou com Londres e Paris, com Xangai e Nova York?

Knud Erik meneou a cabeça.

– Eu sonho com o cabo Horn – respondeu, teimoso.

– Que pena. Nesse caso, não podemos fugir para casar. Eu não quero ir para o cabo Horn; lá é frio e horroroso. Nossa, como você é maçante. – Começou a dar risada. Então se inclinou para a frente e aninhou a cabeça dele entre as mãos. – Mesmo assim, vai ganhar um beijo antes de ir embora.

Ele olhou dentro de seus olhos. Por um momento, pensou em se libertar, mas então percebeu que seria infantil resistir. Tinha de encarar aquilo como o homem no qual se transformara nos últimos meses. Retribuiu o olhar, e uma coisa estranha aconteceu com ele. Um calafrio o percorreu, não de medo, mas de outra coisa, algo desconhecido. Um tremor silencioso percorreu-lhe o corpo, na expectativa de algo grande e alegre. Fechou os olhos para receber o beijo e ser transportado para algum lugar aonde, por instinto, sabia que nenhum navio seria capaz de levá-lo.

Sentiu os lábios dela, com sua maciez carnuda, pressionando os dele com uma sensação levemente pegajosa que o fazia desejar que nunca mais se soltassem. As mãos dele, que tinham ficado pousadas nos braços da cadeira, deslizaram pelas costas dela e, com esse gesto, sentiu um estalo de eletricidade. Então, tocou o pescoço dela, por baixo do cabelo curto, e acariciou de leve a curva macia. Abriu um pouco a boca. Desejou que Sophie fizesse a mesma coisa, para que a respiração dos dois se encontrasse e ele pudesse inalar o ar dela para seus pulmões e respirar através do elemento que era ela. Era como se afogar e ser capaz de respirar ao mesmo tempo. Agora se abria a outro elemento e permitia que o preenchesse. Sentiu como ela seguiu sua deixa e permitiu que os lábios se abrissem um pouco. Respiraram pela boca um do outro e tiraram ar dos pulmões um do outro. Ao beijar a senhorita Sophie, ele beijava o mundo– que lhe retribuía o beijo – e se enchia de sua doce respiração.

Então ela se afastou, levou uma mão ao peito e deu risada.

– Você sabe mesmo beijar. – Entregou-lhe um guardanapo da mesa. – Tome, é melhor limpar o batom.

Ele ergueu a mão para detê-la, como se estivesse prestes a tirar algo valioso dele.

– Não, venha aqui.

Ela deu risada mais uma vez. Segurou-o pelo ombro e limpou-lhe a boca com o guardanapo.

– Não podemos permitir que você deixe a casa do senhor Smith sujo de batom no rosto. – Lançou um olhar de crítica para ele. – Alguém já lhe disse como é bonito? – A voz dela tinha um tom de caçoada. Ela se levantou e pegou sua mão. Então o conduziu até a porta que dava para o vestíbulo. – Vamos nos despedir aqui.

– Nós vamos voltar a nos ver? – Knud Erik perguntou, e percebeu no mesmo instante como a pergunta o tinha exposto.

Ela estendeu a mão e piscou para ele.

– Faça uma boa viagem ao cabo Horn.

* * *

Ela não apareceu no dia seguinte. No final da tarde, ele ia e vinha da amurada para olhar o mar. Estava agitado desde que deixara a casa do senhor Smith. Não achava que poderia estar apaixonado. Isso era diferente, mais ou menos como quando o *Kristina* se erguia da água sem aviso e você tinha de se agarrar ao ponto fixo mais próximo no convés instável.

Pensou nela com irritação... não, mais do que isso: com raiva e um desejo sagaz de vingança. Ela o tinha humilhado, limpando a boca dele com um guardanapo como se fosse criança. Ele mal ousava se lembrar do beijo. Palavras não eram capazes de conter todos os sentimentos contraditórios que a lembrança lhe suscitava. Sentia-se ao mesmo tempo minúsculo e enorme, como se estivesse se transformando de modo infinito. O beijo tinha semeado um anseio, e o anseio era doído; machucava-lhe a autoestima.

Os outros repararam em como ele estava inquieto e andava de um lado para outro ao longo da amurada.

– Está procurando algo específico? – Dreymann perguntou. Os marinheiros deram risada; até Helmer, aquele merdinha. Todos o crivaram de perguntas quando ele retornara da cidade, mas tinha sido vago e respondera o mínimo.

– Como ela é? – Rikard perguntara, sacudindo a sereia nua em seu braço.

– Ela é bem simpática – foi a única coisa que dissera. – Tomamos chá e comemos biscoitos.

– Não fizeram mais nada? – A tripulação estudava seu rosto. – Olhe só para esses olhos castanhos bonitos – Rikard desdenhara. – Sabe por que os olhos são castanhos?

Knud Erik meneara a cabeça, indefeso, sentindo que uma resposta grosseira estava por vir.

– É porque chutaram sua bunda com tanta força quando você era pequeno que a merda foi para o lado errado.

Ele estava sendo feito de bobo, e a culpa era dela.

E, daí, ela nem apareceu!

Um por um, os dias foram se passando, todos igualmente cheios com o carregamento do bacalhau salgado, sob um céu imutável de nuvens cinzentas. Ela continuou sem aparecer. Knud Erik ficava pelo convés, incapaz de parar de pensar nela.

Os outros continuavam caçoando, e ele corava toda vez. Referiam-se a ela como "a namorada de Knud Erik".

– Já ganhou seu beijo hoje? – Rikard perguntava.

Ou, pior:

– Será que ela já não se encheu de você?

A essa altura, o bacalhau salgado estava empilhado quase até a borda do alçapão: tinham quase acabado de carregar e logo partiriam rumo a Portugal, e ele nunca mais voltaria a ver a senhorita Sophie. Por puro desespero, Knud Erik resolveu tomar uma atitude radical. Iria retornar, sozinho, à casa ampla pintada de verde. Ficaria do lado de fora, na frente da porta da varanda. E, quando Sophie a abrisse, iria dar as costas para ela. Ou talvez até cuspisse no chão. Ou qualquer outra coisa para mostrar que a moça não significava nada para ele. Que ele tinha seu próprio mundo, e ela não conseguiria abalá-lo.

Era o dia anterior à partida, e a tripulação estava preparando as velas. Knud Erik não tinha ideia de como poderia fugir para visitá-la, e sua agitação estava se transformando em pânico completo. Se não a visse uma última vez, todo o seu mundo iria desabar. Incapaz de aguentar mais, pulou a amurada, pousou no cais e saiu correndo na direção da casa verde. Ouviu Dreymann chamar atrás dele, mas não se virou.

Apesar de dar para avistar a casa ampla do *Kristina*, era um bom trecho a ser percorrido, na maior parte ladeira acima. Ele estava sem fôlego quando chegou lá, mas só parou quando alcançou a porta de entrada da casa. Bateu com força, então apoiou as mãos nas coxas enquanto se esforçava para recuperar o fôlego.

Ainda estava nessa posição quando a porta se abriu.

Ele tinha fantasiado a respeito disso. Com as faces queimando, tinha imaginado o último encontro dos dois, aquele que iria libertá-lo. Mas não era a senhorita Sophie. Era a mulher mais velha que o tinha conduzido para dentro da casa em sua primeira visita.

Ela ficou olhando para ele, cheia de expectativa, como se achasse que o rapaz tivesse uma mensagem importante para o dono da casa, o poderoso senhor Smith.

– A senhorita Sophie – ele disse, sem fôlego, ainda incapaz de ficar ereto e respirar normalmente depois da longa corrida.

Meneando a cabeça, a mulher falou algumas palavras em inglês. Ele só pegou as três últimas: "... não está aqui".

Mas o modo como ela meneara a cabeça transmitiu o que queria dizer. Se ele não estivesse naquele estado deplorável, certamente a teria atacado, como se a culpa de o objeto de seu anseio não estar ali fosse dela.

– Onde? – Ele arfou, ainda sem fôlego.

A mulher lançou-lhe um olhar de desaprovação e pareceu considerar se devia se dignar a dar uma resposta à pergunta do garoto confuso.

– St. John's – finalmente disse, e dirigiu mais um olhar torto para ele, que acreditou ter detectado tanto malícia quanto pena, apesar de não saber como ambas as coisas poderiam se combinar em uma só expressão.

Seu coração se apertou. St. John's era a maior cidade da Terra Nova, um porto em que as escunas de Marstal costumavam parar. Disso ele sabia. Também sabia que o *Kristina* não iria até lá.

A senhorita Sophie partira. Era por isso que não tinha aparecido para seus trajetos diários de barco a remo. Estava em algum outro lugar dessa terra sem fim, e eles nunca mais voltariam a se ver. Algo que mal tinha começado, avançando em todas as direções, já terminara.

Bager estava à espera dele.

– Qual é o seu problema, garoto? – perguntou, e deu um tapa atrás da cabeça de Knud Erik.

– A que distância fica St. John's? – Knud Erik perguntou, ignorando o tapa.

– Que diabo deu em você? – o comandante exclamou, e deu mais um tapa nele. – Cento e oitenta milhas, mas não vamos correr atrás de nenhum rabo de saia em St. John's. Vamos para Setúbal, com bacalhau salgado para os católicos.

Os tapas não tinham sido fortes. Foram mais tapinhas. Um tom divertido tinha se infiltrado na voz de Bager. Parecia que estava animado.

– Rapaz tolo – ele disse. – Acha que vai determinar o curso agora? Eu disse ao senhor Smith. Mantenha aquela moça sob controle, falei. Ela enlouquece as pessoas. É uma mocinha mimada.

O barômetro tinha caído na manhã seguinte, quando partiram de Little Bay e saíram pela baía de Notre-Dame. Pancadas de chuva chegaram e se foram, mas o mar permaneceu calmo. No fim da tarde, avistaram o farol de Fogo. Tinham seguido o litoral na direção de St. John's, até poderem sair para o Atlântico.

Naquela noite, uma tempestade de sudeste se ergueu, e eles foram mandados na direção do litoral rochoso. Durante o dia, Knud Erik tinha observado os penhascos altos e escuros através do aguaceiro. Agora, eles estavam se avizinhando, invisíveis, na escuridão impenetrável da noite, e apenas o estrondo distante das ondas anunciava sua proximidade. Todos os que estavam recolhidos foram acordados e receberam ordens de vestir a capa de oleado para que pudessem subir ao convés imediatamente, se necessário.

O facho de luz do farol do cabo Bonavista girava pela turbulência, transformando as velas em fantasmas por um breve momento, antes de voltarem a varrer o véu mutante da chuva que caía, densa. Estavam próximos ao litoral, e as velas foram recolhidas até sobrar apenas a vela de estai principal. Já sem nenhuma força, ao *Kristina* só restava sacudir-se sobre as ondas castigadas pelo vento enquanto lutava contra a tempestade.

O bruxulear da luz do farol ia e vinha como uma estrela que chegou perto demais do mar, engolida pelas ondas em um minuto e lutando para se libertar no seguinte. Nuvens apareciam através da escuridão, tubarões barrigudos disparando pelo céu. O amanhecer irrompeu e suplantou o facho do farol. Mas a tempestade continuou feroz.

O comandante olhou para o barômetro.

– Isto aqui ainda vai durar um pouco – disse, sombrio, e levou a mão ao peito, como se temesse que o coração não fosse aguentar tanto tempo.

Knud Erik nunca teria acreditado, mas o perigo mortal pode deixar um homem duro. A tempestade continuou, dia após dia, castigando incessantemente o casco do *Kristina*, uivando nas amarras, atacando o leme e colocando-os sob tensão constante. Mas, paradoxalmente, o estado de alarme anestesiou os nervos da tripulação, deixando-a com uma sensação de vazio infinito.

O convés era inundado o tempo todo pelo ataque das ondas, dando a impressão de que apenas a proa e a popa continuavam boiando, como duas peças arrancadas de um destroço que permanecessem equidistantes por algum motivo inexplicável, entre o caos de ondas que quebravam e a espuma nervosa.

As nuvens baixas perseguiam umas às outras pelo céu; as fileiras de ondas que rolavam sem fim na direção do litoral; a barreira negra e ameaçadora de costa que representava mais morte do que salvação se chegassem perto demais: tudo isso esvaziou a cabeça dele de pensamentos.

A tempestade resistiu, mas o *Kristina* também. Até seu medo de se afogar tomou assento no fundo, cedendo à labuta tediosa e à dor constante das bolhas de água salgada, que se espalhavam furiosamente por seus braços e em volta do pescoço. As feridas abertas não se infectaram somente porque permaneceram sempre molhadas.

* * *

Ficaram balançando assim, para cima e para baixo, durante trinta dias. Às vezes, o litoral negro se afundava no horizonte até não passar de uma linha desenhada a lápis entre o céu e o mar; em outros momentos, se erguia e se avultava sobre eles, como uma bigorna na qual o mar poderia bater o casco frágil.

Não fazia diferença se a costa estava perto ou longe: para Knud Erik, os penhascos negros não representavam nem destruição, nem salvação. Não eram nem terra. Não passavam de mais um aspecto da monotonia, tão reais ou irreais quanto as nuvens pesadas de chuva sobre a cabeça deles. Dias e noites iam e vinham.

Quando estava de folga durante o dia, cambaleava, tonto, até a proa do navio, agarrando-se às cordas que a tripulação tinha suspendido das amarras para servir de apoio quando atravessavam o convés inundado. A água já lhe batia pela cintura quando uma onda atingiu o meio do navio e puxou as pernas dele, com a espuma subindo por todos os lados. Sentiu-se como um equilibrista que se tivesse desestabilizado e se dependurasse pelos braços em um cabo suspenso entre dois pontos no céu. Como se não estivesse de jeito nenhum a bordo de um navio, mas balançando no mar vazio.

Tropeçava escada abaixo para o castelo de proa escuro e fedido, com o piso inundado e o fogão que permanecia apagado por medo de envenenamento por dióxido de carbono. Subia no catre sem tirar a roupa, porque não adiantava nada se despir; afinal, onde iria colocá-la para secar? Estava saturada de sal, que atraía umidade e respingos. Knud Erik se encolhia feito um bebê e dava lugar à inconsciência até que uma mão o sacudia e ele cambaleava para fora do catre, sem mal acordar. Chafurdando pelo piso com suas botas, se erguia pela escada mais uma vez e ia ao encontro da escuridão, ou da luz cinzenta. Para qual das duas fosse era irrelevante. Transformara-se em um ser cuja única motivação era servir ao navio, ser sua ferramenta cega na tempestade. Já não considerava a questão da própria sobrevivência. Só pensava em velas a serem recolhidas ou guardadas, em cordas a serem amarradas.

Finalmente, o vento morreu. O mar continuava se movendo em ondas pesadas, mas as amarras já não guinchavam e a espuma pressagiosa tinha desaparecido das ondas. O sol penetrou por entre as ondas; os tubarões barrigudos tinham desaparecido. O litoral negro voltou a ser terra, um lugar que poderia ser alcançado, a realização de um sonho impossível: chão firme sob os pés, uma noção impressionante com a qual era difícil acostumar-se depois de trinta dias em um mar convulso.

Duas montanhas negras com laterais quase verticais apareceram à frente deles. Entre elas, havia uma abertura.

– O Buraco Negro – Bager disse, mais pálido do que nunca. – É a entrada para St. John's.

Voltou-se para Knud Erik, que estava ao timão.

– Parece que as coisas vão ser como você queria, no final das contas. – Sorriu. – Vamos parar em St. John's para obter suprimentos.

Não era da senhorita Sophie que ele se esquecera, mas de si mesmo. A monotonia da tempestade tinha engolido tudo. Mas a observação do comandante e a visão do Buraco Negro a trouxeram de volta. Vê-la de novo era mais importante do que nunca. Havia recebido uma segunda chance, e não podia ser coincidência. O significado retornou a tudo, e todos os sinais apontavam em uma direção: a senhorita Sophie.

Esqueceu as bolhas e as roupas ensopadas. A tensão que tinha enrijecido seu corpo durante trinta dias e noites, fazendo com que doesse mais do que qualquer esforço físico, desapareceu. A tempestade havia passado, mas apenas para abrir espaço para uma nova, interna. Desgraçadamente, as palavras do comandante tinham feito seu rosto corar outra vez. Um vento impaciente lhe dava chibatadas no sangue e fazia o coração disparar.

Bager assumiu o timão, e eles atravessaram o Buraco Negro. Atrás da embarcação, a entrada estreita para St. John's se abriu, coalhada de barcos de pesca, escunas e pequenos vapores. Casas de madeira localizavam-se nas encostas rochosas e, ao longo do porto, densas fileiras de construções ficavam de frente para a água, com galpões e lojas de suprimentos de navios que se comprimiam lado a lado. Os cais estavam cheios de gente e de carroças puxadas a cavalo. O barulho da rua se misturava ao guincho das gaivotas, e o fedor de óleo de peixe e do próprio animal tomava conta de tudo.

Knud Erik percebeu logo que St. John's não era uma cidade importante. Copenhague era maior, mas, comparada à vida aqui, os cais ao longo do canal de Frederiksholm pareciam desertos. Knud Erik tinha imaginado St. John's como uma versão um pouco maior de Little Bay: em algum lugar atrás da cidade, o senhor Smith deveria ter uma casa, muito parecida com a outra. Ele poderia simplesmente ir até lá, bater à porta e voltar a ver a senhorita Sophie. Mas, ao olhar ao redor agora, seu coração se apertou. Nunca iria encontrá-la nesse lugar. Com certeza, havia centenas de outros senhores Smith aqui. E, talvez, com um pensamento que quase o deixou paralisado, também centenas de outras senhoritas Sophies.

* * *

Acenderam o fogão do castelo de proa para secar as roupas, lavadas em baldes de água quente, e vestiram peças limpas retiradas dos sacos de viagem. Passaram algum tempo sentados ao redor da mesa, no meio do castelo de proa, como algo em exibição, antes que um por um chegasse ao solo.

– Eu me sinto feito um frango desossado miserável. Não sobrou nem um osso no meu corpo – Rikard disse.

Na manhã seguinte, o comandante anunciou folga para aquela mesma noite, e foram todos para a cidade juntos. Até Helmer recebeu permissão de se juntar ao resto. A tempestade tinha sido o batismo dele; o serviço de café pontual que fornecera durante toda a sua duração tinha feito com que passasse a ser considerado membro do grupo. Foram até a Water Street, logo atrás da beira do porto.

Dreymann piscou para Knud Erik.

– Você provavelmente vai encontrar a senhorita Sophie ali.

Foram para uma taberna e pediram cerveja. O lugar estava cheio de mulheres; uma veio até a mesa deles. Tinha o rosto pintado e ria para Knud Erik com a boca grande e vermelha.

Algot a abraçou pela cintura grossa.

– Vai ficar melhor com esta aqui – disse ao rapaz. – Vai receber mais pelo seu dinheiro do que com aquela magricela da senhorita Sophie. Não estou certo, Sally, ou seja lá quem diabos seja?

– Julia. Meu nome é Julia – a mulher disse em inglês.

Estava acostumada com marinheiros escandinavos e compreendia um pouco do que era dito. Inclinou-se em pose provocativa na direção de Knud Erik. Tinha cheiro de perfume e suor: de perto, ele viu que o pó farinhento que cobria seu rosto tinha rachado, revelando as rugas. Fez menção de beijá-lo: por instinto, ele se virou para o outro lado, mas ela agarrou o pescoço dele e tentou enfiar-lhe o rosto no fundo do decote.

– Um menino bonito feito você não deveria dormir sozinho.

O rapaz se esgueirou para fora do abraço dela e lhe deu as costas, enquanto os outros caíam na gargalhada. Tomou um gole de cerveja para disfarçar o acanhamento: o amargor fez com que fizesse uma careta. Deu mais um gole, na esperança de que o gosto fosse melhor na segunda vez. Não era. Tinha mesmo de beber essa coisa?

Voltou-se para os outros. A mulher agora estava sentada no colo de Algot, com uma garrafa nos lábios. O resto da tripulação estava envolvido em uma discussão profunda sobre um assunto qualquer.

– Espere até chegarmos a Setúbal; isto não é nada – Rikard disse.

– Setúbal! – Algot desdenhou. – Prefiro a Martinica, em qualquer dia. As moças lá dançam nuas em cima das mesas.

– E passam sífilis para a gente – Rikard retrucou. – Uma vez, tínhamos um homem para cuidar das amarras. Passou uma noite com uma delas: três meses depois, se foi. Aquela foi a boceta mais cara do mundo. Então, nada de puta negra para mim, camarada.

– Sugiro que aproveitem enquanto dura, rapazes – Dreymann disse em tom indulgente. – Quando chegarmos à Inglaterra, vamos embarcar a filha do comandante. Quando a senhorita Kristina chegar, vão precisar prestar atenção à linguagem que usam.

Knud Erik olhou para Helmer, que estava sentado em silêncio, segurando a garrafa. Também não tinha bebido muito de sua cerveja.

– Não tem mais nada para beber aqui? – Knud Erik perguntou, tentando parecer um homem viajado.

– Está falando de limonada? – Rikard disse bem alto, dando risada da própria esperteza.

– Gim – a mulher disse, em inglês. Deem um pouco de gim para ele.

Dreymann lançou um olhar de sobreaviso a Knud Erik.

– Tome cuidado – ele disse. – É tão forte quanto aguardente.

– Bobagem – Algot berrou. – Parece água, tem gosto de água, até tem a mesma porcaria de efeito da água. – Empurrou um copo do líquido transparente na direção do rapaz. – Pode virar.

Aliviado por se livrar do sabor amargo da cerveja, Knud Erik deu um gole grande. Os outros olharam para ele, cheios de expectativa. O sabor era forte, mas não pungente. Deu mais um gole para ver o que acontecia. O gim encheu-lhe a boca com uma maciez agradável, mas, em vez de deslizar garganta abaixo, a sensação parecia correr para o outro lado e subir pelas paredes de seu crânio. Parecia que alguém estava acariciando a parte de dentro da cabeça dele.

Algot assentiu em aprovação. A mulher sorriu e apresentou os lábios para ele mais uma vez; então, voltou a se concentrar em Algot, que estava com a mão embaixo da saia dela.

Knud Erik olhou para os outros: o prazer o cutucava. Sua alegria precisava de uma válvula de escape. Deu risada na direção de Helmer, que retribuiu o sorriso, contente com a atenção.

– Você devia experimentar gim – ele disse, como quem sabe das coisas. – É muito melhor do que cerveja.

Helmer negou com a cabeça.

– Não estou com sede.

– Não tem nada a ver com estar com sede. Tem a ver com ficar bêbado!

Helmer meneou a cabeça mais uma vez, e Knud Erik resolveu ignorá-lo.

– Bom, com o diabo. Saúde! – Ergueu o copo com um floreio e avistou o próprio reflexo em um espelho grande, de moldura dourada. Um cacho loiro lhe caía sobre a testa. Tinha olhos castanhos. Os olhos de sua mãe. Talvez fosse mesmo um "menino bonito".

O mundo parecia estar em movimento, mas, diferentemente do balanço do navio, seus sacolejos eram imprevisíveis. O chão encontrava novos e surpreendentes ângulos de inclinação, e, apesar de ele logo aprender que o lugar mais seguro para se estar era a cadeira, ficava querendo se levantar e sair cambaleando pelo piso. Adquirira um jeito brincalhão que era grande demais para a companhia ao redor da mesa: queria olhar as dançarinas, talvez se apoiar em uma mesa e se deixar balançar um pouco ao ritmo da música, ou agitar os braços para abraçá-las. De vez em quando, a mão de uma mulher deslizava por seu peito em um gesto exploratório, ou tocava o traseiro de suas calças. Mas a expressão no rosto dele logo informava que não iria naquela direção nessa noite, e elas desapareciam na multidão, gingando os quadris.

Knud Erik se entregou aos empurrões e encontrões: apenas a pressão dos corpos ao redor impediam que caísse de cara no chão. De repente, devido à cócega alegre do gim, bateu-lhe o pensamento de que a senhorita Sophie estava ali fora, à sua espera. Só precisava sair pela porta. Ele, com certeza, iria encontrá-la. Deu um jeito de ser empurrado na direção da entrada, encontrou a porta e desapareceu pela Water Street.

Não fazia ideia de que horas eram, mas a rua ainda estava apinhada de gente. Na maioria, homens cambaleando, pesadões e sem equilíbrio, na calçada ou no meio da rua, cheia de cavalos que relinchavam e charretes que apitavam. Mas também havia algumas mulheres que o mediam com seus olhos delineados a kajal.

No final da Water Street, a multidão rareou. Knud Erik retrocedeu alguns passos e virou em uma rua lateral. Então, na esquina da Duckworth Street, reconheceu seu pescoço. Ela caminhava à sua frente, vestida com casaco de inverno e botas que apareciam só um pouquinho por sob a saia, e carregando uma bolsa. Ele poderia estar errado a respeito de qualquer outra coisa, mas não sobre o pescoço dela. Aquele pescoço nu e exposto, bronzeado de sol, contra a gola de pele: era ela!

Correu-lhe atrás, mas então a perdeu. Embaraçou-se na multidão da calçada, e quando ele e uma mulher pesada tentaram desviar para o lado ao mesmo tempo, deram um encontrão. Cambaleando mais uma vez, sentiu no rosto seu hálito alcoólico pungente e disparou de volta para a rua, onde um cocheiro xingava e dava chicotadas no ar. Começou a correr ao longo da sarjeta e, quando chegou ao cruzamento da King's Road, voltou a avistar a senhorita Sophie do outro lado da rua. Logo a perdeu de vista mais uma vez, mas agora estava convencido de que se encontrava na pista certa. Parou de correr. Era parte do jogo. Não queria alcançá-la cedo demais.

Eles iriam voltar a se beijar. E depois? Nada. O beijo bastaria. Precisava inalar o ar dos pulmões dela só mais uma vez.

Começou a correr para testar a firmeza dos pés sobre a calçada. Seu corpo fora tomado por uma sensação flutuante de leveza. Nunca tivera tanta fé em si mesmo.

A rua à frente estava completamente vazia. O caminho pela Signal Hill era uma longa subida lenta, coroada pela Cabot Tower, uma silhueta negra contra o cinto serpenteante da Via Láctea. Todo o céu estrelado parecia se mover na mesma direção que ele, como um bando bruxuleante de pássaros que migrava para o sul no meio da noite.

Ele a avistou a certa altura ladeira acima, uma silhueta negra em contraste com a rua branca de geada. Quase parecia deslizar, como que puxada por um fio invisível.

Ele começou a correr mais uma vez, mas ficou sem fôlego e precisou parar para respirar. Então, passou disparado por um lago e algumas árvores. Tudo era prateado, coberto por cristais de gelo que brilhavam como estrelas, que, por sua vez, iam altas no céu congelado. Lá embaixo, via a floresta negra de mastros no porto e os bares iluminados ao longo da Water Street.

Quando a alcançou, ela tinha chegado à Cabot Tower. Suas costas estavam voltadas para ele, e olhava para o Atlântico, que se estendia além do porto em todas as direções, uma superfície negra fosca que sugava toda a luz. Por um momento, ela também ficou ali parada, completamente perdida ante a visão de sua vasta extensão.

– Sophie – ele chamou, e então, de repente, sentiu uma pontada de dúvida.

Quando ela se virou, não demonstrou surpresa.

– Pois não, Knud Erik – foi a única coisa que disse. Seus lábios eram negros à luz fraca das estrelas.

– O que você quer de mim? – A embriaguez dele restaurou-lhe a coragem. Abriu os braços e se preparou para abraçá-la.

– Está bêbado? Andou visitando os bares da Water Street?

Ele ficou morrendo de vergonha.

– Não estou bêbado. Só quero um beijo. – Um sorriso se espalhou pelo rosto dele. Já tinha esquecido seu ressentimento. Estava em um lugar em que a única coisa que lhe importava era a canção alegre que lhe ia na cabeça.

Agarrou-a com força inesperada, inclinou-se para a frente e encontrou seus lábios. Sophie não se mexeu. Ele tinha fechado os olhos, mas agora voltava a abri-los. Ela olhava fixo para a frente e parecia não enxergá-lo. Com cuidado, o rapaz pressionou os lábios contra os dela, na esperança de reacender a magia do primeiro beijo. Mas não aconteceu nada.

Então, ela o empurrou para longe.

– Deixe-me em paz – disse. – Está ouvindo?! Vá embora!

Knud Erik ficou lá boquiaberto, sem entender nada.

– Deixe-me em paz!

Agora ela estava berrando, e seus olhos brilhavam. Bateu com a bota no chão congelado.

– Pare de me seguir feito um cachorro!

De repente, Knud Erik foi tomado por uma raiva tão intensa quanto fora a paixão que sentira.

– Não ouse me chamar de cachorro! – berrou.

Pegou-a pelos ombros e começou a sacudi-la. Sophie era mais alta do que ele, mas ele era mais forte. Mesmo com a cabeça sacudindo, a moça manteve o olhar desafiador.

– Cachorro! – ela disse mais uma vez.

Ele a largou abruptamente. Arfava de irritação.

– Cadela! – Ele cuspiu no chão, entre as botas dela; então deu meia-volta e começou a correr ladeira abaixo pela Signal Hill.

– Knud Erik! – ela chamou.

Ele não parou. Correndo feito louco pelo chão congelado, quase caiu várias vezes, mas sua embriaguez deixava os pés estranhamente leves. O frio dava-lhe tapas no rosto.

No sopé da colina, encontrou uma cidade mudada. Os bares ao longo do porto à beira-mar tinham fechado, e a multidão densa e agitada que antes enchia a Water Street tinha desaparecido. Uma fina camada de geada cobria a rua, e seu brilho frio sublinhava o silêncio nada natural que substituíra o barulho. Os mastros ao longo dos cais estavam folheados com prata e se erguiam como uma floresta queimada em carvão branco: árvores fantasmas que, ao menor golpe de vento, poderiam se transformar em pó.

Ele encontrou o *Kristina* e desceu a escada para o castelo de proa aos tropeções; a embriaguez finalmente tomara conta dele. Desabou, tonto, no catre e seus olhos se fecharam no mesmo instante.

Na manhã seguinte, foi acordado pelos xingamentos de Rikard.

– Onde diabos você se meteu, garoto? Por que acha que pode fugir daquele jeito?

Mas o sorriso dos homens lhe dizia que eles próprios tinham ficado bêbados demais para se preocupar de fato. Knud Erik se lembrou do turbilhão de pessoas na taberna, mas sua caça à senhorita Sophie pelas ruas de St. John's só lhe voltou em fragmentos. O encontro deles na Signal Hill estava igualmente borrado. Se existe uma porta entre sonho e realidade, aquele episódio ocorrera do lado errado dela.

Ele ainda estava mordido pela sensação de ter sido rejeitado. Lembrava-se vagamente da sensação vertiginosa de um vazio que se abriu de repente, mas não sabia por quê. A lembrança ficava martelando em sua cabeça, mas ele continuava sem conseguir entender.

A geada tinha se instalado. Fazia dez graus abaixo de zero, e uma crosta fina de gelo já se formava na água do porto. À tarde, o comandante se aproximou. Knud Erik estava esperando levar uma surra, mas, em vez disso, Bager pediu que o acompanhasse a uma visita à cidade no dia seguinte.

– Arranje um saco limpo – ele disse. – Vamos ao açougue da Queen's Road amanhã, para comprar carne fresca.

Ao caminharem pela cidade no dia seguinte, repararam em grupinhos de pessoas conversando na rua. A atmosfera era estranha e elétrica; havia uma espécie de vibração de mal-estar. Desconhecidos paravam para conversar, então seguiam para o próximo grupo agitado. Bager, que falava um pouco de inglês, perguntou ao açougueiro o que estava acontecendo. Ele era um homem gigantesco, com um avental de borracha manchado de sangue, e estava ocupado cortando montes de carne vermelha em uma tábua. Demorou para responder. Finalmente, largou o cutelo e falou, agitando os braços e meneando a cabeça com tristeza. Knud Erik não entendeu as palavras, mas reconheceu o nome do senhor Smith.

O rosto de Bager se fechou, e ele olhou de soslaio para Knud Erik.

– Eu sabia – balbuciou. – Falei para você. Aquela garota vai acabar mal. Mas, mesmo assim, é algo terrível.

– O que ele disse? – Knud Erik perguntou, depois que saíram. Bager não respondeu, mas apertou o passo até ficar a certa distância. Eles não falaram nada durante todo o caminho de volta para o porto, onde o comandante o manteve longe de si.

O sangue penetrou o saco de carne e deixou manchas escuras no tecido cinzento: Knud Erik sentiu que as pessoas olhavam para ele e enfiou na cabeça que parecia um assassino carregando os restos mortais de sua vítima mutilada pela cidade, em plena luz do dia.

Quando voltaram a bordo, Bager pediu a Knud Erik que fosse até sua cabine.

– Sente-se – ele disse, e se acomodou na frente do rapaz. Então inclinou-se para a frente, com as mãos unidas sobre a mesa. – A senhorita Sophie... – começou a falar, então parou. Baixou os olhos para a mesa e soltou um suspiro profundo. – A senhorita Sophie... – repetiu – ... desapareceu. – Então bateu com a mão no tampo com força. – Com os diabos!

Knud Erik não disse nada. O aposento não ficou negro à sua frente, mas, em sua cabeça, um tipo de noite se iniciou. Enxergava tudo vividamente, mas era incapaz de pensar.

– Já faz dois dias que desapareceu. Ninguém sabe onde ela está. Talvez tenha acontecido um acidente. Ou um crime. Pessoalmente, acho que ela fugiu para se casar com algum marinheiro. Aquela moça é perturbada. Eu não devia dizer isto, mas ela não é bem certa da cabeça. A mãe morreu há muito tempo... ela, provavelmente, lhe disse isso... e o senhor Smith era ocupado demais para cuidar dela de maneira adequada. A menina sempre fez tudo do jeito que quis. Isso nunca é saudável para uma moça daquela idade. Toda essa bobagem de convidar marinheiros para tomar chá. Vestindo-se como uma senhora e virando a cabeça deles. Acredito que você não tenha sido o primeiro. – Bager olhou com firmeza para Knud Erik. – E, pelo Senhor, você também se apaixonou por ela. E, sim, eu culpo a mim mesmo. Não deveria ter permitido que fosse até lá. Mas o senhor Smith nos contrata; por isso, não é fácil dizer não. Não vi mal naquilo. Mas olhe só ao que levou.

Knud Erik não disse nada. Agora, sabia o que acontecera com ele em sua embriaguez. Mas será que sabia mesmo? Tinha visto a silhueta esbelta da senhorita Sophie, vestida com um casaco, deslizando Signal Hill acima, onde ficava a Cabot Tower, uma figura escura contra a Via Láctea. Vira seu rosto e seus lábios, negros à luz pálida das estrelas. E, finalmente, localizou a fonte daquele sentimento de impotência e rejeição que o assombrava nos últimos dias. Lembrou-se da corrida enlouquecida Signal Hill abaixo e da cidade coberta de geada. Ele tinha deixado a senhorita Sophie lá em cima, sob as estrelas frias. Será que o que tinha acontecido depois com ela, seja lá o que fosse, era culpa dele, por ter ido embora correndo? Mas ela lhe dissera que fosse embora. Tinha batido o pé no chão e o chamara de cachorro. A coisa toda parecia um sonho. Será que podia confiar nas próprias lembranças? E se tivesse acontecido algo completamente diferente? Será que tinha batido nela? De repente, não teve certeza.

– Sinto muito – o comandante murmurou, sem tirar os olhos da mesa. Parecia que estava falando consigo mesmo. – Sinto muito por você a ter conhecido. Sei que a culpa é minha. – Então ergueu os olhos e reparou na expressão vazia de Knud Erik. – Está escutando o que eu digo, garoto?

Quando Knud Erik chegou ao convés, viu logo que os outros também já tinham ouvido a notícia: deveria ter chegado da cidade ao convés, passando pelo porto. Olharam para ele com gravidade, mas não disseram nada. Só a boca de Rikard se moveu, como se estivesse prestes a dar vazão a seu estoque de observações maliciosas.

O que se passava pela mente daqueles homens? Será que desconfiavam dele? O que iriam pensar se soubessem a verdade a respeito da noite na Signal Hill?

Bom, o que *ele* pensava?

Será que a gente sempre sabe o que faz quando está bêbado?

A pergunta o confundiu. Em questão de embriaguez, não tinha a menor experiência. Também não conhecia a si mesmo nem um pouco.

Sentia que algo fatal acontecera na colina, aquela noite. Não era apenas sua confusão que o mantinha em silêncio: o acontecimento todo era íntimo demais. Não teria como falar sobre aquilo sem revelar sua derrota. Precisava desesperadamente fazer confidências a alguém, mas o instinto de sobrevivência fazia com que ficasse de boca fechada. Se não, sabia muito bem que os outros iriam cair em cima dele no mesmo instante.

Naquela noite, foi para a cama sem trocar palavra com ninguém.

Nessa época, a temperatura ficava entre doze e catorze graus abaixo de zero todos os dias e, na manhã seguinte, o convés estava coberto de neve. Uma bola de neve veio voando pelo ar e se transformou em pó ao bater no cordame; logo, uma guerra pesada de bolas de neve tinha irrompido entre os navios que estavam próximos, no estreito porto de St. John's.

Mas Knud Erik não participou. Ficou lá parado, com as mãos enfiadas nos bolsos das calças macias de algodão grosso, estremecendo no frio.

Eles zarparam quatro dias depois que a geada assentou. Um rebocador os conduziu pela saída através do Buraco Negro. Um vento cortante soprava do norte, e a corrente de Labrador os acompanhava. Navegavam entre pedaços de gelo, mas, mesmo assim, faziam boa velocidade. Por volta das onze da manhã, o comandante ordenou a Knud Erik que subisse no mastro para ver se havia mar aberto. Ele subiu pelo cordame até chegar ao cesto do mastro principal; embaixo, as velas estavam rígidas com a geada. Ao sul, o gelo se estendia até o horizonte. A extensa superfície ininterrupta, que brilhava branca ao sol, deu-lhe uma leve sensação de náusea, que permaneceu quando retornou ao convés.

Havia cozido de carne para o jantar, mas Knud Erik pensou na tábua de cortar do açougueiro e nas manchas escuras no saco, onde o sangue da carne penetrara no tecido. Estava sem apetite, mas também não queria deixar o prato intocado. Colocou um pedaço de carne na boca e deixou que ficasse lá. Pareceu inchar. Então, correu para o convés e vomitou por cima da amurada.

No segundo dia, avistaram mar aberto. O vento estava ficando mais forte e o mar já se agitava. Ainda com a temperatura baixa, o *Kristina* tinha começado a congelar. Durante a noite e no dia seguinte, o navio foi envolvido por uma armadura grossa de gelo. As adriças congelaram juntas, em caroços. O parapeito se transformou em um muro gélido e, no convés principal, o gelo tinha um pé de profundidade. O gurupés era um único bloco compacto, que chegava até as amarras.

O navio, totalmente carregado, agora estava abaixo da linha-d'água, com o peso adicional de várias toneladas. A proa já estava perigosamente afundada e o convés, nivelado com o mar do outro lado do parapeito congelado. As velas pareciam folhas pesadas de madeira que tinham sido erguidas até o mastro de modo misterioso.

Era como estar a bordo de um bloco de gelo gigante, no qual um escultor estivesse entalhando a forma de navio. Mas isso era atrapalhado pelo crescimento contínuo do bloco, que fazia com que as formas entalhadas retomassem o aspecto bruto: as amarras elegantes, as linhas recurvadas e refinadas do parapeito e do gurupés (tudo que define um navio e lhe dá vantagem sobre o mar) tinham se transformado em um emaranhado de caroços e cubos. Já não era mais um navio, nem mesmo uma imitação razoável de embarcação; o *Kristina* se transformara em uma sentença de morte assinada pela geada, despida do último resquício de força; transformara-se em um peso morto de gelo e bacalhau salgado, fadado a afundar.

A tripulação sabia que sua vida dependia de uma batalha bem-sucedida contra o congelamento incansável. Cada homem abriu sua caixa de ferramentas, pegou uma marreta e atacou o castelo brilhante que se construía ao redor. Pedaços de gelo estalavam no alto das amarras e dos cabos, antes de atingir o convés. Mas o convés em si resistiu a todos os esforços. Eles martelaram até suar e ficar com o rosto vermelho, produzindo uma rachadura aqui e outra ali, mas a cobertura pesada de gelo não se movia, e a curva do parapeito continuou presa lá dentro. Não conseguiam nem se aproximar do caroço congelado que era o gurupés. Quem tentasse estaria arriscando a própria vida.

No começo, o desafio os deixou animados, e eles berravam uns para os outros. Mas, depois de um tempo, ficaram em silêncio. No fim, os golpes de marreta também cessaram. Bager foi o primeiro a desistir. Levou a mão ao peito e seus olhos ficaram vidrados, enquanto tentava recuperar o fôlego. Então Dreymann declarou que estava na hora de parar. Eles ficaram lá, exaustos, quando pararam, cada um envolto na própria solidão, como que absortos pela massa de gelo crescente por toda a volta.

Havia gelo dependurado no bigode de Dreymann. Suas sobrancelhas estavam cobertas de geada, e as narinas também. Nas faces de Rikard e Algot, onde a barba de um dia crescia, o gelo estava salpicado feito pó branco, dando ao rosto dos homens uma palidez mortal.

Será que os cílios fariam com que seus olhos se congelassem fechados? Será que esse seria o último gesto do frio, fechar as pálpebras deles para que não morressem congelados olhando para o céu cinzento?

Mas, no fim, o gelo que ameaçava matá-los foi sua salvação. Tinham chegado a novas águas com temperatura abaixo de zero: agora não eram mais pedaços de gelo, mas sim uma camada compacta que, no decurso de algumas horas, fechou-os, erguendo metade do casco pesado do *Kristina* acima da água. Por enquanto, o perigo de afundar tinha passado. A madeira pesada do navio grunhia com a pegada forte do gelo. Se o *Kristina* fosse feito de aço, o casco teria rachado com a pressão, e eles estariam condenados. Por enquanto o gelo brincava com eles, e haviam recebido um adiamento da execução.

Passaram dias tão envolvidos na batalha pela sobrevivência que mal olharam para o horizonte. Agora avistavam outro navio ao longe, também encalhado no gelo: uma escuna muito avariada, com o mastro principal quebrado e as amarras soltas.

Dreymann pegou o binóculo e o apontou para o navio em apuros, tentando ler o nome na proa.

– Com os diabos. É o *Ane Marie.*

– Alguém a bordo? – Bager parecia esperançoso.

O coração de Knud Erik começou a bater forte. Estava pensando em Vilhjelm.

– Não que eu consiga enxergar.

– Deixe-me dar uma olhada. – Bager pegou o binóculo e começou a examinar o gelo. – Estou vendo coisas, ou o quê? – exclamou. – Os pinguins vivem no polo sul, não vivem?

– Vivem sim – Dreymann respondeu. – Os pinguins vivem no polo sul. Não existe nenhum por aqui.

– Foi o que eu pensei. Podem me chamar de louco, ou do que quiserem. Mas tem um pinguim imperador ali no gelo, bem na frente do *Ane Marie.*

O binóculo circulou. E lá estava o pinguim imperador, balançando para a frente e para trás na ampla planície de gelo à frente da escuna combalida.

– Está vindo para cá – Knud Erik disse.

A tripulação se aglomerou à amurada. O pinguim se aproximou dela devagar, com aquele jeito sacudido de andar das aves, arrastando-se e balançando como se estivesse puxando uma carga cujo peso aumentara pelo gelo.

– Pobre coitado, vai se decepcionar – Dreymann disse. – O grude que ainda temos, vamos guardar para nós. Não vai ganhar nenhuma migalha.

Knud Erik estava completamente silencioso, sem escutar o que os outros diziam. Apertava os olhos.

– Isso não é um pinguim – disse.

Dreymann voltou a erguer os binóculos.

– O garoto tem razão. Se isso é um pinguim, é velho e grisalho. – Coçou a cabeça por baixo do quepe. – Só Deus sabe o que é, então.

– Os pinguins têm o peito branco – Algot disse. Ele tinha visitado o Jardim Zoológico em Copenhague, certa vez.

– É uma pessoa! – Knud Erik gritou. Pulou por cima da amurada e caiu com um baque no gelo lá embaixo; então começou a correr na direção da estranha criatura, que prosseguia a passos desajeitados na direção do navio, sem parecer reparar nele. Bager gritou para que voltasse, mas ele não ouviu. Correu feito o vento. Dava para ver que aquilo que tinham achado que era um pinguim era um homem com um casaco de inverno que chegava até os pés e escondia completamente as pernas. Devia estar usando várias camadas de roupa por baixo, porque os botões mal as seguravam. As mangas caíam para os lados feito duas nadadeiras. Um lenço estava enrolado em sua cabeça e um quepe chato, de tamanho exagerado, estava enfiado por cima do capuz de lã Elsinore, de modo que a aba quase lhe escondia o rosto. De longe, parecia um bico.

Agora Knud Erik estava mais perto, e o homem encasacado tentou acenar, agitando os braços para cima e para baixo, reforçando a impressão de ser um pinguim. Então, os dois homens ficaram frente a frente. Knud Erik não conseguia distinguir o rosto do outro, pois estava enterrado no meio das roupas. O homem tinha parado de se mover e ficou lá, parado, como se tivesse uma chave nas costas e esperasse que alguém lhe desse corda. A mão de Knud Erik tremia enquanto removia o quepe chato, fosse por impaciência, fosse por medo do que poderia encontrar. Um rosto pequeno de faces murchas e olhos fundos apareceu. A pele, toda vermelha devido ao frio, estava marcada por ulcerações causadas pelo gelo. No queixo, crescia uma manta fina de penugem: não uma barba cerrada masculina, mas algo suficiente para ser chamado de barba. A geada a cobria, assim como cobria tudo o mais.

– Knud Erik – o rosto disse.

– Você deixou a barba crescer.

Lágrimas inundaram os olhos de Knud Erik, e ele começou a soluçar em um volume que o surpreendeu. O sorriso de Vilhjelm era cuidadoso: seus lábios estavam muito rachados. Então, revirou os olhos e seu corpo de pinguim desabou no gelo. Atrás de si, Knud Erik escutou Rikard e Algot se aproximando. Finalmente o tinham alcançado.

Estavam acomodados na cabine de Bager, olhando fixamente para a pequena silhueta envolta em cobertores e edredons e deitada no catre. Vilhjelm dormia em paz, com o rosto magro pousado sobre a fronha branca. Estavam esperando que acordasse.

Rikard e Algot tinham ido até o *Ane Marie*, onde encontraram o comandante, Ejvind Hansen, e o contramestre, Peter Eriksen, ambos de Marstal, mortos, cada um em sua cabine, aparentemente falecidos durante o sono. Não havia sinal da tripulação, e presumiram que os homens tinham sido levados pela tempestade antes de o gelo prender o navio. As ondas o haviam varrido, e levado embora tanto o mastro da frente quanto o principal. A tripulação tinha tentado improvisar um mastro de emergência, prendendo o guincho do navio ao coto do mastro da frente. Através da camada de gelo transparente que cobria o *Ane Marie*, viram um emaranhado de amarras, postes e velas. Havia mais destroços congelados ao lado do navio.

Depois de Rikard e Algot fazerem seu relato, ambos ficaram em silêncio. Postaram-se ali, tremendo como se estivessem com frio, apesar de a cabine estreita estar bem aquecida.

Quando despiram Vilhjelm, inconsciente, contaram quatro camadas de roupas. Ele, provavelmente, era a menor pessoa a bordo do *Ane Marie*: devia ter pegado roupas de vários tamanhos dos baús de navegação dos homens perdidos e vestido umas sobre as outras.

– Como ele conseguia cagar? – Algot perguntou.

– Não acho que cagar fosse seu maior problema. Era mais fazer algo entrar pela outra ponta. – Dreymann ergueu as cobertas com cuidado e apontou para as costelas emaciadas do garoto. – Tirar as roupas dele foi como abrir uma lata de sardinhas e não encontrar nada além de espinhas de peixe.

Tinham esfregado seu corpo nu com rum e o vestido com roupas limpas; depois, enrolaram-no num cobertor e o ajeitaram no catre. Ele dormiu durante trinta e seis horas, e os homens se revezavam para vigiá-lo. Knud Erik ficou a seu lado o tempo todo, e Bager o permitiu. Rikard e Algot foram para a frente, a fim de se recolher, e Bager e Dreymann se revezaram dormindo na cabine do contramestre. Todas as regras foram ignoradas. A geada os tinha unido, e a silhueta dilacerada do *Ane Marie* contra o céu cinzento era um lembrete fixo do destino que todos compartilhariam, a menos que a sorte estivesse de seu lado.

Foi no meio da segunda noite que Vilhjelm abriu os olhos. A única luz na cabine vinha da lamparina de petróleo que estava presa ao anteparo.

– Estou com fome – foi a única coisa que disse. Parecia uma criancinha.

Bager, que estava cochilando ao lado de Knud Erik, ergueu-se do sofá de um salto.

– Com os diabos – disse, sonolento. – O filho do cavador de areia acordou.

Tropeçou na direção do catre com uma garrafa de rum na mão. Segurando a cabeça de Vilhjelm, levou a garrafa até os lábios dele.

– É isso aí, rapaz, tome um gole. Vai lhe fazer bem. – Vilhjelm bebeu, mas começou a cuspir quando o gosto acre do rum não diluído lhe encheu a boca.

Bager se aprumou.

– Dreymann! – urrou, para que sua voz fosse ouvida por toda a parte de trás do navio. – O rapaz acordou. Vamos comer um rosbife. – O contramestre entrou cambaleando na cabine.

– Ai, ai, capitão. – Bateu continência em um gesto de caçoada.

– Dreymann vai preparar um assado de domingo que você nunca vai esquecer. – Lançou uma piscadela para Vilhjelm, que lhe enviou um sorriso fraco em retribuição.

– Mas acho que o garoto precisa de alguns biscoitos, para começar, capitão.

Bager achou a lata de biscoitos e entregou alguns para Vilhjelm, que os mastigou com o maxilar rígido, como se o movimento tivesse se tornado desconhecido. Bager, Dreymann e Knud Erik o observavam como se nunca tivessem visto ninguém comer.

– O que você fez antes de o encontrarmos? – Knud Erik perguntou.

Vilhjelm sobrevivera comendo biscoitos de marinheiro, mas eles tinham acabado havia alguns dias. Durante a tempestade, uma onda anormal tinha limpado o convés e a cozinha, e levara o resto das provisões consigo. O garoto da cozinha já estava morto: o bote salva-vidas havia se soltado e o esmagara contra o parapeito. Ele não sabia o que tinha acontecido aos outros marinheiros. Achou que haviam sido levados pelas ondas para o mar. Não tinha mais noção do tempo e não fazia ideia de quanto tempo o *Ane Marie* ficara preso no gelo.

Falava com a voz muito fraca e fazia longas pausas entre as frases. Não se parecia com Vilhjelm, de jeito nenhum.

– Os biscoitos de marinheiro eram nojentos – disse. – Ficaram sólidos de tão congelados, e eu precisava ficar com eles na boca um tempão para descongelar. Fiquei morrendo de medo de que as larvas começassem a se agitar na minha boca quando esquentassem. Mas elas morreram com o frio. Então, comi as larvas também.

– Você provavelmente deve a sua vida a essas larvas – Dreymann observou, seco.

Knud Erik ficou olhando fixo para Vilhjelm. De repente, percebeu por que o garoto emaciado no catre do comandante não parecia ser o amigo de Marstal.

– Você não está mais gaguejando! – exclamou.

– Não estou?

Rikard e Algot tinham chegado. Eles todos ficaram olhando fixo para Vilhjelm, como se fosse a visão mais maravilhosa sobre a qual já tinham pousado os olhos. Ali estava um garoto que não apenas não era capaz de mastigar um biscoito: também era capaz de articular as palavras corretamente.

– Bom, dá para acreditar? – Dreymann disse. – Parece que ficar de boca fechada é capaz de curar a gagueira.

– Não fiquei com a boca fechada – Vilhjelm disse, com sua nova voz.

– Então, com quem conversou, se me permite perguntar?

– Li o exemplar do *Livro dos sermões*, da marinha mercante, que o comandante tinha. Todos os dias, durante horas. Caminhava de um lado para outro no convés e lia em voz alta. Todos os outros homens estavam mortos. E era tudo tão silencioso...

– Helmer! – Bager urrou. – Onde está esse menino desgraçado? Precisamos colocar o assado no forno.

Todos olharam para a porta e, depois, novamente para Vilhjelm. Ele tinha virado a cabeça no travesseiro e fechado os olhos. Caíra no sono mais uma vez.

Rikard e Algot recolheram o contramestre e o capitão mortos do *Ane Marie*, carregaram-nos pelo gelo em macas e os pousaram no convés do *Kristina*. Dreymann envolveu os corpos com lona e os deixou ali, virados de rosto para cima, esperando o gelo se romper para que pudessem ser enterrados no mar. O capitão Hansen tinha sido um homem corpulento, e seu corpo ainda parecia grande embaixo da lona. Só o frio e a fome não eram suficientes para ter acabado com ele; a idade e a fraqueza física também deveriam ter tido seu papel. Ele estava com quase sessenta anos, era velho demais para o Atlântico Norte.

O contramestre, Peter Eriksen, de vinte e sete anos, não ocupava muito espaço ao lado de seu comandante. Ele tinha mulher e duas filhas pequenas em Marstal, e lá estavam elas, sem saber o que havia acontecido com ele. Por que tinha sucumbido e Vilhjelm, sobrevivido? O contramestre do *Ane Marie* estava deitado no convés como uma grande pergunta que não poderia ser respondida. Knud Erik olhou para os contornos de seu rosto, que mal davam para se distinguir através da lona, e pensou no pai.

Bager também estava lá, contemplando os mortos. Conhecia bem o capitão Hansen e, provavelmente, estava se fazendo a mesma pergunta. Por que ele? Por que não eu? Os dois navios tinham saído da Islândia mais ou menos com uma semana de intervalo. Com facilidade, Bager é que poderia estar sendo levado para o repouso eterno, no convés do capitão Hansen. Enquanto olhava para o amigo, segurava o *Livro dos sermões* na mão e, de vez em quando, lia alguma coisa. Vilhjelm o tinha dado a ele, que, supostamente, estava ensaiando a cerimônia para o enterro no mar.

A essa altura, Vilhjelm tinha se recuperado o suficiente para sair do catre e dar uma volta no convés. Ele até perguntou se podia ajudar na cozinha. Por enquanto, havia provisões suficientes, e quando Vilhjelm e Knud Erik queriam passar algum tempo sozinhos, davam uma folga a Helmer e o mandavam para o castelo de proa. Mas ele relutava em sair: afora a cabine do comandante, a cozinha era o lugar mais quente do navio. Além do mais, tinha certeza de que os garotos mais velhos iriam começar a compartilhar segredos no momento em que saísse, e ele tinha apetite de menininho para histórias de experiências vividas.

Mas pouco foi dito a respeito do tempo que Vilhjelm passara sozinho no *Ane Marie*. Sempre que Knud Erik perguntava a respeito, o outro ficava em silêncio e olhava para o chão. Knud Erik tinha até medo de que ele voltasse a gaguejar.

Vilhjelm, ansioso para mudar de assunto, reparou que algo perturbava o amigo e fez com que lhe contasse sobre a senhorita Sophie. Knud Erik reconheceu que estava incomodado não com a rejeição dela, nem com o desprezo pungente em sua voz naquela noite na Signal Hill, quando lhe dissera que parasse de segui-la feito um cachorro, mas com o mistério de seu destino e a própria participação em seu desaparecimento. Ele era perseguido por uma sensação vaga e impertinente de culpa.

Quando terminou de contar a história, Vilhjelm olhou diretamente para ele.

– Você acha que tudo lhe diz respeito – disse, com sua nova voz clara. – Ela simplesmente era louca. Mais nada.

– Mas... – Knud Erik discordou.

– Eu sei o que você vai dizer. Não consegue se lembrar do que aconteceu naquela noite; por isso, acha que pode ter feito algo ruim. Mas é bobagem. Ela fugiu com alguém, só isso.

Vilhjelm não era mais inteligente do que Knud Erik, mas, no caso da senhorita Sophie, era mais desprendido. Não fora ele quem se apaixonara por ela, então podia ver as coisas com objetividade, e isso o colocava em melhor posição para julgar o que tinha acontecido.

Knud Erik ficou enormemente aliviado.

Por ter chegado assim tão longe, Vilhjelm começou a perguntar a respeito de detalhes do beijo e de seu efeito.

– Nunca experimentei isso – ponderou, com a curiosidade finalmente saciada.

– Vai experimentar. – O papel deles tinha se invertido. Knud Erik, de repente, sentiu que era o sábio, o experiente.

– Bom, quase fiquei sem ter isso na vida. – Essas palavras foram o mais perto que Vilhjelm jamais chegou de admitir que sua vida tinha estado em perigo.

Eles continuaram esperando o gelo se romper. Finalmente, a corrente virou para o sul, o degelo chegou e, com ele, a promessa do primeiro mar aberto. Logo poderiam se despedir dos passageiros mortos. Começou a chover água das amarras: enormes pontas de gelo se soltavam e se espatifavam no convés. As velas, rígidas demais para serem recolhidas, pingavam o tempo todo, encharcando tudo no convés, como se o *Kristina* fosse uma ilha com clima próprio.

Um vento repentino começou a soprar: aviso certeiro de que o gelo logo começaria a derreter. Então caiu um pé-d'água, e eles vestiram as capas de oleado. Uma enorme rachadura abriu o gelo perto do casco, seguida por outra. Estava na hora de enterrar os mortos.

Bager ficou em sua cabine e se recusou a se juntar a eles. Balbuciou através da porta fechada que não estava se sentindo bem e que deveriam deixá-lo em paz.

Dreymann foi pegar o *Livro dos sermões*. Usaram tábuas para construir uma rampa encostada na amurada e colocaram os corpos em cima, para que pudessem deslizar pela lateral e desaparecer no mar. Com sobriedade, os homens se colocaram lado a lado, tendo o chapéu de chuva entre as mãos.

Dreymann abriu as últimas páginas do livro. As linhas eram impressas em tipo gótico, antigo, e ele precisou apertar os olhos para enxergar. A chuva escorria-lhe pelas faces.

– Desgraça – resmungou. – Estou velho demais. Não consigo ler estas letras miúdas. Será que algum de vocês, rapazes, pode fazer isso? – Estendeu o livro na direção de Rikard e Algot.

– Deixe que eu leio, por favor – Vilhjelm disse. – De todo modo, eu sei de cor.

Dreymann ficou olhando fixamente para ele.

– Está me dizendo que leu em voz alta o ritual de enterro no *Ane Marie*?

– Estou – Vilhjelm respondeu. – Sei todo o *Livro dos sermões* de cor.

Sem esperar pela reação de Dreymann, começou a recitar.

– "Nosso Senhor Jesus Cristo diz: chegará a hora em que todos em suas tumbas escutarão a voz do Filho de Deus, e devem seguir: aqueles que foram bons, à ressurreição, mas aqueles que foram maus, ao julgamento."

Helmer deu um passo à frente. Trazia na mão uma pequena pá com cinzas do fogão da cozinha. Isto teria de servir como terra, a ser espalhada sobre os corpos envoltos antes que fossem entregues ao mar.

– Da terra à terra – Vilhjelm disse, com a nova voz, à qual Knud Erik ainda não tinha se acostumado.

Helmer espalhou as cinzas por cima dos mortos. Agora, a chuva caía pesadamente, e elas se dissolveram e formaram uma mancha enorme na lona cinzenta.

– Das cinzas às cinzas.

Mais uma pá cheia. As cinzas pousaram em outro lugar, a lona ficou mais suja.

– Do pó ao pó.

Rikard e Algot subiram nas tábuas e ergueram os corpos, um depois do outro. A trouxa de lona amarrada que continha os restos mortais do comandante Hansen caiu na água verticalmente e desapareceu com um barulho aquoso, abafado pela chuva que caía. Peter foi logo depois.

O mar era negro sob as nuvens de tempestade que se aglomeravam, e o gelo ao redor tinha assumido um brilho amarelado. Então, de repente, como se o mar finalmente tivesse perdido a paciência com o fardo obrigatório, sacudiu seu enorme lombo com irritação: a folha de gelo se espatifou em inúmeros pedaços, que disparavam para o lado e batiam uns contra os outros. Lá longe, o *Ane Marie*, lentamente, virou e afundou de lado: o gelo tinha segurado o casco danificado, mas agora o mar o soltava para completar o naufrágio.

Dreymann ordenou que fossem para o convés imediatamente. Ao alto, viram um nimbo que parecia um enorme punho de granito, fechado e pronto para atacar. O gelo estava sendo solto por eles, mas agora era exatamente essa liberdade que apresentava nova ameaça à sua sobrevivência. Recolheram todos os rizes até estarem usando apenas a vela principal e uma carangueja bem recolhida. Uma tempestade de granizo martelava sobre eles, e o mar se agitava, com ondas que subiam por todos os lados, com pedaços de gelo montados na crista. Quando elas quebravam em cima do convés, os enormes estilhaços colidiam com tudo em seu caminho, e o barulho do choque lutava contra os sons diabólicos que uivavam nas amarras.

Os homens observavam o padrão das ondas conforme varriam o convés: geralmente havia três enormes, seguidas por várias menores. Eles escolhiam os momentos mais tranquilos para chafurdar pelo convés inundado até o castelo de proa.

Bager ainda estava deitado em sua cabine. Dreymann assumiu o primeiro turno com Knud Erik. Rikard e Algot foram mandados para baixo, para dormir um pouco. Na cozinha, Helmer se agarrava com a tenacidade de um macaco em uma árvore que está caindo: já se mostrara capaz de fornecer café mesmo que o navio estivesse de cabeça para baixo. Dreymann tinha ordenado que Vilhjelm descesse à sua cabine.

– Qual é a força do vento? – Knud Erik berrou. Estava agarrado ao timão, ao lado de Dreymann, que tinha prática suficiente para manter o equilíbrio no convés loucamente inclinado.

Em intervalos, a popa era erguida por uma montanha de água, enquanto a proa mergulhava no mar espumoso. Então a proa se erguia até que todo o navio parecesse apontado para algum ponto distante no alto do céu. O estômago de Knud Erik se revirava terrivelmente cada vez que isso acontecia. Era como se o mar, que tantas vezes os tinha desafiado, mas ainda não os conquistara, agora exigisse uma revanche final e decisiva.

Ele já tinha aprendido que, em uma tempestade do Atlântico Norte, a habilidade de um marinheiro era de muita serventia, mas não dava conta de tudo. Nenhum deles seria capaz de se proteger contra a onda anormal que limpava o convés e levava embora os mastros. Muita coisa dependia da sorte. Alguns chamavam de Providência; outros, de Deus. Mas sorte e Deus tinham uma coisa em comum quando se tratava dessas águas: sua intervenção era sempre arbitrária. Peter Eriksen e o comandante Hansen, cujos corpos eles tinham acabado de entregar ao mar, provavelmente não eram marinheiros nem melhores nem piores do que aqueles que sobreviviam às piores tempestades. Não havia sentido em tentar encontrar explicação para aquilo. Rezas também não adiantavam nada, a não ser para acalmar e dar coragem à pessoa que rezava. Knud Erik não acreditava que elas influenciassem o fato de um navio chegar ou não a salvo ao porto. Compreendeu muito bem o que Vilhjelm estava fazendo quando leu o *Livro dos sermões* em voz alta, completamente sozinho no *Ane Marie.* Era a gagueira interna que queria superar: aquela gagueira da alma que minava sua vontade de sobreviver. Mas Knud Erik não tinha a capacidade de Vilhjelm de permitir que a palavra de Deus o influenciasse.

– Qual é a força do vento? – Knud Erik gritou mais uma vez.
– Ventania com força doze – Dreymann respondeu.

Chegaram a Newcastle dez dias depois. Bager reapareceu de dentro de sua cabine, cabisbaixo e encolhido. O medo em seus olhos não tinha nada a ver com o furacão.

Junto com Dreymann, ele avaliou os danos ao navio. Tinham perdido o bote salva-vidas, a porta da cabine tinha se despedaçado, o suporte da mezena se soltara, dois barris de água tinham caído no mar, uma carangueja quebrara, as velas estavam rasgadas, cento e noventa pés de parapeito tinham empenado, a tábua com o nome do barco a estibordo fora esmagada, assim como a tábua da lanterna de estibordo.

Os danos tinham de ser reparados, mas esse não era o único motivo pelo qual pararam em Newcastle. A filha de Bager, Kristina, deveria embarcar. Ela viajaria com eles a Setúbal, em Portugal, um lugar quente e ensolarado.

Knud Erik encontrou uma caneta-tinteiro e escreveu uma carta para a mãe. Pedia-lhe que mandasse lembranças a todos, antes de descrever o tempo bom que os tinha acompanhado por todo o Atlântico. Não havia necessidade de preocupá-la. Também escreveu que estava ansioso pela viagem a Portugal.

Depois, admitiu que, se soubesse o que estava por vir, teria se despedido do navio em Newcastle.

Até então, sempre que Herman contava a história, dava-se bem. Mas, com a senhorita Kristina, o efeito foi totalmente oposto. Algo a assustou. Bom, a intenção dele tinha sido essa, mas ela se assustou demais e se levantou, deu as costas para ele e entrou na cabine, gingando um pouco o quadril. Caramba, aquela mulher o confundia!

As mulheres nunca deveriam ter o que pedem, ele achava. O ideal seria que ficassem chorando e implorando na frente de uma porta trancada. Nunca seja simpático com elas, mesmo que se sinta tentado. Era isso que fazia tudo tão desgraçadamente difícil. Era necessário assustá-las um pouco. Não demais, nem de menos. Se fosse demais, elas entravam em pânico, e você não conseguia o que queria. Se fosse de menos, elas limpavam os pezinhos deliciosos em cima de você. Era necessário ter experiência para atingir o equilíbrio certo. Você tinha de ir sentindo o caminho.

As mulheres gostavam de um homem capaz de fazê-las dar risada. Mas adoravam um homem que as fizesse chorar. Só respeitavam aquilo que não entendiam. O segredo era o respeito. Ele já tinha visto bastante do mundo para saber que não era o amor de uma mulher que fazia a vida suportável para um homem. Era o respeito dela, e o respeito sempre contém um elemento de medo.

Knud Erik e Vilhjelm estavam junto ao alçapão, escutando enquanto Herman contava a história de Ravn, o mecânico de carros que tinha viajado com um submarino alemão durante a guerra e afundara navios dinamarqueses, tendo recebido tarde o que merecia, numa noite, em uma porta em Nyborg. A senhorita Kristina havia escutado com interesse, também, até ele chegar à parte sobre o castigo à porta. Então, ela se levantara e se retirara sem proferir palavra.

Depois, Herman tinha falado a Knud Erik e Vilhjelm sobre a natureza sem jeito e fundamentalmente incompreensível das mulheres. Os amigos davam risada de suas observações, mas permaneciam resguardados como sempre quando ele estava por perto. Quando embarcara, tinha examinado os dois como se tentasse puxar algo da memória. Ambos desviaram o olhar, e ele deixou por isso mesmo.

– Lá vem o Matador de Gaivotas – Vilhjelm dissera, ao ver Herman embarcar no *Kristina*.

Tudo tinha dado errado em Newcastle. Dreymann recebera um telegrama de casa informando que sua mulher estava gravemente doente e poderia não ter mais muito tempo de vida.

– Detesto abandonar meu posto antes de o trabalho estar terminado – ele disse. – Tenho quatro filhos. Três deles foram batizados, e eu não estava presente. Dois foram crismados e um se casou... e eu também não estava lá. Não posso suportar a ideia de que Gertrud venha a bater as botas quando eu não estiver lá para segurar a mão dela.

Rikard e Algot se demitiram e não se esforçaram para esconder o motivo. Estavam fartos dos navios de Marstal, que não faziam nada além de navegar de uma tempestade a outra, e, se quisessem ser coveiros, teriam buscado outro tipo de treinamento. O *Kristina* era capaz de seguir em frente sem eles, e boa sorte a todos.

Pegaram seus *kits* e seus sacos de viagem meio vazios, enfiaram a piteira polonesa na boca e se retiraram.

Bager ofereceu a Knud Erik o trabalho de marinheiro comum. Ele ainda não tinha navegado tempo suficiente para merecer isso, mas conhecia o trabalho em linhas gerais. E o remendo das velas, parte das funções de um integrante da tripulação, ele certamente seria capaz de aprender. Mas Bager não podia aumentar seu salário.

– E eu? – Vilhjelm perguntou.

Ele e Knud Erik tinham concordado que não iriam se separar.

Bager passou um bom tempo pensando.

– Você vai receber sua comida.

Eles ainda precisavam de um contramestre. Não havia ninguém para ocupar a vaga além de Herman, que tinha se desentendido com o comandante do *Urano* e, por acaso, estava em Newcastle e sem dinheiro. Ele tinha experiência e muito tempo de navegação, mas não prestara os exames: nunca tinha se organizado o suficiente para estudar na faculdade de navegação. Bager lhe ofereceu o trabalho.

Quando Herman exigiu o mesmo salário de um contramestre qualificado, Bager fez as contas mentalmente. Já economizara no salário de dois marinheiros e tinha algum dinheiro extra.

– Seus documentos não estão em ordem – disse. – Por isso, eu, na verdade, estou lhe fazendo um favor. Mas vou adicionar vinte e cinco coroas ao que um marinheiro experiente costuma receber.

– Quarenta coroas – Herman disse.

Eles concordaram em trinta e cinco.

Na realidade, eram os documentos de Bager, não de Herman, que não estavam em ordem: era algo que o senhor Mattheson, no escritório de navegação da Waterloo Street, tinha observado. Certo, estavam dispostos a fazer vista grossa para a situação de Herman. Afinal de contas, não tinham providenciado um contramestre para o *Kristina* e não queriam impedir que ganhasse a vida. Mas ele não podia ficar com dois meninos correndo de um lado para outro, fingindo ser marinheiros. Bager precisaria contratar pelo menos um homem qualificado. Se não, iriam delatá-lo.

Foi assim que Ivar se juntou a eles.

O *Kristina* mal tinha saído de Newcastle quando o primeiro choque ocorreu.

Knud Erik e Vilhjelm imediatamente simpatizaram com Ivar. Ele subiu a bordo usando roupas de terra, um jaquetão feito sob encomenda, com abotoaduras francesas, colarinho branco e uma gravata de seda que tinha comprado em Buenos Aires. Ivar era um homem viajado. Não precisava lhes dizer todos os lugares que havia visitado, da América do Sul a Xangai: dava para ver só de olhá-lo. Tinha adquirido sua experiência em vapores e se empregara em um veleiro apenas por curiosidade. Era filho de um capitão de Hellerup e ainda não havia decidido se o mar era para ele. Alto e de constituição forte, com uma massa de cabelo bem preto, tinha a postura de um homem que saíra vitorioso de mais de uma briga.

Ivar tinha talento para coisas mecânicas. Trouxera consigo um rádio que havia construído e que podia desmontar e montar como quisesse. Ele o colocava no alçapão, quando estavam no porto, e prendia a antena às amarras.

– Você nunca vai conseguir fazer essa coisa funcionar – Herman disse na primeira vez que Ivar o montou. Isso fez com que ficasse com cara de bobo, porque é claro que o rádio tinha funcionado. Ouviram fragmentos de línguas estrangeiras, vozes de várias partes do mundo e música para dançar, do tipo que só se ouve nos portos do canal da Mancha.

Nem Herman conseguiu ficar longe quando Ivar ligou o rádio. Ele o fitou, e sorriu.

– Certo, o contramestre se juntou a nós – disse.

Herman deu meia-volta e se retirou.

Quando tiveram certeza de que não podia escutar, riram dele.

Knud Erik e Vilhjelm sempre se referiam a Herman como Matador de Gaivotas, apesar de Vilhjelm ter conhecido a verdadeira extensão dos crimes de Herman muito tempo antes. Um dia, Ivar, ao escutar o apelido fora do comum, perguntou a respeito, e os dois imediatamente evitaram responder. Era só um nome. Mas, bom, por acaso ele não tinha cara de alguém que gostava de estrangular gaivotas com as próprias mãos? Ivar deu de ombros. A explicação na verdade não fazia sentido, mas ele não explorou mais a questão.

Depois, arrependeram-se de não terem contado a verdade. Sabiam o que Herman tinha feito: tinham segurado o crânio de sua vítima nas mãos. Usavam o apelido como contragolpe, para abafar o pavor que sempre sentiam em sua presença.

Buscavam a companhia de Ivar porque sabiam que precisavam de proteção.

Não fazia muito tempo que Ivar estava a bordo quando expressou sua indignação com a comida. Considerava as refeições da noite, em particular, totalmente inadequadas. Duas vezes por semana, às quartas-feiras e sábados, eles recebiam um queijo, um salame, uma lata de patê de fígado e uma lata de sardinhas: isso tinha de ser dividido entre quatro homens. Sempre devoravam os frios, o queijo e as sardinhas na primeira noite e sobreviviam apenas com pão de centeio até a distribuição seguinte.

– Mas a culpa não é minha – Helmer disse, abrindo as mãos num gesto de impotência.

Ivar foi falar com o capitão em nome da tripulação e reclamou das porções pequenas. Por tripulação, queria dizer os três rapazes com quem compartilhava o castelo de proa. A senhorita Kristina estava na cabine quando ele chegou. Era alta e magra, com uma cabeleira castanha que parecia uma crina, e tinha a natureza franca e enérgica típica das moças de Marstal. Fazia parte da educação delas; sabiam que um dia seriam completamente responsáveis pela casa. Ela também tinha covinhas e uma pinta ao lado da narina direita, que sempre fazia parecer que se arrumara para uma festa.

No começo, Bager não disse nada. Lançou um olhar furtivo para a filha, como se quisesse pedir sua opinião. Obviamente, estava dividido entre a própria avareza e o desejo de causar boa impressão nela.

– É só porque você trabalhou em um vapor – Herman desdenhou. Ele também estava presente e se considerava o porta-voz do capitão.

– Eu conheço a lei marítima – Ivar disse calmamente. – Não estamos recebendo a comida a que temos direito. No futuro, insisto para que a comida seja pesada. – Voltou-se para a senhorita Kristina. – Pode achar estranho atrelar tanta importância a alguns gramas de comida, não, senhorita?

Ela meneou a cabeça e retribuiu o sorriso dele, sem se deixar afetar pela atmosfera tensa da cabine. Herman olhou de um a outro com atenção. O que ele pensava era óbvio. Ivar estava tentando influenciar o capitão por meio da filha.

– Por favor, não pense que temos medo de trabalho duro, senhorita – Ivar prosseguiu. – Trabalhamos com afinco, mas a maior parte dentre nós ainda nem completou vinte anos. Dê só uma olhada no cozinheiro e nos outros dois marinheiros: eles têm só quinze anos, ainda nem terminaram de crescer. E trabalham ao ar livre o dia inteiro. Provavelmente já reparou, por conta própria, que o ar marinho abre o apetite.

Herman limpou a garganta em sinal de ameaça. A eloquência de Ivar o tinha paralisado, e ele precisava ganhar tempo. Mas Ivar nem olhava em sua direção. Continuava sorrindo para a senhorita Kristina, que retribuía o sorriso como se tivessem uma ligação secreta.

Bager pareceu não reparar em nada disso. Mas então falou, e o que disse foi tão surpreendente que deveria ter ficado claro já naquele momento que algo iria mesmo dar errado a bordo do *Kristina*.

– Cinco pães e dois peixes – disse. Parecia estar tentando fazer a voz soar firme, mas ela saiu estranhamente sem substância, como se os pensamentos dele, de algum modo, estivessem longe.

– Perdão? – Ivar se esforçou para ser educado. – Acho que não entendi.

Bager ergueu a voz.

– Eu disse cinco pães e dois peixes. Foi só disso que Nosso Senhor Jesus Cristo precisou para alimentar cinco mil pessoas. Um queijo, um salame, uma lata de patê de fígado e uma lata de sardinhas não são suficientes para vocês, apesar de serem apenas quatro?

– Não estamos falando de histórias da Bíblia. Estamos a bordo do *Kristina*, de Marstal, e a lei marítima afirma...

– Você nega o Senhor seu Deus? – Bager disse isso em tom pungente, lançando um olhar de acusação a Ivar. – Como é possível, depois de Deus o ter dado à luz, ter colocado roupas em seu corpo e o mantido durante tantos dias, que duvide que Ele vá continuar a fazê-lo?

Até Ivar, tão articulado, ficou sem palavras com esse arroubo do capitão Bager, um homem geralmente taciturno. Lançou um olhar questionador a Kristina. Ela abriu as mãos, sem saber o que fazer. Dava para esperar quase qualquer coisa de um comandante de Marstal. Ele podia ser inflexível e rude, irracional em suas exigências, injusto às vezes. Em primeiro lugar e antes de mais nada, podia ser mesquinho. A avareza era essencial para sua sobrevivência. Mas ninguém nunca tinha ouvido um capitão apoiar suas ações com citações religiosas, e certamente não em termos tão prolixos.

Herman segurou uma risada brutal. Isso prometia ser mesmo muito divertido.

– Estou falando sobre a lei marítima – Ivar disse mais uma vez, com firmeza.

A senhorita Kristina inclinou-se na direção de Bager e pousou a mão na dele.

– Seja razoável, pai. Você não vai morrer se a tripulação tiver mais um pouco que comer.

Bager apertou o peito como um homem que sofre de algum turbilhão interno profundo.

– Como queira – ele finalmente disse, com a voz fraca.

– Pai, está passando mal? – a senhorita Kristina perguntou, ansiosa.

De volta ao castelo de proa, Ivar contou a história à tripulação. Então olhou para Knud Erik.

– Você é quem viajou mais tempo com ele. Costuma ser assim?

– Miserável, sim – Knud Erik disse. – Mas, falar igual ao pastor Abildgaard? – Meneou a cabeça.

– O que foi mesmo que ele disse? – Vilhjelm perguntou.

– Foi aquela parte da Bíblia a respeito de cinco pães e dois peixes. – Ivar pensou por um momento. – Depois, me perguntou como podíamos duvidar do Senhor, que colocou roupas sobre nosso corpo e cuidou de nós.

– É do *Livro dos sermões* – Vilhjelm disse. – O "Sétimo domingo depois da Trindade". Um sermão para os pobres e para os ricos. De Jonas Dahl, um padre de marinheiros em Bergen. Bager parece ter memorizado o texto. Deve estar mal mesmo.

De vez em quando, a senhorita Kristina convidava toda a tripulação para comer panquecas, ou passava pelo convés com o bule de chá. Na cozinha, Helmer estava sempre radiante. Ela ia lá com frequência, para ajudar a cozinhar. O cômodo era tão estreito que os dois tinham de ficar bem perto um do outro, e o farfalhar do vestido dela e sua presença feminina o intoxicavam. Ela elogiava suas habilidades, e ele fazia um esforço extra. Todos faziam. Era bom ter uma mulher a bordo.

A senhorita Kristina costumava se acomodar ao lado do timoneiro para conversar, enquanto ele ficava com um olho nas amarras e outro nela.

Certa noite, quando estavam se aproximando da costa de Portugal, ela passeou pelo convés ao luar, acompanhada de Ivar. Herman estava junto ao alambrado, tentando, sem sucesso, escutar a conversa. Ela tinha lhe dado as costas depois que ele contara a história de Ravn, em Nyborg, e o mantivera a distância, apesar de não ser reservada de maneira geral. Desde o confronto por causa da comida, a reputação dele estava baixíssima.

Herman sentia a presença da senhorita Kristina como algo venenoso e ao mesmo tempo doce, que se misturava a seu sangue. Dentro dele, uma falta de força de vontade e uma tensão colossal lutavam contra isso. Sentia-se fraco e furioso ao mesmo tempo. Andava com os punhos fechados, pronto para brigar; mas o que queria, mais do que tudo, era abraçar e ser abraçado.

O *Kristina* cortava o vento sul que sempre soprava na costa portuguesa. Quando era o turno de Ivar, a senhorita Kristina se acomodava ao leme, a seu lado. Herman foi até eles, teso e altivo, aproveitando-se do papel de contramestre.

– O timoneiro não pode ser distraído – disse, curto e grosso, e ficou lá parado, com as mãos cruzadas nas costas, até ela se levantar e sair.

Sim, ela tinha de lhe obedecer ali. Mas ele não sabia bem se sua obediência fora vitória, ou derrota. Não se tornou mais próximo da moça e estava começando a pensar nela e em Ivar como "o casal". Afinal de contas, era nisso que estavam se transformando.

Certa tarde, um bando de golfinhos quebrou a monotonia.

– Estão pulando para fora d'água! – o timoneiro exclamou, e a tripulação se apressou a se armar.

Ivar foi na frente. Pulou da proa e lançou o arpão na água, bem quando o navio avançou e encurtou a distância até a criatura saltitante mais próxima. O golfinho lutou com toda a força, enquanto Ivar puxava a linha. Então Knud Erik se aproximou e conseguiu amarrar o rabo dele.

Herman desapareceu na cabine e voltou a aparecer no convés com um revólver na mão. A tripulação formou uma roda em volta do golfinho, que arqueava o corpo liso e elegante em espasmos de agonia, enquanto sua cauda forte batia, ritmada, no convés, com sangue jorrando e se derramando em um riacho gorduroso pelas tábuas. A senhorita Kristina observava de longe, com as mãos tapando a boca. Alguém precisava dar o golpe de misericórdia no animal em convulsão.

– Saiam da frente! – Herman gritou.

Os homens se viraram, olhando para ele, que agitava um revólver na direção da roda, como se ainda não tivesse decidido qual seria o alvo. Eles deram um passo atrás. Herman caminhou até bem perto do golfinho, fez pontaria com cuidado e, então, atirou duas vezes. O olho do golfinho explodiu em sangue. A cauda bateu no convés pela última vez; então, o animal ficou imóvel.

Herman ergueu os olhos e viu a senhorita Kristina aninhada em Ivar. Ambos olhavam fixamente para ele. Sorriu para ambos. Então, enfiou o revólver no cinto e voltou para a cabine.

Sentou-se na ponta do catre. Continuava sorrindo. Aquele tinha sido um momento perfeito. Ninguém sabia que ele tinha um revólver. Ficaram surpresos quando apareceu com a arma na mão, e ele vira o medo em seus olhos. Tinham dado as costas ao golfinho para observá-lo. Ele estava no controle. Era assim que queria que as coisas fossem.

Certa manhã, bem cedo, o vento amainou; depois disso, o avanço deles passou a ser lento. Por volta do meio-dia, avistaram Setúbal à frente: casas amplas caiadas de branco, empoleiradas em penhascos íngremes; a vegetação verdejante se derramando como um véu por cima das pedras. Quando as velas foram baixadas, a senhorita Kristina serviu uma taça de vinho a cada homem, no convés. Era um costume antigo.

Seus olhos se demoraram em Ivar, mas, quando chegou a Herman, virou discretamente o rosto, como se não pudesse esperar para passar ao próximo homem da fila.

Já havia uma escuna de Marstal no porto. Ao longo dos dias seguintes, outras mais chegaram e, logo, formavam uma pequena frota: o *Águia*, o *Galateia* e o *Atlântico*, todos veteranos da rota, carregando sal de Setúbal para a Terra Nova, e então de volta pelo Atlântico, com bacalhau salgado para Setúbal.

Não que faltasse peixe ali. O porto estava apinhado de pescadores que pegavam sardinhas tão grandes como arenques. Os homens eram baixinhos e angulosos, e tinham o peito exposto ao sol, com os músculos bem definidos por sob a pele bronzeada. Ao avistarem a senhorita Kristina, chamavam e acenavam, com os dentes brancos brilhando por baixo dos bigodes negros; ela retribuía os acenos, e eles erguiam as cestas enormes de peixes brilhantes, como se estivessem oferecendo um tributo alegre a seu gênero, raramente visto no convés de um veleiro.

Bager foi levado a terra em um barco a remo para comprar provisões, mas voltou de mãos vazias. Não havia batatas, nem pão, para comprar. Setúbal estava tomada por uma greve... ou seria um embargo? De todo modo, era um tipo de levante ou revolução. Um toque de recolher às nove horas tinha sido imposto, e qualquer pessoa vista na rua depois desse horário seria morta a tiros.

– Qual é o motivo da revolução? – a senhorita Kristina perguntou, e seus olhos se acenderam de animação.

O pai deu de ombros.

– Suponho que as pessoas estejam passando fome – ele disse. – Há muita pobreza aqui.

– Mas isso é horrível – a senhorita Kristina disse. – Coitada, coitada dessa gente.

– Não se preocupe com isso – Herman interrompeu. – Não é nada fora do comum. Sempre tem alguma confusão acontecendo aqui. Criam caos e atiram uns nos outros. Dizem que querem mudança, mas, da próxima vez que fizer uma visita, tudo vai estar igual. É assim que eles são. Não conseguem controlar seus humores e nunca são capazes de fazer nada.

A palavra "revolução" circulou pelo convés. Todos queriam experimentá-la, como a um fruto exótico de um sabor estranho e atraente. As revoluções faziam parte do Sul. Agora, poderiam voltar para casa e dizer que tinham testemunhado esse movimento, apesar de, até onde podiam ver, não haver nada a testemunhar. Os pescadores de sardinhas pareciam inabalados pela revolução – se é que se tratava disso –, e navios carregados até a tampa chegavam todos os dias. Então, o levante se espalhou mais, e ouviram-se boatos de que as fábricas de enlatar sardinhas também estavam em greve.

Nos dias que se seguiram, os pescadores permaneceram no porto, e as docas ao redor do *Kristina* ficaram em silêncio. O *Navegador* e o *Casa de Rose* apareceram, e logo uma pequena Marstal flutuante foi estabelecida, com muito tráfego entre os navios. Visitas eram feitas, café era tomado. A senhorita Kristina parou de passear com Ivar para conhecer os outros comandantes, que eram todos amigos do pai dela e costumavam visitar sua casa em Marstal. Um dia, foi conhecer a cidade com eles, que parecia bem pacífica apesar da revolução. Como boa filha de comandante que era, encarregou-se de remar no bote que levou todos a terra firme.

Voltou com um maço de flores que um jardineiro de praça lhe dera, e presenteou a tripulação com uma descrição vívida do grande café na praça principal, onde uma banda de metais tocava.

– É adorável voltar a ouvir uma banda de metais – disse.

Herman deu de ombros. Uma mulher viajada talvez falasse assim, mas ele não era capaz de se lembrar de qualquer banda de metais que tivesse tocado em Marstal. Ela também tinha ido ao cinema, onde o filme era acompanhado por uma orquestra de cordas. Vinte homens pelo menos, ela disse, e seus olhos brilharam.

Vários dos tripulantes dos navios de Marstal tinham trazido instrumentos consigo: dois acordeões, três gaitas e um violino. Quando estavam fora de serviço, eles próprios formavam uma orquestra inteira. Naquela noite, houve música e cantoria. A voz de Ivar era muito bonita, mas era seu rádio, em especial, que fazia sua fama entre as outras tripulações. Os homens do *Kristina* se orgulhavam dele. Pertencia ao grupo deles; nenhum outro navio tinha um homem como Ivar. Ele ligava o rádio e vozes se faziam escutar de todos os cantos do mundo, e música também, inclusive o fado português. Ivar era o único que conhecia essa palavra, e explicou a música funesta para o resto. Mas sons até mais estranhos saíam do rádio, como música árabe, de uma estação em Casablanca. Ivar teve de admitir a derrota nesse ponto. Não sabia como se chamava, nem tinha sido capaz de lhes dizer qualquer coisa sobre a música.

Quando Ivar ligava o rádio, nem os comandantes eram capazes de resistir e saíam de sua cabine, onde saboreavam gim holandês e Riga Balsam. A senhorita Kristina fazia a ronda com o bule de café e perguntava se alguém queria panquecas, e um coro de "Sim, sim!" se erguia dentre os homens.

Em Setúbal, Herman voltou a estar entre iguais. Eram marinheiros, e eram de Marstal. Ele tinha surrado um homem em uma soleira de porta, em Nyborg, e afirmado que tinha feito isso em nome de sua cidade, mas agora se sentia um forasteiro. O problema não era apenas a sua inveja. Talvez não fosse inveja coisa nenhuma, mas o fato de não saber onde era seu lugar; apenas raramente se sentia em casa: quando estava no comando, tratado com respeito e medo.

O vento e as ondas não tinham lei e não eram passíveis de se prever, algo que lhe era familiar. Sentiu isso no momento em que embarcou. Em terra, a vida voltava a ser liliputiana, e ele cambaleava de um lado para outro feito um gigante sem jeito e sem lar, incapaz de se esgueirar pelas portas que davam boas-vindas aos outros.

A noite era suave, tinha uma intimidade que fluía do ar quente do sul: a maneira como as estrelas se espelhavam no mar calmo, o silêncio enigmático da cidade e a carícia da música e das vozes. Os comandantes romperam o hábito e apareceram, juntos, para se misturar à tripulação, entre o cheiro de panquecas que saía da cozinha.

Herman estava com os seus, mas entre eles não era seu lugar. Sentiu uma pontada repentina, uma sensação apavorante de não ser inteiro, mas aleijado. Em um *flash* pavoroso, observou-se de fora e viu um monstro. Queria se esconder, fugir desse mundo com que não era capaz de lidar, onde estava em uma pista solitária que não levava a lugar nenhum.

Não sentia necessidade de beber, nem de brigar. Só tinha de escapar.

Desceu à cabine para pegar o revólver. Então, subiu na amurada e entrou no bote salva-vidas, que estava preso ao lado do navio. Deu o impulso inicial e começou a remar.

Para onde estava indo? Não sabia. Parou e pousou os remos, sem saber o que fazer. O porto estava deserto. Não havia nenhuma luz acesa, e o silêncio da cidade vazia parecia cair do céu noturno, como se Setúbal fosse sugada para dentro do amplo vácuo do universo no momento em que o toque de recolher se instalava.

De repente, deu-se conta do que queria. Queria caminhar pelas ruas escuras. Esse era o território dele: uma zona proibida, em que ser avistado poderia lhe custar a vida.

Um momento antes, uma tempestade tinha se agitado dentro dele. Agora, a maré em suas veias virava, dando espaço para o silêncio perigoso da calmaria.

Fazendo com que as remadas fossem o mais silenciosas possível, ele avançou lentamente na direção do cais mais próximo. O barulho da água era bem baixo, e foi engolido pela escuridão densa no mesmo instante. A música e as vozes que vinham do *Kristina*, agora, estavam tão distantes que pareciam ecos de outro mundo, um mundo que deixara para trás e para onde jamais poderia retornar.

Não sabia o que estava à sua espera nas ruas abandonadas, e também não se incomodava com isso. Um ímã o puxava: abandonou sua força de vontade e obedeceu. O lugar dele era ali, na imobilidade poderosa do ímã, em seu frio metálico mortal. Sentiu o peso do revólver no bolso e se preparou.

Atracou o barco e subiu para o cais. Não havia lua, mas a cidade não tinha sido totalmente absorvida pela escuridão. Aqui e ali, luzes saíam de uma janela, ou deslizavam através das ripas de uma persiana. Herman ouviu vozes, depois o som de um piano: uma música delicada protestava contra o silêncio, apenas para voltar a ser engolida por ele.

Parou entre duas fileiras de casas e jogou a cabeça para trás. Enxergou a Via Láctea correndo paralelamente à rua, um rastro celestial de pedrinhas brilhantes através da terra desolada da noite. Lembrou-se da primeira vez em que a tinha visto. Era menino na época, sozinho na noite. Estava na praia e deixara a cabeça cair da mesma maneira, explodindo de esperança impaciente. Mas, agora, nesta noite, dava as costas para tudo. Estava sozinho, com a Via Láctea e uma arma.

Será que queria sobreviver a essa noite? Será que isso era um teste que tinha criado para si mesmo, ou será que estava atrás de outra coisa? Ele não sabia. Não entendia a linguagem das estrelas suficientemente bem para isso.

Ficou parado no meio da rua, olhando para cima. As paredes brancas das casas brilhavam, azuladas, como se refletissem a luz das estrelas. Portões e portas pulsavam, negros. Será que era prudente ficar no meio da rua?

Sua embriaguez peculiar, gerada não por bebida, mas pela solidão sob o céu noturno, evaporou-se. Herman correu até a calçada e se comprimiu contra uma parede. Ali, provavelmente, continuava tão visível quanto antes: uma massa densa e escura em contraste com o azul reluzente.

Não fora até lá para se esconder. Voltou para o meio da calçada e começou a caminhar.

De repente, ouviu passos. Parou. Soavam calculados. Será que era um ou mais homens que se aproximavam? Voltou a escutar com atenção. Certamente, não era um grupo, concluiu. Talvez fossem apenas dois; será? Soldados de patrulha noturna? Quem mais poderia estar circulando depois de escurecer, em uma cidade com toque de recolher? Olhou para trás, depois adiante. Era uma rua larga, e palmeiras bloqueavam a luz das estrelas: ele deveria estar em um bulevar. Precisava ir para as alamedas estreitas e serpenteantes, onde seria mais fácil escapar. Titubeou, mas não se moveu. Então, ergueu a arma e se virou devagar. Escuridão, nada além de escuridão. Continuava escutando os passos calculados. Será que estavam se aproximando ou se afastando?

Caminhou cuidadosamente, com a arma em punho. Se eles se encontrassem, sabia que viriam para cima dele.

Os passos prosseguiam.

Sim, com toda a certeza estavam se aproximando, mas não sabia dizer de que direção. Tanto poderiam estar caminhando na direção dele como para longe.

Já estava andando fazia um tempo quando os avistou. Estavam parados, apenas três ou quatro metros à sua frente, como se estivessem esperando. Ele parou imediatamente. Um deles gritou.

O som foi abafado por uma explosão ensurdecedora. Herman olhou ao redor, para determinar a origem da explosão, e viu o revólver em sua mão. Devia tê-lo disparado.

Não fazia ideia se tinha acertado alguém. Começou a correr. Nenhum tiro ou passo ecoou atrás dele. A certa altura, ficou tentado a parar e olhar para trás, mas o sangue acelerado em seu pulso deu à fuga um ímpeto contra o qual ele não conseguia lutar. Sua cabeça parecia completamente lúcida, mas as pernas batiam feito pistões; pareciam ter vontade própria.

Dobrou uma esquina e continuou seguindo em frente, até finalmente retomar o controle dos músculos. Parou, pressionou-se contra uma parede e ficou escutando a noite. No começo, não ouviu nada. Então, ao longe, distinguiu o som de pés que corriam, vindos primeiro de uma direção e, depois, de outra. Um tiro foi desferido; depois vários outros, em rápida sucessão, abafados pela longa rajada de uma metralhadora.

Ouviu ordens serem gritadas e o barulho de botas, como se um exército inteiro tivesse começado a marchar. Em algum lugar, um motor de carro deu a partida.

O tiro do revólver tinha rompido o silêncio, e parecia que o ato que cometera tinha detonado uma mina, e que essa mina, que agora explodia, era a cidade inteira.

Estava rodeado pela escuridão e pelo barulho de salvas de tiros. Em um momento, um fuzilamento intenso; no seguinte, silêncio carregado. Quem estaria atirando em quem? Será que era o exército atirando nos grevistas, e será que eles estavam respondendo? Será que era apenas um caos de predadores selvagens à espreita no escuro, sibilando e dando golpes no ar com as patas, antes de voltar a recuar para as sombras? Será que era esse o significado da revolução: armas se rebelando e dominando seus proprietários sob a proteção da noite, sedentos de sangue humano e atraindo-os para fora, para encher as ruas?

Será que atiravam uns contra os outros para comemorar o fato de que já não existia bem e mal, ordem ou desordem, apenas vida indomada, uma cidade de pedras manchadas pela essência vermelha da vida?

Herman voltou a correr. Sua respiração era dificultosa, mas não parou; o corpo pesado avançava feito um rinoceronte furioso pelas alamedas. A certa altura, atiraram nele: ouviu a bala ir de encontro à parede atrás de si. Mais tarde, surpreendeu dois homens escondidos em um portão. Atirou neles, e retomou sua corrida amalucada. Quem eram? Será que os tinha acertado?

Não fazia diferença para ele.

Avistou uma divisão de soldados marchando em sua direção e encontrou uma porta onde se encolher. Mal tinham passado quando saiu e se virou para trás, enquanto corria para atirar na direção deles.

Alguém tinha construído uma barricada na rua, e ele viu sombras se movendo atrás dela. A escuridão era intensa demais para distinguir o que estava acontecendo, mas soube por instinto que essa era a revolução: um levante de armas, ali, para derramar sangue. Existia uma fraternidade entre rebeldes e soldados. Uniam-se na ânsia de matar.

Chamaram por ele, que respondeu com seu espanhol capenga de marinheiro. Convidaram-no a se juntar a eles na barricada e, quando viram seu revólver, deram-lhe tapinhas no ombro e o chamaram de "companheiro", uma palavra que entendia bem, um gesto baseado em uma suposição tão ingênua quanto eles. Não se importava com a causa deles. Precisavam de uma desculpa para disparar suas armas. Ele, não.

Tiros foram desferidos contra a barricada, e atiraram de volta na escuridão. Herman viu as chamas no cano dos revólveres e sentiu algo quente na face. Será que tinha sido alvejado? O homem ao lado desabou em cima de seu ombro e ficou com a cabeça pousada ali por um instante, como se estivesse dormindo. Então, foi deslizando devagar para o chão, com a manga da camisa empapada de sangue.

A troca de tiros se intensificou, e o brilho da chama dos canos dos revólveres, no final da rua, pareciam fogos de artifício espocando. O barulho era ensurdecedor. Herman sentiu uma quentura louca e seca estourar através de sua pele, como se o coração estivesse pegando fogo. Ele estava vivo!

O fogo estava chegando mais perto: os soldados tinham lançado seu ataque. Os homens ao redor abandonaram a barricada. Enquanto eles recuavam na escuridão, Herman deu início a mais uma corrida enlouquecida. Ouviu um homem dando risada e, então, deu-se conta de que era ele mesmo. Um corpo prostrado estava estirado à sua frente, na rua. Saltou sobre ele. Alguém agarrou seu braço e o puxou para uma rua lateral, embaixo de um arco. Juntos, subiram em um muro, depois em outro. Herman balbuciou *gracias,* apesar de se sentir indiferente. Todo o corpo berrava com o êxtase da imortalidade. Ainda estava com o revólver na mão.

Parecia que estivera nessa cidade escura desde sempre, que tudo que acontecera antes tinha se dissolvido em insignificância. De repente, sentiu: nessa noite, fora libertado. Ali no escuro, onde a única iluminação vinha do cano das armas e das sarjetas vermelhas, podia existir sem se sentir incompleto. Era feito simplesmente de sangue, corpo, instinto e reflexos. Era seu próprio revólver e, por meio dele, fazia parte do grupo de todos que eram como ele, que se moviam, armados, no meio da noite. Formava uma unidade com todos os homens, com a vida e a morte.

Das colinas atrás da cidade, a enorme bola vermelha do sol apareceu rolando pelo bulevar, em sua direção, e, por todos os lados, as cores se acenderam, primeiro fracas, depois vívidas. Recebeu o amanhecer com um misto de decepção e alívio. A luz do sol parecia organizar o caos da noite e, no espaço de um instante, colocara as casas e seus moradores de volta a seu lugar de direito.

Baixou os olhos e viu que sua camisa estava manchada de sangue. Arrancou-a do corpo e jogou-a na rua. Sentiu o peso do revólver na mão. Hesitou por um momento. Então, largou-o e continuou andando.

Chegou a uma praça grande, na qual cadeiras e mesas reviradas se espalhavam por todos os lados e homens uniformizados levavam corpos embora. Logo os ladrilhos estariam limpos do sangue. O dia tinha retornado.

Quando estava cruzando a praça, um soldado o chamou e se aproximou, seguido por outros dois. Examinaram-no de cima a baixo. Ele ficou lá, com o peito nu, exalando um cheiro forte de suor, com o rosto avermelhado, por baixo do cabelo loiro curto, por causa do vento, da bebida e do sol. Quem ele era? Um marinheiro que tinha se esquecido da hora, do lugar e do toque de recolher no calor do momento?

Fedia, mas acharam que o cheiro era de roupa de cama e de mulheres: dava para ver na cara deles. Sorriu, e os soldados retribuíram. O mais alto apontou para a face de Herman, que levou a mão até o lugar e sentiu a casquinha no lugar em que uma bala tinha passado de raspão.

– *Mujer* – disse.

– *Mulher*. – Deram risada. Um deles imitou uma pata de gato com a mão, com as garras de fora.

Durante a noite, tinha atirado neles e eles tinham retribuído os tiros. Sombras atirando em sombras. Agora, eram simplesmente homens à primeira luz do amanhecer. Deixaram que seguisse.

Herman foi até o porto e encontrou o bote. Soltou as cordas e começou a remar devagar, de volta ao *Kristina*.

No dia seguinte, Herman estava quieto. A tripulação lançava-lhe olhares furtivos. Tinham reparado em sua ausência, mas ninguém disse nada. De vez em quando, ele dava um sorriso estranho que não parecia ser dirigido a ninguém especificamente. Trocavam olhares de cautela. O que iria se seguir a essa calma? Ivar espiava, pensativo, as costas enormes de Herman. Só Bager parecia não notar nada.

Herman tinha consciência dos olhares. O que estavam pensando a seu respeito? O que achavam que tinha aprontado durante o toque de recolher em Setúbal? Se achavam que tinha ficado apenas com prostitutas, por que não diziam algo? Será que temiam a resposta?

Com o fim da greve, o *Kristina* pôde aportar. Algumas barcaças chegaram, e os estivadores começaram a descarregar o bacalhau salgado. Bager tinha ido até a cidade em busca de provisões e levara a senhorita Kristina consigo. Ela voltou toda animada e disse-lhes que o fornecedor os tinha convidado para almoçar: tinham comido peixe com azeitonas fritas.

– Mas, imagine, todas as janelas do restaurante estavam quebradas. Será que houve luta ontem à noite?

Herman sorriu, mas não disse nada. Observou os estivadores trabalhando no casco e no cais; observou os pescadores remando para o mar em embarcações vazias e retornando com as redes cheias; observou os soldados postados, com as baionetas em riste; observou o povo de Setúbal. Seu olhar absorvia o mundo todo. O tempo parou e, em seu silêncio, ele solucionou todas as charadas do mundo.

Será que foi nesse momento que se viu tomado pela certeza fatal de que a senhorita Kristina seria dele?

O *Kristina* foi aprontado e deixou Setúbal. Nos dois primeiros dias, o vento sul estava atrás deles. A calmaria se instalou. Ficaram lá, com a vela de estai da frente e a vela do alto abertas: o leme não precisava de assistência. O mar ainda estava agitado pelas ondas que tinham restado, e a água se erguia até o parapeito. Lá no alto, o sol do meio-dia sugava a cor do mar e do céu, até tudo se derreter em uma névoa branca de calor. O *Kristina* subia e descia com a respiração lenta do mar. O mundo deles tinha caído em um sono profundo. Circulavam sobre o convés como sonâmbulos e inalavam o ritmo das ondas.

A senhorita Kristina encontrava-se no convés, bordando. Ninguém falava. Bager estava ao lado da filha com o *Livro dos sermões*. Não conversavam, e parecia que a proximidade entre eles não exigia conversa. O pai virava uma página e, então, olhava para o mar com olhos perdidos, antes de retornar ao livro. A filha se concentrava nos pontos. Sua pele ficara bronzeada, e ela deixava o cabelo solto. Helmer servia o café.

Aqueles eram os últimos dias quentes antes de se aproximarem do golfo de Biscaia.

A calmaria prosseguiu durante a tarde seguinte. Então, por volta das sete da noite, um vento enérgico se instalou, e Ivar e Knud Erik subiram para abrir as velas. Durante a noite, o vento se amenizou. Quando a senhorita Kristina apareceu no convés, na manhã seguinte, uma onda a atingiu no rosto. Ela tirou a água salgada com a mão e deu risada para Ivar, que estava ao timão, e então lançou um olhar experiente para as velas. As caranguejas tinham sido recolhidas durante a noite e, das quadradas, apenas a vela principal e a mais baixa do mastro alto ficaram abertas. A bujarrona estava estendida e logo seria recolhida.

– A lona está levando uma surra – ela disse, ainda dando risada e limpando o rosto molhado.

Tinha calçado os tamancos de madeira do pai e vestido uma jaqueta de oleado que era grande demais para ela. Amarrara um lenço nos cabelos, que, agora, estava ensopado. Ela o torceu e enfiou no bolso, deixando os abundantes cachos castanhos expostos ao vento.

Passamos por dois pequenos barcos de pesca que se dirigiam para o sul. A senhorita Kristina se posicionou ao lado de Ivar e os observou quando se agitaram com violência e sumiram no rastro de uma onda, apenas para voltar a aparecer, um momento depois, sobre a onda seguinte. Seus olhos os seguiam como se buscassem um ponto fixo. Então, uma expressão de cansaço tomou conta dela e, de repente, levou a mão à boca e correu até a amurada. Ivar desviou o olhar com discrição.

Ela retornou para o lado do marinheiro.

– Acho que vou para a cabine – disse.

Ivar assentiu.

Ao meio-dia, o vento virou. O vento e a corrente, agora, trabalhavam em direções opostas, e o *Kristina* mergulhava com força nas ondas, fazendo com que a proa desaparecesse na água repetidas vezes.

Herman estava ao timão.

– Precisamos recolher a bujarrona – disse a Ivar.

Ivar ficou olhando para ele.

– Está me dizendo para subir no gurupés?

– Você é burro ou o quê?

– Está vendo o que estou vendo? – agora Ivar o desafiava abertamente.

– Estou vendo que a bujarrona precisa ser recolhida.

– Estou vendo que o gurupés passa metade do tempo embaixo d'água.

– Está com medo de se molhar? – Herman não se esforçou para esconder seu desprezo.

– A menos que você coloque a embarcação contra o vento para diminuir a velocidade, não vou até lá. – Olharam feio um para o outro.

– Está me dando ordens?

– Você é o contramestre, e eu sou um marinheiro experiente. Estou simplesmente pedindo que faça o que qualquer pessoa com o mínimo de conhecimento sobre navegação faria. Ou então a bujarrona pode ficar onde está.

Herman desviou o olhar. Sabia que Ivar tinha razão. Seria irresponsável mandar um homem ao gurupés com a proa mergulhando tão fundo. Soltou um pouco o timão, e o navio foi de encontro ao vento. Naquele momento, a senhorita Kristina saiu da cabine. Estava cobrindo a boca com as mãos de novo, como se estivesse preparando outro sacrifício para o mar. Mas os dois homens que se enfrentavam chamaram sua atenção. Ela olhou de um para o outro, sem tirar as mãos da boca.

Ivar atravessou o convés. O navio tinha parado de mergulhar, e a bujarrona se agitava ao vento. O gurupés, de onde escorria água, apontava para o céu cor de ardósia. Ivar subiu no gurupés e começou a recolher a vela.

Herman observou a silhueta alta e ereta do marinheiro, que emanava tanta confiança, ali no gurupés liso, fazendo pose sobre as profundezas enfurecidas lá embaixo.

O tempo se contraiu e permaneceu imóvel.

Não era apenas a força masculina que fazia com que Ivar fosse forte. Também seu conhecimento a respeito das fraquezas dos outros o fazia. Herman tinha desprezado Ivar desde o momento em que o conhecera, mas considerava o próprio desprezo estranhamente sem objetivo, já que não tinha nada firme em que fixá-lo. Será que Ivar teria um calcanhar de Aquiles? Como seria seu desempenho sob pressão?

Segurando o timão com força, Herman sentiu o repuxo e a força da eterna queda de braço entre o timoneiro e o mar: ele tinha de compensá-lo continuamente, a fim de manter a velocidade. Relaxou, apenas por um momento, e, com um *bum* explosivo, o vento voltou a encher as velas no mesmo instante. A proa disparou para o alto, na crista elevada de uma onda, e o navio inteiro afundou e continuou afundando, mergulhando no ar antes de bater na superfície da água e mandar fontes que jorravam, como num voo, de ambos os lados da embarcação. O *Kristina* cortou a espuma feito uma faca, e todo o eixo afundou, como se estivesse indo para o fundo do mar.

O tempo desacelerou, como se o sol tivesse se mudado para um ponto invisível da galáxia. E, no entanto, a coisa toda tinha acontecido tão rápido que ninguém tivera tempo de reagir; a senhorita Kristina ainda cobria a boca com as mãos, arregalando os olhos. Então o navio se ergueu lentamente mais uma vez, e a água correu na direção da popa pelo convés. O gurupés apontou, triunfante, na direção do céu. E lá estava Ivar, agarrado feito um filhote de macaco, com o rosto pálido.

Mesmo nesse breve instante, Herman percebeu que Ivar estava congelado. Ele teria de se jogar no castelo de proa imediatamente: caso contrário, e se o navio voltasse a mergulhar, jamais sobreviveria. Esse era o momento decisivo de Ivar, assim como o de Herman tinha sido em Setúbal.

Mas o marinheiro continuava agarrado ao gurupés, com o cérebro e o corpo paralisados. A ponta de seus dedos se enterrava no gurupés, como se o pavor o tivesse transformado em um animal capaz de cravar as garras na madeira maciça. Em um impulso, Herman juntou as mãos em concha e gritou para ele.

– Pule, marinheiro, pule, desgraçado!

Ele próprio não sabia dizer se sua intenção era fazer com que Ivar levasse um susto e saísse de seu transe, ou só dar uma bronca. Então o navio voltou a mergulhar. Quando subiu mais uma vez, Ivar tinha desaparecido. O gurupés vazio apontou para as nuvens por um instante, como se fosse na direção em que ele desaparecera, não para o fundo, mas na espuma ao redor da proa. Herman virou o timão e deixou a embarcação correr contra o vento, detendo o movimento ascendente do eixo. A senhorita Kristina correu até ele.

– Seu canalha – ela disse, engasgada. – Eu vi o que você... – De repente, tomada pela náusea, vomitou em um jorro que atingiu Herman no meio do peito. Ela se contorceu com câimbras estomacais; desta vez, o jorro atingiu o convés. Quando aprumou o corpo, arfando, uma substância branco-amarelada, meio digerida, pingava-lhe do queixo. Ela olhava fixamente adiante, com o rosto distorcido. – Seu porco, seu monstro, seu nojento... seu... seu... – Desabou em soluços convulsivos.

Ela tinha visto o que acontecera e, como filha de comandante, compreendia o que aquilo significava. Tinha visto Herman mudar o curso. E sabia o que isso acarretava, quando havia um tripulante no gurupés.

E era verdade. Ele não podia negar o que tinha feito. No entanto, sempre afirmava que ela estava errada. Não fora ele quem tirara a vida de Ivar. Fora o mar. O mar tinha engolido Ivar porque ele falhara no momento crucial. O mar o levara, porque ele não lhe pertencia. Herman tinha sido apenas uma ferramenta.

Havia uma segunda testemunha: Helmer. O menino da cozinha estava pronto e esperando junto às cordas, enquanto Ivar recolhia a bujarrona. Mas não entendeu nada do que viu, e, mesmo que tivesse formado a opinião de que alguma coisa estava errada, Herman tinha meios de fazer com que se calasse. O contramestre não podia ser acusado de nada, e por uma razão muito boa. Não tinha feito nada.

– Homem ao mar! – Helmer berrou.

No mesmo instante, a senhorita Kristina parou de berrar e retomou os sentidos. Tirou a boia salva-vidas do suporte e a jogou no mar, para marcar o lugar em que Ivar tinha desaparecido. Knud Erik e Vilhjelm saíram do castelo de proa.

– Quem? Quem? – exclamaram, ansiosos.

– Ivar – Helmer berrou, com pânico na voz.

Herman ordenou que subisse nas amarras para ficar de olho em Ivar, para o caso de ele voltar à superfície. Então, deu ordens para que ele se firmasse nas amarras. A senhorita estava ao lado da amurada, vomitando de novo. Desta vez, de choque, ele pensou.

Bager saiu correndo de sua cabine, e Herman lhe traçou um breve relato. Fez com que sua voz soasse deliberadamente calma e objetiva.

– Ivar caiu no mar do gurupés. Ele tinha ido lá para recolher a bujarrona.

– Como isso pôde acontecer? Você não velejou contra o vento?

– Claro que sim. Mas, de repente, ela não estava mais lá. – Herman deu de ombros, um gesto que sugeria que o acidente tinha sido culpa do próprio Ivar.

Knud Erik e Vilhjelm estavam ocupados, baixando o bote salva-vidas na água. Bager foi até lá e assumiu o comando: entrou ele mesmo no bote. Herman ficou observando enquanto a senhorita Kristina também passava por cima da amurada, depois pulava e desaparecia pela lateral.

Um momento depois, o barco apareceu. A senhorita Kristina estava em pé no meio, com o cabelo esvoaçando, enlouquecido. Fios de vômito ainda eram visíveis em seu queixo, mas ela mantinha o equilíbrio com facilidade. Bager estava largado no outro banco. Knud Erik e Vilhjelm remavam. Herman permaneceu no timão do *Kristina* e teve uma sensação de ascender, agora que estava no comando do navio.

Eles remavam em círculos, sem saber mais o que fazer. Em um momento, estavam na crista de uma onda; no seguinte, desapareciam atrás de outra. O *Kristina* se movia ao sabor do vento, e a boia salva-vidas também. Onde exatamente Ivar tinha desaparecido? No mar, não havia placas. Eles foram se afastando cada vez mais, até o bote salva-vidas não passar de uma casca de noz pintada de branco, no meio da paisagem mutante das ondas turbulentas que recuavam e se encobriam eternamente, cansadas de perseguir o horizonte distante.

Então, algo pareceu estar acontecendo por ali. As silhuetas minúsculas no bote se ergueram e acenaram com os braços. Inclinaram-se para a frente, como se estivessem se debatendo com algo. Será que o tinham encontrado?

Herman chamou Helmer nas amarras.

– Está enxergando alguma coisa?

– Acho que o pegaram! – Helmer começou a acenar com uma das mãos, como se desse as boas-vindas a Ivar, de volta ao mundo dos vivos.

O que aconteceu a seguir não ficou claro. As silhuetas se inclinaram para a frente ainda mais, quase desaparecendo pela lateral, e o bote salva-vidas balançou perigosamente com o desequilíbrio repentino. Então, voltaram a se endireitar. Apenas um deles permaneceu agachado. Mais uma vez, Herman gritou para Helmer.

– O que está acontecendo agora? Conseguiram pegá-lo?

Enquanto esperava a resposta, ele não sentia medo, nem o oposto. Se Ivar sobrevivesse, teria sobrevivido. A vida continuaria, independentemente do que acontecesse ali na água. Herman estava calmo e abertamente indiferente.

– Acho... – Helmer hesitou, e apertou os olhos. – Acho que o perderam de novo... de todo modo, não o enxergo. – Ainda estavam navegando contra o vento. As velas se debatiam sob a tempestade.

O bote salva-vidas começou a andar em círculos mais uma vez, e fez isso por um tempo, antes de retornar ao navio. Bager foi o primeiro a subir a bordo. Segurava o peito com a mão e estava pálido. A senhorita Kristina veio atrás dele e enterrou o rosto no ombro do pai. Todo o seu corpo estremecia, e ela soluçava alto. Bager a abraçava com firmeza. Colocou o braço em volta de seus ombros e a conduziu até sua cabine, com o punho fechado pressionado junto ao peito, a boca em uma linha fina, que lhe atravessava o rosto angustiado.

Herman chamou Knud Erik para que se aproximasse.

– O que aconteceu? – perguntou.

– Nós o encontramos. Ele conseguiu ficar boiando, mas estava meio afogado, e seus olhos estavam estranhos.

– Estranhos?

– Bom, não sei do que chamar aquilo. Era como se não fosse ele. Como se tivesse enlouquecido. Quando tentamos puxá-lo para bordo, só ficou se debatendo. Não conseguimos segurar direito por baixo dos braços, então começamos a puxar... bom, e aí, simplesmente, aconteceu.

– O que aconteceu?

– Bom, a capa de oleado deve ter se aberto. Escorregou para fora de Ivar. De repente, todos só segurávamos mangas vazias. – A voz de Knud Erik ficou grossa, e ele se esforçou para prosseguir. – Afundou direto. Não voltamos mais a vê-lo. Mas tínhamos acabado de segurá-lo. Tínhamos olhado em seu rosto. Eu estava mais próximo dele do que estou de você agora. Ivar estava a salvo. E, então... – Estacou, e olhou de um jeito estranho para Herman. – Mas era isso que você queria, não era? – Meneou a cabeça e se virou para o outro lado.

Herman ficou olhando fixo, por muito tempo, para ele. Então sua atenção foi chamada por um barulho alto de algo batendo. Era a bujarrona, ainda desfraldada ao vento. Gritou para o convés.

– Ainda precisamos recolher a bujarrona. Algum voluntário?

Helmer estava pendurado nas amarras. Herman ordenou que ele descesse e lhe disse para começar a preparar o almoço. Havia um navio a ser conduzido, e vida para prosseguir.

Herman começou a pensar no que Knud Erik dissera e no olhar estranho que lhe lançara. Tinha a sensação de que o menino olhara diretamente através dele. Lembrou-se do aviso de Kristian Stærk a respeito de Anton Hansen Hay, que tinha encontrado a caveira do padrasto dele. Talvez o menino soubesse de algo. Aqueles moleques desgraçados o tinham encarado até ele ficar quase louco e ser forçado a abandonar a cidade. Mas nada nunca fora revelado. A história já deveria ter sido esquecida havia muito tempo, não?

Ele almoçou com os três meninos. O clima era de irritação, e todos comeram em silêncio. Fez uma anotação mental para colocá-los de volta à antiga ração, agora que Ivar já não estava mais presente para reclamar em nome deles.

– Alguém tem algo a dizer? – perguntou.

Helmer se encolheu e se concentrou na comida. Herman olhou para Knud Erik e Vilhjelm. Ambos menearam a cabeça.

– Perdemos um camarada hoje – Herman disse. – Isso já aconteceu antes e vai voltar a acontecer. A vida no mar é assim. Há bons marinheiros, e há aqueles que não são assim tão bons... – Deixou a última frase pairando no ar.

– Ivar era um bom marinheiro – Knud Erik disse.

Herman sentiu vontade de atacar o menino, mas se controlou.

– Foi o mar – ele disse em tom reconfortante. – Quando o mar está nesse humor, não há nada a fazer. – Até ele era capaz de escutar o vazio de suas palavras. – Mas vocês conseguiram pegar Ivar. O que aconteceu? Ele entrou em pânico? – Knud Erik negou com a cabeça, sem vontade de responder. Herman sabia que tinha tocado em um ponto fraco. Afinal de contas, eles tinham encontrado Ivar. O homem poderia ter sido salvo... mas sabotara o próprio salvamento. Um bom marinheiro, sim. Mas será que era assim que um bom marinheiro se comportava quando sua vida estava em jogo? Knud Erik poderia desconfiar de que Herman era assassino, mas o menino também tinha visto o lado covarde de Ivar, e isso fez com que ele tivesse menos certeza de sua acusação. Herman repetiu a pergunta. – Ele entrou em pânico? – O silêncio que se seguiu à pergunta foi uma resposta em si.

Quando Helmer se levantou para levar café até a cabine de Bager, Knud Erik ergueu os olhos com uma expressão de desafio perigosa.

– Vou contar tudo ao comandante – ele disse.

– Vai contar o quê? Você estava dormindo no castelo de proa. – A voz de Herman era calma.

– Vilhjelm também sabe. Nós vamos contar a Bager.

– Aquela história antiga? – Herman deu risada. Marstal inteira passou os últimos quinze anos se perguntando se eu matei Holger Jepsen. – Jogou os braços para cima e deu risada mais uma vez. – E, olhem! Eu continuo aqui!

Helmer voltou, trazendo os pratos da cabine do comandante. Nem Bager, nem a senhorita Kristina tinham tocado na comida.

– O comandante quer ter uma palavrinha com você – ele disse.

Herman se levantou do banco. Quando chegou ao convés, respirou fundo. Precisava se concentrar e direcionar sua energia. Não fazia ideia do que iria dizer. O instinto de sobrevivência de que dependia estava prestes a ser testado mais uma vez. Viu a senhorita Kristina parada ao lado do timão, junto de Vilhjelm. Ele ficaria sozinho com Bager. Provavelmente, seria melhor assim.

Abriu a porta da cabine de Bager e passou por sobre a soleira alta. Ele já tinha estado ali, mas parecia que via o lugar pela primeira vez. Seus olhos examinaram as fotografias de família enquadradas, aparafusadas ao anteparo. Acima do sofá coberto de couro havia uma estante presa ao piso, cheia de livros. Finalmente, seus olhos pousaram no comandante. Bager tinha passado por uma mudança dramática. Ainda segurava o peito com uma das mãos; com a outra, agarrava-se à mesa como se estivesse tentando impedir que escorregasse do sofá. Tinha ficado ainda mais pálido, e seus olhos se afundavam no rosto. Os cabelos ralos estavam molhados, e gotículas de suor se formavam na testa. Ele piscava, nervoso.

Herman permaneceu em pé à porta. Endireitou as costas e fez com que o tom de voz fosse o mais formal possível. No quesito força de vontade, era mais forte do que Bager. Nunca tinha duvidado disso e, naquele momento, ficou mais claro do que nunca. Mas o capitão era seu superior. Ele tinha de impressionar e intimidar, mas não podia demonstrar desrespeito pela hierarquia que precisava considerar, por mais que desprezasse seu principal representante. Não era nenhum amotinado.

– Queria falar comigo? – ele disse.

Bager baixou os olhos para a mesa, como se tivesse esquecido o que queria dizer e agora o estivesse procurando na textura da madeira envernizada. Então soltou a ponta da mesa e deixou a palma da mão deslizar pela superfície. De repente, bateu com força no tampo, como se estivesse sinalizando para si mesmo que estava na hora de falar. Ergueu os olhos e os fixou nos de Herman, mas as piscadas nervosas continuaram.

– Uma acusação séria foi feita contra você – ele disse, e estacou, como se esperasse uma reação de Herman. Mas este só ficou olhando para ele. Seria engraçado se ele começasse a fazer citações do *Livro dos sermões*, pensou.

Bager desviou o olhar antes de voltar a se concentrar em Herman, obviamente superando a relutância.

– Alguém... – Hesitou, enquanto se esforçava para encontrar a palavra certa. – Alguém... alguém de cuja palavra não tenho motivos para duvidar alega que você colocou a vida de Ivar em perigo, de maneira deliberada, quando ele foi até o gurupés para recolher a bujarrona.

Deteve-se, exausto, e esperou uma resposta. Herman não reagiu, mas continuou em pé, tão calmo quanto antes. Bager enxugou a testa com um lenço e fez com que algumas mechas de cabelo empapadas de suor ficassem em pé. Seu rosto perdido assumiu uma semelhança cômica com um ponto de interrogação.

Herman não disse nada, e Bager teve de romper o silêncio mais uma vez.

– Você estava ao timão e, no momento em que Ivar estava no gurupés, mudou de curso, de modo que o navio se desequilibrou e o eixo afundou.

Herman deu um passo à frente. Bager se sobressaltou.

– Quem disse isso?

– Não é da sua conta. Além do mais, não é você quem faz as perguntas. Eu é que estou fazendo este inquérito. Lembre-se do seu lugar! – Mais uma vez, Bager enxugou a testa com o lenço. Por um momento, pareceu escutar algo que estava acontecendo em outro lugar. Herman conjecturou se era esta situação que o assustava ou algo totalmente diferente. Então Bager voltou a falar.

– Além de ter agido de maneira irresponsável, contrária a tudo que significa ser um bom marinheiro, os fatos sugerem que você mudou o curso de propósito.

– O que está tentando dar a entender? – Herman já não conseguia mais se controlar. Posicionou as mãos na mesa e se inclinou com ar de ameaça em direção ao capitão.

Bager pressionou uma mão contra o peito. Agora estava arfando e tinha desistido completamente de enxugar a transpiração da testa. Seu cabelo ainda estava espetado, mas a voz era calma.

– Não estou dando a entender nada. Não; estou colocando de maneira muito direta que você matou Ivar. – Parou para tomar fôlego; sua respiração era difícil e chiada.

Herman ficou ali, paralisado, ainda apoiando o peso do corpo na mesa.

Bager recuperou o fôlego.

– Vai haver um inquérito marítimo em Copenhague. A verdade vai ser revelada lá, isso posso prometer.

– É a senhorita Kristina, não é? Ela anda lhe contando um monte de mentiras! Cadela da porra. Ele entrou em pânico. Foi por isso que se afogou. Era um fraco. Não há lugar para gente como ele no mar. É só isso. É só o que tenho a dizer a respeito do assunto. – Herman tinha colocado o rosto perigosamente próximo ao do capitão. Precisou segurar a vontade de agarrá-lo e jogar o corpo do velho magro contra o anteparo.

Bager o fitava, mas seus olhos pareciam distantes. O suor lhe escorria pela testa pálida. Mais uma vez, parecia estar escutando algo ao longe, muito longe, e mal ter consciência da presença de Herman.

– Está ouvindo o que estou dizendo? – Herman urrou. – Foi aquela cadela. Ela estava a fim dele! – Não se importava com o que dizia. Tinha perdido a cabeça, mas ainda tinha controle sobre as mãos, apesar de o esforço fazer todo o seu corpo tremer. Era certo que o velho tolo sabia estar brincando com fogo, não? Quanto mais teria de aturar? – Está dizendo que eu sou assassino? – trovejou, e foi uma sensação libertadora dizer aquelas palavras em voz alta. Uma sensação de indignação justificada concentrou-se dentro do homem, que retomou o autocontrole.

O rosto do capitão permaneceu imutável. Seu olhar continuava fixado com intensidade em algum ponto distante: aquilo parecia preocupá-lo. De repente, respirou fundo, e algo como um soluço ou o início de um arroto lhe escapou. Os músculos faciais ficaram tensos, os olhos se arregalaram e o lábio inferior ficou frouxo. Então, desabou para a frente, e sua cabeça caiu com um baque na mesa, bem no meio das mãos de Herman.

Herman deu um salto para trás. Ficou olhando para os cabelos do capitão, que caíam em mechas finas pelo couro cabeludo tão cinzento quanto terra ressecada. Estendeu a mão para conferir o pulso de Bager. Sentiu-o diminuir e parar. Então, correu escada acima e saiu no convés.

Vilhjelm estava ao timão, com Knud Erik em pé a seu lado. Não havia sinal da senhorita Kristina. Provavelmente, devia estar na cozinha com Helmer. Aproximou-se dos dois garotos.

– Vocês têm algum problema com cadáveres?

Ficaram olhando fixamente para ele, estupefatos. Ele apontou para Knud Erik.

– Você, venha comigo.

Conduziu-o de volta à cabine de Bager. Knud Erik ficou paralisado quando viu o corpo caído sobre a mesa.

– O que aconteceu?

– O que você acha?

– Ele está morto?

– Chequei o pulso. Não achei nada, então suponho que esteja. – Os ombros de Knud Erik começaram a tremer. – Precisamos colocá-lo no catre – Herman disse. Pegou Bager por baixo dos braços, e Knud Erik o pegou pelas pernas: juntos, o colocaram de lado no sofá e, com cuidado, deitaram o corpo magro no catre. Os olhos continuavam arregalados. A boca estava aberta. Herman fechou os olhos do morto e apertou seu maxilar, a fim de fechá-lo. – Isto foi um acidente. –Ciente de que Knud Erik olhava fixamente para ele, lançou um olhar de desafio para o garoto. Knud Erik desviou o olhar. – A confusão sempre vem em par – completou. Dissera isso para aplacá-lo. Agora, só era capaz de falar em frases feitas: expressões sem sentido, desgastadas. Sim, havia algo de reconfortante em proferi-las, como se quisesse consolar não apenas a Knud Erik, mas a si mesmo. A morte de Bager o tinha assustado: era como se o capitão de repente tivesse gritado "Bu!" na sua cara. Não que fosse sentir falta dele. No mesmo instante, percebeu que a morte de Bager só lhe representaria vantagens. Iria evitar muitas acusações desagradáveis. – Preciso falar com a senhorita Kristina – ele disse, e subiu a escada.

Knud Erik seguiu-o com atraso. Herman abriu a porta da cozinha. Ela estava lá, encolhida no banquinho. Helmer estava em pé ao lado do fogão, de costas para a moça. Ela ergueu os olhos para eles. Seu rosto estava pálido, sujo e com os olhos vermelhos. A água salgada tinha deixado o cabelo dela murcho, e ele se colava a sua cabeça em chumaços desordenados.

– Senhorita Kristina – ele disse. – Preciso lhe falar. É sobre seu pai.

– Meu pai? – ela perguntou, sem compreender.

– Vamos lá fora.

Ele se afastou para que ela pudesse passar pela porta da cozinha. A filha do capitão obedeceu sem fazer mais perguntas. Havia um quê de sonambulismo em seus movimentos. Ele a conduziu até a amurada a sota-vento. De frente um para o outro, seguraram-se na amurada enquanto o barco subia e descia no mar agitado. Ele não sabia o que iria acontecer a seguir, mas estava consciente da própria tensão. Será que ela iria desabar? Ou será que ia ter um ataque de fúria e lançar novas acusações contra ele? A incerteza que sempre sentira em sua presença estava de volta, mas ampliada mil vezes. Será que ele seria capaz de dar conta disso?

Com muito esforço, fez com que a voz soasse objetiva.

– Senhorita Kristina – se ouviu dizer –, sinto muitíssimo por ser o responsável em lhe dar esta notícia triste, mas seu pai acaba de morrer. Ele teve um ataque cardíaco.

Ele não a olhou enquanto falava, mas baixou os olhos, na esperança de que ela interpretasse isso como sinal de solidariedade e respeito por seu pesar. Mas ele sabia, no fundo, que era a incerteza que o impedia de olhá-la nos olhos. Sentia que já tinha perdido o jogo e que algo estava para explodir na sua cara, uma reação em cadeia de acontecimentos irrefreáveis que iriam varrê-lo em direção à própria desgraça.

Ele tinha falado. Esperava a reação dela. Mas nada aconteceu. Incapaz de suportar a espera, ergueu os olhos. Ela continuava de frente para ele. Sua expressão permaneceu imutável, como se não tivesse escutado nenhuma palavra do que ele dissera.

O que aconteceu em seguida foi uma surpresa total para Herman. Ela deu um passo à frente e baixou a cabeça. Então, pousou a testa no ombro dele e começou a chorar. Por alguns segundos, Herman ficou totalmente imóvel, com os braços soltos ao longo do corpo. Então, abraçou-a, balançando no mesmo ritmo do navio, para que os dois não perdessem o equilíbrio e caíssem no convés molhado. Tudo nele se abriu de uma só vez, e a incerteza que o tomara um minuto antes se transformou em uma sensação de triunfo que jorrava feito um gêiser em erupção.

Ficaram assim durante um tempo. Ele poderia ter ficado ali para sempre. Sentia a própria força e a pressão leve da testa dela. Acariciou-lhe os cabelos molhados e embaraçados e balbuciou uma sequência de sons reconfortantes e sem sentido. Uma ligação inesperada tinha se criado entre ambos. Ele não fazia ideia de como isso acontecera. Mas estava ali. Sentiu aquilo de maneira tão forte que reagiu com uma onda de ternura. Era como abraçar uma criança.

– Venha – ele disse. – Está na hora de ver seu pai. – Ele a acompanhou até a porta da cabine e a abriu para ela. – Acho melhor que fique um pouco sozinha com ele – disse, com gentileza.

Então tomou o lugar de Vilhjelm ao timão.

Ordenou que mais velas fossem içadas. Navegou a toda. O navio virava com a pressão do vento, até a amurada quase se nivelar ao mar. Ele percebia o mal-estar dos meninos, mas ninguém disse nada. Chamou-os.

– Bager está morto. Agora sou o capitão.

Então voltou a ficar sozinho no leme. Sentia a força do mar viajar pela roda e penetrar-lhe nas mãos. A ternura que sentira se assentou e se transformou em certeza. Ela era dele. Isso era irrevogável.

Herman pensou sobre o homem morto na cabine. Mais do que tudo, queria envolver o corpo em lona e baixá-lo na água sem muita cerimônia, mas até ele sabia que não poderia fazer isso. Saint-Malo não era o porto mais próximo, mas, se o vento durasse e ele continuasse navegando firme, conseguiriam chegar até lá em dois dias. Obviamente, Bager não poderia permanecer em sua cabine. E a senhorita Kristina não poderia dormir ali, com o pai morto. O castelo de proa era uma opção. Afinal de contas, havia um catre de sobra lá. Deu uma risadinha. Seria bem feito para eles, os pirralhos. Poderiam dormir com um cadáver.

Herman permaneceu ao timão durante o resto do dia. Não desejava estar em nenhum outro lugar. O navio era dele. Disparava pelo mar com um capitão morto e uma mulher à sua espera na cabine. Cantarolou a musiquinha antiga sobre o marinheiro bêbado: "Ponham-no na cama com a filha do capitão". Um sonho. E agora estava se tornando realidade.

Naquela noite, levou um prato de sopa para a senhorita Kristina. A cabine estava às escuras: riscou um fósforo e acendeu a lamparina a petróleo que estava aparafusada no anteparo.

– A senhorita precisa comer – disse, e entregou-lhe a tigela.

Ela levou a colher aos lábios, obediente. Ele ficou ali, esperando pacientemente até que terminasse. Então levou a tigela de volta à cozinha.

À meia-noite, ainda estava ao timão. Tinha feito três turnos seguidos. Agora, a vigília do meio começava. Prendeu a roda do leme e atravessou o convés até a entrada do castelo de proa; então desceu a escada e acordou Vilhjelm. O menino rolou do catre. Tinha dormido vestido. Na mão, segurava um canivete que, provavelmente, tinha ganhado de presente de crisma. Knud Erik saltou do outro catre. Também estava armado.

O *Kristina* continuava navegando duramente contra o vento, e o castelo de proa ribombava cada vez que o eixo batia em uma onda. Herman olhou para os canivetes e meneou a cabeça.

– O equipamento de manicure de vocês é bem impressionante – disse, em tom jovial. – É melhor guardar isso na cinta. Ou posso começar a pensar que são amotinados.

Cada palavra que dizia fazia com que eles estremecessem. Estavam com tanto medo que quase choraram. Herman disse a Vilhjelm qual era o curso e voltou a subir a escada. Atravessou o convés e experimentou a maçaneta da porta da cabine do capitão. Estava destrancada e, um momento depois, ele estava no escuro, sobre o piso tombado. Escutou com atenção. Não ouviu a respiração da senhorita Kristina, mas sabia que precisava agir agora. A certeza dele tinha crescido, ali na escuridão tempestuosa.

Colocou a mão no catre e remexeu no edredom. Sentiu os cabelos dela: devia estar dormindo com as costas viradas para ele. Tinha sonhado com suas costas. Acariciou o cabelo, ainda duro da água salgada. Ela não reagiu: teve certeza de que estava dormindo. Deixou a mão passear por seu pescoço, que era quente e macio. Ele o envolveu com a mão. Ao sentir a coluna delicada, foi tomado de ternura. Ela continuou sem reagir. Ele não escutava sua respiração e precisou segurar o ímpeto de tomar seu pulso. Será que ela ainda estava dormindo? Será que estava segurando o fôlego por medo? Não, Herman tinha certeza: ela estava esperando por ele. Todo o seu corpo lhe dizia isso. Jogou o edredom para o lado, agarrou a camisola dela e a ergueu até os ombros.

Hesitou por um momento. Eu não a conheço, pensou, talvez ela seja mais forte do que eu. Foi tomado por um medo repentino. Então desabotoou a calça e subiu no catre, ao lado dela. Não falou. Sentia-se desajeitado com as roupas; deveria ter se despido primeiro. Agora era tarde demais. Colocou um braço em volta dela e a apertou contra si. Seu pulôver de lã devia estar arranhando a pele nua dela. A essa altura, sentiu que estava explorando sua vulnerabilidade, em vez de protegê-la. O contato fez com que ele soltasse um gemido, mas o calor da paixão o tinha abandonado, deixando-o imerso em desapego frio. Ele se observou de fora, e sua auto-observação fez com que hesitasse; mas sua ereção continuava lá, como a de um animal, reagindo ao calor de outro corpo e buscando libertação às cegas. Continuou a se observar à distância. Um homem grande e desajeitado calçado com botas de navegação e um pulôver, remexendo em uma mulher imóvel em um catre estreito.

De repente, a senhorita Kristina se agitou. Murmurou algo, como se estivesse meio dormindo, e tentou se virar. Por instinto, ele segurou o pescoço dela com mais força e apertou-lhe o rosto contra a cama. Ela berrou, mas o som foi abafado pelo travesseiro. Seu corpo se arqueou em protesto, e os braços se agitaram.

Quando ele a penetrou, ela soltou um suspiro, como se o ar tivesse se desalojado dentro dela: uma exalação sem emoção, o barulho de pulmões se esvaziando. Depois disso, ficou em silêncio, como se ele fosse uma lança e a estivesse empalando.

Herman fez uma pausa e se esforçou para ver se ela ainda estava respirando; segundos depois, ejaculou, em uma entrega involuntária que fez com que se sentisse caindo da beirada de um abismo para a escuridão. Seu quadril continuou balançando por muito tempo. Ela permaneceu deitada lá, completamente passiva. Ele abraçou o corpo imóvel com força. Um enxame de palavras zumbiu em seu cérebro: queria dizer algo, mas não saiu nada. Para ele, ela era a senhorita Kristina. Mas não podia chamá-la assim naquele momento, quando finalmente tinha se tornado uma unidade com ela. Pensando nisso, caiu no sono.

Acordou, talvez apenas alguns segundos depois: a moça estava se contorcendo para se libertar. Ele conseguiu sentar, mas antes que tivesse tempo para reagir, ela o chutou. Foi jogado para fora do catre estreito e caiu com tudo no chão. Levantou-se e tentou abotoar as calças. Sua virilha estava molhada.

Ela berrou e berrou.

Ele não sentiu nada além de irritação diante dos gritos sem fim que encheram a cabine estreita e o forçaram até a porta, com pressão palpável.

Saiu cambaleando para o convés. O vento estava mais forte e as velas, retesadas. Por um momento, olhou para o mar. As cristas espumosas brilhavam na escuridão. Os únicos sons eram o uivo do vento nas amarras e o baque das ondas, quando se abatiam no convés. Ele foi até o timão para substituir Vilhjelm. Resolveu não recolher nenhuma vela, apesar de conhecer os riscos de fazer o navio avançar com tanta força. A chuva pesada batia em seu rosto.

Não era um homem que pesasse os prós e os contras das coisas. Totalmente esvaziado de pensamentos, aceitou seu vazio interior da mesma maneira que aceitara o sono um pouco antes.

* * *

Quando pediu aos meninos que tomassem o lugar dele no turno seguinte, eles se recusaram.

– Querem um naufrágio? – perguntou-lhes.

Não responderam. Só ficaram lá, acenando com seus presentes de crisma ridículos, que consideravam armas mortais. O vento tinha amainado, e o navio estava mais calmo no mar. Depois de ter prendido o timão mais uma vez, ele caminhou na direção da cabine do capitão. Mas os meninos correram na sua frente e bloquearam a porta, ainda brandindo os canivetes. A senhorita Kristina devia ter lhes contado tudo. Agora se consideravam seus protetores. Ele ultrajara a noção de justiça infantil deles. A pior coisa a respeito da noção de justiça é que deixa as pessoas selvagens e loucas. Ao lhes dar coragem, tira-lhes a precaução e o instinto de sobrevivência.

– Se chegar mais perto, eu o mato – Knud Erik disse, com a voz trêmula.

Helmer soluçava alto, mas não largou o canivete. Estavam cegos de medo e, em sua cegueira, só tinham um ponto de referência: o canivete na mão. Herman não duvidava de que fossem capazes de esfaqueá-lo. Talvez essa fosse a única maneira que os meninos tinham de lidar com o pavor que provocara. Eles eram imprevisíveis e, apenas por esse motivo, representavam perigo.

Percebeu que nada sairia fora de seus planos, fossem eles quais fossem, exatamente. A senhorita Kristina estava perdida para ele. Estava sozinho com os três meninos, que poderiam fazer qualquer coisa por puro pânico, não se importando com viver ou morrer. Ele poderia quebrar a espinha deles, um por um, mas de que iria adiantar?

O desgosto se acumulou dentro dele. Estava na hora de seguir em frente e fazer o que sempre fazia em tais situações, quando todas as outras saídas estavam fechadas: mostrar ao mundo que não se importava e que podia deixar tudo para trás. Sua vida tinha altos e baixos, como a maré.

Voltou ao timão. A partir de agora, seria um teste de resistência. Ele não iria mais dormir. A costa francesa do Atlântico estendia-se a leste. Em tempo ruim assim, suas ondas poderiam significar a desgraça de uma escuna, principalmente se não contasse com marinheiros habilidosos.

Foi em algum ponto, naquele mesmo dia, que ele mudou o curso.

De volta para casa

Monsieur Clubin foi a primeira pessoa a notar que a escuna de mastro alto que se mexia no mar, perto de Pointe de Grave, estava em dificuldades. No começo, não tinha certeza de haver alguém a bordo, mas, depois de observar o navio com seu binóculo por alguns minutos, deu-se conta de que alguma força desesperada lutava para manter a embarcação longe da praia perigosa. Nenhum pedido de ajuda fora enviado, mas a noção de dever de Monsieur Clubin, forjada ao longo de trinta anos como piloto de navios em Royan, exigia que investigasse.

A bordo do *Kristina*, encontrou três meninos e uma moça, todos parecendo atordoados. O capitão estava morto no castelo de proa. Não havia marinheiro experiente, nem contramestre, e o bote salva-vidas tinha desaparecido.

A explicação dos meninos, como foi apresentada às autoridades dos portos e, depois, à polícia em Royan, era que o contramestre tinha assassinado um marinheiro experiente e o capitão, e depois violentara a filha deste. Exatamente o que queriam dizer com "violentar" os meninos não puderam, ou não quiseram, especificar, e a moça em si recusou-se a abrir a boca: durante toda a sua estada em Royan, a jovem não proferiu palavra.

Afirmaram ainda que o contramestre tinha cometido um assassinato em sua cidade natal, o mesmo lugar de onde vinham, apesar de nunca ter sido punido por isso. Abandonara o navio naquela mesma manhã, quando Monsieur Clubin subiu a bordo, e usara o bote salva-vidas para fugir.

Depois de exame detalhado, a polícia não achou motivo para acusar o contramestre desaparecido. O corpo do capitão não mostrava sinais de violência, e a autópsia subsequente estabeleceu que morrera de falência cardíaca. As circunstâncias do afogamento do marinheiro experiente não tinham sido bem documentadas o suficiente para fazer a acusação, e sua morte foi então atribuída, tanto ali como depois, no inquérito marítimo que se seguiu em Copenhague, a um incidente infeliz, comum no mar, apesar de reconhecerem que o desaparecimento do contramestre poderia justificar diversas suspeitas. No entanto, nenhuma delas poderia ser comprovada.

Em última instância, o desencadeamento de acontecimentos desafortunados que tinham culminado na deriva perigosa do *Kristina* ao redor de Pointe de Grave devia-se à falta de bom senso do capitão: ele tinha contratado um contramestre de caráter duvidoso, sem os documentos adequados. Nem o suposto ataque à moça levou a indiciamento. A falta de evidência se resumia a seu silêncio teimoso e persistente, juntamente com a descrição vaga, feita pelos meninos, da natureza da violência.

O capitão foi enterrado no cemitério da cidade. Como o jornal local, *La Dépêche de l'Ouest*, tinha publicado um texto sobre o navio malfadado, "*le navire maudit*", diversos curiosos apareceram para o enterro.

A silhueta compacta de Monsieur Clubin também pôde ser vista ali, mas foi o dever, mais do que a curiosidade, que o fez comparecer. Afinal de contas, tinha salvado o navio, conduzindo-o a porto seguro, e cuidado da tripulação, que, a seus olhos, era formada de meras crianças. Tinha-os recebido em sua casa, e Madame Clubin fornecera um quarto para a moça e lhe emprestara um chapéu e um véu preto para que pudesse se vestir de maneira adequada para o enterro.

A senhorita Kristina suportou tudo e permitiu que a mulher prestativa do piloto a tratasse feito uma boneca. Não expressou gratidão, e nenhum sinal de luto marcou a máscara rígida e pálida que exibia para o mundo. Madame Clubin não dava importância a aparências e nem tentou arrancar qualquer emoção de sua hóspede jovem e abalada. Ela só era firme no que se referia às refeições. Madame Clubin era francesa basca e, em um tom de voz que não tolerava contradição, ordenou à sua hóspede que comesse todas as pratadas de *ttoro, gabure, camot* e *couston*, que colocava à sua frente todos os dias. A moça obedecia sem agradecer pela comida, sobre a qual também não expressava nenhuma opinião. Mas comera tudo, e, como de hábito, Madame Clubin anunciou ao marido que, resumindo sua experiência de vida, as coisas de que uma pessoa infeliz mais precisa são cuidado maternal e boa comida.

Depois de receber ordens da empresa de navegação na Dinamarca, um dos rapazes permaneceu a bordo do *Kristina* para esperar a chegada da nova tripulação. Os outros dois deixaram Royan com a moça, que manteve silêncio até o fim.

Quando ela embarcou no trem, ambos os acompanhantes carregavam sua bagagem com cuidado fraternal. Ela só carregava um saco de viagem marítimo que, diziam, pertencia ao marinheiro afogado.

Um dia, Klara Friis voltou para casa e encontrou Kristina à sua espera na sala de estar. Klara conhecia muito bem sua história. Todos nós conhecíamos. Vilhjelm e Helmer só informaram que Herman a tinha atacado, mais ficou muito óbvio para todos que tinha sido caso de estupro. Sempre que os meninos diziam a palavra "ataque", assentíamos como quem entendia muito bem, de um jeito que deve tê-los deixado irritados. Claro que sabiam o que tinha acontecido com ela. Meninos sabem esse tipo de coisa. Mas escolhiam as palavras com cuidado, porque queriam protegê-la.

Nós nos referíamos a Kristina Bager como "a coitadinha", mas Klara foi a primeira a saber que ela tinha um segredo. Quando entrou, Kristina se levantou do sofá e olhou fixamente para ela. Não falou: não tinha proferido nenhuma palavra desde que voltara para casa. Então, apontou para a barriga com uma das mãos e traçou um arco à frente com a outra. Klara compreendeu na hora, e seus olhos se encheram de lágrimas de compaixão. Sentiu-se tão impotente... Além de a coitadinha ter sido estuprada, agora carregava o bebê do estuprador. As coisas não poderiam ser piores, e Klara não sabia com certeza como o dinheiro poderia ajudar a moça, mas achou que era por isso que Kristina tinha ido até lá.

Imediatamente, pegou a mão dela e disse:

– Venha comigo.

Juntas, elas foram até a Teglgade procurar a senhora Rasmussen. Anna Egidia acomodou Kristina no sofá. Serviu café e colocou uma tigela de biscoitos feitos em casa na frente dela, enquanto fazia toda uma variedade de sons reconfortantes que, assim como as tarefas domésticas cotidianas que desempenhava ao redor de sua vista perturbada, tinham a intenção de acalmá-la. Era um ritual que Klara tinha observado muitas vezes antes e que, como sempre, parecia funcionar. Anna Egidia colocou a mão na barriga da garota e a acariciou. E, como se seu toque tivesse ativado algum tipo de mecanismo interno, Kristina abriu a boca e falou pela primeira vez em várias semanas.

– Quero ir para a América – disse.

As duas mulheres se entreolharam.

– Não quero ter este bebê em Marstal – prosseguiu. – E não quero ser mandada para longe, para tê-lo em segredo e depois precisar entregá-lo para adoção. Quero ir para a América e construir uma vida nova para mim e para meu filho.

– Seu filho? – Klara ficou estupefata.

Mas Anna Egidia, que sabia mais a respeito das questões do coração do que Klara, não perguntou o que a fazia pensar que o bebê era menino. Ao ouvir a ternura na voz de Kristina quando falava do bebê ainda por nascer, percebeu imediatamente que havia mais naquela sua história além de estupro.

– Então, Herman não é o pai do bebê? – perguntou.

Kristina meneou a cabeça. Seu rosto foi iluminado por uma felicidade repentina, que rapidamente se transformou em pesar, o pesar que tinha escondido atrás do silêncio e da expressão rígida. Começou a chorar de verdade, e as mulheres se sentaram, uma de cada lado, e a abraçaram.

O pai, ela lhes disse, era Ivar, um marinheiro experiente a quem dera seu coração e muito mais: a companhia natural do coração, sua virtude, que, em um momento de amor tão grande e verdadeiro, não valia a pena guardar, porque ele era o homem mais maravilhoso, o mais bonito, o mais sábio que ela jamais conhecera, bem diferente daquele animal, daquele porco sem coração do Herman, o monstro que tinha assassinado o melhor homem do mundo.

– Meu marido – ela disse. – Ele era meu marido querido, tão querido. Nós teríamos nos casado. Tenho certeza disso. Não existia mais ninguém no mundo para mim.

Elas então compreenderam que, quando falava de Ivar como pai do bebê, não falava de um fato, mas sim de uma esperança.

– A América não é uma ideia tão ruim assim – Klara disse. Anna Egidia assentiu. Uma de suas filhas tinha passado o tempo da guerra lá.

Anna Egidia conversou com a mãe de Kristina, e Klara cuidou da passagem de barco para a América, assegurando-se de que haveria alguém para receber Kristina em Nova York. Agora, só teriam de esperar pelo bebê. Com quem iria se parecer quando saísse para o mundo? Será que nasceria com a assinatura do crime, ou do amor?

Uma mãe recente telefonou, exultante, de Nova York.

– Se eu fosse ter um menino, iria chamá-lo de Ivar – Kristina disse. – Mas é uma menina, e o nome dela vai ser Klara. Preciso dizer mais?

Um rostinho, pequeno demais para sorrir, mas grande o suficiente para ser testemunha de suas origens, tinha confirmado sua fé na força dominante do amor. A natureza tinha entregado seu presente, e o verdadeiro pai do bebê o tinha assinado. Ivar enviara sua última saudação do Além, no queixo forte, no nariz reto, na testa lisa, nas sobrancelhas escuras e nos cabelos pretos.

Klara compartilhou da alegria. Pelo menos, Kristina tinha enganado o destino. E, no entanto, algo dentro de Klara também chorava, como se tivesse sido abandonada mais uma vez. Quando se é infeliz, você anseia pela companhia de outras pessoas que também sintam pesar: para a confirmação agridoce de que não sofremos por falta de sorte, ou por ter feito as escolhas erradas, mas porque é a lei da vida. Quando Kristina enganara seu destino, Klara percebeu que o dela tinha ficado mais difícil de carregar.

Seu próprio filho estivera naquele navio malfadado, sozinho com um homem que ninguém em Marstal duvidava que fosse assassino. Knud Erik poderia ter morrido, e ela sabia que teria sentido a morte dele (assim como sentiu a de Henning e a de Albert) como pura rejeição.

Ninguém a desejava. Todos lhe davam as costas e desapareciam na escuridão. Ou iam para o mar. E isso era o mesmo que morrer.

Helmer e Vilhjelm tinham voltado com Kristina. Vilhjelm ainda estava fraco por causa das provações pelas quais tinha passado no Atlântico. Helmer soluçara feito um bebê quando vira os pais. Agora, tinha se tornado aprendiz de Minor Jørgensen, o quitandeiro.

E Knud Erik? Ficara na França para cuidar do navio até que uma nova tripulação fosse providenciada. Klara partiu do princípio de que ele tinha recebido ordens para fazer isso. Foi visitar o proprietário do *Kristina*, Herluf Bager, irmão do falecido capitão Bager. Ela tinha imaginado que seria uma reunião entre proprietários de navios. Uma conversa de homem para homem: assim descrevera a situação a si mesma antes de entrar no escritório da empresa de navegação, na Kongegade.

– Claro que me dou conta de que o menino passou por muita coisa – Bager disse, depois de se levantar para recebê-la e voltar a sentar-se na cadeira de escritório de couro, que parecia absorvê-lo até cadeira e homem se fundirem em uma massa única de autoridade imperturbável e (como ela não pôde deixar de pensar) masculina. – Mas alguém tinha de ficar lá para cuidar do navio.

– Ele só tem quinze anos! – ela exclamou.

– O menino é robusto. Só ouço falar coisas boas a respeito dele. Claro que pode pedir demissão, só que isso dificultaria muito as coisas para nós. No entanto, não expressou o desejo de fazê-lo.

Ele a olhou de cima a baixo e, num instante, ela soube que não iria ordenar a Knud Erik que voltasse para casa, como ela lhe pedira. E sabia qual era a razão: uma razão que, até então, não tinha conseguido entender. Essa não era uma reunião entre dois proprietários de navios. Era um encontro entre uma mulher e um homem. E uma mãe preocupada não sabia nada a respeito do negócio de navegação.

Bateu o salto no chão e saiu sem se despedir. Ele poderia contar ao mundo todo sobre isso, se quisesse. A impotência dela fez com que queimasse de raiva. Quem aquele homem achava que era, aquele sei lá quem gordo e presunçoso? Não seria necessário nenhum esforço para arruiná-lo, para esmagá-lo embaixo do salto que tinha acabado de bater no piso.

Então ela se acalmou. Sua agitação deu lugar a bom senso. Não era para menos que não conseguia se fazer entender por Knud Erik. A cidade inteira estava nas garras da ilusão de que o futuro estava no mar, quando na verdade o mar não prometia nada além de brutalidade e de uma morte gelada por afogamento.

Houve um dia em que ela achara que Knud Erik estava morto.

Mas, quando soube que ele continuava vivo, ela decidiu que teria de matá-lo pessoalmente. Estava na hora. Ele tinha vinte anos quando lhe dissera, à sua maneira monossilábica contumaz, que tinha se empregado no *Copenhague*. Alguns meses depois, a grande casca de árvore desaparecera na rota de Buenos Aires a Melbourne. Procuraram o barco em todo lugar: Tristão da Cunha, ilhas Prince Edward, ilhas Nova Amsterdã. Mas não encontraram nada. Nada de placa com nome, nem de botes virados; nem mesmo um único colete salva-vidas.

Quando a lista dos sessenta e quatro integrantes da tripulação foi publicada, o nome de Knud Erik não estava lá. Acontece que ele estava navegando a bordo de um dos barcos de Klara, o *Claudia*. Pedira permissão para fazer isso várias vezes, e Klara sempre recusava. Mas ela não tinha conferido o registro da tripulação, e o capitão contratara Knud Erik pelas suas costas.

Durante os dias e noites terríveis em que acreditara que ele tinha desaparecido com o *Copenhague*, repassou a última conversa que haviam tido repetidas vezes. Ele perguntara se podia trabalhar no *Claudia*. Foi uma das poucas vezes que ele se abriu com a mãe, e ela o tinha rejeitado. Agora, ele não estava mais ali. A obstinação dela o enviara à morte.

– A senhora se dá conta – ele lhe tinha dito – de que os barcos que herdou de Albert são os últimos grandes veleiros do mundo?

Não apenas os últimos, também os mais bonitos, os vestígios finais de uma era inteira. Com suas velas finas de verão içadas, usavam o vento de nordeste a favor para atravessar o Atlântico até as Antilhas, a fim de buscar piorno-dos-tintureiros. Todo marinheiro, apenas uma vez na vida, tinha de experimentar o que era se postar embaixo daqueles panos de velejar que se dependuravam lá no alto, com o vento a favor soprando atrás e o sol brilhando no alto, ou se acomodar no cesto do mastro, vinte metros acima do convés, rei do mundo todo. Os olhos dele brilhavam enquanto falava. Permitira que a mãe enxergasse dentro dele.

Agora, tornara-se um homem. Tinha braços e pernas compridas, mas não era mais desajeitado, e sim musculoso e com as costas eretas. Klara enxergava Henning nele. Sempre tinha enxergado, mas agora via algo mais, algo melhor e mais forte.

– Não – foi a única coisa que respondera.

Ela nem tinha certeza se ele havia *mesmo* mentido, porque seu nome não estava na lista dos desaparecidos quando o *Copenhague* afundou. Então, onde estava? Passou pela oficina do Colecionador. Teve medo de olhar lá dentro. E se o homem estivesse esculpindo seu menino afogado bem naquele momento?

Havia noites em que andava de um lado para outro pela casa, sem parar, berrando de solidão e pela perda, porque se sentia tão cruelmente responsável, enquanto Edith ficava em seu quarto, deitada na cama, com um travesseiro cobrindo a cabeça. Ela também chorava pelo irmão, que as duas acreditavam estar perdido, mas o pesar desinibido da mãe deixara a menina apavorada.

Aqueles dentre nós que passavam pela rua não classificavam Klara de louca. Todos conhecíamos a linha que separa o pesar da loucura, e sabíamos que, às vezes, o único jeito de ficar do lado certo dela é gritar.

Então, chegara uma carta de Knud Erik com selo do Haiti. As mãos de Klara tremiam. Esperara muito tempo antes de abrir. Achou que era um recado do Além: que o próprio diabo lhe escrevera, caçoando de sua presunção de achar que poderia impedir que o mar levasse seu filho.

Mas, pela carta, ficou claro que Knud Erik não sabia nada a respeito do desaparecimento do *Copenhague* (e, por consequência, de nada do que ela tinha passado). Ele estava escrevendo simplesmente para pedir desculpas por lhe ter dito que havia sido contratado pelo *Copenhague*, apesar de não ter sido: nos últimos meses, estivera navegando a bordo do *Claudia*. Fechava a carta como sempre fazia, com uma frase que a incomodava, porque ela sabia quantas coisas não ditas deveria esconder: "Estou bem".

A reação dela foi instantânea. Apagou completamente da cabeça as vigílias noturnas cheias de remorso e vendeu o convés que estava bem embaixo dos pés dele. Quando o *Claudia* parou em Saint-Louis-du-Rhône, transferiu a embarcação para Gustaf Erikson, de Mariehamn, nas ilhas Aland. As outras embarcações tiveram o mesmo destino pouco tempo depois.

Depois de praticamente destruir quase toda a navegação de Marstal, ela então decidira matar o filho também. Isso colocaria fim a seu medo constante de perdê-lo.

Durante vários meses torturantes, acreditara que ele estava morto e se culpava por isso. Então, descobriu que sua agonia se baseava em uma mentira. Quando Knud Erik voltara a Marstal para prestar seu exame de contramestre na faculdade de navegação, na Tordenskjoldsgade, e ela o avistara da janela panorâmica, chegando para lhe fazer uma visita, imediatamente ordenou à empregada que não permitisse que ele entrasse.

– Diga a ele que está morto – falou.

– Não vou dizer isso – a moça respondeu.

– Diga, sim! – Klara berrara, perdendo o controle.

A moça fora abrir a porta, mas, em vez de dar a mensagem de Klara de dentro de casa, saíra e fechara a porta atrás de si.

– Ela não quer vê-lo – disse a Knud Erik. – Não sei qual é o problema dela. É melhor voltar outro dia, quando seu humor estiver melhor.

De sua janela panorâmica, Klara observara o filho morto, enquanto ele caminhava de volta ao porto.

Será que ela era uma boa pessoa? Ou era má? Será que era alguém que queria fazer o bem, mas acabava fazendo o contrário? Tinha perguntado isso a si mesma durante as vigílias noturnas, quando acreditara que Knud Erik estava morto e culpara a si mesma. As dúvidas permaneceram, e a única maneira de suprimi-las fora expulsar completamente Knud Erik de sua vida.

Ela tinha fundado seu orfanato e, de acordo com a escola, as crianças vindas dele estavam entre as melhores da classe e eram sempre cheias de confiança. Aquela devia ter sido uma boa ação. Ela doara uma biblioteca para a cidade e criara base financeira para o Museu Marítimo. Até mesmo o fizera anonimamente. Tinha dado dinheiro a Østersøhjemmet, o grande asilo de idosos que ficava ao sul, com vista para a campina e as cabanas, na Cauda. Doara fundos para comprar equipamento para o hospital da cidade vizinha de Ærøskøbing.

Kristina não fora a única garota que ajudara a mandar para a América. Às vezes, achava que deveria mandar todas as garotas de Marstal para o outro lado do Atlântico, para que os homens pudessem aprender sua lição. Mantinha contato com os professores na escola, e, se uma menina demonstrasse ser uma promessa acadêmica, ela intervinha e pagava por sua educação fora da ilha. Esse era o futuro que tinha planejado para Edith. Queria fazer com que as mulheres fossem independentes. Tinham de se ajudar e fornecer o próprio contrapeso à tirania do mar.

Nos velhos tempos, na grade cruzada de Marstal, as ruas principais sempre tinham sido as que levavam ao porto e ao mar. Então apareceu a Kirkestræde, cheia de lojas, com mulheres entrando e saindo. Era em torno da vida delas que Klara Friis queria construir uma nova cidade, sobre as ruínas da antiga. O orfanato, o asilo de idosos, a biblioteca, o museu. As mulheres iriam sair da ilha e voltar para casa mais fortes e mais sábias. E aquele seria apenas o início.

Tratava-se de uma conspiração secreta, e ela era sua líder.

– Esta é sua grande chance – Markussen disse, à sua maneira seca e desapegada. – Guerra na Ásia, guerra civil na Espanha, crise da agricultura na Europa. O clima é de otimismo. Os preços do frete vão voltar a subir. – Ele examinou Klara com aquele seu olhar típico, que ela nunca conseguia decifrar muito bem e que fazia com que se sentisse segura e cheia de incerteza ao mesmo tempo. Ele cuidava dela. Disso, nunca duvidara. Nenhuma vez, durante todos esses anos, ele lhe dera maus conselhos. Ele a tinha ensinado, e ela era uma aluna perspicaz; sempre que tomava uma decisão acertada, ganhava um olhar de aprovação que a certificava de que ainda não tinha exaurido todas as opções. Mas também havia uma curiosidade em Markussen, e Klara sentia que, se ela falhasse e fosse à falência, não ficaria muito perturbado. Ele iria considerar a desgraça dela apenas como outro capítulo no livro didático infinito da vida; poderia até se sentir enriquecido pelo novo conhecimento que o estudo da ruína poderia lhe trazer.

Era como andar na corda bamba. Markussen era um pai para ela. Klara nunca soubera o que era ter um, e sempre tinha ansiado por isso. Mas, como nunca fora capaz de satisfazer seu anseio com uma pessoa real, não sabia que um pai tinha limitações. Agora, finalmente, estava aprendendo quais eram. Sim, aquele homem era uma pedra à qual ela podia se agarrar. Mas também podia se espatifar contra ela. A viúva aprendeu a manter distância, que distância estava no coração do relacionamento deles. A distância era o elemento com o qual ele fora construído.

Markussen, agora, estava velho. O reumatismo o tinha encurvado, de modo que parecia crescer na direção errada. Caminhava ao lado dela, recurvado por sobre a bengala, dando passos minúsculos e cautelosos, como se duvidasse da solidez do chão a seus pés. Sua impotência a enchia de ternura maternal, uma emoção que ela não sentia havia muito tempo. Mas sabia que tinha de guardar esses sentimentos para si. Não porque Markussen iria se sentir ofendido se ela admitisse sua decrepitude crescente: de fato, fizera comentários jocosos sobre isso, desnudando a própria fraqueza com a confiança dos poderosos. Esse é o luxo do poder, e poder era tudo para ele; isso ela via com clareza. O homem rodeava-se de pessoas que dependiam dele e, em sua atenção e cuidados, não reconhecia nada além de um racional interesse próprio. Claro que todos queriam contar com suas graças. Isso os beneficiava pessoalmente.

Ela o levou para um passeio por Marstal; o próprio Markussen tinha insistido. Como sua fotografia nunca saía no jornal, ninguém o reconhecia. Klara, obviamente, estava recebendo uma visita distinta, mas as pessoas não sabiam nada além disso.

Passaram pelos terrenos baldios, e, quando ele lançou um olhar para as ervas daninhas que cresciam atrás das cercas cobertas de alcatrão, ela se deu conta de que a visão o intrigara. Markussen a olhou de soslaio e sorriu, reconhecendo sua força de vontade. Ali poderia estar crescendo dinheiro, em vez de ervas daninhas.

– O que as pessoas pensam de você? – perguntou.

– Que eu sou um pouco excêntrica, talvez. Mas não pensam coisas ruins.

– Deveriam pensar. – Riu em tom conspiratório. Ele enxergava a destruidora que existia nela. A vingadora. A fúria de punição que operava sob a superfície.

Era isso que o atraía, e esse era o pacto que tinham selado entre si: Markussen colocaria toda a experiência disponível diante dela, e deixaria que ela fizesse o oposto do que ele próprio teria feito. Ele criava, ela demolia. O que Klara queria, além disso, ele não entendia.

Viraram na direção do porto. Atracada aos postes cobertos de piche, estava a verdadeira evidência de seus esforços: uma visão que o fez observar, não pela primeira vez, que sua grande chance era agora.

Lá estavam eles, com seus imensos cascos negros e suas chaminés altas e estreitas, tão altas quanto os menores mastros, que estavam ali somente por causa dos guindastes. Dois terços da capacidade de carga da cidade estavam distribuídos entre aqueles cinco vapores, o *Unidade*, o *Energia*, o *Futuro*, o *Objetivo* e o *Dinâmico*. O restante era de barcos menores, inclusive as três últimas das quatro escunas da Terra Nova; as outras tinham sido convertidas em embarcações movidas a vapor, que só faziam rotas locais. A esperança de progresso naufragara batendo contra uma pedra. E a pedra era Klara.

– Meus vapores vão ficar onde estão – ela disse. – Não vou permitir que voltem a navegar.

Markussen assentiu. Klara Friis era uma aluna perspicaz. Estava estrangulando Marstal. A cidade precisava voltar a caminhar sobre as próprias pernas, depois da longa depressão que se seguira à crise de 1929, sentenciando grande parte da frota mercante ao ócio.

Em vez disso, ela se assegurava de que nada acontecesse.

* * *

Os vapores parados representavam uma era que, graças a Klara Friis, tinha desaparecido para sempre.

As pessoas falavam a respeito daquilo. Ela sabia muito bem. Mas não foi mentira quando disse a Markussen que não falavam mal dela. As pessoas viam os vapores parados no porto como evidência da indecisão e da falta de habilidade feminina para tocar negócios de homem. Perdoavam-na por seu gênero impossível. Eram tolerantes, quase condescendentes. Mulheres também. E, apesar de Klara Friis não receber agradecimentos nem pelas coisas que de fato *tinha* conquistado, desfrutava da satisfação secreta de ter feito a coisa certa. Via-se como um quebra-mar que protegia a terra da força destruidora do mar.

Foi só naquela noite, quando estavam sentados à mesa para comer o jantar que a empregada dela tinha servido, que Markussen expressou uma objeção que fez com que ela duvidasse, temporariamente, da própria sabedoria.

– E se... – ele disse, sorrindo, como se apenas estivesse testando sua inteligência. – E se os homens fugirem para o mar mesmo assim? Já não há mais nenhuma empresa de navegação importante em Marstal; assim, podem simplesmente resolver arrumar emprego em outro lugar. Não vai ser difícil encontrarem trabalho. Já comprovaram sua habilidade ao longo de vários séculos.

Por um momento, a fez lembrar-se de Frederik Isaksen.

– Não vão fazer isso – retrucou, enfática. – Todos os anos, a faculdade de navegação admite cada vez menos alunos de Marstal.

– Parabéns – ele disse, e ergueu o copo. – Então, quase completou sua missão. – Ela não pôde deixar de notar o sarcasmo na voz dele, mas assentiu da mesma maneira, por cima da borda do copo.

– O senhor não me entende – disse.

– Está certa. Não entendo qual é seu objetivo. Finge fazer uma coisa enquanto, ao mesmo tempo, faz exatamente o oposto. Uma biblioteca, um orfanato, um museu, um asilo de idosos: age como se fosse a benfeitora da cidade, ao mesmo tempo em que puxa seu meio de vida de sob seus pés.

– O mar nunca foi uma maneira real de ganhar a vida.

– Eu construí a maior empresa de navegação deste país. Sou um proprietário de navios.

Os dois ficaram em silêncio. Tinham chegado ao ponto em que sempre chegavam.

– Seu filho é marinheiro – ele disse, do nada.

Klara baixou os olhos.

– E o pai dele se perdeu no mar. Não precisa me lembrar disso. Não consegue entender o que quero?

– Consigo – ele disse. – A senhora deseja o impossível. Quer açoitar o mar até que ele lhe implore por misericórdia.

Aquela foi a última vez em que se viram. Klara sabia que seria assim. A conversa de ambos tinha chegado ao fim. Ela tinha aprendido o que precisava aprender e ele, transmitido o que precisava transmitir. Markussen construíra um monumento a Cheng Sumei e, apesar de esse monumento só existir dentro da cabeça de Klara Friis, ele ao menos compartilhara a história. Dependia dela extrair significado daquilo. Ele nunca conseguira fazer isso por conta própria.

Klara Friis colocara-se no lugar de Cheng Sumei. Assim como ela, era uma jogadora que nunca revelava as cartas que tinha na mão, e ambas tinham uma desculpa para seu subterfúgio. O de Cheng Sumei era amor. Ela queria se tornar insubstituível para um homem que, antes, nunca tinha precisado de um ser humano específico mais do que de outro, e então construíra um império ao redor dele. É verdade, ele não tinha precisado de seu coração, de seu sexo ou de seus lábios. Mas não poderia passar sem o talento dela para os negócios, nem sem os métodos cínicos que ela aprendera em uma cidade sem lei. E estes se tornaram seus dons de amor.

Klara também tinha um dom de amor para oferecer. Não a um homem, mas a Marstal. Ela queria salvar a cidade do mar. Queria devolver seus filhos perdidos: meninos a mães, maridos a esposas, pais a filhos.

Ah, sabia muito bem que a noite da enchente jamais terminaria de verdade. Continuaria mergulhando a mão nas ondas vez após outra, tentando salvar Karla. Cada vez que vendia um navio, ou fazia com que ficasse parado, cada vez que Marstal era excluída como possível abrigo de mais um navio, cada vez que o estaleiro recebia uma encomenda a menos de um dos proprietários de navios da cidade, cada vez que seu rapaz encontrava sustento em terra firme, cada vez que o número de alunos de Marstal na faculdade de navegação caía... então sua mão agarrava a de Karla, e ela a puxava para cima através da água escura. A enchente iria terminar e, por um tempo, a pressão iria diminuir. Klara sonhava com um globo em que os mares se retraíam e as massas de terra se fundiam, oferecendo às pessoas um lar em que todas poderiam viver juntas. Pais, mães e filhos unidos para sempre.

* * *

"Esta é sua grande chance", Markussen lhe dissera quando se despediram pela última vez. Ele se referia às guerras na Espanha e na Ásia. Milhares de pessoas se matando era uma boa notícia. O mercado de carga iria subir, e os navios dele estariam mais ocupados do que nunca.

Diferentemente dos vapores dela. Eles estavam parados, com as caldeiras frias.

Agora era a hora de agir. Esse era um momento a ser aproveitado. Mas não iria enviá-los para participar de orgias de lucro, enquanto homens afogados flutuavam em seu rastro.

Foi até o próprio escritório e indagou a respeito do preço dos navios. E ouviu o que esperava: era hora de vender. Comprara os vapores das viúvas dez anos antes, quando o mercado de carga estava desabando, em queda livre, e todos sofriam perdas. Agora que o preço da carga tinha subido, poderia revendê-los com enorme lucro. Sabia o que os homens de negócios da cidade iriam dizer.

– Com os diabos! – um exclamaria. Os outros iriam assentir, em concordância. Iriam relutar em reconhecer sua boa jogada com qualquer outra coisa além de um xingamento. Mas pelo menos isso seria uma homenagem à sua habilidade. Achavam que seu cérebro feminino sofria um curto-circuito sempre que se tratava de lucros, e que as embarcações dela estavam paradas simplesmente porque a mulher não conseguia tomar uma decisão a respeito do que fazer com elas. Agora, iriam perceber que cada passo que dera, ou deixara de dar, tinha base em frias maquinações.

Outros teriam uma visão diferente. Achariam que ela tinha vendido não apenas os navios, mas o ganha-pão de Marstal. Estes estariam mais próximos da verdade.

Será que ela estava tirando mais do que estava dando?

O que iria sobrar de Marstal, depois que ela vendesse seus vapores? Uma frota minúscula de escunas com motores auxiliares, várias delas reduzidas a barquinhos de dois mastros e confinadas às rotas locais do Báltico, talvez aventurando-se, ocasionalmente, ao mar do Norte. O círculo estava completo. A cidade iria acabar onde tinha começado, mais de cem anos antes.

O mar seria o perdedor, porque não haveria mais sacrifícios humanos a Sua Majestade Implacável. E as vencedoras? Estas seriam as mulheres.

Ou será que as coisas iriam acontecer do jeito que Markussen tinha dito? Será que os homens iriam arrumar emprego em outro lugar e se fixar nos confins da Terra?

Será que a enchente nunca iria terminar?

IV

O fim do mundo

Era o fim do mundo.

Ele estava em um planeta alienígena, em algum lugar do futuro. Fosse o que fosse, estava se dirigindo para a destruição. Convencido de que estava prestes a morrer, Knud Erik fechou os olhos. Então, de repente, percebeu onde estava.

No meio de um sonho. Mas o sonho não era dele.

Ele tinha sete anos e estava sentado no banco do bote de Albert Madsen enquanto remavam pelo porto de Marstal. A voz do velho lhe voltou, falando sobre um navio fantasma pintado de cinza, enormes construções tubulares em chamas, um céu noturno iluminado por uma luz branca fosforescente cegante, o ar que tremia sob a pressão de bombas que explodiam, e casas que desabavam.

Sim, era onde estava: em um sonho que visitara o senhor de idade mais de vinte anos antes. Abriu os olhos e viu o que Albert tinha visto; pela primeira vez, entendeu que os sonhos do velho tinham sido proféticos e que este os apresentara a uma criança como histórias de aventuras, quando na verdade tinham sido suas próprias visões de terror.

"Essa foi a melhor história que você me contou", Knud Erik dissera na ocasião. E, agora, lá estava ele, bem no meio da narrativa. Nunca tinha ouvido o fim dela. Mas estava a caminho, e sentia que iria incluir sua própria morte.

Foi bem aí que um bombardeiro Stuka mergulhou na direção do navio e lançou uma bomba. Enquanto ele observava o míssil cair, o tempo parou: percebeu que iria atingir bem a chaminé pintada de cinza e explodir na casa das máquinas, com consequências devastadoras. Preparando-se para a morte, retesou os músculos.

Agora!

A bomba desapareceu na água, com um barulho, a alguns metros do costado do navio. Ele tinha calculado mal a trajetória. Seus músculos continuavam rígidos. Ficou esperando a coluna de água e o navio virar de repente; a pressão estourar as placas de aço e a água entrar. Mas não aconteceu nada. A bomba era só um teste.

Pôs-se a esperar pela seguinte.

O barulho foi ensurdecedor. Dois tanques de petróleo do lado norte do Tâmisa tinham pegado fogo, e um urro de frustração soava do mar de chamas, como o enorme lobo mítico de Ragnarök, forçando sua corrente no final dos tempos, uivando para ser solto, para poder atacar o mundo todo. A fumaça preta era um punho fechado que avançava em direção às estrelas distantes, apagadas, uma a uma, pelos rolos de escuridão e fumaça tóxica. Sob a tampa negra, tudo estava em chamas, como se o próprio sol tivesse sido acertado e brilhasse pela última vez em meio a tanques de petróleo destruídos.

Toda a região sul estava pegando fogo. As janelas, nos quarteirões de cortiços, brilhavam com as labaredas; chamas saltavam dos telhados como uma vegetação estranha crescendo em velocidade explosiva, determinadas a consumir o próprio solo em que cresciam, e as docas estremeciam em convulsões de destruição. Clarões de fogo eram cuspidos pelas baterias antiaéreas, nos telhados que continuavam intactos. Os navios que estavam no rio também atiravam. Knud Erik escutava os tiros da antiga metralhadora Lewis, que tinha sido instalada a bordo do *Campos da Dinamarca* alguns meses antes: quatro dos integrantes da tripulação haviam sido treinados para usar armas pela marinha britânica. Ele era um deles. A metralhadora, que datava da Primeira Guerra Mundial, logo foi considerada inútil na defesa do navio, mas tinha outra função, mais importante. Era melhor do que uísque, e, se alguém ainda se lembrasse de rezar nesses tempos, era melhor do que reza também. Segurar o equipamento e atirar passavam uma sensação gostosa de calma, mas havia um preço a pagar. O metal superaquecido queimava as palmas das mãos e a tosse explosiva era ensurdecedora. Mas, por um momento, a espera ficava em suspense.

Você estava reagindo. Você estava tomando uma atitude.

De uma maneira estranha, a posição adiante da metralhadora era o melhor lugar para se estar durante um ataque, apesar de você ficar claramente visível no convés, o que o transformava em alvo perfeito para uma saraivada de balas e bombas. Mas, pelo menos, ali a própria impotência não o enlouquecia.

Quando o alarme de ataque aéreo soava, a tripulação imediatamente soltava as amarras e se dirigia para as boias no meio do Tâmisa. Era procedimento padrão que todos os navios se afastassem do cais durante ataques aéreos, porque demorava semanas para limpar os destroços de um navio bombardeado, e isso bloqueava o cais para outras embarcações. Então, resignados, saíam para mar aberto, onde não era possível simplesmente saltar para terra se a embarcação fosse atingida.

– Estamos indo para o cemitério – brincavam.

Então, era bom ter uma Lewis nas mãos.

Vários dos navios ao redor deles agora estavam pegando fogo. Um virou devagar e começou a afundar. A tripulação nos botes salva-vidas remava de maneira desordenada: todo o porto estava em chamas, e um guindaste caíra no meio da bacia. Acima deles, lá no alto, um paraquedas depois do outro se abria e flutuava na direção do rio, descendo com toda a calma. À medida que se aproximavam, Knud Erik era capaz de ver que aquilo que se pendurava neles não era humano. Os paraquedas atingiam a água, e suas amplas coberturas de tecido murchavam, preguiçosas, antes de pousar no rio. Pareciam flores espalhadas em cima de um túmulo.

Uma hora depois, o alarme de ataque aéreo avisou que o terreno estava limpo. Fogos ainda queimavam nos cais e os tanques de petróleo vomitavam fumaça preta no céu da noite. Um cheiro acre de óleo, fuligem e poeira de tijolo pairava sobre a água, juntamente com um vestígio fraco de enxofre, cuja origem Knud Erik não era capaz de identificar. Os olhos dele ardiam de exaustão.

Knud Erik tinha estado no mesmo cenário em Liverpool, em Birkenhead, em Cardiff, em Swansea e em Bristol. Às vezes, parecia que eles estavam velejando em um oceano de chamas, e o céu se enchia não de nuvens de cúmulo, estrato e cirro, mas de todo um sistema climático formado de aviões Junkers 87 e 88 e Messerschmitts 110. Quando o navio atravessava o canal da Mancha, ficavam ao alcance das baterias alemãs em Calais; no mar do Norte, os submarinos os esperavam. A guerra estava em todo o lugar e era constante. Todo o mundo tinha se contraído e ficado tão negro quanto a boca de um canhão. Não chamavam de medo: aquilo se manifestava como insônia. No mar, sempre faziam vigílias duplas, e, se eram atacados, ninguém dormia. Quando estavam no porto, a tripulação inteira, com frequência, tinha de levar o navio para outro ponto de atracação, de modo que o sono era constantemente interrompido. Será que chegavam a dormir? Bom, fechavam os olhos e apagavam em um instante, livres de lembranças, até que a morte berrava "Bu!" no ouvido deles, mais uma vez, e tropeçavam para fora do catre, com os olhos arregalados, como se estivessem sonhando com uma saída. Mas não havia saída, não havia claraboia no céu, nem alçapão no convés, nenhum horizonte atrás do qual escapar. Viviam rodeados por três elementos. Não o mar, o céu e a terra, mas sim o que eles escondiam: submarinos, bombardeiros e artilharia. Estavam em um planeta prestes a explodir.

Albert Madsen estivera certo. Ele tinha visto o fim do mundo. Mas o velho não contara a Knud Erik que ele ficaria encurralado no meio dele.

* * *

Nessa noite, Knud Erik tinha conseguido dormir duas horas antes de acordar a tripulação. Iriam subir mais pelo Tâmisa com a maré, e, para ele, era uma questão de honra estar pronto antes de qualquer outro navio. Rezava por um sono sem sonhos.

Não sabia que, no dia seguinte, iria aprender uma expressão nova. Tinha expandido seu vocabulário ao longo dos últimos meses, com expressões técnicas que testemunhavam a criatividade infinita da humanidade. Essa criatividade era tão enrolada e contraditória que ele achava impossível acompanhá-la, mas conhecia suficientemente bem sua missão. Uma maneira nova e ainda mais refinada tinha sido encontrada para destruí-lo.

Sim, obtivera o sono por que pedira. A escuridão desceu e o envolveu: aquela escuridão rara e ansiada na qual, por um momento, ele pôde renovar as forças. Dessa vez, ela o reteve durante tanto tempo que, quando finalmente o libertou, o rapaz tropeçou para fora do catre com aqueles olhos arregalados e atordoados que são a reação normal a um ataque. Tinha negligenciado sua obrigação. Perdera a hora.

Saiu correndo da cabine. Vários dos outros navios já soltavam fumaça das chaminés. Então, no espaço de um segundo, mais do que apenas fumaça se derramava. Uma enorme explosão, que lembrou o bombardeio da noite anterior, ecoou pelo rio sem aviso. Outra se seguiu. Ali perto, a popa do *Svava* se ergueu no ar e, então, partiu-se ao meio. O navio começou a afundar imediatamente, enquanto a fumaça e as chamas iam devorando a casa das máquinas. Ele viu vários homens saltarem ao rio, um com as costas em chamas. Então a popa do *Skagerrak* explodiu. Dois vapores noruegueses foram aos ares em seguida, seguidos por um alemão.

Seu primeiro pensamento foi fugir. Mas do que estavam fugindo? Onde estava o inimigo? O céu mostrava-se claro, e não havia como ser um submarino.

Um esquife se aproximou de um dos navios de escolta britânicos. Na frente dele, um homem com um megafone o recebia com a nova expressão do dia:

– Minas de vibração!

Knud Erik não precisou de mais explicação. As minas eram detonadas quando o motor de um navio começava a funcionar. Os objetos que, na noite anterior, ele tinha visto cair suavemente do céu, planando no ar, suspensos por paraquedas, eram minas de vibração.

Mais alguns barcos explodiram. Os que sobraram estavam imóveis, com as caldeiras frias. Ao redor, embarcações em chamas eram reduzidas a destroços que afundavam em segundos. Uma regata sombria de corpos queimados flutuava entre os destroços.

* * *

Mais tarde, receberam ordens de não ligar os motores do navio e seguir a deriva, rio acima, com a corrente. O único som que ouviam eram as ondas batendo no costado do navio. Estava tudo tão silencioso como se tivessem voltado à era dos veleiros.

Estavam a caminho da Inglaterra em um comboio de Bergen, no litoral oeste da Noruega, quando o rádio anunciou que a Alemanha tinha ocupado a Dinamarca. O capitão, Daniel Boye, imediatamente convocou um conselho no navio e apresentou as opções: prosseguir até um porto inglês, ou reverter o curso e voltar para a Dinamarca ou para a Noruega.

De certa maneira, eles sentiam que a decisão já tinha sido tomada por conta própria. Navegavam em um comboio protegido por navios de guerra britânicos. Por acaso isso não significava que também estavam em guerra contra a Alemanha, assim como os navios que os escoltavam?

A resposta era clara. Graças a uma guerra que não era deles, o preço da carga estava alto. E o mesmo valia para os salários, que agora vinham com suplemento de guerra de trezentos por cento. Com as horas extras e as diversas ajudas de custo, isso significava que a renda de um marinheiro poderia se multiplicar por quatro e, às vezes, por cinco. A razão por que navegavam era o dinheiro. Agora, pediam que se juntassem à guerra e se colocassem na linha de frente. A neutralidade dinamarquesa já não servia de proteção: setenta e nove marinheiros dinamarqueses haviam sido mortos na última Páscoa, e mais de trezentos tinham perdido a vida desde o início da guerra, apesar de estarem a bordo de embarcações com a bandeira dinamarquesa pintada no costado. Os torpedos dos submarinos não enxergavam a diferença. Um navio a caminho de um porto inimigo era um navio a caminho de um porto inimigo, independentemente da bandeira que estivesse no convés.

Todos os dezessete integrantes a bordo do *Campos da Dinamarca* concordaram em prosseguir para a Inglaterra, mais por provocação do que por qualquer outra coisa. Tinham tomado a decisão de ir para o mar. E, agora, ninguém iria espantá-los do convés.

Sentiam que essa mesma provocação – não patriotismo, nem amor pela terra mãe, nem ideologia, nem, aliás, qualquer compreensão a respeito do motivo da guerra – iria fazer com que seguissem em frente e se mantivessem vivos. Sem dúvida, esses outros motivos tinham alguma participação, fosse ela grande ou pequena, na decisão de cada integrante da tripulação, mas ninguém pedia que os homens dessem sua opinião a respeito da guerra. Pediam-lhes que fizessem uma escolha que iria ter consequências imprevistas, mas fundamentais, para o resto da vida. Como, eles não sabiam, mas seu instinto de marinheiro lhes dizia que era uma questão de vida ou morte. Sentiam toda a teimosia do marinheiro quando se depara com uma força dominante – um furacão, ou um Messerschmitt 110 – e respondiam sim, não à guerra que grassava nesse ano, mas a uma que vinha grassando havia uma eternidade; sim, não à Inglaterra, mas ao caminho até ela: ao mar e ao desafio que os fazia se sentir homens.

Chegaram a Methil, na Escócia, no dia 10 de abril, e imediatamente receberam a ordem de navegar para as docas do Tyne, em Newcastle, onde o navio seria incluído no Almirantado britânico. Não houve cerimônia para marcar a transferência. Um oficial da marinha britânica prendeu uma nota no mastro anterior: um texto curto afirmando que o navio fora requisitado pelos britânicos em nome do rei Jorge VI. A bandeira dinamarquesa foi baixada, e o Pavilhão Vermelho da Inglaterra foi erguido com o emblema do Reino Unido no canto.

Eles nunca tinham cuidado da bandeira dinamarquesa. Estava desfiada nas pontas, e a cruz branca se enegrecera por causa da fuligem da chaminé. Mas era deles. Em meio aos estrangeiros, ela era metade da identidade deles. Agora, haviam perdido o direito de exibi-la. Seu país tinha se entregado aos alemães sem lutar, de modo que a bandeira lhes fora tirada. A partir de então, só tinham importância se não se considerassem mais dinamarqueses. Iriam travar a guerra completamente nus: seu desnudamento apenas começava.

O segundo maquinista perguntou que salário receberiam sob a bandeira britânica.

– Três libras e dezoito xelins por semana e uma libra e dez xelins para provisões por semana – o oficial respondeu.

O segundo maquinista fez um cálculo mental rápido. Olhou ao redor, para o restante da tripulação, e deu de ombros. Eles também sabiam fazer contas. O pagamento era um quarto do que estavam recebendo. Dito isso, não iriam mais conseguir prover a família: estariam separados dela por tempo indeterminado.

– Não se preocupem, vocês estarão em casa no Natal – o oficial disse. Ele tinha observado o rosto dos homens com atenção.

Esqueceram-se de perguntar em qual Natal.

* * *

Receberam ordens de pintar o *Campos da Dinamarca* de cinza, tão cinza quanto um dia de inverno no mar do Norte. Nem as portas de carvalho envernizado, nem as molduras das janelas escaparam. Esse era o navio deles. E, naquele inverno, rasparam a ferrugem e pintaram cada centímetro quadrado da embarcação: o casco preto, vermelho abaixo da linha-d'água; a estrutura superior, branca; a linha branca e vermelha que dava a volta na chaminé, como se fosse uma fita. Tinham traçado as letras brancas da popa com amor, e mantinham o vapor tão limpo que poderiam andar por ali com as roupas que usavam em terra, mesmo depois de descarregar carvão. Cuidavam dele à moda antiga do veleiro, como diziam, com o convés bem esfregado e os anteparos lavados. Era um trabalho duro e miserável, mas lhes dava orgulho. Agora, o *Campos da Dinamarca,* que adoravam, escorregava-lhes por entre os dedos, quase como se tivesse afundado no mar invernal do qual emprestara sua nova cor.

O *Campos da Dinamarca* já tinha sido registrado em Marstal. O vapor fora propriedade de Klara Friis e havia passado anos parado antes de ser vendido a um proprietário de navios em Nakskov. O capitão e o primeiro e o segundo imediatos eram de Marstal, a cidade de navegadores que já não tinha mais seus próprios navios, mas cujos homens haviam se tornado a aristocracia da frota da marinha mercante dinamarquesa. Os homens de Marstal estavam em todo lugar, mais nas pontes, como contramestres ou capitães; os únicos que navegavam como marinheiros ainda eram novos demais para exercer qualquer outra função. Daniel Boye, um parente distante do Fazendeiro Sofus, tinha sido capitão do *Campos da Dinamarca* quando a embarcação ainda pertencia à família e navegava com o antigo nome, *Energia.*

Ele fora um dos partidários de Frederik Isaksen e se postara no cais quando Isaksen tomara a balsa para Svendborg, depois de sua derrota.

– Você não vai se lembrar de Isaksen – disse a Knud Erik –, mas ele se lembra da sua mãe.

Knud Erik estremeceu levemente. A mãe era um ponto sensível. Fazia uma década que não a via, nem falava com ela. Mas conhecia bem Isaksen. Ele tinha mantido seu apreço pelo povo de Marstal e nunca fechava a porta a alguém da cidade, se por acaso essa pessoa viajasse até Nova York. Havia até se casado com uma moça de Marstal: a senhorita Kristina.

Sempre um cavalheiro, estava à sua espera no píer, em Nova York, quando ela chegara. Klara Friis lhe escrevera: "Sei que você não me deve nada, mas acredito que seja um homem com forte noção de responsabilidade".

E Isaksen era, com certeza. Além de ter acolhido Kristina Bager, acabou se casando com ela. Knud Erik os visitava de vez em quando. Isaksen era um pai maravilhoso para a filha de Ivar, mas ele e Kristina nunca haviam tido filhos, e o rapaz não sabia dizer se eram felizes juntos: tinha suas dúvidas a respeito da relação de Isaksen com mulheres. Ele gostava de Kristina, com sua vivacidade, e possuía boas razões para isso, mas, até onde Knud Erik era capaz de ver, não gostava dela exatamente como um homem deveria gostar de uma mulher. Apesar de Knud Erik e Kristina Isaksen trocarem confidências, nunca tinham examinado essa questão.

Ela o chamava de "meu pequeno cavalheiro". Usava um tom fraternal, apesar de ele a ter ultrapassado em tamanho muito tempo antes.

Knud Erik estava em Nova York quando a filha de Kristina foi crismada. Fora uma experiência estranha acomodar-se em uma igreja protestante no Upper East Side, observando a menina de catorze anos, Klara, que recebera este nome por causa da mãe dele, que o rapaz não via desde que ela declarara que daria no mesmo se estivesse morto. A bondade dela para com Kristina Bager era um lado da mãe que ele nunca tinha visto.

Sempre que alguém tentava conversar a respeito de sua mãe ter renunciado a ele, Knud Erik desviava os olhos em silêncio.

O capitão Boye tinha recebido dois telegramas na manhã do dia 9 de abril. Um era do proprietário do navio, Severinsen, em Nakskov, ordenando ao *Campos* que retornasse à Dinamarca. O outro era de Isaksen.

Boye os leu em voz alta e olhou para o contramestre.

– Isaksen sugere que devemos ir para um porto britânico – disse. – Na verdade, não é da conta dele, e o sujeito não é o dono do navio. Mas acontece que eu concordo com ele.

– Isaksen é um homem de honra – Knud Erik respondeu.

A maior parte dos proprietários de navios dinamarqueses tinha feito o mesmo que Severinsen. Møller, que parecia ser bem informado, ficara com o filho na noite anterior à invasão da Dinamarca pelos alemães, e telegrafara a seus navios com ordens de que procurassem porto neutro. A tripulação do *Jessica Mærsk* havia se amotinado: amarraram o contramestre e o prenderam na sala dos mapas. O navio estava a caminho da Irlanda, que se mantinha de fora da guerra. Em vez disso, a tripulação forçara o capitão a navegar até Cardiff. Segundo boatos, o *Jessica Mærsk* também recebera um telegrama de Isaksen. De seu escritório em Nova York, ele estava tão ocupado quanto seu antigo patrão. Como Boye observara, Isaksen tinha enfiado o nariz em algo que não era da conta dele. Mas era assim que um homem de honra agia às vezes.

Por outro lado, era difícil se sentir honrado a bordo do *Campos da Dinamarca*. Uma pessoa podia se comportar de maneira honrosa, certamente, mas seria destituída de sua dignidade por causa do esforço.

Poderiam estar em uma taberna em Liverpool, Cardiff ou Newcastle, virando quanta Guinness fosse possível, entre dois alarmes de ataque aéreo. E sempre haveria alguém para reparar no sotaque deles e perguntar: "De onde você é, marinheiro?" Esse era o momento matador. Eles aprenderam rápido. A única coisa que nunca se fazia nessa situação era dizer a verdade. Se você respondesse que era da Dinamarca, a informação era recebida em um silêncio frio, ou um desprezo aberto. Você era chamado de "meio alemão".

No Sally Brown, um pub perto do Cais do Cervejeiro, uma moça com uma blusa decotada e lábios bem vermelhos tinha abordado Knud Erik, que, então, lhe pagara uma bebida. Os dois tinham brindado, e ela olhou bem no fundo dos seus olhos, por sobre a borda do copo. Ele conhecia a rotina e sabia como a noite iria acabar. Estava bom para ele. Precisava daquilo.

Então ela fizera a pergunta. Naquela época, ele não a ouvia com frequência suficiente para saber o efeito que a palavra Dinamarca surtia.

– Por que não está em Berlim com o seu melhor amigo Adolf?

Ele ficara absolutamente furioso. Com os diabos, por que estava ali, em uma taberna com a metade das janelas quebradas, em uma cidade bombardeada, arriscando a vida por um salário parco, isolado da família e dos amigos?! Ele poderia estar deitado embaixo de seu edredom, na Dinamarca. Em vez disso, como modo de pagamento por sua disposição de encarar um fim abrupto à sua vida miserável, confrontava, todos os dias, todo tipo de engenhoca maligna e explosiva já inventada. Ela rebolou ao se afastar, metida numa saia apertada, determinada a mostrar-lhe o que estava perdendo por ter a nacionalidade errada.

Quando chegaram notícias da queda de sua pátria mãe, os donos de navios dinamarqueses e o governo incentivaram os marinheiros compatriotas a buscarem portos neutros imediatamente. Mas a tripulação do *Campos da Dinamarca* fizera o oposto, arriscando lares, famílias, segurança, tudo. Não adiantou. Nada de Guinness de graça por parte do atendente da taberna, nem de boceta solidária das mulheres de blusa decotada e boca vermelha.

Em vez disso, não faziam mais do que observar a boa sorte dos outros, à distância. Ali, na outra ponta do balcão, por exemplo: o menino menor de idade de olhos azuis e um cacho de cabelo loiro caindo em cima da testa. Para ele, não cessavam os tapinhas nas costas, os olhares coquetes, a cerveja grátis, os convites para uma noite com todas as despesas pagas, em um quarto onde um colchão de molas quebradas iria guinchar a noite toda. O garoto nem falava inglês, afora expressões básicas: "Sou norueguês". Na Noruega, lutava-se contra os alemães; o rei e o governo estavam exilados em Londres; trinta mil noruegueses navegavam a serviço dos Aliados, e navegavam com a própria bandeira. A frota mercante norueguesa tinha sido disponibilizada para o governo, e o rei era agora seu proprietário oficial.

Os escandinavos faziam sucesso em todo lugar a que iam. Mas, para ouvidos ingleses, escandinavo significava norueguês. A Dinamarca tinha desaparecido do mapa, e, se um marinheiro mencionasse que era de lá, parecia estar oferecendo um lembrete vergonhoso do passado. No dia 9 de abril de 1940, a tripulação do *Campos da Dinamarca* fora expatriada. Os homens estavam na linha de fogo, mas completamente nus.

Viravam suas Guinness em silêncio.

O fim chegou no mês de janeiro seguinte, certo dia por volta das quatro da madrugada. O *Campos da Dinamarca* estava na rota de Blyth a Rochester, com carvão. Mais tarde, foram incapazes de concluir sobre se tinha sido uma mina de vibração, acústica, magnética, ou apenas uma antiga mina naval; mas a popa foi destruída. Começou a entrar água na embarcação imediatamente, mas ela não afundou na hora. Tinham passado a viagem toda com as luzes apagadas, e, quando entraram no bote salva-vidas, o capitão Boye ordenou que as luzes fossem acesas. Ficaram com os remos parados, como se estivessem se despedindo de seu navio, fazendo rodar uma garrafa de rum. Era raro beberem a bordo. Na véspera do Ano-Novo, Boye já tinha travado longas discussões com os oficiais, antes de decidir dar a cada homem um copo de licor de cereja. Quando a garrafa de rum retornou até ele, nem estava vazia. Dezessete homens! Ele lançou-lhes um olhar de aprovação.

O *Campos da Dinamarca* virou. O som de explosões veio da casa das máquinas quando a água chegou às caldeiras quentes, e aglomerados de carvão saíram voando pela claraboia despedaçada. A proa se ergueu na água, e a roda do leme rangeu um pouco ao girar pela última vez. Então parou, e as luzes de todo o navio se apagaram.

Knud Erik fechou os olhos. Albert tinha sonhado algo assim. Vira um vapor afundando e fizera a descrição completa; exatamente como estava acontecendo agora.

Quando voltou a abri-los, o mar tinha se fechado por cima do *Campos*.

Os homens ficaram olhando do bote salva-vidas, segurando os quepes Elsinore forrados com lã. Ninguém falava. Knud Erik achava que o capitão deveria fazer uma oração, ou recitar o texto fúnebre do *Livro dos sermões*. Como diabos você se despede de um navio?

O imediato fumava um cigarro; a ponta brilhava vermelha na noite.

– Um cigarro cairia bem agora.

Foi Boye quem quebrou o silêncio. Ele olhou para o imediato.

– Hammerslev, você não se lembrou dos pacotes de cigarro? – O imediato deu uma cotovelada no menino da cozinha, que estava arrasado. – Os cigarros, Niels.

O menino da cozinha mergulhou para baixo do banco da frente do bote e, triunfante, tirou de lá um pacote de cigarros. Cada um recebeu um maço. Tinham sido forçados a abandonar os baús de navegação e os sacos de viagem a bordo: não havia lugar no bote salva-vidas. Agora, só possuíam as roupas que vestiam, as carteiras de demissão e os passaportes, que comprovavam que pertenciam a uma nação que já não existia mais, porque a guerra a tinha engolido. E um maço de cigarros.

Tudo bem. Iriam se virar. Estavam vivos, e logo seus pulmões se encheriam de fumaça.

– Os fósforos – Boye disse. – Onde estão as porcarias dos fósforos? – Fitou severamente o menino da cozinha. – Vou jogar você na água caso tenha se esquecido deles.

O menino da cozinha agitou as mãos, desesperado.

– Tudo aconteceu tão rápido – disse.

Então o imediato fez circular seu cigarro aceso, e logo dezessete minúsculos pontos vermelhos brilhavam na escuridão do inverno. Ainda faltavam algumas horas para o amanhecer.

– Niels – o capitão disse ao menino da cozinha. – É sua tarefa se assegurar de que sempre haja pelo menos um cigarro aceso, mesmo que tenha de fumar dormindo. Está claro?

O menino assentiu com toda a seriedade, e tragou como se sua vida dependesse da fagulha cor de laranja diante do seu nariz.

Knud Erik olhou ao redor. Aquela tinha sido uma boa tripulação. Ele era contramestre do *Campos da Dinamarca* havia três anos. A bordo, havia sete homens de Marstal e um de Ommel. O resto era de Lolland e Falster. Agora, iriam se espalhar por todo e qualquer lugar.

Alguns anos depois, ele iria retornar a esse momento e fazer as contas. Dos dezessete sobreviventes do vapor, oito estariam mortos: o capitão, o segundo contramestre, o imediato e um marinheiro experiente, dois marinheiros comuns, um marinheiro comum júnior e o maquinista-chefe. Cinco eram de Marstal. O capitão Boye teria sido afundado por um navio de comboio americano. O marinheiro comum júnior estaria a bordo de um navio de munição atacado por torpedos. Só sobrariam três sobreviventes da tripulação de quarenta e nove, e ele não seria um deles.

Mas, nesse momento, estavam todos juntos, esperando o amanhecer. Encontravam-se perto do litoral da Inglaterra e sabiam que seriam avistados logo. A morte era a última coisa a passar pela cabeça deles. Sua única preocupação era manter o brilho vermelho dos cigarros acesos, até serem recolhidos.

A tripulação do *Campos da Dinamarca* ficou desempregada durante algumas semanas em Newcastle, onde os homens passaram a maior parte do tempo no recém-inaugurado Clube dos Marinheiros Dinamarqueses, aprimorando suas habilidades no bilhar. Não era exatamente que sentissem falta dos ataques aéreos, das minas e dos submarinos: qualquer nostalgia em relação às bombas poderia ser facilmente sanada com um passeio pelas docas. Não era tão ruim quanto em Londres, mas quase. Não; o fato era que eles tinham feito uma escolha, e parecia ridículo passar uma guerra mundial jogando bilhar. Além do mais, a comida em terra era nojenta. Ovo em pó, apresuntado e pão cinzento untado com uma substância fedida e oleosa, conhecida como Bovril. Carne, inevitavelmente, significava carne em conserva. A dieta britânica não era ditada pela avareza, mas sim pela guerra, e dava para ver isso nos britânicos. As roupas remendadas, de antes da guerra, eram uma boa medida de quanto peso eles tinham perdido. A comida a bordo do *Campos da Dinamarca* fora melhor: de vez em quando, comiam ovos de verdade, ou um pedaço fresco de carne de vaca.

– Os ingleses comem como nós comíamos nas antigas escunas da Terra Nova – Knud Erik comentou.

Ele não navegava pela rota da Terra Nova desde a viagem fatal a bordo do *Kristina,* e o *Claudia* fora seu último veleiro. Depois de aprovado no exame de navegação, resolveu trabalhar em um navio a motor. Tinha feito inscrição no *Birma* e no *Zelândia,* navios que pertenciam à Corporação do Extremo Oriente da Ásia, mas ambas o recusaram. Como não sabia nada a respeito da ligação entre sua mãe e o proprietário da empresa, o velho Markussen, nunca chegou a entender por quê. Assim, arrumou trabalho em vapores.

Helge Fabricius, o segundo maquinista do perdido *Campos da Dinamarca,* dera risada do que Knud Erik dissera a respeito da comida. Ele estava com cerca de vinte e cinco anos, e não tinha idade suficiente para ter navegado na antiga rota da Terra Nova. Knud Erik tinha trinta anos, era menos de dez anos mais velho, mas cada um nascera de um lado diferente da enorme divisão entre a era da vela e a era do vapor. Não estavam separados nem por uma geração e, no entanto, eram filhos de dois mundos diferentes.

Atrás da mesa de bilhar, havia uma lousa com "Vagas" escrito a giz. Embaixo, estava rabiscado "Nimbo de Svendborg". Nada mais. O que estariam procurando? Um contramestre, um imediato, um maquinista-chefe? Knud Erik e Helge foram falar com o cônsul dinamarquês, Frederik Nielsen, para descobrir. Para sua surpresa, o homem lhes ofereceu o navio todo: a tripulação tinha debandado. O *Nimbo* era deles, se quisessem. Knud Erik seria promovido a capitão.

Este era o outro lado da guerra. Ela impunha restrições, mas também oferecia oportunidades. Foram inspecionar o navio. Na popa, dava para distinguir as letras que antes formavam a palavra "Nimbo", e havia mais marcas na proa, que, provavelmente diziam "Svendborg". Mas foi necessário usar a imaginação.

Enquanto caminhavam para cima e para baixo no cais, inspecionando a embarcação, Helge Fabricius começou a contar. Knud Erik não lhe perguntou o que estava fazendo.

– Não tem como a tripulação ter debandado – disse. – Estão todos mortos. Cento e catorze... – Helge entoou.

– O único queijo que eles receberam naquele navio deve ter sido o suíço.

– Queria ver prepararem uma xícara de café – Helge disse, abandonando a ladainha numérica.

Ambos deram risada e subiram pela prancha. Tinham visto navios com metade do parapeito arrancado, com a estrutura superior estourada e crateras nas laterais, que ainda assim conseguiam flutuar. Mas nunca tinham visto nada assim. O *Nimbo* não recebera um tiro direto, mas mil. O vapor estava coalhado de buracos de bala. Encontrava-se intacto, mas totalmente destruído. Ondas e ondas de aviões Messerschmitts deveriam ter se abatido sobre ele. Nenhum avião bombardeiro, ou torpedeiro, atingira-o; se tivesse feito isso, o *Nimbo* estaria no fundo do mar. Mas as metralhadoras certamente não erraram o alvo. Havia algo de tirar o fôlego na visão da estrutura superior perfurada do navio: exsudava um ar desafiador que parecia quase humano.

Entraram na cozinha, onde um bule de café azul esmaltado ainda estava em cima do fogão. Como que para iluminar a piada de Helge, continuava inteiro.

– Mas que boca a minha – ele disse.

Encontraram, em um armário, um substituto de café inglês, feito de bolotas de pinheiro, e se sentaram à mesa enquanto esperavam a água ferver.

– Vamos ficar com este navio – Knud Erik disse. Helge serviu a água fervente e lançou-lhe um olhar questionador. – A embarcação teve sorte.

– Está dizendo que o bule de café do navio teve sorte. É a única coisa a bordo que não tem buracos em todos os lugares errados.

Knud Erik meneou a cabeça.

– Não, o navio todo teve sorte. Você já viu tantos tiros diretos? Mas o *Nimbo* continua aqui. Continua flutuando. E vai compartilhar sua sorte conosco.

Ambos tinham muita consciência de que isso era pura superstição. No campo de batalha – e o mar era um campo de batalha –, não há regras que governem quem será poupado e quem sucumbirá. Aquilo que decide o destino é indefinível e aleatório, por isso, pode chamar de sorte e confiar nisso dessa maneira. No *Campos da Dinamarca*, eles tinham uma Lewis. No *Nimbo,* teriam a senhora Sorte, mais eficiente.

Retornaram ao cônsul Nielsen e lhe disseram que iriam assumir o navio. Ele pareceu aliviado.

– Estes são nossos termos – Knud Erik disse. – Não vamos precisar de toda a ventilação do Atlântico, então os buracos terão de ser fechados. Queremos equipamento decente a bordo, para podermos nos defender. E seremos responsáveis pelas contratações. Queremos decidir quem vai navegar conosco.

O *Nimbo* foi levado para o estaleiro, a fim de ser reparado, e Knud Erik e Helge voltaram ao Clube dos Marinheiros Dinamarqueses para formar uma nova tripulação. Na lousa, embaixo de "Vagas", fizeram uma lista dos tripulantes de que precisavam. Então se acomodaram em um canto, perto da mesa de bilhar, e esperaram.

Em poucos dias, tinham contratado um contramestre, um menino de cozinha, um maquinista e alguns marinheiros experientes. Ainda estavam à procura de um segundo contramestre, um imediato, um maquinista-chefe e mais alguns marinheiros experientes e comuns. Seria uma tripulação de vinte e duas pessoas.

Knud Erik não esperava se tornar capitão assim tão cedo na carreira. Não duvidava de suas habilidades, mas não sabia bem se tinha a autoridade necessária. Seria capaz de julgar um homem tão bem a ponto de aproveitar ao máximo suas forças e ajudá-lo a esquecer as fraquezas? E o que dizer de vinte e dois homens ao mesmo tempo?

No quarto dia, Vilhjelm entrou pela porta e pediu para ser contratado como segundo contramestre. Fazia dois anos que ele e Knud Erik não se viam, e isso fora em Marstal. Vilhjelm agora tinha família: um filho e uma filha, com uma mulher da mesma idade que ele, filha de um pescador de Brøndstræde. Sua gagueira nunca mais voltara e, sempre que estava em Marstal, ia à igreja todo domingo. Guardava o *Livro dos sermões* do *Ane Marie* em casa. Não precisava tê-lo consigo a bordo. Ainda o sabia de cor.

– Como está seu pai? – Knud Erik perguntou.

O pai de Vilhjelm tinha parado de trabalhar como cavador de areia, um trabalho árduo, fazia muito tempo. Em vez disso, ele pescava, apesar de na verdade estar velho demais para isso também. Mas persistia, teimoso, preso num mundo próprio de surdez.

– Ele estava pescando em Ristinge quando os alemães chegaram. Não conseguiu ouvir o som dos aviões, é claro. Ergueu os olhos porque havia sombras cruzando a água, uma atrás da outra, rápidas demais para serem nuvens. Tirante isso, não pensou duas vezes. Estava mais interessado em quantos camarões tinha pescado. Isso era a guerra, até onde lhe dizia respeito.

O próximo homem que apareceu também era de Marstal: Anton. Foi nomeado como maquinista-chefe imediatamente e quis saber tudo sobre o motor.

Quando ficou sabendo que o motor do *Nimbo* só tinha oitocentos cavalos, disse:

– Tenho minhas dúvidas – Ficou mexendo nos óculos pretos de armação de chifre. – Não acho que tem muito vapor de qualidade nessa banheira velha. – Quis saber qual era o tipo de carvão que iriam usar. – Gostaria que fosse carvão galês – disse. – Carvão de Newcastle solta muita fuligem.

– Você vai receber todo o carvão que quiser – Knud Erik disse.

Era uma resposta disparatada, claro: ele não sabia nada sobre carvão, e não fazia ideia do que iriam conseguir.

Anton ficou de mau humor por causa disso durante um tempo, e Knud Erik começou a achar que ele se levantaria e iria embora. Eles tinham sido amigos no passado e continuavam sendo, apesar de geralmente estarem em lados opostos do globo. Mas Anton não era sentimental; era profissional e queria uma embarcação decente para exercer seu talento para a mecânica. Então, sua resposta pegou Knud Erik inteiramente de surpresa. – Bom, mas que diabo – ele disse. – Nós que somos de Marstal devemos nos unir. Vou aceitar o trabalho. Vou fazer esta banheira velha andar.

O terceiro homem a se aproximar da mesa de canto naquele dia tinha se apresentado para o serviço de marinheiro experiente. Debaixo da camisa aberta, usava uma camiseta branca que dava ênfase à sua pele negra reluzente. Acharam que devia ser americano.

– Fritz mandou um oi – ele disse em dinamarquês.

O queixo de Knud Erik caiu. Fritz! Nem reparara que o homem tinha se dirigido a ele em sua própria língua.

– Achei que Fritz estivesse em Dacar, não?

– E está – o homem disse. – Ou pelo menos estava, da última vez que o vi. – Estendeu a mão. – É melhor eu me apresentar. Absalon Andersen, de Stubbekøbing. Sim, já ouvi tudo isso antes. Sou negro. Um preto misturado e tudo o mais. Mas fui criado em Stubbekøbing, e, se prometer não me perguntar onde aprendi dinamarquês, prometo não perguntar onde você aprendeu.

Sorriu-lhes, como se estivesse contente por ter tirado as apresentações da frente para poderem falar de negócios.

– Eu estava em Dacar com Fritz – prosseguiu. Puxou uma cadeira e se acomodou à vontade. Knud Erik lhe ofereceu um cigarro. –Bom, acredito que conheça essa parte da história, não?

Knud Erik assentiu. Dacar, na África Ocidental Francesa, era o pesadelo de qualquer marinheiro. Não havia nada de errado com a cidade em si. Mas, quando a França caiu nas mãos da Alemanha, o governador de Dacar proclamou, inicialmente, que estava do lado dos Aliados. Alguns dias depois, mudou de ideia, e os vários navios que tinham aportado ali para se colocar à disposição dos Aliados foram postos em quarentena, condenando os marinheiros que estavam dispostos a se sacrificar em batalha a meses de inatividade em seus próprios conveses castigados pelo sol. Peças fundamentais dos motores foram confiscadas para impedir a fuga. E, quando os britânicos bombardearam o porto, esses marinheiros de repente se voltaram para o lado errado. Foi uma situação infernal. Um navio norueguês tinha conseguido escapar: a tripulação alegou que os motores do navio iriam enferrujar, a menos que fossem ligados de vez em quando, então os franceses, burros, entregaram as partes faltantes, e a tripulação lhes devolveu réplicas, escapando no meio da noite. Os outros navios – seis dinamarqueses entre eles – continuaram apodrecendo lá. A guerra os chamava, e eles não podiam partir. Deveriam estar se sentindo absoluta e completamente inúteis.

– Mas você não é norueguês – Knud Erik disse. – Então, como escapou?

– Sou algo melhor do que norueguês – Absalon Andersen respondeu, com um sorriso cheio de confiança. – Sou negro. Simplesmente saí andando de Dacar. Ninguém tentou me deter. Eu era parecido com todos os outros negros. Depois de vários desvios, fui parar em Casablanca. Aliás, o capitão Grønne também mandou um oi. Vocês, garotos de Marstal, estão em todo o lugar.

– Como conseguiu chegar aqui?

– Tenho a cerveja a agradecer por isso.

– Cerveja – Helge disse. – Está me dizendo que remou de Casablanca a Gibraltar em um caixote de cerveja?

– Esta não é a história toda – Absalon disse. – Mas quase. Muitos tentam fugir, mas poucos conseguem. Os franceses não deixam passar nenhum truque. Alguns de nós achamos um esquife velho rio acima. Os franceses sabiam de sua existência, mas nunca desconfiaram de nada. Teria sido uma loucura completa tentar ir para o mar com uma banheira daquelas. O problema era água para a travessia. Não podíamos simplesmente sair andando pela cidade com um barril cheio de água. Os franceses teriam percebido o que estávamos tramando na mesma hora; por isso, Grønne nos deu alguns caixotes de cerveja. Os franceses só sorriram quando nos viram carregando aquilo. Achavam que estávamos saindo para fazer um piquenique. Ajeitamos um mastro e algumas velas e zarpamos tarde da noite. Tivemos de passar a viagem toda tirando água da embarcação. Entrava água naquela banheira como se fosse um caixote de arenque. Chegamos a Gibraltar depois de quatro dias. O esquife afundou bem embaixo dos nossos pés quando entramos no porto.

– Então, chegaram aqui no último minuto. – Knud Erik disse. Ele estava impressionado.

– Com os diabos, chegamos mesmo – Absalon afirmou, e assentiu gravemente num aceno de cabeça. – Com os diabos, foi mesmo no último minuto. A cerveja tinha acabado de terminar.

Quando o homem seguinte apareceu, Knud Erik lhe lançou um olhar curioso e ergueu a mão antes que o outro pudesse abrir a boca.

– Deixe-me adivinhar seu nome. É Svend, Knud ou Valdemar.

– Valdemar – o homem respondeu sem pestanejar.

– Como é que um chinês pode se chamar Valdemar? – Helge perguntou, examinando-o de cima a baixo. O homem era jovem e esbelto, com as maçãs do rosto salientes e os olhos estreitos típicos do Oriente. Um sorriso de troça brincava em seus lábios bem formados. Era bonito, de um jeito surpreendentemente delicado, quase feminino.

– Eu não sou chinês – disse, em um tom de voz cheio de paciência. – A minha mãe é do Sião. E o sobrenome do meu pai é Jørgensen.

– Você tem passaporte dinamarquês, espero? – Helge o cutucou. A resposta do rapaz o tinha perturbado, e ele queria recobrar a autoridade.

– Não se preocupe com isso, desde que seu livro de dispensa esteja em ordem – Knud Erik disse, para colocar panos quentes.

Um brilho duro apareceu nos olhos escuros de Valdemar Jørgensen.

– Nasci no Sião – ele disse. – Tenho um passaporte siamês e outro dinamarquês. Trapaceei para conseguir o dinamarquês. Sou membro do sindicato dos marinheiros do Pacífico. Isso basta para vocês? – Lançou um olhar combativo para os dois.

Knud Erik deu risada.

– O trabalho é seu, se quiser.

– Quero saber se vamos para a América.

– Pergunte aos britânicos. Se eu fosse você, iria me preparar para o Atlântico Norte.

– Quero lhes dar um conselho. Apenas um. Não se casem com uma americana.

– E qual é o problema das americanas?

– Elas topam tudo. São garotas gostosas de verdade. Mas depois querem se casar. Estive em navios em que os rapazes se gabavam de suas conquistas: alianças de casamento, fotos de casamento, amor verdadeiro, felizes para sempre... essa bobagem toda. E daí dois deles descobriram que tinham se casado com a mesma moça. Sabe por quê? Aquelas mulheres recebem uma pensão de viúva de dez mil dólares se um marinheiro se perder a serviço dos Aliados. Um pé no saco. Captaram?

– Claro que sim. – Knud Erik estava tendo dificuldade para manter o semblante sério. Mas Valdemar parecia não notar.

– E deve captar mesmo, porque não é casado, é? Vocês, velhos, são alvo fácil para elas. Tome cuidado, amigo!

O garoto realmente não deixava passar nada. Reparara que Knud Erik não usava aliança. Knud Erik inclinou-se para a frente.

– Ouça bem – ele disse. – Não sou seu amigo. Sou o capitão do *Nimbo*, e, se quiser ir para o mar a bordo do meu navio, vai ter que mudar de tom. Está claro?

– Sim, sim, capitão – respondeu. Estava no meio do salão quando se virou e se dirigiu a Helge. – Olhe, se tiver algum problema com Valdemar, pode me chamar de Wally.

Navegaram em comboio, primeiro de Liverpool a Halifax, na Nova Escócia, e de volta; depois para Nova York, passando por Gibraltar. Navegaram apenas com lastro para o oeste e voltaram com madeira, aço e minério de ferro. Tinham instalado quatro canhões automáticos de 20 mm, um anterior e outro posterior. Os outros dois, posicionados nas alas da ponte, apontavam, ameaçadores, para o mar. Não eram manejados pela tripulação, mas por quatro atiradores britânicos que viajavam com eles.

O *Nimbo* não tinha sido construído para o Atlântico Norte. Aliás, era difícil identificar para que *exatamente* fora construído. Anton fazia o que podia na casa das máquinas, mas nunca conseguia passar de nove nós. Quando velejavam em comboio e o alerta de submarinos soava, tinham ordem de seguir em ziguezague para evitar os torpedos. Os quarenta navios do comboio partiram de Liverpool em fila, depois se reagruparam em um quadrado, de quatro por quatro. Era difícil manter a posição, já que o *Nimbo* não era fácil de navegar; sempre ficava para trás.

O capitão Boye, uma vez, tinha dito a Knud Erik que, em qualquer situação que ameaçasse a destruição do navio, o capitão deveria se esquecer das regras, das regulamentações e do seguro do navio e seguir uma única e tácita lei: trate as pessoas como gostaria que o tratassem.

Aquelas palavras resumiam a experiência de Knud Erik como marinheiro. Depois, ficou sabendo que Boye havia se afogado ao dar seu colete salva-vidas a um foguista que entrara em pânico e deixara o dele para trás. Mais de uma vez, tinha visto um capitão arriscar o próprio navio para socorrer outra embarcação. E vira simples marinheiros fazerem o mesmo um pelo outro.

Os marinheiros não eram nem melhores nem piores do que outras pessoas. Era a situação em que se encontravam que incentivava a lealdade. No mundo finito do navio, a dependência mútua superava o instinto de sobrevivência individual. Todo homem sabia que nunca conseguiria sobreviver sozinho.

Naquela época, Knud Erik acreditava, inocente, que a guerra tinha transformado o mundo todo em um convés de navio e que o inimigo contra quem se uniam assemelhava-se ao mar, em sua força brutal e sem controle. Não sabia que a guerra possuía regras diferentes, nem que essas regras iriam romper sua lealdade e a noção firme de camaradagem que os anos no mar tinham enraizado em sua alma. Ele navegou com lastro para atravessar o Atlântico Norte uma vez e voltou com madeira e aço, sob escolta armada, arriscando a vida, e fez isso porque tinha aprendido no convés que nenhum ser humano pode dar as costas ao destino de outro. No entanto, chegaria o dia em que seu compromisso com a guerra iria reduzi-lo a um ser humano menor, e não iria perceber isto até que fosse tarde demais. Chegaria um momento no qual iria sentir que a existência era ditada pelas pequenas luzes vermelhas, não pelos torpedos que buscavam acabar com ela. E o impacto das luzes seria muito pior.

Havia regras para se navegar em comboio. Tinham realizado uma reunião em terra antes da partida, e toda vez a ordem do comodoro era a mesma: manter a velocidade e o curso. Cada navio tinha sua posição, à qual deveria se ater a todo custo. E havia outra ordem, que poderia se ampliar na consciência deles feito um tumor: nunca preste socorro a um navio atingido; não pare para recolher sobreviventes. Um navio que ficasse parado, ainda que por um momento, iria se transformar em alvo de submarinos e bombardeiros e arriscaria perder carga essencial ao esforço de guerra. O comboio navegava para entregar essa carga, não para salvar marinheiros que se afogavam.

Essa regra derivava de uma necessidade amarga. Apesar de Knud Erik reconhecer isso, ainda assim sentia que era um ataque a toda a sua identidade. Não seria um torpedo que iria destruí-lo, ele desconfiava, mas sim uma ordem que o forçava a ignorar homens que se afogavam e gritavam por socorro.

Navios de escolta que seguiam na parte de trás do comboio tinham a tarefa de recolher os sobreviventes, mas, com frequência, eram impedidos de fazer isso pela fúria dos bombardeiros, ou forçados a desviar o curso para evitar torpedos. Então os homens naufragados ficavam para trás, à deriva, e desapareciam na vastidão do mar. Seu último vestígio seria a luz vermelha do pedido de socorro brilhando no colete salva-vidas.

Eles eram os sortudos. À medida que a temperatura corporal diminuía, caíam no sono e depois morriam. Ou então desistiam, soltavam os coletes salva-vidas e se deixavam escorregar para a escuridão que os esperava. As luzes vermelhas brilhavam durante mais um tempo. Então, elas também se apagavam, uma a uma.

Quando um navio era atingido por um torpedo, os destróieres aceleravam para cima do submarino que atacavam e lançavam bombas de profundidade.

Qualquer sobrevivente que estivesse na água iria implodir, devido à enorme pressão da explosão, forte o suficiente para arrancar as placas de aço blindadas do submarino, ou, então, os homens seriam lançados para o ar em um gêiser de água fortíssimo, com os pulmões forçados para fora da boca: trapos humanos em frangalhos, dos quais nem um grito sobrava.

Ele vira acontecer na viagem de volta a Halifax.

A tripulação tinha ordens para não se desviar do curso porque o perigo de colidir com outros navios do comboio era maior quando navegavam em alta velocidade, tentando fugir dos submarinos.

Knud Erik estava na ponte, com as mãos no timão, e navegava bem para o meio de um campo inteiro de papoulas de luzes vermelhas de perigo, diante da proa do *Nimbo*. Tinha ouvido o golpe frenético contra o navio quando os sobreviventes com coletes salva-vidas se deslocavam para o lado e tentavam, desesperadamente, sair do caminho para não serem pegos pelas hélices do motor. O rastro do navio produzia uma espuma vermelha, por causa dos pedaços de corpos dilacerados que eram espalhados enquanto ele ficava lá na ala da ponte, só olhando para trás.

Não olhe para trás era a regra para momentos assim. Depois de ele ter feito isso uma vez, nunca mais o fez. Mas algo dentro dele ainda observava aquilo que, um momento antes, tinham sido homens, e essa parte permanecia em vigília até se transformar em pedra. Ninguém, *ninguém* fazia isso com outro ser humano de bom grado. E, no entanto, ele o fizera. Trate as outras pessoas como você gostaria que o tratassem. Se não pudesse acreditar nisso, o que lhe sobraria?

Nada. Absolutamente nada.

Da cabine de capitão, contou as pequenas luzes vermelhas. Seu brilho o desnudava. Ele iria levar a carga até o destino. Mas estava fazendo o que era errado. Causara danos a outros e, com isso, tinha causado danos a si mesmo. Sentia-se, assim, muito próximo dos homens na água que gritavam por socorro.

Quando o comboio foi atacado, ele apareceu à ponte com o rosto imóvel e severo. Não pensou nos submarinos. Nem pensou que os navios que estavam recebendo golpes diretos poderiam, com a mesma facilidade, ser o *Nimbo* Simplesmente se preparou para as pequenas luzes vermelhas. Se elas aparecessem, iria empurrar o timoneiro para o lado sem proferir nenhuma palavra e assumiria o timão pessoalmente. Mandou esvaziar a ponte. Queria ficar sozinho, não apenas quando tentasse evitar as luzes de socorro que balançavam à frente, mas também quando fosse diretamente para cima delas, porque não havia nada mais que pudesse fazer. Ele era o capitão. Ele determinava a rota. A responsabilidade era dele.

Knud Erik protegia sua tripulação disso, determinado a fazer com que pelo menos as mãos de seus homens ficassem limpas. Se quisessem, poderiam apontá-lo como culpado.

Não sabia o que pensavam. Nunca discutira a questão com eles.

Quando acabasse, iria para sua cabine, abriria uma garrafa de uísque e beberia até perder a consciência. Esse era seu substitutivo para a penitência; sabia que nenhuma penitência real seria possível. Ele teria feito algo de irreparável. Ali na ponte, iria abrir mão da própria felicidade. Qualquer ideia a respeito do motivo de sua vida se desfez. Observou-se de fora, mas já não conseguia distinguir mais nada. Sua alma tinha se transformado em pó, pulverizada no pilão da guerra.

Isolou-se. Nunca ia ao refeitório. Também não confraternizava com o primeiro e o segundo contramestres. Nem conversava mais com seus amigos de infância, de Marstal. Fazia as refeições sozinho e só abria a boca para dar ordens.

Ninguém tentava convencê-lo a abandonar a solidão. Ninguém lhe dirigia a palavra com observações bem-humoradas, nem lhe fazia qualquer pergunta que não estivesse diretamente relacionada às obrigações diárias de bordo. E, no entanto, eles o ajudavam. Eles o ajudavam a manter sua solidão, como se soubessem o preço que pagava em nome deles também.

Uma pessoa de fora poderia pensar que a tripulação estava agindo com frieza, até com ingratidão, ao reagir a seu isolamento intencional com distanciamento. Mas o contrário era verdade. Sabiam que o menor sinal de solidariedade – um tapinha no ombro, uma palavra gentil, um olhar – teria feito com que desabasse. Em vez disso, faziam com que seguisse em frente. Eles o protegiam para que pudesse prosseguir com o trabalho de protegê-los. Eles precisavam de um capitão e lhe davam a chance de ser esse homem.

Caro Knud Erik,

Estou escrevendo para lhe contar de um sonho que tive na noite passada.

Eu estava na praia, olhando para o mar, como costumava fazer quando era criança. Senti a mesma mistura de medo do mar e de anseio de velejar que costumava sentir na época. Então, de repente, ele começou a recuar. As pedrinhas na praia faziam barulho quando eram puxadas pela correnteza. A água estava lisa como se um enorme vento estivesse passando por cima dela. Isso durou um bom tempo, e finalmente não sobrou nada além do fundo do mar nu até o horizonte.

Ah, se você soubesse como eu ansiei por um momento assim! Você sabe quanto odeio o mar. Ele tirou tanta coisa de nós. Mas não senti triunfo, apesar de ter visto meu desejo mais ardente finalmente se tornar realidade.

Em vez disso, me enchi de uma premonição de algo terrível.

Ouvi um rugido. Ao longe, um muro de água com espuma branca tinha se erguido e se aproximava em alta velocidade. Não tentei fugir, apesar de saber que seria levada embora em um momento.

Não havia para onde fugir.

O que eu fiz? O que eu fiz?

Essa pergunta berrava dentro de mim quando acordei.

Você pode achar isso insano, mas sinto uma culpa terrível quando ando pelas ruas. Vejo meninos e meninas, vejo gente fazendo compras, vejo mulheres (e há muitas mulheres), vejo velhos. Mas vejo tão poucos homens, e sinto que fui eu que os expulsei quando arruinei de maneira deliberada o negócio da navegação aqui.

Marstal não tem o hábito de contar quem não está aqui. Mas eu tenho. Algo entre quinhentos e seiscentos homens já não estão mais entre nós: filhos, pais, irmãos. Você está do outro lado do muro que esta guerra construiu ao redor da Dinamarca. Você viaja a serviço dos Aliados, e o desfecho da guerra vai determinar se você algum dia poderá voltar para casa. Mas nem a vitória é garantia de que irá sobreviver.

A enchente do meu pesadelo está sobre nós, e fui eu que a provoquei.

Eu queria expulsar o mar do coração dos homens, mas consegui o contrário. Você foi procurar trabalho em outro lugar, porque não havia mais quase nenhum barco registrado em Marstal. Você velejou para ainda mais longe. O tempo que passava em casa conosco ficou ainda mais curto do que costumava ser. Agora vocês todos se foram indefinidamente. Alguns de vocês, temo que sejam muitos, se foram para sempre. A única prova que tenho de que você ainda está vivo são as cartas que recebemos. Há longos intervalos entre elas. Quando não chegam, ficamos aqui imaginando coisas.

Caro Knud Erik, uma vez eu disse que você estava morto para mim, e esta é a pior coisa que uma mãe pode fazer consigo mesma. Sei tão pouco a seu respeito, só o que ouço dos outros, e eles ficam em silêncio na minha presença. Sinto que me consideram algo sobrenatural. Não sei se me perdoaram pelo que fiz com esta cidade. Talvez nem se deem conta de que eu estava por trás do que aconteceu. Mas ninguém me perdoou por tê-lo deserdado, e fiquei ainda mais solitária do que era antes.

Você não vai ler esta carta. Eu não vou enviá-la. Quando a guerra terminar e você voltar, vou entregá-la a você.

Não peço nada além de que a leia na ocasião.

Sua mãe

Knud Erik não desembarcou em Nova York. A terra o amedrontava mais do que o mar. Desconfiava de que, assim que tocasse no píer, nunca mais seria capaz de voltar a subir pela prancha, e que isso seria faltar com sua obrigação. Já não seria mais parte da guerra; mas homens que permaneciam nela também estavam falhando nos deveres. As luzes vermelhas tinham lhe ensinado isso. Então, a escolha que a guerra lhe oferecia era entre duas falhas. Sozinho na ponte, ele honrava sua obrigação com os Aliados, com a guerra, com a vitória que estava por vir, com o comboio e com a carga. Mas não honrou sua obrigação com os homens que gritaram por sua ajuda. Parecia que cada um deles chamava seu nome.

Quando Vilhjelm foi ao Upper East Side para visitar Isaksen e Kristina, Knud Erik, por um instante, sentiu vontade de acompanhá-lo. A última vez que ele os tinha visto fora na crisma de Klara, e havia sido convidado para jantar depois. Mas meneou a cabeça. Preferiu a solidão da cabine. Encolheu-se dentro dela como se fosse um abrigo antiaéreo.

Havia homens que, quando temiam estar perdendo a coragem, começavam a contar mulheres, como se lembrar de suas conquistas em portos estrangeiros fizesse com que se sentissem mais fortes: mulheres de um lado da balança, morte do outro. Isso lhes dava noção de equilíbrio.

Knud Erik poderia ter desembarcado e feito a própria balança pender. Tinha trinta e um anos e não se casara. Não era tarde demais, mas – como costumava dizer a si mesmo – também não era cedo demais. Sempre fora inquieto, e tinha conhecido muitas mulheres. Não era a luxúria imatura que o impedia de fazer uma escolha final. A indecisão se devia a algo que não era capaz nem de especificar, nem de articular. Às vezes, ainda pensava na senhorita Sophie, a garota louca que havia virado sua cabeça quando ele tinha quinze anos. Com certeza não era isso que o detinha, era? Ele mal a conhecia. O comportamento dela, considerado por ele enigmático e atraente na época, não passara de pretensão juvenil. E, no entanto, parecia que ela tinha lançado uma maldição sobre ele. Ao desaparecer de repente, sem mais nem menos – um desaparecimento que poderia ter sido qualquer coisa, de morte a brincadeira sem graça –, a garota o tinha atrelado a si. Não era ela que Knud Erik buscava nos bares dos portos ou nas moças de Marstal, com pé no chão. Mas ele sentia falta de algo e, sempre que tentava agarrá-lo, sumia.

Conseguira arrumar um noivado em Marstal, com Karin Weber, que depois rompeu o compromisso.

– Você está sempre tão distante – ela dissera, e não estava se referindo às ausências normais de um marinheiro.

Knud Erik sabia muito bem disso.

Algo dentro de si ansiava desesperadamente por uma família. Ele precisava ter um ser humano de quem sentir falta. Precisava de um contrapeso para as coisas terríveis que a guerra tinha feito com ele, e não era capaz de encontrar isso em bares de porto. Tornara-se um navio sem amarras.

Ficava na cabine do capitão feito um monge em sua cela, mas não havia nada de edificante em sua solidão. Contava as luzes vermelhas. Contava sua alma dilacerada em pedacinhos minúsculos. Os sonhos que tinha a respeito da vida pareciam ter se esmigalhado feito um castelo de areia de criança.

Em Liverpool, ele desertou. Estava fugindo de sua noção de dever. O mesmo uísque que o tinha ajudado a manter o equilíbrio também podia fazer com que o perdesse. E, em Liverpool, perdeu.

Até o ato de se barbear todos os dias tinha se transformado em provação. Como é que você se barbeia sem olhar no espelho? Barbear-se era a última luta antes de a podridão final se instalar. Ele sabia que essa era uma lei tácita para prisioneiros de guerra, nos campos de concentração da Alemanha. E era assim que se sentia: como um prisioneiro de guerra. Havia caído em mãos inimigas. Apenas o inimigo estava dentro dele.

Na última viagem, tinham navegado com munição no compartimento de carga. Um ataque teria significado aniquilação total: não sobraria nenhum homem na água, com as luzinhas vermelhas que imploravam. Nem mesmo o quepe do capitão teria sobrevivido se o *Nimbo* tivesse desaparecido em um gigantesco jorro de chamas. Ele se pegou fantasiando sobre o alívio que a morte traria. Mas nenhum torpedo os atingira. Além disso, nenhuma bomba caiu no convés nem o atravessou para atingir a carga.

Sim, o *Nimbo* era um navio de sorte. A embarcação mantinha o curso firme através dos homens afogados, e ele amaldiçoava tudo.

O rádio do navio era capaz de captar a frequência da força aérea real e, quando a embarcação se aproximou do litoral inglês depois de atravessar o Atlântico, a tripulação se reunia na ponte para escutar as conversas entre o comando de voo e os pilotos da RAF. Ouviam as palavras "Boa sorte e boa caça", que assinalavam o início da transmissão de rádio de uma batalha de vida ou morte. Comemoravam e gritavam para dar apoio à sua equipe. Xingavam o inimigo que não eram capazes de ouvir, mas que às vezes enxergavam, porque as lutas eram travadas no céu, acima da cabeça deles. Fechavam os punhos; as veias da testa pulsavam. Torciam pelos pilotos, que gritavam seus avisos ou triunfos para o éter. E então, às vezes, desabavam nos assentos, dilacerados por tiros. Esses homens se sacrificavam pelos navios e, no entanto, todos os marinheiros desejavam poder trocar sua posição de espera eterna no convés pela da cabine exposta do piloto. Não havia nenhum homem entre eles que não ansiasse por causar a morte, em vez de ficar esperando por ela. Eles ficavam tão agitados durante essas transmissões que, se alguém lhes entregasse revólveres, seria difícil se segurarem para que não matassem uns aos outros feito cachorros.

Knud Erik era o único que não fantasiava a respeito de disparar uma arma. Teria preferido ser o alvo de uma. Estaria muito bem se alguém puxasse o gatilho contra ele. Iria se entregar de bom grado.

Ele deteve Wally quando descia pela prancha, com a mala na mão. Tinha ouvido quando se gabara de seu conteúdo, que adquirira em Nova York: meias de náilon, sutiãs salmão e calcinhas de renda.

Knud Erik se esforçou para não titubear.

– Leve-me com você – ele disse, com a voz rouca. – Quero ver o que consegue em troca de toda essa roupa de baixo. – Era um apelo, mas fez com que soasse como uma ordem. Não que fosse o tipo de ordem que um capitão daria a um integrante da tripulação, se quisesse manter o respeito. Mostre-me o caminho da sarjeta, vamos ser companheiros de degradação!

Ele abandonara sua cela para cometer suicídio sem arma.

Anton e Vilhjelm não estavam presentes. Se estivessem, teriam impedido que fosse. Wally não tinha maturidade, nem experiência para fazer isso. Knud Erik viu os olhos do garoto vacilarem, mas sabia que não teria coragem de levantar qualquer objeção.

– Sim, sim, capitão – foi a única coisa que disse.

Absalon se aproximou.

– Mas, capitão... – disse.

Knud Erik percebeu que aquilo era o início de uma reclamação. Afinal de contas, sair do navio era equivalente a desertar. As docas de Liverpool eram bombardeadas de modo incessante. Eles tinham de ficar desatracando e atracando. Um capitão não podia simplesmente sair do navio em circunstâncias assim. Seria faltar com suas obrigações de modo imperdoável. Tanto fazia, ele só teria de adicionar isso à lista. Deu de ombros.

– Vilhjelm vai cuidar de tudo.

Absalon desviou o olhar.

Ele e Wally se mantiveram longe de Knud Erik no caminho até a estação de trem, que passava entre fileiras de casas bombardeadas, onde homens e mulheres magros examinavam o que tinha sobrado entre os tijolos. Não havia hostilidade àquela distância. Ele era o capitão, e aquelas pessoas estavam apenas tentando resguardar o que sobrara de sua dignidade.

Certa vez dissera a Wally que não era amigo dele, mas era isso que estava tentando se tornar agora. Sentiu o veneno do desprezo por si próprio se espalhar. Torceu para que aquilo o matasse.

Knud Erik caiu no sono no trem para Londres, e Wally o acordou quando este parou na plataforma. Confuso, ele olhou ao redor, pelo compartimento. Ir de Nova York à Inglaterra sempre parecia uma viagem no tempo: os americanos existiam em um estado permanente de pré-guerra, com corpos bem nutridos e rostos que exsudavam saúde aparente; já os ingleses, com sua pele desprovida de cor, pareciam fotografias opacas e amareladas de pessoas mal lembradas em um álbum velho, guardado em um sótão poeirento, vegetando em uma terra de sombras, de rações cada vez menores.

Eles tinham acabado de sair do prédio da estação quando o alarme de ataque aéreo soou. Era noite, e uma escuridão densa se espalhava por entre as casas. Pararam de supetão, sem saber o que fazer. Ao ver algumas pessoas correndo, dispararam na mesma direção. Em algum lugar, uma luz vermelha fraca brilhava, marcando a entrada de um abrigo antiaéreo. Ele não deixou de perceber a ironia. No mar, uma luz vermelha significava mais uma vida em sua consciência. Aqui, era igual a salvação. Por um momento, sentiu vontade de apenas ficar lá, parado, esperando as bombas choverem em cima dele. Ao ver sua hesitação, Absalon o agarrou pelo braço.

– Por aqui, capitão.

Deixou que as pernas o conduzissem e seguiu os outros. Não havia luz no abrigo. Ficaram lá, bem apertados, rodeados pela escuridão completa. Knud Erik escutava sussurros, uma tosse, uma criança chorando. Perdeu de vista Wally e Absalon, e foi um alívio estar entre desconhecidos completos. Havia um cheiro forte de corpos sem banho e de roupas muito usadas. Uma bateria antiaérea logo acima do abrigo deu início aos tiros, fazendo com que o ar tremesse. Então as bombas começaram a cair. Gesso e poeira despencaram do teto; parecia que a morte tinha criado mãos e estava tateando o rosto deles para ver como eram, antes de agarrá-los. Ouviu sussurros e pessoas engolindo em seco. Alguém começou a soluçar de maneira incontrolável e alguém mais murmurou palavras de conforto, e então soltou um "Cale a boca, pelo amor de Deus!" cheio de pânico.

– Deixe-a em paz – outra voz interrompeu.

– Por favor, podemos ir para casa? – uma voz infantil implorou.

Uma menininha gritou pela mãe, e a voz de uma senhora de idade respondeu com o pai-nosso. Uma bomba explodiu ali perto, e o piso todo tremeu. Por um momento, Knud Erik achou que o abrigo iria desabar em cima deles. Todo mundo ficou em silêncio, como se a morte os tivesse calado.

Então, sentiu uma mão na dele. Era de mulher: pequena e delicada, mas com a palma tornada áspera pelo trabalho. Ele a acariciou em um gesto de conforto. Sentiu a cabeça da mulher pousar em seu ombro e abraçou a desconhecida contra si na escuridão. Outra bomba caiu, e as paredes de concreto do abrigo rangeram com a pressão. Alguém começou a gritar. Mais gritos se seguiram, e logo a escuridão vibrava com berros cheios de pânico, conforme as pessoas confinadas se entregavam à histeria, enquanto as bombas batucavam seu acompanhamento.

A mulher colocou as mãos ao redor do pescoço de Knud Erik e começou a beijar sua boca com furor; em seguida, remexeu na virilha dele. Knud Erik enfiou a mão dentro de seu casaco e sentiu o contorno do seio. O sexo quente dela o convidava. Os berros os rodeavam com um muro, enquanto se entregavam um ao outro em luxúria cega e brutal, com as bombas ditando o ritmo das enfiadas. No entanto, havia uma ternura altruísta no corpo macio e anônimo que se unia ao dele. Ela lhe ofereceu a quentura da vida em si, e ele a ofereceu de volta, até que os gemidos de prazer se misturaram à cacofonia de vozes apavoradas.

E, por um momento, ele fugiu das luzinhas vermelhas.

Algumas horas mais tarde, a bateria antiaérea acima do abrigo parou de fazer barulho, e as sirenes deram o sinal de que estava tudo bem. A porta se abriu para a rua escura. Deveriam estar no meio da madrugada.

Knud Erik a perdeu na multidão que se dirigia para a saída. Ou talvez a tivesse deixado ir de maneira deliberada. E talvez ela também o tivesse deixado ir. Havia fogo queimando do lado de fora. O capitão examinou os rostos à luz bruxuleante. Ela? Ou ela? A menina com o lenço amarrado na cabeça e os olhos fixos no chão? Ou a mulher de meia-idade com o rosto duro, tentando ajeitar o batom borrado ao brilho das casas em chamas? Não queria saber. Tanto ele quanto a mulher tinham encontrado o que procuravam. Rostos e nomes eram irrelevantes.

Ele ficou em Londres por três dias.

Fez aquilo em pátios dos fundos, em banheiros de bares, em camas de hotel; fez ao trovoar de bombas e fez sem nenhum acompanhamento, a não ser a própria respiração e a de sua arbitrária parceira arfando; fez aquilo até chegar a um lugar onde o silêncio e a escuridão se encontravam e o levavam. Bebia com homens e fazia sexo com mulheres que se sentiam exatamente do mesmo jeito que ele. Quando as bombas caíam, ninguém sabia quem iria em breve se juntar à conta crescente dos mortos, ou que local de trabalho tinha sido reduzido a entulho, ou que família estava enterrada embaixo de uma casa desabada. Todos viviam tão embebidos de medo que as perdas que ainda estavam por sofrer já os haviam consumido. Cada segundo era um renascimento; cada beijo, um adiamento da execução; cada respiração trêmula nos braços de uma desconhecida, uma declaração de amor à vida. Cada estupor embriagado – o estupor que Knud Erik tinha procurado e encontrado – era um presente, porque, assim como uma bala no cérebro, erradicava tudo que ele era, seu rosto, seu nome e seu passado, e soltava toda a fome de seu corpo. Durante três dias, Knud Erik era o próprio apetite impiedoso pela vida, e nada mais.

Na última noite, juntaram o que tinha sobrado do conteúdo das malas: roupas de baixo, meias de náilon, café, cigarros e dólares. Principalmente dólares. Comportaram-se como ianques e pagaram por uma noite em uma suíte de hotel que ocupava um andar inteiro. Eles mesmos levaram moças para lá e deram gorjetas generosas para as garçonetes. O carregador ficou de olho na conta, para avisar quando o dinheiro estivesse acabando. Comeram, beberam e fizeram sexo durante mais uma noite de bombardeio. Wally era responsável pelo gramofone. Dançaram ao som de Lena Horne e viraram copos de cerveja, uísque, gim e conhaque.

O alarme de ataque aéreo tocou às onze. Os garçons bateram com força na porta e gritaram para que descessem até o porão.

– Sugiro que fiquemos aqui – Knud Erik disse. Tinha deixado de lado o tom de comando. Agora, não era o capitão, mas sim um amigo entre amigos.

– Sim, capitão – Wally o saudou e se serviu de mais um conhaque.

Apagaram a luz e abriram as cortinas. Do lado de fora, holofotes riscavam o céu noturno. A primeira bomba caiu, no começo longe, depois mais perto. Parecia um baterista testando o instrumento antes do grande solo. O prédio tremeu, e eles se enfiaram embaixo das camas. Sabiam que um colchão não serviria de proteção. Mas a intimidade de outro corpo servia. Seus instintos assumiram o controle: o sexo os tornava invencíveis.

As bombas foram chegando cada vez mais perto. Do lado de fora, uma luz roxa bruxuleava esporadicamente, e um brilho fogoso salpicava o teto. Cada vez que o bom senso penetrava no cérebro anuviado deles, com a mensagem de que deveriam sair dali naquele minuto e procurar a segurança do porão, eles agarravam a mulher com quem estavam com mais força, e a luxúria e o medo os levavam a novos patamares de êxtase. Então, desabavam junto, moles e exaustos, largavam os braços e adormeciam por um breve momento, felizes, como se já tivessem atravessado a noite em segurança.

Mas não tinham. As bombas não os deixariam em paz. O medo voltou, com seu companheiro, aliado e amigo constante: o desejo. Da escuridão sob uma das camas, alguém sugeriu:

– Vamos variar? Quem quer trocar?

E então um agito começava, e eles se arrastavam de barriga no chão para um novo ninho de amor não mapeado, onde novos braços, uma nova boca sedenta e novas aberturas molhadas estavam à espera, enquanto os bombardeiros alemães batiam seus tambores nos telhados de Londres.

Finalmente, tudo ficou em silêncio. Eles saíram de baixo das camas, fecharam as cortinas e se deitaram um ao lado do outro nos leitos intactos.

Tinham vencido.

Knud Erik estava presente quando o *Mary Luckenbach* explodiu.

O *Nimbo* navegava em comboio ao norte do círculo Ártico, a caminho da Rússia, com suprimentos para o Exército Vermelho. O tempo estava bom, e a visibilidade também. Encontravam-se meia milha náutica atrás do *Mary Luckenbach*.

Os homens na ponte do *Nimbo* assistiram em silêncio total.

Já tinham visto petroleiros serem atingidos antes; já haviam visto chamas de duzentos metros. Mas nunca nada assim. Knud Erik também não. Porém, não foi o pavor que o silenciou. Foi o alívio.

O avião alemão Junker voou tão baixo por cima da água que parecia estar relando na superfície. A apenas trezentos metros do *Luckenbach*, lançou seus torpedos, depois rugiu pelo convés do navio e foi acertado pelos tiros do canhão automático. Pequenas chamas dispararam do motor.

Então os torpedos atingiram o alvo.

Em um momento, o *Mary Luckenbach* estava ali. No momento seguinte, não havia nada além de uma imobilidade tão apavorante quanto a explosão em si. Não havia sinal de fogo, nenhum destroço flutuando no mar: apenas uma nuvem negra de fumaça que se erguia com lentidão majestosa, como se tivesse o poder de erguer milhares de toneladas de aço e levá-las embora.

A fumaça se erguia, sólida, em direção às nuvens, vários quilômetros acima, onde foi se espalhando lentamente até cobrir metade do céu. Fuligem negra caía tão silenciosa quanto neve no mar, como se a explosão tivesse vindo de um vulcão, e não dessa guerra.

Não haveria luzinhas vermelhas: este era o único pensamento de Knud Erik. Cinquenta pessoas tinham acabado de ser aniquiladas, bem na frente de seus olhos. Um minuto antes, através de seu binóculo, ele vira atiradores agachados atrás de metralhadoras e um menino negro, da cozinha, atravessando o convés com toda a calma, carregando uma bandeja. Agora, todos tinham sido apagados, e ele só sentia alívio: fora poupado. Não se referia à sua vida miserável, que ele já não valorizava mais, mas à sua consciência estraçalhada.

Eles atacavam em ondas de trinta a quarenta aviões, voando apenas seis ou sete metros acima da água, em um enxame preto contra o céu cinzento. As sirenes acopladas às asas soltavam um uivo apavorante, criado para enlouquecer o inimigo e fazer com que sua capacidade de reagir entrasse em curto-circuito. Seus canhões automáticos de 20 mm atacavam os navios, e balas de marcação brancas e vermelhas tingiam o convés enquanto os aviões iam largando os torpedos, um a um. Os atiradores sem experiência nos conveses entravam em pânico e miravam, enlouquecidos; as balas acertavam os botes salva-vidas e as casas do leme dos navios ao redor.

Isso fez com que a tripulação estremecesse com relutância, mas os homens foram forçados a admirar a coragem dos pilotos alemães. Com determinação suicida, eles voaram através de uma parede de fogo intensificada pelos canhões de quatro polegadas, virados para eles, dos destróieres de escolta.

O *Wacosta* e o *Império Stevenson* foram atingidos na sequência, depois o *Macbeth* e o *Oregoniano*.

Tudo terminou em cinco minutos. Então, um avião Heinkel fez um pouso de emergência na água, no meio do comboio. A aeronave ficou boiando e a tripulação saiu se arrastando por cima de uma das asas e levantou as mãos para se entregar. Já não eram mais inimigos. Sem as máquinas, eram apenas seres humanos indefesos. Ficavam olhando ao redor, como se quisessem olhar nos olhos de cada um dos marinheiros que se apertavam contra as amuradas dos navios ao redor. Então, baixaram a cabeça com humildade, aguardando sua sentença.

Um tiro soou. Um dos homens levou a mão ao ombro e se virou de lado antes de cair de joelhos. Um segundo tiro deu cabo dele. O homem tombou para a frente e caiu na água, mas a parte de baixo de seu corpo permaneceu na asa. Os três tripulantes que restaram começaram a correr ao redor dele, em pânico, em busca de proteção. Um deles tentou se arrastar de volta à cabine. Levou um tiro nas costas, caiu e rolou para dentro d'água. Os dois sobreviventes se colocaram de joelhos e juntaram as mãos num gesto de súplica.

Perceberam o que estava acontecendo. Eles não haviam se transformado: não tinham se tornado seres humanos. Ainda eram o inimigo, e a prova pairava por cima da cabeça na forma da nuvem preta que tinha sido o *Mary Luckenbach*. O *Oregoniano* estava ali perto, virado e afundando devagar, depois de ter sido acertado por três torpedos a estibordo. Metade da tripulação, por misericórdia, havia se afogado. O resto tinha sido resgatado pelo *São Kenan* e estavam estirados no convés, vomitando petróleo, com braços e pernas tão congelados que, provavelmente, teriam de ser amputados.

Knud Erik se lembrou das noites a bordo do *Nimbo*, quando eles sintonizavam na frequência da RAF. Cada um deles tinha ansiado por estar frente a frente com um alemão para poder descarregar seu revólver em cima dele. Finalmente, o inimigo estava ali, não sob forma de uma máquina de guerra, mas como um ser humano vivo e vulnerável que podiam ferir e de quem podiam se vingar. Finalmente, tinham a oportunidade de compensar o enorme desequilíbrio de suas vidas. Naquele tempo, Knud desejava desesperadamente estar na ponta receptora de uma bala inimiga. Agora, sentia a mesma sede de sangue que os outros. Era urgente e forte. Seu desequilíbrio interior era maior do que o de qualquer outro membro da tripulação.

Ele viu os dois homens ajoelhados na asa do avião derrubado e os marinheiros às centenas apertando-se contra as amuradas dos navios ao redor, alguns com rifles nas mãos, e os atiradores na retaguarda dos canhões automáticos. Atiravam com o coração leve, como se estivessem na galeria de tiro de um parque de diversões, no verão. Talvez sentissem que tinham voltado a ser homens, porque os homens não são feitos para levar porrada sem revidar. Eles estavam revidando.

As balas batiam na água ao redor da aeronave. Um dos dois aviadores restantes atirava para trás da asa, como se uma mão poderosa tivesse vindo para levá-lo embora e, ao fazer isso, provasse exatamente como sua vida não tinha motivo, como suas orações para preservá-la eram fúteis. O tiro deveria ter vindo de um dos canhões automáticos de calibre pesado. Ele caiu na água e desapareceu no mesmo instante.

O sobrevivente desabou. Separou as mãos e as pousou nas coxas, inclinou-se para a frente e mostrou o pescoço, como se estivesse esperando pelo tiro de misericórdia.

O barulho das balas cessou; os homens baixaram os rifles e o momento se tornou solene, como se estivessem todos prendendo a respiração antes de completar a execução. Lentamente, começaram a se dar conta do que tinham acabado de fazer. Mesmo antes de o inimigo ser aniquilado, sua sede de sangue havia sido saciada.

Knud Erik empurrou o atirador do *Nimbo* para o lado. Ele não tinha treinamento para atirar. No começo, o canhão automático cuspiu as balas diretamente no mar, formando uma longa tira de espuma na água antes de começar a atingir a asa da aeronave. Então acertaram seu alvo.

Agora Knud Erik matara outro ser humano, e tudo dentro dele desabara. Caiu em cima do canhão automático soluçando, alheio ao metal quente que lhe queimava as palmas das mãos.

Eles estavam navegado para o norte, dando a volta na ilha Bjørnø, no paralelo 74, quando chegou uma nova ordem do Almirantado britânico: espalhem-se. Pela informação que tinha recebido em Hvalfjörður, na Islândia, de onde o comboio havia zarpado, e com base na experiência em todos os comboios de que tinha participado, Knud Erik sabia que a ordem era uma sentença de morte. Várias regras se aplicavam à navegação em comboio, mas uma era superior a todas as outras: manter-se sempre juntos. Só era possível vencer com a união. Sozinho, você fica perdido, torna-se presa fácil para os submarinos, sem proteção e sem ninguém para recolhê-lo se afundar.

"Os atrasados serão afundados" era a mensagem que a tripulação tinha ouvido com frequência do megafone de um destróier que passava, quando, apesar dos esforços de Anton na sala das máquinas, o *Nimbo* ficava para trás. Não era tanto um aviso, mas uma sentença, uma despedida que não se fazia acompanhar pela usual garantia: *vamos voltar a nos ver*.

Eles tinham certeza de uma coisa: a carga precisava chegar ao destino. Os tanques, os veículos e a munição no compartimento de carga teriam de seguir por alguma rota complexa, e ir parar em um fronte distante, onde a luta entre os alemães e os russos iria determinar o desfecho da guerra e, em última instância, o próprio destino deles. Sabiam disso porque era o que tinham lhes dito, mas nunca estiveram certos a respeito da mecânica real da coisa. A única parte que conheciam era o mar, os aviões Junkers e Heinkels, que os atacavam, o rastro dos torpedos, os navios explodindo e afundando e os homens lutando pela própria vida na água gélida.

A contribuição deles à iniciativa de guerra era importante. Precisavam manter a fé nisso. Mas, no momento em que receberam ordens de abrir mão de seu lugar no comboio e lutar para chegar a Molotovsk por conta própria, perceberam que essa fé fora inútil e suplantada pela especulação relativa ao motivo da ordem fatal. E, como sempre, em uma situação instável que envolve pressão tremenda, o que imaginavam se transformou em desconfiança, e se lembraram do boato que perseguia cada comboio do qual tinham participado para ir à Rússia, um boato que se aderia com a persistência da fumaça em uma chaminé, do rastro de uma hélice e do torpedo que atingia carga preciosa: eles eram uma isca.

Em um dos fiordes noruegueses, um couraçado de guerra alemão de quarenta e cinco mil toneladas, o *Tirpitz*, esperava para uma emboscada. Era o maior navio de guerra do mundo, uma ameaça a tudo que se movia no Atlântico Norte e um símbolo do sonho nazista de dominar o mundo. O maior valor dessa embarcação talvez residisse no simples fato de ser esse símbolo: certamente, jamais se aventurava para fora de seu esconderijo no fiorde, com suas protetoras laterais montanhosas, para desferir a matança. Em vez disso, estava lá, acorrentado como o grande lobo da mitologia, um Ragnarök ameaçador que nunca tinha chegado. Mas, agora, o Ragnarök era iminente: o lobo no fim do mundo iria, finalmente, romper sua corrente e morder a isca.

A experiência dura, a mesma experiência que deixava rugas no rosto deles e torturava os corpos com partes congeladas, convencia-os disso. Quando os trinta e seis navios do comboio abandonassem a navegação em formação e tentassem seguir sozinhos até Murmansk, Molotovsk, ou até Arkhanguelsk, no mar Branco, os alemães não iriam precisar do impressionante poder de fogo dos canhões de 380 mm do *Tirpitz* para afundá-los: os submarinos poderiam dar conta do recado com facilidade. Agora que os destróieres e as corvetas britânicas que os acompanhavam tinham recebido a ordem de ir atrás do *Tirpitz*, os trinta e seis navios do comboio haviam ficado sem defesa. Não, estavam condenados. Seus próprios protetores os tinham enganado e conduzido a uma emboscada.

Com amargor, se deram conta de sua insignificância. Eram dispensáveis.

Mas e a carga deles? Em Hvalfjörður, haviam sido informados de que, no total, estavam carregando duzentos e noventa e sete aeronaves, quinhentos e noventa e quatro tanques, quatro mil duzentos e quarenta e seis veículos militares e cento e cinquenta mil toneladas de munição e explosivos para a Rússia. Será que os oficiais britânicos estavam preparados para sacrificar tudo isso, simplesmente para se gabar de ter mandado o *Tirpitz* para o fundo do mar?

Eles não entendiam. A única coisa que sabiam desse negócio todo era que não podiam confiar em ninguém além de si mesmos, se quisessem ficar vivos. Se não sobrevivessem, iriam morrer sem a sensação de dever de soldado preenchida, sem ao menos o conforto de saber que seu sacrifício tivera sentido. Se fossem afundados, iriam desaparecer não apenas sem honra, mas também sem o reconhecimento de que chegaram a existir.

A sensação de desafio que os inundou não era dirigida apenas ao inimigo, mas a um amigo e inimigo ao mesmo tempo. Era como se tivessem perdido toda a noção da diferença.

* * *

A ordem representou um alívio para Knud Erik. Significava que poderia parar de se preocupar com os homens afogados. A partir de agora, só ele e sua tripulação importavam. Finalmente, poderia se deixar levar pelo cinismo que vem quando uma crise de consciência se exaure. Sua única prioridade era a sobrevivência. Seus homens estariam sozinhos no meio do oceano, e era onde ele queria estar. Sozinho, sem nenhuma luzinha vermelha. Mudou o curso e tomou o rumo da ilha Hope, velejando o mais próximo que ousava dos limites do gelo. Uma névoa congelante e densa cobria toda a área. Ordenou à tripulação que pintasse a embarcação inteira de branco. Ficaram parados durante dois dias, com as caldeiras desligadas para que a fumaça das chaminés não os entregasse. Os pedaços de gelo que flutuavam raspavam no costado do barco, e as placas de aço reclamavam com um grave urro pressagioso, que de vez em quando estrilava, com um grito agudo. A mensagem do casco era clara: com um pouco mais de pressão do gelo, a sorte do *Nimbo* poderia acabar.

Knud Erik se lembrou da época em que o *Kristina* ficara preso no gelo. A madeira pesada do barco era maleável; não precisava comprovar sua força da mesma maneira que o aço, mas, em vez disso, deixava o gelo forçar o barco de um lado para outro até que o peso que ameaçava esmagá-lo acabava por lhe dar apoio.

Ele ignorou o casco do *Nimbo*, que gritava. Melhor gelo do que submarinos. Sonhava em deixar o *Nimbo* congelar e em ficar congelado até que o mundo todo começasse a derreter e as armas ficassem em silêncio. Lutara contra o mar durante toda a vida. Agora, abraçava o perigoso gelo como a um amigo.

Ligou o rádio e convidou a tripulação para se reunir em volta, como fazia quando eles escutavam as frequências da RAF. Não ouviram nada além de pedidos de socorro: um S.O.S. atrás do outro, e cada pedido de ajuda era um serviço fúnebre. Só se passavam minutos desde que um navio era atacado até afundar. Ninguém saía em seu socorro. As tripulações afundavam sozinhas no mar gélido. O *Carlton*, o *Daniel Morgan*, o *Honomu*, o *Washington*, o *Paulus Potter*. Contaram vinte navios. Não havia nenhum lugar para se esconder, nem ali, na névoa congelante do fim do mundo.

Puseram-se em marcha mais uma vez, e o *Nimbo* seguiu a borda do gelo para norte do paralelo 75, até chegar a Nova Zembla; então tomou o rumo do sul, na direção do mar Branco. A embarcação cruzou com quatro botes salva-vidas, com sobreviventes do *Washington* e do *Paulus Potter*. Ambos os navios tinham sido afundados por uma formação de aviões Junkers 88. As aeronaves tinham voado por cima deles enquanto entravam nos botes salva-vidas, e os tripulantes aéreos haviam lhes acenado alegremente enquanto operadores de câmera os filmavam para o noticiário de cinema semanal alemão. Eles não retribuíram aos acenos.

O capitão Richter, do *Washington*, subiu a bordo para consultar uma carta náutica. Depois de passar um tempo debruçado sobre ela, perguntou se podia tomar emprestada uma bússola. Sua tripulação continuava encolhida no bote salva-vidas.

– Por que você quer uma bússola? – Knud Erik perguntou. – Nós podemos levá-los.

Richter meneou a cabeça.

– Preferimos prosseguir sozinhos.

– Em um barco aberto? O litoral mais próximo fica a quatrocentas milhas náuticas.

– Preferimos chegar lá inteiros – Richter respondeu, olhando para ele com calma.

Imaginando se o capitão estava sofrendo de estresse pós-traumático, Knud Erik se dirigiu a ele em um tom de voz que poderia usar para falar com uma criança teimosa.

– Não podemos lhes oferecer catres, mas claro que podemos encontrar um lugar quente para dormirem. Temos provisões suficientes e, com este clima, vamos conseguir fazer nove nós. Chegaremos lá em uns dois dias.

– Não se dá conta do que aconteceu com o resto do comboio? – Richter indagou no mesmo tom calmo. Knud Erik assentiu. – Um bote salva-vidas é o melhor lugar para se estar. Os alemães não vão desperdiçar suas armas em homens a bordo de um bote. Só estão interessados em navios. Vão pegar vocês também. Agradeço a oferta, mas preferimos seguir sozinhos.

Desceu pela escadinha com a bússola. No bote, os homens davam tapas em si mesmos para se manterem aquecidos. Se o vento se erguesse, ficariam molhados e seriam envoltos por uma armadura de gelo. Mas, ainda assim, preferiram os botes salva-vidas.

Os homens começaram a mover os remos quando Knud Erik ordenou que o navio prosseguisse a toda a velocidade. Ficou em pé na ponte e observou os botes até desaparecerem.

No dia seguinte, um avião Junker solitário apareceu no horizonte e veio diretamente para cima deles. Dava para escutar as metralhadoras cuspindo de longe. Os atiradores na ponte responderam. A casa do leme foi atingida várias vezes, mas ninguém na ponte ficou ferido. Então o Junker lançou sua bomba. O avião estava tão próximo que quase bateu no mastro. A bomba explodiu na água, perto do costado a estibordo, não perto o suficiente para estraçalhar o interior do navio, mas o bastante para que a explosão fizesse o *Nimbo* se erguer da água e cair novamente, com uma força que quebrou o cano da casa das máquinas, levando o motor a parar de funcionar. Eles não podiam mais manobrar.

O Junker deu meia-volta e retornou com um uivo. Os canhões automáticos a bordo do *Nimbo* atiravam em capacidade máxima. A casa do leme foi atingida mais uma vez, e toda a tripulação se jogou no chão. Só o atirador da ala da ponte restou em pé. Esperaram pela explosão que fosse sinalizar o golpe mortal ao navio. A embarcação estava carregada com tanques britânicos Valentine, caminhões e TNT. Se fossem atingidos diretamente, não haveria tempo para subir nos botes salva-vidas. Todos sabiam disso.

– Então façam logo, com o diabo! – Knud Erik xingou.

Do lado de fora, o atirador continuava atirando como se suas mãos tivessem congelado segurando o gatilho. Então, no meio do estralar dos tiros, ouviram o barulho do motor do Junker morrer. Será que o piloto tinha resolvido poupá-los, no final das contas? Permaneceram no chão, incapazes de acreditar que o perigo havia passado. Era certeza que, a qualquer minuto, o motor do avião iria voltar a rugir por sobre eles, e seria seu fim.

Silêncio total. O canhão automático na ala da ponte também estava quieto.

– Acabou – o atirador disse.

Ainda tremiam quando se levantaram, desequilibrados. O Junker agora era um pontinho minúsculo no horizonte. O piloto deveria estar a caminho de casa, depois de uma expedição, quando os avistara. Talvez tivesse só mais uma bomba sobrando, e tentara a sorte.

Mais uma vez, o *Nimbo* se mostrara um navio de sorte.

Caro Knud Erik,

Force um homem contra a terra e o observe sob o calcanhar do seu sapato. Será que ele está se esforçando para se levantar? Será que clama contra a injustiça que sofreu? Não, ele fica lá, orgulhoso de toda a punição que é capaz de aguentar. Sua masculinidade repousa em sua tola resistência.

O que um homem assim faz quando é mantido embaixo d'água? Será que se esforça para vir à tona?

Não, seu orgulho é sua capacidade de prender a respiração.

Você deixou as ondas se abaterem por cima de si, viu o parapeito se esmigalhar, viu os mastros caírem na água e o navio dar seu último mergulho. Segurou a respiração durante dez, vinte, cem anos. Na década de 1890, você tinha trezentos e quarenta navios; em 1925, tinha cento e vinte; uma década depois, a metade disso. Onde eles foram parar? O Urano, *o* Andorinha, *o* Esperto, *o* Estrelar, *o* Coroa, *o* Laura, *o* Adiante, *o* Saturno, *o* Amigo, *o* Dinamarca, *o* Eliezer, *o* Ane Marie, *o* Felix, *o* Gertrud, *o* Indústria *e o* Harriet*: desapareceram sem deixar vestígio, esmagados pelo gelo, dilacerados por traineiras e vapores, perdidos, despedaçados, presos em Sandø, Bonavista, Waterville Bay, Pedra do Sol.*

Você sabia que um em quatro navios que fizeram a rota da Terra Nova nunca voltaram? O que seria necessário para fazer você parar? Menos carga? Mas o preço da carga está caindo incessantemente: foi reduzido à metade em uma década. Você simplesmente aceitou um salário menor, comeu ainda pior, rangeu os dentes. Treinou prender a respiração embaixo d'água.

Você navegou onde mais ninguém ousou ou quis navegar. Você foi o último.

Não havia cronômetros a bordo. Já não havia mais dinheiro para eles. Já não podia mais calcular a longitude e, quando um vapor passava por você, fazia um sinal, perguntando: "Onde eu estou?".

De fato, onde você estava?

Com desespero,

Sua mãe

Wally foi o primeiro a reparar. Os outros estavam na ponte, supervisionando o descarregamento, quando se voltou para eles e observou, entusiasmado:

– Não conseguem ver como este lugar é maravilhoso?

Deram de ombros dentro das capas de chuva e olharam para Molotovsk. Meio afundados, navios combalidos se estiravam no porto, ao mesmo tempo que, ao longo do cais, encontravam-se as amplas pilhas de destroços que eram os restos dos galpões. Mais ao longe, na paisagem plana e rochosa, construções cobertas de fuligem e com aparência de alojamento militar se avultavam, com telhado de oleado. Era o auge do verão e, apesar de o sol ficar no céu vinte e quatro horas por dia, não conseguia aumentar a temperatura. À luz perpétua, eles sentiam que suas pálpebras tinham sido cortadas fora e viviam em um mundo em que o sono fora abolido. A paisagem rochosa e cinzenta, o sol e a ciência de que estavam longe para diabo da sociedade civilizada os enchiam de uma letargia lanosa.

– Peguem a camisa de força – Anton resmungou. – O garoto enlouqueceu. Acha que está em Nova York.

– Isto aqui é melhor do que Nova York. O maquinista-chefe pode ter ficado cego feito uma toupeira na casa das máquinas, mas, certamente, o resto de nós pode ver o que eu quero dizer.

E eles viam. Os trabalhadores que descarregavam e colocavam os ganchos ao redor dos caixotes de munição no compartimento de carga não eram homens; eram mulheres. Mulheres com metralhadoras, patrulhando o cais em que prisioneiros de guerra alemães emaciados empilhavam os caixotes nos caminhões de transporte que esperavam. E, atrás da direção de cada um dos caminhões, uma mulher se preparava para levar a carga até a linha de frente.

– Deem uma olhada na bunda dela – Helge disse, e apontou.

Não que desse para ver alguma coisa: elas usavam botas de couro e macacões volumosos que escondiam as curvas. A única coisa que os homens eram capazes de fazer era imaginar como seria o corpo escondido debaixo das roupas disformes, especulando se eram magras ou mais cheias de corpo. Algumas das mulheres eram jovens, apesar de a maior parte parecer ter mais de trinta anos. Era difícil avaliar sua idade. Elas tinham rosto largo e a tez cinzenta, nada saudável. Os cabelos estavam escondidos sob o quepe, apesar de algumas usarem lenço na cabeça.

Não que nada disso fizesse diferença. Havia três meses que os homens tinham tido sua última dispensa em terra, e a visão de mulheres no compartimento de carga, ou no convés, bastava para estimular o componente mais importante do desejo sexual: a imaginação. Começaram a falar, animados, sobre as partes preferidas da anatomia feminina, ao mesmo tempo que, mentalmente, despiam as estivadoras e as guardas com o desejo insano de que, por baixo dos uniformes rudes e imundos, cada uma delas fosse uma garota de pôster: uma borboleta presa em um casulo cinzento e ensebado.

Knud Erik estava usando o uniforme de capitão. Normalmente, não o vestia, mas todo mundo sabia que os comunistas respeitavam uniformes e mais nada; então, quando você negociava com as autoridades soviéticas, era inteligente, do ponto de vista da diplomacia, parecer o mais oficial possível, se quisesse que as coisas fossem feitas. Reparou que uma soldada ficava olhando fixo para ele, e imaginou que fosse seu uniforme que a atraía. Olhou nos olhos dela e encarou. Até onde percebia, a mulher era magra e mais ou menos da mesma idade que ele; tinha cabelos louro-acinzentados, presos em um coque apertado na nuca. Knud Erik não sabia dizer por que tinha retribuído seu olhar. Fora um reflexo que foi incapaz de controlar, apesar de se dar conta de que o gesto poderia ser tomado como provocação. Ela não desviou o olhar e continuou encarando-o, como se o testasse. Ele não conseguia interpretar o olhar dela de nenhum outro jeito, apesar de não fazer ideia de qual fosse seu objetivo.

Sua concentração foi interrompida por um estampido alto. Um caixote de munição tinha escorregado do gancho e caído no cais, onde se abriu. Um dos prisioneiros alemães imediatamente começou a remexer lá dentro, provavelmente na esperança de encontrar algo comestível. Duas estivadoras o agarraram e o puxaram para longe. Ele se debateu um pouco; então desistiu e se deixou arrastar pelo cais. O descarregamento tinha parado.

A soldada que estava encarando Knud Erik um momento antes gritou um comando breve, e as estivadoras soltaram o prisioneiro. A soldada foi até ele, soltou a trava de segurança da metralhadora que trazia pendurada ao ombro e atirou a curta distância. Deu uma olhada breve na figura magricela que se prostrava à sua frente, como que para se assegurar de que estava morta; em seguida, ergueu os olhos para Knud Erik. Desta vez não havia dúvidas sobre qual fosse sua intenção Era um desafio.

* * *

Naquela noite, sentado sozinho em sua cabine, entorpecendo o cérebro lentamente com uma garrafa de uísque em que nunca tocava durante o dia, ele não teve dúvidas de quem fosse a mulher. Ela era um anjo da morte que tinha vindo buscá-lo. Essa ideia louca (até revoltante), contra a qual não tinha forças para resistir, encheu-o de desejo e, pela primeira vez desde as noites de bombardeio em Londres, teve uma ereção.

A cidade, que ficava a uns dois quilômetros do porto, não passava de um punhado de casas de madeira, arranjadas ao redor de uma praça. As ruas se irradiavam como hastes de roda que não levavam a lugar nenhum: a algumas centenas de metros de distância, a terra selvagem começava.

A cidade tinha um Clube Internacional, e foi para onde eles foram naquela noite. A primeira visão que os recebeu foi um urso mal empalhado, com aparência esquelética, em pé nas patas traseiras e com a boca aberta, mostrando uma fileira de dentes amarelos. Os dois caninos estavam quebrados, como se tivessem sido arrancados por alguém que temesse que a criatura pudesse ganhar vida e atacar os clientes.

Atrás de uma mesa, em um canto, estava acomodado um homem careca com camisa branca e suspensórios vermelhos, que cuidava de uma caixa de dinheiro, com uma muleta ao lado. Um acordeonista se postara em uma cadeira, em um palco improvisado feito de madeira serrada de modo grosseiro. Ele também não era capaz de andar sem a ajuda de uma muleta. Ambos os homens tinham por volta de cinquenta anos, e cada um possuía uma fileira de medalhas no peito. Eram eles os únicos outros homens que a tripulação do *Nimbo* viu no clube.

Obtiveram um quadro geral das perdas que o comboio sofrera. Apenas doze dos trinta e seis navios tinham chegado ao destino. A maior parte se dirigia para Murmansk ou Arkhanguelsk, e apenas o *Nimbo* conseguira chegar a Molotovsk, e isso significava que, nessa cidade de mulheres, eles não tinham rivais. Viram outros homens na rua, mas, assim como o caixa e o acordeonista no Clube Internacional, eram aleijados, ou tinham cabelos brancos.

As poucas crianças presentes imploravam aos marinheiros estrangeiros por cigarros e chocolate. O rosto delas, que parecia sábio demais para a idade que tinham, acendia-se num sorriso convidativo quando eles se aproximavam.

– Vá se foder, Jack – diziam. Era o cumprimento que os marinheiros britânicos tinham lhes ensinado.

– Vá se foder, Jack – Wally respondia, e entregava cigarros a todos.

A cerveja no clube tinha gosto de cebola, por isso bebiam vodca russa, que tinha gosto de metanol, e talvez fosse isso mesmo. Cada vez que se acomodavam nos sofás de veludo vermelho, a única mobília além das mesas desnudas, faziam levantar nuvens de poeira. O chão também era imundo. A explicação de Anton era que, depois que uma mulher segura uma metralhadora, um esfregão não significa mais nada para ela.

A tripulação do *Nimbo* se acomodava em uma ponta do clube; e as mulheres de Molotovsk, na outra. À noite, as mulheres tiravam as roupas de trabalho e colocavam vestidos que pareciam guarda-pós modificados. Também prendiam os cabelos, mas o rosto largo e em forma de coração permanecia tão descorado quanto antes; não usavam nenhuma maquiagem. Segundo boatos, eram todas espiãs que seduziam marinheiros estrangeiros para arrancar-lhe segredos, e isso só fazia com que o fascínio deles crescesse.

Não que a tripulação do *Nimbo* tivesse algum segredo.

– Elas podem vir tentar – Wally disse. – Podem me espionar o quanto quiserem. – Atravessou a pista de dança e tirou um batom do bolso. As mulheres olharam-no com olhos brilhantes e começaram a rir. Ele entregou o batom a uma loira corpulenta que usava um vestido azul desbotado e que, imediatamente, começou a pintar os lábios da mulher mais próxima. O batom foi passado de mão em mão, e um bando de lábios vermelhos, unidos em um enorme sorriso, se voltou para ele. Wally apertou os próprios lábios para elas, e outra onda de risadinhas tomou conta do salão.

Ele foi até o palco, onde o acordeonista ainda não tinha dado início à diversão da noite, e lhe entregou alguns cigarros; o músico os enfiou atrás da orelha e começou a tocar. Um gemido soou de seu instrumento quando apertou o ar para fora dele, em um ritmo pesado e com batidas fortes.

Wally retornou às mulheres e se curvou na frente de uma delas, a qual se levantou de um pulo, com agilidade surpreendente, e o puxou até o meio da pista de dança, onde pousou a mão em seu ombro. Ele reagiu colocando o braço ao redor de sua cintura generosa. Ela era mais velha e não hesitou em guiá-lo por passos desconhecidos. Quando a dança terminou, a mulher fez uma mesura e voltou para sua cadeira.

– Isso não fez você ir muito longe, hein?

Era Anton. Wally se virou para ele.

– Essa só foi a conversa preliminar. Começo concedendo a elas uma pequena amostra da minha mercadoria. Então lhes dou tempo para pensar nela.

– Você não deve ter muita fé em si mesmo, se precisa comprá-las.

Helge olhou para ele com escárnio, e os outros soltaram uivos de protesto.

– Parem com esta merda cheia de hipocrisia – Absalon disse. – Nós todos fazemos isso de vez em quando. Você não teria a menor chance com essa sua cara de batata, a menos que deixasse algumas notas na cômoda. – Os outros riram.

– Elas são iguais a nós – Wally disse. Havia uma ternura incomum em sua voz. – Estão necessitadas. E nós também. Sim, provavelmente *seríamos* capazes de arrumar xoxota comunista de graça. Mas qual é o mal em mimá-las um pouco? Quer dizer, a vida delas não parece ser lá muito divertida do jeito que é.

Knud Erik não se juntou à conversa: estava sentado sozinho, avaliando as mulheres na outra ponta do salão. Estaria seu anjo da morte entre elas? Não sabia bem se iria reconhecê-la sem uniforme. Agora sabia que tinha sido a visão inesperada de uma metralhadora em mãos femininas que atraíra sua atenção. Ambos haviam se encarado. E ele se sentia estranhamente convencido de que, se ela estivesse ali naquela noite, iria tentar chamar sua atenção mais uma vez. Ele não precisava procurar. Ela iria encontrá-lo.

Ainda assim, continuava examinando o rosto das mulheres. A maior parte era carnuda e desgastada, com uma exaustão sem fim, que parecia próxima à resignação. Aquilo provocou ternura nele, mas não era um ser humano que procurava. Queria o tipo de autoanulação mais radical possível.

Visitaram o clube três noites seguidas, mas Knud Erik não se sentiu nenhuma vez constrangido por um olhar penetrante, apesar de as mulheres olharem para ele. Vestia o uniforme de capitão para que fosse mais fácil para ela reconhecê-lo, mas as listras douradas de sua manga e seu quepe atraíam mulheres que não buscava. Uma jovem de vestido verde, que combinava com os olhos, ficava olhando-o, mas ele se virou para o outro lado e ignorou seu nítido interesse.

A dança estava bem encaminhada. Homens e mulheres se sentavam uns à mesa dos outros. A barreira entre as mulheres russas e os marinheiros estrangeiros tinha caído. Wally, o menino-homem cheio de experiência e com grande apetite por mulheres, era, como sempre, o centro de tudo. Já no que diz respeito a Knud Erik, ele ficou no sofá vermelho e evitou a pista de dança.

Naquela mesma noite, Molotovsk sofreu um ataque aéreo. Os aviões alemães Junkers fizeram mira no porto. O sol da meia-noite brilhava no horizonte quando o alarme de ataque aéreo soou. O *Nimbo* era o único navio no porto, e o alvo óbvio. A tripulação meio bêbada saltou do convés e começou a correr de um lado para outro, em pânico. Não havia abrigos na área, e as primeiras bombas já estavam caindo. O armamento antiaéreo ao redor do porto respondia com fúria. Também era operado por mulheres.

A uma curta distância, havia alguns canos enormes de cimento que poderiam servir de abrigo; um homem correu para dentro deles. Eram grandes o suficiente para se ficar em pé ali. Um dos galpões já destruídos foi atingido diretamente. Mais ao longe, um caminhão de transporte explodiu. Barulhos fortes ressoaram nos canos, e os homens se sobressaltaram. Eram as balas de alto calibre das armas antiaéreas; não tinham atingido o alvo e caíam do céu feito chuva de ferro. Então, ouviram o som agudo de um Junker rodando, seguido pela explosão vazia de uma bomba, ou de um avião atingido se chocando contra o solo.

As armas antiaéreas continuavam atirando. Um paraquedas aberto flutuou na direção do solo, com o piloto pendurado nas cordas; o homem caiu ao chão, desfalecido, e o pano se acomodou sobre ele. Não voltou a aparecer, e nada se moveu embaixo do fino material.

O alarme que marcava o fim do ataque soou pouco depois. O *Nimbo* ainda estava ao lado do cais, onde tinha sido deixado. Parecia não ter sido atingido, mas uma cratera de bomba no cais mostrava que fora por pouco.

Um impulso repentino fez com que Knud Erik fosse até o paraquedas. Anton o acompanhou. Ele ergueu o pano e o puxou, para revelar o rosto do piloto, cujos olhos azuis estavam arregalados, assim como a boca, como se a própria morte o tivesse surpreendido. Estava estirado em uma poça de entranhas vermelho-escuras. A parte baixa do corpo e as pernas estavam retorcidas em um ângulo estranho; olhando mais de perto, deu para ver que ele quase fora rasgado ao meio. Não poderia ter sido ferido quando o avião fora atingido; não teria sido capaz de sair da cabine. O homem que manejava as armas antiaéreas devia tê-lo usado como alvo de treino quando ele estava descendo. Os cartuchos pesados, feitos para derrubar aeronaves, tinham dilacerado seu corpo, e manchas escuras empapavam o tecido do paraquedas. Ele devia ter caído com o sangue esguichando dos intestinos expostos. Algo neles iniciou um impasse.

– Não adianta nada, comandante – Anton terminou por dizer.

Knud Erik ergueu os olhos. Anton nunca o chamara de comandante. No entanto, sentia-se como se fosse a primeira vez em meses que outro ser humano lhe dirigia a palavra.

– Como assim? – perguntou.

– Eu sei o que você está pensando. Não adianta nada tentar encontrar algum sentido no que acontece nesta guerra. Também não adianta nada culpar a si mesmo. A única coisa que ajuda é esquecer. Esquecer o que você fez, e esquecer o que outros fizeram. Se quiser viver, então esqueça.

– Não consigo.

– Vai ter que conseguir. O mesmo vale para todos nós. Falar sobre isso não ajuda ninguém. Só faz as coisas piorarem. Um dia, a guerra vai acabar. Daí, você vai voltar a ser quem era.

– Não acredito nisso.

– Temos que acreditar – Anton disse. Ou não sei o que será de nós. – Pousou a mão no ombro de Knud Erik e o chacoalhou de leve. – Vamos, comandante. Está na hora de irmos para a cama.

No dia seguinte, ele a viu. Ela estava em pé no cais, uniformizada, com a metralhadora pendurada por uma alça. Antes mesmo de erguer os olhos, sentiu o olhar da mulher sobre ele, como se tivessem uma conexão secreta, uma espécie de sensibilidade à presença um do outro, que criava um laço entre ambos. Ele não compreendia sua natureza; o olhar dela nunca se desenvolveu em um sorriso, nem em assentimento com a cabeça, que pudessem trair suas verdadeiras intenções. Ele também se segurou. Apenas seus olhos se conectaram. No rosto rígido dela, incapaz de ser abordado, como o de qualquer outro soldado, ele não via nenhum sinal que sugerisse que a troca não passava de um teste de força e o único desfecho possível seria um dos dois, finalmente, cair de joelhos e se entregar.

Um pensamento repentino o encheu de terror: ela iria executar outro prisioneiro alemão que trabalhava no porto. E faria isso para ele, como se um cadáver pudesse fornecer um novo elo, em alguma conexão secreta que se fortalecia a cada dia que passava. Para seu alívio, não aconteceu nada.

O descarregamento estava indo devagar, e eles achavam que iria demorar alguns meses antes de poderem partir. A essa altura, a maior parte da tripulação já tinha arrumado namorada, e todas as mulheres iam ao clube com os lábios vermelhos. Várias tinham olhos delineados com kajal, e, nos intervalos entre as danças, os casais se davam as mãos sem vergonha.

Passaram-se mais sete dias até ela aparecer no clube.

Ele ficou decepcionado quando a viu. Se não fosse por aqueles olhos, que, como sempre, causavam-lhe um formigamento na nuca, não a teria reconhecido. Seu cabelo louro acinzentado, grosso, estava dividido de lado e caía pesadamente por cima da testa. Ela tinha passado batom vermelho como as outras, e o encarava de modo contínuo da mesa onde estava sentada sozinha. As outras mulheres pareciam se manter à distância. Ele imediatamente levantou-se e se aproximou dela, a fim de convidá-la para dançar. Os outros, tanto homens quanto mulheres, olhavam-no fixamente agora. Era a primeira vez que o capitão do *Nimbo* tinha se juntado a eles na pista de dança.

Ela usava uma camisa branca, recém-passada. Rugas ao redor da boca sugeriam que tinha por volta de trinta e cinco anos. A vida tinha deixado sua marca nela, mas não era feia.

Não foram esses aspectos de sua aparência que o decepcionaram, mas o fato de, agora, sem o uniforme e a metralhadora, ela ter se tornado apenas uma mulher como as outras. Já não era mais seu anjo da morte. Ele tinha se enganado em relação a isso. A mulher simplesmente o olhava da maneira como qualquer mulher olha para um homem, e era só isso. Ele fora tão afetado por toda a destruição que tinha visto e da qual havia participado que sua noção normal das coisas se evaporara. A única coisa que ele buscava era esquecimento, e esse desejo era tão intenso que não dava para distingui-lo do desejo de ser esquecido.

Colocou os braços à sua volta, e ela se pressionou contra ele. Dançava bem, e ficaram na pista durante muito tempo. Ela não tirava os olhos dele, e ele percebeu o anseio que continham. Ela queria algo que ele sentia não ser mais: um ser humano. Queria sua ternura e seu abraço. Mas Knud Erik não tinha nada para dar a ninguém, apenas a luxúria brutal e urgente que busca somente o próprio alívio.

Como ela poderia esperar alguma coisa, ela que tinha atirado em um ser humano indefeso, perante seus olhos, e se transformado em parte do horror que o rodeava? Como ela poderia sentir ternura, amor, anseios, ou até paixão? Será que via algo nele que ele próprio não era capaz de enxergar? Será que achava que poderia encontrar salvação nele, que uma noite de amor poderia devolver aquilo que perdera para sempre quando matara outro ser humano? De onde um otimismo assim teria vindo?

Ou seria a mulher simplesmente tão calejada que era capaz de habitar dois mundos separados ao mesmo tempo, o da morte e o do amor? Knud Erik não era capaz de fazer isso. E tinha certeza disso, mas seu corpo reagia quando ela se apertava contra ele, como se parte de si ainda possuísse uma esperança que o resto dele perdera.

Deixaram o clube juntos, algumas horas mais tarde. Não tinham conversado. Diferentemente dos outros a bordo, o capitão não tinha se dado ao trabalho de aprender russo além das poucas expressões que abrem caminho. "Sim", "não", "obrigado", "olá", "boa noite", "adeus", "você bonita", "fazemos amor", "nunca esqueço". Ela tentara trocar algumas palavras com ele, mas, a cada vez, ele meneava a cabeça.

Estava claro do lado de fora: a luz latente definhava e, no entanto, era poderosa; enchia as noites de verão ao norte do círculo Ártico. Ela pousou a cabeça no ombro de Knud Erik. A única coisa que ele sabia era seu nome, Irina, apesar de preferir passar até sem essa informação elementar. Ficou imaginando se "Irina" seria o equivalente de "Irene". Nunca tinha conhecido uma moça com aquele nome, nem em russo, nem em dinamarquês, mas sempre achara que incorporava o refinamento e a fragilidade femininas. Agora, andava ao lado de uma delas, e essa era uma assassina de sangue-frio.

Caminharam na direção das cabanas cobertas de fuligem, com telhado de oleado. Achou que eram dormitórios de exército, mas não havia guardas, nem barricadas. Ouvira a história de um marinheiro que tinha sido assaltado por uma moça, em um desses dormitórios. Os dois tinham se deitado em um amplo dormitório que parecia vazio; o marinheiro acabara de tirar as calças e estava pronto para a ação quando as luzes se acenderam. E lá estava ele, com uma ereção cheia de orgulho e uma roda de mulheres em pé, ao redor da cama, boquiabertas.

Mas esses dormitórios estavam vazios. Pararam na frente da porta de um cubículo com a porta fechada a cadeado. Ela achou uma chave e a destrancou. Então, desceu uma persiana que bloqueou a luz e acendeu uma lamparina de petróleo. Só tinha uma cama e uma mesa, na qual havia a fotografia de uma mulher que devia ser ela. Na imagem, ela estava em uma clareira, entre algumas árvores, com um homem de uniforme; os dois seguravam as mãos de uma menina de cerca de cinco anos. O sol salpicava de luz o solo, e o homem e a mulher sorriam. O soldado tinha tirado o quepe e abraçado Irina pelos ombros com o braço livre. Ela usava uma camisa branca igual à que estava usando nessa noite.

Onde eles estariam agora? O homem devia estar no fronte, ou morto. Só Deus sabia onde a menina estaria. Certamente, não era em Molotovsk. Talvez tivesse sido evacuada para um lugar mais seguro, nas profundezas desse vasto país.

Irina desviou os olhos quando viu os dele se demorarem na fotografia. O rosto dela, voltado para o lado, deu-lhe a sensação de que tanto o homem quanto a criança tinham morrido. Deitou-se na cama e esperou por ele, que se esgueirou e a abraçou. Tocou os seios dela com as mãos. Como sua pele era suave e quente... Ele não queria nada além dessa maciez e dessa quentura. Era necessidade, mais do que desejo, que se empoçava dentro dele: bestial, mas sem violência. Só queria tocar em uma pele que fosse viva e respirasse, mesmo que a quentura viesse de uma mulher acostumada a matar, que o fazia sem nem piscar.

O que ela teria pensado quando olhou para ele depois de atirar com a metralhadora? Será que buscara perdão, compreensão? Será que perguntara a si mesma, e talvez a Knud Erik também, se ele ainda era capaz de olhá-la e ver um ser humano?

Ele sentiu a quentura de sua pele sob a palma da mão, sua suavidade infinitamente maleável, e pousou a face contra o seio desnudo, como um homem naufragado que tivesse conseguido sair da água gélida e apertasse o rosto contra a areia para sentir o chão sólido. Queria ficar deitado assim para sempre, nunca mais se mexer, simplesmente existir em um continente de pele feminina nua e quente, que se estendia, infinita, em todas as direções.

Então Irina começou a chorar. Abraçou-o com força, enquanto passava a mão pelos cabelos dele, e repetiu o nome dele em tom de súplica. Nada além do nome dele, vez após outra. Estava se afogando, assim como Knud Erik. Tudo nele se contraiu. Duas pessoas que se afogam não podem se salvar uma à outra. A única coisa que podem fazer é se arrastar mutuamente para o fundo.

Debateu-se para se livrar do abraço dela. Não podia fazer isso. Ele tinha estado sozinho o tempo todo, mesmo quando pousara a face em seu peito nu. E estava fadado a ficar sozinho. Buscara um anjo da morte e encontrara um ser humano, e não era capaz de lidar com isso.

Ergueu-se na cama com um puxão, saltou para fora e disparou pelo dormitório vazio, onde seus passos ecoaram como se os soldados, que no passado tinham habitado a construção e agora estavam mortos, tivessem voltado.

Knud Erik foi convocado logo depois do almoço. Convocação: era assim que pensava quando era chamado para reuniões com as autoridades soviéticas locais. Uma soldada e uma oficial que falava inglês apareceram, ambas uniformizadas. A oficial era jovem, e sua confiança sugeria que se considerava representante de algo grandioso. O Estado soviético falava através dela, em um inglês superior ao dele e em frases que tomavam a forma de comandos.

A oficial usava um leve vestígio de sombra nos olhos, e ele não sabia dizer de onde ela viera. Nunca a vira no clube e tinha certeza de que a mulher não se misturava aos marinheiros que paravam em Molotovsk. Se havia alguma verdade no boato que corria entre os homens, de que algumas das mulheres eram espiãs, então ela era uma candidata óbvia.

Estas reuniões geralmente tratavam de cargas. Discussões sem fim eram suscitadas por pequenos detalhes que não fechavam, dois quais ele sempre cuidava com o mesmo humor resignado. Sabia que iria perder mais um dia em discussões burocráticas e seria forçado a escutar comentários insultantes sobre o inadequado esforço de guerra dos Aliados.

Em uma ocasião, no entanto, ele se surpreendeu com prazer: entregaram-lhe um envelope cheio de cheques para a tripulação. Era um suplemento de guerra. Os russos estavam pagando cem dólares a cada homem; Ióssif Stálin tinha assinado os cheques pessoalmente.

– Você tem que ser idiota para entrar em um banco com isso e receber seus cem dólares – Wally disse, quando recebeu seu cheque.

– Mas, bom, podem ser falsos – Helge falou. – E daí nós seríamos presos.

– Um de meus amigos, um sujeito chamado Stan, recebeu um cheque desses e foi a um banco no Upper East Side para pegar seus cem dólares do Tio Joe. O caixa ficara virando-o de um lado para outro. "Pode esperar um momento?", disse, e o levou ao quarto andar para falar com o gerente. Este também começou a olhar fixo para o cheque. Assim como Helge, meu amigo achou que havia algo errado. "Dou-lhe duzentos dólares por ele", o gerente do banco disse. "O quê?", meu amigo perguntou, engolindo em seco. Ele não entendeu. "Certo, certo", o gerente falou. "Trezentos dólares."

– Não estou entendendo – Helge franziu a testa.

– Era a assinatura. A assinatura pessoal de Stálin vale muito mais do que o cheque.

Mas, dessa vez, a reunião não era nem sobre cheques nem sobre cargas. A oficial disse a Knud Erik que ele iria ao hospital.

– Não estou doente – o capitão desdenhou. Devia ser algum tipo de engano.

– Não é por causa do senhor – a oficial disse, ríspida. – É por causa de um paciente que queremos que leve de volta à Inglaterra.

– O *Nimbo* não é um navio-hospital.

– O paciente está com boa saúde. Pode se cuidar sozinho. Não podemos mais continuar tomando conta dele.

– Então, consegue trabalhar a bordo?

– Isso depende do que quiser que faça. Aliás, ele é dinamarquês. Como o senhor. – Não lhe dissera que ele próprio era dinamarquês. A oficial era bem informada.

– Vamos – ele disse, com brusquidão.

Knud Erik achava que o hospital de Molotovsk devia se localizar perto do porto, mas acontece que se localizava a certa distância da cidade, ao longo de uma daquelas estradas que pareciam se perder em território selvagem. O hospital era um prédio comprido e baixo, e não havia sinais que sugerissem que tipo de trabalho clínico se dava atrás de suas paredes de madeira rústicas. Uma mulher pesada, com um macacão sujo, tinha transformado o piso em uma poça de lama e água, que remexia com um esfregão em uma tentativa malfadada de tentar passar a impressão de que estava limpando. Os passos dele espirraram água para todos os lados quando fizeram a curva em um corredor comprido e sujo, cheio de camas de pacientes que, a julgar pelos sons que emitiam, estavam todos morrendo.

Em uma ala onde mal dava para enfiar mais uma cama que fosse, uma silhueta estava sentada, largada em uma cadeira de rodas de espaldar alto, próxima à janela. Parecia ter caído no sono, mas acordou quando a oficial a cumprimentou, e ergueu os olhos sonolentos. Estava enrolada em um cobertor que escondia a maior parte de seu corpo, mas Knud Erik percebeu que não tinha o braço esquerdo. Seu rosto estava inchado e todo vermelho.

De acordo com a informação que o capitão recebera, o homem estava no hospital havia quatro meses, de modo que a cor chocante de seu rosto não se devia a banhos de sol excessivos. Isso era a Rússia, onde a vodca sem dúvida corria livre, até em hospitais.

O rosto vermelho do homem se abriu em um sorriso torto, agradável, quando avistou Knud Erik com o uniforme de capitão. Estava ansioso para impressionar, e Knud Erik logo viu por quê. Queria desesperadamente fugir daquele lugar retrógrado e voltar à civilização, por mais que esta estivesse sendo destruída por bombas no momento.

– Compreendo que é dinamarquês – o homem disse, com a voz rachada, como se fizesse muito tempo que não falava.

Knud Erik assentiu. Estendeu a mão e disse seu nome. O homem apertou a mão dele com entusiasmo, mas pareceu hesitar, como se não fosse capaz de se lembrar do próprio nome, ou estivesse pensando em dar um falso. Então falou.

Knud Erik se voltou para a oficial, que estava atrás deles, com os lábios normalmente apertados agora relaxados em um sorriso simpático, como se parabenizasse pelo reencontro dois parentes que não se viam há muito tempo.

– Pode fazer o que quiser com esta criatura – Knud Erik disse. – Pode levá-lo para o porão e atirar nele ali mesmo, no que me diz respeito. Ou pode mandá-lo para a Sibéria ou qualquer inferno para onde mandam as pessoas que ninguém quer aqui na Rússia. Mas, se existe um lugar aonde ele não vai com toda a certeza, esse lugar é meu navio.

Saiu da ala marchando sem olhar para trás, pisando na água corredor afora, onde a faxineira tinha retomado seus esforços com o balde aparentemente inexaurível.

– Capitão Friis – a oficial o chamou enquanto se afastava. Mais uma vez, ele teve de admirar sua pronúncia. O sotaque inglês dela era perfeito, e quando disse seu sobrenome, mostrou que o dinamarquês também era.

Ele saiu do hospital e começou a caminhar na direção de Molotovsk. Tinha percorrido uma boa distância e já avistava as casas baixas da cidade quando um carro parou à sua frente. A oficial desceu. Foi só aí que ele notou que ela tinha um coldre preto preso à cinta.

– Acho que não compreende o quanto isso é sério, capitão Friis. Eu lhe dei uma ordem. Você não tem escolha.

– Pode atirar em mim e me matar – ele disse com calma, e apontou o coldre com a cabeça. – E transforme aquela aberração em cidadão honorário da União Soviética depois. Eu realmente não me importo. Mas ele não vai embarcar no meu navio.

– Meça as palavras, capitão.

A mulher deu meia-volta sobre os saltos e entrou no carro, que fez o retorno e se dirigiu mais uma vez ao hospital.

Ele voltou ao *Nimbo* e deu ordens para que zarpassem imediatamente. O contramestre olhou-o sem entender nada.

– Não podemos fazer isso, capitão. Precisamos acender a caldeira primeiro. E nossos documentos não estão prontos. Vão vir atrás de nós e farão com que voltemos.

– Pelo amor de Deus! – Ele começou a andar de um lado para outro na ponte, esperando o inevitável. Claro, em apenas meia hora, um caminhão parou no cais na frente do *Nimbo*. Na traseira, estava o homem da cadeira de rodas de espaldar alto, com um saco de viagem no colo. A oficial desceu do veículo. A tripulação se juntou à amurada para olhar o homem, que ergueu um braço e acenou para eles.

– Olá, pessoal!

A oficial ordenou que dois homens erguessem a cadeira de rodas da traseira do caminhão e a carregassem prancha acima. Quando o cadeirante estava acomodado no convés, ela saudou Knud Erik com ironia.

– Agora é seu, capitão.

– Ele vai cair do barco assim que sairmos do porto.

– Isso é inteiramente da sua conta.

Deu meia-volta e entrou mais uma vez na cabine do caminhão. O motor roncou, e o veículo se afastou.

O homem da cadeira de rodas esperou. Knud Erik atravessou o convés e se colocou ao lado dele; em seguida, virou de frente para a tripulação, que formava um semicírculo, de olho no recém-chegado, com curiosidade.

– Gostaria de apresentar o nosso hóspede – Knud Erik disse. – O nome dele é Herman Frandsen.

Vilhjelm e Anton pareceram chocados. Nos dezoito anos passados desde que o tinham visto pela última vez, Herman se tornara tão dilacerado e exausto que não o reconheceram até seu nome ser proferido.

– Esse homem é conhecido por vários de nós a bordo. Mas não por bons motivos. Ele é um assassino e estuprador, e, se algum de vocês sem querer o empurrar no mar, vai ser recompensado com uma garrafa de uísque.

Herman ficou olhando fixo à distância, aparentemente inabalado pelo discurso com que Knud Erik o tinha honrado.

– Enquanto isso, é melhor encontrarmos algum serviço para você fazer – Knud Erik disse. – Já descansou bastante. Levante-se.

– Não posso.

Com o braço que lhe restava, Herman colocou calmamente o cobertor de lado. As pernas das calças estavam vazias dos joelhos para baixo. Ele tinha perdido mais do que um braço. Ambas as pernas haviam sido amputadas.

Herman não foi jogado para fora do navio depois de partirem de Molotovsk, e ninguém tentou ganhar a garrafa de uísque ofertada a quem o enviasse ao lugar de descanso que merecia, no fundo do mar.

– Ainda tenho a coisa mais importante – Herman disse aos homens reunidos a seu redor no refeitório. – A minha mão direita. A melhor amiga de um marinheiro nas longas horas de folga. E ainda posso erguer um copo – ele disse. – O que mais um homem pode querer? – Sua mão de masturbação, como ele dizia. – Pode apertar – ele disse, oferecendo a pata grande. – Eu lavei. – Agitou a tatuagem no braço. – O velho leão ainda ruge.

Os homens fizeram fila para cumprimentá-lo.

Herman passava a maior parte dos dias no refeitório. Ajudava com as refeições, arrumava a mesa e depois tirava os pratos. Mal conseguia fazer tudo isso só com um braço. Era um trabalho degradante, mas não parecia incomodá-lo. Sempre havia alguém pronto para dar um passeio com ele no convés, quando o clima permitia. Alguém, Knud Erik não sabia quem, tinha preparado uma polia para que pudessem erguê-lo até a ponte. Um dia, ele o viu sentado em uma cadeira alta na frente do leme, que controlava com pulso firme.

Tinha ordenado com firmeza que ninguém desse álcool a Herman, sabendo muito bem que, no coração desse comando, estava o desejo secreto de fazer com que a vida dele fosse insuportável. No entanto, vez após outra, o homem aparecia à sua frente obviamente embriagado. Havia um estoque secreto de vodca em algum lugar a bordo, com o qual a tripulação o abastecia. Tratavam-no como se fosse mascote, não assassino.

Havia três pessoas a bordo que não estariam vivas se as coisas tivessem sido como Herman queria: Vilhjelm, Anton e o próprio Knud Erik. A vida da senhorita Kristina teria tomado um caminho diferente, mais feliz, sem ele. Ivar ainda estaria entre os vivos. Assim como Holger Jepsen. Só Deus sabia quantas outras pessoas mundo afora Herman tinha matado porque haviam se colocado em seu caminho de um jeito ou de outro.

E, no entanto, lá estava ele, calmo, relaxado, jovial e sociável, fazendo sucesso entre a tripulação, que parecia alheia ao fato de ser um monstro que só tinha se tornado inofensivo devido às amputações. Os mais novos pareciam especialmente fascinados por ele. Quando o menino da cozinha levava café à ponte, descrevia Herman como "um sujeito fantástico que tinha vivido muitas aventuras".

– Ele contou histórias incríveis – Duncan falou. Tinha dezessete anos e era de Newcastle.

– Ele contou como bateu na cabeça do padrasto até o cérebro se derramar para fora, quando ainda não tinha nem a sua idade?

Olhou de soslaio para o menino, para ver se as palavras tinham surtido algum efeito. Não tinham. Teimoso, o garoto olhava firme adiante. Tinha a própria visão a respeito de Herman, e não havia como o capitão mudá-la.

Knud Erik sabia perfeitamente por quê. Antes da guerra, qualquer um teria evitado Herman se soubesse a verdade a seu respeito. Teriam todos evitado sua companhia, e quem tivesse coragem iria ameaçá-lo com desprezo patente. Mas a guerra havia destruído todas as defesas morais. Os homens tinham visto coisas demais, e talvez feito coisas demais também. Por que um menino da cozinha deveria levar a sério a rigidez de seu capitão se fazia apenas alguns meses que o vira atirar em um piloto que estava ajoelhado na asa de um avião caído, implorando pela vida? Onde estava a diferença entre Herman e Knud Erik?

A guerra os tinha transformado em iguais, e Knud Erik só poderia esperar que Herman jamais descobrisse o que ele próprio tinha feito. Era capaz de imaginar sua reação. "Eu nunca poderia pensar que você tivesse isso dentro de si", diria, explodindo de alegria maliciosa por saber que Knud Erik também sucumbira ao que havia de pior em si.

Herman tinha sido feito para a guerra. Era o tipo de homem que se sentia naturalmente em casa, em tais circunstâncias. Tinha a capacidade que Anton considerava essencial à sobrevivência: era capaz de esquecer. O homem musculoso, grande e brutal tinha sido reduzido a um monte de carne onde sobrara pouco de humano; era um inútil e, ainda assim, não desistia. Não se lamentava em relação ao passado, mas adaptava-se ao presente. No passado, tivera dois braços e duas pernas. Esse era um tipo de vida. Agora, só tinha um braço. Esse era outro tipo de vida, mas continuava sendo vida. Era igual ao verme que a gente corta ao meio sem prejuízo. Um pioneiro, aliás. Na guerra, todos tinham de ser iguais a ele ou sucumbir.

– Ele participou da Batalha de Guadalcanal, no Pacífico, senhor.

O menino da cozinha continuava parado ali.

– Foi isso que ele lhe disse?

– Sim, senhor. O navio afundou e ele ficou na água durante uma hora, lutando contra um tubarão. Diz que é preciso dar um soco no focinho, ou no olho dele. Esses são os pontos fracos do peixe. Mas o tubarão sempre voltava. A pele era igual a lixa, raspava.

– Então Herman venceu o tubarão no terceiro assalto e saiu sem nenhum arranhão? – Knud Erik não conseguiu controlar o sarcasmo na voz.

– Não, senhor – o menino da cozinha disse. A ingenuidade na voz do garoto fez com que ele se sentisse envergonhado. – Alguém do navio que veio salvá-lo atirou no tubarão e o matou. Mas o animal levou um bom pedaço das pernas dele e um pouco do antebraço.

– Talvez ele tenha lhe mostrado as cicatrizes?

– Não, senhor. Diz que estavam nas outras partes que foram amputadas.

– Então, não foi o tubarão que levou o braço e as pernas dele?

– Não, senhor. Isso só aconteceu depois. Por causa do congelamento.

O grosso da tripulação vinha de Marstal: o próprio Knud Erik, Anton, Vilhjelm e Helge. Depois havia Wally, que era meio siamês, e Absalon, que, apesar de ter sido criado em Stubbekøbing, devia ter raízes nas Antilhas, da época em que algumas ilhas pertenceram à Dinamarca. Eles eram os dinamarqueses a bordo do *Nimbo*. O restante da tripulação vinha de todo lugar. Havia dois noruegueses, um espanhol e um italiano; os atiradores eram todos britânicos, assim como o menino da cozinha; havia dois indianos, um chinês, três americanos e um canadense. Compunham uma Babel flutuante, em guerra contra a intenção divina de acabar com a Torre.

O que os unia?

O capitão. Ele era sua frágil espinha dorsal. Apesar de desgastado, devido ao próprio conflito interno, dava corpo à lei do navio e proferia os comandos que os homens tinham de seguir, se quisessem chegar vivos ao porto seguinte.

Será que em algum momento se perguntaram por que navegavam? Seria obrigação, convicção ou algo mais profundo que os fazia seguir adiante na zona de perigo?

No começo da guerra, Knud Erik tinha acreditado que, por trás da disponibilidade dos homens de arriscar a vida lutando, estava a mesma atitude moral que os mantinha unidos e determinados a salvar os companheiros de tripulação em uma tempestade. Cessara de acreditar nisso. Mas a antiga crença não tinha sido suplantada por uma nova.

De vez em quando, concordava com Anton: tinham se unido pelo silêncio. Se começassem a articular os pensamentos, alimentariam a loucura uns dos outros e tudo se desmantelaria. Isso era apenas um cessar-fogo, e sabia que não tinha como durar.

– O que Herman anda contando agora?

Knud Erik nunca entrava na cozinha; assim, sempre que Duncan aparecia na ponte com café, ele o questionava, com a desculpa de que, como capitão, precisava saber o que estava acontecendo a bordo.

– Ele nos falou sobre a vez que a embarcação foi atingida por torpedos e todos tiveram de entrar nos botes salva-vidas. A água estava tão límpida quanto gim. Ele viu as duas faixas vermelho-e-brancas dos torpedos antes de atingirem o alvo. O cozinheiro tinha levado um machado consigo e começou a despedaçar a amurada. "Que diabos acha que está fazendo, chefe?", o capitão perguntou. "Estou fazendo uma marca para cada dia que passamos no bote salva-vidas." "Se continuar usando o machado assim, não vai sobrar nada."

Duncan parou e olhou para Knud Erik. Ele, obviamente, esperava a reação que Herman obteve no refeitório por sua história: um rugido de riso.

Knud Erik não riu. Em vez disso, deu um gole no café quente.

– O que mais ele disse?

– Bom, alguns dias depois disso, avistaram uma rolha balançando para cima e para baixo. Não viram terra firme nenhuma. Mas isso os animou, porque a rolha significava que a terra não podia estar longe. Então, algumas horas depois, outra rolha apareceu boiando. Ainda não havia sinal de terra, e começaram a achar aquilo estranho, tantas rolhas boiando no meio do mar. E foi assim que descobriram que alguém a bordo tinha um estoque secreto de uísque na popa e que a pessoa estava esvaziando uma garrafa depois da outra, às escondidas. Foi aí que as pernas e o braço de Herman congelaram.

– E como foi que isso aconteceu?

– Bom, veja bem, senhor. Os homens começaram a brigar por causa do uísque, e Herman foi empurrado para a água. Ele disse que demorou um tempão dos diabos para os homens o puxarem de volta ao barco.

Herman transformava todas as tragédias dessa guerra, inclusive a sua própria, em piadas. Por meio das histórias que lhes contava, chegava o mais próximo possível de transmitir o indizível, sem proferir as palavras em voz alta. Era por isso que os homens escutavam o que dizia.

Quando soube que o apelido dele era Velho Engraçado, Knud Erik se deu conta de que já não era mais o silêncio que unia a tripulação.

Era Herman.

A última história que tinha vindo do refeitório era que Herman era capaz de beber de maneira científica. Durante a cirurgia, os médicos haviam removido uma parte das entranhas extras do Velho Engraçado, e isso significava que tinha espaço de sobra lá dentro. Ele explicou que era necessário ter habilidade; assemelhava-se a encher um barco com o máximo de carga possível. Era necessário ter um método com base em fatos científicos, e ele havia descoberto qual era. Com toda a franqueza, não viam nada de especial no jeito de beber dele. Herman só virava do mesmo jeito que eles; a única diferença era que podia passar mais tempo bebendo. Mas isso, argumentava, era prova certeira de que estava bebendo de modo científico. Nunca precisava parar. Nesse sentido, tinham de concordar. Os homens se recolhiam um por um à cabine, e ele ficava no refeitório, bebendo mais.

A única vez que o Velho Engraçado encontrou alguém que se equiparava a ele foi quando um jovem oficial do Exército de Salvação embarcou em Bristol, a fim de converter a tripulação ao Senhor Jesus Cristo. O Velho Engraçado propôs uma aposta. Se o evangelista fosse capaz de ultrapassá-lo na bebida, ele iria se tornar crente. Mas, se o Velho Engraçado vencesse, o mais jovem teria de abandonar o Exército de Salvação para sempre.

– Era mais do que apenas uma questão de quem seria capaz de beber mais – o Velho Engraçado disse. – Era uma batalha entre a fé e a ciência. O rapaz tinha o Jesus dele, e eu tinha o meu método. Mas ele venceu, o canalha. Eu me entreguei às quatro da madrugada. Até hoje, ainda não sei como conseguiu.

– Então, agora é crente?

– Sou um homem de palavra – o Velho Engraçado respondeu. – Acredito no Senhor Jesus Cristo e renuncio ao demônio e a toda a sua obra. Que o bom Senhor cuide de mim. É graças a ele que ainda tenho minha mão de masturbação.

Pousou o copo na mesa e fez o sinal da cruz, enquanto o coto se agitava, como se quisesse se juntar à diversão também.

– Mas continua bebendo – Wally protestou.

– Só quando tomo a comunhão, e vou à igreja com frequência. Além do mais, acredito que devo isso ao velho Jesus. Vejam bem... – Olhou ao redor, e eles perceberam que a história ainda não tinha chegado ao clímax. – Quando bebeu mais que eu e percebeu que tinha vencido, o jovem cristão se levantou, jogou o casaco no chão e gritou: "Para mim, o Exército de Salvação já deu!" Ninguém entendeu de que diabos estava falando, até que explicou. "Eu percebi, assim que esvaziei o primeiro copo", ele disse. "Eu gosto de beber. E não venci porque o Senhor estava do meu lado. Venci porque queria mais e mais!"

Eles urraram de tanto rir ao redor da mesa do refeitório. O Velho Engraçado se deliciou com o aplauso durante um tempo, enquanto avaliava o líquido transparente em seu copo. Então, levou a vodca aos lábios e secou o copo de um gole.

– Esta foi para Jesus – arrotou.

Navios de carga de Arkhanguelsk e de Murmansk se juntaram a eles ao longo da rota para a Islândia, formando um grupo de oito no total. Um destróier e duas traineiras reformadas, ambas equipadas com bombas de profundidade, acompanhavam-nos. Não era muita proteção, mas, afora o lastro, as embarcações estavam vazias, e o Almirantado britânico provavelmente achava que os alemães iriam considerar um desperdício de munição atacar navios que não carregavam nenhum material de guerra a bordo. Logo descobririam que os alemães tinham ideias diferentes.

Era outubro, e a borda de gelo tinha se deslocado mais para o sul. Navegavam o mais perto dela que ousavam, mas, para os bombardeiros alemães com base no norte da Noruega, a distância era mesmo muito pequena. Os ventos de outono forneceram certa ajuda inesperada. O clima era severo durante a maior parte do tempo e, com ventos fortes, os aviões nunca deixavam o solo. Mas uma tempestade no mar de Barents não fazia diferença para os submarinos.

Wally estava de vigia na popa, e conseguiu dar três alarmes falsos de torpedo no decurso de uma única hora.

– São as listras de espuma nas ondas – explicou em tom de desculpas.

– Ele está ansioso – disse Anton, que tinha aparecido à ponte, saído da casa das máquinas, para reclamar sobre todas as vezes que recebera a ordem de dar ré ou parar sem motivo.

Knud Erik refletiu a respeito do assunto.

– É melhor eu achar outra pessoa – disse.

– Ficar lá sozinho sem ninguém para conversar me deixa louco – Wally disse, com uma expressão de gratidão.

Knud Erik desceu ao refeitório. Como sempre, Herman estava sentado à mesa, fazendo seu espetáculo. Apenas Duncan e Helge, que estavam ocupados preparando o jantar, encontravam-se ali. Helge tinha se acostumado com Herman e também o chamava de Velho Engraçado como o restante da tripulação. Às vezes, conversavam sobre Marstal.

Knud Erik não tinha falado com Herman desde que ele embarcara. Então, aproximou-se e anunciou, sem cumprimentá-lo:

– Já está mais do que na hora de você mostrar sua serventia.

Ordenou que colocasse um macacão islandês, capa de chuva e oleado, e que sua cabeça fosse envolta em um quepe e cachecol de lã. Colocaram uma luva em sua mão. A parte de baixo do corpo foi coberta com mantas e uma lona. Então Knud Erik ordenou que fosse amarrado à cadeira de rodas.

Herman não se abalou.

– Estou me sentindo feito um bebê que vai ser levado para um passeio – foi a única coisa que disse. Não perguntou ao capitão, nenhuma vez, o que deveria fazer.

– Que congele até morrer – Knud Erik disse.

Dois dos marinheiros carregaram Herman até o eixo, no qual prenderam a cadeira de rodas para que o forte balanço do navio não a fizesse sair voando. O *Nimbo* não balançou o suficiente para que a popa submergisse, mas a água gélida espirrava ali em cima. Knud Erik postou-se à ponte e olhou para a figura toda enrolada em panos, que parecia ocupar a popa toda. O círculo estava fechado. Uma vez, Herman tinha mandado Ivar ao gurupés. Agora, Herman estava exposto de modo semelhante.

Knud Erik viu quando ele dobrou o braço e levou algo aos lábios. Alguém tinha lhe entregado uma garrafa de vodca às escondidas. Ah, sim, o Velho Engraçado era um deles mesmo.

Duas horas mais tarde, Herman ergueu a mão: um torpedo estava vindo para cima deles.

Knud Erik ordenou que o navio desse ré, e Anton reagiu no mesmo instante, na casa das máquinas. Knud Erik teve tempo para observar como era estranho colocarem sua fé incondicional em um homem que, no passado, tinha ameaçado a vida deles. Então, avistou a listra de espuma logo adiante da popa. O aviso de Herman tinha chegado no último minuto.

O torpedo acelerou adiante, mirando agora outro navio do comboio, o petroleiro *Monte da Esperança*. Outra listra de espuma apareceu, paralela à primeira. Os torpedos atingiram o *Monte* bem no meio, apenas com dez segundos de intervalo. O navio se partiu ao meio, e as metades saíram boiando em direções opostas no mar agitado; a parte dianteira começou a afundar imediatamente. A água ao redor da embarcação atingida se encheu de homens, com e sem coletes salva-vidas, esforçando-se para permanecer à tona da água gélida.

O *Nimbo* ainda estava dando ré em velocidade total. Agora, era o último do comboio. Uma traineira se aproximou; Knud Erik torceu para que estivesse ali a fim de recolher os sobreviventes. Se soltasse uma bomba de profundidade, significaria morte certa para os homens na água.

No convés da parte de trás do *Monte da Esperança*, que ainda flutuava, uma silhueta seminua apareceu. O marinheiro tinha conseguido prender o colete salva-vidas ao redor da barriga gorda, mas suas pernas estavam nuas. Subiu na amurada e se jogou na água. Knud Erik viu quando ele retornou à superfície e deu braçadas enérgicas para fugir da sucção da popa, que estava meio ereta no ar, enchendo-se de água rapidamente, e logo iria para o fundo do mar. A luz de socorro do colete salva-vidas brilhava, vermelha, contra as ondas cinzentas.

Ele tinha visto aquilo muitas vezes antes e já sabia o que significava: mais uma traição, mais um pedaço de sua humanidade já dilacerada que afundava no oceano junto com o *Monte da Esperança.*

Então, perdeu as estribeiras. Empurrou o timoneiro para o lado, ordenou que avançassem com toda a velocidade e, ao mesmo tempo, virou o leme com força para bombordo. Logo se aproximaram da popa que afundava. Knud Erik mantinha os olhos fixos no homem que se debatia na água.

O nadador jogou a cabeça para trás, na direção do céu encoberto, como se estivesse se esforçando para respirar. Uma onda pesada o ergueu, deixando-o fora de vista. Quando voltou a aparecer, parecia estar gritando, apesar de o barulho do motor impedir Knud Erik de escutar qualquer coisa. Em seguida, a água ao redor dele ficou vermelha.

Por um momento, Knud Erik achou que a traineira tinha lançado sua bomba de profundidade, e ficou esperando ver o marinheiro afogado disparar para fora do mar com o peito explodindo, mas não aconteceu nada. Será que fora atacado por um tubarão? Era improvável. Talvez já estivesse ferido antes de saltar para a água, não?

A essa altura, alguns minutos se passaram, e o marinheiro estava muito próximo. Mas já quase não havia mais tempo. Ninguém sobrevivia tanto assim na água congelante.

Knud Erik ordenou que parassem e saiu correndo da ponte. Subiu na amurada e ficou ali por um momento, balançando, como se hesitasse.

Depois, saltou.

Mais tarde, quando tentava explicar a si mesmo o que havia acontecido, dizia: fiz aquilo para tentar restaurar o equilíbrio na minha vida. Mas, quando saltou, não tinha absolutamente nenhum pensamento na cabeça. Saltou da mesma maneira que se coça o olho quando algo incomoda. Uma luz vermelha de socorro estava acesa, e aquilo o incomodava feito o diabo.

Desrespeitara a regra mais básica da navegação em comboio: um navio nunca deve parar para recolher sobreviventes. A regra não existia apenas para impedir que se tornassem alvos mais fáceis para os submarinos, mas também para impedir que as embarcações que seguiam atrás colidissem com ele. Em muitos casos, um único desvio de curso desencadeava uma corrente de colisões, geralmente acarretando consequências fatais para os navios envolvidos.

Mas o *Nimbo* estava no final do comboio, então ninguém bateria nele por trás. Quando Knud Erik saltou ao mar da ala da ponte, só arriscou a vida da própria tripulação. Assim como qualquer outro ato cometido durante uma guerra, confirmava uma regra apenas para quebrar outra. Era ao mesmo tempo certo e terrivelmente errado.

A água gelada o atingiu como um chute na cabeça. No mesmo instante, sentiu o frio empapar suas roupas. Colocou a cabeça para fora d'água, arfou e olhou ao redor, enlouquecido, já meio em pânico. Não enxergava o marinheiro que se afogava. Então uma onda o ergueu, e ele o avistou. Nadou em sua direção com braçadas furiosas, que fizeram o sangue correr mais rápido. A boca do homem que se afogava continuava aberta, e agora seu berro era audível, cheio de dor e êxtase. Então, quando a luz de socorro lançou seu brilho no rosto dele, Knud Erik viu que o marinheiro não era homem coisa nenhuma, mas uma mulher com cabelo preto curto e olhos estreitos, semelhantes aos de orientais, dos quais só dava para ver o branco. Se não fosse pelo grito, ele iria achar que estava morta.

Então a alcançou. Seus olhos voltaram ao normal, mas, estranhamente, miravam outro lugar, como se estivesse concentrada em algo que acontecia dentro de si mesma. Knud Erik achou que ela deveria estar em choque. Começou a arrastá-la de volta ao navio. Agora, precisava se apressar. O frio que se espalhava por seu corpo estava começando a paralisá-lo. Teria de desistir em breve, e não tinha colete salva-vidas para mantê-lo boiando.

A maior parte dos homens à amurada o incentivavam, como se fosse um corredor se aproximando da linha de chegada. Tinham dependurado uma escadinha no costado do navio. Absalon esperava no degrau de baixo, segurando-se com uma mão e estendendo a outra na direção do capitão. O mar revolto o tinha encharcado todo. Alguém jogou uma corda; Knud Erik a agarrou e se deixou puxar até a escada. Então Absalon agarrou sua mão e o puxou para cima. Ele segurava a mulher pelo braço com a outra mão; ela ainda parecia alheia ao que estava acontecendo. Tinha parado de gritar, e um sorriso introvertido pairava em seus lábios. Quando ele a puxou para fora da água, o abdômen nu revelou as entranhas que transbordavam dela. Era a aproximação da morte que tinha deixado seu olhar distante e abafara seus gritos.

Ele tentou colocá-la em cima do ombro, mas um objeto macio o impediu. Olhou para baixo pela segunda vez. Havia algo saindo dela, mas não eram os intestinos. Era um cordão umbilical. E, nos braços, a mulher segurava um bebê. Uma trouxinha humana enrugada, roxo-acinzentada, nascida embaixo d'água.

O trabalho de parto devia ter começado antes mesmo de o *Monte da Esperança* ser atingido pelo torpedo. Na água gélida, com apenas alguns minutos de misericórdia antes que congelasse, a mãe lutara não apenas pela própria vida, mas também pela do bebê.

Knud Erik agarrou a mulher por baixo das coxas e a ergueu para Absalon; da amurada, mãos incontáveis se estenderam para eles.

Foi bem aí que ele ouviu o rugido submarino surdo das bombas de profundidade, seguido pelo som da água que caía pesadamente. Fechou os olhos e percebeu que a mulher em seus braços fora a única sobrevivente do *Monte da Esperança*.

Caro Knud Erik,

Ontem à noite, Hamburgo foi bombardeada, e todo o céu se acendeu com o brilho das chamas. Dizem que o fogo chegou a vários quilômetros de altura e o asfalto das ruas derreteu. Durante a noite toda trovejou tão alto quanto se as bombas estivessem caindo em Ærø. Os penhascos em Voderup começaram a desabar. A última vez que isso aconteceu foi em 1849, quando o Cristiano VIII *explodiu no fiorde de Eckernförde, e Hamburgo fica muito mais longe.*

Um piloto americano de paraquedas foi encontrado afogado na Cauda. Os alemães ordenaram que o enterrassem às seis da manhã. Acho que o objetivo era evitar uma cena, mas todos nós fomos ao cemitério com um ancinho e um regador e dissemos a eles que era costume de Marstal cuidar dos túmulos da família pela manhã, bem cedo. Acho que os alemães não acreditaram.

Afora isso, os alemães aqui na ilha são calmos e sensatos.

Tudo em Marstal está em paz. Como sempre, a morte vem do mar.

Os pescadores têm medo de pegar cadáveres nas redes, por isso ninguém está comendo enguia neste verão, apesar de elas estarem bem mais gordas do que o normal.

Muita gente está criando porco no quintal dos fundos, apesar de ser proibido. Marstal deve ter sido assim há cem anos, quando ainda havia chiqueiros no centro da cidade. No entanto, as coisas estão ardentes ao sul, e ouvimos os bombardeiros dia e noite.

Poucos marinheiros frequentam a faculdade de navegação, mas os que o fazem recebem muita atenção das várias mulheres desta cidade que não veem os maridos há mais de dois anos. Não as julgo. Há falta de tudo, inclusive de amor.

Pessoalmente, rompi o hábito de precisar de amor, mas nem todo mundo é como eu, e, quanto mais velha fico, mais compreensiva me torno. Deixei passar tanta coisa... Uma parte é minha própria culpa, outra, não. Eu tinha uma missão grandiosa. Queria fazer com que fosse possível às mulheres amarem. Hoje acho que falhei. Consegui, sim, algumas coisas, mas não para mim. Ao contrário: fiz com que você se afastasse, e Edith, que agora mora em Aarhus, só vejo raramente.

Antes eu achava que, quando uma mulher conhecia um homem, perdia, além da virtude, também seus sonhos. Quando tem um filho, ela é recompensada por perder sua virtude, mas volta a perder todos os seus sonhos.

Havia tanta coisa que eu queria para você... Você queria algo diferente. Fiquei decepcionada e retirei meu amor. Nunca aprendi a amar de maneira incondicional. Achava que a vida não me tivesse dado nada, por isso, decidi tomar o que eu desejava para mim, mas a vida não estava pronta para pechinchar comigo. Talvez o maior feito que se possa alcançar é amar sem exigir nada em troca. Não sei. Acho que não sou capaz de fazer a distinção. Muito daquilo a que se chama amor me parece meramente amargo constrangimento e autossacrifício.

Penso em você todos os dias.

Sua mãe

Toda comunidade tem os próprios mitos, inclusive a comunidade dos navios que faziam as rotas de comboio para a Rússia. Seus mitos eram improváveis, beirando o totalmente sobrenatural. Faziam com que se escutasse e ficasse boquiaberto ao mesmo tempo. E, no entanto, diferentemente das lendas mais populares, eram verdadeiras. Tome-se como exemplo a história de Moses Huntington.

Moses Huntington era negro, do Alabama: além de marinheiro, dançava sapateado. Tinha voz profunda e melodiosa e sapateava embalado pela própria música. Mas não foi por causa desses talentos que alcançou sua posição mítica, fazendo com que as pessoas lhe pedissem autógrafos. Foi por causa do *Mary Luckenbach*.

Moses era o menino da cozinha que Knud Erik tinha visto com o binóculo, carregando um bule de café pelo convés do *Mary* no último momento de sua existência. Um segundo depois, o torpedo atingira a embarcação e, no lugar do navio, plantou-se uma coluna de fumaça negra que se erguia vários quilômetros no céu, onde começou a se espalhar e cair sob forma de fuligem negra.

O *Mary Luckenbach* tinha desaparecido. Mas Moses Huntington continuava vivo.

Ele reapareceu meia milha náutica atrás do comboio, no local em que o destróier britânico HMS *Ataque Violento* o havia recolhido. Ninguém era capaz de explicar sua sobrevivência, muito menos o próprio Moses. Aquilo desafiava a natureza. No entanto, tinha acontecido, e estava ali para provar, vivo e sapateando. Todos os homens que ouviam sua história aprumavam as costas e renovavam sua fé de que haveria vida depois da guerra.

Então havia o capitão Stein e sua tripulação chinesa, a bordo do *Luz Estelar do Império*. O *Luz Estelar* foi o navio mais bombardeado da história. Do dia 4 de abril de 1942 até, e inclusive, 16 de junho de 1942, o navio foi atacado quase todos os dias por bombardeiros alemães: aviões Messerschmitts, Focke-Wulffs, Junkers 88, todos os possíveis, às vezes até sete vezes por dia. O *Luz Estelar do Império* levou um ataque direto atrás do outro. Ficou ancorado perto do litoral de Murmansk, e a tripulação poderia ter desembarcado, se desejasse. Mas não o fez. Aquele era o navio deles, e nada faria com que o abandonassem. Cada vez que era atacado, consertavam o que podia ser consertado. Recolhiam sobreviventes dos outros navios. Derrubaram quatro bombardeiros inimigos. "Venham e experimentem", era sua atitude. Não passavam de um bando de chineses com um comandante ianque, mas nunca se entregaram.

Durante os últimos dias do navio, os homens acamparam em terra porque, àquela altura, o *Luz Estelar do Império* estava tão avariado que era impossível permanecer a bordo. Mas continuavam remando até lá, para reparar o que podia ser reparado, de modo que o navio se tornou deles, literalmente, e mais e mais a cada dia que passava.

Eles não iriam se entregar.

Assim como a história de Moses Huntington, parecia impossível. Ia contra a natureza. Mas tinha acontecido. E isso significava que *podia* acontecer. E quem ouvia a história rangia os dentes e erguia a cabeça.

E depois havia Harald Dente Azul, o menino nascido no mar cheio de submarinos, torpedos, bombas de profundidade e marinheiros afogados: um mar no qual muitas vidas costumam terminar, não começar.

Todos acreditavam que ele estivesse morto quando chegou ao convés, e os homens se reuniram ao redor dele e de sua mãe em um silêncio respeitoso. Mas não estava morto, e Knud Erik cortou o cordão umbilical e ele foi enrolado em mantas de lã, apesar de todos acharem que, em poucos dias, seria mandado de volta às águas congeladas das quais acabara de sair. Mas isso não aconteceu.

Os dinamarqueses a bordo do *Nimbo* o batizaram de Harald Blåtand. O navio já tinha um Knud, um Valdemar e um Absalon a bordo, por isso, por que não Harald Blåtand, outro entre os primeiros heróis dinamarqueses? Mas os homens da Dinamarca eram minoria a bordo; então, é claro que seu nome foi anglicizado e ele acabou virando Bluetooth, ou Dente Azul.

Foi com esse nome que se transformou em mito. Assim como Moses Huntington e o *Luz Estelar do Império*, ele deveria ter morrido, mas continuou vivo, contra todas as expectativas. Em seu caso, o tempo emprestado começou a ser contado a partir do primeiro alento.

Sua mãe não demonstrou objeção ao nome, e disse isso quando se recuperou, coisa que aconteceu muito rápido. Mães que pariram recentemente são criaturas resistentes. Acontece que ela também era dinamarquesa, apesar de não parecer. Sua avó e sua mãe eram da Groenlândia, e até os esquimós de lá são um tipo de dinamarqueses. A avó dela tinha sido *k'ivitok,* uma maluca que corria pela calota polar sozinha e se recusava a se misturar com as outras pessoas. Mas acabara se misturando, e de um jeito bem completo. O homem que escolheu era um artista dinamarquês de meia-idade que nunca vira a filha que teve com ela. E a filha tinha se casado com um dinamarquês chamado Smith.

A tripulação encontrava-se sentada em semicírculo ao redor, enquanto ela contava a história. Estava deitada no catre na cabine do capitão; nada mais seria adequado. Mas Dente Azul era o convidado de honra. Ele estava aninhado no colo da mãe, dormindo profundamente, como se não tivesse acontecido nada surpreendente além de um parto perfeitamente comum.

Foi quando ela mencionou o pai canadense que Knud Erik se inclinou para a frente e observou com atenção a mãe de Dente Azul.

– Senhorita Sophie – ele disse, hesitante.

– Faz muito tempo que ninguém me chama assim. Nem de senhora, nem de senhorita, apesar de eu, por acaso, não ser casada. Não que isso seja relevante. Ainda uso meu nome de solteira, Sophie Smith. Sim, sou eu.

– Little Bay? – Knud Erik perguntou. Ele não estava checando se estava certo. Só não sabia mais o que dizer.

– Sim, Knud Erik, reconheci você. Não precisa se apresentar. Você me chamou de cadela quando nos despedimos. Continua sendo o mesmo menino bonito. Ficou mais alto. Mas, na época, ainda não estava bem crescido. E seus olhos... não são mais os mesmos.

– Quando você desapareceu, achei que tivesse morrido.

– É, suponho que lhe deva uma explicação. Eu era maluca naquela época. Queria ver o mundo, por isso fugi com um marinheiro. Ele logo se cansou de mim, e me cansei dele. Assim, eu mesma me tornei marinheira. Era a comissária a bordo do *Monte da Esperança*. – Olhou ao redor, fitando-os. – Onde estão os outros?

– Você foi a única sobrevivente.

Ela baixou os olhos para Dente Azul e acariciou seu rosto com o dedo. Uma lágrima rolou pela sua face.

– Foi Knud Erik que... – Anton disse.

Ela olhou para Knud Erik.

– Uma vez, eu disse que você ia se afogar. Mas só estava tentando me fazer de interessante. Em vez disso, me salvou da água.

– Ainda tenho tempo – ele disse. – Para me afogar, quero dizer.

Sophie não disse quem era o pai de Dente Azul, nem parecia dar muita importância a isso. Não era um dos homens perdidos a bordo do *Monte da Esperança*, como tinham acreditado no começo, e ficaram com a impressão de que o bebê era fruto de um dos diversos encontros sem compromisso que os tempos de guerra oferecem com tanta fartura. Garantiu-lhes que não havia planejado dar à luz em mar aberto, no meio de um comboio, na rota mais perigosa que a guerra era capaz de oferecer. A intenção dela era retornar à Inglaterra antes de ter o filho, mas o *Monte da Esperança* tinha ficado preso em Murmansk durante cinco meses, e, levando-se em conta a escolha entre um hospital russo e o mar, ela, com toda a certeza, preferira o segundo.

Ajudava no refeitório com Duncan e Helge. Um foguista tinha feito um berço para Dente Azul. Herman ficava no refeitório, como sempre, menos quando era mandado à popa para ficar de vigia; quando não estava virando vodca de acordo com seu método científico, usava a mão de masturbação para embalar o bebê com suavidade. Juntos, o Velho Engraçado e Dente Azul, o feio ídolo da guerra e a sementinha de vida desafiadora e cheia de promessa que crescia, formavam a espinha dorsal do navio.

O *Nimbo* navegou para a Islândia e, de lá, para Halifax, na Nova Escócia. De Halifax, voltaram a Liverpool. Comemoraram o Natal no Atlântico.

O Velho Engraçado contava suas histórias. Por enquanto, a única coisa que a tripulação exigia de Dente Azul era sua existência. E ele existia mesmo. Molhava e sujava as fraldas, que tinham improvisado com panos de prato e de pia; arrotava e gorgolejava, mamava e chorava; ficou com assadura e, depois, com cólica. Mas o mais importante eram os momentos alegres, quando seus olhos, como telescópios, examinavam o refeitório como se fosse o universo inteiro cujos segredos tentasse descobrir. Vinte marinheiros lhe retribuíam o olhar, como se estivessem no cinema. Todos queriam pegá-lo no colo e fazer cócegas nele, todos queriam que mordesse seus dedos e puxasse suas orelhas. Ofereciam-se para trocar fraldas e cuidar dele, e para dar conselhos em relação a cuidados e comida. Juntos, processavam uma riqueza de informações sobre cuidados com bebês que, Sophie tinha de reconhecer, ultrapassava os conhecimentos dela. Dera à luz Dente Azul, mas ele era seu primeiro filho, por isso, não tinha experiência e, se qualquer pessoa oferecesse bons conselhos, ficava feliz em aceitar.

– Ele é um desmagnetizador – Anton disse.

O desmagnetizador era um cabo elétrico que dava a volta na linha-d'água. Servia para reverter a carga elétrica do navio, para impedir que atraísse minas magnéticas. Essa era a função de Dente Azul: além de unir a tripulação, ele também protegia os homens, principalmente uns dos outros. Em certo sentido, ajudava-os a criar raízes em meio ao mar bravio.

As raízes de uma pessoa não se encontram tanto na infância, e sim nos filhos. São eles que fornecem sua ligação com o mundo, e seu lar é onde eles estiverem. De repente, Knud Erik se deu conta de que se sentia conectado a Dente Azul, não a Sophie.

Os dois haviam se encontrado duas vezes, ambas por coincidência, mas duas coincidências não formam um padrão. A primeira vez não tinha passado de uma paixão imatura e, pelo lado de Sophie, nem isso: apenas um jogo frívolo com um garoto impressionável. Ela reconheceu o fato para si mesma quando eles, por acaso, conversaram a respeito disso. Ele mal a havia conhecido. A única coisa que o prendia a moça era a maneira como tinham se separado, sem deixar nada resolvido, além de seu desaparecimento repentino.

Knud Erik já não se sentia mais atraído por Sophie. Mas, bom, não sentia atração por mulher nenhuma. Esse era o problema. Era atraído pelo êxtase momentâneo ao trovejar de um ataque aéreo, e nada mais. Preferia fazer amor no escuro, e só queria ver um rosto no clarão fosforescente de uma bomba detonada por perto. Desconfiava que, no fundo, Sophie fosse uma alma semelhante, e que Dente Azul tivesse sido concebido durante uma *blitz*.

Algo os unia, mas já não era mais o desejo em flor. Eram aqueles minutos gélidos que tinham passado na água, próximos da morte, quando ele saltara ao mar para salvá-la. Na verdade, era a si mesmo que tinha tentado salvar, supunha. Ela fora um pretexto aleatório.

Os dois conversavam muito, e foi isso que fez a maior diferença na vida dele. Sophie tinha se mudado da cabine do capitão para a de Helge, que agora dormia com o segundo contramestre. Apesar de ela ter parado de dormir lá, a cabine do capitão já não era mais uma toca solitária. Sophie era alguns anos mais velha do que Knud Erik, e ambos tinham experiência e desilusão. Ela vivera seu sonho de juventude até não poder mais, mas, com o tempo, superou-o, e não encontrou nenhum substituto. Também tinha visto o mundo: ele era capaz de desfilar um porto atrás do outro, e ela fazia frente à sua lista, falando de marinheiro para marinheiro. Essa era a nota que tocavam juntos.

Nunca passaram desse estágio, e Knud Erik também não tentou. Nunca buscou a feminilidade nela, e talvez fosse por isso que Sophie o aceitava. No passado, ela tinha se escondido atrás da linguagem altiva e literária de uma mocinha sonhadora que gostava de ler. De lá para cá, adquirira os modos de um marinheiro casca-grossa. Era um mundo que ele conhecia, no qual ela se sentia segura e ele não precisava explorar o que havia por trás. Não tinha nem energia nem coragem para isso. O conselho de Anton continuava valendo: era melhor esquecer.

Knud Erik não queria conhecer muito bem outro ser humano. Tinha medo de ser destruído pelo que pudesse descobrir.

Colocou a garrafa e uísque no armário e não voltou a tirá-la de lá. Superou seu desprezo por Herman e começou a frequentar o refeitório. Dente Azul era a grande atração. Apesar de Knud Erik não ser seu pai, o menino não estaria neste mundo se não fosse por suas ações. Ele se colocara às portas da morte e trouxera um recém-nascido à vida. Não, não sabia se tinha salvado a si mesmo. Mas tinha salvado Dente Azul, e isso era o mais importante. De repente, sentiu sua própria condição de não ter filhos como a maior ausência de sua vida. Dente Azul não era dele, mas seu salto, que desafiara a morte na água a dois graus de temperatura, tinha lhe valido direito paterno.

Era pura coincidência o fato de ter voltado a cruzar com a senhorita Sophie. Mas não fora coincidência ter salvado Dente Azul. A vida o tinha individualizado e encontrado uma utilidade para ele.

Ao redor da mesa do refeitório, Anton contou-lhes sobre um homem chamado Laurids Madsen, que quase cem anos antes tinha lutado em uma batalha no fiorde de Eckernförde e estava em pé no convés de um navio quando ele explodiu. Assim como Moses Huntington, caíra vivo do céu. Também contou-lhes a respeito de um professor de escola chamado Isager, cujos alunos tinham tentado matá-lo tocando fogo em sua casa, e sobre Albert Madsen, que procurara o pai desaparecido por todo o Pacífico e voltara para a casa com a cabeça encolhida de James Cook.

Knud Erik, que tinha escutado as mesmas histórias – aliás, ele era a fonte de Anton para a maior parte delas –, interrompeu-o. Ele tinha mais conhecimento sobre essas coisas. Contou-lhes sobre a Primeira Guerra Mundial e sobre as visões de Albert. Então Anton o interrompeu, dizendo que ele não estava contando direito, e Knud Erik percebeu que, quando o amigo se apoderara das famosas botas de Albert, tinha pegado também os cadernos dele e lido todos.

Anton relatou a história de como tinha encontrado Albert morto e, juntos, ele e Knud Erik contaram a todos sobre a gangue nomeada em homenagem ao velho capitão. Vilhjelm mencionou a descoberta do crânio de Jepsen, que tinha sido assassinado. Knud Erik olhou para o homem que a tripulação chamava de Velho Engraçado para observar o efeito de sua história. Ele vai mudar de assunto. Ele vai negar tudo, pensou.

Herman pareceu distante por um momento; então disse, pensativo:

– Vilhjelm está falando de mim. – Como se essa fosse a primeira vez que ouvisse falar do assassinato do padrasto. – Sim, matei meu padrasto. Ele estava em meu caminho. Eu era jovem. Eu era impaciente.

Começou a contar que, aos quinze anos, tinha navegado em uma escuna de mastro alto de volta a Marstal, sozinho, como se o primeiro assassinato dele tivesse sido apenas o início da história e a melhor parte ainda estivesse por vir.

A tripulação ficou olhando-o fixamente. Os homens estavam envolvidos com a tensão da narrativa. O Velho Engraçado era um contador de histórias nato. Tudo bem, então ele também era um assassino perigoso. Tudo bem, então o capitão tinha razão a seu respeito, no final das contas. Mas olhe só para ele agora. Certamente tinha sido castigado.

Knud Erik compreendeu que o estado patético de Herman, sem pernas e com um braço só, era a passagem para o perdão livre, já concedido. Não havia necessidade de despertar pena na plateia: ela lhe fora concedida de bom grado. O Velho Engraçado já tinha sido homem. Um homem capaz de matar outros homens. Mas o que era agora?

Anton, Knud Erik e Vilhjelm se entreolharam. Não estavam esperando uma confissão e queriam investigar mais a fundo. Mas as aventuras de Herman em Marstal, agora, jorravam com toda a força, e a plateia queria mais.

– Então, o que aconteceu? – perguntaram, e Anton teve de lhes falar a respeito de Kristian Stærk e da morte de Tordenskjold.

– É verdade que você matou a gaivota dele? – Wally perguntou ao Velho Engraçado, em tom de acusação.

Knud Erik não conseguira esconder o triunfo na voz quando lhes contara como os meninos tinham expulsado o Velho Engraçado da cidade só encarando-o, e como a maior parte dos integrantes da gangue nem sabia que ele era assassino, mas achava que a coisa toda era por causa da morte de uma ave.

O Velho Engraçado pareceu irritado, como se estivesse arrependido de ter partido tantos anos antes. Então deu uma piscadela para Knud e deu risada.

– Vocês realmente me pegaram – disse.

Logo, começou a falar a respeito da Bolsa de Valores de Copenhague e de Henckel, e de como tinha perdido a herança que esperara tantos anos para ter nas mãos. Sua vida tivera seus altos e baixos.

Vilhjelm contou sobre a perda do *Ane Marie* e sobre o *Livro dos sermões*, que ainda sabia de cor. Poderiam testá-lo, se quisessem.

– Então, você já esteve no gelo, sabe como é – um dos atiradores britânicos disse. – Praticamente participou de um ensaio para a navegação em comboio.

– Seus marinheiros desgraçados de Marstal – um canadense disse. – Vocês enfiam o nariz em tudo e já estiveram em todos os lugares.

A senhorita Kristina e Ivar entraram na história, e Knud Erik narrou o capítulo, assumindo um tom de condenação cada vez maior.

O Velho Engraçado se defendeu.

– Não confesso nada – ele disse. A morte de Ivar não foi assassinato. Alguns homens aguentam o tranco; outros, não. Eu só o estava testando, e não há mais nada a ser dito a respeito desse assunto. – Olhou ao redor, e vários homens assentiram.

– E a senhorita Kristina? – Knud Erik insistiu.

Sim, aquilo fora estupidez, ele admitiu de bom grado. Jogou a mão de masturbação para o alto, como quem diz: levando tudo em conta, não foi nada.

– Você arrasou vidas! – agora Knud Erik estava irritado.

Bom, Herman achava que tinha arrasado mesmo, admitiu. Não completou dizendo: olhem para mim agora. Mas seu corpo falava por si, e isso já bastava. Estava tudo no passado. Nenhum mal iria ser causado por ele agora.

Knud Erik se levantou e se retirou, mas a história prosseguiu. Nada mais iria detê-la.

O Velho Engraçado contou-lhes a respeito da noite em que desrespeitou o toque de recolher em Setúbal. Será que estava se gabando ou contando a verdade? Era difícil saber. Ele, com certeza, já tinha sido um bom camarada. Qualquer um seria capaz de ver que seu público pensava assim, só de olhar para os rostos.

A história se espalhou em todas as direções e voltou a se contrair, até formar um anel de proteção ao redor do *Nimbo*.

Dente Azul estava acordado no berço, e seus olhos de telescópio passavam de rosto em rosto. Como sempre, explorava o universo, e parecia estar entendendo tudo.

A tripulação havia encontrado a verdadeira camaradagem ao redor da mesa do refeitório, apesar de toda a relutância e má vontade do início. O Velho Engraçado os tinha ajudado a se tornarem o "nós" de que todo navio precisava. Até Knud Erik reconheceu.

Quando chegaram a Liverpool, Herman pediu para falar com o capitão. A reunião se deu no convés, no qual Knud Erik o tinha apresentado à tripulação e Herman revelara pela primeira vez que as pernas de suas calças estavam vazias. Ele não queria nem se despedir nem agradecer. Em vez disso, pediu permissão para continuar a bordo do *Nimbo*. Afinal de contas, eram compatriotas dinamarqueses, vindos da mesma cidade. Acreditava que poderia ser útil na cozinha e como vigia. E gostaria de lembrar ao capitão que, em uma ocasião, tinha salvado o navio de um torpedo.

Knud Erik meneou a cabeça. Com isso, pela primeira e única vez, Herman pareceu desmoronar.

– Olhe para mim – ele disse. – Vão me enfiar em algum asilo.

– Por mim, podem trancar você e jogar a chave fora.

– O que vai ser de mim? – Herman baixou os olhos. Agora, parecia patético, e sua tristeza só fazia aumentar a raiva de Knud Erik.

– Até onde sei, não há nada que impeça o enforcamento de um homem sem pernas e com um braço só.

A tripulação estava parada a certa distância, sussurrando. Dava para ver, pela silhueta largada do Velho Engraçado, como as negociações estavam indo. Absalon se aproximou.

– Capitão – ele disse. – Nós redigimos uma petição. – Entregou um pedaço de papel a Knud Erik, que passou os olhos pela lista. Praticamente a tripulação inteira exigia que o Velho Engraçado fosse mantido a bordo; os únicos que não tinham assinado eram Anton e Vilhjelm. A assinatura de Sophie também estava faltando; ele partiu do princípio de que a mulher não queria se envolver. Além do mais, ela não contava como integrante da tripulação.

– Vou pensar a respeito do assunto.

Ele pediu a Anton e Vilhjelm que o acompanhassem até sua cabine.

– Vocês vão se demitir se eu permitir que ele fique?

Ambos menearam a cabeça.

– Vamos ficar – Anton disse. – O *Nimbo* é um bom navio, e, apesar de eu detestar admitir, acho que Herman tem parte nisso. Sabíamos que você ia dizer não. Só queríamos mostrar que estamos do seu lado. Eu detesto esse canalha, mas às vezes a gente tem que se colocar acima dos próprios sentimentos.

Knud Erik refletiu durante um tempo.

– Tudo bem, vou permitir que fique – ele disse. – Pelo bem do navio.

A tripulação comemorou a decisão levando o Velho Engraçado para um passeio na cidade. Na manhã seguinte, ele estava de volta a seu lugar de sempre, no refeitório, com olhos vermelhos e o rosto ainda mais corado do que o normal. Quando falou, foi com solenidade bíblica.

– Vai chegar um dia em que todas as mulheres do mundo vão estar estiradas na sarjeta, clamando por pau – entoou. – Mas não vão receber nem um dedinho!

– Devo presumir que ninguém quis foder você? – Knud Erik perguntou.

Foi Knud Erik quem convidou Sophie para ficar.

– Fico contente com o convite – ela disse. – Eu ia perguntar se podia ficar.

– Pode continuar no refeitório. Conversei com Helge a respeito disso.

Permaneceram em silêncio durante um tempo. Ele se sentiu aliviado, mas não sabia como expressar sua alegria com a decisão dela.

– A tripulação vai ficar feliz de saber disso – foi o que terminou por dizer. – Todos adoram Dente Azul.

– Não sei se é irresponsável navegar com um bebê durante a guerra. Mas, se eu ficasse em terra firme, iria passar o dia todo trabalhando em uma fábrica de munições e nunca ficaria com ele. O menino só tem dois meses. Eu não seria capaz de aguentar.

– Há bombas em todo lugar – ele disse. Percebeu que estavam falando de Dente Azul do jeito que um casal falaria sobre o filho.

– Não sei o que seria de mim se não pudesse navegar – Sophie disse. – Minha vida é só isso. Não posso viver de nenhum outro jeito.

Knud Erik sabia o que ela queria dizer. Ele próprio tinha escolhido ser marinheiro, mas a certa altura o mar também o escolhera. Era algo que já não podia mais ser desfeito. Os dois tinham parecido muito diferentes na primeira vez que se encontraram, mas, de lá para cá, haviam vivido em paralelo. Dito isso, algo parecia segurá-lo, e ele também sentia a mesma coisa nela. A impotência dele não estava no corpo. Então, devia estar na alma. Encontrar esquecimento no êxtase momentâneo era tudo que conseguia fazer. Não era capaz de olhar nos olhos de alguém enquanto fazia amor.

– Sou igual à minha avó – Sophie disse. – Ela era uma dessas pessoas loucas que não conseguem ficar com ninguém. Não conseguia se encaixar. Precisava demais de sua independência. Ela tinha o gelo, e eu tenho o mar. Mas a essência é a mesma.

– Agora você tem um filho. Precisa se conformar. Você é tudo que Dente Azul tem.

– Ele tem a nós – ela respondeu.

Knud Erik não sabia dizer se, com "nós", ela se referia à tripulação do navio, da qual agora fazia parte. Quis perguntar, mas temeu que o questionamento pudesse estragar algo. Foi ela quem rompeu o silêncio, cada vez mais tenso.

– Eu sei quem é o pai de Dente Azul – disse. – Ele não é, como a maior parte de vocês provavelmente pensa, algum marinheiro que eu conheci por acaso durante uma folga em terra firme. Sei o nome dele, sei onde mora, conheço seus pais e seus amigos. Estávamos noivos e íamos nos casar.

– Então, o que deu errado?

– O que deu errado é que ele era parecido com James Stewart. Sabe, o ator americano? Mais de um metro e oitenta de altura, com cara de menino.

– Mas James Stewart é bonito!

– É. E ele era tão bonzinho, com o diabo, que eu não sabia se chorava ou se vomitava. Ele era doce, decente e confiável, e me amava. Tinha um escritório de advocacia que funcionava a pleno vapor em Nova York. Dinheiro de sobra, tudo de sobra. Nós íamos morar em Vermont, e nossos filhos seriam criados no interior, e a guerra estaria tão longe que nem iríamos saber se a maior bomba do mundo fosse lançada.

– E você não foi capaz de suportar isso?

– Eu queria aquilo mais do que tudo. Mas estava prometida para outro. Como era mesmo o nome dele, aquele anão feio, Rumpelstiltskin? Nenhum príncipe pode me salvar. Por um curto período, achei que James Stewart pudesse. Mas a realidade é que prefiro a vida com Rumpelstiltskin. Sabe o que acabei odiando nele, no meu namorado James Stewart? Sua inocência desgraçada. Acabei enxergando aquilo como desonestidade. Ele me levou para jantar fora. Erguemos os copos e olhamos nos olhos um do outro. Planejamos nosso futuro. Seria o mesmo se a guerra nunca tivesse acontecido. Só ficamos lá sentados, desfrutando um do outro do nosso jeito quieto e agradável, e depois fomos para casa e dormimos em nossa cama macia, e eu sabia que iríamos continuar a fazer isso até o dia em que morrêssemos. Não suportei aquilo. Então, uma noite, em vez de fazer um brinde, joguei a bebida na cara dele. A culpa não foi dele. Não era culpa dele não ter tido oportunidade de ver um navio explodir pelos ares e uma centena de homens se afogar perante seus olhos. No fundo, acho que quem tem um problema sou eu. Mas a inocência de James Stewart me bateu como insulto. – Fez um gesto de desprezo com a mão. – Não é que eu adore tudo isto. Nem sei explicar por que estou aqui. Não me encaixo em lugar nenhum. A menos que seja aqui. Ou, melhor... – Ela sorriu, com um alívio repentino, como se, de tanto falar, tivesse finalmente encontrado a palavra certa. – É a *k'ivitok* que existe dentro de mim.

A confiança entre os dois cresceu, mas a distância permaneceu, em vez de diminuir. Ela está certa, ele pensou. Era a guerra. Ela estava dentro de ambos. Não podia acontecer nada entre eles até a guerra terminar. Mas e quando a guerra terminasse? Será que estariam presentes quando isso finalmente acontecesse? Ele queria ter um filho com Sophie. Era uma necessidade cega dentro de si, mas quanto tempo poderiam esperar? Ela era alguns anos mais velha; tinha trinta e quatro ou trinta e cinco. Quando uma mulher fica velha demais para engravidar?

Desistiu. Havia Dente Azul. Dente Azul era filho dele... e de toda a tripulação.

Comemoraram o Natal em algum lugar ao norte da Irlanda. Em Halifax, Wally tinha descido a terra e voltado com um pinheirinho em cima do ombro: prendeu-o à popa, para que não começasse a perder as folhas até que o instalassem no refeitório. Helge tinha conseguido um saco de avelãs em algum lugar, e os tripulantes receberam quatro cada um. Ele as envolveu em papel de seda cor-de-rosa e as entregou como se fossem presentes. Nesse ínterim, outros pacotes se empilhavam embaixo da árvore de Natal. Eram todos para Dente Azul, apesar de ainda ser pequeno demais para apreciá-los. Sophie abriu os pacotes em seu lugar. Os embrulhos continham um mundo que ele só iria conhecer depois que a guerra acabasse: vacas e cavalos, porcos e ovelhas, um elefante e duas girafas. Na maior parte, eram entalhados à mão, em madeira, e depois cuidadosamente enfeitados com a tinta disponível: as cores eram aquelas do mundo em guerra em que estavam presos; preto, cinza e branco.

Dente Azul pegou as vacas, os cavalos e o elefante, colocou um por um na boca e mordeu para ver como era.

Dente Azul tinha mais ou menos um ano quando Sophie foi para terra com a tripulação certa noite, em Liverpool. Ela o deixou dormindo, no castelo de proa dos marinheiros, com Wally, o amigo especial dele, que se oferecera para cuidar do menino. Knud Erik não sabia o que ela estava procurando. Será que era algo que os dois não podiam dar um ao outro, algo que só podiam encontrar junto a desconhecidos?

Ele desembarcou sozinho. Tinha guardado a garrafa de uísque de volta no armário e nunca mais a tirara de lá. Mas não podia abrir mão de suas noitadas em terra. Eles se esbarraram em uma taberna na Court Street. Sophie usava um vestido vermelho-escuro e tinha os lábios pintados. Knud Erik se lembrou da primeira vez que se encontrara com ela, na casa do pai em Little Bay. Ambos desviaram o olhar, como se tivessem um acordo mútuo, e fingiram não se ter visto.

Ele voltou diretamente para o navio e se recolheu imediatamente. Meia hora depois, a porta de sua cabine se abriu e o cheiro nada familiar de perfume encheu o quarto estreito. Teria se esquecido de trancar a porta de propósito?

– Não podemos continuar assim – Sophie disse, e começou a se despir no escuro.

– Eu matei um homem – ele respondeu. – Estava ajoelhado, implorando por misericórdia, e eu atirei nele.

Ela se aconchegou em seu corpo, no catre. Aninhou a cabeça dele entre as mãos. Knud Erik mal conseguia distinguir os traços dela à fraca luz que entrava pela claraboia.

– Meu Knud Erik – ela disse, e sua voz estava rouca de uma ternura que ele nunca escutara antes.

Libertou-se do abraço dela e saiu do catre para o chão.

– Preciso de luz – disse. Acendeu a luz e retornou a ela. – As luzinhas vermelhas de socorro.

Ele não sabia por que dissera aquilo. Aquelas palavras eram tabu: suscitavam lembranças proibidas que precisava manter afastadas se quisesse sobreviver. Mas, no fundo, compreendia que, se quisesse ser capaz de amar, precisava proferi-las em voz alta.

– Não há ninguém entre nós que não pense nelas – Sophie disse.

– Eu naveguei por cima delas.

– Nós – a mulher respondeu. – Nós todos navegamos por cima delas.

O capitão deixou que sua mão deslizasse pelo rosto dela e reparou que estava molhado. Puxou-a para si e olhou em seus olhos.

Tudo estava completamente silencioso ao redor deles. Nenhum aviso de ataque aéreo estrilava, nenhuma bomba caía, nenhuma onda se quebrava sobre o convés, nenhum trovão vindo de navios de munição soava. Só havia o som do gerador trabalhando nas profundas entranhas do *Nimbo*.

Continuou abraçando-a com força.

– Minha Sophie – disse.

Em agosto de 1943, os dinamarqueses fizeram um levante e construíram barricadas em Copenhague e em outras cidades. O governo parou de trabalhar com as forças de ocupação alemãs e renunciou. Oficiais navais abandonaram os próprios navios e os mandaram para o fundo do porto de Copenhague.

Mais uma vez, a Dannebrog, a bandeira dinamarquesa, pôde ser hasteada em um navio a serviço dos Aliados. A essa altura, no entanto, a tripulação já tinha se acostumado com a Red Duster inglesa; por isso, mantiveram-na. Além do mais, havia quase tantas nações a bordo quanto o número de integrantes da tripulação, e os dinamarqueses eram uma turma bem misturada. Dente Azul havia nascido no oceano Atlântico e era cidadão honorário do mar. O *Nimbo* era uma Babel flutuante, em guerra contra o Senhor.

– Nós poderíamos hastear uma fralda de Dente Azul no mastro – Anton sugeriu.

– Limpa ou suja? – Wally perguntou. Ele era o maior trocador de fraldas do *Nimbo*.

Todos esfregavam o convés e ensaboavam o anteparo. Era a limpeza ao estilo dos marinheiros, do mesmo jeito que fora feita a bordo do velho *Campos da Dinamarca;* que o barco descansasse em paz. E era tudo em homenagem a Dente Azul.

Agora, podiam desembarcar e visitar uma taberna como dinamarqueses, sem mais ninguém para chamá-los de "meio alemães", nem de "melhores amigos de Adolf". Quando outros marinheiros ficavam sabendo que eram do *Nimbo*, a pergunta seguinte, inevitavelmente, era: "E como vai Dente Azul?"

Ele vai muito bem, obrigado. O cabelo caiu, mas voltou a crescer, tão preto quanto o da mãe. O primeiro dente deve ter incomodado mesmo. Deu os primeiros passos há um tempinho e, agora, já se acostumou com o balanço do navio. Deve achar que o mundo todo é feito de colinas: para cima, para baixo, para cima, para baixo. De todo modo, parece decepcionado quando o piso é sólido. Às vezes, ele cai. Então quer a mãe. Ou um de seus montes de pais. Dezessete línguas é muito quando você está aprendendo a dizer "papai". Enjoo de mar? Dente Azul? Nunca! Ninguém em toda a marinha mercante aliada tem estômago melhor para o mar.

Ah, sim, de fato o *Nimbo* era um navio de sorte. Até um dia de primavera, em 1945.

* * *

Estavam a caminho de Southend e, pela primeira vez em quatro anos, voltavam a navegar pelo mar do Norte. Ainda havia submarinos, mas eram em menor número e mais espalhados, e os relatos de perdas continuavam a diminuir. Eram aproximadamente dez da noite quando a guerra decidiu mandar-lhes um beijo de despedida, só para lembrá-los de nunca confiar, nem quando o fim parece iminente. O mar estava calmo. Ainda havia uma luz fraca a noroeste; o verão não estava longe. Foi aí que o torpedo – aquele que tinham esperado durante todos os anos em que navegaram a serviço dos Aliados – finalmente os encontrou. Atingiu-os perto da escotilha número 3, e imediatamente começou a entrar água no *Nimbo*. Os botes salva-vidas de estibordo e da proa não ficaram avariados e estavam prontos em seus suportes. Os foguistas apareceram só com seus coletes suados, e todos os tripulantes que não estavam de plantão vestiam apenas a roupa de baixo. Knud Erik repreendeu-os. Tinha ordenado que dormissem vestidos para o caso de um ataque de torpedo, mas era uma ordem a que ninguém mais dava atenção. Houve um tempo em que dormiam de colete salva-vidas. Agora, mal se lembravam de quando tinham ouvido pela última vez o som de um avião Stuka mergulhando de nariz. Já no que diz respeito aos submarinos... será que havia mesmo sobrado algum?

Três minutos depois, estavam nos botes salva-vidas, afastando-se. O *Nimbo* navegava a todo vapor em mar calmo quando o torpedo o atingira: agora prosseguia no mesmo ritmo, com a popa afundando cada vez mais; parecia estar deslizando numa trilha que ia diretamente para o fundo do mar. Quando a água se ergueu por sobre o convés, um estrondo soou de dentro da casa das máquinas e uma coluna de fumaça e vapor se ergueu no céu de primavera, sem nuvens, em que as primeiras estrelas tinham começado a aparecer. O *Nimbo* continuou seu trajeto descendente. A última parte que viram da embarcação foi a proa, marcada com o nome e a cidade de registro, Svendborg. Então o navio se foi, deixando só uma ondinha fraca a perturbar a superfície tranquila do mar.

– Foi tudo – Dente Azul disse. Ele estava acomodado no colo da mãe, enrolado em uma manta, só com a cabeça para fora. Fungou, como se o ar frio da noite tivesse lhe causado um resfriado. Então começou a chorar.

– Pode chorar bastante, meu menino. Tem toda a razão para isso.

Era o Velho Engraçado, estacionado, imóvel, com a cadeira de rodas no meio do bote salva-vidas. Olhou ao redor como se tivesse se transformado no porta-voz de Dente Azul.

– Foi o lar do menino que acabamos de perder.

Ficaram lá em silêncio, absorvendo suas palavras. Era preciso admitir que tinha certa razão. Com dois anos e sete meses, Dente Azul não conhecera outro mundo senão o *Nimbo*, e agora ele deixava de existir. O navio havia se tornado uma espécie de lar também para eles. Apenas alguns tinham acreditado que a embarcação tivesse sorte inerente. Em vez disso, gradualmente, uma ideia diferente foi se instalando: só sua própria determinação de aço, o cuidado que tinham com a manutenção do navio e, acima de tudo, seu amor por Dente Azul, mantinham longe os torpedos e as bombas.

De repente, sentiram essa determinação enfraquecer. A guerra tinha acabado para eles, agora; não por ter sido vencida, mas porque, sem o navio, não poderiam mais lutar. Não havia alegria nessa constatação. Mal sabiam se eram vencedores ou perdedores. Eram sobreviventes, e agora queriam cair fora. Estavam equilibrados no fio de uma faca entre a decepção e o alívio, e, quando o capitão falou, o fez em nome de todos eles.

– Acho que devemos ir para casa – Knud Erik disse.

Ir para casa: era mais fácil falar do que fazer. A tripulação tinha casas tão diferentes quanto o número de cantos do mundo.

– Até onde eu sei – prosseguiu –, estamos mais ou menos a meio caminho entre a Inglaterra e a Alemanha. Qualquer pessoa que se sentir em casa na Inglaterra pode remar para lá. – Apontou para o oeste. – E o resto...

O Velho Engraçado o interrompeu:

– O resto? O que está dizendo? Da última vez que olhei, não tinha nenhum alemão a bordo.

– Nós não vamos para a Alemanha. Vamos para casa.

– Para a Dinamarca? – Sophie perguntou.

– Para Marstal.

A tripulação voltou a se dividir, agora de acordo com o destino. O Velho Engraçado ficou no bote salva-vidas de Knud Erik: parecia haver desistido de sumir de Marstal e, agora, estava pronto para voltar para casa. Anton, Vilhjelm e Helge também queriam voltar. Knud Erik olhou para Sophie por um momento. Então ela assentiu. Wally e Absalon também; eles estavam curiosos para conhecer a minúscula cidadezinha que lhes havia sido apresentada como o centro do universo. Então, por que não?

Dividiram as provisões entre os dois botes salva-vidas. Havia três pulôveres de lã e três conjuntos de oleados em cada um. Eram para os foguistas, que estavam congelando. Os botes chacoalharam um ao lado do outro quando a tripulação trocou apertos de mão por cima da lateral. Dente Azul passou por todos e recebeu um abraço de cada homem. Tinha acabado de se despedir do lar de sua infância. Agora, precisava dar adeus à metade de seus ocupantes. Não entendeu e chorou, chamando pela mãe, como se ela fosse o único ponto fixo que sobrara no mundo.

Começaram a remar, e o Velho Engraçado insistiu em ser tirado da cadeira de rodas e acomodado no banco, para que pudesse fazer sua parte. Ele remava com força com o único braço que tinha, mas era difícil manter o equilíbrio; então Absalon se moveu para mais perto dele e o escorou com o ombro.

O outro bote logo desapareceu de vista na escuridão que crescia.

Caro Knud Erik,

Quando acreditei que você tinha se afogado, fiz algo de que nunca gostei de falar desde então.

Eu me tornei muito visível a mim mesma... e isso nunca é confortável.

Aconteceu em uma tarde. Eu estava caminhando sem destino no cemitério e, de repente, me peguei em um túmulo do lado noroeste. Era o de Albert. Eu nunca havia cuidado do túmulo dele, apesar de ele ser meu benfeitor.

O velho Thiesen, o coveiro, estava ocupado pintando a cerca de ferro fundido ao redor dele. Já tinha tirado as ervas daninhas, e ficou claro que logo iria transformar o túmulo negligenciado em um memorial adequado a um dos maiores proprietários de navios da cidade.

De repente, tudo dentro de mim – meus medos, meu pesar e minha incerteza; minha vida eternamente reclusa e solitária; minha autocensura e o fardo pesado da tarefa quase impossível a que me dediquei –, tudo saiu em uma enorme erupção de fúria. Não foi causada por nenhuma ofensa específica, mas derivou da sensação de impotência que me perseguiu a vida toda. Peguei o balde de tinta e joguei em cima da rachada coluna de mármore cinza e branco, na qual a data de nascimento e de morte de Albert estava gravada. Berrei as mesmas palavras, uma vez após outra. Suponho que eu desejasse que soassem como uma maldição do dia do juízo final. Mas não imagino que tenham despertado alguma sensação além de pena profunda em qualquer pessoa que pudesse ter escutado meus gritos, porque minha loucura era tão óbvia...

– Preciso me livrar de tudo! Preciso me livrar de tudo!

Eu havia desistido de meu plano, mas, felizmente, Thiesen foi o único que me escutou. Ele compreendeu as palavras, mas não seu significado.

O coveiro conhecia bem minha história. Sabia que eu tinha passado vários dias com a incerteza das mais agonizantes em relação ao destino de meu filho. Pegou minhas mãos, como se estivesse tentando me proteger, e não impedir que eu causasse mais danos.

"Acalme-se, senhora Friis. Tudo vai ficar bem. Acho que está um pouco fora de si", disse.

A intenção dele era me reconfortar, mas a verdade terrível era que, naquele momento, eu tinha estado precisamente dentro de mim mesma. Fui eu mesma, mais do que já havia sido, ou mais que voltaria a ser. As palavras saíram diretamente de meu coração: preciso me livrar de tudo. Eu revelara todo o motivo da minha vida. Preciso me livrar de tudo. Finalmente, tinha falado.

E me larguei, exausta, na grama, aos pés de Thiesen. "Peço desculpas", eu disse quando me ajudou a levantar. "Estou fora de mim."

Então eu o incentivei em seu erro. Concordei com ele. Era necessário, se eu quisesse continuar vivendo entre as pessoas. "Não. Acho que estou um tanto fora de mim", repeti.

Preciso me livrar de tudo. Eu tinha me livrado de tudo, e agora sei que não era isso que eu queria, na verdade. Caminho pelas ruas desta cidade, que parece ter sido acometida por uma maldição, vazia dos homens que formavam metade de sua população. E vejo mais e mais mulheres com uma expressão nos olhos me dizendo que faz muito tempo não recebem uma carta e que, finalmente, desistiram de ter esperança.

Não temos o hábito de manter a contagem dos mortos nesta cidade. Mas sei que um número muito maior não retornou desta guerra em relação ao que Marstal perdeu na última guerra, na rota da Terra Nova. E acontece como sempre aconteceu para quem se afoga. Não há terra para seu descanso eterno.

Visito o cemitério todos os dias e coloco flores e coroas nos poucos túmulos que temos. Agora, sou a única que cuida do túmulo de Albert.

Peço mais uma vez que me perdoe por ter exilado você entre os mortos.

Sua mãe

Eles demoraram três dias para alcançar o litoral da Alemanha, uma praia de areia infinita com dunas brancas por trás. Chegaram cedo, ao amanhecer. O céu estava encoberto e uma borda rosada na paisagem anunciava o nascer do sol. O clima tinha estado calmo durante todo o caminho. Manobraram através das ondas, e Absalon e Wally saltaram na água para empurrar o bote salva-vidas até a praia. Então, tiraram o Velho Engraçado do bote e o acomodaram na cadeira de rodas. Ele era pesado para ser empurrado em cima da areia. Dente Azul foi correndo ao lado. Precisava mexer as pernas, depois de passar tanto tempo sentado. Estava agarrado a seu cachorro de pelúcia de brinquedo, o Comandante Au-Au, que também tinha nascido no mar, de acordo com o menino. Uma nova vida estava à espera dos dois. O sobe e desce, sobe e desce, das ondas era coisa do passado. Agora, estavam em tediosa terra firme, e ali ficariam, pelo menos por enquanto.

– Onde estão as casas? – a criança perguntou. Nunca tinha visto uma praia. O único mundo que conhecia consistia no mar e nos portos bombardeados. Mas algumas coisas não haviam mudado. Olhou ao redor. Lá estava papai Absalon, lá estava papai Wally – o amigo especial dele –, lá estavam papai Knud Erik, papai Anton e papai Vilhjelm. Lá estava o Velho Engraçado em sua cadeira de rodas, e lá estava sua mãe.

Encontraram uma estrada que levava para longe da praia. Não havia trânsito. Knud Erik foi caminhando junto com eles, com uma pasta de couro surrada na mão.

– O que tem aí dentro? – Wally perguntou.

– Dinheiro.

– Você tem marcos alemães? – Wally lançou um olhar de surpresa pra ele.

– Tenho algo melhor. Cigarros.

– Você é um homem de visão – Sophie falou.

– Só de vez em quando – ele respondeu.

Eles mal sabiam onde ficava a linha de frente: se estavam antes ou depois dela, se os alemães ainda estavam resistindo, ou se já tinham sido vencidos. Os russos estavam longe, mas os americanos avançavam. O grupo tinha desembarcado em algum lugar do litoral alemão e ainda teria de atravessar o norte do país para chegar ao Báltico. Só poderiam completar por mar o último trecho da viagem a Marstal.

Durante as primeiras horas em terra firme, não viram sinais de guerra. A estrada passava por um pântano plano, pontilhado por sítios bem distantes uns dos outros. A estrada principal à frente continuava vazia. Dente Azul ficou cansado de correr de um lado para outro e foi para o colo do Velho Engraçado, que, como que por milagre, tinha tirado uma garrafa de rum escondida embaixo do cobertor. Wally sempre afirmou que a cadeira de rodas de Herman tinha um fundo falso que escondia um estoque de bebida.

Naquela mesma manhã, chegaram a um vilarejo. Ao ver a fumaça que se erguia da chaminé de uma casa, Knud Erik entrou pela trilha no jardim e bateu à porta. Ninguém veio atender, mas ele viu um rosto que o olhava de trás de uma cortina. Prosseguiram; as primeiras crateras de bomba apareceram na estrada, cheias de água e refletindo o céu azul de primavera. Logo, estavam se desviando de crateras e de tanques incendiados. Aproximavam-se de uma cidade, e começou a aparecer gente na estrada, enquanto soldados com uniformes imundos e a barba por fazer avançavam, indiferentes. Era difícil saber se esses homens estavam fugindo, ou se apenas tinham sido enviados em uma missão na qual já não acreditavam mais. Carroças puxadas a cavalo passavam rangendo, carregadas com altas pilhas de móveis e colchões, seguidas por gente de semblante fúnebre que avançava a passos mecânicos de prisioneiros acorrentados, em fila. Outros se esforçavam com carrinhos de mão e carroças de tração humana. Ninguém falava; mantinham os olhos fixos no chão e pareciam perdidos em introspecção muda.

– Olhem, um cavalinho! – Dente Azul exclamou, com seu inglês de criança, apontando com o dedo.

Fizeram-no ficar quieto; não por medo de se sobressaírem na multidão cada vez maior, mas por temerem que, no meio do trânsito silencioso e funéreo, qualquer exclamação de alegria parecesse inapropriada. Mas logo perceberam que não eram diferentes dos outros. Um homem de cadeira de rodas com uma criança no colo, uma mulher e um grupo de homens avançando: apenas mais um bando heterogêneo de refugiados. As estradas principais da Europa estavam lotadas de gente como eles, que haviam perdido seu lar e buscavam um novo, que não tivesse sido arrasado pela guerra. Mas tinham duas coisas que a maior parte dos outros não tinha: esperança e um objetivo fixo. Precisavam manter a discrição. Se demonstrassem qualquer curiosidade, ou erguessem a voz, iriam atrair atenção. Knud Erik temia que a pele negra de Absalon pudesse entregá-los como estrangeiros, mas, no fim, ninguém prestou a menor atenção neles. Os alemães estavam ocupados demais com suas próprias vidas e sonhos destruídos, alheios a tudo que não fosse o avanço cego de uma cidade bombardeada à seguinte.

Chegaram a uma cidade. A maior parte dela fora destruída por bombas, mas já tinham visto ruínas antes, em Liverpool, Londres, Bristol e Hull. Em alguns lugares, a fachada das casas ainda estava em pé, entre quatro e cinco andares de altura, com as paredes cobertas de fuligem e perfuradas por janelas vazias. Em outros, até as fachadas tinham desabado, expondo as lacunas entre os pisos. Eles olharam os cômodos, tentando adivinhar quais eram quartos e quais eram cozinhas. Ficavam esperando que as pessoas que viam nas ruas retornassem às meias casas com tábuas nas janelas e dessem início a uma vida de sombra, que combinava com o rosto inerte e os olhos baixos delas.

Dente Azul estava acostumado a ruínas. Achava que as casas eram feitas para ser queimadas. Então, para ele, não era a paisagem sombria e destruída que se destacava, mas sim a ave branca e grande acomodada no torreão de uma igreja bombardeada.

– Olhe – disse. – É Frede.

O menino disse isso em dinamarquês. Passava com facilidade desta língua para a inglesa. Tinham lhe falado sobre a cegonha no telhado de Goldstein, mas nunca mencionaram a tentativa que Anton fizera de matá-la. Agora, achava que estava vendo Frede.

– Não, não é Frede. É uma cegonha igual a ela.

Knud Erik não conseguiu segurar o riso. Um passante ficou olhando feio para ele, como se o riso fosse uma espécie de imensa traição, como se tivesse amaldiçoado Hitler em voz alta.

A cegonha levantou voo e bateu as asas pesadas por sobre a rua. Eles a seguiram. Quando chegou à estação de trem, pousou no telhado avariado como que para lhes mostrar o caminho.

As poças no piso de pedra, dentro da estação, sugeriam que tinha chovido recentemente, e havia gente por todo o lado, deitada e sentada em pilhas de entulho, como se fossem bancos e cadeiras fornecidos pelas autoridades provisórias. A maioria deveria ser sem-teto. Não pareciam estar indo a lugar nenhum. Afinal, para onde viajariam? Para a próxima estação ferroviária bombardeada?

Em um canto, alguém distribuía café e pão; um cartaz avisava que, mais tarde, serviriam sopa. Apesar de estarem com fome, o antigo pessoal do *Nimbo* evitou a fila do pão, por medo de se entregar. Knud Erik foi até lá sozinho, com um maço de cigarros, e voltou logo depois com um pão inteiro, uma linguiça e uma garrafa de água. Dente Azul engoliu sua parte com furor, mas os outros passaram um bom tempo mastigando a deles. Não sabiam quando seria a próxima refeição.

Passaram a noite na estação e tomaram um trem para Bremen na manhã seguinte. Lá, tomariam outro trem para Hamburgo. Não tinham passagem, mas os cigarros de Knud Erik resolveram o problema. A plataforma estava lotada; por isso, usaram o Velho Engraçado como aríete. As pessoas saíam da frente dele, sem dúvida achando que fosse um trágico inválido de guerra. A única coisa que faltava era uma cruz de ferro presa a seu peito.

Uma mulher com um volumoso casaco de inverno estava em pé, no meio da plataforma. Não parecia estar indo a lugar nenhum, só permanecia ali, parada. Seu rosto pálido e emaciado, meio coberto pelo lenço amarrado no pescoço, estampava a expressão de perda mais intensa que Knud Erik tinha visto na vida. Não estava recolhida, mas sim completamente ausente: seus olhos eram completamente vazios. Era empurrada e levava encontrões de todos os lados, da multidão cega, e a mala que carregava de repente se abriu, e um bebê caiu lá de dentro. Knud Erik viu com clareza. Era o corpo queimado de uma criancinha, ressequido e quase irreconhecível, uma múmia encolhida pelo calor do mesmo fogo que, obviamente, também devorara a mente da mãe. Um homem, concentrado em alcançar o trem, empurrou-a de lado e, sem notar onde colocava os pés, pisou bem no cadáver minúsculo que estava à sua frente. Knud Erik desviou o olhar.

– Olhem – Dente Azul disse. – A senhora derrubou a boneca negra dela.

Ao se aproximarem de Hamburgo, passaram quase trinta minutos percorrendo nada senão ruínas. Achavam que sabiam o que as bombas eram capazes de fazer com uma cidade, mas nunca tinham visto nada comparável àquilo. Nenhuma fachada fantasma chamuscada se erguia das pilhas de entulho; não dava para adivinhar onde as ruas tinham se localizado antes. A destruição era tão completa que mal dava para acreditar que havia sido causada pelo homem. Mas também não parecia um desastre natural: se fosse, algo teria permanecido em pé, por mais aleatório que fosse. Essa destruição era tão sistemática que parecia o trabalho de uma força que não conhecia nem terra, nem água, nem ar; apenas fogo.

Pela primeira vez em quase seis anos de guerra, eles sentiam que só tinham vivido na periferia dela. Assim como os outros passageiros no trem superlotado, evitavam os olhares: não suportavam a visão. A escala da destruição da cidade era tão impensável que desistiram de tentar entender aquilo que nem sua imaginação nem sua mente lógica eram capazes de absorver. Sabiam que, se ficassem mais tempo ali, iriam acabar iguais às pessoas ao redor e perderiam a esperança que os fazia avançar.

Até Dente Azul desviou o olhar e começou a remexer em um botão do casaco. Não fez nenhuma pergunta, e Knud Erik ficou imaginando se a criança seria sábia o bastante para temer as respostas.

Às quatro e meia da manhã do dia 3 de maio de 1945, eles roubaram um rebocador do porto de Neustadt. Tinham planos de ir para Kiel, mas precisavam aceitar as opções de transporte que se apresentavam. O último maço de cigarros de Knud Erik lhes garantira lugares na caçamba coberta de um caminhão que ia para Neustadt. O porto estava deserto, e eles caminharam por toda a extensão do cais à procura de um barco que atendesse suas necessidades. Dente Azul dormia, enrolado feito um cachorrinho no colo do Velho Engraçado. Anton se decidiu por um rebocador chamado *Odisseu*. Quando baixaram, silenciosamente, a cadeira de Herman do cais, Dente Azul acordou e exigiu ser colocado no convés, onde se espreguiçou e bocejou, e seus olhos de telescópio deram início à eterna busca por novidades no universo.

– Olhem – ele disse, e apontou para o céu.

Todos ergueram os olhos. Lá no alto, um pássaro grande voava para o norte, com um lento bater das asas enormes.

– É a cegonha – Dente Azul disse, alegre. – É Frede.

– Sabem, estou começando a acreditar que é – Anton murmurou.

– Parece que está indo para Marstal.

Quando estavam saindo da baía de Lübeck, passaram por três navios de passageiros que baixavam a âncora, o *Alemanha*, o *Cabo Arcona* e o *Thielka*. Apesar de não haver sinal de tripulação nas pontes nem nos conveses, estavam nervosos com a possibilidade de o roubo ser descoberto e de alguém sair atrás deles; então, quando se colocaram a certa distância do litoral, passaram a navegar em velocidade máxima. Tinham planejado ir para o norte, circundando a ilha de Fehmarn. Claro que isso significaria penetrar bem no Báltico, chegando quase a Gedser, antes que pudessem virar para o oeste e depois para o sul, pela ilha de Langeland. Era um belo desvio, mas não ousavam se aproximar mais do litoral alemão.

Era quase de tarde quando um urro vazio ecoou pelo mar. Vários mais se seguiram e, por um momento, sentiram o firmamento vibrar acima deles. Rastros de fumaça se entalhavam na baía, e acharam que Neustadt estava sendo atacada, ou que os três navios ancorados tinham sido atingidos. À medida que o dia foi avançando, perceberam que daria no mesmo se tivessem seguido pela costa. Ninguém iria persegui-los. Os alemães pareciam ter perdido o controle geral do Báltico, que agora era patrulhado por bombardeiros britânicos Hawker Typhoon. Vez após outra, o grupo ouvia fracos ecos de bombas explodindo ao longe, do outro lado do mar.

O trânsito era pesado na água, mas a maior parte vinha do lado leste da baía de Lübeck, onde os russos avançavam. Havia todo o tipo de embarcação: barcos de pesca, cargueiros, vapores menores, iates, veleiros pequenos e botes a remo com mastros e velas improvisados. Colunas de fumaça se erguiam por todo o horizonte. O tempo todo, deparavam-se com pedaços de destroços e, uma vez, quase passaram por cima de um aglomerado de corpos chamuscados que boiavam na água, com o rosto virado para baixo. À distância, assemelhavam-se a uma jangada de algas; a tripulação percebera seu erro bem a tempo de mudar de curso. Os afogados – mulheres e crianças, além de homens – estavam em todo o lugar.

Nenhum deles usava colete salva-vidas. Obviamente, também eram refugiados.

Será que nunca vai acabar?, Knud Erik pensou.

A euforia de ter escapado tinha se desfeito. Compreenderam que, se quisessem atravessar o Báltico vivos, iriam precisar de sorte. Estavam navegando a bordo de um navio alemão, e não havia nada para impedir que o próximo Typhoon Hawker lançasse sua carga letal seguinte em cima deles, ao passar lá no alto. Fazia cinco anos que não içavam uma bandeira dinamarquesa; agora, desejavam ter uma. Mas talvez nem isso fosse suficiente. Era como se o mar tivesse virado do avesso e vomitasse todos os milhares de pessoas que engolira ao longo dos séculos. Ao atravessá-lo, tiveram uma sensação de camaradagem em relação a elas.

Knud Erik estava ao timão. Ordenou a todos que vestissem colete salva-vidas, mas não os havia em número suficiente. Deu uma olhada em Herman, na cadeira de rodas. Então, deu de ombros. O capitão Boye tinha se afogado por dar o colete salva-vidas a um foguista que deixara o dele para trás, na casa das máquinas. Entregou seu colete salva-vidas a Wally e ordenou que ajudasse Herman a vesti-lo. Se afundassem, teria aberto mão da própria vida em nome de um homem que desprezava, mas não tinha escolha. A guerra lhe ensinara uma coisa: os aliados poderiam estar lutando pela justiça, mas a vida em si era injusta. Ele era o capitão, responsável por sua tripulação. O dever era a última coisa que lhe restava. Precisava se ater a ela, ou se entregar à pura falta de sentido.

– Você não vai vestir um colete salva-vidas? – Sophie perguntou. Não tinha notado que ele olhava para Herman.

Ele evitou a pergunta com um sorriso.

– O capitão é sempre o último a abandonar o navio. E o último a vestir o colete salva-vidas.

– Você é mesmo um Odisseu por direito – a mulher disse, e retribuiu o sorriso dele. – E também tem sorte, por ter Penélope a bordo.

– Nós não somos como Odisseu – respondeu. – Somos mais parecidos com os homens dele.

– Como assim?

– Você leu a história?

Ela deu de ombros.

– Não como deveria.

– Para falar a verdade, é uma leitura deprimente. Odisseu é o capitão, correto? Ele vive aventuras fantásticas. Mas não leva nenhum único integrante da tripulação vivo de volta para casa. Esse é o papel dos marinheiros nesta guerra. Somos a tripulação de Odisseu.

– Bom, é melhor seguir em frente, capitão Odisseu – ela disse, fitando-o. – Porque esta integrante da tripulação específica, por acaso, está grávida.

Velejavam a meia velocidade e apagavam as luzes do barco à noite. Quanto mais perto chegavam de seu destino, mais temiam que nunca fossem alcançá-lo. Até então, tinham existido apenas no presente, como é a obrigação de todos aqueles que colocam sua confiança nos caprichos da sorte. Agora que ousavam acreditar no futuro, estavam apavorados com a ideia de perder a vida. O antigo temor diário do tempo dos comboios voltara. Mais uma vez. O céu, acima, e o mar, abaixo, pareciam lotados de ameaças ocultas.

O mar parecia seda azul-escura, e a noite clara de primavera não exibia nuvens. Uma quentura no ar anunciava o verão, e, se não fosse pelo cheiro dominante de carvão do rebocador e pela corda de cânhamo coberta de alcatrão, poderiam ter sentido o aroma das flores de macieira que vinha do litoral. Mas a água estava fria. O inverno se apegava às suas entranhas, e eles só conseguiam pensar naquele frio: parecia que ainda estavam navegando pelo Ártico, ainda de olho em listras de espuma que sinalizassem torpedos e nas luzes vermelhas de socorro que antes tinham corrompido sua alma e poderiam voltar a fazê-lo. Mais uma vez, estavam atentos a som de remos, ou a gritos de socorro. Mais uma vez, encenaram o ensaio eterno da morte por exposição aos elementos. A primavera lhes dava as boas-vindas, mas a lembrança do inverno de cinco anos que haviam suportado não os largava.

Na baía que abandonaram naquela manhã, oito mil prisioneiros de guerra aliados foram incinerados, quando seus navios de transporte receberam bombardeio. Antes, outros dez mil refugiados tinham se afogado no mesmo mar que o *Odisseu* agora atravessava. Mas a tripulação também não sabia nada a respeito disso. Eles já haviam visto navios afundarem, mas nunca um navio de refugiados afundar com dez mil passageiros presos a bordo – nem nunca tinham ouvido o grito coletivo conforme a água entrava por todos os lados e mandava o navio para o fundo, nem o uivo que se seguia ao último apelo por ajuda, quando aqueles que haviam ficado vivos se davam conta de que "resgate" não passa de uma palavra. Não, nunca tinham ouvido aquele grito vasto e, no entanto, ele os penetrou naquela noite.

Passaram a noite no convés; não ousavam descer. Enrolaram-se em cobertores que encontraram a bordo e lá ficaram, acordados, observando o mar com olhos inquietos, escutando com atenção.

Dente Azul também não dormiu. Permaneceu em silêncio, observando as estrelas que iam sumindo. Quando o amanhecer irrompeu, foi o primeiro a ouvir a profunda batida de asas.

– A cegonha – foi a única coisa que disse.

Todos ergueram os olhos. Lá estava ela, voando acima deles, ainda se dirigindo para o noroeste. Ao longe, viam o farol de Kjeldsnor, à luz do início da manhã. Estavam se aproximando da ponta sul da ilha de Langeland.

Ærø apareceu no fim da tarde, depois de terem navegado ao longo da costa de Langeland durante a maior parte do dia. Para tentar economizar carvão, Anton manteve o rebocador a meia velocidade: estavam quase sem. Viram a Ristinge Klint se erguer ao norte. Mar aberto se seguiu. Mais longe, a oeste, surgiram Drejet e as colinas em Vejsnæs. No meio de tudo, erguiam-se os telhados vermelhos de Marstal, com o torreão de cobre da igreja, agora verde de corrosão, avultando-se bem alto. Alguns mastros ainda se erguiam no porto, como os resquícios de uma paliçada que tivesse sido derrubada por alguma força desconhecida. Dali, não conseguiam enxergar a Cauda, nem o quebra-mar que rodeava a cidade feito um braço inútil.

A alguma distância fora do porto, avistaram massas negras de fumaça se derramando no ar calmo. Chegando mais perto, viram chamas. Dois vapores em Klørdybet estavam pegando fogo. A guerra tinha chegado antes deles. Knud Erik estava certo de que toda a destruição iria terminar quando a tripulação colocasse os olhos no horizonte de Marstal... O cansaço o dominava, e ele se sentiu próximo de desistir. Se fosse um nadador exausto tentando chegar à praia, esse seria o momento em que simplesmente deixaria a água levá-lo.

Estavam no mesmo nível dos vapores quando ouviram o uivo de um bombardeiro mergulhando. Ergueram os olhos: um Hawker Typhoon vinha direto para cima deles. Uma de suas asas soltou um clarão, e um foguete disparou em sua direção, deixando um rastro de fumaça branca.

Ouviu-se uma explosão, e o barco todo sacudiu.

Não era um bom momento para ser criança. Cadáveres flutuavam em direção à praia e às ilhotas ao redor da cidade todos os dias, e eram as crianças que os encontravam. Sempre iam chamar um adulto, mas, a essa altura, o estrago já estava feito: já tinham visto o rosto em decomposição do afogado e, depois, ficavam cheias de perguntas difíceis de responder.

Bem cedo, na manhã do dia 4 de maio, uma balsa atracou no porto. Vinha da Alemanha e estava abarrotada de refugiados. Apenas algumas das pessoas a bordo eram homens: soldados com ataduras empapadas de sangue ao redor dos braços e das pernas. O restante era composto de mulheres e crianças. As últimas não diziam nada, só olhavam com o rosto pálido à distância, com o pescoço magro se esticando para fora dos casacos de inverno, que pareciam grandes demais para elas, como se a natureza tivesse dado marcha a ré e tivessem ficado pequenas demais para as roupas. Não deviam fazer uma refeição adequada havia muito tempo. Mas foram seus olhos que deixaram a impressão mais profunda em nós. Pareciam não enxergar nada. Ficamos achando que era porque tinham visto demais. A cabeça das crianças se enche rapidamente de coisas feias. Seus olhos simplesmente entram em greve.

Oferecemos a elas pão e chá. Pareciam estar precisando de algo quente. Nós nos comportamos com decência em relação a elas, apesar de não podermos afirmar exatamente que fossem bem-vindas.

Às onze horas daquela manhã, dois vapores alemães encalharam ao tentar navegar pelo canal do sul. Bombardeiros britânicos tinham sobrevoado a ilha várias vezes nos últimos dias, e sempre os víamos voando por cima do mar. Dois deles apareceram agora. Lançaram seus foguetes, e ambos os vapores pegaram fogo. Eles tinham canhões automáticos instalados na parte da frente e na de trás, e retribuíram o fogo. Os aviões britânicos sempre voltavam, e um dos vapores recebeu vários ataques diretos, sendo logo engolido pelas chamas.

Não ousávamos nos aproximar das embarcações para salvar os sobreviventes até que os tiros cessassem. A água estava cheia de gente, muitas queimadas ou feridas por estilhaços. Elas berravam e choramingavam quando as puxávamos para bordo, mas não podíamos simplesmente deixá-las lá na água fria. Era uma visão pavorosa. O cabelo delas fora todo chamuscado. Estavam pretas de fuligem, e dava para ver a carne ensanguentada onde a pele se queimara. Muitas encontravam-se nuas. Levamos cobertores, mas enrolar neles as pobres criaturas trêmulas não iria ajudar em nada: a lã simplesmente colaria à pele exposta. Ao ajudá-las a desembarcar no cais, nós as manuseávamos com a maior gentileza possível.

Havia muitos mortos também. E os deixávamos na água. Os sobreviventes tinham prioridade.

Os feridos eram levados ao hospital de Ærøskøbing, e os outros eram hospedados na casa que chamávamos de Alojamento, na Vestergade. Então começamos a recolher os corpos. Havia um número grande: vinte no total. Levamos todos para o cais de Dampskibsbroen, bem na entrada do porto, na qual os deitamos em fileira e os cobrimos com cobertores. Um dos corpos estava sem cabeça, mas, de algum modo, era o menos pavoroso: sem rosto, sem a boca aberta no grito rígido que iria levar para o túmulo.

Várias centenas de pessoas tinham se reunido no porto para ver os vapores pegarem fogo. Um deles estava quase apagado, mas ainda soltava muita fumaça, enquanto o outro queimava no meio. Alguns soldados alemães, bêbados, estavam a bordo, tratando com brutalidade um grupo de mulheres seminuas no convés dianteiro. O medo da morte combinado à bebida tinha feito com que perdessem todas as inibições.

No fim da tarde, os britânicos retomaram o bombardeio dos dois vapores. A multidão crescia. Nós todos tínhamos nos juntado para assistir à cena triste que se desdobrava em nossas águas. Várias dentre nós tínhamos perdido maridos, irmãos e filhos nesta guerra, e teria sido fácil pensar que era bem feito para aqueles alemães. Mas não pensamos. Quantas vezes nós, nossos pais ou nossos avós tinham estado em um navio que afundava com um incêndio? Sabíamos como era. Um navio afundando era um navio afundando, não importava de quem fosse.

De repente, um rebocador apareceu no canal do sul. Estávamos tão preocupados com os vapores em chamas que, no começo, nem reparamos nele. É difícil navegar pelo canal do sul do porto de Marstal quando não se conhecem as águas, mas o capitão parecia estar se virando bem, até que um dos bombardeiros britânicos voou por sobre o barco e disparou seus foguetes. A explosão que se seguiu pôde ser ouvida até em terra. O barco foi atingido diretamente e se desfez em chamas.

Gunnar Jakobsen, que estava na água com seu esquife, sempre diria depois que nunca tinha visto uma tripulação mais misturada. Um sujeito era negro, outro era chinês, e havia também um em uma cadeira de rodas: os demais o empurraram para a água antes de pularem. Ele não tinha pernas e só possuía um braço, mas seu colete salva-vidas o mantivera flutuando. Uma mulher com uma criança também surgiu na água. Meio mundo parecia estar flutuando ali. A surpresa de Gunnar foi dupla quando colocou todos a bordo; além de o negro e o chinês falarem dinamarquês, o resto falava com sotaque de Marstal.

– Você não é Gunnar Jakobsen? – um deles perguntou.

Gunnar Jakobsen apertou os olhos; não por não conseguir enxergar o homem direito, mas porque precisava de tempo para pensar.

– Com os diabos – finalmente exclamou. – Você é Knud Erik Friis! – Então reconheceu Helge e Vilhjelm. O homem sem pernas e sem um braço não disse nada, e os outros também não o apresentaram.

– Anton – Knud Erik Friis disse de repente, olhando ao redor, desesperado. – Onde está Anton?

– Está falando de Anton Hay? O Terror de Marstal? – Gunnar Jakobsen perguntou.

Olharam ao redor.

– Não está aqui – Vilhjelm disse.

Também não era visível na água. O *Odisseu* estava para virar, e as chamas subiam altas. Ninguém poderia estar vivo naquele navio. Eles deram algumas voltas por ali, chamando por Anton.

Os bombardeiros continuavam atacando os vapores, como se tivessem recebido ordens de usar todo o estoque de bombas e foguetes antes de a guerra acabar. Quando os homens a bordo do esquife de Gunnar Jakobsen estavam prontos para desistir e voltar para o porto, o *Odisseu* foi atingido de novo. Dessa vez, devia ter sido acertado embaixo da linha-d'água, porque virou imediatamente e começou a afundar. Gunnar Jakobsen desligou o motor, como se achasse que devia um minuto de silêncio ao rebocador que morria. Um momento depois, o navio tinha desaparecido. Do lugar em que estavam, enxergaram algo flutuando na água. Gunnar ligou o motor e se dirigiu para o local. No começo, não conseguiram ver o que era, mas depois reconheceram os restos mortais horrivelmente queimados do que tinha sido um ser humano. Viram as costas e a cabeça. Anton estava nu e seu cabelo tinha queimado. Não usava o colete salva-vidas, ou, se o usava, não dava para distingui-lo da pele de suas costas, que estava tão negra e porosa quanto carvão.

Sophie cobriu os olhos de Dente Azul com a mão. Knud Erik enfiou a mão na água para puxar o corpo chamuscado até o esquife. Não pensou no que estava fazendo; simplesmente não podia deixá-lo ali. Mas, ao erguer o corpo, o braço todo se soltou. Assustado, ele o largou, e, quando o corpo voltou a bater na água, aquilo que antes tinha sido a carne de Anton se soltou dos ossos, que começaram a afundar imediatamente.

O motor pulsava com violência.

Gunnar Jakobsen queria voltar para terra o mais rápido possível. Nenhum dos sobreviventes do *Odisseu* fez objeção. Ficaram lá, em silêncio total, com a expressão tão vazia quanto a das crianças alemãs; Gunnar torcia para nunca ver nada parecido no rosto dos próprios filhos. Ele não sabia muito mais sobre a guerra além do que havia lido nos jornais. Tinha ouvido os baques surdos ao sul, quando os britânicos lançavam suas bombas, e visto as chamas no horizonte quando Hamburgo e Kiel foram destruídas. Agora, aprendia mais em um único dia do que aprendera nos últimos cinco anos, e teria a mesma experiência nos meses que se seguiram toda vez que encontrasse alguém que tinha passado a guerra fora das fronteiras da Dinamarca. Algo estava errado com eles, e Gunnar simplesmente não conseguia explicar do que se tratava. Não era algo que tivessem dito, porque não falavam nada; pareciam estar ruminando um enorme segredo que guardavam para si, só porque não iria adiantar nada contar. Faziam parte de uma comunidade pavorosa em que ninguém mais podia penetrar e da qual não podiam escapar.

O menino estava chorando. Ele não tinha visto nada, mas sentia que algo acontecera.

– Nunca mais vamos ver Anton? – perguntou.

– Não – a mulher respondeu; Gunnar Jakobsen achou que ela devia ser a mãe da criança. – Anton morreu. Ele não vai voltar.

Foi uma coisa brutal de se dizer, Gunnar Jakobsen pensou, e ele provavelmente não teria sido tão franco com os próprios filhos. No entanto, algo dentro de si reconhecia a honestidade da resposta da mulher. Para os filhos da guerra, contava-se a verdade.

Lá no alto, uma cegonha passou voando. Chegou perto de um dos vapores em chamas e pareceu sumir por um instante nas nuvens de fumaça, antes de voltar a surgir do outro lado, ilesa. Prosseguiu pela cidade e, quando chegou à outra ponta da Markgade, recolheu as asas e se preparou para pousar no ninho da casa de Goldstein.

* * *

Gunnar Jakobsen atracou no Dampskibsbroen. Era onde a maior parte de nós estava e, apesar de ele ter ficado abalado com a visão do corpo de Anton, ainda assim sentia que voltava com uma ótima história que merecia grande público. Levava para casa as primeiras pessoas a retornar da guerra a Marstal, depois de uma ausência de mais de cinco anos.

Gunnar Jakobsen não tinha notado que os mortos ainda estavam estendidos no cais quando ajudaram o homem grande e sem pernas a desembarcar e o acomodaram entre os corpos cobertos. Ficamos olhando para ele com curiosidade e, de repente, Kristian Stærk disse em voz alta:

– É o Herman.

Uma onda de constrangimento passou por nós, à medida que a notícia foi se espalhando, e quem não sabia quem era Herman recebeu uma explicação em termos que estavam longe de ser lisonjeiros. Fazia vinte anos que Herman não dava as caras em Marstal, mas a simples menção de seu nome ainda causava nojo naqueles de nós que tinham ouvido a história do *Kristina*. Ele parecia estranhamente perdido entre os mortos. Os cotos das pernas e do braço faziam com que se assemelhasse a uma morsa encalhada na praia, agitando as barbatanas, mas sua vulnerabilidade não amenizava nosso desprezo.

– Ajudem-me a levantar – ele disse.

Não fizemos nada; só continuamos olhando-o fixamente. Nenhum de nós queria chegar perto dele; por isso, Herman ficou lá, no meio da poça de suas roupas molhadas, com o corpanzil começando a tremer de frio.

Na Kongensgade, um homem corria em nossa direção, agitando os braços e gritando, mas não conseguíamos entender o que estava dizendo: encontrava-se longe demais.

No mesmo momento, os sinos da igreja começaram a dobrar em um ritmo enlouquecido e sem fôlego que nunca tínhamos ouvido, como se alguém estivesse improvisando uma melodia para uma ocasião única na história da cidade: nem serviço de enterro nem de casamento, nem nascer nem pôr do sol.

De um jeito que não éramos capazes de explicar, sabíamos que um clímax tinha ocorrido, algo muito maior do que o incêndio de vapores na água, ou o retorno repentino de Herman.

Finalmente, o homem que corria chegou a uma distância que dava para escutar.

– Os alemães se renderam! Os alemães se renderam!

* * *

Olhamos para Herman e Knud Erik e Helge e Vilhjelm e os outros homens cujo nome ainda não sabíamos, e também para a mulher e para a criança, e compreendemos que eles eram apenas os primeiros. O mar estava prestes a devolver nossos mortos.

Nós os erguemos e os carregamos pelas ruas. Até tiramos Herman de sua poça d'água e encontramos um carrinho sobre o qual colocá-lo. Comemorando, marchamos pela Kongensgade, ao longo da Kirkestræde, descendo a Møllegade, ao longo da Havnegade, subindo a Buegade, atravessando a Tværgade e descendo a Prinsensgade, na qual Klara Friis, como sempre, estava sentada à janela panorâmica, com o rosto pálido, olhando fixamente para o mar.

Voltamos pela Havnegade, e, enquanto marchávamos, mais gente se juntou a nós. Um acordeão apareceu, e depois um trompete, um baixo duplo, uma tuba, uma gaita de boca, um tambor e um violino. Misturamos "Rei Cristiano" com "Uísque, Johnny" e "O que se faz com um marinheiro bêbado?" Havia uísque e cerveja, havia rum e mais cerveja, havia Riga Balsam e gim holandês; tudo tinha sido reservado para aquele momento, o momento que sempre soubemos que iria chegar. As luzes foram acesas nas janelas, e as cortinas que tapavam toda a claridade foram queimadas na rua, estalando enquanto se consumiam.

Acabamos no Dampskibsbroen, onde os mortos estavam à nossa espera em fileiras. E bebemos e dançamos e tropeçamos entre os cadáveres. E era assim que deveria ser. Os mortos tinham se empilhado durante toda a nossa vida: os afogados e os desaparecidos, todos que ficaram sem ser enterrados ao longo dos séculos, fora até do cemitério, aqueles que tinham estragado nossa vida com saudades. Agora, se erguiam e nos davam as mãos. Nós dançamos e dançamos em uma enorme roda desordenada, e, no meio de tudo, estava Herman, que já não tremia mais de frio, mas, corado pelo álcool, brandia uma garrafa de uísque já meio vazia. Cantava com a voz rouca de tanto esforço e bebedeira e maldade, com impaciência e cobiça e um apetite combalido pela vida:

Barbeie o homem e bata nele,
Enfie na água e molhe todo,
Torture e espanque o sujeito
E não deixe que se vá!

Estavam lá um negro, um chinês, uma esquimó e uma criança que não conhecíamos; estavam lá Kristian Stærk e Henry Levinsen, com o nariz torto; estava lá o doutor Kroman, estava lá Helmer e estava lá Marie, que finalmente aprendera a fechar o punho para dar um soco, mas que ainda não sabia que tinha ficado viúva naquele mesmo dia; Vilhjelm diria a ela mais tarde. Lá estavam os pais de Vilhjelm, surdos, mas sorridentes; lá estavam as viúvas Boye, Johanne, Ellen e Emma, e nessa noite elas não hesitaram em nos dar as mãos e dançar; lá estava seu parente distante, o capitão Daniel Boye; e lá estava Klara Friis, correndo pela Havnegade abaixo, rompendo a roda até encontrar Knud Erik, que fez um sinal com a cabeça para ela, e o menininho cujo nome ainda não sabíamos foi até ela e disse uma palavra que, achamos, Knud Erik devia ter ensinado a ele: "Vovó". E a criança pegou a mão dela e a puxou para a dança, e nossa dança era igual a uma árvore que crescesse sem parar, formando anéis a cada ano transcorrido.

Lá estava Teodor Bager, com a mão no peito; lá estava Henning Friis, que já fora o homem mais bonito a bordo do *Hidra*, com o topete louro na testa que Knud Erik tinha herdado; lá estava a incansável Anna Egidia Rasmussen, e lá estavam seus sete filhos mortos, e eles também se juntaram à dança ao lado da única filha viva; lá estava o pastor Abildgaard com sua batina, que antes de morrer, finalmente, encontrara para si uma paróquia rural que combinava mais com ele do que Marstal, olhando para nós através de seus óculos com aros de aço, dando um passo adiante, hesitante. Albert chegou em seguida, com gelo na barba e a cabeça de James Cook debaixo do braço, e então veio Lorentz: ele arfava e se esforçava, mas nada iria impedi-lo de se juntar à dança; lá estava Hans Jørgen, que afundou com o *Incomparável*, e Niels Peter. Até Isager ocupou seu lugar conosco, junto com a esposa gorda, com Karo ressuscitado nos braços, e os filhos deles, Johan e Josef, com a mão negra; atrás deles veio o Fazendeiro Sofus e o Baixinho Clausen e Ejnar e Kresten, a pobre criatura com o buraco supurando na face. Laurids Madsen se avultava sobre nós com suas botas pesadas de marinheiro; outros apareceram atrás dele; e, finalmente, lá estava Anton, cujo rosto chamuscado se abriu em um sorriso que revelou os dentes manchados de tabaco. Então, chegaram tripulações inteiras: os homens do *Astræa* e do *Hidra*, do *Paz*, do *H. B. Linnemann*, do *Urano*, do *Andorinha*, do *Esperto*, do *Estrela*, do *Coroa*, do *Laura*, do *Adiante*, do *Saturno*, do *Amigo*, do *Dinamarca*, do *Eliezer*, do *Felix*, do *Gertrud*, do *Indústria*, do *Harriet*, do *Memória*: todos afogados. E ali, no círculo externo, com o rosto meio escondido pela neblina, dançavam todos os que estavam longe, no mar, havia cinco anos, todo o tempo da guerra.

Tantos deles tinham morrido. Não sabíamos quantos.

Iríamos contá-los amanhã. E, nos anos que estavam por vir, iríamos nos enlutar por eles, como sempre tínhamos feito.

Mas, nesta noite, dançamos com os afogados. E eles éramos nós.

Fontes bibliográficas

Nós, os afogados é ficção. O livro foi inspirado na história da cidade de Marstal, entre os anos de 1848 e 1945, e se atém a ela em linhas gerais. Usei os sobrenomes tradicionais da cidade, mas embaralhei as cartas tantas vezes que as semelhanças com pessoas vivas ou mortas são meras coincidências.

As partes históricas do livro são baseadas na minha pesquisa no Museu Marítimo de Marstal e em suas diversas publicações. Também encontrei material valioso nos jornais *Ærø Folkeblad* e *Ærø Tidende*, além da publicação trimestral *Ærøboen*.

Encontrei inspiração e adquiri conhecimento essencial nos seguintes escritores e publicações, entre outros: Henning Henningsen (*Crossing the Equator*, *Sømanden og kvinden*, *Sømandens våde grav*, *Sømandens tøj*), Ole Lange (*Den hvide elefant*, *Jorden er ikke større*), H. C. Røder (*Dansk skibsfarts renæssance*, vols. 1 e 2, *De sejlede bare*), Holger Drachmann (*Sømandshistorier*, *Poetiske Skrifter*, vol. 4), Joseph Conrad (*A linha de sombra*), H. Tusch Jensen (*Skandinaver i Congo*), Adam Hochschild (*Kong Leopolds arv*), *Søndagstanker – kristelige Betragtninger på Søn – og Helligdage af ærøske Præster, Sømandspostillen*, Knud Ivar Schmidt (*Fra mastetop til havneknejpe*), Harriet Sergeant (*Xangai*), E. Kromann (*Marstals søfart indtil 1925*, *Dagligliv i Marstal og på Ærø omkring år 1900*), *Hans Christian Svindings (Dagbog vedrørende Eckernførdetogtet og Fangenskabet i Rendsborg og Glückstadt, Danske Magazin*, série 8, vol. 3), *Marstalsøfolkenes visebog*, J. R. Hübertz (*Beskrivelse af Ærø 1834*), C. T. Høy (*Træk af Marstals Historie*), Victor Hansen (Vore Søhelte. Historiske Fortællinger), Salmebog til Kirke – og Husandagt 1888, Anne Salmond (*The Trial of the Cannibal Dog: Captain Cook in the South Seas*), Homero (*A odisseia*), Nordahl Grieg (*Skibet går videre*), W. Somerset Maugham (*Histórias dos mares do sul*), Herman Melville (*White Jacket*), Robert Louis Stevenson (Nos mares do Sul, Uma nota de rodapé na história), Mark Twain (*Roughing It in the Sandwich Islands*), Victor Hugo (*Os trabalhadores do mar*), F. Holm Petersen (*Langfarere fra Marstal*), Knud Gudnitz (*En Newfoundlandsfarers erindringer*), Rauer Bergstrøm (*Kølvand*), Per Hansson (*Hver tiende mand måtte dø*), Martin Bantz (*Mellem bomber og torpedoer*), Andrew Williams (*Slaget om Atlanten*), Richard Woodman (*Arctic Convoys*), Claes-Göran Wetterholm (*Dødens Hav: Østersøen 1945*), Edward E. Leslie

(*Desperate Journeys, Abandoned Souls*), Anders Monrad Møller, Henrik Detlefsen, Hans Chr. Johansen (*Dansk søfarts historie*, vol. 5, *Sejl og Damp*), Mikkel Kühl (*Marstallerme solgte væk*), "Marstals handelsflåde 1914-1918", em *Maritim Kontakt* 26), Karsten Hermansen (*Søens købmænd*), Karsten Hermansen, Erik Kroman e outros (*Marstals søfart 1925-2000*), H. Meesenburg and Erik Kroman ("Marstal – et globalt lokalsamfund", em *Bygd*, vol. 17, nº 4), Tove Kjærboe (*Krampebånd og Klevesnak*), Finn Askgaard, org. (*Fregatten Jylland*), Samling af søforklaringer over forliste danske Skibe i Årene 1914-1918, Christian Tortzen (*Søfolk og skibe 1939-1945*), Ole Mortensøn (*Sejlskibssøfolk fra Det Sydfynske Øhav*) e Poul Erik Harritz (*Rundt om Selma fra Birkholm*).

Agradecimentos

Gostaria de agradecer ao pessoal de Marstal que participou das minhas leituras noturnas na faculdade de navegação e na biblioteca pública, na Skolegade, além dos seguintes indivíduos, sendo que cada um deles, a seu modo, forneceu auxílio de valor incalculável: Lis Andersen, Iben Ørum, Henning Therkildsen, Jens e Hanne Lindholm, Henry Lovdall Kromann, Knud Erik Madsen, Connie e Martin Bro Mikkelsen, Lars Klitgaard-Lund, Nathalia Mortensen, Annelise e Poul Erik Hansen, Astrid Raahauge, Pulle Teglbjerg, Leif Stærke Kristensen e Berit Kristensen, Regitze e Ole Pihl, Hjørdis e Kaj Hald, Erik e Lillian Albertsen, Hans Krull, Karla Krull, Erna Larsen, Adam e Anne Grydehøj, Søren Buhl e Marjun Heinesen, Gunnar Rasmussen, pastor emérito Finn Poulsen, Lars Kroman, Lone Søndergaard, Frans Albertsen, Kristian Bager. Um agradecimento especial vai para Erik Kroman, diretor do Museu Marítimo de Marstal, por disponibilizar seus arquivos. E a Karsten Hermansen, que compartilhou seus pãezinhos de passas feitos em casa, além de seu conhecimento inexaurível.

Devo a Christopher Morgenstierne meus agradecimentos por me ajudar com a terminologia e as expressões marítimas. Quaisquer erros relativos a técnicas de velejar e força do vento são, todos, responsabilidade do autor.

Agradecimentos enormes à minha queridíssima Laura. Demorei metade da sua vida para escrever este livro, e você expressou suas opiniões incisivas a respeito dele durante todo o caminho.

E tenho uma dívida de gratidão para com a minha adorada Liz que eu demoraria mais do que uma vida para pagar. Você me apoiou com a sua mistura única de profissionalismo e amor, e é graças a você que, finalmente, cheguei ao porto em segurança.

Este livro, composto com tipografia Garamond Premier Pro
e diagramado pela Alaúde Editorial Limitada, foi impresso
em papel LuxCream sessenta gramas pela Bartira Gráfica
no centésimo quadragésimo nono ano da publicação
de *Os trabalhadores do mar*, de Victor Hugo.
São Paulo, julho de dois mil e quinze.